有爱的青春陪伴者

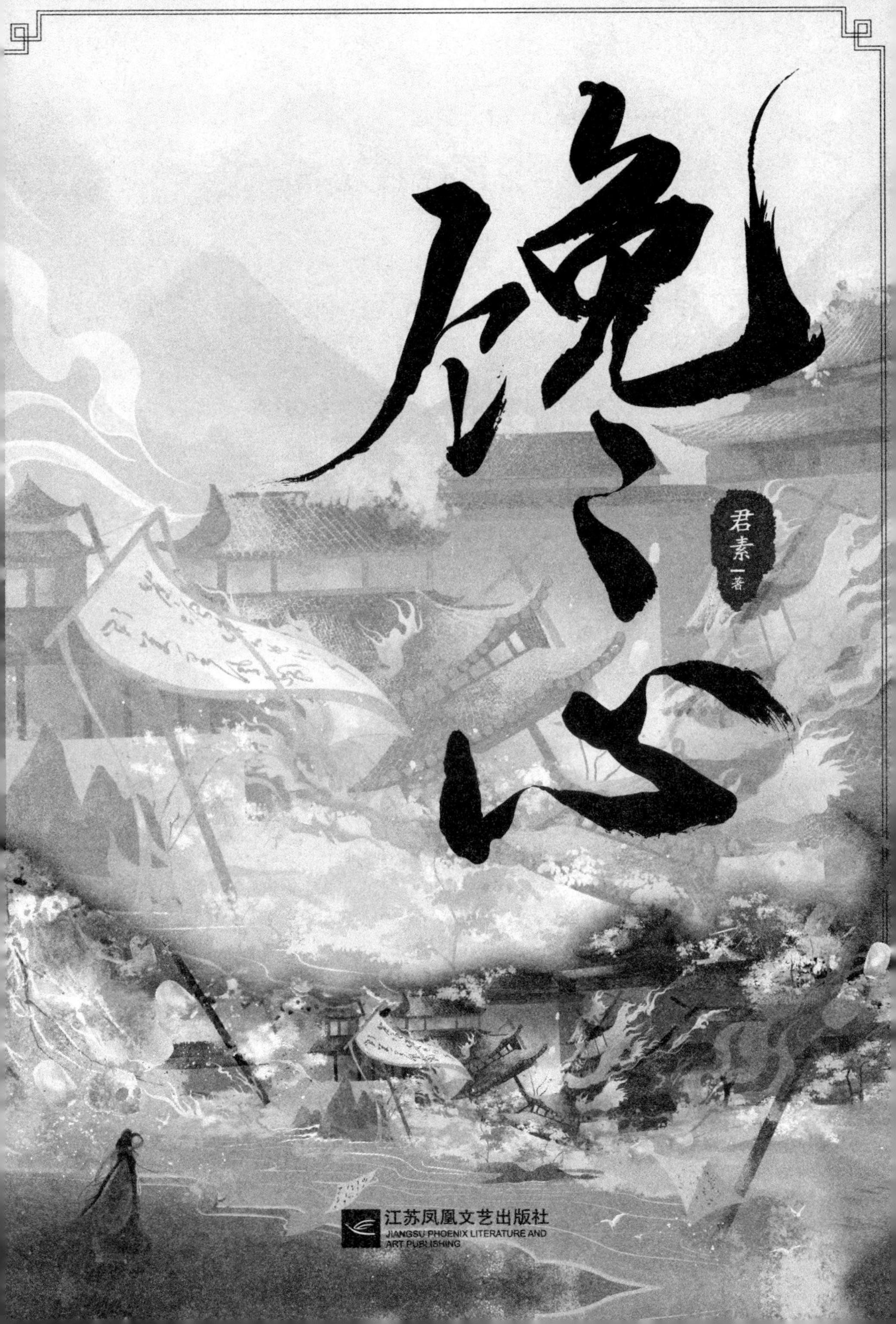
君素 著
江苏凤凰文艺出版社
JIANGSU PHOENIX LITERATURE AND ART PUBLISHING

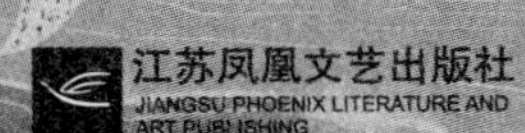

图书在版编目（CIP）数据

馋心 / 君素著. -- 南京：江苏凤凰文艺出版社，2023.3

ISBN 978-7-5594-7399-8

Ⅰ. ①馋… Ⅱ. ①君… Ⅲ. ①言情小说－中国－当代 Ⅳ. ①I247.5

中国版本图书馆CIP数据核字(2022)第242803号

馋心

君素 著

责任编辑　王昕宁
特约编辑　周丽萍　李　娜
出版发行　江苏凤凰文艺出版社
　　　　　南京市中央路165号，邮编：210009
网　　址　http://www.jswenyi.com
印　　刷　长沙鸿发印务实业有限公司
开　　本　880mm×1230mm　1/32
印　　张　11
字　　数　419千字
版　　次　2023年3月第1版
印　　次　2023年3月第1次印刷
书　　号　ISBN 978-7-5594-7399-8
定　　价　45.80元

目录

目录

◆

第一章·
能句句送命也是本事

昏暗室内，烛火跳动。

白婴上半身伏在一张长案上，隔着咫尺的距离与对面的男人深情相望。她笑起来唇红齿白，话音更似莺鸟啼鸣，带着一股子魅惑人心的劲儿。

“这么多年，你终于还是忍不住，对我下手了，宝贝儿。”

男人面无表情，一双幽暗的眸子里波澜不兴。

白婴抛个媚眼，继续道：“不说话，是想等我主动吗？”

男人看着她，没说话。

“没事。”白婴摆出温柔缱绻的模样，“宝贝儿别怕，咱们可以慢慢来。”

说着，白婴便企图用食指去勾男人的下颚。男人冷静地瞟她一遭，随即揪住她那不大安分的“爪子”，轻飘飘地一搡。

白婴顷刻失去平衡，倒退两三步，一屁股跌坐在地。她疼得龇牙咧嘴，气哼哼地望着男人。

男人审视她片刻，捏拳挡在唇上轻咳一记，温声道：“女君不畏生死的态度，倒是比许多男儿更有气魄。但……还请女君自审处境，俘虏，须有俘虏的觉悟。”

“俘虏……”白婴低声呢喃，然后仿似如梦初醒般，抬起头张望四周。

没有什么良辰美景，也并不存在花好月圆。

她目前所处的，是遂城都护府里一间货真价实的地牢。

就在今晨，白婴率领十六国的虾兵蟹将，第无数次光临梁国边境，打算抢钱抢粮食。结果，非但没薅到一根羊毛，堂堂十六国的女君，还在撤退途中，因嘴贱高喊了一句——

“宝贝儿今天好帅，一起来玩呀！”

很不幸，白婴的嘴大概开过光，很快就一语成谶，实现了她的美好愿望。被通常不出手，一出手必然伴随腥风血雨的梁国定远大将军——楚尧，正面擒获。当时她的那群虾兵蟹将，吓得那叫一个落花流水，逃起命来根本不顾白婴的死活。

白婴的心情只有一句话形容：非常委屈。

归根结底，这其实也怪不得十六国的兵将贪生怕死。

所谓十六国，早前原本是二十四国，地处西北，与梁国比邻。他们常年觊觎着梁国这片肥沃的土地，总干些烧杀抢掠让人恨得牙痒的事。数十年前，梁国出了一位姓楚的武将，愣是死守边关，不退分毫。当时的皇帝念此人赤胆忠心，赐予楚家满门殊荣。

其后漫长的岁月，戍边将士渐渐有了楚家军的称号。楚家三代，马革裹尸的也越来越多，及至楚尧这一代时，良将门阀，只剩一根孤零零的独苗。

奉安二十六年，楚尧他爹壮烈牺牲，十万楚家军交到了楚尧的手里，对抗西北诸国的“锅”也顺理成章地落在了他的肩头。少年年方十八，便风尘仆仆地从京都赶来这风沙之地，连替他爹哭丧的时间都没有，就上了战场与虎狼为敌。

在白婴的记忆中，早些年的楚尧，有两个很基本的原则。其一——

大家都是斯文人，凡事讲道理。

因这特性，有一阵儿他常被京城的公子哥们嘲讽，说他没有武将气度。

通常，在这种情况下，楚尧会切换成第二原则，一言以蔽之——

能动手，绝不啰唆。对方啰唆，他就打到对方无法再啰唆。

总之，他就是这样一个先礼后兵的真汉子……

诚然，做人原则性太强，免不了是要吃亏的。楚尧刚到边关时，年纪小，比不上二十四国那伙人的阴险狡诈，毫不夸张地说，要不是他祖上积德，他的坟头草至今只怕有城墙那么高。其中多少曲折暂且不表，可不知为何，到了四年前，楚尧竟幡然醒悟，用上了他的第二原则。

旧年的二十四国自视甚高，暗地整兵三十万余人，准备夜袭遂城，抢姑娘抢银子。须知，遂城里的楚家军，总数不过十万众……

在这巨大的人数压制下，遂城被破，传言楚尧重伤濒死，二十四国胜利在望。然后……

果不其然!

二十四国成功……被突然崛起的“楚天霸”按在地上一通摩擦，搞了个汗水与鲜血迸溅，脑袋与手脚齐飞。

那一役，被世人称作传奇。在所有说书人的嘴里，以及各种正史野史的记载中，楚尧仿佛是天降“战神”。什么身受重伤，压根儿就是子虚乌有。二十四国的国君死伤过半，以若羌为代表的八国，当场被打跪，举起双手朝楚尧大肆膜拜，正式归降。剩余的十六国屁滚尿流地撤回沙地，利用地势和楚家军周旋，好不容易逃出生天。

十六国深表不服，随后进行了两次明里暗里的反击。据不完全统计，参战人数分别是四十万和十五万。在这巨大的人数压制下……

果不其然！

诸国又一次被楚尧按在地上侮辱，个个哭爹喊娘装孙子求饶，顺手就替楚尧奠定了“梁国战神”“巨力怪胎”等一系列威震八方的头衔。经此三役，若羌八国表面上彻底安分，十六国也放弃了原有城池，采取联盟策略，推三王共治。他们常年畏缩在沙漠里，不停地换老巢，靠能苟且会苟，存续到如今。据传楚尧亦是伤疲交加，被军医按头休养，不再咬着十六国穷追猛打。若偶尔逢上十六国的鼠辈……诸如白婴此等，冒头抢劫，也是由他手底下的四名副将打点。

是以，白婴才敢吃了熊心豹子胆，率众闹事。

可她万万没想到，“楚天霸”如此经不起调戏，单因她一句戏言，他就罔顾医嘱，亲自下场手撕她。

完全不讲武德！

简直丧心病狂！

一念至此，白婴不由得瘪嘴哼唧。她坐在地上，水灵灵的眸子倒映出坚实的铜墙铁壁，在她右侧不远处，仅有一扇削尖脑袋都钻不出去的铁窗，透进斑驳微弱的亮光。靠墙的边上，还搁着一排木架，挂满了各式各样可怕的刑具。白婴咽了口口水，旋即望向三步开外的几个大男人。她一口一个的宝贝儿——楚大将军，正用一种“汝将死”的目光扫量她，其左右两侧，还各站着一名随时准备递刀的副将……

白婴本能地忽视了旁人，目光只胶着在楚尧身上。她的袖口里，一块冷铁隐隐生寒。

记忆中的少年不知何时变了模样，五官越发凛冽锋利，褪去了青涩稚嫩，多了些成熟内敛。那双曾经灿如辰星的眸子下已似深渊寒潭，暗不见底，再难看出里面隐藏着怎样的情绪。他着一袭黑色常服，劲瘦挺拔的身形坐得格外板正，玉冠束发，丰神俊朗，真真称得上是国士无双。

白婴一时入了迷。

楚尧不满地拧起眉，提醒道：“女君这般望着楚某，是……”

“别说话。”白婴抬手，直接道，“让我溺死在你明亮的眼中。”

楚尧闭了闭眼，闷声道：“女君再是胡搅蛮缠，便只会消磨生机。进了此处的俘虏，你可知是什么下场？”

“下场？”白婴的眼珠子滴溜溜一转，掰着手指头数，“可不就那酷刑一套嘛，夹手指，挑断手脚筋，胸口用烙铁走一圈，还有……”她话音骤止，忽而像想到什么，秀眉慢慢地皱起来，“宝贝儿，你难道是想……要人家以色侍人？”

楚尧深吸一口气，默默捏住了桌角。他还没张嘴，白婴就开始口吐芬芳：“没想到，你竟是这样的宝贝儿！”白婴皮实地眨眼。

三个大男人静止了一瞬，紧接着炸开了锅。

副将之一的李琼：“都护！你听这妖女在放屁！她嘴里如此不干净，想必也套不出什么有用的消息，不如一刀杀了，祭咱们死去的弟兄！”

“别啦，你还没套怎么能这么武断呢？我这个人很好说话的。”白婴使出浑身解数抛媚眼，“尧尧，你再问问我嘛。”

“你！不知羞耻，不守妇道！都护，让我直接砍了她！”

另一个副将赵述表示：“卑职赞同。”

楚尧审视白婴须臾，不动声色地站起身，绕过桌案，走至墙边的炭炉旁。约莫当真是常年的战事伤了根本，他咳了好几声。白婴稍稍晃神，正寻思楚尧这病是真是假，不料，他已取出烧红的烙铁，挪到了自己跟前。待那灼人的温度近在咫尺，白婴骇得身子一歪，手脚并用地缩往墙角。

“亲娘！尧尧你这是要做什么？大家都是斯文人，凡事讲道理嘛！孔子说得好，能叨叨千万别动手！”

李琼破口大骂：“放屁！孔子他没说过！”

白婴皮笑肉不笑：“那这话，是、是老子说的。人家还说了，真男人，从不打胸大臀翘的小美人儿。”

副将们异口同声：“不要脸！”

白婴尚未来得及反驳，楚尧出声道：“女君想多说遗言，楚某本该奉陪。但环境造势，审讯不可少了应有的步骤，还请女君体谅。”

“等会儿，你这烙铁干什么要对着我的脸，烫花了你负责照顾我下半辈子吗？放下屠刀好好唠嗑成不成？”

“不成。女君上位四年，无一人知晓你的来历。楚某心中多有疑问，未知能否得到解答？”

“你、你这是屈打成招！和那些顺我者昌、逆我者亡的反派有何区别？”

楚尧想了想：“楚某何曾说过，‘逆我者不亡’这等话？”

两位副将险些激动得鼓掌。

世人眼中，楚大将军的形象一向光辉伟岸，殊不知，在楚将军自己眼中，他其实从来就没有过形象这玩意儿……

白婴咽了口口水：“你变了，不再是从前那个阳光积极、光风霁月的好少年了。”

“勿再攀扯关系。楚某不时会咳嗽，一咳就手抖。”

“行行行，你稳住别抖，宝贝儿都想知道些什么？”

白婴松了口，楚尧手中的烙铁收回寸许，慢慢道：“若楚某没记错，迄今为止，女君率乌合之众共犯我大梁十五次，战果……”语气里生出一股子由衷的鄙视，“零。未抢到我大梁一粒米，未拿走我大梁一文银，甚至，连城墙的砖都没碰到过。”

白婴：“明人不捅暗刀，你能不能给点最基本的尊重？”

楚尧置若罔闻：“打仗不行，送死你倒是很积极。在女君带领下，楚某粗算过，十六国死伤人数，少说也有两万众。而今次，女君更是毫不吝啬地将自己也赔了进来。”

白婴花容扭曲：“你再‘内涵’我是废物，我就要骂人了！”

“女君别误会。”楚尧轻咳一下，面上尤是云淡风轻，“楚某并非在内涵女君，而是坦诚相告，你的确是废物。”

“你！”白婴气得咬牙切齿。

楚尧好奇道：“这便是楚某的疑惑。女君恶名远扬，四年来除了强抢民男贪图享乐，于十六国而言，可谓毫无建树。昔年的王君叶云深尚能用计攻破遂城，怎么偏要扶持一个废物坐上三王之一的位置，这里面，究竟藏有何等玄机？”

“你……张嘴废物，闭嘴废物，我这么废，都怨谁？”白婴脱口而出。

楚尧抿了抿唇。

两道视线一交汇，白婴顷刻冷静下来，干瘪道：“都怨老天勒令我靠脸吃饭。”

楚尧默然。

副将们双双翻起了白眼。

白婴也深感一个头两个大。

岁月磨人，早几年的楚尧还心软得一塌糊涂，她多哭两声，大抵能免去一场皮肉之苦。可这会儿的楚尧，不仅胸有城府，且句句精准，假如不谨慎应对，只怕迟早殒命。白婴再三衡量，坐直身体道：“看来，我要不说清道明，楚将军是打算严刑逼供了？”

“确有此意。”

“那楚将军打算用什么来交换我价值连城的消息？”

“你的命。”楚尧把烙铁扔回火炭里。

“也划算。”白婴耸肩笑笑，下细回忆着。

她的两眼呈现出短暂的放空，低声呢喃道：“我……其实是梁国人。”

安静的室内烛火跳动。

赵述走到楚尧身旁，高声重复：“此女说，她是梁国人。”

楚尧没应声。

赵述加了句自己的见解：“不管都护信不信，反正这妖女说的话，卑职连半个字都不信。”

白婴瞪了眼多事的赵述，接着卖惨：“我父亲姓‘向’，单名一个‘参’字，是陈郡人士。将军大可去查证。早些年，我父亲往来金州做生意。我母亲有病在身，无法照料我，父亲无奈之下，只好带我同行。没想到……没想到……”

白婴泪如雨下。

三个大男人一脸麻木。

赵述再次补刀：“她说她爹叫向参……一个姓‘白’，一个姓‘向’，大概是小时候不会写字才把自己姓改了。”

白婴无语。

“她还说自己是陈郡人，她爹带她来金州做生意，没想到她成了卖国求荣的逆贼。”

“等会儿。”白婴瞪眼道，“你老添油加醋做什么？我说的话难道将军听不见，还须得你翻译？”

“不想我添油加醋，你就大点声！”

“那我中气太足不就表现不出你们男人爱看的一哭二闹吗？”

“谁爱看这个？”赵述呵斥。

楚尧适时提醒：“女君仍未说，叶云深为何让你上位。”

“宝贝儿少安毋躁，容我细细……”“瞎掰”二字硬生生转了个弯，白婴哽了哽，说哭就哭，“嘤，容我细细道来。那一年，我与我爹前往金州，结果遭遇不幸，恰好……逢上金州遭袭。”

此话一出，赵述脸色乍变，指着白婴怒道：“满口胡言！”

白婴顿了顿，实则也心有不忍。她知晓，一旦提起旧事，无论对她，抑或是对楚尧，都是一把伤人伤己的双刃剑。

可她，别无选择。

她打量着楚尧的神色，幽幽道：“没有人比将军更清楚，奉安二十七年，发生了什么吧。”

“闭嘴！”

楚尧一声不吭，赵述却是按捺不住。他也不管是否逾矩，上前一步手按剑柄，整个人绷得宛如满弦待发的弓，连着额头上也布了一层薄汗。他的反应太过异常，让白婴也不由得怔了一瞬。楚尧则置身在大片的阴影里，高大的身躯挡住了斑驳的烛火，白婴看不清，他是怎样的表情。

少顷。

楚尧道：“你接着说。”

没来由的凉意使得白婴打了个寒战，她咬了下下唇，嗫嚅道：“然后……我、我就被十六国掳走了……那年战事吃紧，三州先后遭袭，我也不过是被二十四国俘虏的其中一人。后来，我便落入了叶云深手里……”

赵述的颊边滴下了豆大的汗珠。

楚尧步步逼近，站在白婴面前居高临下：“说下去。”

“都护！”赵述喊道。

白婴寻思道：“要是……我说叶云深扶我上位就是替他‘背锅’的，我头上的屎盆子都是他扣的，少了我，他还能扶持千百个女君王君，宝贝儿，你信不信？”

楚尧没答她的话。他静静地看着白婴，俊逸的脸半边隐于晦涩，半边映着烛火，错落的光影似将这人撕扯成两半，悲怆和冷漠都交替出现在那双深渊似的眸底。

“奉安二十七年……奉安二十七年……”他低低重复着，继而垂首，意味不明地讥笑一声。

赵述当即拔出一小截明晃晃的剑身，手背上满是暴起的青筋：“都护……”

气氛骤然变得诡异且剑拔弩张，白婴直觉不妙，正欲岔开这个话题，楚尧倏尔蹲下身来，温声说：“女君是故意提起奉安二十七年的，你想博楚某的怜悯之心，是吗？”

“将、将军的大仁大义，着实令人敬佩。”

“大仁，大义……呵。”楚尧长舒一口气。隔了会儿，他方施施然起身，不痛不痒地道，“你若真是当年的受难者，那倒也确然是个可怜人。”

他回身把赵述的剑插回鞘中。白婴清楚地看到，赵述颊边的冷汗滴落在地。她尚未回过神，楚尧已走到桌边坐下，问：“女君既然自称梁国人，那么，是想就此投诚？”

“也不能说是投诚。”白婴一身正气，“我只是想报效生我养我的梁国！毕竟，我和将军一样，都是有气节有抱负的热血儿女。”

李琼忍不住破口大骂：“你要不要脸？谁和你一样？就你刚才㞞的那模样，我们都护下辈子都追不上你！”

白婴：“……你在骂我还是骂你家都护？”

李琼：“你少在这里挑拨离间，我的意思是……”

“闭嘴。”楚尧制止了下属的话，接着道，“女君的来历，楚某自会查明。你若真是我大梁子民，又先后带着十六国的蝼蚁们送死数回，楚某无理由不善待女君。”

白婴突然感到心情好复杂。

楚尧话锋一转：“不过，投诚也好，报效也罢，都得彰显自身的诚意。女君刚刚说有价值连城的消息，是什么？”

“东海岛国的火器，不知宝贝儿感不感兴趣？”

两个副将登时面露讶异，楚尧则示意白婴继续说下去。

“你我都晓得，东海以东的岛国，以盛产火器而闻名于世，却因造价太过高昂，就连国力雄厚的大梁，都只是给京城的禁军配备了一部分。莫说十六国很少得见，你们楚家军，只怕也无缘接触？”

白婴盘腿坐在地上，眉眼间带着不经意的笑，闲话家常般分剖着大梁的局势。

“当今圣上何其忌惮楚家军，边关未平，楚家军是守护大梁山河的屏障。边关安宁，楚家军就是搁在圣上枕边的刀。这个道理，宝贝儿应该晓得的哦？”

“放肆！一个不学无术的女人，也敢妄议朝政！”赵述斥道。

白婴无所谓地耸耸肩，目光只胶凝在楚尧身上：“别误会，我无心挑拨楚家军与朝廷的关系。当然了，依着大梁国库的实力，断不可能让楚家军人手一支火器。那么，现在，实现梦想的机会来了！就看宝贝儿想不想一举扒掉叶云深的裤衩子！”

楚尧拢了拢眉心：“你能不能好好说话？”

白婴厚颜无耻地一笑：“宝贝儿的请求，我必须满足！”

她清清嗓子，重新道：“现在，主动出击搞死叶云深的机会来了！”

楚尧心想：好像也没好到哪里去，算了，还是别指望她这张嘴了。

楚尧敛了敛眼皮：“愿闻其详。”

“事情是这样的，四年前一役后，十六国一直被压着打，元气大伤，按道理呢，是没有闲钱再去购进火器的。可叶云深为了最后的反扑，愣是不惜掏出棺材本，想方设法于半年前订了一批东海岛国的火器，妄图神不知鬼不觉地运进十六国，给你们楚家军来一次沉重的打击！当然，很不幸，他这个天衣无缝的计划，即将被我这个正义的使者终结。”

三个大男人默然无语。

白婴龇着牙道：“约莫一个月前，这批火器已经登岸，由一家镖局护送，最迟明日，就会抵达边城。叶云深让我挑着这个时机来进犯遂城，亦是想给这批货打掩护。总之，机不可失失不再来，现在就我知道他们的路线，宝贝儿你选，是要与我这小美人儿合作呢，还是合作呢？”

这根本就没得选！

楚尧保持沉默。

李琼急眼道：“都护，这妖女不可信！”

赵述跟着附和：“此事的确不可信，只怕是这些奸诈小人设下的局。且不说叶云深哪儿来的银两买火器，单看这前因后果，也未免太巧合。”

“嗨呀，”白婴摊手，“你们要相信，老天爷疼我这个好人呀。”

好人……

你别骂老天……

三个大男人一致在心里吐槽。

李琼思来想去，生怕自家都护中计，忙道：“就算真有这批火器，叶云深让镖局押送，已是居心叵测。沿海镖局，家家背后都有不可轻易得罪的势力，他们往来四方，朝廷也从不轻易插手。假若我们用都护府的名义拦截，搞不好会落人口实。如果真查出是火器还好，倘若没有火器，只是寻常货物，必定不好收场。”

“你说得对！”白婴热情鼓掌，“所以我把后路都给宝贝儿想好了，咱们调一波精兵，遮头盖脸，扮成山匪，抢他一票！”

“放你的屁！我们都护堂堂正正光明磊落，是百姓心中无可取代的大英雄，岂会与你这等贼人同流合污上路打劫！你再敢侮辱我们都护信不信我扯断你的舌头！”

白婴捂住嘴，可怜兮兮地望着李琼。

楚尧默了半刻，道：“假扮山匪打劫，与道义相违背。”

李琼连连点头，目光里止不住地流露出对楚尧的崇拜。

然而，下一刻……

楚大将军：“不过，成大事者，不拘小节。”

楚尧在两名副将震惊到无法自拔的眼神中干咳一声，勉强挽回自己的形象道：“火器一事，终归宁可信其有，不可信其无。一旦落入叶云深手中，于后续战事不利。”

“可是都护……”

白婴机智地抢话：“宝贝儿通透！那就如此说定了！我与宝贝儿强强联合，抄了叶云深这老变态的底，事成咱俩五五分，你放我回十六国，我继续当卧底，与你里应外合，咱们争取这几年就把十六国那些王八羔子整锅端，如何？”

“不如何。”楚尧微笑。

白婴愣了愣。

“首先，所有火器，归都护府所有。其次，女君别奢求回去了。此事若成，证明你有意归顺，楚某可以不囚禁你，但你也走不出遂城，只能与其他战俘同样，集中住在城南狗尾巷。”

白婴被楚尧的脸皮震住了，张了张嘴，道：“你明知道我这几年不干人事尽给十六国的广大群众添堵了，我要去了狗尾巷，还有机会活着走出来？”

楚尧：“你可以的，毕竟，是女君说的，老天爷疼好人。”

白婴悟了。

这几年，排成队的人骂她厚颜无耻，不知她这德行随了谁。每至深夜，这问题也困扰着白婴自己。如今，她终于晓得……

她的德行……

是随了楚尧！

白婴表示心服口服，楚尧也甚是满意她的识时务。一场交易就此说定，楚尧随后命赵述和李琼先退下打点，他又留在地牢里，详问了诸多细节。到得白婴和盘托出，这次审讯才算结束。白婴私心里想和他多待一刻算一刻，一对眼珠子就像黏在楚尧身上，无论如何也抠不下来。楚尧被她瞧得不大自在，微微拧了眉，起身道："今日便到这儿，明早卯时出发，女君且休息。另外，把你的哈喇子擦一擦，快流下来了。"

白婴闻言，当即抬袖猛擦嘴角。见得衣袖干爽，方知被楚尧戏弄。她也不恼，单手支着下巴道："谁让我家宝贝儿多娇，万千少女竞折腰。不瞒尧尧，我一见到你呀……"

楚尧估摸着白婴说不出什么正经话，可基于审问犯人的本能，他依然接了一句："如何？"

白婴笑靥如花："我就连孩子该是明年三月出生，属虎，猴年上京考状元都想好了。"

被调戏了整整一个时辰濒临爆发的楚大将军："女君这句句送命的本事，果然算是……炉火纯青。"

"嘿嘿，宝贝儿过奖。"

楚尧无语。

直到楚尧"砰"的一声关上铁门扬长而去，白婴还坐在地上乐呵呵地喊："别走呀，宝贝儿，宝贝儿，尧尧！"

脚步声越走越快，不消片刻，外间便恢复了一片死寂。白婴脸上挂着的笑容逐渐沉下来，光亮照不到的地方，深黑的眸子里如覆寒冰。她将手收回袖口中摩挲那块陈旧的铁牌，自言自语道："这么多年……到底是一样无情啊。"

地牢外。

赵述和李琼尚未走远，只是站在一起商量着什么。两人眼见楚尧走出，双双上前，恭敬道："都护。"

楚尧扫视过二人，问："还在此地做什么？"

李琼道："咱们明日……当真要去抢……咳，伸张正义？"

"嗯。"

"都护你真信那女人所说？这妖女声名狼藉、作恶多端，您为何不直接用她杀鸡儆猴？"

“叶云深扶持她一事，尚有查证的余地。”楚尧顿了顿，继续道，“先派人前往陈郡打探白婴是否真是梁国人，若她所说不假，那……也确然可怜。”

“都护您……”李琼话音一滞，求助似的看了眼赵述。

赵述像在思量着什么，对他熟视无睹，李琼只好自个儿劝：“这么多年过去，都护也该……放下了。”

“我知晓。时辰不早了，回去歇着吧。”

“是。”

楚尧欲要举步，久未吭声的赵述突然说：“都护留下白婴，单单只因奉安二十七年？”

“不然呢？赵副将以为是因什么？”楚尧的眉眼里带着浅淡的笑意，看不出半分多余的心思。

赵述埋下头道：“卑职不敢妄加揣摩都护的想法。只是白婴来历不明，世人都知奉安二十七年的事，她故意以此博取您的同情，也不是不可能。”

“无妨。”

“那假如她的被俘，以及火器一事，都是十六国三个王君设下的局呢？”

“无妨。”

楚尧说完，注意到两位副将无比纠结的表情，不得已又补充了一句：“就算是局，也正好教教这三位王君，如何做人。”

话罢，他率先离开，留两位副将面面相觑。

自家都护……他果然是很狂。

至夜，丑时。

白婴趴在桌案上，阖眼小憩。她做了个烦琐冗长的梦，许多场景如走马观花，凌乱得不真实。

一开始，是一名女子泡在血池里，披头散发，形如枯槁，露出的肌肤透着死气，宛如地狱里受刑的厉鬼。她喉咙里发出变调的呜咽闷吼，显得无助又绝望。

很快，女子被血水覆顶，窒息之际，虚空里出现一只手，紧紧拉住了她，对她说——

别怕，有我在。

梦境自此更迭，顷刻化作春日盛景，花落缤纷。白衣的少年在水榭里教小丫头读书。小丫头昏昏欲睡，气得少年拿戒尺打她的掌心，打得她圆胖胖的手又红又肿。入了夜，那少年却又带着伤药，一面小心给她上药，一面闷着声说话。

“以后，没人再打你。”

“……是你打的。”

“……我、我也不行！抱歉，我……不会再打你了。”

“好。”

画面一转，穿黑衣裳的少年气势汹汹地带着小丫头闯进了一处学堂，站在桌子上吼道：“你们，是谁说阿愿胖？”

底下的纨绔子弟们齐齐缩成了鹌鹑，没一人敢站出来承认。

少年问不出个所以然，索性凭一己之力，将全学堂十三人揍了个遍。他边打边道：“我家阿愿，你们也胆敢评头论足，谁给你们的勇气！”

纨绔子弟们哭成一片，扯着嗓子嚷嚷：“你敢打我！我爹都没打过我！”

少年此时说出了一句人生的至理名言：“叫你爹来！我连你爹一块儿打！”

从此，少年在京城添了个绰号，叫——全家打。

后来，小丫头和少年一起被老师罚站。

老师深表痛心疾首：“你们这流氓习性都是随了谁？你是将军之子我理解，安阳，你一个姑娘家，怎么也跟着胡来！”

小丫头瘪着嘴委屈巴巴。

少年高傲地扬起头，拉着小丫头的手说：“她，随我。”

白婴在梦里似乎也笑出了声。可惜，美景不长，这一切猝然终止在一声破风疾驰的箭鸣里。她突然听见自己尖厉的哭喊——

“兄长，救我！”

白婴赫然惊醒，坐起身子慌乱地大口喘息。

周遭寂无声息，壁上只余几盏昏暗的烛火跳动。她的后背已被冷汗湿透，四肢百骸霎时卷过细密的痛意，像是有无数虫子在她的身体里撕扯咬噬。她揪住胸口衣衫，竭力忍耐这熟悉的痛感。起初的睡意一刹消弭，透过铁窗，白婴望着外头的光亮，双目混浊而茫然。

她回来了。

可他……已经不认得她了。

白婴轻轻抚上自己的脸，梦里那血池中的虫子仿佛爬到了她的皮肉上。她恐惧地抱住头，眼前的场景却始终挥之不去。她瘦削的双肩瑟瑟发抖，及至天明将近，这一宿的痛楚才算过去。

白婴还没缓过神来，便有士兵来押她前往都护府外。

彼时天色蒙尘，一轮日头还藏在连绵的云层后，将出未出。都护府坐落在遂城城东，占地颇广。内中一应俱全，不仅有校场、地牢，还有诸多军舍，容纳了近五千精兵。眼下气势雄浑的操练声直冲云霄，是遂城里安抚人心的保障，也是震慑虎狼的号角。

白婴迷迷糊糊地被两个士兵推搡着，边走边打呵欠。正门外沿街旁，有五十名悍将已经整装待发。其中，也包括昨晚审讯白婴的李琼和赵述。她眯着眼一下子觑中了队伍中间的楚尧，懒洋洋地走过去，刚迈完石阶，裙摆一撩，露出一双白花花的大长腿，风情万种地坐在了石梯上。

楚尧沉默了下。前后的几十道视线齐刷刷扎过来，纷纷黏在了白婴的腿上。

边塞并非没有风格豪放的女子，只是像白婴这么豪放的，委实难得一见。加之都护府上上下下，都是一心杀敌，保家卫国的糙汉子，上至楚尧，下至新兵蛋子，清一色的单身光棍儿，是以都护府有个别名，叫……

光棍儿府。

大小光棍儿们冷不防接受美色的洗礼，自然是挪不开视线。楚尧干咳了好几声作为提醒，见收效甚微，便垮下脸警告白婴："女君，注意仪表。"

"什么仪表？"白婴浮夸捂嘴道，"呀，尧尧是不喜欢我穿成这样吗？你对人家的占有欲，原来已经到这种地步了？"

楚大将军："你是不是没睡醒？"

"是呀。"白婴面若桃粉，"你呀，真是不懂疼人，明知今早要赶路，昨夜还折腾人家。"

这引人遐想的说辞，再配上白婴故作羞涩的模样，达到了一车地火龙爆炸的效果。原先盯着白婴的几十道视线"唰"地转向楚尧，议论声此起彼伏，险些没把楚将军淹没在唾沫星子里。

"我去？我是没睡醒吗？我刚刚都听到了什么？这是咱们不给银子就能听的玩意儿吗？"

"都护是霸王硬上弓了还是被霸王硬上弓了？据说这位女君好男色，厉害啊，为了色连命都不要了。"

"等会儿，你们的重点不该是都护破坏了咱们光棍儿府的规矩吗？"

楚尧阴森森地瞪了白婴一眼，继而气沉丹田掩嘴怒咳。咳了好几个回合，整个队伍总算安静下来。末了，他眯起眼睛，威胁白婴道："女君，谨言慎行。"

白婴一脸的无辜："怎么了？我难道没有谨言慎行？宝贝儿呀，你好歹也是正人君子，想哪儿去了？"

恶人先告状。

楚尧望天，做了个深呼吸。他拽着缰绳忍了忍，不欲和白婴计较。眼看天色不早，他让士兵牵来一匹高头大马，径直停在白婴跟前。白婴默默端详了好一阵儿，方弱弱地举起手道："我要坐马车。"

楚将军："你想不想在天上飘？"

那其实……

也不太想！

白婴的眼珠子滴溜溜地转，又说：“实不相瞒，我其实……不会骑马。咱们这是要去天途关，少说也有八十里路，你让我自个儿骑马去，还没走出城门呢，我就在马蹄底下肠穿肚烂了。你想想，我要是死了，谁给你提供可靠情报？”

楚尧问：“你再说一次，你不会什么？”

白婴不好意思地挠挠头：“我……嘿嘿，不会骑马。”

她还嘿嘿，她为什么有脸嘿嘿？

楚大将军第二次望向了天空。

不说马背上度日的十六国，就连崇文弱武的梁国，但凡一名女子稍有来头，都会些许的马术，好歹，这是一门逃生技能。可白婴身在高位，堂堂一方之主，居然……还能废成这熊样？

她真是老天派来终结十六国的吗？

楚尧现在有点相信，她大抵就是给叶云深“背锅”的人选了。

冷静须臾，楚将军简单明了道：“过来。”

白婴谨慎地想了想：“做什么？先说好，你要是打我，我俩的孩子马上就会从肚子里掉出来！”

刚想带她同骑的楚将军眼神冷漠地看着她，无话可说。

士兵们才稳住心态，这会儿又被一句话点燃。

这一次……楚将军足足咳了二十六下，都没能让激烈的讨论停止下来。

白婴亦是没料到，行伍之人还能拥有如此熊熊燃烧的八卦之魂，眼看楚尧咳得唇色发紫，她略感歉疚地说：“宝贝儿，你别咳了，再咳下去，肺都要咳出来了。”

她稍稍走近，问：“你叫我过来做什么？难不成……是想邀我同骑？”

“同骑？呵呵……”楚尧面带微笑，“女君说笑，怎会有如此荒谬的想法。”

白婴瞅着他的笑头皮一麻，当下就想起了那些年被他打跪的二十四国国君。她正要转头就跑，楚尧却是手疾眼快，轻轻松松拎住了她的后脖颈。

就在白婴手脚并用激烈无比地挣扎时，楚将军凉悠悠道：“来人，把女君绑上那匹马，倘若途中女君不幸摔死……”

“你就给我殉情？”

“就把你挂上城墙，用来警示十六国。”

白婴习惯性作死并再一次成功：“宝贝儿，宝贝儿，我的尧尧，我错了，我认错行不行？跪着认！我是真不会骑马，求放过好不好？”

楚尧严词厉色：“再把她的嘴给我堵上！”

白婴：“嘤。”

◆

第二章 · 孩子原来是真的

正如白婴所说，从遂城到天途关，整整八十多里路，以楚尧毫无人性的行军速度，少说也得两个时辰。

就不说两个时辰，她被绑上马，遭楚尧拽着急驰出城门不久，白婴就吓得半死不活。边塞风沙大，马蹄过处，黄尘漫漫。一开始白婴还能鼓着两眼怒视楚尧，没走多远，她的眼睛里便入了沙子。两行泪水簌簌落下，糊了她一张娇俏可人的脸。她伏在马背上，剧烈的颠簸硌得她肚子生疼，她勉力用手搂住马脖子，嘴里塞着一团布料，两颊惨白得宛如死灰。

她是当真怕极了。耳畔的蹄声像是悬在她头顶的刀，随时可能落下，让她身首异处。她的喉咙里不断溢出呜咽，想喊一个名，却不得章法。

兄长……

脑海里的景象恍惚回到数年前。早些时候，白婴还是一个圆滚滚胖乎乎的小团子，刚满十岁，便入了学堂。先生教习马术，其他小孩上了一课，都能独自上马，唯有白婴胖过头，腿又短，费了九牛二虎之力，还是连脚环都踩不到。她不仅翻不上马背，还在众目睽睽下摔了个仰八叉，一头栽进泥坑里，笑得其他小公子哥们原地抹泪。

白婴气得不行，指着他们说，你们尽管笑，我回家告诉兄长去！

次日，一群纨绔子弟，被楚尧打得抹泪更勤。

白婴也不是打小就不上进。每个娃年幼之际，总是向往变强的。何况那时的楚尧已经在武学和兵法上展现出过人天赋，白婴私心里只想与他并肩。她央着楚尧亲自教她骑马，为此，楚尧还专程寻来一匹小马驹。

第一天，白婴顺利上了马，在马儿不动的情况下，好歹能在马背上稳半个时辰。

第二天，楚尧能牵着马带她遛个弯儿。

白婴登时信心满满，到了第三天，她让楚尧放开缰绳。结果，楚尧一撒手，马驹刚跑两步，白婴就被成功颠了下来，摔得龇牙咧嘴。她哭得上气不接下气，楚尧为了安慰她，愣是信口雌黄，说马驹不通人性，连着把马驹饿了好几顿。

后来，学堂里再要教马术，楚尧便说什么都不让白婴去学了。

先生语重心长地和他交流："你家小妹如此下去是不行的，你是将门之家，她怎能连骑个马都不会。万一将来遇上事儿，她会拖累你的。"

楚尧含笑望着他妹，一脸宠溺地回答："无妨。她无需会这会那，有我便足够了。"

"那若是你上战场了呢？"

"我就带着她上战场。"

"那若是你二人在战场上遇险呢？她逃命都比别人慢！"

楚尧疑惑地觑了眼先生："怎会遇险？有我在她身边，就只能是别人遇险。"

先生表情复杂，和楚尧大眼望小眼半天，道："有没有人跟你讲过，你这样的教育方式是会毁了这孩子的？"

楚尧仍旧笑得春风和煦："无妨。我家的，由我宠着。宠她十年不够，就二十年。宠她二十年不够，那就一辈子。"

白婴站得近，把这句话一字不落地听进了耳里，刻入了心中，连同他们初识时那句言辞一起。她在还不懂何为承诺的年纪里，已得他人轻许了一生。

可她如何也没料到，这个说着要宠她一辈子的人，带她离开黑暗后，再将她送进了地狱。

话音不绝，白婴眼皮子底下温热翻涌。

许是瞧她可怜，队伍不知何时停了下来。白婴还未来得及睁眼打量，就觉身上的绳子一松，手臂被一个蛮横的力道钳制住，用力一带，她便落到了另一处马背上。

她眩晕了良久，两只眼睛方怯生生地眯起一条缝。她身处队伍最末，士兵们都关注着前方，好似被人下了令，不敢回头张望。稍是垂首，她便瞧见一双骨节分明、长着茧子的手松松地拉住缰绳。白婴整个人一滞，身后人胸膛的热度时不时贴在她的背部，微热的呼吸不经意地撩过她的后颈，使得她的思绪登时一片空白。

她的脑子是转不动了，泪水却还没停止，脸上依然是湿漉漉的。

楚尧由衷地鄙夷道："楚某杀过的王君不少，怕死能怕到女君这种程度的，你是第一人。"

白婴一反常态，压根儿不反驳。

"早知如此，便不该逞口舌之快。女君安分些，楚某也不会为难你一介女流。"

白婴乖巧且安静。

楚尧相当满意她的作态，当即下令队伍前行。

走了两三里路，白婴麻木的四肢总算恢复了知觉。她胡乱擦掉眼泪，继而在马背上扭来扭去。路途颠簸，楚尧硬邦邦的胸膛蹭得她面红耳赤，每一次呼吸，对方衣料上皂角的香气都将她包裹得严丝合缝。

暌违已久的靠近，于她而言，好似饮鸩止渴。她恨不得丢盔弃甲，又怕此后万劫不复。

楚尧忍无可忍，终是拧眉道：“女君在动什么？”

白婴僵住，仿佛他的话别具威力，震得她一动不动。

少顷。

白婴难得地示弱道：“你……你往后退一点，别、别贴着我。”

楚尧默了默，微微拉开两个人的距离。

白婴松了口气，紧接着又提出第二个致命要求：“你……可不可以不喘气？”

楚尧冷冷道：“我不能。但我可以让女君能。”

白婴不敢造次了。

两个人一路无话。白婴全程都在试图减低存在感，拼了命地往前挪，避免和楚尧前胸贴后背。可无奈行军速度快，两个人总归有些肢体接触。

楚尧很快就发现，这位传闻里贪图男色的十六国女君，不过是与人同骑，耳尖至脖颈，都能晕出一层淡淡的粉色。他若与她说话，她就老老实实一问一答，全然不似昨夜在地牢，满嘴荤话。楚尧以为她是被绑了一回在马上，彻底吓破了胆，一面不屑白婴的品性，一面也欣慰于这意外的成果。

说到底，白婴那张嘴，简直是前无古人后无来者的欠。

也不知随了谁。

楚尧一念至此，莫名其妙地打了个喷嚏……

至午时，一行人顺利抵达天途关。此地位于西北三州境外，原本是若羌的地盘。在若羌归降后，这一带的人烟日渐稀少，正是打劫下手的好地方。楚尧择了一片靠近商道的小树林，命士兵拴好马匹，再徒步走上夹道的小山坡。

白婴下了马，一时半会儿还有点回不过神来。乍然离开楚尧那坚实有力的怀抱，她既是惋惜，又有点小庆幸。她摸摸索索地跟在一群大老爷们儿身后，待得众人依着副将赵述的计划埋伏好，她才觑准楚尧身旁的空位，一屁股坐在了地上。

五月的日头已烈，商道上万籁俱寂。白婴虽是预测镖局的人今日会赶到天途关，却也不晓得具体的时辰，只能静候猎物出现。都护府素来军纪严明，说好埋伏，诸多士兵便有如一草一木，不会发出丁点儿动静。可白婴明显没这自觉，不消须臾，以她为中心，众人便听到了一阵“吭哧吭哧”的响动。

楚尧抿了抿唇，回头望向背对他的白婴：“你在吃什么？”他不记得出发前有给白婴配备食物。

白婴闻言，下意识地扭过脑袋。她右手抓着一截树皮，嘴唇吧唧吧唧，嚼得不亦乐乎。

楚尧无语。

吃树皮这种事，他们迄今为止，还只在史书里见过。若是逢上灾荒年生，或是天下大乱，无米可入炊，才会有人以树皮为食。梁国的边境虽不太平，好歹百姓士兵吃饭还不成问题。她堂堂一个女君，何至于如此?

楚尧沉默了片刻，问李琼道：“身上带馕饼了吗？”

“没。”李琼也是一言难尽，“出发前大伙儿都吃饱喝足了，这来回一趟又不远，没人配干粮。”

楚尧瞥了眼李琼，李琼机智地挪开了两寸。他还想再说什么，白婴笑嘻嘻地趴到楚尧身边，道：“宝贝儿，我不饿，别担心。”

“谁担心了？”楚尧不满，“既是不饿，你扒这树皮做什么？”

“这不过路的时候瞧见了，觉得这树皮还挺新鲜的，随手就扒下来了。”白婴献殷勤地把啃了半截的树皮递给他，“宝贝儿尝尝？爽口多汁。”

楚尧礼貌地把树皮推回去：“谢谢，女君独自享用就行。”

白婴冲他嫣然一笑，也不勉强，规规矩矩地趴在他身边，继续嘎嘣脆地啃树皮。她啃得起劲儿，小臂那么长的树皮没多久便只剩巴掌大小，贝齿一咬一合还格外清脆响亮。楚尧离得近，被她发出的噪声吵得太阳穴突突直跳。为了转移自己的注意力，他启齿道：“此次押送火器的，可知是哪家镖局？沿海镖局，有几家师承江湖大派，其中不乏一等一的高手。”

白婴囫囵不清地答：“我也说不准，之前听叶云深那‘大屁眼子’讲……”

楚尧怒道：“你说话就说话，不要嘴里不干不净！”

白婴怔了怔，把嘴里的树皮吐出来道：“我是说叶云深那大骗子……”

听岔了的楚将军：“你继续。”

“哦。”白婴嗤笑一声。

见楚尧的眼刀扎过来，她才赶紧扔掉没啃完的树皮一脸正色道：“据说是龙腾镖局。我此前特意打听过，这家镖局的背后，确实有朝中权贵和江湖势力撑腰，要不我怎敢提议让宝贝儿扮成山匪呢。”

楚尧一言不发。

他实则并不关心是哪家镖局，他只想找个借口阻止白婴吃东西。

白婴话匣子一开，三寸不烂之舌就翻出了花样：“说起来，关于打劫这事儿，你们都护府是肯定没经验的。不过不打紧，有我在，保管你们吃不了亏！”

李琼深表不屑：“尽干猪狗不如的事，还挺骄傲。”

“话不能这样讲，俗话说得好，七十二行，行行出状元，只要你肯脚踏实地好好干……”

“你等会儿？哪儿来的七十二行？我要没记错，俗话说的是三百六十行？”

白婴掰了掰指头：“哎呀，你这糙汉子咋那么‘虎’呢？不要在意这些细节，你看我家尧尧都没反驳我。”

楚尧深吸一口气，不想搭理白婴。

李琼也翻了个白眼，转向另一个方向。

白婴继续道：“这打劫呢，江湖黑话叫‘打鹧鸪’，事先得踩盘子。你们待会儿要是一个不留神，搞不好就要泄漏身份去。当然啦，打劫的道道三天三夜也给你们讲不完，以后有空，我再慢慢教。”

谁要你教！

李琼忍不住，恶狠狠地瞪了白婴一眼。

白婴埋着头，手上也不知在搞什么小动作，嘴上还不歇气道：“总之呢，等镖队出现，你们都别动，让我先说骚话……”

“啊不，让我先说江湖话。”白婴吧唧道，“记住了，五字精髓，猥琐，别嘚瑟。抢了货就跑。一般的山匪都不跟镖局正面‘刚’。我们既然做了，就要做得……”

楚尧打断她：“你又在吃什么？”

白婴仰起脸来，包了一嘴的草。

楚尧默然。

李琼瞅向白婴手边一个拔了草从而留下的小土坑，内心也是备受震撼。

白婴还好似生怕楚尧不让她吃，三下五除二就把剩余的草塞进嘴里，直到两边腮帮子高高鼓起，模样滑稽好笑。

楚尧闭了闭眼，冷静地望了遭天。

白婴嘿嘿一笑：“反正，我说了这么多，就是想告诉诸位，打劫必须要低调。”

无人接她的话。白婴也没指望有人同她一块儿插科打诨，她乐得自说自话，左右闲着无事，她愣是把十六国其他两位王君的私事翻了个底朝天。她一面叭叭个不停，一面百无聊赖地用手去刨起先的小土坑。楚尧用眼角余光觑见，那坑在她的手底下越来越深，越来越深，然后……

白婴拎住了一根拇指大小的胖虫子……

楚尧的眉心一跳。

下一刻，白婴的两眼蓦地绽放出惊喜的光芒，就在身边人呆若木鸡的注视中，她果然故技重施，大有把虫子扔进嘴里的架势……

楚尧一把擒住她的手腕，闷声道：“你不要命了？这是沙蛭！”

白婴眨巴眼：“我知道呀。”

“你有多少血够它吃的？你这什么东西都往嘴里放的毛病……”

话至此处，楚尧赫然收了声。他的眸色刹那间阴郁下来，仿似盛夏时节雷雨交加的前奏，带着黑云压城的胁迫感。白婴对危险的直觉向来敏锐，有那么短短一刹，她觉得，楚尧是真心想要她的命。

她从他的目光里，甚而能辨出几分从未有过的残虐。只是等她稍作细看，他却又恢复了不动声色的神情。他甩开白婴的手，沉默须臾，矮声道："女君的试探，可以到此为止。再进一分，则是自寻死路。"

白婴明白他意指什么。

他以为，她在模仿。模仿他的义妹，模仿年幼时的白婴。

她这什么东西都往嘴里放的毛病，归根结底，得从她七八岁那会儿说起。

白婴的幼年时期，用一个字总结：惨。

用四个字总结：惨绝人寰。

先撇开过于复杂的经历不说，总归，那时她常常饥一顿饱一顿，久而久之，她对吃东西生出了一种病态的执着和依赖。到得她九岁那年跟着楚尧入了将军府，突然过上了饭来张口衣来伸手的好日子，她也仍是怕极了饥饿，每天十二个时辰，约莫有十个时辰她的嘴里都塞着食物。

楚尧疼她宠她，总让府上的厨子变着法儿给她做好吃的，活生生把她从一个瘦骨嶙峋的小丫头喂成了圆滚滚的胖球。照顾白婴的婶婶还劝过楚尧，说女孩子家家不能吃这么多，否则继续长下去，将来找不到好人家。彼时楚尧是怎么回答的？

他说："找什么好人家，我不就是好人家吗？"

此后，婶婶再没劝过白婴少吃。

这一来二去，白婴被他惯得毛病越发严重，已到了夜里梦游胡乱啃食的地步。楚尧生怕她出岔子，有一段时间干脆在她睡着后，便锁上她的房门。白婴找不到吃的，迷迷糊糊就去啃桌子腿，结果很不幸，把门牙磕掉两颗。

次日早上楚尧来开门，白婴坐在镜子面前嗷嗷哭。彼时也不知楚尧在想什么，二话不说，转头就走。白婴还以为他嫌弃自己没牙的样子，跟上去想讨个说法，结果刚走到楚尧门前，就听里面传出了激烈的打斗声和争执声。

吵的什么白婴给吓忘了。她年纪小，那阵仗又大，当场就把她震得三魂少了两魄。还是身为楚尧伴读的赵述及时出现，把打着哭嗝的白婴哄回了房里。她想和楚尧绝交两天，可还没过夜，楚尧就给她做了不少好吃的送来。美食当前，加上她对楚尧深厚的依赖，很快就把磕掉门牙的事忘得一干二净。那晚过后，楚尧再也没锁过她的房门，而是每夜悉心守在她床前，给她唱一首五音不全跑调能跑到隔壁老王家的小曲儿。

白婴听得欢喜，楚尧唱得尽心，两个人非常和谐。

其间，白婴还咬过楚尧的手腕一回，醒后她看到那一圈血淋淋的牙印，哭得差点厥过去，比伤了自个儿还难受。约莫是太怕伤害楚尧，没过多久，她这强迫性吃东西的毛病，便痊愈了。

直到……

奉安二十七年，他亲手杀她……

白婴陷在旧事里难以自拔，眼底白雾氤氲，几乎是脱口而出："将军认为，我在试探什么？"

楚尧不作答。

"怎么，我惹将军忆起故人了？"

楚尧还是不应声。白婴无趣得紧，方才起伏的心绪也慢慢平和下来。她用手掌遮住强光，瞄了眼穹顶。午时未过，日头当空，正是一天里最晒的时刻。她长年累月见不了几回太阳，导致皮肤都白得显病态，乍然晾在野外这么久，多多少少有些难熬。她的喉咙里干得像要冒烟似的，她努力咽了几口口水，瞥见楚尧腰上挂着一只水囊，伸手便要去扯。

楚尧摁住她道："做什么？"

"我渴，要喝水。"白婴说得大方坦诚。

楚尧想了想，侧首道："李琼，你去找……"

白婴："我就喝你的！"

楚尧锋利的眼刀，虽迟但到。

白婴也不怵他，迎着他的视线说："你是我的宝贝儿嘛，我只想喝你的水囊。你也看到了，我将将吃了那么多树皮和草……"

"那是我叫你吃的？"

"不是。我就想强调强调，我现在特别渴，你要是不给我喝水，我会暴尸荒野，一尸两命。"

偷听到墙角的诸位士兵心中疑惑：孩子这梗，难不成是真的?

楚尧气不打一处来："白婴，你不要得寸进尺。"

"哪敢呀，人家分明就是挣扎求存。您一个将军，怎么能虐待投诚的弱者呢?还是说，您的水格外金贵，是要……"她吐字越来越慢，还故意带着点拈花惹草的笑。

楚尧一听就知道她这话的苗头不对，为了把她飙荤话的趋势遏制在摇篮里，他想也没想，扯下水囊就塞给了白婴。

白婴乐得前仰后合，诚心地夸道："宝贝儿，你真是个好人。"

楚尧觑她一遭，懒得接她的话茬。他到底还是低估了白婴，原以为上午的事，能令她长长记性，学会本分老实地当个俘虏。现下看来，"本分老实"四个字，用在她身上就是一种讽刺。好在只要能让白婴闭嘴，损失一个水囊，也算不上什么。

待得白婴笑够了，她便扒开塞子，“咕噜咕噜”灌了几大口水。楚将军刚断定她唠叨了大半炷香，后面怎么着也该歇歇了，不料，白婴喝完，抹了把嘴就喊：“宝贝儿。”

楚将军的眼皮子一蹦跶。

她凑近些许：“宝贝尧尧。”

楚将军想打人。

白婴不知死活：“你瞧。”她伸长手臂，把水色莹亮的囊嘴递去楚尧面前，“我们俩……是不是间接亲吻了？”

“哎呀，人家好害羞。”白婴极其浮夸地捂住脸，耳尖上还当真泛起了薄红。

周围众人倒抽一口凉气，纷纷为她的勇猛暗自惊叹。

楚尧忍了忍，忍了又忍，接连做了三次深呼吸，告诫自己留白婴有用，才把打死她的想法一再推迟。他看了看白婴，云淡风轻道：“女君经常脸红，是病。”

白婴的动作一滞。

楚尧：“应是积食内热，上攻于面。此症状多伴随有腹胀和口臭。”

白婴的笑容垮了一半。

“若否，就是五脏有损，气血郁结，多半活不久，要趁早治。”

“你……”

边上的李琼“扑哧”一声笑出来。

楚尧继续道：“另外，女君还记得楚某早上骑的战马吗？”

白婴一脸娇羞：“讨厌，不就是共骑一匹马吗！”

楚大将军无语。

他第四次深呼吸，幽幽道：“那马随我征战沙场，着实感情深厚。楚某带这水囊，是给它解渴用的。女君和战马间接亲吻，滋味如何？”

一击，致命。

白婴惨烈地按住了心窝。

士兵们再是憋不住，接二连三地笑出声。

正在两个人口舌较劲的当头，远处商路，终于传来了浩浩荡荡的脚步声，乍一听，便知人数不少。楚尧一扬手，所有人当即收敛笑意，训练有素地取出备好的面巾，盖住了真实面容。

没配备面巾、水囊和武器的“三无”白婴，兀自拉起衣袂，有样学样地挡住脸。她聚精会神地打量着这支渐行渐近的队伍，与她昨夜估计不差，这些人的人数在一百五上下，皆作镖师打扮，统共护着十一辆马车前行。每辆车上有两个封好的硕大木箱，插有三角旗，正是“龙腾”二字。

龙腾镖局立足梁国沿海，闻名天下。叶云深请他们押送火器，本是无可厚非，可白婴打从第一眼就觉得，这事有蹊跷。她武艺不精、四肢不勤，却是格外擅长观察，直觉也比普通人准确。这些人步调轻盈沉稳，眉宇间隐含肃杀气，不像是时刻防备的护镖者，倒更像是挖了陷阱等着猎物进坑的捕猎者。白婴脑中灵光一闪，顿时反应过来，她中了叶云深的计。

她在算计叶云深，叶云深也在防着她叛变。

他们都不信任彼此。

白婴把叶云深的祖宗十八代骂了个遍。另一厢，楚尧也察觉到底下的人不简单。他眯眼看向白婴，一股凉意顷刻就爬上了白婴的后背。

白婴太熟悉他这种表情，见过的人基本没啥好下场。她一阵尿急，赶紧夹住双腿道："你别这么看我，这不是我的'锅'，我拒背。你想想我从昨天被俘虏，到眼下怎么着也过十二个时辰了，叶云深这手狠心黑乱作怪、月黑风高乱放火的变态要害我，我能拿他怎么办？别说我的命了，就是我的心、我的肝儿都攥在你手里，我要坑了你，还得想个法子去殉情，多亏本的买卖！你就信我这一次，我真不晓得叶云深这龟孙儿使绊子了。"

随时随地都在被调戏的都护大人皱起眉头："你能不能好好说话？"

"能！"白婴立刻又乖巧又顺从，"人家就是想说，这和人家没关系啦，不是人家下的套。"

楚尧发现自己提出这个要求就是错误的。他闭了闭眼，问："这些人，是什么来路？"

"这……宝贝儿你有没有听过山鹰卫队呢？"

楚尧捏了捏拳："那是什么杂鱼？"

白婴笑得尴尬："也不是杂鱼啦宝贝儿……"

"白、婴！"

"我在，我在。"白婴瞬间恢复一脸正色，解释道，"这支卫队是叶云深私底下培养的势力，历来神出鬼没，只闻其名不见其影。卫队中的人，个个是武功高绝者，在江湖上走投无路的恶人。据说，他们擅使各类旁门左道和毒功暗器，极难对付。心……咳，将军你是知道的，叶云深近年独揽大权，无恶不作，想杀他的人多了去了，但都被他肃清了。只要近他身者，在山鹰手底下，无一存活。"

楚尧默然不语。

李琼道："都护，这……当兵的对上江湖恶徒，占不了什么便宜。"

白婴急忙附和："是这个理。而且，自招揽山鹰，叶云深就一直在训练他们对付军队。我曾听说，早些时候，叶云深让八千士兵与两百山鹰对战，山鹰死伤不出五十，八千士兵却尽数殒命。"

人头满打满算都只有五十，却面对着两百劲敌的楚家军们表示有点慌。

白婴做出总结："要不，今日这劫，咱先不打了？这摆明着是叶云深不做人，这批火器，等我将来亲手送给你。"

楚尧一言不发地取下了面巾。白婴还以为他被自己说动了，不承想，他忽然大大方方地站起来，负手走到几步开外的一块大石上坐定，依旧用睥睨杂鱼般的眼神望着商路上的行者。他慢条斯理道："既然如此，也无需再装了。今日来都来了……"

白婴一抖，猛地想起一桩事。

她十二岁那年，在京城的大街上溜达，不小心被右相家的公子戏弄了几句。楚尧得知，拽着她凶残地杀上门，也不管那是朝廷重臣。打哭小公子后，两个人被几十个家丁团团围住，那时的白婴也同这群士兵一样，内心慌得不行。可楚尧只说了一句，今日来都来了，勉强应付一下，你们，齐上。

随后……

右相满门，往后三月，就没一个能不靠拐杖走路的。为此，右相在皇帝那哭了十来天。楚尧他爹年节回来，因这事大动肝火，使得白婴一直以来心中有愧。

世易时移。

如今的楚尧再次说了相同的话："那就勉强应付一下。"

白婴哽了哽，突然想给叶云深点蜡。

一字落定，杀伐骤掀。

赵述、李琼兵分两路，领着人以迅雷之势冲下山坡。刀兵声叱咤方圆，眨眼便呈腥风血雨之势。白婴知道哪里是最安全的，活像鹌鹑似的缩在楚尧身后。不多时，黄沙溅了成片的猩红，风中扩散开扑鼻的血气。楚尧约莫有些不舒服，拳头抵在唇边，止不住地咳嗽。

白婴看得无比心疼，想去给他拍拍后背，又清楚自己没有这立场。

及至短短一刻钟后，都护府的人形成了片刻的压制势头。他们人数虽不多，却胜在训练有素，互相配合的阵型牢不可破，让这伙山鹰一时半会儿找不到突破口。眼看两方僵持不下，不料变数陡生，车上的木箱从内打开，更多潜伏的山鹰钻了出来。

白婴破口大骂："这变态的鳖孙儿果然不安好心！"

她见山鹰两两为一组，甩出一种细链铁索当兵器，其上置有尖利刀刺，一旦被困其中，再难脱出。战况随之逆转，楚家军渐渐落了下风。

白婴拎得清局势，今日楚家军在这折一条命，就是她欠下的债，楚尧会悉数把屎盆子扣她脑袋上。且不论以后还能不能取得楚尧信任，单从良心上讲，她也过意不去。

想到这儿，白婴当机立断，脱下外裳胡乱缠在头上，只露出一双别具风情的桃花眼后，她放声大喊：“打蛇七寸，从东南方单人突围，那厮用一对锤子，力气大得很，别正面干，绕背拧他天灵盖！”

赵述和李琼正双双陷在苦战里，又不想在自家都护跟前丢了脸面，万不得已下，只能听从白婴的建议。李琼绕到那两人壮的大汉身后，一举拧断了他的脖子。

楚尧瞄了眼白婴。

白婴接着道：“中间右数第三人，链条脱手了，动作快姿势帅，踹他裤裆一脚断根！”

赵述无话可说。

虽然……但是……经过一番激烈的挣扎，他还是选择了识时务为俊杰。

“赶紧的，你们整队突袭，大家都是拿剑的，隔得远了还打个锤子，给对方甩链子的机会是嫌坟头草不够高吗！”

赵述颇想骂人。

李琼也想骂人。

两位副将一起在心里骂白婴，并倍感屈辱地依着白婴的话打了个翻身仗。

山底下兵荒马乱，山上的楚将军却是思绪万千。

能把战况看得这般分明，眨眼之际掌握每个武者的弱点，这绝非易事。若无长年对兵法的积累，对武学的钻研，到不了这种地步。可若白婴有这能耐，何至于每每进犯梁国边境，都无功而返？

她如果不是废物，而是在装，图什么？

她这张面皮下，究竟还藏了多少事？

楚尧一动不动地注视着白婴。

一群山鹰见势不妙，由武功拔尖的数十人跃上了山丘，决定打蛇先打七寸。白婴从头到脚都没想过山鹰众还有这胆量，竟敢主动挑衅“战神”。她下意识跑开几步，准备给楚尧腾出大展拳脚的空间。

然而……

山鹰们压根儿就是冲着她来的……

十几把寒光利刃齐刷刷对准白婴，白婴“咕噜”一下咽了口口水，见“楚战神”丝毫没有援手之意，一面咬牙腹诽，一面决定顽强求生。她捏着嗓子，尖声尖气道：“大爷，哎呀各位大爷，有话好说嘛，给个改过自新的机会，让人家有多远滚多远，好不好啦？”

其中一名山鹰：“女君？”

死活不肯承认的白婴：“不是啦，人家不是什么女君，你们胸大臀翘花容月貌的女君还在都护府的地牢里啦。”

楚尧无语。

很好，此地无银三百两。

好几个山鹰齐声怒喝：“你竟敢背叛吾主，找死！”

“我去，这也能认出来？”白婴破罐子破摔地扯掉头上衣衫，她气势汹汹叉腰道，“既知是我，尔等还不退下！我告诉你们，别不识好歹，否则……”

“否则如何？”山鹰们凶相毕露。

“否则我就跪下来求你们！”白婴哭丧起脸，“尧尧救命！宝贝儿快来！我要死啦！咱俩的孩子保不住啦！”

一心想袖手旁观的楚尧听着她的“胡言乱语”，一时无辜。

商路上打到一半的楚家军和山鹰众，动作皆停滞了一瞬。

所以，孩子……原来竟是真的？

◈

第三章·
闹事吗？我贼拿手

楚尧私心里的想法是，借山鹰的手看看白婴藏了多少招。可他细细观察了一会儿，就见山鹰许是顾及她女君的身份，并未对白婴下杀手，只以生擒为目的。那边厢打得风生水起，楚尧的面前也围了七八个人。江湖中人自视甚高，大多狂傲，即使面对口口相传的“战神”，他们也只认定这是徒有虚名的后生晚辈。

更何况，“战神”他本人……还在隔三岔五地咳。

有了先入为主的判断，为首一名长相丑陋的山鹰笑道：“楚将军，见面不如闻名呐。世人都说楚将军力拔山兮气盖世，在下今日一见，着实有些失望。你这身板若是放到江湖中，只怕要被啃得骨头渣都不剩。”

楚尧没反驳。

另一个阴森恐怖的山鹰道：“行伍之人，多为身手平凡，和江湖没得比。楚将军今日遇上我等，恐是要吃大亏。不妨给我们磕三个响头，我们饶你一命，如何？”

听了这话的白婴心中一叹：“赶紧闭嘴吧，这都不是急于找死了，这简直是把自己摁进棺材里还钉死了盖。”

底下的赵述大抵也是出于对生命的怜悯，扯着嗓子喊：“都护，您别动！您千万别动！江湖杂鱼而已，我们能对付！”

楚尧再咳了两声，旋即，轻轻叹了一口气。他施施然站起来，颀长的身形在阳光下拉出一道影。光晕笼住他墨色的发，衬得那双好看的眸格外璀璨，也格外清冷。他只手负于身后，一句话翻搅了风云。

“不必打了。”

两方人马停下望他。

“对付你们，可能勉强了些。”

为首的山鹰喜滋滋：“你知道就……”

话未完，楚尧指间弹出一粒小石子，轻而易举地穿透了说话者的颅骨。那人甚至来不及露出多余的惊恐，便已轰然倒地。

气氛僵凝。

他的声音仿如和风细雨，词藻却是令人不寒而栗：“我的意思，要留诸位性命，可能勉强了些。”

楚尧：“齐上吧。楚某这身板，尚能一打两百。”

听到这话，一时间众人心里想法不一。

白婴：哦吼，山鹰完犊子了。

赵述：哦吼，都护又要大开杀戒了。

李琼：都护就是神！无所不能的神！

山鹰们：谢邀，有被侮辱到。

两刻钟后。

商路上，横陈满地的尸体。所有死在楚尧手上的山鹰，几乎没剩下完整的身子骨。

血腥味经久不散，泥地上的嫣红像是盛放的花簇，刺目的细流蜿蜒曲折，扩散成一幅炼狱般的画轴。

所有山鹰，从一开始，就估错了。

楚尧在武学上的造诣，就算放进江湖任何一个派门，都是巅峰上的佼佼者。而江湖人士不曾经历过的战场杀戮，更造就了他的铁骨铮铮。白婴也不是没见过他动手，可她确然没见过，楚尧如此凶残地动手。她眼前的人和记忆中的人好似瞬间被切割成两面，一面置身光明下，是笑容温和的少年；一面行在无常道，是掌生握死的将军。

她竟开始分不清，是她记岔了，还是他变了。

白婴走神了一瞬。

战场中的楚尧拿眼风扫过白婴，就在一名山鹰举刀劈来时，他竟是意外咳嗽起来。山鹰觑准时机，逼得他连退数步，后脚跟已悬空在山坡边缘。

李琼见状，失声高喊：“都护小心！”

就在此际，一个娇小的人影晃过，挡在了楚尧跟前。山鹰再想收手，已是来不及。刀锋走偏，贴着绛紫色的裙衫划过，白婴的腹部登时渗出一条血痕。

余下的山鹰彻底傻了眼。在楚尧看不到的角度，白婴勾起殷红的唇角，带出一抹妖冶诡异的笑。她一笑，山鹰众当即屁滚尿流，连火器都顾不上，纷纷提起轻功迅速撤走，好似慢一步，死得就比被楚尧手撕还惨。

楚尧眸光动了动，若有所思地望着白婴的背影。白婴从袖口里扯出一条薄丝，很快缠在伤口上，阻隔了血迹。等她打好一个结，方趔趄几步，跌坐在楚尧刚刚歇脚的大石头上。她喘了几口粗气，再调整了一下呼吸，隔了片刻，抬头看向楚尧。

楚尧没有丁点的病态，面色如常，脊背挺拔。若不是指缝里还残留着血迹，他倒更像是在此处赏景的闲人。

白婴抿了下唇，继而笑起来，摆手道：“不用谢。你我之间，无需言谢的。”

楚尧表情复杂：“楚某没有要……”

“你假使心里特别过意不去，我也能接受你的以身相许。”

楚尧望了望天：“女君生性乐观，大抵就是因为想得还挺美吧。”

“嘿嘿，过奖。主要是我家里人，教得好。”

楚尧心中腹诽，谁家有女如此，不如一头撞死。刚想完，他就莫名觉得，膝盖疼，脑仁还疼。他拧了拧眉头，不想同白婴插科打诨，索性跃下山坡，命令众人清点火器去了。白婴也有些气力不济，知晓楚尧不会丢下她这个战俘，安安心心地闭上眼小憩。

约莫过了一炷香，箱子里的火器才检查完毕。叶云深为了布局，的的确确下了棺材本，导致都护府收获颇丰。除却折损了几个兄弟，此行尚算值得。楚尧让赵述等人好生收殓尸骨，回府后连同遗物运回故乡，再命李琼封好箱子，整装待发。

末了，楚尧望了眼天色，再睨了番山坡上的白婴，心头已是有了计较。他叮嘱赵、李二人道：“你们带队将火器运回遂城，中途不得有误。为防叶云深有后手，我带白婴断后。”

“不可！”李琼挺身反对，“不是，都护您就算要断后，也该带我啊，您带白婴那废柴做什么？让她去咬死敌人吗？”

“别废话，赶紧上路。”

“都护，您让我同行吧！我不放心您，我要和都护同……”

李琼的忠心还没表出来，赵述拎住他的衣物，连拖带拽地把人赶走了。李琼一路上骂骂咧咧，又是担心自家都护的安危，又是焦虑楚尧的清白，简直操碎了一颗迷弟的心。

楚尧目送他们走远，才慢条斯理地折回山坡上。

他居高临下审视着白婴，不知是不是因为失血，白婴病态的肤色越发显白，几乎没有正常人的气血。她双目敛合，眉头紧锁，鸦羽般的长睫时不时的微微颤动。鬓边的汗渍粘黏着凌乱的发，看上去脆弱又狼狈。楚尧的视线下移，又落在那方薄丝上。那材质有些微的反光，阳光底下，五彩斑斓，并不是普通的布料。他蹲下身来，正想伸手触及，白婴倏然睁眼，故作惊诧道：“天啊，我还以为我的宝贝儿是个正人君子，原来你是想趁我病，轻薄我吗？”

楚尧无语。

白婴嘿嘿笑：“大可不必的哈。你想怎样，我都是全力配合的。”

“白婴，你……不知羞耻！”楚尧骂出了从昨夜以来就想骂的话。

白婴眨巴眼："为何要羞呀？宝贝儿，你这么多年守身如玉……"

"你闭嘴！"

"哎呀，你又凶人家……"白婴委屈地吸鼻子，"再怎么说，人家方才也舍命救了你呀。宝贝儿，我疼……"

楚尧见她的泪花说翻就翻，语气稍是缓和了些道："既然晓得疼，冲上来做什么？"

"不冲上来，我更疼。"

楚尧理智地沉默了。

白婴："你怎么不问为什么？"

你嘴里还能指望吐出象牙？

白婴眨巴眨巴眼，从楚尧的目色里体会出了中心思想。他不问，她也能说："因为呀，伤着腰事小，伤着我的心我的肝，那可要疼得药石罔效了呢。"

果不其然。

她就不是一个正经人！

楚大将军冷笑一声："凭十六国的杂鱼，也妄想伤我？女君还是审时度势，自保为先。你还能不能走？距离此处二十里路有座乌衣镇，我带你去找大夫。"

白婴一听，两眼登时放光："你在担心我呀？"

"不是。都护府不比尔等十六国鼠辈，就算是俘虏，也不会轻取其性命。更何况，女君的确也释出了投诚之意。"

"我就知道宝贝儿嘴上不承认，心里还是怜惜我的。"

白婴一脸的自信满满："你是不是也被我的美貌迷住，被我的人品征服了？有哪句说哪句，当今世上，像我这样的好姑娘确实不多。别看我打家劫舍掳人放火，可我的头上，顶着一道圣洁的光环。"

楚尧无话可说。

光环没看出，脸皮倒是厚得能够载入史册。楚尧懒得理她，转身便要走。白婴娇滴滴地唤他，伸出双臂道："我受伤了，走不了路，宝贝儿抱抱。"

楚尧一怔，回过头来。

偏西的日头镀了一层灿金的颜色，铺展在白婴那张巧笑嫣然的脸上。她的眼睛干净纯澈，清晰地倒映出他的影。楚尧一时恍惚，好似穿过黑暗里无情流逝的光阴，看到昔年的京中，十尺高墙上，圆滚滚的胖丫头趴在上面，伸长手臂对他说，兄长抱抱，你一定要接住我呀。

府上的婶婶急出一头汗，喊着小姐别跳，老奴给你拿梯子，你落下来非得砸坏少爷不可！

小丫头才不管这么多，纵身一跃，落进了少年牢固的怀里。她抱着他，好像抱住了她的整个世界，笑得乐不可支。

三月春景，繁花如雨。

粉色的花瓣一点点褪色，像是被火焚尽，在记忆里化为了斑驳的灰。楚尧拧紧眉峰，只手挡住眼睛，将不可告人的情绪一一隐去。

白婴见他如此，紧张道：“宝贝儿，你怎么了？哪里不舒服？是不是方才动手受伤了？”

少顷，楚尧垂下手来，神情如常：“无。女君既然走不动，楚某有个不大体面的方法。”

白婴直觉很不妙。

下一刻，楚尧拿出专门用来给士兵收尸的裹尸袋，冲白婴礼貌地说：“女君只管躺好，楚某……拖你走。”

白婴：“你这叫不体面吗？你这叫没人性！践踏我的尊严！来人啊！救命啊！有没有没死的朋友诈尸看看楚都护是怎么对待救命恩人的啊！”

楚都护礼貌地把她摁进裹尸袋：“冒犯了。”

半炷香后。

白婴作死一次次成功，生无可恋地躺在了裹尸袋上。她被楚尧拖在马后，踏上前往乌衣镇的路。白婴目无焦距地望着穹顶云聚云散，口若悬河滔滔不绝的架势能让茶楼说书人都自愧不如。

“我寻思着我也没哪儿对不起你，你是怎么回事？居然让我睡裹尸袋！这要传出去，我将来还怎么在西北这块地头上混？”

楚尧：“女君现在也混得没多好。”

“话不是这么说。再者，我替你挡刀是真的吧？我受了伤也是真的吧？你说你这样拖着我，万一把我拖死在路上算谁的‘锅’？我死不打紧呀，你一个受人敬仰的大英雄，虐杀恩人，这合适吗？”

“恩人……”楚尧艰难地咀嚼了一下这个词，深吸气道，“楚某确实不喜欠人性命。你自称恩情，想如何讨要？”

白婴闻言，当即精神抖擞：“我要什么你就给什么？”

“除了抱你。”

“呸，你当我是什么人？”白婴很生气，“我一个黄花大闺女，岂会这般不要脸？”

楚尧放下心来：“那你想要什么？”

“我要……当都护夫人！”

他这心果然是放早了点，楚尧看也不看马后的白婴，凉凉道：“不可能。”

“啊？拒绝得这么干脆？那我换一个……”

楚尧赞同：“女君还是想清楚再说，毕竟机会只有……”

“一次”两字儿还没脱口，白婴就任性地浪费起机会来：“我要当你侧室！”

楚尧还没答，她又开口道：“这要是也不行的话，金屋藏娇我也接受啊！”

楚尧心想，白婴到底是谁教出来的，她爹妈的棺材板还按得住吗？

此念头将将落定，楚尧忽感到一阵熟悉的……膝盖疼。

两个人一前一后，慢腾腾走了小半个时辰。白婴有伤在身，楚尧到底顾及她的生死，没有催马急行。天色徐徐入了暮，西边的火烧云映透了天地。孤鹰在风中盘旋，无人的商道上刮起了粗砺的尘沙。

塞外景致，在一方斜阳烘托下，显得瑰丽却又苍凉。

白婴说得疲了，声音变得低哑下去。她一只手紧紧捂住伤口，颊边的冷汗浸透了青丝，余晖中，她的脸色无比惨白。她闭着眼调息，不知怎的，从前林林总总的画面就在她脑海里挥之不去。一会儿是她与楚尧走在京都的大街小巷，他给她剥糖炒板栗，带着她去听戏文。一会儿又是逢上年节，将军府里五个人齐聚一处，那四个少年争着给她发红包，还互相攀比的滑稽场景。

再然后，是林家大小姐的介入。

再然后，是来到边关她与楚尧的疏离。

她骤然觉得身体到处都疼，尤其骨头缝里，像是有无数只虫子在爬行啃噬，挣扎着要从她的皮肉里突出来。她看到自己被困在血池中，日日夜夜，绝望且痛苦。

白婴蓦地睁眼，强光刺得她眼角渗出水泽。她说：“奉安二十七年……”

楚尧勒着缰绳的手一紧。

“将军后悔过吗？”

楚尧没吭声。

过了良久，待他侧首望向白婴，她已然陷入昏迷了。

“后悔……”楚尧喃喃低语，“花无年年鲜红，人生……处处遗憾。”

“这位姑娘，是怎么了？”

乌衣镇一家医馆二楼的客房里，楚尧正立于窗边。两扇窗户敞着一条不宽不窄的缝，底下便是人来人往的长街。

烛影交错，一派热闹喧嚣。西北三州，在楚尧治下，除了都护府坐落的遂城，其余各城，皆不设宵禁。眼下虽过了戌时，却依然充斥着满满的烟火气。楚尧难得走神地注视着街景，直到站在门边的老大夫询问了第二遍，他才回过神来。

“抱歉，方才失礼了。”

老大夫捋着胡须打量了他一圈，只觉这年轻人面生，再看看睡在床上的白婴，走过去道：“你们不是乌衣镇的人？”

“从遂城来。”

楚尧声名响当当，可真见过他本人的，大多是遂城百姓和战场上的兵将。在别的州郡里，他的形象基本是目如铜铃虎背熊腰，身长恨不得有半座山——只有这样，百姓才相信他能所向披靡。

总归，堂堂定远大将军，绝不可能是他这样，肩宽腰窄，好看到出类拔萃……

老大夫战事见多了，不由得多留了几个心眼，询问了好些有关遂城的细节，确定楚尧不像敌国奸细后，才凝神睨向白婴。

“伤在腰上？”

“是。”

“如何伤的？”一边问，老大夫一边去解那条薄纱。刚触及薄纱质地，老大夫便迟疑地沉吟了一句。

楚尧注意着对方的神情，矮声道：“路遇山匪，她……替我挡了危险。”

老大夫瞄了瞄楚尧，眼神里带着种“这小伙子长得挺精神，结果却是个推女人挡刀的草包”的深深鄙夷。楚尧无意解释，从容自得地杵在一旁。须臾，老大夫方收回视线，慎重地解开了薄纱。当他定睛一瞅白婴的伤口，立刻脸色大变，慌张地退了好几步。

楚尧身形晃动，虚扶一把老大夫，问：“有何不妥？”

老大夫像是压根儿听不见他说话。

沉思片刻后，老大夫出门让店内伙计取来针包，仔细关上房门，才又折返回床前。他选了一根细长银针，精准刺入白婴的胸口。旋即再取出一观，整个人与进门时的态度截然不同。

老大夫的眼里闪烁着兴奋的光芒，还隐隐有些担忧，踱了好几个来回，像是才想起了屋子里还有另一个人似的，他转向楚尧道：“敢问公子，你二人是何关系？”

“与看诊有关？”楚尧温和反问。

“对。”

楚尧想了想，云淡风轻道：“准确说来，我与她，没有太大关系。”

“既是如此，那公子离开吧。这位姑娘的伤，老朽自会设法。”

这就奇了。寻常的大夫，岂能说出这种话？

自打山鹰撤退，楚尧就觉察白婴身上藏有秘密，眼下这老者的举动，越发证实了这一点。他闲散地负起手，笑容可掬：“那如若……她与我有关系呢？”

老大夫见他出尔反尔，怒上眉山道：“你到底是什么人？老朽在乌衣镇几十年，从未见过你。你行踪鬼祟，这姑娘又伤得不明不白，想来你定是敌国奸细。你走不走，再不走，老朽就要报官了！”

楚尧瞥了眼老大夫，继而不慌不忙地坐在桌边，倒了一杯冷茶。

“报官吧。

“顺便告知知县柳成信，楚某路过，视察此地民风。”楚尧拿出都护府令牌，轻轻搁在了桌面。

老大夫一愣，“扑通”一声，直直跪在了他的脚边。

“二十二……二十三……”

床沿上，整整齐齐摆了二十三根银针，俱是从白婴的穴位里拔出。每根银针的针尖，黑中泛着丝丝诡异的青色。老大夫将最后一根银针取下，抖着手抹了把额头上的冷汗，冲着楚尧恭恭敬敬作了一揖：“都护请看。”

楚尧奇道：“怎么造成的？”

老大夫没有急于解答，反而捻起白婴身边的那块薄纱，问：“都护可识得，这是何物？”

“不识。”

老大夫解释道：“此物……老朽方才也不敢确定，直至看见这女子伤势，甫得以肯定，这是鲛纱。所谓鲛纱，乃是用天山上雪蚕所吐之丝织成。雪蚕少见，因其身体在阳光下能如鱼鳞般折出五彩的光泽，是以蚕丝织的布又名鲛纱。此物能隔绝水和鲜血，令其无法渗透而出。这女子将鲛纱戴在身上，就是为防自己的血气扩散。”

楚尧眯了眯眼：“血气扩散……会如何？”

“回禀都护，老朽不敢隐瞒。今夜若非老朽谨慎，都护福大命大，恐会酿成大祸。万幸，这女子伤得不深，恢复得也极为迅速，那条刀疤，眼下已快结痂。否则，寻常人但凡沾上丁点她的血，或将立即毒发身亡。这女子……本不该留。”

老大夫看向白婴，目光依然狂热，却又带了些许怜悯。他叹一句，道：“老朽早年出生医家，行走江湖也曾钻研过毒蛊一道。后来是惹上了仇家，才远避边关。都护听说过炼制药人吗？”

楚尧微微颔首：“略有所闻，只知起源于南苗一带，如今已绝迹百年。”

“说是绝迹……”老大夫摇摇头，“可人是贪婪的，总想靠捷径变强，这炼制药人，就是其中一个法子。世上不知有多少人想窥其门道。老朽活到这把岁数，也是头一回见到活着的药人。”

“白婴……”楚尧意味不明地念了声她的名。

老大夫闻言惊道：“她是十六国女君，白婴？”

楚尧不置可否：“你继续说，药人如何。”

“药人……”

老大夫强行定了定神，用了须臾的间隙来消化堂堂西北都护和令人不齿的十六国女君竟然同一晚上出现在他小医馆里这种大起大落的情节，下意识擦了擦额角，他才道：“炼制药人的过程，十分残忍，据书里记载，需用无数剧毒和蛊王摧残宿主，其痛苦非常人能想象承受。也因了此间折磨，一旦药人成功，大多会神志不清，从而滥杀无辜。即使当下还清醒着，也会日复一日地在药人后遗症里承受煎熬，到最后发疯。这女子的体质强悍霸道，老朽判断，她的血气若是扩散开来，极有可能形成毒瘴，轻则影响方寸之地，重则……”

“说。”楚尧收敛了温和之意，眉宇间不加掩饰地覆上了凛冽。

老大夫一颤，垂首道：“重则……屠城也不外乎此。”

“屠城……”

他低低重复，指间摩挲着茶杯，看不出深藏的心思。

白婴不想杀他。

这是楚尧得出的第一个结论。在他不知她是药人前，她有大把的机会，取他性命，重创都护府。她若真是叶云深的棋子，依着叶云深布局天途关的计划，白婴就是他针对自己的后手。

可她在天途关，替他挡了一刀，助他劫走火器。

她想做什么？

楚尧莫名忆起了白婴胡乱吃东西的模样，忆起她伸手说抱抱的模样，大抵是他魔怔了，白婴的五官竟与昔年的小丫头重叠起来。她们好似都在虚空里冲着他笑，冲着他异口同声。

——兄长。

我在。

——今天是兄长的寿辰，我跟婶婶学了煮面，你快尝尝，好吃吗？愿兄长长命百岁。

好吃。可这世上若无你，百岁有何用。

——兄长，我不想那林家的大小姐再纠缠你了，阿愿不高兴！

好，明天就让那大小姐吃闭门羹。

——兄长，先生说，男女授受不亲，一旦逾越，男子就要负责的。我亲了你了，兄长，你要一辈子陪着阿愿呀。

你在咬我手指，不是亲。

往事幕幕，如走马观花过。

楚尧站起身来，缓步走至床前，竟是用手背触了下白婴的脸颊。

老大夫看得心惊肉跳，无论如何也没想到，西北都护会与十六国女君做出如此亲密的举动。

楚尧视他为无物，只瞧着白婴说："假使……没有人告诉我，她已经死了，那我就会相信，你是她。"

他顿了顿，随即仰起头，胸膛起伏，闷笑出声："我也希望，她没有死。可是，每个人都在提醒我，一遍……一遍……又一遍地提醒我，她已经死了，她不会回来了。"

老大夫害怕道："都护，您……您在说什么？"

楚尧用余光瞥他，温声问："你认识阿愿……不，安阳吗？"

"认、认识。那是都护的义妹，奉安二十七年，您……"

"嘘。"楚尧阻止他说下去，见他噤声，又笑着问，"安阳还活着吗？"

楚尧一笑，老大夫都快吓哭了，双股战战地回："您、您亲手杀了您的义妹……她、她死了……满城百姓都看到了，梁国上下皆知。"

"你看，又一个人告诉我，阿愿死了……"楚尧轻轻叹息，"她死了。"

老大夫没稳住，第二次跪在了地上，战栗道："都护当年的选择，是大义凛然、名垂千古之举，安阳姑娘泉下有知，也定会明白您的苦衷的！"

"是吗？"楚尧若有所思。

老大夫见楚尧好似冷静些了，刚刚长舒一口气，楚尧便看向他道："可是她死了，你们活着，做什么？"

老大夫瞬间面色死白："都护这话，老、老朽不明白……"

楚尧彬彬有礼地把人扶起来，幽幽说："楚某在想，如果我的阿愿没死，同样落在十六国手里，会不会也如白婴一般，受尽折磨。"

"都、都护……"

"世事如此，怎可叫人不恨。"他闭了闭眼，再睁开，"楚某未曾见过药人的血毒到何种程度，今夜，有劳医者演示了。"

…………

白婴做了一个梦。

她梦到十二岁那年的盛夏，将军府五个人齐齐去野外采莲蓬。那会儿，楚尧他爹长年戍边，楚尧他娘死得早，京都里没什么亲人。为了不让楚尧深感孤独，他爹诓了好几个知根知底的手下，让他们把孩子送到了将军府上，与楚尧为伴。

其中一人便是至今还跟着楚尧的赵述。赵述年纪最大，算是几人的大哥。平素里没少给其余四人收拾烂摊子，并且以白婴的烂摊子最多。

另一人名叫裴小五。因为他爹懒得取名，是家中第五个，故得名"小五"。

裴小五为人忠厚老实，唯一的爱好就是存钱当老婆本，毕竟，他喜欢上的隔壁姑娘，是兵部尚书的千金。

还有一人，名唤苏昱。苏昱是白婴年少时的噩梦，那人生得俊归俊，却总是不苟言笑。但凡见着白婴，他都板起一张脸。若见白婴和楚尧在一块儿，那脸板得简直能直接上墙当遗像，每每吓得白婴魂不附体。好在此人来无影去无踪，时常不在府上，白婴和他相处的机会并不多。

当年他们五人分别乘了两艘船，白婴自是与楚尧在一块儿，其余三个少年便在另一艘船上。白婴出来放风，活似脱了缰的野马，在船尾又唱又笑。正得意忘形，她摘下一个最大的莲蓬朝楚尧显摆时，不料身子一歪，人栽进了水里。

九岁以前的白婴，穿着总是破破烂烂。后来进了将军府，楚尧宠她，恨不得把京都里最漂亮的小裙子全给她买下。那些小裙子里三层外三层，甚是繁重。白婴一入水，没扑腾两下，径直沉了底。

她隐约记得，那会儿是楚尧救她上岸的。可不知怎的，在这场梦中，救她的人，变成了少年苏昱，其间过程也比记忆中更加曲折。她迷迷糊糊看着苏昱游近，牢牢拉住了她的手。可她的裙子、双脚都被水草勾住，苏昱拼了命也没能将她拉上岸去。她以为自己要淹死了，一门心思推开苏昱，苏昱却不管不顾地抱住她，摆出一副宁可与她沉埋湖底的决然来。

白婴自个儿都想不明白，何时对苏昱有了如此善良的感观。紧接着，画面一转，成了黑漆漆的山洞。

“嘿嘿，嘿嘿……”白婴翻了个身，手脚并用地抱住被子，一顿乱啃。约莫是滚得激动了些，她的额头冷不防地撞在床杆上，疼得龇牙咧嘴。

白婴本能地揉了揉脑门，视界里跟着亮敞了些。她好似听见城镇里的嘈杂人声，一时没拎清今夕何夕，舔舔嘴，又打算继续睡。她瘫了片刻，猛地想起什么，赶紧摸了摸自己的腰。

鲛纱不见了。

白婴吓得一个激灵，赫然睁开眼翻身坐了起来。她一把掀开身上的被子，入目衣物，早已不是昨日绛紫色的裙衫，而是……

一件白色的亵衣……

大了三五个尺寸，明显是男人的。

白婴再摸摸自己的脸，果然很滚烫……

她僵了大半天，及至半丈开外的屋中央，传来一记熟悉的嗓音：“醒了？”

白婴缓慢地扭过头。

一间房……两个人……梦境成了真……

下一刻。

“啊啊啊啊啊啊啊啊啊啊啊！”

“对不起，我不是故意要尖叫的，这委实不能怪我。你也设身处地想一想，我一个黄花大闺女，清早一睁眼，就见一个男人坐我房里，我该如何自处啊？”

楚尧无语。

“男女授受不亲，这道理不用我说吧？我虽然名声不大好，可终归没出阁。没出阁的姑娘，男子是不能随便进她闺房的。这要放我家，谁进我闺房多半会被我哥撅断腿埋土里当花肥。

“另外，你给我换上你的衣服，是什么独特的情趣吗？我说这话的意思也不是威胁你，就是想让你赶紧把婚期定了。”

楚尧默然，他端端正正地坐在桌边，手中茶盏已在白婴尖叫的当下，就被他捏成了七八块碎瓷。他拧了拧眉头，甩了甩手上和衣袖上的水渍。晨曦落进窗框，将他那身绣着银纹的缎面黑衣折出了一分灿烂的暖色。他平静道：“女君颠倒是非黑白的能力，着实令人叹为观止。”

白婴欲启齿，楚尧抢先道：“首先，楚某在此处，是防止俘虏逃脱。其次，这是医馆，并非女君闺阁。最后，你那身衣裳，是楚某找来对街的大婶替你换下的，至于那件亵衣，也是大婶夫家的。女君若实在看重名声，不如去给那对老夫妻当了干女儿。”

白婴安静地盯着他。

楚尧亦抬眼，凉凉道：“现在，还要撒野吗？”

她没吭声，赤着脚跳下床，几步走到楚尧跟前。楚尧还以为她是要拿桌上放着的鲛纱，却不想，她一屁股坐下，捧住了他方才拿茶盏的手。虎口烫红了一片，白婴皱紧眉头，低声问他：“疼不疼？”

楚尧一怔。

鲜有人问他疼不疼。他爹是第一个，他的阿愿是第二个，这么多年以来，白婴是第三个。

世人只在意他在战场上赢不赢，属下尽数都视他为神。就连早些时候，他看重的人们，也只会跟他说，你要救救我们。

没人关注，盛名之下，皮囊里头，藏了什么。

楚尧缩手，不动声色道：“不碍事。一点烫伤，不疼。”

“怎么不疼？”白婴一边给他吹着凉气，一边数落，“那茶还冒烟儿呢，我都看到了。都怪我，没事瞎叫唤什么。你等着，我去给你拿烫伤药。”

“不必……”

“什么不必！我就知道你们这些男人，受了伤非得忍着，好似叫一声疼多丢人似的。别人一问起，就说我习惯了，算不了什么。”

确实想说这句话的楚大将军一时语塞。

白婴站起来叉腰：“可疼就是疼呀，疼再多次，也习惯不了，何必非要咬牙硬撑。”

“你回……”

白婴走到门边拉开门闩：“你别跟我整这些虚头巴脑的！我说给你拿药，就是拿药，你好生等着！”

像极了他的阿愿。

楚尧闭了闭眼，趁白婴没踏出房门前，说：“你这衣着，适合去拿药吗？”

白婴：“嗯？”

她低下头，觑了眼宽松的亵衣。

讲道理，此时任何一个女子，都该恍然大悟地关上门，回到床上盖好被子，呵斥楚尧出去的同时，还要面红耳赤、泫然欲泣。楚将军都准备起身了，万万没想到，白婴照旧两脚跨出了门槛。

“呔，有什么不合适的，迂腐。”

楚尧无语。

刚刚是谁满嘴礼仪的？

她还是不要太像他的阿愿比较好，否则……使人痛心疾首。

没过少顷，白婴取了烫伤药回转，坐在起初的位置上，用食指沾了药膏，替楚尧擦在虎口上。她一面抹药，一面唠叨：“医馆的大夫不知去哪儿了，留一群伙计看家。还好这些人分得清什么是烫伤药，不然我把他们店给拆了。话说这儿是乌衣镇吧？这么大的镇子你怎么就选了一家如此不靠谱的医馆？”

楚尧一言不发。他凝视着白婴的动作，看她像在哄小孩子，分明不是多打紧的伤势，她却过分地谨慎，生怕弄疼他，不停给他呵气，隔三岔五就要插一句：“不疼不疼，我给你吹吹。”

好似在她看来，他不是什么顶天立地的将军，只是一个平平凡凡的普通人。

楚尧瞳孔一缩，稍稍用力抽出手来，端起茶壶重新斟了一盏茶。

“多谢，楚某无碍了。”

白婴没有勉强。盖上药瓶，她一只手撑着下巴眨眨眼，笑说：“感动了？我对宝贝儿好不好呀？”

“女君不关心自己的伤势？”

“我？”

我这条烂命，迟早都得被天收。这句说辞在白婴的舌尖打了个转，硬生生拐了弯，她有样学样地倒杯茶，抿一口道："我自个儿的身子自个儿清楚，那一刀，不深。"

"是吗？"楚尧意味不明地反问了一句。

白婴咧嘴笑笑，趁机把鲛纱塞进了袖口："咱们是什么时候到的乌衣镇呀？"

"昨夜，戌时。"

白婴"咦"了一句，楚尧居然不反对她的"咱们"二字？她想了想，小心翼翼地挪近寸许："你请大夫替我看诊了？"

"嗯。"

他居然也没让她保持距离？白婴喜滋滋，再挪近寸许，险些和楚尧肩并肩。

"大夫说我活得长吗？有没有叮嘱你在我死前好好完成我的心愿呀？"

白婴笑靥如花，私心里，这话却是试探之意。

楚尧云淡风轻地瞥她一遭，呷了口茶道："大夫只说，你是外伤。伤你的刀有毒，给你试了好几种草药，倘若今早醒不来，神仙难救。"

"啧，这么说来，我还挺福大命大的。"白婴不疑有他，调笑道，"是不是宝贝儿看我可怜，把你的福气分了我一半？"

"福气？我若真分女君一半，恐怕女君不敢接。"

"凭什么不敢呀？"白婴瞪圆了眼睛，"你不要老是对我有什么误会，你以为，我这么些年，一个人孤零零在十六国，能活下来，凭借的是什么？"

楚尧想了想，说："凭你嘴巴不把门？"

白婴尬笑两声："那倒不是，全凭我貌美如花。"

楚将军表示，不想搭理白婴。

白婴龇着牙没个正经道："我说这呢，主要就是想阐述，你看啊，论感情，我不比任何一个喜欢你的女子少吧，说挡刀就挡刀，简直不畏生死。论忠诚，我背叛十六国眼都不眨一下。虽然吧，我也本不是十六国之人。再论美貌，你觉着我适合当都护夫人吗？"

说来说去，她不止觊觎他，还觊觎他的位分！

楚尧悠悠望了望天花板："女君生龙活虎，看来昨日的伤势的确不妨事。不如当下便启程回遂城，也好早日将女君安顿进狗尾巷。"

"狗、狗尾巷？你咋还惦记着狗尾巷？好歹我也是立了功的人，你不能这样对我！"

楚尧刚要说什么，白婴一咬唇，脸色痛苦地捂住了肚子："我想好了，我这伤势……哎哟，还是非常疼的，得多在此地休养两日。你说过的，你们楚家军对待战俘，不会没人性的哦？"

楚尧不接话。

白婴演得尽心尽力：“我是真疼，方才着急给你拿烫伤药，跑太快，伤口肯定是裂了。”

都护大人捧场地看她表演。

白婴眼珠子转了转，一副狡黠灵动的模样。

她想坏主意的时候，也和阿愿如出一辙。楚尧只觉心尖儿一软，连带着沉寂已久的眸中都覆上了脉脉温情，然后，在白婴开始扒拉领口的动作里，这份温情，眨眼消失得一干二净。

楚尧问：“你做什么？”

白婴：“脱衣服呀，让你验伤。”

还能不能要点脸？她要真是阿愿得气死谁！

楚大将军勉强冷静下来，举步就往门口走：“女君这么想留在乌衣镇，那便留着吧。”

“嗯？”白婴愣住。

不应该啊。

就算楚家军宽待俘虏，那也只是相较十六国的残暴无道而言。楚尧对她的宽容，是不是超出正常范畴了？哪怕她帮他劫了火器，作为久经沙场的将领，也不该对敌国之人轻易放下戒备。是她暴露了身份，还是楚尧另有筹谋？

白婴正在思量，楚尧的步伐稍作停驻。

“刚才……女君提起，你有个兄长？”

白婴恨不得扇自己一嘴巴。她干瘪瘪地笑道：“表的，表的。”

楚尧打了个喷嚏，仿佛被人骂了一顿。他回头阴森森地睨着白婴，白婴急忙解释：“表兄，从小关系就好。”

“如此……”

他若有所思地又走了两步。白婴蹦跶的一颗心还没归位，听得他问：“那你……疼吗？”

“什么？”白婴愕然睁大眼。

楚尧微微仰起头，良久，低声喟叹：“幸好，你不是。”

尾音落地，他带上了房门。

白婴兀自在房中呆坐半晌，心间情绪翻涌，如同打翻了五味瓶。

第四章·不正常的关系

白婴在房间里一坐，便坐到了未时。她起先给楚尧拿药，借机逛了逛这家医馆。医馆临街，分了上、下两层。底层是药铺，上层则隔出了几间客房。在药铺后头，还有一个硕大的院子。

白婴慢条斯理地走到窗边，推开窗框打量外面。街上人声喧嚷，端的是一派祥和之景。

自打四年前“楚战神”崛起，正如他所言，十六国便连梁国城墙的砖瓦都摸不上手，西北三州也得以休养生息。可十六国现今走投无路，叶云深已在蓄力反扑。这好景，不知还有多少时日。

白婴叹了口气，瞥向隔壁，见窗户亦是敞开，料想是楚尧在住。楚尧并不对她严防死守，想来是有把握让她插翅难飞。可楚尧眼下的态度，也真真是启人疑窦。

白婴越是细想，越觉哪里不对。她坐回桌旁喝了杯茶水，思量的同时，免不了就想往嘴里塞东西。她找了一圈房内，没有食物，只好摸摸索索地下了楼。

医馆里的小厮个个年轻，先前见白婴下来拿药，只穿一件亵衣，全部目瞪口呆。这会儿她又大驾光临，照旧没有外裳。此时大夫不在，医馆里也没生意，是以她一出现，所有小厮都不约而同地停下手头活计，直勾勾望着她。

白婴生得好看，也习惯了别人看她。她面无异色地穿过大半个药铺，背着手懒洋洋地走到了药柜前方。她扫视过第一排药柜，刚想伸手拉抽屉，乍见四下安静，便美目一转，笑道：“怎么都不动啦？你们忙你们的，我就随便看看。”

伙计们脸一红，慌神地收回了视线。

白婴满意地点点头，继而拉开就近的抽屉，抓起一大把药材。

药材塞进了白婴嘴里。

小厮们：“娘！吃不得！那是生草乌根，要死人的！”

楚尧的房门被小厮敲响，已是未时三刻。他一听小厮说与他同行的姑娘出了事，他想过是白婴放血屠城，也想过是白婴的刀伤严重了，甚至想过白婴逃跑，独独他没料到，是白婴快把人家医馆吃空了……

楚尧跟着小厮下了楼，打眼一看，第一眼就瞄到了白婴。那厮缩成一团蹲着，身后药柜空了一半，七零八落的药材堆在她脚边。她是半点不挑，右手枸杞，左手当归，啃得旁若无人。

楚尧扶了扶额头。

边上的小厮哭丧起脸道：“完了完了，照她这么吃，要不了几个时辰，咱们的药材全没了。等师父回来，铁定要将我们全部扒皮！”

楚尧充耳不闻，走近些道：“你想洗劫医馆吗？”

“不是。我就饿……”白婴老老实实回答，答完又吞了半截当归。

楚尧默了默：“饿了不会去对面酒家吃饭？”

“没银子，关键是还没衣裳穿。”

说得有理有据，竟是无法反驳。

楚尧拧了拧眉，琢磨着要不要去给白婴买身衣裳，毕竟她昨日的裙衫，沾了血气，已被他埋了。

白婴见他似有犹豫，试探道：“宝贝儿要去给我买吃的吗？”

楚尧神情一顿，没说好，也没拒绝。

“我就知道，宝贝儿为人最好了！既是如此，我也不跟宝贝儿客气了。”白婴登时喜笑颜开，“我嘴不挑，就想吃……烩三鲜酱肉丝佛跳墙乳鸽汤，烤羊腿烧蹄髈清蒸鲈鱼爆炒肥肠！”

楚尧心想，要不你还是可以客气点。

他转身就要上楼：“她喜欢吃药材，让她吃个够吧。账且记下，离开时我会一同付清。”

小厮们一听，立刻有人打算盘：“好嘞，公子。她吃了十七根人参，一根半贯钱，折合十七两银。二两虫草三钱枸杞二十八根当归，算下来一共……”

楚尧面不改色地从楼梯上走下来，径直出了医馆。

“先回房间，我去给你买饭菜。”

白婴呆了呆，看着楚大将军为五斗米折腰的伟岸身形，绷不住“扑哧”一声笑了出来。

这一出闹剧下来，未时将尽。

白婴听了楚尧的话，没再吃药材，只抓了一把红枣干，闲庭信步走向后院。

彼时日头当空，屋檐成片的暗影洒在五丈见方的院落里。她沿着走廊逛了一圈，接着在石阶上坐下来，漫无目的地巡视着这方寸之地。

她一早就知梁帝对楚家是心有芥蒂的，素来明里暗里都压着楚家的军饷。依着楚尧今日的反应，都护府的财政状况，依旧不大好。

西北未平，梁帝不敢动楚家。一旦四海安宁，那楚尧……

白婴抿了抿唇，晃眼见得凭栏围起的泥地里，栽了不少寻常药材。一片葱郁的中间，却有几株植物枯萎，叶黄枝垂，显得十分不协调。白婴嘎嘣脆地嚼了一片红枣干，神情渐渐沉了下来。

就在这时，院中风动，自墙角跃下一青年，不偏不倚地驻足在白婴跟前。白婴看也不看他，一股脑把手里的东西塞进嘴巴，囫囵训道："说了多少回，君子走正门，小人翻院墙！我这根苗子歪了只怪红颜命薄，但你好歹让我寄托点希望不是？万一将来我死了，给我烧香的也必须是正道之光！"

抱着一把长剑的俊秀青年沉默不语。

"在你身上我才领悟到培养大侠就得从娃娃抓起的，你以后要是有了孩子，千万得铭记我的教训。"

"说，够了吗？"青年开口，断句却是相当诡异。

白婴拍手道："没呢。你胆子够肥的，也不怕楚尧发现，抓你回去让我俩在天牢里共度余生？"

"我，不怕。"

"得，知道你头铁。趁他这会儿没回来，你有事赶紧说。"

青年慢条斯理地蹲下身来，平视白婴，问："伤势，如何？"

"这不活蹦乱跳的吗？你又不是不晓得，叶云深这鳖孙儿活着，我就死不了。"

"昨日，我看见，他是在，故意，试探你。"

"我没瞎。"白婴耸肩道，"如今，我与他立场对立，他防着我，是应该。只是……"她又瞟了眼院子里那枯萎的绿植。

青年不解地问："只是，什么？"

"我回来不久，有许多事还看不透，我……需要时间。"白婴看向青年，"火器这个局，叶云深是真想借我的手杀楚尧。此番没杀成，山鹰又损失惨重，这鳖孙儿多半会想不开来找我的碴儿。这两日，你多去留意四方动静。"

"我想，留下，保护你。"

"保护啥？有楚尧在，两百个叶云深都成不了事儿。你是没看到昨日在商道上他那逼人的气势、那强悍的动手能力吗？我都直接惊呆了！他前一刻还咳得跟娇花儿似的，仿佛水囊都拧不开，后一刻站起身，单手就能揭了人家天灵盖。是不是堪称天选之子！是不是自带王霸之气，你说……"

青年冷漠地抬脚就走。

白婴："嘿，我还没说完呢？刚你不是嚷嚷要留下保护我吗？这么快就不想听我和你姐夫的感情史了？”

青年：“明明就是无脑吹！”

“那又怎么了！”白婴眯眼瞧着青年跃上了墙头，不忘高声叮嘱：“下次你记得带着酒！还有，浑小子走正门你听到没有！”

无人再回应，小院里，重归安宁。

白婴一个人坐在石阶上，发了好一会儿呆。她细不可闻地叹了口气，往走廊底下缩了缩，将整个身子都藏进阴影里。

太久不见光，她已不大能适应阳光的温度了。

不知过了多久，一阵脚步声由远及近，恰好停在距她不远的位置上。

楚尧一只手拎着三层的食盒，另一只手拿着包袱。他瞥了眼白婴，随即将包袱扔进她的怀里。

白婴愕然看看他，三下五除二解开包袱，从里面拿出来一件……

粉粉的小裙子。

款式中规中矩，风格非常保守，其上还秀满了翩跹的小蝴蝶。

白婴的眼角抽搐了一下，艰难道：“给我的？”

楚尧正色反问：“不然？”

白婴又噎了噎，试图讲道理：“我理解的哈，你们这种大男人呢，都喜欢看姑娘穿粉色，不过，我这年岁，我这身份，是不是理当稳重成熟风骚一点呢？”

楚尧幽幽睨着她。

白婴咽口水：“当然，我也不是说就驾驭不了粉色，关键是，这样式，这小蝴蝶，恐怕只适合十一二岁的小姑娘，对于我，会不会有点……幼稚呀？”

楚尧还是不说话，一双如深渊似的眸，渐渐染上了晦涩的情绪。

白婴骤感后背一凉，旋即大无畏道：“但我，素来是个乐于接受挑战之人。装嫩，我也可以是专业的！”

楚尧闻言，终是满意了，转身就往楼上走。

少顷。

白婴坐在客房的铜镜前，楚大将军站在她身后。几尺开外的桌子上，摆满了热气腾腾的饭菜，引得白婴食指大动。她一袭粉色小裙子，胡乱绾了个髻，正想跑去用膳，结果还没离开凳子，就被楚尧摁了回去。

白婴挑眉，见得楚尧从铜镜里审视着她。先瞧她的脸，一向不显山不露水的眼神中徐徐多了一丝光彩。继而瞅向她那不大协调的发型时，又拧起了眉头。

白婴直觉不妙。

楚尧用命令式的口吻道："你换一个发髻。"

白婴："换发髻哪有填饱肚子来得重要！咱们干脆先……"

楚尧默默瞅着她。

白婴噎了噎，选择了识时务。她主动掐断自己的后话，麻利地梳起发髻来。但……梳髻这个事，她总戳不到楚尧的满意点，连着换了两三个发型，楚大将军都是眉头不展。

白婴思来想去，也料不到楚尧想看她梳成什么样，正想破罐子破摔，楚尧夺过她手里的木梳，亲自上手，给她梳了个……

十分童真的垂挂髻。

白婴一时语塞。

大哥！她都几岁了！好歹是十六国的女君，这要走出去，岂不笑掉别人的假牙？她贪图男色无恶不作的名声还往哪里搁?

白婴怨念地瞪着楚尧。

楚尧压根儿不在意她的反对，从袖口里小心翼翼拿出一支蝴蝶钗，别在了白婴的发间。有那么一刹，白婴的眼底，是难以遏制的温热翻涌。

她与楚尧在京都相处的那几年，府上的婶婶总是给她梳垂挂髻，她也总是喜欢流连各家布坊，挑些花里胡哨的小裙子。她像所有同年龄的小丫头一般，钟爱粉色，尤为钟爱小蝴蝶。常常头上都得别好几支蝴蝶发钗。裴小五还取笑她，说她像一只飞不起来的花花胖蝴蝶。

楚尧因着这句话，追着裴小五打了一整条街。

不知他是不是忘了，她满十一岁生辰时，他送的那支蝴蝶发钗，她最是喜欢。后来，她还带来了边关。只可惜，奉安二十七年，碎在了十六国铁骑下。

他好像也忘了，他的阿愿已经"死"了。

她只是白婴，已经不适合穿粉裙子，不适合梳垂挂髻，也不再喜欢小蝴蝶的白婴。

白婴敛低眼睑，试图将蝴蝶发钗取下来，楚尧却启齿道："别摘。"

不是商量的口吻，也非好言相劝，而是带了压抑的胁迫感。白婴隔着铜镜望他一眼，无奈地收回了手。楚尧的眉眼这才浮上浅浅笑意，走至桌边坐下，温声道："不是饿了吗？过来用膳。"

白婴老老实实走近，落座的同时仍旧不舒服地摸了摸发钗，旋即拿起竹筷问："宝贝儿，你一个堂堂西北都护，怎的还会给女子梳头呀？外面都说你们都护府是光棍儿府，莫非，实则不然，你还真的金屋藏娇了？"

楚尧不搭理她。

"哎呀，就算真藏了也没关系的哈。我懂我懂我都懂……"

“闭嘴。”楚尧忍无可忍。

她不说话还挺像，一说话就会破灭他人的妄想。白婴别的不适合，就适合做个半永久缝嘴。

他一飙眼刀，白婴当即老实，瞅了一圈饭菜，她点的菜式一个没有，却都是她小时候爱吃的。刚刚才化消的情绪又涌上了心头，她很难想象，这么些年，楚尧在亲手了结她的性命后，究竟是如何过来的。

鼻头一酸，白婴不敢再耍嘴皮子，生怕被楚尧觉出了异常。她闷头吃了好几口菜，见楚尧坐着不动弹，便闷声闷气地说：“你也吃。”

“楚某不饿。”

“你是不是嫌我声名狼藉，不配与你一同用膳呀？我就这么一个小小的愿望，你也不肯成全我？也对，所谓可怜之人必有可恨之处，想我命途多舛，打小流落十六国……”

楚尧拿起了竹筷。

白婴埋着脑袋憋笑，象征性地给楚尧夹了几筷子的菜。然后，就这几筷子后，楚将军再也没能成功夹到盘子里的菜品……

他不是不晓得白婴能吃，可能吃到这种地步的，着实令他叹为观止。三菜一汤，不消半刻钟，尽数入了白婴的五脏庙。

所以，这就是她说的，有个心愿，想和他一起用膳……

楚将军表示，白婴这张嘴，活脱脱就是骗男人的鬼。他慢悠悠地放下碗筷，一言难尽地瞥了眼瘫在椅子上直打嗝的白婴。

“乌衣镇内，你这几日可随意走动。待你伤势好转，随我返回遂城。”

“嗯？”白婴呆住。这待遇，不像是俘虏吧？

“你若是想跑，也无妨。”

白婴闻言，猛地站起，双眼炯炯放光：“还能有这好事？那我想……”

楚尧：“楚某能擒女君第一次，自然能擒女君第二次。只是女君逃跑前需多加思量，下一回，楚某是否还有雅量宽待你。”

白婴的话头说拐就拐，绝不含糊：“我是想说，我就想留在尧尧身边，有尧尧在的地方，就是我的家，我哪儿都不去。别说跑了，就算有人用八匹马来拉我，我也能岿然不动。”

楚尧一言不发。

半晌，他抬起手来，好似想摸她的头。临近了，方觉这动作不妥，只好又收回去。他立于屋中，目光越过白婴，望向窗框外日暮的天际。外头车水马龙人声鼎沸，但入他耳里，却没有任何的声响，好像茫茫天地，一片荒芜。

白婴喊了他好几次，楚尧失焦的目光才聚于她面上。他辨了辨她的口型，似是迟疑了一瞬，说：“女君若无事，便早些休息，尽快养好伤。”

他正要离去，白婴唤道：“宝贝儿。”

楚尧回过头来。

白婴斟酌片刻，矮声问：“你的听力是不是……真的有损？”

楚尧顿了顿，淡淡颔首：“是。”

“怎会如此？何时落下的？你可找人治过？”

她说得着急，好似满心满眼都是他的安危。楚尧审视她一阵儿，坦然回答：“行伍之人，多多少少会落下些病根，楚某早已习惯了。”

“是……这四年间落下的吗？”

白婴轻声问道，他却不想再纠缠于这个话题，举步便欲离开。她追到他身后，换了另一套说辞：“你待我颇为宽容，是因为我助你截了火器，还是因为……我与舍妹相似的经历？”

“宽容……”楚尧喃喃重复了一回。

在白婴看来，正常的战俘的确不该有她这等待遇的，哪怕是二人形成了明面上的合作。特别是自打昨夜她昏迷，楚尧对她的态度委实启人疑窦。她袖口里的铁牌已被提前藏在了贴身处，倘若真如楚尧所言，是对街大婶给她换的衣裳，那楚尧现今必然不知她的身份。他若是知晓，二人也决计不会是眼前的相处氛围。

那么，他的转变……

白婴的心尖儿像被狠狠拉扯了一下，听他平静道：“女君不是以救命恩人自居吗？楚某苛待于你，岂非落人口实。加之……你确实，利用了楚某的软肋。”

软肋……

他说，她是他的软肋。

白婴喉咙发堵，一时间五味杂陈，想着楚尧的耳疾，心中不自觉多了一丝怜惜。

“将军还记着当年事……”

“不敢忘。”

“这样记着，不痛吗？”

楚尧紧抿唇线，负手朝门口挪了两步。白婴不依不饶地跟着他：“伊人已逝，将军又何必执着于过去，这一生太长了，总得向前走的。”

楚尧没吭声。

“往昔的时光不能回溯，做过的事情也没法重来，当年是时局逼人，覆巢之下，焉有完卵？我相信你……”

楚尧猛地顿下脚步，白婴一不留神，撞在了他伟岸坚实的背上。

白婴瘪着嘴揉额头，冷不防抬起眼，就对上了楚将军那格外凛冽、异常要命的眼神。通过四目的交汇，白婴机智地领悟出楚尧想表达的含义——

她再敢叨叨，他反手揭开她的天灵盖！

白婴害怕地抱住头。楚尧飞过去一记眼刀，旋即抬脚跨出了门槛。他在走廊上刚前行几步，白婴不作死就浑身不舒坦，怯生生叫住他：“宝贝儿大宝贝。”

楚尧咬紧牙关，深深吸气：“还有何事？”

“最、最后一个问题。”

“楚某不想听。”

“我保证，这是一个相当正经、非常体贴，绝不涉及隐私，并且与你息息相关的问题！”

“我说了我……”

白婴语如连珠炮地打断他：“我就是看你方才没吃什么东西，琢磨着你是不是胃口不好，这会儿天快黑了你半夜三更会不会饿呀？”

楚尧表情一僵，握紧了拳头。

那是他胃口不好的问题吗？她给他机会吃东西了吗？楚将军气得太阳穴突突直跳，一字一顿道：“楚某是习武之人，不……”

“饿”字还没脱口，楚大将军的五脏表示不大想配合，“咕噜”一声叫了出来。

白婴张了张嘴，楚将军趁她没开腔，三两步迅速迈回了自己的房间，“砰”地关上了门。

动静特别大。

完美地彰显出了楚将军此时此刻的心情。

白婴心想，他这鸭子嘴的毛病越发严重了。早几年还是在战场上受了伤不肯告诉她，这会儿就连肚子饿都不愿示人，好像他真成了“战神”，不食人间烟火似的。她无可奈何地摇摇头，还能怎么办？心尖儿上的人，只能宠着呗。

一念至此，她索性理理衣衫，下了楼去。

与医馆里的小厮交头接耳了几句，白婴从对方手里接过一个荷包，欢欢喜喜地掂量了两下，蹦跶着离开了医馆。

不多时，楚尧亦是下了楼，问那小厮道：“方才她与你说什么？”

小厮不敢隐瞒：“姑娘说借十两银子，每日三分息，临走前结清。”

楚尧不敢相信：“她有银两还？”

小厮：“姑娘说了，都记您账上，连着下午的药材钱一块儿，反正你俩定过娃娃亲。”

谁？

谁和她定过娃娃亲？

楚尧也不知是被娃娃亲给气的，还是被那十两银子恼的，总之，大将军愤愤上了楼，又摔了一次门。

刚溜达过一条街的白婴："阿嚏，哪个不长眼的在骂我这腰细臀翘的小美人儿？"

◈

第五章·
楚将军日常想打人

暮色四合，华灯初上。浓墨般的夜铺陈出一幅画卷，将十丈红尘都点缀其中。

白婴无所事事地在街上闲逛，内心雀跃地感受着这边陲小镇的气息。她有许多年没能踏足梁国的土地，被囚在血池的日日夜夜，她都望着一轮皎洁的明月想，梁国的月色是否也清辉漫漫，洒落在他身上。如今好不容易能和楚尧同处一地，她又觉得如梦似幻，好不真实。走街串巷屡屡和路人擦肩，她才深切地意识到，她是真的回来了。

白婴买了许多街边的小食，每一种都买双份。一份自己吃，另一份则是买给楚尧。路过茶楼，她还进去听了两出戏。不像以往在京都，说书人总爱讲些才子佳人的话本。在西北三州，大抵受战火叨扰，说书人更乐意叙述大英雄楚尧的生平。

第一出戏，讲的便是楚尧当年一箭射杀义妹，白婴相当不喜欢。

第二出戏，则说的是楚尧一战降八国。白婴虽然清楚其中细节，但还是听得津津有味。

待走出茶楼，她又往西城的夜市逛了一圈，见家家户户门窗上，都贴着目如铜铃身材魁梧的神像。仔细一打听，才知那竟是百姓对楚大将军的形象认知，白婴笑得前仰后合。

好不容易走遍半座城，买到了楚尧喜欢吃的香葱饼，正打算折返回医馆，走到半道上，她想了想，又将那饼塞给了街边的流浪汉。她面无表情地在流浪汉跟前站了许久，及至流浪汉连连道谢，大口大口吃完了香葱饼，她方转身离开。

实则，她已然能猜到楚尧的心思，她的怪癖表现得太明显，楚尧约莫是将她当成替身了。

白婴摸摸头上的簪子，对此，她的心情也是无比复杂。

她分明就在他眼前，却没法坦诚身份。她喜欢他喜欢得不得了，还被当作替身。

这大概就叫……

我绿我自己。

白婴悠悠叹了口气，抱紧怀里的小食，加快了步伐。

回到医馆，已经过了亥时二刻，白婴径直上了楼，驻足在楚尧房门前。内里一片漆黑，她也不知楚尧是不是歇下了，只能试着喊道：“宝贝儿大宝贝，快起来吃夜宵了。”

正在床上辗转反侧为十两银子发愁的楚将军无话可说。

白婴见没人理她，继续猫着嗓子道：“小甜心？尧尧？你睡了吗？怎么这么早就睡了，是不是气血不足，还是说除了耳疾你有别的毛病呀？”

“有病千万不能拖呀，正好咱们在医馆，你要不要……”

楚大将军忍无可忍：“闭嘴。女君请回吧，楚某已经睡下了。”

“咦，这不是还醒着呢嘛，既然是醒着，你怎么不理我？”

怎么不理你?

你居然还有脸问?

再次想起十两银子的楚将军心塞地翻了个身。

白婴在外头孜孜不倦：“我还不是心疼你，知道你晚上没用膳，这会儿肯定是饿了，我买了许多吃的，你好歹垫垫肚子再睡？”

“楚某不吃！”

“真不吃？”白婴倍感可惜地看着七八袋小零嘴，“也对，你们习武之人晚上吃撑了不利于经脉活络，必须得保证身轻如燕的。”

楚尧看着她，没说话。

白婴：“好吧。你实在没胃口，那我只能勉为其难，替你把这些东西吃掉了。宝贝儿，做个好梦。”

她嘟囔完这一句，转身便要回房。

楚尧乍一听没动静了，一边恼怒白婴给人送夜宵忒没诚意，竟然半途而废，一边又怅惘那十两银子都进了白婴的嘴里。他自从当了都护府的家，常常为边关十万将士的口粮愁得日夜难安，是以惯性将钱财看得重。一想到白婴拿他的银子买了吃的，还独吞，素来古井无波的楚将军就气得胸口发闷。

这不合适。

钱没了，总得吃点回来！

楚尧蓦地坐起，几步开了门，冲着白婴房间的方向道：“你给我回……”

话一滞，视线里，白婴扶着凭栏，蜷缩着身子，背对他蹲在地上。她本就身形瘦削，又穿着他买的粉裙子，乍一看，活脱脱就是当年没事爱蹲在墙角种枇杷树的小丫头。她发间的蝴蝶钗微微轻颤，好似抖动双翼欲要高飞。

楚尧晃了晃神，走近正想询问，白婴勉强站起来，转过身，却是双膝一软，猝不及防地跪了下去。

楚尧一愣。

白婴苍白的脸上浮起一丝尬到不能再尬的笑，顽强道：“作为你给我买了一支发钗的回礼，我也没什么好送的，要不，就在这给你拜个早年吧。”

楚尧的内心，这一刻很拒绝把她当成阿愿。

他定睛瞅瞅白婴，随即缓步上前。白婴抬起一只手，说：“我可以，我行，你不用抱我，让我自己走。”

楚尧不语，在她就近处蹲了下来。

白婴：“你如果实在要抱，那我希望是公主抱。你懂吧，就是那种一手搂背，一手抄膝弯的抱法。我在话本里读到过，特别有……”

后话尚未说出，白婴就咋舌地看见，拧人天灵盖绝不眨眼的定远大将军，偶尔说话自带冷风的西北都护，三州百姓和十万将士的“神”，就这样一脸惋惜满目心痛地捡地上的小零嘴。

白婴的动作一顿。

楚尧把撒了的花生豆一颗一颗拾起来，放回纸袋里。有些滚到门框缝隙中的，他还竭力用食指去抠，抠出来再吹吹灰，依然放回袋子里。

白婴：“谢谢，我不吃了，现在略撑。”

楚尧看也不看她，继续手上的动作，捡完花生豆，又把烧饼捡起来，拍了拍灰，放嘴里咬了一口。白婴想打掉那烧饼，手伸到一半，却是转而握住他的腕子。

“别吃了，脏了。”

楚尧抬起眼觑她，幽深的眸中覆冰三尺：“脏吗？都护府上下，还吃过更脏的东西，女君想来是没法理解的。”

白婴想说，她能。

白婴知道大梁的京都富庶繁华，也知道上位者不闻塞外白骨，累积成山。朝臣和皇帝为了打压楚家，费尽心机。他们不敢动楚尧，需要楚尧来震慑十六国，便只能打军饷的主意。从白婴来到边关的第一日起，她就见过将士们饿着肚子上战场，饭都吃不饱，却要为了这身后的河山拼命。

白婴敛低眼皮，胃部翻涌混杂着血肉骨头里的痛，让她越来越难忍。她的两鬓很快浸出冷汗，粘黏着乌黑的发丝。她起初还能保持清明，后来脑子里便浑浑噩噩。她看着楚尧捡地上的东西，想张嘴告诉他，别捡，她这些年已经积攒了许多宝贝，都给他，足够他一世衣食无忧。她见不得她捧在手心里的人，曾经桀骜不驯的少年，为了这五斗米折腰。

她要他干干净净，她要他只是顶天立地的将军，其余的脏事杂事，交给她来完成。无数的说辞到了嘴边，却都被理智压了回去。白婴紧咬的齿间充斥着血腥味，慢慢地，只剩下一个念头——

疼。她太疼了……

她浑身脱力，下意识地摸了把空荡荡的腰间，没摸到想要的酒囊，便只能死命地抓扯衣物。

这才是离开十六国的第三日，痛苦便能如此剧烈。叶云深笃定她离不开他，想想也不是没道理的。白婴不知道自己在这样的痛苦下会做出什么，她只能尽己所能地控制，希冀楚尧尽快回房。

楚尧捡完最后一颗糖炒板栗，总算将注意力放到了白婴身上。他搂着七八个纸袋子，望着白婴道："怎么了？"

白婴不说话，抖着手赶他走。

楚尧被她推搡了好几下，旋即徐徐站起身。他眯着眼打量白婴，忆起了老大夫临终前的话。

药人后遗症……

他静静观察着白婴的举动，直到白婴开始推他的小腿，他才试探道："女君是否身体不适？"

白婴疯狂摇头。

楚尧又道："如此，那楚某先行回房了。"

白婴疯狂点头。

楚尧不动声色地站了片刻，果真转身就走。

等他关上房门，白婴才虚脱地起了身。她的重心全倚在凭栏上，单单两步路，都像要她的命似的。摧心噬骨的痛意让她无暇思考，头皮上都像被人狠狠抓扯住头发，疼得她快要发疯。

她记不清这样疼过多少次。可正如她所说，就算疼再多次，她也不能习惯。

刺痛的双目里满是水雾氤氲，白婴的鼻息下仿佛嗅到了血腥。她的耳畔由万籁俱寂变成了金戈铁马，脑海里的画面也是一幅紧接一幅。她时而看见楚尧带着她横行京都，言笑晏晏。时而又看见楚尧血战沙场，马革裹尸。胸口里的铁牌硌着她的骨头，她失神地望着走廊上悬挂的红灯笼，从那敞亮的烛光里，回转了岁月的流速。

那是白婴的九岁，初遇楚尧。

她刚来将军府，整日躲在房间里，蜷缩在墙角，与谁都不讲话，也鲜吃东西。旁人劝得急了，她就张嘴咬人。京都的大夫来回好几波，都说这孩子基本是废了，劝楚尧放她自生自灭。可有一晚，楚尧来她房中坐了许久，末了蹲在她跟前，温柔地拍拍她的头，说："丫头，知不知道有句话叫知恩图报？我救了你，你这年岁，也懂些做人的道理了吧。"

白婴警惕地看着他。

楚尧笑笑："我也没什么特别想要你报答的，就一桩事，且看你愿不愿答应吧。"

白婴一张小脸相当的愤世嫉俗。

楚尧没逼她开口，只从领口里扯下一块黑铁的名牌，不由分说地塞进她的手里："我呢，答应别人了，将来铁定是要上战场的。梁国的楚家军流行一句话，将军百战死，马革裹尸还。我不确定，我能在人命如草芥的战场上活多久，万一我死了，你就用这块名牌，替我立个衣冠冢，可好？就当是……还恩了吧。"

那是白婴第一次接话："为什么？"

她晓得救她的人是京都楚将军的独子，以他的身份，即便战死，也该风光下葬。怎会由她来立衣冠冢？

楚尧见她启齿，也是一喜。但没过少顷，他的眼底就闪过一丝不易捕捉的落寞，白婴只觉那一刻，她有些心疼这个少年。

少年重新挤出一丝浅淡的笑，温声对她道："没有那么多为什么，你若是愿意，照做便好。不过，承君此诺，必守一生，在我没死之前，你都得好好活着，乖乖吃饭，乖乖睡觉，能做到吗？"

白婴想了想，懵懂地眨眨眼："能！"

她这一辈子，过早地体会到人间至恶，却也意外收获了一份至善至暖。她分得清楚，楚尧是在救她，邀她领略未尽的红尘风光。他是那般坚定且执着，把她从火海里救下，义无反顾地拉着她，走出污秽的泥沼。

可是……

可是……

大滴大滴的泪从白婴的眼中落下，砸在地板上。这个她倾其所有相信的人，让她许下承诺的人，亲手绝了她的生机！

尖叫一声一声在回荡，每一句都是相同的——

救救我，兄长。

她在十六国铁骑的马背上，喊过救救我，兄长。

她在漂着白骨的血池中，喊过救救我，兄长。

她的绝望，她的无助，让她时时刻刻念想着这人会像第一次相遇时来救她。可是，日复一日，年复一年，他都没来。

她好恨……

她恨透了这承载着无数谎言的人世。

白婴一动不动地低着头，站在走廊上。她的双手攥成拳，指甲仿似要将掌心掐出血来。

关了店铺的小厮上楼灭灯，刚打了个呵欠，冷不防就瞧见白婴杵在不远处。他吓了一跳，小心翼翼地走近些道：“姑娘？姑娘？你没事吧？”

讽刺的笑声自白婴喉咙里溢出，她越笑越荒唐，越笑越夸张。她摇摇晃晃地朝小厮走去，柔若无骨地伸出手，道：“过来，陪着我。”

小厮一怔。

她长得好看，小厮一时没把持住，刚迈出半步，她脸色一变，厉声道：“陪着我，入地狱！”

小厮骇蒙了，目睹白婴向他扑过来，竟是连逃走的力气都没有。眼看白婴即将掐上他的脖颈，蓦地，她整个人被捞起来，被楚大将军扛上了肩头。小厮目瞪口呆，还没反应过来之际，楚尧已带着白婴进了房间，第三次“砰”的一声关上了门。

伴随着这动静，小厮尿了一地……

另一厢，楚尧三步并两步走至床前，试图将白婴扔在床上。不料这厮发起疯来，手劲竟是大得出奇。她搂着楚尧的肩膀死活不撒手，借力使得他一同倒在了床上。

白婴抢先一步趴在楚尧的胸口，趁他还没掀开她前，恶狠狠地说：“你不想别人下地狱，那就自己来！你不是世人所称颂的英雄吗！”

楚尧顿了顿，原本隐怒的眸中顷刻换上了森冷的神情。

“哦？女君想让楚某下哪层地狱？是楚某去你的地狱，还是……你到楚某的地狱来？”

白婴压根儿听不进去他的话，稍是直起身子，摁住他的双肩道：“你们，都该来受这种罪！”

话音一落，她瞄准楚尧的脖子，张嘴啃了下去……

楚尧本想着，她话都说到这个份儿上了，多少是该露点药人凶残的本性了，楚大将军已经抬起手悉心做准备，打算一招把白婴劈个半身不遂。结果，她咬是咬了，且不偏不倚咬中了楚尧的喉结。

说是咬，还抬举了她。她顶多算是用贝齿轻轻研磨，还像生怕弄疼了楚尧似的，气哼哼地咬两下，就用舌尖舔一舔。

楚尧一时怔愣，这是拉他下地狱该有的行为吗？

这分明就是在占他的便宜！而且楚将军怀疑，今晚，从头到尾，就是白婴演出来占他便宜的铺垫！

他耳根子一红，盛怒中掀翻了白婴这个登徒子，随即坐起来，不大自在地擦了擦自己脖颈上的水泽。

楚尧气不打一处来地瞪着白婴，喝道：“白婴，你简直……简直……”

白婴龇着两排小白牙，竭尽全力地出演凶神恶煞。

“对牛弹琴！”楚尧抛下一句，举步就要走。

然而，他前一刻离了床榻，下一刻，白婴就扑腾下来，抱住他的小腿，一边不痛不痒地咬，一边“超凶”地说：“你再敢……再敢丢下我一次，我……”

楚尧没去追究这个“再”字从何说起，只是垂首问：“你待如何？”

“你……你不要丢下我……”白婴豆大的泪珠子说掉就掉。

楚尧一怔，听得她拖着哭腔喊：“楚尧……我好疼啊……真的好疼啊，你救救我吧……”

楚尧稍是走神，等他反应过来，他的手已经搭在了白婴的头发上。他没有就此缩回，目光觑着窗外的灿灿星子，话却像是对着另一人说：

“好。我在这里，乖，不疼了。”

很久很久以前。

白婴被楚尧宠得不知天高地厚时，曾和京都的林家大小姐打过一架。

这林家扎根京都，祖祖辈辈都是生意人，算得上是富可敌国。在太祖皇帝奠定梁国基业之初，林家出钱又出力，替太祖皇帝养活了军队。因而，梁国开国后，林家便成了皇商世家，族中的闺女大多入了皇室族谱，与皇室的关系，可谓密不可分。而这一代林家最受宠的千金，名唤林纾，与白婴同岁。

那年朝事更迭，新帝初登基。本就逢上京中局势动荡，楚尧他爹刚好在西北打了几场胜仗，不论是在民间，抑或军营，楚家的声望都越来越高。天子一怕功高震主，二是想拉拢楚家，借此震慑朝局。便想了个招，要把林家的千金许配给楚尧。利用林家，把楚家和边关的十万将士，通通绑在大梁皇权的基石下。

楚尧他爹为表忠君，自是不会忤逆圣意。皇上探得了楚尧他爹的口风，高兴得不得了，就趁春猎，意图给林纾和楚尧牵线。

孰料，白婴没见过世面，嚷嚷着要与楚尧一同去狩猎。楚尧惯常什么事都依着她，索性将她扮作小跟班，带去了围场。二人前脚走到围场的皇帐外，就听里面有个姑娘在嚷嚷，不分尊卑地叫皇上“姨父”。

“我不嫁，我才多大岁数呀，你们就要牺牲我去联姻。管他是什么青年才俊，管他长得有多风流倜傥，我反正就是不嫁！我的相公，得我自个儿选，自个儿喜欢！”

白婴和楚尧在帐外顿了顿，白婴还呆呆地问：“里面要办喜事？”

楚尧摇摇头，示意她噤声。

不多时，林纾发完一通脾气，掀开帘子走了出来。她看见楚尧的第一眼，遂停下了脚步。

白婴眼皮子一跳。

林纾问：“你是谁？”

楚尧不得不回：“在下楚尧，安北将军之子，奉皇命参加春猎。”

林纾默了默，定定地瞧了楚尧半刻钟。然后，她转身返回帐中，铿锵有力道：“姨父，我想过了，天下之大，莫非王土，率土之滨，莫非王臣。我是梁国子民，自当该为家国尽一分心力。姻亲之事，便由姨父说了算。”

白婴：“她要嫁给谁？”

楚尧：“……若我没估错，多半是我。”

白婴一听，心态瞬间炸了。

她情窦未开，实则不大明白婚配嫁娶是怎么一回事，只知二人成了婚，是要在一起过一辈子的。自打她接了楚尧的名牌，心里就认定要跟楚尧一辈子，如今半路杀出第三者，她也说不清道不明，就是看林纾不顺眼。

这一不顺眼，白婴就堵得慌。偏生林纾还骄纵跋扈，不管楚尧如何拒她千里，她都一而再再而三地造访将军府。楚尧碍于皇室颜面，不能和林纾正面起冲突。白婴却不懂这里面的弯弯绕绕，在林纾第三次造访将军府时，她就用麻布口袋把人套住，打算把林纾扔出去。

结果，她力气不大，对于敲人暗棍也没啥技术可言，林纾三两下就从麻布口袋里钻了出来。这一下不得了，林大小姐要扒了白婴的皮，白婴也不是省油的灯，两个小姑娘，生生从院子里打到了街上，且林纾还被白婴打得鼻青脸肿。

后来动静闹大了，赵述和裴小五赶来收场，当众把白婴狠狠训了一顿。白婴委屈得要命，一个人躲进将军府的假山里头。等楚尧找到她，她主动认错，说是以后再也不找林纾的麻烦。

楚尧打量她许久，开口第一句话，不是像赵述那般顾全大局，而是见到她手臂上的青紫，问她：“疼不疼？”

白婴忍了大半天的泪水，那一刹簌簌落下。她哭得毫无形象可言，嗷嗷道：“疼死了！”

楚尧将她揽进怀中，轻拍着她的背，然后又不知从哪儿拿出来一串糖葫芦，哄她道：“乖，不疼了，我在这里。”

白婴咬了一口糖葫芦，把鼻涕眼泪尽数糊在了楚尧的袖口上。

从这过后，白婴和林纾结下了梁子，明里暗里，林纾都没少给她使坏。白婴被赵述洗了脑，只知她对林纾不好，便是让楚尧为难。为了楚尧，她学会了忍气吞声。实在不开心了，她便气哼哼地上街买糖葫芦吃。

一晃好些年，在这西北，她再也没买到过糖葫芦。

这一宿，楚尧被白婴扒拉着静坐了一整夜。次日早间，白婴眼睁睁看着楚大将军走路颇为艰难地离开房间，心中满怀愧疚。她晓得楚尧需要休息，便没再敢去打扰楚尧。洗漱完后，她索性独自到镇子上去逛了一圈，打发闲暇。

快至入夜时，白婴唯恐楚尧断定她拍拍屁股跑了，方才折返回医馆。为了表达歉意，她还在对街的酒楼里端了一碗热气腾腾的馄饨，想着以吃收买人心。

她算过时辰，药人的后遗症普遍会在亥时以后发作，她敲响楚尧房门之际，才刚过戌时，满打满算，她把馄饨送完，再说些好话，无论如何都不至于旧事重演。

白婴的算盘打得叮当响，可楚尧昨晚上了当，今夜是铁了心不会给白婴开门。白婴喊他小半炷香，他都没个动静。最后白婴没辙，只好使出撒手锏。

“我都说了，我是真心实意想给你道歉，也是真心实意怕你饿肚子，你要实在不想吃，我就把这碗包了金叶子价值二两银的馄饨送给楼下伙计了。”

伙计们听到此话，纷纷翘首以盼。

白婴等了须臾，见房中死活不点灯，幽幽叹了口气，便要转身回房。她刚迈出两步，身后的门扇“吱呀”一声开了。

楚将军舌尖上的“把馄饨留下”还没出口，忽见白婴手里的碗脱落，价值二两银子的馄饨摔在地上，汤汁四溅……

楚将军捂住了心口，随即，眉头一跳。

下一刻，白婴回首，表情穷凶极恶：“你们，都该死！”

楚尧无语。

眼看白婴失智扑过来的楚将军表示：心好累，为什么偏偏是他遇到白婴？

二人身处医馆的第三天。

清晨。

白婴老实巴交地坐在床上，两只手绞弄着衣袖。楚尧则身形笔直地坐在桌边，面色相较前一日更为阴沉。他眼皮底下挂着两道惨烈的乌黑，每一次呼吸仿佛都在拼命克制想打死白婴的冲动。

“我不是故意的。”白婴怯生生地开口，“我这些年受困十六国，日夜担惊受怕，所以有些时候呢，行为略不受控制。宝贝儿你能理解的哈？”

楚尧幽幽瞥向她。

白婴拍胸口：“我知道宝贝儿昨晚没睡好，你这会儿就回房去，放心大胆地睡，我决计不吵你。不仅白天不吵，夜里也保管不吵！”

白婴说得信誓旦旦。楚尧熬了两夜，的确不想再浪费唇舌，他丢下一个胁迫的眼神，旋即起身离开。

白婴长舒一口气，思来想去，为防自己言而无信，也怕楚尧察觉楚她的药人之身，她还特地跑去买了一把锁，准备将自己锁在房中。

于是……

当天晚上，就在楚将军以为能够睡个安稳觉时，隔壁传来了白婴乱砸东西的动静。

楚尧默然。

白婴是不是跟他有仇?

她是不是专程克他睡觉的?

楚大将军不想管，却又不能不管。白婴是都护府的战俘，身无分文，砸坏医馆的所有损失，都得计他头上。为了十万楚家军的口粮，都护大人再一次从床上爬起来，一脚踹开了白婴的房门……

第四天早上。

白婴再度怯生生地开口：“真的，我真的不是故意的！”

楚尧的脸色已青黑交加，眼皮底下的乌黑亦是越来越明显。在白婴做了和昨日相同的保证后，楚尧疲倦地回到了自己房中。

这一晚，白婴买了两把锁。

可惜，这锁还没派上用场，楚尧就先人一步，闯进白婴房中，并用两条麻绳把她结结实实地捆在了床柱子上。

白婴一时不知该开口说点什么。

诚然，楚将军就不会给她讲的机会，绑好白婴，他转头就走，洒脱非常。

这一晚，被折磨好几天的楚将军总算睡了个好觉。

◆

第六章·

穿最粉的裙子说最狠的话

后续两三日，白婴和楚尧的情况彻底掉转了过来。楚将军睡得好，精神百倍，白婴则有一种肾被掏空的虚脱感。

这日晨间，楚尧提出返回遂城，白婴撒泼耍赖，借口腰腹的伤还未痊愈，央着楚尧多留些时候。楚尧大抵出于绑了她好几天也不太好拒绝的念头，竟是应允了。他出门去驿站，要往都护府里送信。

白婴闲来无事，本打算补瞌睡，人还没上床，就听窗外传来一种类似鸟鸣却有细微差别的声音。她一下子来了精神，理了理衣衫，也跟着离开了医馆。

“向小恒不是我说你，都跟你说下次来带着酒了，你说你消失这么几天，是消失去了深山老林荒芜大漠了吗？当然这也不怪你，主要还是叶云深那个老鳖孙儿，不干人事。”

一家茶楼的二层，白婴和那日的青年双双坐在窗边。桌上搁着一壶茶，茶烟袅袅，清香扑鼻。白婴自顾自斟好茶水，眼珠子滴溜溜地望着街上，气鼓鼓地喝了半盏茶下肚。

向恒默了默，忽而看到白婴的腕子上有一道道被绑出来的红痕。他一把抓住白婴的手，怒道：“我就，知道，楚尧，不是，好人！”

白婴也默了默：“你怎么得出这个结论的？”

她缩回手，故意把袖子放低了些，叹道：“这委实怪不得楚尧。这几天夜里我那疯劲儿上来了，他也是无计可施才会绑住我。若非如此，我都不知我会干出什么事来。”

说到这儿，向恒就心怀愧疚：“我去，王帐时，叶云深，不在。”

白婴抿了抿唇：“多半是因为天途关的事来找我开撕了。我也猜得到，他不会轻易把‘长梦’交给你，在他眼中，我是个变数。变数就得吃点苦头，才会老实。”

“他何时，到？”

白婴摇头：“说不准，那老变态阴险狡诈，楚尧又催我回遂城，我得想点法子拖住他才是。”

“那，叶云深，若迟迟，不出现，你的，状况……”

“撑着呗。能撑一日算一日。如果实在撑不下去……”

“没有，如果！”

白婴见向恒急红了眼，只得摆手改口：“行，我也就那么随口一说。”

“你后续，如何，打算？”

“后续呀……”白婴转动着茶盏，思量片刻，迟疑道，“根据我这些天与楚尧的相处，我琢磨着，他是把我当成替身了。这事儿吧，啧，它就是个双面刃，得分好坏两面来看。我当时在地牢里故意抛出奉安二十七年，的确有借过去的事来接近楚尧的想法，可他这接受度……大大出乎了我的意料。”

“你何须，如此，迂回？不能，对他，坦白吗？”

白婴叹了口气，莫名其妙地想到那日楚尧替她别上蝴蝶发钗，从铜镜中凝视她的模样。

她不确定那是不是她的错觉，她只知那一刻的楚尧像极了病入膏肓的人，拼了命地在她的身上寻找早年那小丫头的影子。

若说在此之前白婴也是有过怨恨的，那么，在此以后，种种憎恶都在她心中慢慢淡去，只剩下疼惜。

红尘苦海，不是只有她在煎熬。

“假如，你有一件宝贝，不慎遗失了，后来失而复得，你是怎样的心情？”

向恒不明白白婴怎么突然这样问，想了想，答：“欣喜，若狂，珍之，重之。”

“那……得而复失呢？”

他有些顿悟。

白婴厚着脸皮耸肩：“不瞒你说，我就是楚尧的宝贝。”

向恒想反驳，可他口齿慢，白婴也压根儿不给机会：“我知道你要讲什么，奉安二十七年那是叶云深这鳖孙儿造的孽，楚尧何曾不是受害者。退一万步讲，成吧，我就是拥有胸大臀翘当世美人儿的自信，高看了自个儿在他心中的分量，他没拿我当过宝贝……”

“你知道，就好。”

白婴笑笑：“那又如何，我当他是宝贝就行了。既然是我珍惜的宝贝，我怎舍得，让他痛第二回？”

向恒气到失语，愤愤拿起桌上的剑，起身就要走。白婴手疾眼快地把人摁住，龇着牙说：“我还有一桩事与你商量，你先把屁股放回凳子上。”

“何事？”

“我寻思着，楚尧既是把我当成了替身，那我先借此赢得他的信任，不过，这是个技术活，须得拿捏好分寸，不能坐实我的身份。我思来想去，恐怕得借你的……”

后话还没说出来，楼下忽地传来一派喧嚣。

白婴止住话头，视线穿过窗框，见得街上走过二十来个高壮大汉，俩人为一组，抬着硕大的木匣子。路上行人纷纷散开，自主让出一条道来，还兴奋激动地拍着手，高喊道：“来了来了！终于来了，明年定能国泰民安，风调雨顺！”

白婴和向恒面面相觑。

白婴嘴碎道：“这是什么牛鬼蛇神出山来迷惑群众了吗？”

上楼收拾旁边桌子的小二闻言，几步上前道：“客官别乱说，被旁人听见了，是大不敬。”

白婴好整以暇地撑着头，抛了记媚眼道：“不敬谁呀？”

小二上下打量着白婴。好看归好看，就是这粉粉的裙子……这萌萌的垂挂髻……太嫩了，委实太嫩了。

小二无比正直地转过脑袋，冲着向恒说：“姑娘年纪小，您当兄长的，可得管管，莫要让她祸从口出。”

白婴：“你再说一遍？谁小？”

真小的向恒：“噗！”

小二挠了挠头，不大理解二人这反应，但看白婴瞪他瞪得眼珠子都快蹦跶出来的模样，他只敢面朝向恒。向恒知晓白婴想问些什么，是以替她道：“下面，何事？”

“二位是外地人，不知咱这镇子上的将军祭吗？”

向恒摇头。

“哦，这个就说来话长了。”小二将桌布往肩上一搭，热情地当起了解说，“四年前，十六国那帮蛮夷大破遂城，这桩事，二位听过吧？”

“自然。”向恒应声。

小二继续道：“那年，所有人都以为边境三州是守不住了，传言楚将军身受重伤，都护府的士兵折损两万有余。可谁能想到，咱们的楚将军，有如神助，愣是把十六国打了个落花流水，此后才有了咱们的安生日子。”

“所以，你们这将军祭，祭的是楚尧？”白婴诧异。

小二摆手：“呸呸呸，姑娘别乱讲，这话被人听见，决计要引起众怒的。楚将军他活得好好的，百姓都指望他长命百岁，怎会用上‘祭’这个字。咱们的将军祭，乃是为了纪念四年前遂城一战里，牺牲的一位无名英雄。

“那一役，何其惨烈，尸骨成丘，血流漂杵。有一位英雄，至今也无人晓得他的名姓。说起来，他不是将军，只是一名身先士卒的兵。遂城倾危，三十万蛮夷铁骑侵门踏户，这位英雄为护百姓，在城中浴血杀敌，战至最后一刻。他身陷重围，遭蛮夷士兵砍下了头颅，但他不甘倒下，足足支撑了一刻钟，及至楚将军带领大军，把无数蛮夷驱逐出遂城。无头兵追着撤退的西北诸国一路往西，狂奔十数里，方倒在雁回山下。”

“雁回……”白婴的心尖儿没来由地一抽，脑子像是要炸开一样，疼痛欲裂。

——兄长，那是什么山？

——雁回山。传说秦朝之时，版图扩张，十年间秦军不断西行，致士兵死伤无数。有女子日日守在雁回山下，悬骨铃，有风起时，铃声送远，为英雄们指引回家的路。她们相信，有朝一日，自己的丈夫能归来。

小二话音未绝：“哎，我听人讲，那是无头兵执念不散，他曾有至亲之人死在西北诸国的践踏下。也有人讲，他是没能看到西北平定，死不瞑目。人们缅怀他的英勇，便将其称为‘无头将军’，每年的五月十九，会给他烧些纸钱，奉些香火。近几年，在楚将军的庇护下，咱们不受战火波及，百姓的日子也渐渐好转，无头将军的忌日，便盛大起来。咱们感谢他，也感谢每一位牺牲的英雄，望万千英灵泉下有知，三州年年风调雨顺，户有余粮。用不了多久，也定会国泰民安，河清海晏！”

白婴眼眶一热，险险落下泪来。

向恒矮声道：“明日，便是，五月，十九。”

小二听着向恒的断句甚是奇怪，不经意地多瞄了他一眼：“是啊。所以这半个月，咱们镇子上，最是热闹。二位客官若有闲暇，可留下来感受这场将军祭。明晚戌时起，城外安溪河畔，就会有许多人去放河灯，燃许愿灯。”

“两种灯，不一样，吗？”

小二想笑，但看看向恒手边的剑，还是努力把笑憋了回去。

“自、自然不一样噗……咳，咱们梁国人，都说死后入九泉，下忘川，忘川的尽头连着凡尘的江河湖海。之所以放河灯，是想让那灯顺流而下，把人们想说的话带去忘川，让逝者看见，灯上所书，皆是对英灵的牵念。而许愿灯升上天空，咱们这些凡夫俗子啊，信天上住着神佛，神佛保人平安，燃许愿灯就是想为活着的人祈福。但凡家里有从军之人，便写那人名字。若没有的，大多为楚将军祈福了。”

二人谁都没接话。

小二自顾自道：“另外，稍微有钱些的人家，也会到城西那处的将军祠去。那是知县老爷给无头将军修建的祠堂，院子里移栽了一株百年老树，用来悬挂骨铃。二位知道雁回山的骨铃……”

“我知道。”白婴道。

小二点点头："祠堂里的骨铃一两银子一只，配有红飘带，用来系于树上。"

白婴登时凶神恶煞："等会儿，你说知县这都要收钱，是他太飘，还是我提不动刀……"

"不是，不是。"小二忙打岔，"姑娘别误会，这骨铃虽是贵了些，可银两绝非知县老爷私吞，而是给咱们边关将士用作军饷的。但凡有余钱的人家，都愿意去挂骨铃。毕竟，将士们抛头颅洒热血，咱们老百姓也合该尽一份心力。"

白婴沉默了。

小二："对了，明日戌时末城中还会燃放十二响焰火，象征来年的十二个月，月月太平祥和。"

一席话说完，小二正打算离开，白婴一把抓住他的袖子，用最嫩的嗓音说着最"壕"的话："那树上能挂多少骨铃？一万两够吗？要实在不行……"

小二呛得咳出声，还以为她要减少自己说出来的数额，然而，白婴的下一句："要不多栽两棵树吧，我把骨铃全包了。"

他讷讷地看向向恒："你家妹妹是不是没睡醒？"

好不容易当上长辈扬眉吐气的向恒立刻掏出一锭金子："有劳，带路，买骨铃。"

小二一时无语。

两个时辰后。

医馆对街，飘香楼。

正值丑时末，酒楼里还未上客，厨房中却是烟熏火燎。白婴趴在靠窗的灶台上，一只手拿着笔，另一只手摁着条红飘带。她舔了舔笔尖儿，想起什么，遂龙飞凤舞地写下一排大字，同时嘴里还不忘唠叨，指挥站在炉火旁手操锅铲被呛得生无可恋的向恒。

"你肉馅儿别炒太久，否则嚼不动。把蛋打散了和进去，楚尧就不喜欢吃整个儿的鸡蛋。"

给情敌做饭，怎么要求还那么多？请问摔锅会挨打吗？

白婴："香菇记得炒香，不能加水，锅煳了你就重新炒一份儿，加水的贼难吃！我跟你讲单凭我独家传授的这碗香菇鸡蛋肉末面，你以后但凡想拱哪家的白菜……"

向恒："哈？"

"啊不，我是说但凡想娶哪家的姑娘，下厨露一手，保管好用。对了，面条用新鲜的，那窗边挂着的还不晓得吹了几宿风，肯定不劲道，不能给我的宝贝儿吃这玩意儿！"

忙得手脚无措还被迫张嘴吃狗粮的向恒气得心梗，他咬牙切齿地对白婴道：“你行，你上！”

“啧，还闹小脾气。”白婴专注于写大字，“我这要不是怕楚尧认出我的手艺，哪犯得着和你暗度陈仓。”

暗度陈仓是这么用的?

他的脑回路成功被白婴带偏了，心下一喜。还没喜完，白婴：“再说了，楚尧这个人呢，哪哪儿都好，就是不好色。换了别人都图我美貌色欲熏心，多说两句软话魂儿都被我迷糊涂了。可他就无视我这副皮囊，下黑手捆我的时候半点不留情！”

向恒无语，你这是在夸楚尧？还是在夸楚尧?

“女色对他不好使，我仔细想过了，这碗香菇鸡蛋肉末面他肯定印象深刻，应付他这种皎皎君子，就得从洗手作羹汤这一步下手。”

向恒“啪嗒”一下，扔掉了锅铲：“在你，眼里，别的，男人，都是，色欲，熏心？”

白婴噎了噎。

“那你，自己，下厨！”

白婴思考了少顷，旋即扭过头，一双桃花眼直勾勾地盯着向恒，含情带怯。她朱唇轻启，声音委婉似莺鸣：“恒恒，你帮帮人家呀，没有你，人家一个人怎么办？你就替我煮了这碗面，好不好嘛，嗯？”

向恒神情一顿，当场阵亡。

行吧。

他承认，他就是“色欲熏心”了。

面无表情的青年重新捡起锅铲，老老实实煮面条。白婴见状，笑得前仰后合。她埋头写了好一会儿字，接着笑盈盈地拎起一条红飘带，问向恒道：“这个愿望如何？”

向恒定睛一瞅——

愿尧尧雄风常在，左手娇妻，右手美妾。

好的，反击机会来了。

他十分真诚地提出建议：“你别写，飘带了，先写，墓志铭。”

白婴默然。

临到日暮，命苦的黄壮丁才勉勉强强给情敌折腾出一碗香菇鸡蛋肉末面来。他不情不愿地撒上葱花，正想向白婴讨两句夸。孰料，白婴这厮翻脸不认人，喜滋滋地闻了闻，端起面条就往外走。离开之际，她还嘱咐向恒明日陪她去挂骨铃。

向恒腹诽，比起挂骨铃，他更想挂楚尧的狗头。

他在厨房里恼得咬牙切齿，白婴却是心情甚佳，哼着小曲儿横穿过街，径直便入了医馆去。

伙计见她回来了，凑上前小心翼翼告知她，说是楚尧午后回来，寻她不见，就一直坐在后院里，也瞧不出是个什么心思。

白婴笑着谢过伙计，继续哼着小曲儿去了后院。

斜阳未落山，一缕金色自西边照来，覆在小半院子里。那一袭黑衣独坐光影交错间，披散的黑发笼着朦朦光晕，衬得那人越发清逸脱尘。白婴站在月门处怔了怔，思及那铁牌上的一个“逸”字，想来，此情此景，便是那字所取之意。

院中的石桌放有一壶茶，楚尧手里执着一本书，不知是什么内容，他看得格外专注。白婴生怕搅扰到他，下意识地放轻了脚步，走到距他一丈开外，楚尧凉凉开了口：“女君回来了。楚某尚以为，女君是逃命去了。怎的这般想不开，还自……”

“自投罗网”这词没说完，楚尧抬起眼皮，看了一遭身穿粉裙子的白婴。然后，那森然的寒意莫名便散去了八成。

他不大自然地收回视线，问：“今日去哪儿了？”

白婴杵在他跟前笑嘻嘻：“上街溜达去了。尧尧，我听说，明日这镇子上有个盛大的节日，你与我一道去看看，好不好呀？”

“不好。楚某不喜凑热闹。”

“你不喜没关系，我喜欢呀！”

楚尧凉凉的目光又聚了回来：“你还能不能有点俘虏的自觉？”

“哎呀，突然讲这种话做什么，可不就显得生分了吗？”

咱们何时不生分？楚尧刚想问问，白婴就道：“你看，这几天咱俩睡也睡过了，搂也搂过了，我替你挡刀，你绑我上床，这要按照话本子寻常的套路，顶多半月你就该喂我喝避子汤了。”

路过的伙计呛得咳了一声，冷不防接收到楚将军的眼刀，溜得那叫一个脚底抹油。楚尧悔不当初，他就不该把她当作阿愿。他的阿愿要是嘴贱成这样……

光是想想，楚大将军都觉得生无可恋。他正琢磨怎么让白婴换回以前的装束，白婴蓦地将手里的碗放下，再一屁股坐在他边上，笑靥如花道：“喏，赎金……啊呸，贿赂楚将军的心意我已经双手奉上了，楚将军能不能明日赏个脸，陪我逛逛乌衣镇呀？”

她这是抢过多少人才能脱口而出赎金？

楚尧斜她一眼，转而看了看她所谓的心意。那碗面卖相不佳，里面的配菜却是让楚尧瞳孔骤缩。记忆的匣子随之打开，无尽的前尘往事纷沓而来。他指尖微微战栗，拿住竹筷，挑起一夹热腾腾的面条。白婴好似在他耳边说着什么，可他一个字都没能听得进去。

那时在京都，只有小丫头记得他的生辰是二月初七。她跟着婶婶学煮寿面，第一年，她烫红了十根手指头，上面起了好几个水泡。她说不疼，她愿兄长长寿安康。

楚尧十七岁，却再也没能吃到过寿面。

汤汁的香气扑入鼻息，楚尧仿似坠入了魔障，他听得她在喊兄长，也听得她笑声朗朗。他几乎抱着最为渺茫的希望尝了口面条，在那一刹，脑海里的画面支离破碎。

这不是他熟悉的味道。

楚尧闭了闭眼，就在白婴倾身凑上前，问他味道如何的当头，他猛地掐住了白婴的脖子。白婴压根儿来不及闪躲，活像小鸡似的，被一只无情的大手扼住了命脉。她努力挣扎了两下，逐渐感到楚尧五指收紧，迫得她喘不上气来。那一双宛如深渊的眸子睁开，带着一层薄薄的猩红，仿佛沾了血。

他是真想杀了她。

所有勘不破的过往都是附骨之蛆，经年纠缠在他的心口。楚尧不可遏制地想起叶云深设计阿愿，想起四年前那一坛骨灰，想起在他不知情的境况下，他捧在手心的人受过无数折磨……

怎能……叫人不恨？

楚尧冷冷地看着白婴，看她艰难张嘴，一个音节都发不出来。他问她：“你们，是如何对待阿愿的？”

白婴拍他的手。

“你们，是如何从阿愿身上，得知她的习惯，她的经历？

“你们，怎么敢？”

话音一字一顿，紧随其后的，是越发加重的力道。白婴已然看不清楚尧的模样，呼吸凝滞，生死悬于一线。

就在这时，幸有一名伙计再次路过后院，被此情形吓得惊叫出声。

楚尧稍稍找回些理智，睨了睨白婴，慢条斯理地缩回手去。

白婴喉咙上一松，当即歪着身子靠在桌上，咳得天崩地裂。

她鼻涕眼泪糊了一脸，心中也不知是该气还是该笑。她差点被掐死，可被掐死的理由，居然是为了她自己……

白婴目睹楚尧负手起身，下意识地就想挽留他，让他安慰自己。于是，楚将军刚迈出一步，白婴道：“怎么着？咳……你掐了人拍拍屁股就走了？”

楚尧一时无语。

他也是万万没料到，她都知道自己险些被掐死居然还敢造次。

不作死就不会死的“白作死”：“我跟你说啊，你有没有听过一句话，唯小人和美人难养，我既是小人，也是美人，这事儿你要不给我个说法，还就过不去了！”

“过不去……”楚尧侧首，那股阴寒劲儿还没摁回骨子里，“你待如何？”

“如何？”白婴跷起二郎腿，“我哥都没掐过我脖子！你现在掐我脖子以后是要还债的你懂不懂？你要这会儿好言好语的哄我两句，我睁一只眼闭一只眼原谅你，否则……”

“否则？”她哪里来的胆子否则？

楚大将军都快被她气笑了。他的威胁还没脱口，白婴抢先一步嗷嗷大哭，那架势，那阵仗，隔着一条街都能听到她杀猪似的号啕。

“你个丧尽天良的负心汉！我十二岁许给你，清清白白跟了你，喜欢你这么多年，一心一意要当你贤良淑德的妻子。可你呢！你为了外面的女人，日日不归家，还将我当成替身！呜呜呜……替身也就罢了！谁先爱上谁是输家，这个道理我认栽，可怜我肚子里的孩儿，他是你们家唯一的血脉啊……”

楚尧：“白婴，你！”

医馆里的伙计闻声，成群结队地涌到了月门边，尤其是刚刚目睹楚尧动手的那名小厮，立刻向楚尧投来了想把他浸猪笼的眼光。其中一人甚至道：“咱们西北三州还有这种伤风败俗的事。要让楚将军知道了，铁定将这负心汉活活打死！”

白婴抬起袖口抹眼泪：“你不要我，但你怎么忍心不要这孩子啊！你现在走了，留下我们母子二人，不是硬生生逼着我们去死吗？”

楚将军感到头晕了一下。

街上的行人听到医馆里有热闹可看，也都三三两两走了进来。众口悠悠，每人都在对着楚尧指指点点，一面无比同情白婴的遭遇，一面齐心协力地骂楚尧是狗男人。

楚大将军望了望天，深吸一口气。他委实不想配合白婴演这场戏，加之这会儿观者太多，他还不能对白婴动手，只能三十六计走为上。

他这步子一迈，白婴的腔调成功拔高八个度：“你真的要抛下我去找那个女人！楚……”

楚尧一个利索的回身，一把捂死了白婴的嘴巴。白婴知晓他此刻决计不愿暴露了身份，吃准这一点，她的眼角分明还挂着泪，笑容却已漫了上来，还冲着楚尧皮实地眨眨眼。

楚尧看着她这连串的“表演”，心中无语，他现在每天总有一万次想打死白婴的冲动。

围观群众跟着起哄："对！他要是负了你，你就告到都护府去！楚将军为人正直，肯定会为你做主！"

楚尧想说，他其实真不会为她做主。

左右没辙，楚尧硬着头皮坐回了位子上。白婴舔了舔他的掌心，他眉头一皱，飞快松开了捂住白婴唇齿的手。

白婴温情脉脉地拉起他："夫君，你不会走了，是吗？"

生活不易，将军叹气："嗯。"

"你也不会再丢下我们母子了，是吗？"白婴靠上他的肩头，煞有介事地抚摸小肚子。

她在摸什么？摸自己吃土长起来的肉吗？

楚将军再次深呼吸："嗯。"

"你发誓，你会爱我一辈子，不离不弃。"

楚尧咬住了后槽牙："白、婴！"

白婴立刻泫然欲泣，摆出一副"天啊你竟然吼我"的惊恐表情。

围观群众："快发誓啊！快依了她！她腹中有子，不能动了胎气！"

有子……

有屎还差不多……

楚尧扶额："我……我会……爱你一辈子，不离……不弃。"

他说得磨牙凿齿，简直恨不得顺手就把白婴捏吧捏吧，管杀管埋。白婴听完这句话，却是莫名怔住了。她想起曾经有个少年说——

将来无人娶她，我娶她。无人爱她，我爱她！

她眼中一热，蓄了清泪。

楚尧见她反应怪异，也是迟疑了一瞬。就在他迟疑的这一瞬，白婴吧唧一口，亲上了他的脸颊。

过分了。

这就真的过分了。他想杀了她，她还在占他便宜。她就不能有一天，不觊觎他的肉体？

楚尧这辈子都没这么无语过。

围观群众眼见小两口已经秀上了恩爱，也都纷纷知情识趣地散了。

待后院里只剩二人，楚尧方伸手狠狠推开白婴，起身道："楚某今日对女君的了解又多一分，如今回首，地牢里女君怕死的作态，倒是惟妙惟肖。"

"好说。"白婴搔首弄姿地把玩自个儿发梢，"以往抓的人多了，闲来无事审讯之时，也就多留意了一下他们是如何求饶的。"

楚尧瞥了瞥她，负手要走。

白婴娇滴滴地唤道："宝贝儿，这面，你还没吃呢。"

"楚某无福消受。"

"那也不能浪费粮食呀，都花了银子的呢。"

楚尧的脚下顿时黏住了。

白婴掰手指道："我来算算，鸡蛋一个铜板，香菇面条一个半铜板，精瘦肉半贯钱。"

楚尧回头道："你买了多少瘦肉如此高价？"

"就一整块嘛。"

"那剩下的呢？"

"唔……一开始炒肉总煳锅，多炒了几次，就只剩这一点了……"

楚尧当场就变了脸色，满目的心痛，恨铁不成钢的同时要不是碍于身份，他都想让白婴把炒糊的肉给他端回来。但堂堂楚将军想了想，还是硬挺着忍住了。都护府再穷，他也不能为了不到一贯的钱折腰！

眼看他要离开，白婴补充："为了给你做这碗面条，我还租下了对街酒楼的厨房，一下午二两银子。"

下一刻，堂堂楚将军坐回了桌子前，"吭哧吭哧"地吃面。

白婴望着他，眉梢眼底都带着满足的笑。她这宝贝儿，着实可爱至极。

虽然吧……

偶尔还阴晴不定。

想起楚尧方才的举动，白婴又回头看了眼院子里枯萎的植物。她不在的这几年，楚尧到底经历了些什么？

她这厢兀自沉思，等到楚尧吃完面，她还用自己的袖子给楚尧擦嘴。不出意外，自然是被楚尧打开。

二人一前一后地上了楼，白婴屁颠颠地跟在楚尧后边，走到了楚尧房门前，她自来熟地要进去，却被挡在了门外。楚尧两手扒拉着门扇，眯着眼瞅了瞅白婴。白婴嘿嘿一笑，乖巧地收回了一只跨过门槛的腿。

她搓了搓手，楚尧上下打量她一番，蹙眉道："女君身上既然有银两，便自己去买一身合适的衣物。"

"这一身挺合适呀。"白婴牵起粉粉的小裙子。

楚尧别过头："不合适。"

"哪里不合适了？"

不合适的，是他的执着和妄想。从一开始，他就错了，不该将她当成阿愿。

楚尧没再吭声，意图关门。白婴手疾眼快地按住门框，故作轻松道：“方才将军在院子里，为何会有那般的反应？”

话至此，楚尧的神情陡然阴鸷。他睨了白婴须臾，看似平静地说：“女君应该问自己。那碗面，你从何学来？”

“重要吗？”

“不重要了……”楚尧慢声道，“凡事不可过线，女君好生惜命。”

尾音落地，门亦应声关上。

白婴在外重重叹了口气，她算是听明白了楚尧的话意。

他让她当替身，却没让她把阿愿从逝去的时光里抠出来。学得太像也是一种罪！

这男人，也忒难讨好了。还能怎么办？自己的宝贝儿，只能自己宠着呗？

白婴摇摇头，转身回了自己的房间。

◆

第七章·
多少钱能亲一口

至夜。

也不知是不是被楚尧掐了一回，白婴心绪不稳，致使药人的后遗症越发严重。

她起初躺在床上，翻来覆去睡不着觉，细细整理着这些年有关楚尧的消息。她所知晓的，其实尽人皆知，随便拎一个三州的小孩子，都能讲出楚尧十八岁戍边，十九岁战败，其后四年，叶云深两度叩开遂城大门。至楚尧二十三岁，绝境反击，打得二十四国一夜变成十六国。再然后，他常年养伤，但十六国依然没找到翻盘的机会。

若说唯一的疑点，便是当年叶云深都领大军入了城，前面败过四年的楚尧，怎的突然所向披靡?

最为合理的解释，那年的一役从头到尾都是个局。但楚家军损失过于严重，又十分启人疑窦。

莫不是……那年还发生了什么不为人知的事，刺激了楚尧?

白婴思来想去，都解不开这个谜题。她琢磨着待回到遂城，无论如何都要想法子留在都护府，不能被囚进狗尾巷，如此一来，她才好打探有关楚尧的种种。

她认真盘算着，时辰一晚，城中万籁俱寂。白婴望着床帐，迷迷糊糊间，便睡了过去。她做梦都梦到楚尧掐她脖子，梦里的情绪较之白天更为激烈，她只觉心如刀绞。大抵是这刀绞绞得太有实感，慢慢地，痛便从胸腔蔓延，祸及五脏。先如针扎，再如刀剑加身，最后，便是道道天雷，劈得她死去活来，诛心剜骨都不足形容这等剧痛。

白婴隐约晓得自己是药人后遗症发作，想竭力醒来，身体却似飘浮在无尽虚空，一味的下沉。她穿过岁月的长河，依稀回到奉安二十五年，看见京中热闹的七夕节。

她还记得，那一日，楚尧抱着她跃至城里最高的望仙楼顶上，陪她观星赏月，别了一朵艳丽的芍药在她耳发上。她懵懵懂懂地问楚尧何为七夕，楚尧与她说了牛郎织女的典故后，便打趣道："天下的有情人，都想一世厮守。我的阿愿快长大了，可有遇上这么一个人？"

“有。”白婴点头，“我想和兄长在一起一辈子！”

楚尧怔了怔，哑然失笑：“阿愿清楚在一起一辈子的含义吗？”

“清楚呀，我要嫁给兄长！”白婴摇头晃脑，“你说过的，将来要娶我，要爱我，我都记着呢。”

楚尧戳她的脑门：“那我上了战场你怎么办？万一兄长回不来了呢？”

“我随你去！”白婴信誓旦旦，“兄长在哪儿，我就在哪儿。”

“无论生死？”

“嗯，无论生死。”

楚尧敛了笑意。那时他的眸中有星河流转，熠熠生辉。他想了许久，仿佛下定决心般，对白婴说：“那你……等我一年，可好？”

白婴想问他要去何处。

可她的少年字字铿锵，许下了诺言。

“一年之期，此后，生死不弃。”

“好。”

白婴还以为，楚尧当真会离开一年。但实际上，楚尧仍是日日伴在她身边。

分明二人并未离别，梦魇中，却是换了天地。她应下声后，楚尧飞身下高楼，把她一人留在了原地。她声嘶力竭地喊他回来，他尤是决绝前行，没入了人潮里。

周遭的光影越来越暗，浓墨吞噬了亭台楼阁，憧憧烛火。喧嚣的街景归于死寂，来往的行人逐一消失。白婴再寻不到楚尧，她的视野里，除了黑暗，空无一物。

睡得正安稳的楚将军冷不丁被一声尖叫惊醒，紧接着，他就听到，隔壁传来了白婴哭丧似的“楚尧你别走”五个字，以及，她那真的是在哭丧的绝望啜泣。

完了，入睡前忘记去把白婴绑起来了。

他默了默，堵住耳朵想翻身继续睡。隔壁的白婴：“呜呜呜嘤嘤嘤啊啊啊，楚尧！”

到底有多大仇？

良久，白婴梦中的黑暗被云层后的天光撕裂。她极目所望，城郭倾颓狼藉，黄沙遮天蔽日，天地间唯余愁惨的白茫。她踽踽独行，抬头看见了破败的城墙上有硕大的“遂城”二字。身边的铁骑在穿梭，有人哭喊，有人尖叫。刀兵交接声回荡在方圆之地，震耳欲聋。

隔着很远很远，有一名无头将军自城中奔出，追着撤退的十六国大军急速往前。她被困在飞驰的马蹄间，一时不知所措。她见无头将军越跑越近，越跑越近，猝不及防，她认出了那身银色铮亮的战甲……

多少次，在那人出征前，她曾亲手擦拭过的战甲。

红尘人事，俱在此刻灰飞烟灭。她的眼中，只剩没有头颅的倒影。

她感觉不到痛苦，甚至，她的四肢都失去了知觉，血液停止了流动。她忘了呼吸，讷讷地等着无头将军来到她的面前。他止下脚步，像是见到她，便已了却毕生夙愿，轰然半跪在地。怀里抱着的头颅滚下来，她对上了楚尧枯败的眸。

她一步一步地走上前去，目光空洞地望着这具尸体，然后，她捧起了那颗头颅……

杵在床边手拿麻绳准备简单粗暴绑住白婴的楚尧稍是一顿。他踹门之时，白婴还在大哭大闹，这会儿乍然没了动静，他不由得心生疑惑。

须臾，床上的白婴剧烈痉挛起来。她的双手紧攥拳头，活生生像要把皮肉掐出血来。楚尧清晰地听见她齿间迸发出呜咽低吼，悲怒交加，肝肠寸断。

再难有任何的声音，能如她眼下一般，使闻者动容。

白婴已分不清梦境和现实，她一生的执念，种种的愿景，都在看见楚尧身死的刹那失去了意义。

没有……意义了……

她熬过多年非人的折磨，可惜换来了这个结果。楚尧死了，那其他人，凭什么活着？

都下地狱吧！

所有人，都得给他陪葬！

白婴如疯如魔，竟要咬破自己的唇舌。

楚尧眼神一凛，当机立断，将白婴拎起来，摇晃着她的双肩喊道："醒醒，白婴！醒过来！你睁眼看看，我是谁！"

"楚尧……楚尧……"白婴哭着梦呓，唇线已有一丝殷红。

楚尧想把她拍晕，手都抬了起来，不经意看到她放在枕边的蝴蝶发钗，眼神一暗，手上也随之卸了力道。他控制住白婴的手腕，闷声说："那只是梦，醒过来，白婴。我是楚尧，我在这里。"

他的嗓音清冽，宛如石子入湖，掀起涟漪。白婴依稀是听到了，两眼恍惚地撑开一条缝，混浊不堪地觑向眼前人。

她苍白的脸上满是泪痕，大滴大滴的水泽砸在楚尧的手背上，烫得灼人。她猛地扑进楚尧的怀里，用尽了全力将他抱住，恨不能此生不相离。

白婴一声接一声地唤，让他别走。楚尧也分不清这人到底是醒还是没醒，试着推她无果，末了，便任由她抱着。

如果只是一场梦，何妨一同沉沦。

楚尧说："阿愿乖，我不走。"

未料，这话起到了完美的安抚作用，白婴果然就不闹了，乖巧地依偎着他，没过一会儿，扯出了猫叫似的呼噜声。

僵在床上目测一整晚无法入睡的楚将军一时无语。

是他失算。

白婴堪称他睡觉的克星！

翌日早。

白婴睡到日上三竿才醒。彼时，屋中只剩她一人。她头痛欲裂，五脏六腑也隐隐作痛。缓了好一会儿，她方虚脱地坐起身来。

白婴低下头，看了看自己的掌心，其上有几道深深的指甲印。再看地面，落了一捆麻绳。她想到什么，望向门扇，见得果真没落锁。

楚尧昨夜必定是来过了。究竟发生了些什么，白婴没了印象。她揉着太阳穴，想起叶云深跟她打过的一个赌。他赌她离不开自己。

古往今来，但凡被炼成药人者，并非本性十恶不赦。可往往到了最后，所有药人皆会酿成大祸。哪怕白婴意志坚定，也需要叶云深的血助她控制心性，否则，白婴晓得自己迟早被藏于心底的恐惧折磨疯。

她真的太害怕，她与楚尧间的生死离别。

白婴在床上呆坐了良久，遂慢条斯理地穿上鞋袜，洗漱了一番。她把蝴蝶发钗别在头上，而后轻手轻脚出了门。

走到楚尧的房门前，思量再三，白婴正欲敲门时，一名小厮经过，对她矮声道："您的相公卯时末才回房，看起来甚是疲倦。昨夜大伙儿都听见姑娘喊叫，可是出什么事了？"

白婴愣了愣，干笑着否认。

小厮又说："您相公让我转告您，别打扰他休息。"

白婴点点头，默默缩回手来。她看了眼紧闭的房门，转身刚走出两三步，忽觉胸口一阵闷痛，止不住地要咳出声来。她迅速从袖口里扯出一条鲛纱，掩在了嘴上。咳完一看，鲛纱鲜红。白婴恍神了一瞬，旋即把手中物死死捏成一团，见没吵醒楚尧，才安心下来，加快脚步离开了医馆。

她在街上买了一大袋绿豆酥、两串糖葫芦、一包瓜子、一包花生，外加半斤糖炒板栗，怀中塞得满满当当，一边走，一边不停地吃。

白婴循着昨日的路线想往将军祠去，还没到城门口，身旁便多了个抱着大宝剑的青年。

晨光洋洋洒洒，街市人声鼎沸。

白婴自然而然地递了一个纸袋出去，问："吃吗？"

向恒瞥她一眼，也自然而然地把她怀中的东西全部接下，再把糖炒板栗倒几粒出来摊在掌心里，方便她吃一粒拿一粒。

“我看过，城中，无人，监视。”

“用不着监视，楚尧吃定我跑不了的。我是十六国的叛徒，又是都护府的俘虏，能上哪儿去。”

白婴三下五除二地吃完板栗，又抓起一把瓜子慢条斯理地嗑：“你知道楚尧四年前大获全胜后，为何不趁胜追击十六国吗？”

向恒不明白她的思路怎么转得如此突然，讷讷地摇脑袋。

白婴压低声音道：“西北多沙地，大梁占了最好的地势，再往关外，茫茫黄沙一望无际，绿洲少得可怜。”

“我懂。”

“嗯。这样的环境，注定了梁国和十六国不会停战。关外的人想入关，坐享鱼米丰饶。关内的人秉承非我族类，其心必异。诚然，十六国在叶云深的率领下，也确实算不上什么好鸟。我想说的就是，十六国与梁国之间，定有场大战，最迟也就这两三年了。”

向恒眨巴眼，他不善兵法，也没有纵观全局的智慧，他只能认真地把白婴说的话，一字一句清楚记下。

白婴望了望远处高大的城墙，说：“十六国的财力已然撑不下去。此处往西，沙地绵延数百里。其间有数不清的流沙坑，逢上大风天，沙子铺天盖地，难以分清方向。一旦在里面迷失，血肉之躯熬不过三日。”

“你说，这些，做什么？”

白婴没回答，接着道：“十六国祖祖辈辈生活在沙地里，对其特点地形了若指掌，是以能穿梭自如，随时更改据点，让楚尧一直没法找到王帐。而且楚家军是关中人，不了解沙地，不说碰上大风天，随便一个流沙坑，都能活埋几十上百人。若大军贸然挺进，只会给十六国送温暖。是以，梁国的兵素来不过雁回山。”

向恒眼皮子一跳，直觉不大对劲。

白婴：“我这几年替叶云深这鳖孙儿背‘锅’，四处打劫抢人，脏水泼了一身，却也不是全无所获。我画了一张地形图，尽我所能的标注了沙地里的险境，也把能够驻扎王帐的所在都勾勒出来了。沙地地形变化快，好在我聪明机智，发展了几个下线，随时都在更改地图。这地图就放在布依鲁克塔吉克丝布鲁鲁村，你跟我说一遍。”

口齿打结的向恒：“布、布鲁……鲁……”

白婴：“哈哈哈哈哈哈。”

向恒垮下脸来瞅着她。

白婴笑够了，拍着向恒的肩膀道：“逗你玩的，就叫丝布鲁村。回头我把联络人的住处告知你，你取了地图后，尽快想办法送入都护府，我……”

向恒蓦地停下脚步，捉住白婴的腕子，严肃地盯着她问：“你是否，严重了？”

白婴清楚他意指什么，也无心隐瞒：“是。”

向恒张了张嘴。

白婴不等他说话，便拉着他往城外走：“叶云深这死变态，该骗我的不骗，不该骗的，他就耍一千一万个心眼儿。这几日，我确实觉着那症状略微不受控制了。我仔细想过，这一局，我不敢赌。”

“你要，做什么？”

白婴俏皮地抛了个媚眼：“拐你私奔，你愿意吗？”

“阿婴，不要，说笑！”向恒心里难过得紧，就像压着一块沉甸甸的巨石。那是白婴的生死，压得他根本喘不过气来。他知道她命数有限，可他总想这日晚一些。只要白婴不提，他就宁可逃避。

白婴摆了摆手，照旧没个正经：“你这孩子跟我这么多年，怎么半点没传承我浪得没边儿的人生态度，瞧你板着个脸，跟你姐夫有得一拼。还有，不要叫我阿婴，多难听啊！你实在想装少年老成，我勉为其难让你叫小白……姐姐如何？”

向恒无视她的提议：“阿婴。”

“得。随你吧。”白婴无奈。

“我带你，回去，找，叶云深。”

“回去？那虎狼窝能用‘回去’二字吗？”白婴象征性地打了下向恒的手背，“他要是铁了心要逼我走投无路，你能奈他何？这桩买卖，叶云深左右都不会亏。我若是选择保命，就得受他威胁，算计楚尧。我若是疯了，他将我扔进遂城，再告知楚尧我的身份，痛苦的，还是楚尧。边关少了楚尧这根顶梁柱，梁国的大门迟早得敲开。你说，叶云深这鳖孙儿怎么没想过，我还有第三条路呢。”

“我，不准！”向恒眼眶发红。

这次，白婴拍他手的力度更轻，是安慰，亦是交托：“我本想自己解决叶云深，可时间不留人，我也无可奈何。今日过后，你……带我走吧。你不是一直想去故乡看看吗？”

“我……”

“能走多远就走多远。等我走不了了，你就……把我关起来，用铁链锁着，直到……”

后话未尽，向恒一用力，想将白婴拉入怀中。白婴手疾眼快地抵住他的胸口，义正词严道：“撒了我的糖炒板栗你就回头给我买五斤！”

向恒刚涌上来的愤恨悲伤，被白婴打岔了一半。

白婴又善解人意地说：“我知道你难受，小恒听话，小恒不哭哈，明天姐姐也给你买一身粉粉的小裙子。”

很好，剩下的一半悲伤也被她折腾没了。

向恒怒气冲冲地反驳：“我，不是，小孩子！我也，不要，粉裙子！”

白婴笑得花枝乱颤：“行、好、我知道，‘假姑娘’长大了，你现在是拥有两块胸肌八块腹肌的大好青年，发育健全，年轻气盛，要不我改明儿给你相个中意的姑娘，让你夜夜成双鸳鸯戏水好不好？”

向恒的脸黑成了一座煤炭山。

他跟着白婴的这些年，也不是没产生过打白婴一顿的冲动。此人嘴贱骚话多，还总是忽视他的心意。时至今日，唯一敢叫他“假姑娘”的，就只剩白婴。

在向恒的幼年时期，有个算命的说他养不活，得当成个姑娘养，他爹妈误信此人鬼话，当真把他养成了说话细声细气的假姑娘。为此，他从小到大没少受同龄人的折辱。后来，他身陷十六国，遇见了白婴。白婴挺身保护他，还悉心纠正他发音上的毛病，慢慢地，他只要不说整句，就不会再像姑娘家说话。

再后来，他习了武，没人敢再调侃他，独独白婴，隔三岔五就拿他的过往说事儿。如若换个人，这大抵就是没心没肺主动讨打。可向恒深知，这是白婴对命运的反抗。

她一生多舛，尤然愿意宽容待人，笑对荆棘。她还教他——旁人用你的弱点当武器，那你便视它为盔甲，狠狠地反嘲回去，告诉那些狗眼无珠的人，去你娘的！

正是因她这句话，向恒曾经一听“假姑娘”这词就爹毛，而今，他已能厚着脸皮……啊不，云淡风轻地面对了。

这些都得归功于……

白婴常年的错误教育以及毫无下限的调戏……

向恒看她在阳光底下笑得灿烂，心底虽是沉重，却也勉强挤出了一丝笑来附和。他不够强大，没有办法把白婴救出泥沼，唯一能做的，就是陪在她身边。

二人到了将军祠，便开始分工合作。白婴写飘带，向恒挂骨铃。他多少猜到白婴是想用这种方式和楚尧告别，全程都格外配合，想满足白婴的心愿。

忙活到申时，一棵树上几乎挂满了鲜艳的红色。白婴洋洋自得地在树底下转了好几圈，生怕楚尧不跟她来，又思索出一个绝佳的法子。

至酉时，白婴和向恒双双走出城外小树林，白婴的怀里已多了一大袋金银财宝。向恒记挂着要去找叶云深缓解白婴的状况，很快与她告了别。

白婴喜滋滋地回城，一个人悠闲走到医馆时，财宝就只剩下一块翠绿欲滴的玉佩。她在街上买了两个肉饼，又把医馆的账给结了，紧接着直奔后院。果不其然，楚将军一本正经地坐在石桌旁，又似昨日那般，桌上一壶茶，手里一本书。

白婴看清了，他阅览的是医书。

早几年她倒没发现，楚尧还对医术感兴趣。

白婴整理好衣衫，浅笑盈盈地走近，还没开口，听到了脚步声的楚尧就站起来，二话不说要上楼去。

白婴忙不迭叫住他：“宝贝儿，你这是去哪儿呀？”

“回房。”楚尧与她擦肩而过。

“回房作甚？”

“睡觉。”

白婴指了指穹顶：“还早呢？”

楚尧心想，他难道不知道还早吗？关键是谁让他晚了又睡不成的？

楚尧凉幽幽地觑了觑白婴。白婴打了个冷战，硬着头皮说：“我给宝贝儿买了肉饼，吃吗？”

“不吃。”冷酷无情的楚大将军坚定地要上楼睡觉。

白婴见状，拎着裙子几步跑近，挡住他的去路：“人家昨日说了，这镇子上有场节庆，你陪人家去看看嘛。”

“楚某没答应。”

“你要是这样的话……”

“如何？”楚尧说话间，整个人都冒出了森森寒意，“女君还想故技重施？引人来看？且不说楚某有无心思再陪你做一场戏，即使有围观者，楚某不愿出门，却也算不得罪。”他逼近一步：“但女君要好生想想，激怒我，值得吗？”

他离得太近，本意是给白婴带去胁迫感。结果在白婴看来，胁迫没成功，两个人的暧昧指数当场飙升。她的鼻息里充斥着楚尧身上的气息，那性感的喉结近在咫尺……

白婴咽了口口水。

下一刻，白婴也上前一步，几乎贴在楚尧身上，在他的脖颈、胸膛这里嗅嗅，那里闻闻。

楚尧无语。

真的，楚将军从来没觉得自己的威望有如此不好使过……

他红着耳根搡开白婴，恼得嘴笨了一下：“白婴，你！”

白婴道：“我之前就想问，宝贝儿你身上怎么总有一股皂荚香呀？你随身带皂荚的吗？”

楚将军皱紧眉头：“与你何干？”

他两步上了木梯，白婴抱起手道：“宝贝儿你别生气嘛。其实我知道，你肯定不愿陪我去的，哪怕我肚子里已经有了你的孩子……”

“白、婴！”

他一回头，白婴就冲他咧嘴：“再说了，我哥跟我讲过，兵不可重伏。”

楚尧闻言，负于身后的手指蜷了蜷。

白婴笑嘻嘻：“所以，同样的事，我岂会做第二次呀？”

他很想问，白婴到底是不是真有个兄长。可话到嘴边，思及白婴这人没句实诚的，多半又是在有心模仿阿愿，便将这个念头打消了。他不在意白婴会使什么小伎俩，索性继续上楼。

白婴拿出玉佩：“宝贝儿你瞧，我刚在路上捡到这个。”

楚尧不经意回头一瞥……

银子……

值好多的银子……

换算下来一个营半月的口粮。

楚尧生生停住了。

白婴竭力忍着笑，浮夸地捂嘴：“哎呀，人家的运气真是好，随便上街逛逛，都能捡到价值连城的玉佩。不瞒宝贝儿，我从城门口一路走来，还看到好多值钱物件儿呢，好像……好像有玛瑙、金钗、玉扳指什么的，撒了一路。”

楚尧差点就想骂这败家玩意儿。忍了又忍，他才闷声说：“是女君故意撒在路上的？”

白婴笑得欠抽，也根本没想过要狡辩，耸肩道：“是呢。”

楚尧深吸气：“你……你简直是不知所谓！”

“尧尧别生气呀，人家也没那么傻。东西都搁在稍微隐蔽些的地方。不过，也只是稍微隐蔽哦，时间一长，指不定就被别人捡走了，宝贝儿，你……”

楚尧一阵风似的刮出了医馆：“带路！”

白婴愣了愣，“扑哧”笑出声来。

笑完过后，她又低低叹了口气。若非大梁皇帝不干人事，克扣边关军饷，楚尧又肩负十万将士的粮草责任，他何以会被逼成这样？

白婴捏响了指关节，听得楚尧吼了句“还不出来”，她才重新挂上笑容，飞快地奔了出去。

“宝贝儿，都护府的状况，真有那么穷？”

楚尧和白婴并肩走在入夜的乌衣镇。

长街之上，灯笼摇曳，人山人海。每个人的手里抑或拿着河灯，抑或拎着许愿灯，都在往城外的安溪河去。楚尧身形颀长，长相出众，加之白婴貌美，二人愣是引来了不少关注。楚尧心无旁骛地弯腰从一个肉摊底下捡起串玛瑙，冷冷瞥了白婴一遭，将东西塞进她的怀里。

“拿好。”

“我送给宝贝儿的。”

“不必。”楚尧继续往下一个藏宝点走，“纵使惜财，亦取之有道。”

“也是。”白婴也不勉强，把玛瑙挂在手腕上，低声嘟哝，“反正迟早都是你的。”

楚尧没听清，转头问她：“你说什么？”

“我说……”白婴故意拖长了尾音，然后语气变得万分柔和，“宝贝儿，你累不累呀？身上背着如此一座大山。前人都说，攘外必先安内，可我看着呀，这关中的水混混浊浊，深不见底，多少人都想砸了你的船，生怕你扰了龙王的清净。你为别人着想，可曾为自己想过呀？”

楚尧默了默，不动声色地睨向白婴，说：“女君未免多虑，怎知我不为自己着想？”

“可不是多虑嘛，谁让我没有睡你的命，偏生得了想睡你的病呢。”

“白婴！”

“好好好，我闭嘴。”

白婴眼见周遭好几人都被她的言论惊呆，晓得楚尧脸皮子薄，不欲让他难堪，便本分地做了个封口的姿势。只是她没消停多久，楚尧捡起一支玉钗后，白婴把东西揣回袖口里，很快另寻了一个话题：“说起来，宝贝儿你听过这乌衣镇的将军祭吗？”

楚尧不搭理她。

白婴摇头晃脑地自言自语：“我那日在街上吃茶，也是听小二讲起的。他们祭的英雄是一位无头将军，说是死在四年前遂城一战里，宝贝儿可有印象？”

“楚家军有十万众，莫非我每一人都得认识？”

“话是这么说没错。但其事迹乍听之下，略显荒谬，细思过后，只觉痛心疾首。这是经过世人点缀后的故事也好，实情也罢，这位士兵的英勇令人唏嘘不已，也是残酷战争下的一个渺小缩影，宝贝儿当真没有半点印象？”

楚尧幽幽盯着白婴。他的脸上但凡出现这种表情，都是在传达一种意思，她的废话太多了，是否需要他帮她手动闭嘴。

白婴当即领悟，讪笑两声，抿紧嘴唇老老实实地跟在楚尧身边。

她有先见之明，楚尧不愿与她同行，是以白婴早前就把一包金银珠宝从城内撒到了安溪河。二人行至河畔，珠宝回收了一半。白婴没有准备河灯，也没有许愿灯，是以只拉着楚尧站得远远的，在小树林里观望河两岸祭奠英灵的人们。

约莫这场面沉重，白婴又藏了离别的心思，整日里没个正经的人这会儿表现得格外沉默。她不开口，楚尧谢天谢地，自然也不会主动开口。

西北的三州，有首民谣，自数十年前两边开战，演化至今，已是人人能够唱诵。数不尽的河灯顺流而下，风声如泣，附和着哀婉的曲调——

国有难兮，军士泱泱。旌蔽日兮，敌若云荡。首身离兮，壮志不竭。终刚强兮，敌不可凌。魂魄毅兮，傲为鬼雄。

白婴的印象里也有这首小曲。但她记得不全，又怕楚尧察觉出端倪，只能在心中默默吟唱。

唱词一遍又一遍响彻夜空，河灯上书尽了生死离愁，道尽了人世悲欢，都盼着英雄泉下有知，早日安息。慢慢地，有人点燃了许愿灯。许愿灯攀上穹顶，自三五盏逐渐浩荡，如星辰密集，将一方天幕照得亮如白昼。

白婴抬起头，注视着那些徐徐升起的愿景，轻声说："宝贝儿守边境安稳，护三州百姓，虽如今世道不济，好在百姓心中，始终惦记着你这位大将军。人心都是肉长的，你护他们，他们也敬你爱你，宝贝儿见此一幕，是否别有感慨？"

白婴歪着脑袋看过去，还俏皮地眨了眨眼。她无比期待看到楚尧感动流泪的场景，可她一定睛，只见银白月色下，树影如魑魅魍魉，笼着楚尧一袭黑衣。他身处暗处，几乎与夜色融为了一体。他闻言，对上了白婴的视线，清清冷冷，既无喜色，亦无感动。

大宝贝果然够稳。

白婴想了想，生怕他是打仗落了病根，不仅耳朵背，还眼神不好使，于是赶紧指着其中一盏许愿灯说："你瞧，那上面写着'愿楚将军无病无灾，身体康健'。"

楚尧不语。

"还有那一盏，写着'愿楚将军早日平定西北，结束战乱'。"

"还有这个，'希望楚将军升官晋爵，荣耀加身'。"

"……楚某看得见。"

白婴一不留神咬了遭舌头，痛得花容扭曲地说："你看得见？那你怎么是这样一副神情呢？"

楚尧抿紧唇线，凉凉道："那么，女君认为，楚某该是怎样的神情？"

"就不说让你感动到猛男落泪了，可多少该有些动容吧？"

"呵……"楚尧低笑，"女君怀疑楚某眼神不佳，不若你去河对岸。"

"然后呢？"

"然后，楚某射你一箭，让你替我落泪，如何？"

一说起这个，白婴下意识就觉得心窝疼。她伸手摸了摸旧伤处，抬头瞧楚尧正打量她的动作，又尬笑着缩回手来："宝贝儿说这话，简直让人心痛到无以复加。我把你当心上人，你却时时刻刻想要我的狗命。"

"你的脸皮……"话没说完，楚尧自知抨击白婴毫无效果，搞不好还能让她更上一层楼，索性径直转身道，“你热闹也看了，该回医馆歇着了。楚某有言在先，明日无论如何，都要回遂城。”

白婴站在原处不动。

楚尧走了好几步，见她没像牛皮糖似的黏上来，回首道：“你还要耍什么花招？”

白婴捂嘴：“呀，这都被你看出来了。我家宝贝儿不愧智勇双全，胸有沟壑，天选之子，举世无双！”

被戴了一连串大帽子的楚将军不为所动：“恕楚某不奉陪。”

白婴：“就最后一个地方了，将军祠，宝贝儿来都来了，何妨陪人家再走一程？”

谢邀，不去。

楚将军完全懒得回答她。

白婴撒娇：“宝贝儿，大甜心，尧尧。人家好不容易体验一回风俗民情，你怎忍心拒绝人家呀。再说了，夜黑风高的，我一个娇滴滴的姑娘家，生得美，还孤身走夜路，多半会被人掳去当压寨夫人，你当真忍心？”

非常无情的楚将军：“对，楚某忍心。”

“你要这么不讲情分，那我只好……”白婴眯起眼睛，抄手道，“此地往西两里路，还有耳坠、珠花、扳指、手镯，有金也有玉，还有数锭银元宝。”

她话音刚落，下一刻，楚大将军的双腿已经不受控制的转向了西边。

这女人，该死的钱多！

二人路上走走捡捡，到了将军祠，白婴那一袋物件差不多拾了回来。其中少了几样小东西，她也没告知楚尧。楚尧本不想入内，无奈白婴拉拉扯扯，撒泼打滚，为了避免节外生枝，楚将军只得暂时依了她。

进了大门，白婴把那袋东西随手放在门后，再把两扇门仔细锁上，这才拉着楚尧的衣袖往偏院走。楚尧半点不留情地拂开她，缓步跟在她身侧。

主院里供奉着镀金身的将军像，大抵这寓意对楚尧的身份来说有些不吉利，白婴经过时，并未多作停留。她边走边道：“我刚才想过了。”

楚尧等着她的下文。

“你不感动呢，也无可厚非。”

白婴摸下巴：“毕竟嘛，这些年上到天子，下到小儿，都晓得你是山河脊梁，百姓们为你祈福，你估摸也见得多了。这种事，一回生二回熟，三回以上内心毫无波澜，我能理解的哈。”

楚尧一时无话。

他不吭声，白婴便侧过头来盈盈浅笑：“我就不一样了……”

白婴意识到口误，她忙不迭道：“不是，我的意思是，我这些年在十六国无依无靠，当然要学会揣摩人心。要能揣摩别人的心，更要能揣摩我尧尧宝贝的心。”

“哦？”楚尧反问，“那女君揣摩到什么了？”

白婴没答话，一个闪身绕到楚尧背后，旋即伸出手臂踮起脚，蒙住他的双眼。

“做什么？”楚尧道。

“听见了吗？”白婴领着楚尧往前走，悉心叮嘱，“小心门槛。”

二人双双跨过，再走不远，白婴松开手去。入目之处，景致瑰丽，俱是一片灿烂的红。

楚尧微微一怔。见这四方院子里栽着一株参天老树，曲折的回廊挂满了灯笼，地面铺着红烛，只留一条小道，从楚尧落脚处，延伸至那树底下。数不尽的红飘带悬于枝头，底部系着的骨铃，任风一吹，铃声清脆，悠扬天地间。

他双耳有疾，平素里若不辅以内力，便是有人在他跟前说话，他也听不见。是以从一开始，他根本没料到，这院子里会挂这么多的骨铃。

雁回山的骨铃，每一根都是牵念。

白婴喃喃道：“宝贝儿听过雁回山的传说吗？”

“军中素有耳闻。”

白婴自然知道他是听过的，但还是要按步骤重复一遍：“广为流传的说法是，骨铃寄托着女子的思念，希望远征的丈夫早日归家。还有另一种说法，盛朝时期，年年战乱，有高僧大德收埋路边骨，制成骨铃，悬于庙中，日日诵经超度，望逝者早登极乐。后来漫漫年月，骨铃成了亡者象征，若亡者挚爱之人用红飘带系上骨铃，则为一份牵念，是盼魂归来兮。他日黄泉之下，二者亦能凭借这份牵念，再次重逢。”

白婴深情款款地看着楚尧。

楚尧道：“这种说法，楚某听过。”

白婴深感欣慰。

楚将军话锋一转：“就不知女君是否听过此种说法的后续。”

“还有后续？”白婴睁大了眼。

楚尧颔首道：“人死渡忘川，忘川有一船，地府魂灵皆无重量，方可登船渡河。可若人间的牵念太重，挚爱之人不肯放手，魂灵便有了重量。年复一年，日复一日，困于忘川河畔，非得那个人来了，才可入轮回。”

白婴认真审视着楚尧的表情：“你是不是在诓我？我见多识广却没听过有这种说法啊！”

楚尧负着手望天，表面上一副正大光明，唯有眼底闪过丁点讽刺，阐述着一句话——

我不诓你去诓谁?

白婴没料到还有这种典故，咬了咬唇，第一时间想冲到院子里把骨铃统统摘下来，脚都迈出去半步了，她又想到反正她比楚尧死得早，做什么多此一举。就算她牵念深，那也是她先在忘川边上徘徊，等着楚尧寿终正寝。

一念之此，白婴说：“来都来了，要不你先看看我写了些啥，合不合你的心意，回头我再找人拆这些骨铃。”

说好的爱他喜欢他呢？怎么都不顾他身后事的吗？虚伪的女人!

楚大将军投去一道更具讽刺意味的眼神，白婴脸皮厚，假装看不见，拽着他就往树底下跑。她指着头顶无数的红飘带，兴奋地催促楚尧：“宝贝儿，你快看看。”

楚尧无动于衷。

“你看看嘛！人家花了好多心血写的，手都快写断了，全是盼你好的愿景，和外面那些百姓所思所想都不一样！”

楚尧瞥了眼白婴。白婴穿着那身粉裙子，头上的蝴蝶钗在烛火下流光溢彩。他闭了闭眼，依稀看见他的阿愿。微不可察地叹了口气，楚尧到底是执起了第一条红飘带。上面写着——

祝尧尧财源滚滚一夜暴富，金山银山一起挖，你发我发大家发!

她这个愿景……果然是和别人不太一样。

楚尧一言难尽地看看白婴。

白婴：“嘿嘿。”

他放下红飘带，在白婴万分期许的目光里，执起了第二条:

祝尧尧万花丛中过，片叶不沾身。并希望尧尧立刻马上回应我的感情!

楚尧拿着飘带的手一僵。

他到底对白婴有什么错误的判断?

这不是他的阿愿，这绝对不能是他的阿愿!

楚尧捏了捏拳头，深吸一口气，举步就欲离开。白婴也瞧出来她多半没揣摩准楚尧的心思，写的愿望他都不喜欢。为了不让场面过于尴尬，她随手抓起一条往楚尧眼皮子底下晃。

“这条！这条保你满意！你不能以偏概全呀，这满树的愿望你才看两个呢，至少得多看几个再下结论嘛！”

楚尧忍了忍，不知出于什么心理，当真就瞄了一眼。

这一瞄，楚将军差点没控制住自己想当场拧开白婴的天灵盖。

好死不死，白婴抓的这条，正是那日向恒劝她别写飘带，赶紧写墓志铭的愿望:

愿尧尧雄风常在，左手娇妻，右手美妾!

楚尧扎扎实实地飞过去一记眼刀，意味相当明显，就是要劈死白婴。白婴㞞得两腿夹紧，止不住想脚底抹油之际，恰逢戌时末，城中焰火炸响。穹顶一时五彩流光，缤纷艳绝。那斑驳的光影横亘在二人中间，衬得楚尧凌厉的模样都柔和了些许。

这是最后的机会了。

以后，山长水远，难得一见……

白婴抿了抿唇，鼓起勇气凝视楚尧。她色从心中起，一双桃花眼缱绻似水，盛着不加掩饰的浓情蜜意。

她干什么？为什么有点色令智昏的架势？她难道看不出自己想打死她吗？

看得一清二楚并且也明白楚尧一掌下来她基本死透的白婴："我的心愿，说来简单，从头至尾，今生今世，都只你一人罢了。

"我的宝贝儿，我的宝贝尧尧，他要做什么，以怎样的方式活着，于我而言，都是最好的结果。你是世人眼里的英雄也好，是一介闲散人士也罢，只要你安安稳稳在这人世，十丈红尘，便有无限风光。"

"你……"楚尧皱了皱眉。

"若说真对你有什么祈愿，那……"白婴挪近一小步，天上烟花怒放，"一愿，楚大将军无病无灾，身体康健。

"二愿，楚大将军长命百岁，福泽绵长。

"三愿，楚大将军永享太平，不见刀兵。

"四愿，楚大将军事事顺意，万般随心。

"五愿，楚大将军情有所钟，意有所属。

"六愿，楚大将军有人相陪，得人爱护……"

她的每一句说辞，都真诚得让人不忍打断。穹顶的色彩太梦幻，如墨的夜绚烂至极。她慢慢靠近，楚尧明知该后退，却不晓怎的，刹那间迷了心，乱了情。他像饮鸩止渴的人，拼了命发了疯地想在白婴身上捕捉任何一丝有关阿愿的影。她眉眼带笑，语真情切，让他已然辨不清，她究竟是谁。

楚尧狠狠掐着自己的掌心，垂低了眼皮。白婴进无可进，与他只隔咫尺。最末一发焰火响时，她附在他的耳畔，说："十二愿，楚大将军儿孙满堂，享尽天伦。"

楚尧拧了拧眉，欲拉开距离。白婴手疾眼快地揪住他的领口，分明自己的脸都红得要滴出血来，还嘴硬道："短短几日，我为宝贝儿劫火器，挡刀，挂满这院子里的骨铃。我做了这么多，还不足以说明我对宝贝儿的情意吗？"

她呵气如兰，温热的呼吸喷薄在楚尧的脖颈上。楚尧屏息道："那女君想做什么？"

"讨点利息。"

“例如？”

“例如……”白婴心如擂鼓，越发执迷地看着楚尧。那直勾勾的眼光扫过楚尧的喉结，落在他凉薄的唇上。那水色勾人，像是无形间催她……

吻上去。

白婴心一横，踮起脚，死死拽着楚尧的衣领不让他退开，慢声道：“我今晚豁出去大半的身家，就想博宝贝儿高兴，这满院的飘带，一两银子一条，整棵树，三千八百六十七两，宝贝儿若不来，岂非浪费我的诚心?

“这些银子，知县可都是收来上缴都护府当作军饷的。宝贝儿，看在我好歹解决了几车粮草的问题，你是不是该……”

“略作表示”四个字，被白婴省去了。她就打算出其不意地亲一下楚尧。结果，亲是没亲到，她美梦在眼前，冷不防地……

被楚将军摁住了脑门。

“哐当”！美梦破碎。

前一刻的旖旎暧昧顿时消失不见，楚尧眸光清明，仿佛从来没乱过阵脚。他面上闪过一丝杀气，幽幽地问白婴：“你说，这树上的骨铃，统共花了多少？”

白婴想用力给自己一巴掌，她这嘴贱的，怎么偏要这会儿提钱!

话已至此，她不能不答：“三、三千八百六十七两。”

“给谁了？”

“知县老爷。百姓说了，这钱是要交给都护府当军饷的，不然，我才没那么傻花这么多钱挂飘带呢。”

楚尧用看傻子的目光看了白婴半刻钟，继而“呵呵”一笑，转身就走。

有点感觉自己被迫降智的白婴高声问：“宝贝儿，你去哪儿呀？”

“要钱。”

“要什么钱！我这儿不有钱嘛。你让我做完刚才的事儿，我门边那包加地下埋的金山银山全给你好不好哇？”

楚尧再次冷笑：“女君的钱，楚某用着不安生。还是去知县那拿回自己的钱重要。”

白婴想了想：“等会儿，那不也是我的钱吗？”

楚尧义正词严：“转了一次手，不算女君的钱。”

逻辑鬼才，白婴竟是完全没法反驳。

那厢楚尧脚程快，眨眼便要离开偏院，白婴唤着他追了好几步，蓦地胸口一疼，踉跄着停了下来。她站在原地目送楚尧从洞门消失，等彻底听不见他的脚步声后，她三下五除二从袖口扯出鲛纱，一口鲜血呕在了上面。

她两眼发花地晃了晃，旋即狼狈地跌坐在树下。细密的疼痛转瞬席卷全身，她的每一根骨头都像被针扎。

白婴死死拽着那块鲛纱，连带着头发里都冒出了一层冷汗。

她害怕自己没等到向恒就会丧失理智，想挣扎着起身去锁将军祠的大门，手脚却是无论如何都不听使唤。

就在白婴寻思要不要干脆一头撞晕的关键时候，有脚步声从远至近。

缓慢，沉稳，一步一步，好似厉鬼来索命。

她费力地抬起头，于视野尽处，看见一袭青衣。

“如何？回到他身边，是否一切还如你所想啊？这噬骨销魂的滋味，有没有让你……”

来者的后话在觑见白婴的一瞬卡在了喉咙里。

广大百姓心中生娃没屁股的十六国王君叶云深，委实艰难地打量了一番坐在树下痛得仿佛生孩子的白婴。过一会儿，叶云深说：“你为什么要穿这种粉粉嫩嫩还绣了那么多蝴蝶的裙子？”

白婴一时只觉无语。

这该是你的重点吗？还能不能有点反派的自觉？

第八章·
完美诠释杀鸡儆猴

白婴摆摆手，尽全力把氛围往阴谋诡计、唇枪舌剑的方向带：“哎呀，我还当是哪座山里老不死的妖孽来吃我呢，原来，是老师您呀。您走这么慢，最近得了四肢麻痹吗？”

叶云深一愣。

白婴牙尖嘴利，他不是不晓得。叶云深的脸色阴晴不定，须臾，他端起架子接着走，操着一口阴森的语调道：“小白确是骨头硬，这削骨之痛都没能把你嘴上的毛病给治好。”

“绝症了，放弃治疗吧。”白婴咧嘴，“我这左等右等，眼巴巴盼了好几天，老师来找我掐个架也能这么迟。还是说，我这颗棋子失去价值了？您这么快就炼出了第二个药人？”

叶云深蹲下来，嘴角牵出一丝诡秘的笑。他肤色惨白，比起白婴那种病态的白，他更像披了副死人的皮囊，被那件青衣衬着活似幽灵。白婴瞧着他那怪诞的五官，见他努力做表情，但那僵硬程度，仍旧骇然至极。

“真丑。”白婴默了一默，然后别开脑袋，回避了与叶云深的对视，说，“您别看着我，我尿急。”

叶云深不以为忤，低低笑道：“有了楚尧撑腰，你这嘴越发能把人气死了。”

“开什么玩笑，楚尧也快被我气死了好吗？”白婴眯了眯眼，“话说回来，老师今晚是专程来给我送终的吗？如若不然，您可得趁我没疯起来之前，替我解决一下后遗症。”

“小白在威胁我？”

“莫非这还有第三人？”

叶云深还是笑，他望着头顶上的红飘带，喃喃念出声：“祝尧尧万花丛中过，片叶不沾身。并希望尧尧立刻马上回应我的感情。”

“祝尧尧威猛阳刚……”

白婴握了下叶云深的手腕：“俗话说得好，杀人不过头点地，您这当着我的面让我尴尬到头皮发麻，不厚道吧？”

叶云深笑笑，信了白婴所说的，差点把楚尧气死的话。他反手捉住白婴的腕子，另一只袖口里滑出一把匕首，不待她反应，便割破了她的血肉，不容反抗地将她的血滴在了树根上。末了，叶云深方扔下匕首，施施然站起，再掏出一块绢帕擦拭和白婴触碰过的肌肤。

白婴立刻就想吐口水洗手。但碍于这举动着实不雅，她咬牙忍住了。

叶云深擦完手，又把绢帕一丢，居高临下地睨着白婴问：“疼不疼？”

“要不换老师来试试？”

“试过了。”

“啊对，老师不说，我险些忘了，老师也曾是自己手底下的失败品。”

她语带挑衅，叶云深却仍旧不恼，连表情都未更改半分。

“既然晓得疼，为何不长点记性？如若不是楚尧，你何以会落在我的手上？小白，你得记清楚，是他要杀你。是我，救了你。”

“救……”白婴回味着这一字，笑得半真半假，“老师说的，也不无道理。”

“那么，天途关之事，你是否得给我个解释？”

“我给，老师敢听吗？”

叶云深稍稍敛了笑意。白婴身体里的痛楚随着时间的流逝而加剧，每一次呼吸，都像有尖锐的石头碾在她的肺部。叶云深倾身道：“不要再试探我的底线。你是唯一的药人不错，但有了你身上的经验，我想再炼一个药人，不是难事。你想看看，今晚的乌衣镇，尸骸遍野吗？”

白婴不语。

她还分得清，叶云深这话，诚然有夸大的成分。他能出现在此，是借了他那身皮相的便利。随行的，多半也是山鹰卫队，且数量不会太多，否则过不了边关的烽火台。至于山鹰对上楚尧，眨眼就能变成送温暖小分队。所以，叶云深唯一能用来做威胁的，就是杀了她，放她的血。

毕竟，叶云深是她的饲主，不会受她的血气影响。

可退一万步讲……

药人他想炼就能炼啊？真那么容易的话，凭着白婴句句噎他的本事，他早把白婴剐了，他又不是什么善男信女。

白婴想通这一点，装作很严肃，还摆出一副爹不疼娘不爱的小可怜样儿。她抿了抿唇，道：“我在天途关协助楚尧劫火器，主要有三个原因。”

“哦？”叶云深挑眉。

“其一，楚尧此人心防颇重，武学更是深不可测。从他一个人可以打死一两百山鹰，老师就心知肚明的哈？”

叶云深一时不知这话怎么接。

白婴继续道："所以，我被俘之后，近他身的机会少之又少。不过，话说回来，刺杀他也不是不行。"

"那你在等什么？"

白婴振振有词："这就关乎我要说的第二个原因。如今楚家军上下一心，皆视楚尧为"战神"。能让他们卖命的，非大梁朝廷，而是楚家。如若楚尧一死，边军定有一次大肆反扑，要为楚尧报仇。而如今的十六国，已不具备全面开战的能力。这一点，老师也心知肚明？否则，便不会想着利用我这药人了。"

叶云深没答话。

"既然如此，就算在天途关成功刺杀楚尧，也没有多大意义。甚至一个不小心，还会把我搭进去，浪费了老师这八年的心血。我当时就灵光一现，知道老师绝不可能设这么浅的局。假如，我借献上火器待在楚尧身边，假以时日，让他卸下心防信任于我，都护府、遂城，乃至边境三州，不都是老师囊中物吗？"

叶云深目不转睛地看着白婴，白婴也是相当正经。

二人对视片刻，叶云深问："第三是什么？"

"第三？凑数的。"

白婴耸肩："话本子里高人装……咳，分析局势，不都得凑这个吉利数吗？"

叶云深沉默一阵儿，忽而鼓起掌来："小白这睁着眼睛说瞎话的本事，不愧是我选定的女君。就不知楚尧听见你要杀他，会作何感想。"

"老师别吓我。"白婴闷咳一声，"楚尧若是掉头回来，今晚咱俩的脑袋都得被他掰下来，谁都别想跑。"

叶云深不想再和白婴耍嘴皮子了，他单刀入正题道："你舍不得，我知晓。可你对他不舍，他何曾对你不舍过？"

白婴乍觉耳畔嗡鸣，五脏六腑好似都拧作了一团。她下意识地揪扯着胸口的衣衫，听见叶云深道："你别忘了，当年是谁把你送到十六国的手上。又是谁，绝你生机，一箭穿胸。"

"你别说了……"

"你所受之苦，他未必能理解一二。血池中成千上万的尸骨，你也只差一点，便与他们同样的下场。他救了那么多人，怎么独独没想过要救你？"

"别、别再说下去……"白婴头痛欲裂。她仓皇地闭上眼，却一发不可收拾地看见惨烈的战场，血雨腥风，军旗焚烧。多少人在说——

楚将军，救救犬子吧。

楚将军，请您救救我的女儿！

别的孩子，皆有父母求情，可白婴没有。曾几何时，她也想说，兄长，你救救我。

叶云深轻声问她："现在，恨吗？"

"恨。"白婴从齿缝中溢出这个字。

"那你就要记得，只有我，才能让你活下去。活着，拿回他欠你的一切。"

尾音落地，叶云深扼住白婴的下巴，迫使她抬起头来。他把自己的手腕放在她的唇边，不多时，一丝血色顺着白婴的嘴角滑落。她苍白的脸颊渐渐恢复了容光，那抹艳丽的色泽衬得她更添几分妖冶。

温血入腹，疼痛即止。

白婴的胃里虽是一阵翻涌，但好歹忍住了。等她松开叶云深的手，叶云深方掏出第二块绢帕，慢条斯理地将腕上的牙印包缠起来。

"你心思剔透，料想早已看透天途关一局，确实是我在试你。眼下前事已了，我不作细究，待你回遂城以后，若再生纰漏……小白，我很乐意见到你发疯的那一日。其中轻重，你自权衡。"

言下之意，天途关仅仅是开胃菜，后面，还有叶云深的其他筹谋。白婴素来清楚叶云深不好对付，她也从未掉以轻心。想了想，她点头道："多谢老师提点，我记着了。"

叶云深不知从哪儿又摸出来一个酒囊，递给了白婴："若你不肯听话，这是最后一壶'长梦'，珍惜啊。"

"好。"白婴笑笑。

叶云深朝来时路走了几步，想起什么，回头瞅瞅白婴，说："对了。我刚刚就想说，这衣裳……当真不适合你，你早点换了为好。"

白婴疯狂想怼他，可惜胃部不适，她便懒得出声。等叶云深消没了踪影，她靠在树干上，仰起头神情恍惚。

原以为，今日过后，便是她和楚尧缘分的终点。

没承想，叶云深除了不干人事，居然还能千里送姻缘。有了这酒囊里掺血的"长梦"，她多多少少还能再支撑一段时间。白婴想到这儿，就满心欢喜。她缓了会儿气力，顺势思量叶云深的下一步。如今线索不多，她也只能猜测短期内遂城必有变数，既是如此，她和楚尧不能在乌衣镇多留。

白婴拍拍屁股站起身，神清气爽、通体舒畅。她心情大好，随手扒开酒囊塞子当水喝了一大口。

然后，白婴成功怔住……

她当下想到的第一件事——

浪费。

她当下想到的第二件事——

完犊子，她今晚恐怕是要上房揭瓦了。

亥时二刻。

镇上的热闹尚未散尽。祭祀完的百姓纷纷自城外回转，大街小巷上依旧是人潮泱泱。知县府邸中，矮矮胖胖的知县柳成信正与他的三房妻妾谈笑风生，先是说起今年将军祠赚了三千两银子，而后其中一位衣着华丽的妇人又讲起街上的趣事。

“兴盛街那家医馆，前日可是闹腾得紧。有个姑娘未婚怀子，结果她男人是个负心汉，在外头金屋藏娇，非要弃了她母子二人。那男人生得好看归好看，可确实不是个东西。后来那姑娘一哭二闹三上吊，总算把那男人留了下来。但照我来看，过不了两个月，那男人还得跑。狗改不了吃屎，猫改不了偷腥，那姑娘也是个命贱之人。”

柳成信问：“咱们镇上的？”

“瞧着眼生，多半是外来的。”

“那姑娘……”

“长得美不美”还落在柳成信的舌尖上，一名家丁突然颤颤巍巍地跪到柳成信跟前，哆嗦道：“老、老爷，有人闯进了您的书房。”

柳成信怒而拍桌：“你们干什么吃的？我养你们一群废物，是用来当摆设吗？连老子的书房都能让人来去自如了？把那人给我拖出去打死，打不死他我就打死你们！”

家丁哭出声：“打、打不过啊老爷，那人，强到令人发指。他、他说……”

“说什么？”柳成信猛地叉腰站起，腹部一圈肥肉抖动。

家丁道：“他说，让您滚过去见他。”

“好大的狗胆，老子……”

“他还说，他姓‘楚’，单名一个‘尧’。”

柳成信“扑通”一声跪在原地，伙同家丁一起哭：“不、不滚了，我跪着去见他老人家。”

一刻钟后。

柳知县书房中，楚尧端坐一张长案后，灯火明暗跳动，映得他的五官格外凌厉。他手边摆一盏茶，茶烟缭绕，气味清香，一嗅便知是上等的佳品。

被坑了三千两银子浑身都散发想打人气息的楚将军慢声道：“我听闻，乌衣镇年年都有向都护府缴纳军饷。此事委实有些稀奇，楚某竟是不知。柳大人说说，你这军饷，交予了何人？”

“都、都护……”柳成信肥胖的身躯剧烈抖动，膝行三步，叩首道，“都护饶命，都护请听下官禀明！这将军祭是近年才兴起的，咱们边境三州皆不富裕，百姓手里能拿出来的，每年总共就几十百把两银子，下官是想攒够了数目，再一并送往都护府，请都护明鉴啊！”

“账本在何处？”

“账、账本……”柳成信汗如雨下，“下官、下官……”

“并无账本，是吗？”楚尧用看死人的眼神盯着他，“如你一开始是打算上缴都护府，岂会没有账本？况且，坊间百姓捐赠，留下名姓乃是惯例，如此简单的表面功夫，柳大人也做不完善？”

“都、都护……”柳成信什么话都说不出来，双股战栗，已经在吓尿的边缘。

楚尧冷声道：“借着祭祀的名义搜刮民脂民膏，对外还敢打都护府的名头。柳成信，我若没记错，你舅舅隶属六部？”

“确、确然如此。”说起这一茬，柳成信依稀看到了希望，“下官的舅舅是吏部左侍郎李眠，还望都护看在下官舅舅的份上……”

“如何？”楚尧打断他。

柳成信冷不防一抬头，被楚尧的目光吓了个半死。他身子一软，瘫倒在地。

楚尧道：“你说，这西北三州，是听谁的？”

柳成信斟酌再三：“自、自然是都护。”

“京都的官，手也妄想伸到楚某的辖区？柳大人，不如楚某勉为其难，送你的人头告老还乡。”

一句话抵定了生死。

柳成信两眼一翻，就要晕过去。恰在此时，家丁在外拍门：“老爷，老爷！不好了！”

柳成信心想，他还能怎么个不好法？他半晌没吭出一个词，家丁只好道：“府上遭贼了，还是个女贼。大夫人、二夫人、三夫人的屋子先后被洗劫，眼下那女贼已被我们围住，只是看起来有点不大清醒，老爷您是否要去看看？”

柳成信怯生生地瞄楚尧。

楚尧眼皮子一跳，直觉略为不妙。他拧了拧眉，率先负手走出了书房。柳成信也不敢逗留，屁颠颠地跟在他身后。

二人前脚迈进院子，楚尧那股子熟悉的手撕活人冲动就涌上来了。

距他不远处，一名身穿粉裙子，头戴蝴蝶钗，左手一只鸡，右手一个包的女子遭围在十几个手持棍棒的家丁中间。她的脸蛋上浮着两坨明显的红晕，步调凌乱，时不时还打个酒嗝。

楚尧第一反应便是转头就走。

孰料，白婴醉归醉，眼睛却没花，他还没挪开步子，白婴的视线就锁定他了，张嘴便道："宝贝儿！"

楚尧默然。

柳成信微微晃了一下。他一开始以为自己在不知情的状况下招惹了桃花债，继而再看那女贼眼波流转地注视楚尧，柳成信的面部表情登时不受控制了。

举世皆知，都护府，又称光棍儿府。

举世皆知，楚家，是迟早要和京都林家联姻的……

柳成信斜眼歪嘴的望着楚尧，白婴也望着楚尧。她又打了个酒嗝，说："宝贝儿莫慌，这事……交、交给我，我来解决！"

楚尧望天深呼吸。

白婴恶狠狠道："我……打劫！把你们府上，值钱的东西都交出来！金银珠宝，铜板银票，我……统统都要！还有，还有我那三千八百六十七两银子，少一文，我……我就……杀了它！"

白婴十分凶残地掐住了鸡脖子。

众人无语。

她配了几个菜？能醉成这样？

柳成信想了又想，决定通过这事先给楚尧做个人情，毕竟，按着律法，擅闯民宅是得下狱的。

不过话说回来……

在西北三州，楚尧才是律法……

柳成信为了活命，不得不硬着头皮搏一回："都护，这位既是您的红颜，那下官依她所言……"

楚尧云淡风轻道："依法办事。"

"啊？"

"柳大人身为知县，还需我来教你办案？"

"不是，可这……"

楚尧冷酷无情："我与她不识。"

柳成信当即悟了，这大抵是爱慕楚尧的万千少女的其中一人。

他刚要命家丁把人带走，白婴远远听见楚尧的话，整个人都不乐意了。她酒劲上头，扔掉鸡和包袱，双手握拳揉眼睛，"哇哇"大哭："楚尧！你不要我了！你又不要我了！你答应过我的，再也不会丢下我……"

楚将军的心理活动：为什么要说"又"，我什么时候答应过？

柳知县的心理活动：我到底悟对了还是悟错了？

慌张赶到的知县夫人："呀？这姑娘好生眼熟！"

白婴哭唧唧地指楚尧："你那日说过的，会爱我一辈子，不离不弃……嘤嘤嘤……"

楚尧还没动作，一旁的知县夫人一拍脑门："我想起来了！"

她左看看白婴，右瞅瞅楚尧，一阵风似的刮到柳成信跟前，兴奋道："我认识他们！"

楚尧眼皮子一跳。

"这就是那日在兴盛街医馆吵架的男女！这女的怀了他的孩子，他在外面玩，还想抛妻弃子！"

柳成信有些茫然，是他悟错了，他对顶天立地楚将军的认识，一夜间打开了新大门。

楚尧尚未开口，白婴迷迷糊糊地摸肚子："我们的……孩子……呜呜呜，你好命苦啊……"

楚尧心中叹息：到底……是谁命苦？

这下，楚将军是跳进城外安溪河也洗不清了。白婴这嘴一叭叭，就能鬼话连篇。相比抄下属的家，楚尧判断，先缝了白婴的嘴才是正事。

一念至此，楚将军身形晃动，在众目睽睽之下拎起白婴，身轻如燕地翻出了院墙。

片刻，知县夫人反应过来，说："怎么回事？她临走前怎么还把我的珠宝带走了？留下那只鸡是什么意思？老爷，你愣着做什么，快派人去追啊！你就眼睁睁看着他们夫妻双双来打劫吗？"

柳成信脚一软，一屁股坐在地上，抹汗道："不，他们是夫妻双双来抄家的。"

柳成信："快拾掇拾掇，改明儿就把咱们府上值钱的物件儿，都送都护府去。"

"为什么啊？"

"为了活命！"

柳成信咬牙切齿地嚷嚷了一句，望着楚尧消失的方向，满心后怕。

"给你三句话机会，让你交代遗言。或者，你有本事说服楚某不杀你，楚某也可详加考虑。"

"一刻钟，逾期不候。女君这回，务必慎言。"

"另外，柳成信的夫人，三州都晓得她嘴碎，如若这次楚某名声受损，女君的项上人头，尚不够楚某解一口恶气，你想拿什么条件……"

楚尧转过身，威胁的话没讲得完整，乍见眼前居然空无一人。

五根手指头都在蠢蠢欲杀人的楚将军做了个深呼吸，觉得不够，又接连做了三个深呼吸。随即，他的眼光扫了一大圈，才在一丈开外的树影底下瞅到蹲成一团的罪魁祸首。

他走近些许，声音森冷："楚某的话，女君可听清了？这时候你还有心情玩泥巴，女君以为自己八岁吗？"

"听清了。"白婴一面挖土，一面浑不在意地打嗝，"那你……就娶我当都护夫人呀，两全其美，皆大欢喜！"

楚尧第五次深呼吸，差点被白婴气笑："你是真不怕楚某杀了你。"

"嗯哪。"白婴耸耸肩，抬手擦了把自己的脸，连带鼻头上也沾了泥。她从包袱里拿出一支珠花细细打量，接着小心翼翼地放进挖好的泥坑，再把土填回去。

她究竟在做什么？

白婴的动作格外熟练，好似常干这种事。

她转了个方向，挖第二个坑的同时，醉醺醺地说："你不要我，我早就该死了。你若下得去手，就把我杀了吧。反正……反正……"

楚尧想听她反正个什么劲儿。

可白婴重复几遍，又打了个酒嗝，便忘了后话。沉默须臾，她说："而且，我知道的……你根本不会杀我。你忍我不止一时半会儿了，其中几分真几分假，我辨得明白。"

"是吗？"楚尧问，"那女君辨出些什么？"

白婴的眉头拧成了一条线，五官都紧凑在一块儿。她仰着脑袋看看楚尧，嘟起腮帮道："你对我，有所图。"

楚尧不置可否。

四目相对下，白婴还是耸肩："无所谓，你要对我做什么都好。但凡我身上有你想要的，你尽管拿去，我这条命也行。"

许久，楚尧蹲下来，与她平视。

穹顶月色皎皎，四下万籁俱寂。有夜风阵阵拂过，夹杂着楚尧淡漠的音色："好，楚某却之不恭，收下女君的命。"

白婴抿了抿唇，蓦地勾住他的脖子。

白婴咽口水："命你收了，能不能把我的人也收一收。我别的不求，不娶就不娶吧，好歹你得……"

她顿了顿，眼光精准地瞄着楚尧的双唇。

楚将军的灵魂深深战栗了一下，眼看白婴借酒壮色胆，两眼一闭，倾身靠近。他怒不可遏地推开她，起身道："女君自重，酒后乱性也得拿捏分寸。"

"我没有酒后乱性……"白婴委屈巴巴地解释，"我没喝酒也馋你。"

楚尧默然。

好的。

他不想再跟她讨论这个话题了。

白婴其实说得没错，楚尧眼下的确不打算杀她。今晚出了柳成信这档子事，他二人所住的医馆已被柳成信一家得知。楚尧一方面是不想这知县找上门哭哭啼啼，另一方面，他的身份传开，继续留在乌衣镇只会节外生枝。是以，出了柳成信的府邸，楚尧便径直带着白婴来到城外的安溪河畔。待得天亮，他再携白婴赶去驿站，取战马回遂城。

这几日相处，楚尧也算摸透了白婴的秉性。她表面软弱，实则却是个硬骨头，压根儿不吃威胁这一套。

想到这儿，楚尧索性不再浪费唇舌，转身找了棵树靠坐下来。他抄起两手，闭目小憩，运了些内力留神白婴的动向。白婴不停地挖坑填土，重复着把物件埋地底的行为。楚尧一睁眼，便见她又换了个方位。楚将军默了默，忍不住问："你撒酒疯也就罢了，把这些东西都埋土里做什么？还想让它长金子不成？"

白婴没答话。她埋好最后一串珍珠，方拍手站起来，伸长双臂转了个圈："这些，都是我为尧尧打下的江山！"

楚尧无语。

没法聊。

是他误判了。

楚将军默默侧过身，打算接着休息。

白婴蹦蹦跳跳地走近，边走边说："你以为我是在撒酒疯吗？不是！我清醒得很！你看，这关外莽莽黄沙，关内良田千顷，你知道，有什么相同的地方吗？"

楚尧压根儿不搭理她。

白婴晃晃悠悠走至他身边，抱膝蹲下来。她目光略为混浊，借着夜里的清辉描摹着楚尧的眉眼。她满心柔软，语调也跟着缱绻起来："悄悄告诉你呀，我在地下，埋了好多好多宝贝。"

楚尧一听……

有银子。

他当即睁眼睇向白婴。

白婴摇头晃脑："都是给你的。我走过的每一处地方，都有我埋的宝贝。大概……大概值很多很多钱。"

楚尧眯了眯眼，问："给我的？"

白婴憨憨点头："对，都给你！包括我……嘿嘿嘿，我也给你。"

谢邀，不想要。

楚将军合情合理地怀疑白婴醉糊涂了，他沉默须臾，伸出两根手指，问："这是几？”

白婴数了数，坚定地答：“三！”

很好，她果然是醉糊涂了，说的话都不可信。

楚尧幽幽瞥她一眼，重新合上了双眸。

白婴亦是感到头昏脑涨，她瘪了瘪嘴，继而将一张脸埋在膝盖上，闷声闷气地说：“等我快死了，我把藏宝点告诉你。我都替你盘算好了，你拿这些东西远走高飞，足够锦衣玉食一辈子了。”

楚尧微微动了动眉头，表情复杂地看着白婴。

“你打了这么久的仗，世人指望你，朝廷压着你，士兵爱戴你，可我……就想你平安喜乐，再不用刀口寄命。我知晓，我的宝贝儿是那么厉害的人，要不了多久，西北就能平定。我总寻思着……寻思着不打仗了，那就是鸟尽弓藏。狡兔死，走狗烹……”

“白婴，你喝多了。”

白婴摆摆手：“古往今来，哪一个名将得了好下场呀……风头太盛，功高震主……这些道理我都懂，但我就是……心疼。我不管宝贝儿将来做什么打算，总之，我一定会……”

一定会什么？

楚尧等了又等，也没等来她的下文。

她安静了好一会儿，接着迷迷糊糊地说：“我希望，我的尧尧能卸下戎装，逍遥自在。买几亩良田，造一座庄院，娶个称心如意的娘子，生儿育女，百年好合。我毕生之心愿，也不过如此。”

楚尧久久不语。

他倒不是感动，只是瞧着白婴这情深似海的做派，不得不仔细斟酌，他与白婴缘起何时，白婴又因什么事对他如此这般的上心？

楚将军这厢还在深思，白婴的肚子“咕噜”一声叫。然后，她抬起头，贪婪地觑着那条潺潺的安溪河，吧唧嘴道：“宝贝儿，我饿了。”

楚尧眉角一抽。

白婴直言不讳：“我想吃烤鱼。我都说了这么多，就冲我留给宝贝儿的宝贝，你是不是也该表示表示。”

她殷殷期盼地望着楚尧。

楚尧顿时想通，她的情深似海，缘自想吃烤鱼……

◆

第九章 · 流言蜚语来势汹汹

诚然，让堂堂西北都护下河抓鱼……那是绝对不可能的。

楚尧稳如泰山地坐在树底下，任由白婴哭哭啼啼、舌灿莲花，他就是不为所动。白婴没能说服他，反而还换来楚尧的警告，让她时刻注意自己女君的身份。她气不打一处来，试图站起，但因醉酒的缘故，加之蹲的时间太长，两腿始终不得劲儿。她恨恨地瞪了眼楚尧，旋即，摁着他的肩头勉强起身。

楚大将军瞥了瞥肩上的泥手印，森森握响了指关节。

白婴根本没在怕的，颤着手指住他道："好一个威风凛凛的西北都护啊！你一口一个女君，急着撇清关系，说一千道一万，无非不想帮我抓鱼！"

楚尧："楚某的重点，不是在于不想抓鱼。"

"那你就去抓！"

楚尧闭上眼："行吧，楚某的确不想帮你抓鱼。"

"不抓就不抓，要是我哥在这儿……"白婴红着眼眶哼唧七八声。她气闷地脱下鞋袜，拎起裙摆，孤身就往河边走，"不就是抓鱼吗！我自己来！"

楚尧十分乐见这个结果。他问心无愧地坐在树底下，估摸着白婴好歹也是十六国的女君，这几年十六国被他打得东窜西逃，怎么着都有些求生技能。在野外养活自己，理当不成问题的。就算白婴废柴了一点，给她一炷香，总能抓到一条鱼。

楚将军如此高估着白婴，末了，便眼睁睁看白婴在河里扑腾完一炷香又一炷香，从子时一直磨到了丑时，她依然在顽强地重复摔进河里再爬起来的动作……

这大概就叫天要亡十六国吧。

打心眼儿里鄙视并且完全不知白婴的废就是被他宠出来的楚将军叹了一口气，随手捡起一截树枝，袖口一动，脱手飞出，正正扎在白婴旁边。白婴被水溅了一脸，回头一瞅，树枝底下竟是戳了条肥鱼。她更气了，气得眼泪花花直打转。

"你在……讽刺我？"

他难道不是在帮她吗？

白婴这么说了，楚将军也不能自主打脸，想了想，好整以暇地回："女君的废，着实出人意料。”

“你骂我……你讽刺我就算了，你居然还堂而皇之地骂我……”

楚尧一时半会儿不知该如何接她的话，他也不是第一回骂她？何以这么大反应？

正觉女人麻烦之际，他就看见白婴三下五除二的擦了把脸，咬牙切齿地朝着河中心走：“我不要你帮！我才不是什么废物！抓鱼而已，谁要你动手！”

楚尧一句话梗在喉头，尚未出声，冷不防地，目睹白婴一脑袋扎进了水里……

楚将军心想，怎么着？骂她两句还要寻短见？十六国女君的心理素质就这？

他欲起身救人，下一刻，白婴又站直起来，“噗”的一声，喷出一大口水。紧接着，河面上，顷刻浮出了数条翻出肚皮惨遭毒死的鱼。

一簇篝火跳动，橙黄的光吞没了周遭的树影。

白婴把火折子揣回怀中，捡了几根树枝把鱼穿起来，坐在楚尧对面翻着白眼烤鱼。她的火气还没消下去，一张小脸仍是气鼓气胀。楚尧的面色也不见得多好看，他虽一早晓得了白婴是药人，血气有剧毒，却没料到，她那嘴也是实打实的毒。

既然如此，今夜在将军祠，白婴是存了杀心？

楚尧半敛低眼皮，淡淡道：“女君抓鱼的本事，令楚某刮目相看了。”

“哼！”白婴重重地用鼻子喷气儿。

“但楚某不明白，鱼，是怎么死的？”他故意问道，想看看白婴的反应。

结果，白婴不但不遮掩，甚至还露出了一副你也有不知道的时候看我不抓住机会狠狠鄙视嘲讽你的表情。

白婴翻出个更大的白眼：“毒死的，纵横沙场，所向披靡，翻脸无情，就知道欺负我这弱女子的楚将军难道看不出来吗？”

楚尧眸色一凉：“所以，女君承认，在将军祠时，也想这般毒死楚某？”

白婴默默瞅了他一眼。

不知道为什么，有那么一刹，楚将军竟觉得……略为心虚？他严肃地沉思了片刻，觉得他二人的氛围极其不对。

讲道理，这要换成别人，此时此刻多半会被楚尧的语气吓出尿来，就算不像柳成信那么没出息跪着求饶，多少也会产生点逼命之危。白婴倒好，风平浪静里还夹杂着一种即将爆发的前兆？

楚将军拧了拧眉头，决定无论如何都得在白婴面前巩固一番他的威严，一个“女”字刚从齿间溢出，白婴不由分说地把手上烤鱼扔进了火堆，那作态，那架势，一言以蔽之——

我要开始耍脾气了！

楚尧：“你……”

白婴抢话：“你什么？你觉得我要毒死你？这么几日朝夕相处，你对我就是这样的看法？”

“我……”

“若我真想毒死你，从一开始就有无数下手的机会，我又何曾对你有过坏心眼儿？除了我就是觊觎你的美色，我还干过其他什么？”

楚将军无语。

觊觎美色……亏她能说得这么理直气壮。

楚将军无言以对。

白婴趁着酒劲儿，说话就像连珠炮：“自从我被你俘虏，我做的桩桩件件，哪一样不是向着你的？如今十六国已视我为叛徒，我无处可去，毒死你，我有什么好处。我虽不是什么好人，可我还晓得，我是梁国的子民！

“我体内是有些毒素，那是长年累月被关押，叶云深这秃头在我身上试毒的结果！我知道你从始至终不信任我，猜忌我一个梁国人怎么坐上十六国的女君位子，这其中，必有猫腻。我说过了，我是给叶云深背‘锅’的。他杀人放火，算我头上。独揽大权，排除异己，也算我头上。你以为这位子我想坐吗？谁高兴坐谁去啊！我就想回家，想回……”

京都的将军府。

白婴说着说着，大颗大颗的泪如同断了线的珠帘。她丝毫不避忌地直视楚尧，要当着他的面把这数年的愤恨通通都倒出来。

“我在十六国这些年，我也怕呀，我也想有个人来救救我。可我日思夜想的人，他始终没出现。我每天都不敢睡觉，生怕一闭眼就再也睁不开。你以为我不怕死？我怕，我怕得很！我也想活啊……谁不想活……我还有好多好多的事没做，我也才二十出头的年纪啊……”

“白婴。”楚尧喊了她一句。

白婴置若罔闻，双手捂住脸颊，瘦削的肩膀不停颤抖。

“那时，我总听到你得胜的消息，我以为，你很快就会攻打十六国。我没日没夜地盼星星盼月亮，日复一日，年复一年……护万民安生的大将军，你怎……不来救我呢？”

这句质问，楚尧答不上来。

白婴道：“你为什么不肯相信，我从来没有害你之心。那点毒素，顶多就是毒死几条鱼，即使我亲吻了你，于你也无害。我要动手，天途关就已经动手了啊，你真当我傻吗……”

楚尧侧首看了看还浮在水面上的数条鱼，对白婴的“这点毒素”，委实抱持怀疑态度。但此事说破毫无意义，楚尧也并不在乎，白婴对他，到底是怎样的想法。他默然良久，旋即绕去白婴那边，捡起两条穿好的鱼，再坐回先前的位置，放在火上“刺啦刺啦”地烤。

白婴哭了半天，直哭得打起了嗝。然后，她伸出四根手指头，嗲声嗲气道：“四条！”

“我要吃四条！”

“……撑不死你。”

酒喝足，肚子也终于填饱的白婴没多久便打起了瞌睡。彼时，已是五更初。她一开始晃晃悠悠地挪到楚尧身边，想枕着楚尧的肩膀睡觉。楚将军自是不能让她得逞，二人你追我赶地换了好几个地方，白婴实在没力气，方自个儿靠在一棵树上睡着。

楚尧静无声息地站在她面前，居高临下地打量着白婴。确定白婴睡熟后，他方负手来到了河畔。

少顷。

楚尧蹲下身来，看着河边还剩几条被白婴毒死的鱼，神情格外晦涩不明。恰巧此时，林中出现了几匹狼，三角眼闪烁着幽绿的光芒，向着楚尧围拢过来。

狼本是极其聪慧的动物，它们似乎都能辨得出白婴并不是一个能果腹的选择，齐齐将目标锁定在楚尧身上。

楚尧捡起旁边的一根树枝，不慌不忙地站起身，就在头狼扑上来攻击他的同时，树枝叉起一条死鱼，准确无误地砸在了头狼的脑袋上。

看似轻巧，实则重逾千钧。

头狼登时摔在地上，挣扎了几遭，口鼻就渗出血沫来，不再动弹。

其余的狼不敢再上前，一边围着头狼转，一边冲楚尧龇牙。其中一匹狼大抵是饿极，吃下了楚尧扔过去的鱼，不多时，这匹狼同样倒地，一命呜呼。

楚尧慢步走过去，狼群受到惊吓，飞快退回了树林里。

他驻足审视被毒死的狼，又回头瞥了眼树下的白婴，轻轻发出谓叹：“叶云深……也该成功一次了。”

说完，他再度轻手轻脚地走回河边，第二次确定白婴没有醒过来后，旋即脱掉了外衫。楚大将军拿出一块用粗布包好的皂荚，堂堂西北都护，就这么面无表情地蹲下来，双手搓衣衫……

他这厢干着与身份不相符的事，那边厢，白婴则做了一个很长很长的梦。

她梦见奉安二十七年，关外的兵马长驱直入，铁蹄铮鸣中罡风猎猎，战火下的城池满目疮痍。那厚重的乌云底下，城外满是撕心裂肺的哭喊。叶云深高坐在马上，一刀挥出，便是一汪潋滟的血。

风沙漫漫，鲜血很快干涸，变成了暗红色。城门之外的头颅越堆越多，城墙之上的哭求一刻未止。

年少的将军身上铠甲沾了血，他握着腰间的佩剑，怆然面对无尽的豺狼虎豹。有数不清的男女老少跪在他面前，一遍又一遍地向他磕头。

“将军，您救救我儿吧！我黄家三代单传，就这一个儿子啊！我愿意给他们银子，我全副身家都愿意拿来换我儿性命！”

“都护，您也救救贱内吧，她肚子里还怀着孩子，求您可怜可怜我们穷苦人家。我拿不出金银，但若此回贱内无虞，此生我愿给都护府做牛做马！”

“将军！将军，还有小女，我叫曾国平，我母族是京都高氏，小女若能回来，高氏将来任由都护差遣！”

那些声音此起彼伏，混着蛮夷们的叫嚣。

白婴躲在一根柱子后，悄无声息地观望。她没听进去别人说些什么，她只晓得，她的兄长已在前线战了三日三夜，好不容易把二十四国的铁骑赶出城，如今的他，已是伤疲交加。

白婴抿了抿唇，想说话，又怕打扰到少年将军的思路，只好默不作声。少年似有所感，别过头，一眼便瞧见白婴。他冲她笑笑，举步穿过伏在地上的人们，走至白婴的跟前。他屈膝半跪下来，伸出手温柔的抚摸着白婴的头发。那双眼睛底下挂着浓浓的淤黑，两鬓的发丝有些散乱，显得狼狈而沧桑。

白婴心疼地问他：“兄长，你是不是好几日不曾阖眼了？”

少年没回答，在身上摸了好半天，才摸出来几粒变了色的糖炒板栗。他摊在掌心里，尴尬道：“只剩这几粒了，现在的遂城，买不到糖炒板栗了。”

白婴忙不迭接过，乖巧道：“阿愿可以不吃糖炒板栗，阿愿只想陪着兄长。”

“阿愿……”少年喃喃了一句，他捏了捏白婴的脸蛋，慢慢站起身，望着天际的残阳如血，“我一直没有问你，你喜欢‘安阳’这个名字，还是‘阿愿’？”

白婴不懂他的话意，歪了歪头，答：“都是兄长起的，我都喜欢。”

“那就好……”少年微微颔首。

过了会儿，他又道：“安阳，为兄是不是很没用？”

“不是的，兄长不要妄自菲薄。若不是你，遂城早已失守了！”

“可你看……多少百姓被生擒。”少年痛苦万分，只手蒙住了眼睛，“换作是他，不会陷入如此境地的。是我无能。”

“‘他’？兄长在说老将军吗？”

少年没有回答。

白婴与他并肩站了很久，她还没有城墙高，看不到城外的惨状，只能隔三岔五地听到哭吼声。到得最后一抹斜阳沉入远处山峰，少年唤来了副将小五，送白婴回去。

那一日，少年说："安阳，恨我吧……连带他的份，一起。"

时过境迁。

再后来，白婴常常回想，已知那时楚尧下定了决心，要牺牲她。可后面的半句，她始终没得出个结论，楚尧所说的"他"，究竟指谁。

白婴在梦里都琢磨着这事儿，稀里糊涂地将过往人事都梦了一回。但思来想去，她也没弄明白楚尧的深意。

兴许是饮了酒，她这一夜没再折腾出什么幺蛾子，一睡便到了天明。

次日早间，烘干衣裳穿得整整齐齐的楚大将军叫了白婴好几次，白婴愣是抱着树不肯睁眼。楚尧没辙，又不想因她耽搁时辰，索性扛上这货直奔驿站。

白婴当然是求之不得，在楚尧的肩上睡得昏天暗地，恨不能把之前没睡的时辰全补上。她睡舒坦了，然而，这事导致的直接后果就是……

在她不知不觉的情况下，她被楚尧绑在了一辆马车的车厢顶。

这是人干的事?

她双手双脚都被一条麻绳捆得扎扎实实，动弹不得。打眼一观，这麻绳还有几分眼熟，依稀就是医馆里那条。

白婴打心眼儿腹诽着楚尧这随身带麻绳的癖好，又料想依他的个性，多半不会请车夫。前方驾车的，指不定就是堂堂楚将军自己。

一念至此，白婴气呼呼地喊了句："楚尧！"

片刻，清冷的声音从正前方传来："嗯。"

他真的在驾车……

都护府到底有多穷?

压根儿想不到都护府穷到能让堂堂大将军随身带皂荚的白婴又心疼又好笑，怨气也随之消散一半，换上了撒娇的调调："你绑着我做什么呀? 宝贝儿，快放我下来。"

楚尧不为所动："昨夜女君过于活跃，为防回遂城的路上再出任何纰漏，楚某只能出此下策，还望女君谅解。"

"不是，你就算出下策，好歹把我绑车厢里呀，怎么，是我西北第一美人不配坐车厢吗？"

楚尧想了想："……对。"

"你这就没意思了。"白婴试图讲道理，"昨夜……昨夜我晓得，我喝醉了。我这人呢，大概是前半生太坎坷吧，就导致我平常没事，喜欢借酒浇愁。话说回来，关于我的酒品……”

楚尧冷笑了一声。

白婴：“差，我是清楚的，醒后我也不记得干了什么。不过，不至于差到让你对我下此狠手吧？我占你便宜了？”

楚尧：“……没有。”

“那我拉你去小树林霸王硬上弓了？”

“白、婴！”

“那我啥都没干你绑我做什么！”白婴吼得义正词严。

楚尧懒得和她计较，凉凉地扔下一句：“自己想。”

她想是想不起来了，只能换个角度商量这事：“你就不怕我在车顶宣扬一下我和楚将军不得不说的二三事呀？”

楚尧气定神闲：“女君随意。楚某走的并非官道，这路上也没什么人，你要不嫌口渴，便尽管瞎扯。”

“你！”

棋差一着，白婴悔不当初。眼看着道理讲不通，撒娇耍泼都对楚尧无效，白婴又被这日头晒得生无可恋。如果这样赶回遂城，她半条命都得丢路上。

诚然，她觉着楚尧多半也不会这么狠心，过不了多久就得放了她。但出于自力更生的念头，白婴还是决定，出卖叶云深来自保。她眼珠子滴溜溜一转，干咳一记说：“我这儿有个价值几千两银子的生意想跟楚将军谈一谈。”

“……说人话。”

白婴：“我手头有叶云深那鳖孙儿的小道消息，外面绝对能卖好几千两，但我分文不收你的，只要你放我下来。”

话音落，楚将军勒停了马车。

片刻之后。

白婴也坐在了车厢前头吃沙子。她昨晚烤鱼吃多了，眼下无比口渴，见得楚尧身后放了个水囊，便自顾自地拿起来，也不经楚尧同意，“咕噜咕噜”喝下了大半。她擦擦嘴角的水渍，发现楚将军正森森盯着她，咽了口口水，委屈巴巴道：“这是宝贝儿的？”

楚将军用眼神回答——

你说呢？

白婴继续咽口水：“我不能喝？”

“女君没学过男女授受不亲？”

她煞有介事地摸下巴：“哦，学过。那要不……我把水吐回去？还是说，要我现在渡你嘴里？”

楚尧望天深吸一口气，在闲扯这桩事上，白婴当之无愧是王者。他看也不看她，径直把话题带上正途：“说吧，叶云深如何？若你消息无用，楚某不介意再将女君绑回去。”

“我就奇了怪了，你这随身带麻绳……”

楚尧看她一眼。

白婴后背发凉，当场端正了态度：“宝贝儿你容我组织组织言辞。对了，咱们为何要驾马车回遂城呀？来的时候你我不同乘一骑吗？你抱着我……”

楚尧再看她一眼。

白婴：“对不起，我不该暴露觊觎你肉体的心思。”

你已经暴露太多次了！

楚尧本不想浪费唇舌，但见白婴目光灼灼，特别是她穿着粉裙子，戴着蝴蝶钗，还捧脸盯着他的模样，使得他心生恍惚。

楚尧定了定神，到底是开了口：“柳成信昨晚放在驿站的车。”

“哦？”

这么一说，白婴就明白了。她醉酒后的事不怎么记得，但睡在哪儿还是多少有印象。楚尧昨晚说了要找这位柳知县算账，想必那贪官吓破了胆。后来楚尧带着她在城外落脚，贪官寻他不着，又猜楚尧今日会回遂城，便紧赶慢赶地送来这架豪华阔绰的马车。只是，有一点奇怪……

白婴不解地问：“数量这么多的银子他都敢私吞，这几年算下来，少说也不会低于一万两。按律法，合该处斩，都护大人竟没杀了那贪官？”

楚尧第三次看了她一眼。

从这一眼里，白婴悟到，此事多半与她有关……

她讪讪一笑，摆了摆手：“哎呀，西北三州是宝贝儿说了算，我就随口一问，嘿嘿。即使没杀，瞧这趋势，想必过不了多久，那贪官定会把全副身家送上都护府的，尧尧只管收钱便是。”

楚尧不语。

白婴潜藏在心底的疑惑不由得加深。若是从前的楚尧，禀性刚直，遇到这种事，必不会对贪官污吏手软，此次怎的……

她的思绪千回百转，楚尧提醒道：“叶云深。”

“哦，叶云深。”白婴赶紧按下满脑子的胡思乱想，斟酌道，“叶云深的家事，我就不说了，反正不是什么好鸟。此人颇富智计，当年能整合十六国，表面形成三王共治，实际上，就他一人大权在手。对于梁国，他不是没有野心，而是能审时度势。梁国地广人多，十六国毕竟兵力有限，想吞下梁国的土地，太费牙口。

所以，对十六国来讲，抢了就跑，用梁国的资源养兵养人，是最佳选择。这也就是当年他……”

大破遂城而不深入的缘由。

后面半句，白婴没说出口。她想得透的东西，楚尧必是比她还通透。再者，那不是什么该提起的往事。

白婴揭过这一茬，继续道：“叶云深手段残暴，武学方面远不如宝贝儿。那时我在天途关就说过山鹰卫队的起源，尧尧你知晓，这秃头还有一个后招，是什么吗？”

楚尧慢声道：“这些年，叶云深不常现脸，若逢大事，均是你和王君姜宸在明面上，他在后头，筹谋什么？”

“自是筹谋反扑。”白婴盘起双腿，一只手支着下颚，“宝贝儿你想想，我这四年来，背得最多的‘锅’是什么？”

楚尧不假思索：“好色。”

白婴摆出一副无辜的模样，努力解释：“我只好你的色，但我常常抢男人……也不能说是抢男人，我男女都抢，当然哈，主要还是男性。”

楚尧幽幽睨她。

白婴的眼光亦是暗了一瞬，随即收起了玩笑之意：“这些人，都成了叶云深的试验品。”

“何意？”

“你听过蛊术吗？”

楚尧一本正经地回：“略有耳闻，只知起源于南苗，已经消失。”

白婴细细凝视着他，道：“不尽然。从叶云深成为大宛国的国君，他一直在钻研蛊术这类旁门左道，其执着的程度堪称疯魔。他从那些江湖中人的嘴里听说了医家，寻来不少古籍书册，照书中所写来养蛊。他抢来的梁国百姓，皆被用来做试验，成了蛊虫的宿主。通常情况下，血肉之躯撑不过七日，最终都会千疮百孔血尽而死，抑或爆体而亡……”

楚尧闻言，远眺着前方，忽而问了句：“阿愿……可曾受过这等对待？”

白婴一怔，呆滞了半晌，勉强挤出一丝笑道：“将军的义妹，已经死在出城之时了。”

“是吗……”楚尧呢喃，“你也说她死了……”

“她的确死了。”

楚尧转头看着白婴，目光平静地扫过那身裙衫，最后落于白婴的发钗上：“罢了……”

白婴想起一事，试探着道：“对了，你前几日看的医书……”

楚尧出声打断：“叶云深的事，你接着说。”

“哦……我时常讲叶云深这人是个变态，其实此话非常中肯。他不仅残忍嗜血，关键是他脑子还有点问题。他养蛊虫顺手就把自个儿也搭进去了。他想炼制药人，为此伤了无数人命，结果一个都没成功，到头来，他就在自己身上做试验。老天有眼，也让他失败了。”

“你……”

“我怎么了？”白婴挑眉。

楚尧默了默，没有多置一词。

白婴等不到他的后话，只得耸耸肩，继续道：“叶云深为了自救，在身体里种了一只好不容易养出来的蛊王。那蛊王邪性得很，会放大宿主性情中最是极端的一面。这也是叶云深近年来造多了杀孽，必须想法子苟住性命的根源所在。”

“这蛊王，可续命？”

“续不续命不好说，反正能克世间万蛊。”白婴顿了顿，不敢太深入这个话题，索性打岔，“方才说了，除却山鹰卫队，叶云深还有后招。这后招亦是与抢来的人息息相关。但凡饲蛊身亡者，只要面相没受破坏，叶云深会将其做成……人皮面具。”

楚尧看着她，没说话。

白婴咬住牙根：“整个十六国，没有人晓得，每天叶云深会是什么模样，人在何处。他手里的面具成百上千张，想杀他，谈何容易。所以，不管宝贝儿相信也好，不信也罢，我从小家教良好……”

单凭你这样讲，你就已经失去诚信度了。

白婴毫无被质疑的觉悟，还在接着道：“我家人早年跟我说过一句话，我铭记至今，时刻不敢忘怀。因而，哪怕一路走来荆棘密布，我也从未以恶待人。可这叶云深，是第一个，我认为不值用善意去对待的。来日，上天入地，我总会教他把这些数不清的血债，一一清偿。”

楚尧静静觑了白婴须臾，问：“你家人说的什么话？”

白婴讶异地张张嘴，没料到他的重点会在这儿。那句烙进心底的话在她的舌尖上压着，她却无论如何说不出口。

他曾告诉她——

丫头，这红尘混浊，千千万万人里，不是只你一人有不好的经历。你得学会于浩歌狂热之际中寒，于天上看见深渊，于一切眼中看见无所有，于无所希望中得救。

两道视线深深交缠，边城风沙格外大，吹得白婴的眼睛刺痛。她别过头，打着哈哈说眼里进了沙子，两手不停地搓揉。楚尧默了默，又问她："为何不以恶待人？"

白婴动作一滞。

此番，他们都望着茫茫前路。

"因为，曾经有个人，给予我很多很多温暖。让我不舍得用恶意去对待他包容的这个世界。"

楚尧沉思许久，最后问："如果，那个人死了呢？"

白婴一愣，也不知该如何作答了。她忽而忆起四年前她被炼成药人，叶云深打趣她，说她命贱，意志力却远超常人，即使身处尸山血海，也要拼了命地活着，拼了命地清醒。她常觉得叶云深说的都是屁话，然而这一句，鲜见地说对了。

只要楚尧活着，她就永远只是阿愿。

可若楚尧不在了……

她是死是活，是疯是清醒，又有何妨？

白婴凝视楚尧一遭，把这些话都埋在了心里面。她将叶云深的底掏了个干净，楚尧也没再追问有关于药人的后续。白婴寻思，他多半是断定此事过于荒谬，根本不在意。又或者，是没把叶云深放在眼里。不管怎么样，她脱困的目的好歹是达成了。

白婴抄起两只手，懒洋洋地打了个呵欠："怎么样，这些消息值不值呀？"

楚尧凉凉道："若我说不值，女君会爬上车顶把自个儿绑起来吗？"

白婴："……哦，那倒也不会。"

"那女君何必多此一问。"

"宝贝儿，你这个人……"白婴哭笑不得地凑近些许，想说点什么，话头却蓦然顿了顿，她的鼻翼微微耸动，东闻闻西嗅嗅，"宝贝儿，你怎么……闻起来，好香。"

楚尧一脸冷漠。

这是又想明目张胆占他便宜？

楚尧一把摁住白婴的脑门，用力将人推远，沉声道："你皮痒？"

"不是，你不要老将我想得如此不堪。我就是闻着你身上那股皂荚味儿，怎么比前日还重？你昨晚洗衣裳了？哪儿来的皂荚呀？"

皂荚就藏在袖口里的楚将军面无表情："你嗅觉不灵光，楚某没洗衣裳。"

"你是趁我睡着了偷偷洗的吗？脱光没有？有没有被人瞧见呀？话说回来，堂堂西北都护还要自己洗衣裳吗？会不会也太惨了点？"

楚尧狠狠飞过去一记眼刀："楚某说了，没、洗、衣、裳。"

白婴脖子一缩："好的，我知道了……"

楚尧以为震慑到位，白婴绝不敢再造次。不承想，这厮就消停了一刻，又十分好奇地问：“话说宝贝儿，你除了随身带麻绳，还喜欢随身带皂荚的吗？你们都护府穷成这样，你该不会一件衣裳穿好几年，为了方便缝补还随身带针线？”

楚尧攥死了袖子里的针线包，冷意飕飕地注视白婴：“闭嘴。”

“哦。”白婴可怜巴巴。

她哥好凶，仿佛是真相被人揭穿后的气急败坏。不过，还怪可爱的……

◆

第十章·
全城围观都护夫人

楚尧不肯和白婴讲话，任由白婴叽叽喳喳闹腾个不停，他都当她不存在。白婴说得嘴干，慢慢缺了兴致。楚尧驾车，她又怎么着都不肯一个人坐到车厢里去，索性就靠在车厢壁数天上掠过的孤鹰，数了不到半个时辰，她成功睡着了。

路面颠簸，她的脑袋跟着摇摇晃晃，须臾便枕在了楚尧的肩上。楚尧起先执意推开她，可每每白婴都能准确无误地再靠回来。楚将军正想出言警告，转眼看到那支蝴蝶发钗，又想起什么，一席话到底是噎回了喉咙里。

到得下午酉时初，马车总算是入了遂城地界。

白婴提早醒转，路上嚷嚷着肚子饿，央着楚尧买了两块馕饼，边走边吃。

眼看离城墙越来越近，楚尧瞥着鼓起腮帮的白婴，出声道："回到遂城，楚某须和女君约法三章。"

"哪三章？"白婴眨巴着眼问。

"其一，未经楚某允许，你不得擅自透露身份。"

"为什么呀？"白婴登时喜滋滋，"你是想通了打算先金屋藏我，再择个良日娶我当都护夫人吗？"

"你想多了。女君树敌太多，暴露身份恐会遭人打死。"

白婴面带微笑："宝贝儿，你说话真体贴。"

楚尧云淡风轻："彼此彼此。其二，稍后，楚某会派人送女君前往狗尾巷。为防女君叛出十六国的事传开，继而引发动乱，楚某会择单独的院落供女君居住，并派兵驻守。"

白婴凶狠地咬下一口馕饼，气呼呼地说："你讲得好听，表面上是为我的安全着想，实则，你就是不信我，防着我煽动俘虏作乱！"

"女君既然这么说……"楚尧颔首，"那楚某勉为其难承认了。"

"你！"白婴瞪眼瞪了老半天，接着又默了默，咧嘴笑起来，下颚落在楚尧的肩上，"宝贝儿，我有一个好法子！你想不想听？"

"不太想。"楚尧推她。

白婴恬不知耻地挨回去：“你让我留在都护府，不就什么问题都迎刃而解了吗？既不会暴露我的身份，还方便你就近看管呢！就算你半夜想在床上……不是，想提审我，我也能尽全力配合呀。”

“你想都别想。”下定决心不会再让白婴占便宜的楚尧目光森森，“最后，进了城门，你离楚某一丈远，不许靠近。”

白婴相当愤慨，闷声闷气道：“我要是不依呢？”

“那就别怪楚某不留情面，你哪只手碰楚某，我就断你哪只手。”

白婴心想，我是吓大的？

她和楚尧对视须臾，就在楚尧分外严肃的注目中，她不知死活地伸出一个爪子，公然袭向楚尧。

而后，挑衅地朝楚大将军翻了个白眼。

下一刻。

来往的所有路人，就听见那辆驰过的豪华马车上，爆发出一个姑娘杀猪般的惨烈号叫。

“啊啊啊啊啊啊啊啊！宝贝儿宝贝儿，我错了，快松手，‘爪子’要断了！听你的，都听你的，一丈不够我离你三丈行不行？我保证孩子没出生之前，再也不碰你的身子！”

“好好说话！”

“大人我错了，大人你宰相肚里能撑船，别跟我这个头发长见识短，胸大无脑的女子计较，呜呜呜！”

待得进了城门，守将见是楚尧回转，先行一步去知会都护府。楚尧依然慢悠悠地驾着马车，白婴则在一旁眼含热泪地捂住手，可怜兮兮地看着楚尧。

城中百姓都认识楚尧，二人一路行来，不少百姓热情招呼。楚尧已是司空见惯，通常会有所回应。走出不远，路上的妇人们便开始三五成群，一部分在好奇地打量白婴，对她指指点点。另一部分扼腕叹息，好似白婴犯了什么天大的事。

白婴发现苗头不对，本能地往楚尧身边缩了缩，略紧张道：“宝贝儿，他们是不是发现我的身份了呀？两方积怨已久，梁国百姓是恨透了十六国的人，我会不会被他们抓下车打死？”

楚尧不语，心下也觉怪异。

都护府军纪严明，向来禁止嚼舌根，若无他的命令，白婴的身份不可能外传。此间情形，确是有些出人意料。他正想聚集内力听听妇人们都在耳语什么，经过一个糕点摊子时，老板追着马车递来一个纸袋。

“都护回来了，舟车劳顿您辛苦了。这袋子里是我亲手做的酸枣糕，姑娘肯定爱吃，给姑娘解解馋。”

楚尧抿了抿唇，下意识地要掏钱袋。

老板又说：“都护别客气，这就是我的小小心意，恭喜都护。”

楚尧眉头一跳。

白婴茫然地指着自己：“他们……认识我？”

楚尧的目色无端寒凉了两分，刚欲说话，另一个果干铺子的老板又送来了第二个纸袋，这回，他直接塞到了白婴的手里。

“都护，这是咱们铺子的蜜饯儿，有些姑娘这时候喜欢吃酸的，有些呢，则喜欢吃甜的，里面可大有门道。若姑娘尝了之后合她胃口，改明儿我再给都护送些去府上！”

白婴心里一紧，心慌地咽了口口水。她基本猜到了这满城百姓议论的主题。背后那道目光越来越凛冽，白婴只觉活像是要扎进她的骨头缝里。她哭丧起脸，还没来得及为自己找借口，酒楼的女掌柜顺利捅破了这层窗户纸。

白婴拿着一个大大的牛皮袋，听这女掌柜道：“别听这些门外汉瞎掰扯，都护，俗话说得好，酸儿辣女，您拿着我这包辣卤鸡爪，给您家夫……嘿嘿，您家姑娘尝尝，看她是喜欢酸枣糕呢还是喜欢我这鸡爪，多半就能知道她肚子里呀，是不是个带把儿的。啧，这姑娘生得真好，配得上都护。”

“谢、谢谢啊……”白婴心惊肉跳地挤出一丝笑，回头再看楚尧，他的脸黑得仿佛黑云压顶，不住地望着天做深呼吸，十根手指头还都捏得“咔嚓”作响。

白婴头皮发麻，𡲰成一团道：“宝贝儿，你听我解释……”

女掌柜打趣：“瞧瞧人家，小年轻真甜腻，当街就叫宝贝儿，哪像我家死鬼，嫁给他那么多年，都只叫我婆娘。都护福气真好啊！”

白婴差点当街飙泪，忙不迭改口：“尧……不是，楚将军你听我狡辩……”

另一个从巷口冒出来的妇道人家：“红掌柜的，你一说，小姑娘都害羞改口叫将军了。不过，这也是年轻人的情趣哈！都护有家有室了，城里的姑娘，可都心碎喽。”

杀人不过头点地，这些善良的老百姓，是要把她往千刀万剐的刑场上推哇……这遂城不比乌衣镇，小地方没人识得楚尧，就算她张嘴说骚话，也害不到楚尧的名声。可她万万没想到，谣言来得就像暴风雨，打了她一个措手不及。

白婴哭唧唧：“我不是故意的，在你动手前，我就提最后一个要求。”

“留你全尸。”

“不是。有缘再见！”

说着，白婴身形一动，就要跳车。楚尧手疾眼快，一把拎住了她的后背衣衫。她这举动没吓到楚将军，反倒把街上的行人吓得齐齐倒抽凉气，纷纷劝道：“姑娘，万万使不得啊！”

“姑娘，前三月最是危险，切莫做此等行径啊！”

“都护，您家姑娘看着年纪不大，怕是举止有些草率，您可得看紧喽。”

楚将军做深呼吸做到肺疼，咬牙切齿地笑笑，一字一顿道：“多谢诸位，楚某，定会严加看管。”

白婴心如死灰：完了，就冲她哥这语气，多半是要重返当年一言不合就动手的巅峰状态了。

白婴怕得不行，在车上缩成了一只鹌鹑，不敢大幅度动弹。但凡有百姓给她递东西，她都老老实实收着，还得强颜欢笑替老楚家唯一的血脉感激不尽。楚尧浑身上下都散发出瘆人的气场，整张脸黑成了煤炭山。白婴在心里呼天喊地地想求个炮灰来消她哥的火，不料，这一求，还当真应验。

马车刚转了个弯，二人远远地便见人烟少下来的都护府门前，一名女子正在大吵大闹。

“你们算什么东西！也配阻拦我！我今日一定要见到尧哥哥。”

楚尧拧了拧眉。

“我告诉你们，我要是伤着半根毫毛，你们阖家全族都得砍脑袋！你说尧哥哥不在都护府，我信了。这么多日，尧哥哥为何还不回来？他有军令在身，不可能离开这么久！”

赵述和李琼双双在府门前，前者与那女子温声说话，后者高抬着下巴，一副看不大起这女人的做派。

女子推搡着赵述，气沉丹田地吼：“我今日就要晓得，尧哥哥到底在哪儿！让他出来见我！城里那些谣言，又是从哪儿来的？他要是敢在外面找女人……”

白婴摸下巴：“宝贝儿，我瞧着这姑娘……”

楚尧停稳了马车，率先下了车去。白婴自顾自地道出后话：“怎么那么像林纾那个小冤家呢？”

楚尧负手上前，声音冷得掉冰碴儿：“林小姐，意欲何为？”

白婴：“还真是林纾，楚尧，你很可以嘛……”

楚尧本在气头上，下一句话尚未脱口，便感到一阵凉风袭来，莫名其妙打了个喷嚏。他拧着眉头觑了觑白婴，见白婴不复先前的怕死样，而是眯着一双桃花眼，极其幽怨地打量着他和林纾。

也不知怎的，有那么一刹，楚将军产生了一种分外微妙的心态。

他稍是定了定神，林纾也顺着他的目光看到了坐在马车前头的白婴。林纾从小到大是家里的掌上明珠，除却年少时总和她对着干的安阳，她何曾被人这样打过脸。

想到这儿，林纾几乎要哭出来："她是谁？楚尧，你真在外面养女人？你是不是忘了，你和我有婚约在身！"

楚尧回过头，寒声道："林小姐，容楚某提醒一句，遂城不是京都。楚某与你的婚约，也从未作数过。"

"你……"林纾眼眶通红，"自打你远赴边关，我不顾家里人阻拦，千里迢迢地赶来寻你，这么多年，只有我，始终如一地陪在你身边！楚尧，你怎狠心如此伤我啊？姨父给你我赐婚，你愿意也好，不愿也罢，这门婚事早就定下了！只待你打完仗，你我二人，势必完婚，我也绝不允许，你在外面找这些不干不净、不三不四的女人！"

白婴：谢邀，有被骂到。

楚尧不动声色地回："楚某对林小姐不曾有心，何来狠心。"

"那你的心在谁身上？这个贱人吗？还是说，在那被你一箭射死举世皆知的安阳身上？"

白婴惊住了。

这个人，比她还能作，她输得心悦诚服。

旁边的赵述也惊住了，当即把全副注意力转向了楚尧。

若说此前的楚尧是处在暴躁的边缘，那么，此刻的他，则平静得宛如死水。他定定睨了林纾半刻，然后，缓缓上前，一步接一步。

林纾踉跄后退，估摸是意识到自己说错了话，怯生生地喊："尧哥哥……"

赵述的颊边很快渗出冷汗，冒死抓住了楚尧的手臂，摇头说："都护……"

白婴见势不妙，拍拍手从马车跳下，婀娜多姿地走近，一手摸小腹，一手自然而然地挽住了楚尧，还得闲冲他抛了个媚眼，笑道："哎呀，我还说是谁呢，原来，是个妒妇呀。"

"你骂谁是妒妇？"林纾凶神恶煞地指着白婴，一见白婴的穿着打扮，又愣了愣，脱口而出道，"安阳？"

白婴的神情呆了一瞬，立刻调整回来。

林纾这眼光，何其毒辣！

她尤然笑笑，波澜不惊道："你认错了。"

"那你是谁！"

"啧，不是都听到城里的传言了吗？我必然就是楚将军金屋藏娇、不辱宠幸、三日就怀胎、十月能产子，长得国色天香、明眸皓齿、沉鱼落雁、人见人爱的小妖精呀。"

楚尧一脸无语。

目瞪口呆的副将二人组表示：传言没有这么丰富，也压根儿没说她国色天香……

楚将军揉眉心。

白婴趁着林纾哑口无言，摆出一副弱不禁风的孱弱样往楚尧怀里倒，还操着一口人人见打的调调：“我家宝贝儿呀，我知道，他长得好，家世好，有能力。”白婴意有所指地摸肚子。

楚将军的耳根子一烫，亦是怒道：“你……你小心说话！”

“哦，哎呀，瞧我这张破嘴。怎么能跟林小姐说这个。”

林纾气红了脸：“……你！”

楚尧暗暗握起拳头。

白婴：“所以呢，世上姑娘都喜欢我家宝贝儿，我也是能够理解的。做女人呀，就是不能太善妒，一点容人雅量都没有，还怎么配我家尧尧呀，宝贝儿，你说是不是？”

楚尧丢给她一个死亡眼神让她自行体会。

白婴假装看不懂。

林纾则气得浑身颤抖。

“我跟这位林小姐不同，我心胸宽广，宝贝儿想娶几房我都没意见，你要信得过我的眼光，我还能陪你一块儿挑呢。”白婴笑嘻嘻地捅刀子，刀刀都在林纾的心口上见血。

林纾从小家境优渥，长这么大甚少受别人的气，她晓得耍嘴皮子不是白婴的对手，便望向楚尧道：“这就是你看得上的女人？出言放荡，和那些青楼女子有何不同？”

“青楼女子怎么了？不都是人吗？还是苦命之人，自然比不上富可敌国的林家。”

楚尧瞄了白婴一眼。

白婴没有觉察，还在道：“宝贝儿他心系万民，不像林小姐，看人却有高低贵贱之分。这俗话说得好，道不同不相为谋，强扭的果子不甜，我家宝贝儿都拒绝承认和你的婚约了，你一个正儿八经温婉贤淑的大小姐，怎跟个泼皮无赖似的，还玩死缠烂打这一套呢？”

“你说谁死缠烂打？”

“谁站这不走我就说谁。”

“你……好！楚尧，你就眼睁睁看她骂我？”

楚将军选择性耳疾发作。

林纾跺脚道：“今日之耻，我记下了！此事，我定会告知姨父，让他为我做主！”

一言落下，林纾转身就走。

楚尧悠悠道：“女君倒是很了解楚某身边的人事，连京都林家的七小姐，你也认识。”

白婴瞅着林纾远去的背影：“您和这位林家小姐的婚事，梁国上下谁人不知啊！”

她语气不太对，用词也不太对……普遍情况下，她都没对楚尧用过敬称“您”……

不知怎的，楚尧又觉得有阵凉风不偏不倚地刮在他身上。他正感二人间的状态委实微妙了些，白婴就阴恻恻地转过头来，与他直视。

白婴：“现在，你可以解释了。”

楚尧差点被她气笑：“白婴你是不是……”

威胁的话还没机会出口，白婴不带歇气地说：“林纾什么时候来的边关？来多久了？住在何处带了多少人？几天和你见一次面？有没有恪守礼法保持距离？你俩见面都会干什么？目前发展到哪一步了？可有拉过手搂过肩摸过小腰？话先说好，你要是敢骗我，我立刻掉头告诉所有老百姓，我肚子里的孩子是赵述和李琼的！”

李琼吓得疯狂摆手：“都护，你知道我的，我不敢，我对你忠心耿耿、矢志不渝！”

楚尧冷笑一声，用眼角余光斜了斜白婴，负手上台阶道：“女君不大清醒，将她送入狗尾巷严加看守。”

“是！”

两个副将异口同声。

白婴一屁股坐在地上，扯开嗓门号：“宝贝儿！你不能拖我去喂打胎药啊！我身子弱，这一碗下去就是一尸两命啊宝贝儿！”

副将们手一抖。

楚尧当即扭头，一把拎起白婴，拖着她朝都护府里走。

此处距狗尾巷，统共有二里路，依着白婴这张嘴，搞不好能给全城百姓编纂一出都护府不可告人的内幕。诚然，楚尧心知，把白婴打晕送走不是难事，但如今遂城里人人误会她的身份，加之林纾和她起了冲突，此时再去狗尾巷，唯恐节外生枝。就近看管，反倒是上策。

白婴毫无反抗之力地遭楚尧拽着走，她脚下趔趄，嘴里却是不停：“林纾跟你多久了？你有没有对她动心？你是不是给她许什么承诺了，才让她一直死心塌地追着你跑？

“我告诉你，这事儿我可不答应啊，你娶谁都行，娶她不成。”

“为何不成？”楚尧跨过门槛，冷冷地搡开了白婴。

白婴退了好几步方站稳，理了理衣衫，她认真道：“林纾心眼小，气量还比不上三岁小孩呢，再者……”

白婴顿了顿。

楚尧皱眉盯着她。

她原本是想讲林纾那一大家子都是商人，惯会以利益衡量世情，若有朝一日，楚尧当真卸下兵权，楚家上下只他一人，门庭寥落，林纾他爹还指不定会如何看待楚尧。何况林纾这人打小被宠坏了，就像她刚刚所说，最爱干的事之一，便是告御状。她二人早年吵吵闹闹，她生怕连累楚尧，大多让着林纾。可林纾得寸进尺，但凡碰见她，都能跑去皇上面前颠倒黑白，诽谤白婴揍了她一顿。那会儿皇帝若不是忌惮楚家势力，加之楚尧力保，白婴早就死了千百次。

这样的人，和楚尧过一辈子，楚尧不嫌憋屈，白婴都替他憋屈。

但这些事，她不能提及。她是十六国的女君，她不是阿愿，不该晓得这些过往。

白婴哑了半晌，叉腰道：“反正，就是不准你娶她。”

楚尧眯了眯眼，唤来身后的李琼、赵述：“将她关去之前的地牢。”

“等会儿！”

“不必等了，任女君巧舌如簧，也非进地牢不可。”

“哦，那我用叶云深的消息换。”

楚尧：“你还有多少叶云深的消息？”

白婴翻着白眼抖腿：“这不是防着你翻脸不认人吗？我的要求很简单，在你不同意的情况下，我绝不踏出都护府半步，但你不许囚禁我，得允许我在都护府内行动自如。”

楚尧默了默，好整以暇道：“楚某手底下的兵，个个恨透十六国之人，女君若不怕丧命，楚某可以答应。”

“都护！”李琼上前一步，仇视地瞪着白婴。

楚尧抬手制止了李琼，见白婴懒懒笑道：“生死由天定嘛，我揣着老楚家唯一的血脉呢，相信士兵们会善待我的。”

“论恬不知耻，女君出类拔萃。”楚尧举步便走。

白婴屁颠颠跟上去：“谢宝贝儿高看。还有啊，我要住你旁边，一日见不着我的宝贝尧尧，我会做噩梦的。”

“你是不是被绑少了？”

“可不嘛，你随身带麻绳，我怎舍得让宝贝儿失望。”

楚尧默然。

后面两个副将眼睁睁看着自家都护跟着别的女人走了，李琼双腿一软，耷拉着脸靠在赵述身上，幽怨道：“老赵，我们都护是不是变了……”

赵述没吭声。

“他对别的女子，都不是这种态度的。你看那林家大小姐……虽然我也看不大起林家大小姐吧，可她好歹和都护还有婚约在身。你瞧都护是怎么对她的，整整四年，都没让她进都护府半步。怎么到了白婴这儿，都护就这般好说话？”李琼想了想，险些哭出来，“那传闻……该不会是真的？都护当真为美色所惑，不顾咱们光棍儿府的兄弟情义了？”

赵述抿紧唇线，瞥一眼李琼，把人推出去半丈远。末了，他的目光又落回远处白婴的身上。

“你记得方才林小姐看见她，叫她什么吗？”

“安阳？”

“嗯。”赵述呢喃，“她……很像安阳。”

“你的意思是……都护把她，当成了安阳？”李琼不可置信。

前方的二人转入拐角，已消失不见。赵述收敛心神，闭着眼叹一口气，转而朝着校场的方向行去。李琼追在他身后，咋呼道：“你说话说一半做啥？所以，都护这态度到底是不是因为她像安阳？”

“太像安阳，对她来说，不是什么好事。”

“为何？都护不是挺宽容她的吗？”

“你都不懂，还问这么多作甚？”

“我要是都懂还问你作甚？”

两名副将面面相觑，旋即赵述走得更快，李琼嚷嚷道：“老赵，有话直说啊，你成天满腹心事藏着掖着，都护和白婴，他们究竟怎么回事啊？”

另一厢。

楚尧领着白婴穿过花园，径直入了主院。

主院分正房和东西厢，其间的布置颇有几分昔年将军府的影子，池塘之上坐落假山，水榭亦居于其中，很是风雅别致。唯一不同的，是将军府草木繁盛，而楚尧的这院子，却没多少绿植，让人无端生出一种苍凉感。

白婴跟着他走到院落中央，下意识地看向墙角，那儿有两棵枇杷树，尚算葱郁，想来，是多年有人精心照料。

白婴一时五味杂陈，听得楚尧道：“东、西厢房，任由女君自选。中间是楚某的房间，你若胆敢肆意入内……”

白婴打岔：“枇杷树结果子了吗？”

楚尧愕然睨向她。

白婴摸肚子："我饿了。"

闻言，楚大将军的第一条规矩立马变成了："你要是敢动那两棵枇杷树，楚某将你千刀万剐。"

他说得笃定，不带半分玩笑意味，仿佛白婴进他房还有商量的余地，但只要她打这两棵树的主意，那就是妥妥的找死。

白婴的心情，变得更加复杂了。

这枇杷树，是她亲手种下的。

楚尧素来不好口腹之欲，白婴年少时常常与他上街闲逛，一路走下来，她嘴巴没半刻消停，吃完糖炒板栗嗑瓜子，嗑完瓜子嚼果干。每每她把这些小零嘴分享给楚尧，楚尧也不拒绝，一一接过。然后，再悉心剥掉果壳，白婴想吃的时候，他便放回她的掌心。有很长一段时间，白婴都以为，楚尧只爱吃她煮的面条，其他食物，于他而言，均为果腹之效。直到某一天，楚尧站在一个枇杷摊贩面前，站了很久，很久……

那个小贩吓得两股战战，绝望地以为自己无意中惹上了将军府的贵人。独独白婴看穿，他像是……馋枇杷了。

待次日，白婴放堂，拖了一整筐枇杷回府。那阵儿，楚尧正和赵述、小五切磋武艺，那二人见了，都想尝尝这黄澄澄的枇杷，结果，很不幸，被楚尧以"架都打不好哪有脸吃枇杷"为由，双双赶出了院子。等人走光，楚尧拉着白婴蹲在大竹筐旁，"吭哧吭哧"用了两个时辰，以一己之力消灭了所有枇杷……

白婴咋舌，问："兄长这么喜欢吃枇杷吗？"

楚尧大抵是撑着了，躺在地上双手枕住脑袋，一动不动地远眺天上星。

许久，他说："也算不上喜欢，就是……怀念。"

因了他这句怀念，奉安二十六年，他带白婴远赴边关，临行前一夜，白婴总觉有什么东西忘记带上，心里空落落的，逼得她想哭。熄灯睡觉之际，她突然从床上跳下来，赤着脚疯跑出将军府，直奔东夜市。她找了好几圈，好不容易寻到一个卖枇杷的小摊贩，买了一包枇杷，回房就自己吃得干干净净，然后，她用盒子小心存放起果核，一直带着，进了这陌生的都护府。

兴许楚尧都不晓得，这院落里，有她撒下的无数枇杷种子，可最终长出来的，只有两棵。白婴也始终不知，枇杷使他心生怀念的，是什么。

不知不觉间，白婴跟着楚尧入了水榭。楚尧喊了她两声，她才回过神来，落座于他对面。

"女君在想什么？"

"在想……"她把手肘撑在石桌上，用手背支起脸颊，言笑晏晏，"宝贝儿

怎么那么在意那两棵枇杷树呀？有什么意义吗？”

楚尧脸色微冷：“这不是女君该关心的范畴。”

“哦。”白婴煞有介事地点头，“那我关心你和林纾的关系，你能不能坦诚相告？”

楚尧：“不能。此事与女君无关。”

“你要这样讲那我们就没什么好谈的了……”

楚将军瞄了一眼起身的白婴，不动声色地捏了下石桌。

经过白婴准确的目测，这是一张足足有一指厚纯石板打磨的桌子，然而，就是这样一张坚挺的石桌，在楚将军举重若轻、云淡风轻的动作下，裂开了一条细小的缝……

白婴老实本分且乖巧地坐回位子，一派正经道：“我想起来有个叶云深的事要同你参详。”

“说。”

“好的，举世无双大将军。”

白婴瞬间改口：“好的，宝贝儿。”

楚将军竟诡异地觉得，这下她才喊对了。稍加思量，楚将军皱起眉头，决定遏制自己这种不正确的心理。白婴抢先道：“我琢磨着，叶云深该有下一步举动了。”

一说正经事，楚将军自然而然忘了不正经的事：“理由？”

“咳。我在十六国待了那么久，当然也不是白待的哈。叶云深让我背‘锅’，我也总得想些法子以便将来掣肘他。所以呢，他身边多多少少还是有我的眼线的。”

“你怎断定你的眼线不会为他所用？毕竟，人往高处走。”

“这个你就……”白婴一滞，“不是，你这人往高处走是什么意思呀？在你眼里，我这么没用？”

楚尧递过去一个看破不说破的眼神。

白婴气得哼哼：“行，我废。那还不都怨……”

楚尧：“怨谁？”

白婴翻白眼：“怨我哥！咱们先不说我废不废的问题了，叶云深的火器被你全部劫走，山鹰卫队也折损不少，这事儿他肯定不会善了。”

楚尧：“呵。”

感受到了楚式嘲讽的白婴猜测，他下一句的开头约莫是“无妨”。

果不其然。

楚尧道：“无妨。他若想死，楚某倒也乐意成全。”

“我知道我家宝贝儿是最厉害的，但你为人光明磊落，不屑阴谋算计，可叶云深这人，脑子是插在阴沟里长出来的，所思所想全是下三滥的招。据我的眼线汇报，这段日子，他多半会在遂城闹出幺蛾子，具体是什么，眼下我还不得而知，只能稍作推断。”白婴无奈又诚恳，“如今若羌八国已降多年，虽早已纳入三州管辖，但不得不防叶云深利用以前若羌百姓的反抗之心，在遂城里安插暗桩。我的建议就是，这段时间，三州各城，定要加强进出盘问。”

楚尧默了默，并未立刻表态，只道：“女君的眼线可信吗？”

“这人跟了我很多年，感情好得就差用‘母子情深’来形容了，怎么不可信？”

追着白婴赶来遂城远在另一边的向恒：“阿嚏！”

楚尧又默了默，问了个差点把白婴吓尿的问题：“那人，是叫向恒吗？”

白婴哆嗦起来：“你你你……你怎么知道？你在乌衣镇跟踪我了？”

楚尧波澜不惊：“楚某没那么闲，女君也没这个价值。”

白婴的心态炸了：“我好歹是个女君，你多少给点面子行不行？”

楚尧压根儿不搭理她的抗诉，慢悠悠道：“前几日女君做噩梦，梦中叫了这个名字，二十一次。”

白婴愣了愣，第一时间尽全力解释：“我和他真是情同母子，绝无男女之私，我心里就装了你一人！”

“白婴，你……”

“古人说得好，一旦到了这种程度，女人的反应绝对掺不了假，宝贝儿，又到我表忠心的时候了。”

说着，白婴伸手要去抓楚尧的腕子，楚尧“啪”的一声打在她的手背上，她的皮肤登时红了一大片。

白婴故作委屈地瞧着楚尧，听楚尧面无表情道：“不必。楚某相信，女君的心中，倒是更为惦记楚某。”

“真哒？你不怀疑我对你的真心？”

“嗯。毕竟，你做噩梦，叫了楚某的名字，一千三百二十七次。”

白婴一怔，“扑哧”笑出声来：“合着你整宿不睡觉就听我说梦话了？”

“楚某只是想知道，女君和我多大仇，非得夜夜鬼哭狼嚎。”

“嘿嘿，”白婴挠头，“我保证，以后不会了。”

“那便最好。”楚尧慢条斯理地站起身，眼看时辰不早，嘱咐白婴道，“出了院子往西走，是士兵们的公厨，你若要用膳，错开午时初和申时末，否则，小命难保。东边是校场和军舍，你最好退避三尺。”

“哦。”

“另外，都护府没有下人，凡事自力更生。”

“那如果我要沐浴呢？”白婴甩着两条又细又瘦的胳膊，“宝贝儿你瞧我这身板，也不像能抬水桶的人吧？”

楚尧轻叹口气，纠结了片刻，此事的确略有些棘手。府上只有一处大澡堂，素日里他和士兵们都在那里沐浴。但白婴是一介女子……

白婴见他不语，撑着头笑：“军营里的规矩，我多多少少是知道一些，你们这些大老爷们儿，都在澡堂里沐浴吧，要不我……”

“不可。”楚尧坚定拒绝。

白婴怔了怔，笑得更开怀：“宝贝儿你顾虑我的清白？”

楚尧极其严肃：“不是。楚家军都是些正经人，楚某顾虑下属的清白。”

白婴一脸无语。

直到楚尧走出了水榭，她才跺着脚喊：“行呀，那以后就有劳楚将军帮我抬一抬水桶了。”

“抬水桶楚某爱莫能助，但如果女君碰了这院子里的两棵树，抬你的尸体，楚某必会出一分力。”

白婴张嘴还想说点什么，楚尧已经径直入了主屋，关门带起的劲风，让白婴隔着数丈远，都能感觉到一阵透心凉。她抱着手在水榭里哼哼唧唧，哼了又哼，左右没人理她，她也深感无趣，只好自顾自去两间厢房看了看。对比下来，白婴挑了左边稍微干净些的那间。

诚如楚尧所言，整个都护府没有下人，平日大抵也不怎么收拾空着的院落和房间，致使厢房里的灰尘厚得惊人。白婴一直擦洗到半夜，才总算让屋子里有了丝人气。赵述给她送了被褥来，待她铺好床，已是子时。白婴连洗漱都没力气，饮了口腰间的烈酒，便锁好门窗，倒头大睡。

自此过后，她算是暂时在都护府里落了脚。

◆

第十一章·
缝底裤的贤内助了解一下

光棍儿府突然住了个女人，这对全体将士来讲，原本就不是一件容易接受的事。特别是李琼，他隔三岔五就给楚尧提建议，尽早送白婴去狗尾巷。白婴则是日复一日，坚定卖力地出演色令智昏的形象。

除却一日三餐，通常情况下，白婴不会踏出院子。若闲来无事，她就将院子里的每个角落仔细打扫一遍，再喂喂鱼，浇浇花，俨然一副贤内助的姿态。楚尧军务繁忙，每日早出晚归，白婴也不想给他平添烦恼，便收敛了不去缠着他。

起初到府的半个月，她会趁着夜深人静，在都护府内四处逛逛，吹吹夜风，缅怀过往。可眨眼入了六月，白婴身上药人后遗症的发作时间越来越早，有时天黑不久，她就疼得难以忍受。她须得靠着掺了叶云深鲜血的酒压制痛苦，但凡饮酒过后，她为了不撒酒疯，就把自己锁在屋内。久而久之，她也不怎么趁夜溜达了。

如此闲散到月中，某日夜深，白婴听院子里头生出了动静。她一个激灵，生怕是向恒冒死来寻她，急急忙忙推开了窗框，往外打量。

这一打量，场面一度很是窘迫……

她贼眉鼠眼地扒拉在窗户口，而距她四丈开外，日常威风凛凛铁血善战的“战神”将军，穿着一层白色亵衣，裤腿卷至膝盖处，赤着一双脚，蹲在院子里，面前放一个木盆，边上搁一块皂荚，正在搓洗他惯穿的那件黑色外裳。

楚尧僵住。

他看了看天，算了算时辰，脱口而出：“女君为何还没睡？”

白婴也看了看天，算了算时辰，脱口而出：“你是不是观察了好些日子，知道我这个时候早就睡着了所以才会跑出来洗衣服？”

楚尧面无表情，捡起皂荚和木盆，转身便要回房去。

白婴叫住他道：“宝贝儿，你是不是不愿下属见着你做这些事的模样呀？我帮你可好？”

“不必。”楚将军严肃拒绝。

白婴寻思一件衣裳，左右用不了须臾，大抵能撑到后遗症发作前。一念至此，她飞快跑出房间，绕到楚尧身后拉住了木盆边缘："我来洗。"

"楚某说了，不……"

"你这都护府，一个下人都没有，放眼梁国上下，无数官阶低于你者，家中不仅三妻四妾，还家丁成群。你看那柳成信，满脑肥肠，手比我还光滑呢！你是西北都护，是定远大将军，洗衣这等事，哪能让你亲手为之？平素里你在战场上挥洒热血，私底下要为了十万将士计较分文，那天杀的上位者没心没肺，可我……"白婴自知失言，哽咽了一番，请求道，"让我替你洗，好不好？"

楚尧默不作声，睨了她半晌，终是松了手去。

夜幕上星河璀璨，一轮圆月皎皎生辉，西北的天空比京都纯澈，万千星光仿佛触手可及。水榭檐角的灯笼随风摆荡，光影在两个人的身上摇来晃去。四下一片静谧，只闻白婴不断吸鼻子的声音和她利索搓衣物的动静。

楚尧坐在石桌旁，脊背笔直，表情复杂。白婴则像他先前一样，背对他蹲着，瘦削的身板缩成不大不小的一团。

大概是致命的尴尬还没从楚将军的心头化解，他努力找话问了句："你染上风寒了？鼻子不舒服？"

这要换成从前，楚尧早知她是在哭。如今他这问法，要么就是伙同一群光棍儿待久了，要么就是不在意，所以不曾用心。

白婴咬了咬下唇，不答反道："你这衣裳……缝缝补补好多次了吧？补丁都是从里面缝的，又是黑色，外面不细看，倒是看不出来。你喜欢穿这种颜色，是这个缘由吗？"

楚尧默了默，良久才道："女君想多了。穿这种颜色，只是耐脏。拧了别人的头，血溅在身上，看不出来。"

白婴轻笑两声，泪珠子却是大滴大滴地砸进木盆里。

这是她放在心尖儿上的人啊，是那个自己曾经被他牺牲，都没法憎恨的人。他也曾是京都的少爷，怀揣一腔热血精忠报国。可他忠于的君，用尽手段牵制他，把那一颗赤子之心贬低到了尘埃里……

光是想想，都让白婴生恨。

楚尧见她双肩战栗，反应过来，问："你哭了？哭什么？你的眼泪……"

楚将军刚想说有没有毒，会不会腐蚀他的衣裳，话没出口，白婴就道："你腿上的伤，都是在战场上落下的吗？"

楚尧一怔，低头觑了觑自己的小腿。那一道道痕迹纵横交错，密集恐怖。还有好几个圆疤，烙在那些伤痕中间，凹凸不平，看不出是如何造成的。楚尧的眸光暗了暗，一刹那，仿似如墨的夜拓进了他的双目。

白婴得不到他的回答，哭得越来越厉害，越想越心疼。她忽而起身，猛地扑进了楚尧的怀里。

楚尧一愣，抿紧了唇。

白婴紧紧搂住他的肩背，打定主意就算他一掌劈晕自己她也绝不松开。她把头埋在他的颈窝，一句“兄长”拼了命地克制在喉咙里。白婴说不出任何话，千言万语都只能根植在她的血肉中。她哭到头疼，楚尧瞅着穹顶的月亮，也很头疼。

他试着推了推白婴，喊道：“女君，你清醒点，松开楚某。”

“我……我……我难过，你让我抱一会儿……”

“你抱着楚某，楚某也很难过。”

白婴噎了噎，不情不愿地从楚尧身上站起来。

楚将军用幽深的眼神看她片刻，跟着起了身。他两边肩头湿了好大一片，飘出一股子极其浓烈的皂荚味儿。他道：“楚某原本只用洗一件衣裳，现下托女君的福，要洗两件。”

“我来！我来。洗多少件我都行，你回房把衣裳换了，脏衣物给我便是。”

楚尧的表情古怪了一瞬，抢先端起木盆就要走：“楚某还是回房自己解决。”

白婴步步紧跟，抽噎道：“你的外裳都让我洗了，亵衣又有何不可？这件事我绝不外传，不会让人知道我洗了你的贴身衣物，我保证，我发誓，行吗？”

“与这无关。”

“那你是因为……”白婴突然顿了顿。

楚尧直觉不妙。

她木讷道：“该不会是……我的宝贝儿，外裳和亵衣，都只有一件吧？”

白婴张开嘴，“哇”的一声，哭得惊天动地，如同看了一出人间惨剧……

楚尧当机立断，几步走近捂住她的嘴，无可奈何道：“给你洗。”

…………

这一晚。

堂堂西北都护裹着一床被子，在院中央生火，准备烤干衣服。他一边架起干柴一边揉着眉心道：“你别哭了，楚某没你想的那么惨。”

白婴止不住地打哭嗝，搓着衣裳说：“哪里不惨啊，穷苦百姓都没你惨，里外都只一件，你一个大将军，过的什么日子啊！”

“你小点声，大半夜的，号什么？引来巡逻兵，惹他们笑话。”

白婴老实本分地憋回哭腔。

楚尧看着她那模样，竟是有些许动摇。若他的阿愿还在世上，想来会如她一样，因这鸡毛蒜皮的小事，哭得不可开交。他收回视线，眸光定格在窜起又消没的火星子上。短暂的笑意被黑暗吞噬，他又想……

可惜，阿愿不在了。

白婴看他出神，下意识地问：“你在想什么？”

“在想……或许女君，应该活着……”

白婴的五官都扭到了一块儿：“你这话什么意思呀？就因为我撞破你只有一身衣裳，你要杀人灭口？”

楚尧难得地笑了一声，旋即道：“楚某倒不止这一身衣裳。”

“那你怎么……”

他一记掌风下去，火舌霎时跳动，火光炽盛。

“还有些旧衣裳，只是常年与刀兵为伍，容易破损。府上也没几个会针线活的，多缝两次，便不大能穿了，只能压箱底。”

白婴呆呆道：“那你这件，绣工不是挺好吗？”

“慢慢练出来的。我是说……咳，赵述他们练出来的。”

“哦。”白婴的双眼饱含热泪，再次泫然欲泣，“所以，你不止随身带皂荚洗衣物，还随身带针包缝缝补补吗？”

楚尧一脸冷漠。

她知道得太多了。

楚将军当真开始考虑要不要杀人灭口的当头，白婴已被自己的想法虐得死去活来，一只手捂着嘴“嘤嘤呜呜”，另一只手轻轻柔柔地搓衣裳，生怕搓破了，又多一个补丁。

楚尧望着天，深深叹了六七八口气……

这日过后，兴许是楚尧念在白婴洗了衣裳的功劳上，对她和颜悦色了不少。眼看二人的相处算是和谐，不承想，临到六月十九这一天，白婴中午没去公厨用膳，楚尧为防她闹出幺蛾子，折返回院子一看，白婴果然不在她自个儿的房间。他转头又去主屋，推门的那一刹，山河脊梁楚将军，踉跄着扶住了门框……

白婴坐在屋内的圆桌旁，脚边搁着楚将军藏于床底下的旧衣物箱子，桌面摆着楚将军藏在枕头底下的针线包，白婴一手拿针，一手拿……

拿着一条楚将军穿旧的底裤，正仔仔细细地缝补。

楚将军感到命门被人死死掐住。他从未有过如此失态，指着白婴，断断续续道：“你……你在做……什么？”

“缝你的底裤呀。”白婴答得坦荡，“我那晚听你说，你还有许多压箱底的旧衣物，趁你不在，我找了好多天呢！没想到，你那床底下，还有机关挡板。

“我刚重新缝了两件亵衣、亵裤，底裤也不知你够不够穿，反正都找着了，索性一块儿缝了。回头我再给你洗洗晾干，保管穿上身看不出新旧。”

楚尧一时语塞。

缝就算了，她还要洗？她想要谁的命？

白婴："当然啦，要不是你不许我出都护府，我能把城里的成衣坊全部搬空。眼下只能先委屈委屈宝贝儿，穿这些旧衣裳。"

楚将军稳住心神，立刻选择侧身让开一条道："楚某允许，你出去吧。"

"真的？"白婴不可置信，"这怎么行，我是俘虏来着。再说，你就不怕我去干坏事？"

"还有什么比这更坏……"楚将军扶住额头。

白婴想了想，面上一喜，屁股刚要离开凳子，楚尧又无比绝望地看着她坐了回去："不成，做事得有始有终，我把这条底裤缝完再说。"

楚尧咬住后槽牙，忍无可忍。他三两步走上前，夺过白婴手里的东西，狠狠拍在桌上。继而，再把人扛上肩头，大步流星地走向都护府正门口。

正在花园里巡逻的士兵们眼见这一幕，通通惊得目瞪口呆，还以为自家都护也和白婴一样色令智昏的当头，就见都护他冷酷无情地把白婴扔出了府外……

动作何其潇洒。

身姿何其霸气。

和色令智昏没有一文钱的关系，倒像极了要手撕白婴的模样。

白婴跌坐在地，被摔得龇牙咧嘴。她揉着后腰，瞧见楚尧泛红的耳根，只觉得他甚是可爱。而楚将军一接触到她的眼神，就觉得自己的威严受到了严重挑衅。他头也不回地重返府中，下令府兵关门，好事的巡逻兵们还屁颠颠追上来，小心翼翼地问："都护，就这样放她走？她可是十六国女君……"

"嗯。"楚将军闷声如雷。

"已经没有利用价值了吗？"

楚尧瞥一眼说话的士兵，瘆得周遭众人噤若寒蝉。末了，关门之际，白婴还听楚尧怒不可遏道："让她走，别让我再看见她！"

哦吼，她家宝贝儿，看来这回是真生气了。

啧，不就翻了他的底裤吗……

白婴眼睁睁看着两扇大门"吱呀"合拢，在地上坐了好一会儿，方才慢条斯理地拍着裙摆上的尘灰站起身。

天光晴好，长空碧蓝如洗。白婴用手挡了挡日午的太阳，远眺前方辨了番位置，旋即步调轻快地走下了石阶。她的身影刚没入转角，都护府的大门重新开启一条缝，一名士兵在后打量了片刻，小跑至尚未走远的楚尧身边，问道："都护，人已走了，需要跟着吗？"

"不必。"楚尧瞳孔微缩，"随她去。"

"是。"

白婴直奔遂城热闹的西市。她中午没去公厨用膳，这会儿早已饿得前胸贴后背。一路走下来，白婴买了不少零嘴果腹。若遇上有百姓认出她是楚尧的相好，她也乐得接受这个头衔，甚至还能厚颜无耻地与人拉家常，聊得不亦乐乎。

至了未时初，她委实嘴干，才随意找了家小酒楼落脚。

酒楼生意不佳，小二一见有客上门，急急把白婴领到了楼上雅间。白婴点好酒菜，刚拿出一包红豆酥准备品尝，冷不防紧闭的窗户被人用力推开，吓得她手一抖，红豆酥也顺势落在了地面上。

白婴瞅瞅翻窗进来的不良青年，再瞅瞅大方敞开的门，问："你是不是和正门结了什么梁子？"

向恒一脸严肃，没答白婴的话。他坐在对面，皱眉道："我看见，楚尧，扔你，出来。"

"嗯哪。"白婴悠然自得地拿起第二块红豆酥。

向恒突然拔剑："他敢，如此，对你，我去，杀了他！"

白婴也没个心理准备，被那利刃出鞘的声音一吓，红豆酥又掉在了地上……

她相当怨念地望着向恒。向恒咽了口口水，主动拿起第三块红豆酥，放在了她僵硬的指间，再坐回位置上，握好剑柄，二度摆出一副随时准备拼命的状态。

白婴哭笑不得，三两口把红豆酥吃了个干净，鼓着腮帮子囫囵不清道："这不怪他。"

"他举止，粗鲁，你还，帮他，说话！"

"也不是啦……"白婴心虚地摸鼻头，"主要是这段日子，他掩饰已久的本质遭我发现了，这要换成你，你也暴躁。"

向恒听不明白："何意？"

白婴想了想，说："我换个说法，就好比你有一个心仪的姑娘，某日你打算洗衣裳，不小心发现了姑娘的兜肚在枕头底下，就顺手帮她一块儿洗了，结果这一幕刚好被姑娘看到。"

向恒陷入了沉默。

白婴还以为他悟了自己想要表达的意思，正欲心安理得地吃下一块红豆酥时，他蓦地拍案而起，勃然大怒道："楚贼，下流！我去，杀了他！"

白婴手忙脚乱地拽住他："等会儿，楚尧他什么时候下流了？"

"他洗你，兜肚！"

说着，向恒面红耳赤地冲白婴的胸前扫了一眼。

白婴抿了抿唇，第一反应是这孩子心眼真实在，就因她早年救了他，她的形象居然在他心中如此高大伟岸，和世人眼里刚正不阿的楚将军一比，楚将军都能落下风。她的第二反应则是……

这孩子对人情事理还能不能有点正确的判断了？将来她死了，谁来陪他蹚这混浊红尘啊……

白婴一想到这儿，就暗暗叹了好几口气。她弹了弹向恒的脑门，无奈道："他没洗我兜肚……虽然吧，这种事可遇不可求，我也想他洗，但人家一个堂堂正正的大将军，岂会自降身份呀？是我翻出了他的旧衣物，缝了几条他的底裤。"

向恒脚下晃了晃，艰难道："你缝了……什么？"

"底裤。"

向恒的剑，"哐当"一声，落在了地上。

白婴觑着他那生无可恋万般皆成灰的表情，一时没忍住，"扑哧"笑出了声。恰逢小二进来上菜，见着杵了个年轻公子，也是愣了愣。待菜品上桌，小二多斟了一杯茶水放在向恒跟前。

白婴打赏了些许铜钱，小二便很快退出雅间，还替二人悉心关上了门扇。

白婴招呼道："别站着了，坐下吃饭。"

向恒愤愤别过头。

她又笑了一声，指着地上的剑道："说好要立志闯荡江湖，扬名天下，做个一等一的剑客呢？我可没见过哪个剑客随意乱扔自个儿宝剑的。"

向恒没好气地白她一眼，这才把剑捡起来，擦了又擦。

素日里，他是极为宝贝这把剑的。他和白婴同年被擒，原本也是要被叶云深用来养蛊的，可白婴为了护他，生生当了出头鸟。后来，白婴当上女君，第一时间将他捞出囚牢。她给他找来武学恩师，想让他有自保的能力。彼时，那恩师就说过，向恒早已错过了最佳的学武年龄，也非上好根骨，即使入了武道，终究只能平平无奇。但他不信这命，旁人用一个时辰学，他便废寝忘食地用十个时辰练，练到手脱臼都不肯停下。

直至三年后，他方出师。出师那一天，白婴送了他这把剑，说是好不容易从一个好赌山鹰那儿诓来的。向恒高兴得一宿没睡，日夜都将这把剑带在身边，也更坚定了自己的初心。

他想强大，他想保护白婴。

如同……白婴从前保护他那样。

他看了眼对面吃东西吃得"风生水起"的某人，私心里根本无法与她怄气。他拿起竹筷，替她夹了喜欢吃的蹄膀，放进碗里。

白婴看了看他，含糊道："你也吃。"

"吃过了。"

"哦，那等我吃饱。"

“好。”

向恒完全不急，闭着眼默默数数。他太了解白婴的习惯，她吃多少，什么时候能吃完，他都基本能估到。

果不其然，他这厢数满一百，白婴打了个嗝，放下碗筷道：“饱了。”

向恒睁开眼睛，给她倒满了茶水。白婴饮下半盏茶，摸着圆滚滚的肚子说：“这些日子，你一直在遂城？”

“回过，王帐，想给你，取酒。”

“多半无功而返？”

向恒皱着眉点头：“‘长梦’，已空。”

“料到了。”白婴撑起脑袋，从窗框里看向外间，“乌衣镇时，叶云深来找过我。”

“他入了，三州？”

言语之际，向恒便要拿剑。白婴斜瞟他一遭，阻止道：“我知道你在想什么，但有一个问题摆在我们面前。”

“什么？”

白婴语如连珠炮：“你掐指算算我从乌衣镇来遂城都有个把月了，这时间足够叶云深往返三州四五趟，你哪儿来的自信他在原地等着你去砍啊？”

向恒把剑放好：“说的也是。”

白婴认真寻思，这孩子，基本是和闯荡江湖无缘了。她撒手人寰前，还得找个人托孤才行，赵述兴许是个不错的人选。

远在都护府的赵述：“阿嚏！”今天为什么感觉后背凉凉？

白婴揉了揉太阳穴，接着方才的话说：“叶云深已直言后续的事让我好生配合，否则，他给我带来的，便是最后一壶‘长梦’。你既然回过王帐，此行有何收获？”

“我抓了，一个，画皮师。”

“谁？”

“画皮师。”

白婴愣了少时，忍不住兴奋地叫出声：“干得漂亮啊！叶云深这鳖孙儿就差把那一堆画皮师藏进地窖了，我想了好久的法子都没能捞出来一个，眼下居然被你给捞着了，厉害啊向小恒！快跟我分享分享，你是不是大杀四方以一敌百学到了你家姐夫的精髓，把叶云深那些山鹰吓得屁滚尿流？”

向恒尴尬地咳了一嗓子：“不是。”

“那你是放火把叶云深的老巢给烧了？虽然这么干是有点后患无穷，叶云深多半会把屎盆子扣我头上找麻烦，不过，”白婴一身浩然正气，“不打紧，正邪不两立，我辈早有舍身成仁的觉悟！”

向恒再咳一嗓子："也……也不是。"

白婴弄不明白了："那你上哪儿抓的画皮师？"

"路上，捡的。那，画皮师，自己，逃出来，被我，撞到。"

白婴一听这话，笑意瞬间收敛，神情变得无比凝肃。向恒还在道："我知道，你想抓，画皮师。可目的，是什么？"

"先别说这个，"白婴摆手，"人是被你囚在遂城吗？"

"对，很安全。"

"那就好，先给我盯死，留着他我后面有用。"

"好。"

她转了转手边的茶盏，一双秀眉紧蹙："自从叶云深有了那变态的嗜好，抓来的画皮师都集中关押着，由山鹰看守。且不说关押地点格外隐蔽，单论那些画皮师，大多和我一样，肩不能挑手不能提的，碰上山鹰，一刀就是一个，怎么可能逃得出来……"

"你的意思……"

白婴两眼微眯："这老秃头开始行动了。"

谈起正事，向恒清楚自己比不上白婴的机敏，便认真听着她分析，不再插话。

"他让我回到楚尧身边，必然会想法子偷袭遂城，以我的性命威胁我，让我做内应。如今王帐那方守卫空虚，只能说明山鹰皆被调离。此前我已给楚尧说过，要加强遂城的防守，山鹰又都是习武之人，身形和步伐皆与普通老百姓有所差别，很难逃过城门士兵的盘查。加之，叶云深尚未传消息命我接应，这批人马多半还未入城。遂城的周边，有村庄吗？"

"有。约莫，六七个，人不多。"

"六七个啊……走，吃完饭了，咱们去城外消食。"

白婴起身往门口走，正欲回头叫向恒跟上，就见这货抓起长剑，脚下一跃，直接跳出了窗户。

二人分开出城。白婴一副不紧不慢的样子，这里瞧瞧，那里逛逛。到了城门口，她又在一株树下坐了小半炷香，不断打量来来往往的行人。休息够了，她方大摇大摆地走出城门，如入无人之境。

向恒早在城外两里候着她，知晓白婴腿脚慢，还特地给她备了一匹马。她坐在马上，一言不发，向恒则在前面牵着缰绳，朝最近的一个村子行去。白婴平日里嘴上不歇气，冷不丁一消停，向恒就觉奇怪。

他边走边往后看，看了三四里路，白婴终于出声道："想问什么你就说，眼珠子都快黏后脑勺了。"

“你，怎么了？”

白婴睨着天际抿了抿唇，良久，才道：“没事。就是有些事情说不大通。”

“哪些？”

白婴摇头：“兴许是我想多了。在那不人不鬼的地方待久了，疑心也变重了。前头那地方，是村庄了吗？”

“嗯。”

“今晚，咱们就在这村子里借宿。我与人闲谈打听消息，你伺机去村内走动，先摸摸底，看看有没有山鹰混进来，明日我们再去下一个。”

“好。”

二人入了村子，开始分头行事。白婴寻了由头拉着村中的妇孺们畅聊八卦，向恒则在暗中观察村子。第一晚住下来，他们并没觉得有任何异样。

此后的五天，白婴带着向恒走遍了遂城外其余五个村落。到得第六日，他们远离遂城已有二三十里路。最后一个村庄处于山坳中，距离烽火台最远。左右都傍着光秃秃的山，人烟更为稀少。

白婴这回没有堂而皇之地进入，反倒和向恒爬去山半腰，从上俯瞰。

她蹲在地上捡了根枯枝，漫不经心地刨石头。向恒站在一旁，抄着手道：“一上午，并无，发现。”

“这里的人，比其他几个村子里的土狗都少。”

向恒应和道：“太偏僻。”

“的确是偏僻。”白婴懒洋洋地环望了一圈周遭，“以前关外还没筑起烽火台，但凡遇上二十四国来袭，最先遭殃的，必是这些村落。久而久之，人们都逃命去了，这几个村，荒废了好些年。四年前楚尧威名大盛，十六国从此不敢大举来犯，人们的心里，总有个落叶归根的念想，才慢慢搬回了祖辈久居的村落。你看，我们这几天住下来，村子里的，大多是些老弱妇孺，年轻力壮者，已经不肯回来了。”

“你从，村民，口中，探听的？”

“嗯。”白婴点头，“村落之间，普遍会有走动。第一日，我便知晓了这七个村子大致分布的位置。此地离其余六个村庄格外远，因为夹山，进出不便，所以联系是最少的。你再看关外，除却沙丘，以遂城前的烽火台为界，独有往西，才具山峦高地。若是遇上排查，既好藏人，也好伏击。”

向恒一点就透：“山鹰，在里面？”

“如果叶云深已派他们出动，那么躲在这里，是最合适的。就是……我还算错了一点。”

“什么？”

白婴用树枝怨念地画圈圈：“我以为楚尧说的让我走得越远越好是句气话，

没承想，他这么实诚，我都出来整整七天了还明目张胆走西城门，他居然不派人抓我，是不是也太不给我这个女君面子了？”

向恒想了想，讶异道：“所以，你从，那时起，就打算，引追兵？”

“哎呀，毕竟，挖叶云深坟头这种事，还是要交给专业的去干，咱们只管背后放冷炮就行。”

“那现在，怎么办？”

“现在，确实挺棘手的。”

向恒单纯琢磨，白婴的“棘手”二字是针对围剿村子而言，归根结底，他不是楚尧，不具备楚尧那徒手撕两百山鹰的霸气，若当真要查这个村子，还须召集人手。他正为自己的能力感到惭愧，白婴扔掉树枝站起身，焦虑地踱了好几步，同样抄起手道：“是时候想个办法哄哄你姐夫了，这他要是以后都不让我进都护府了我上哪儿哭去。”

向恒的一腔痴情，终是错付了？

向恒转头就要走，白婴手疾眼快地拉住他，咧着嘴讨好地笑：“别急呀。咱们逛了这么几天，小恒恒也累了，我请你回遂城吃好吃的。”

“村子，不管了？”向恒气不打一处来。

“管。回头让你姐夫来管。”

“我没，承认，你是，我姐！”

“嗨，你这孩子怎么犯倔呢。”白婴一手拉人，一手拽马缰，循循善诱道：“一日为姐，终生为姐嘛。你忘了那些年靠在我怀里呜呜啜泣的小模样了？你忘了我一把屎一把尿拉扯你长大的艰辛了？”

“白、婴！”

“哎呀，我说这些旧事呢，不是要找你忆苦思甜，我就是问问，这饭，你吃是不吃呀？眼看着咱们回城肯定得用晚膳了。”

向恒气闷道：“吃！”

“吃就好。”白婴奸计得逞，“那么，吃之前，我们先去挖点土，把我埋地下的宝贝挖个一两百件出来。你挖，我看，年轻人多使点力，吃饭才能吃得多。”

说来说去，她不止伤害了他弱小的心灵，还要诓他做苦力？

今天的向恒，依然感受到了来自白婴的深深恶意。

◆

第十二章·

楚将军已经在剁白婴的路上了

关于怎么哄楚尧这件事，向恒在吃饭时假装不在意地问了下白婴。白婴对此那是相当地有把握，并让向恒完全不用担心。

向恒当时的白眼险些翻到天上下不来，他担心个鬼，他巴不得楚尧和白婴从此再无瓜葛。这么多年，他虽从未仔细问过白婴的打算，但他多少猜得到，白婴给楚尧留好了后路，也把他一并考虑了进去，独独漏了她自己。正因如此，在她被楚尧俘虏前，他曾拼命劝过，可他终归阻止不了，只能陪她走这一路。

二人用完膳，白婴另行嘱咐向恒要时刻注意狗尾巷的动静，向恒应下之后，他们便分道扬镳。

次日一早，清净了七八天的都护府，重新热闹了起来……

彼时，操练结束不久，楚尧在书房中和四个副将议事。赵述刚提及今年的秋宴，话还没说得完整，府兵便来上禀，城中的广记糕点铺送来了三车米糕。五个大老爷们儿一听，都觉得颇有些稀奇，便由楚尧领着，纷纷去了府门前。三辆木板车上放满了米糕篓子，在街边排成一行，很是引人注目。

楚尧看着这一幕，默了一默，尚未启齿，老板一溜小跑到他跟前，恭恭敬敬地作了个揖，朗声道："都护，这些都是您夫人买的，托我送到府上来。"

楚将军的第一反应：等会儿，我有夫人？

副将们的第一反应：等会儿，都护何时瞒着我们有了夫人？

众人齐刷刷地看了看自家都护，然后不谋而合地想起了某个人。楚尧自也明白了这是谁的手笔。他审视了一番老板的容貌，很快认出他便是那日白婴入城，给白婴送糕点的那位。

楚尧的脸拉下一半，张嘴就问："她给银子了吗？"

"给了！"老板喜滋滋，"您夫人说了，您喜欢吃米糕，让我赶紧送来。都护，您家夫人对您可真好啊！"

楚将军无言以对。

老板前脚一走，楚尧寻思着不能浪费，刚命李琼拿去分给士兵，又有一排车浩浩荡荡地朝着都护府而来。

四家肉铺的老板朝着楚尧作揖，面露喜色道：“都护，您家夫人让我们宰了四头猪二十只鸭十五只鸡六只鹅让我们给您送来。”

楚尧僵硬地抽了抽眉头。

几个副将表情复杂。

肉铺老板们道：“您夫人说了，您正是需要营养滋补的时候，千万不能亏待了您的膳食。”

“您夫人对您可真好啊，长得美，心地又善良，咱们可是打着灯笼都找不到这么好的娘子。”

楚尧望着天，深深吸了一口气。

眼看门前的车挤了两排，楚将军沉默了半晌，转头对赵述道：“先运去公厨，看看有没有法子保存，省着点……”

尾音还没道出，第三排车也晃晃悠悠来了。

楚尧：她还没完了？

副将们震惊：白婴是不是铁了心要在他们家都护暴怒的边缘大鹏展翅？

成衣铺的老板娘招呼拉车的伙计们停下，也给楚尧福了福身子，道：“都护，您好福气呀，您家夫人说了，您成日忙于军务，很少添置新衣，她心疼您，就把咱们铺子合适您尺寸的男衣全买啦！”

楚尧一时间心情十分微妙。

老板娘道：“您瞧瞧，有冬日的狐裘，有夏日的长衫，各种色都不缺，就算您一日穿一件，也得好几月都不重复呢。您这位夫人啊，当真有心。”

楚尧没吭声。

待得成衣铺的老板娘走了，又有蔬果、米粮、茶叶、瓷器等物件送上门。街边停放的木板车越来越多，府内围着一堆好事的士兵，府外则聚着一伙看热闹的百姓。

楚尧原本念在白婴是好意，不准备和她计较，可偏生每个铺子的老板，都会提起“您夫人”三个字。楚尧越听脸越黑，及至午时，老板来回十几波，让楚将军最终爆发的是……

其一，白婴送了两车话本来。有配图，且少儿不宜的那种，李琼单单看了一眼，就卷起袖子杵街上骂了白婴一炷香。

其二，布坊的老板来了，说是受“楚夫人”所托，要给楚尧量身，好为他做亵衣……底裤。

楚将军经人提醒，不可遏制地又想起了白婴拿着他底裤的那一幕，整张脸彻底垮了。

他左右看看身边的副将们，冷声问：“你们还在等什么？”

副将们哪见过这等场面，爱慕他们家都护的女子不少，可包括林家大小姐在内，都没干过这种嚣张豪横的事，于是几人思路受阻，以为到了骂人的环节，开口即是：“太过分了，白婴她当我们都护是什么人？岂是用银子就能讨真心的？这女人，说话行事半点都不靠谱！”

副将王威：“对！她何止是不靠谱，简直是蹬鼻子上脸，瞧瞧那两车侮辱圣贤的书！”

李琼接话：“那叫蹬鼻子上脸吗？那就叫骑脸！都护您……”

楚尧扫一眼三人，副将们立刻收了声。只有旁边的赵述在深思，白婴这处事风格，怎么有点像……楚尧？

楚尧握紧拳头，做了个深呼吸，闷声如雷：“我是说，全城搜捕，把白婴给我抓回来。”

“是。”

李琼招呼着一队士兵跑出去好几丈，忽而想起什么，折返回来道：“都护您前几天不是说她无关重要让她走得越远越好吗？”

楚尧面无表情。

他垂下眼皮，用死亡眼神盯着李琼。李琼登时会意，跑得健步如飞。

一个时辰后。

白婴被成功捉拿归案。她原本思量着，楚尧理当是将她再度关回院子里，以说服教育为主，禁闭教育为辅。可她万万没想到，楚尧这一波气性上了头，直接采取了粗鲁暴躁的教育方式。

她被绑在校场中央的一根梅花桩上，头顶炎炎烈日，四肢动弹不得。

“知错否？”楚大将军面如煞神地问。

白婴还有心思龇着牙冲他笑：“我哪儿错啦？我最大的错，可不就是心疼我家尧尧吗？我跟那些老板都说好了，每月初一、十五分别送两回。特别是那家书坊，我叮嘱过，书的内容不仅要有唯美的情感故事，还要深度讲解生儿育女，怎么生，怎么优生等问题，争取从根源上迅速解决都护府集体光棍儿的头衔！”

一群被戳中心窝子的光棍儿将士，交头接耳的动作都停下了。

楚尧懒得再听白婴瞎掰扯，幽幽道：“你既然意识不到错，那就留在此处，慢慢思过，等女君想清楚悟明白了，楚某再来为你松绑。”

白婴扯开嗓子就号：“宝贝儿？宝贝儿你别走！人家好歹是个弱女子，你怎么舍得将我绑在这儿呀？现在全城百姓可都知道我是你夫人！”

她不提这茬还好，一提楚尧走得更快，生怕慢一步挡住了晒死白婴的太阳。

白婴在后面鬼哭狼嚎，见楚尧离去的背影十分坚定，连着哼唧了好几句，最后高声吼道：“楚尧，你好无情！”

楚将军面不改色，正想看在白婴确实送了不少有用物事的份上，命赵述过一炷香就给她松绑，结果，这厮好死不死地加了句：“但我宝贝儿无情的样子都好诱人哦，真不愧是我家胸大腰细，明明能靠脸吃饭，偏偏要靠本事的尧尧。”

胸大腰细……

看来，这一炷香是治不了她的嘴了，还得多绑几个时辰。

一念至此，楚尧头也不回地走出了校场。

一轮日沉月升。

书房里的五个大老爷们儿总算说完了正事。外间如墨的夜色徐徐铺陈，蚕食了一缕晚霞。公厨的烟火气飘进议事堂里，惹得几个副将腹中闷响。楚尧揉了揉眉心，示意副将们先行退下。他独自在屋中静坐了半晌，旋即将视线定格在桌面上的一份文书。文书封皮写着“秋宴名录，城守张郭呈上”。

楚尧将文书摊开，仔细审视着内中的每一个名字。

“黄霁，刘敏，曾国平，葛肖……”

一个接一个地念下来，最后，他的唇齿里，溢出一个已经万分熟悉的名：“白婴……”

白婴在校场上忽然莫名地打了个激灵。她被晾了一下午，此刻早已是口干舌燥。明明是盛夏时节，也不知怎的，她依稀觉得哪儿吹来一阵风，沁进了她的骨头缝里。

见得有一名士兵从不远处经过，白婴赶紧张嘴搭话：“前面那个俊俏的小哥哥喂，快去帮我问问你家都护，他还打算绑我多久。这要再绑下去，我可管不住我的嘴，要挑灯说骚话啦！”

“你想说什么？”

白婴乍闻身后传来个无比凛冽的声音，登时吓了一大跳。

她忙不迭扭过头去，看看站在暗处的楚尧，又看看校场入口，惊恐地发问：“宝贝儿你是怎么站到我身后的？我怎么都没瞅着你来？”

楚尧不语。

白婴艰难地咽了口口水，讨好道：“我那……那就是随口一说的。宝贝儿，你绑也绑了，气也该消了，放我下来好不好？我手脚都快麻木得没知觉了，我真晓得错了。”

“是吗？错在何处？”

白婴认真想了想：“错在……不应该公然送书。”

楚尧听着这“公然”二字怪怪的。果不其然，白婴下一句就是：“那些内容，理当我们二人私下研究，不该告诉别人的……”

“白婴。”楚将军忍无可忍地打断她，“你是想继续在这绑一夜吗？”

“不想不想。”白婴见好就收，做出一个可怜巴巴的表情，“宝贝儿不喜欢，我不说便是。我当真不敢了，宝贝儿就放我下来，好不好？”

她冲着楚尧眨巴眼。

楚尧睨她片刻，到底是给她松了绑。

身上的绳子一脱落，白婴两脚发软便要跪下去，她下意识地去拉楚尧，楚尧却快她一步，往后退开，让她捞了个空。白婴“咚”的一声跪在地上，也不气恼，抬起头笑嘻嘻道：“我此番行了如此大礼，宝贝儿是不是得给个红包？”

楚尧一怔，眼前赫然浮现出有一年的年节，他那小丫头被裴小五忽悠，给裴小五跪着拜年讨红包的模样。因为这事，自小年夜到大年夜，裴小五都没少挨他的揍。

楚尧稍稍走神，待定睛在白婴身上，他的眸色沉了一沉，转身便走。白婴也不明白自己哪里又惹着他了，赶紧咋咋呼呼地爬起来，快步追了上去。

“宝贝儿，我又说错话了？”

“没有。”

“那你怎么说走就走？难道我认错虽快但下次还敢的本质让你给发现了？”

楚尧压根儿不想接她的话茬。二人并肩走出校场，白婴一路上不停地叽叽喳喳，讲述着这几日在遂城的所见所闻，楚尧则一言不发，绕开了府内的巡逻兵，领着白婴慢行在花园僻静处。

房檐上有灯笼轻晃，穹顶群星璀璨，铺洒下幽冷的清辉。白婴正说着哪家的糕点最好吃，楚尧忽而停下步伐，侧首望向她。白婴接触到他的眼神，后话无端地卡住了。

二人对视良久，楚尧道：“为何要回来？”

“什么？”白婴一时半会儿没反应过来。

楚尧收回视线，继续前行：“陈郡，的确有一户姓向的人家。”

白婴闻言，心尖儿一跳。

楚尧淡声道：“如你所说，那户人家早年来往边关做生意，家中确有一个独女。奉安二十六年，这户家主带着独女前去边关，却久久不归。到第三年，家主孤身回转，没多久便病逝……”

“我爹！”白婴“嗷”地号出一嗓子，岔开了楚尧的话。她蒙住眼睛假哭，“我那苦命的爹啊！定是以为我身陷敌国，绝无生机，忧思之下，才染病身故。”

楚尧安安静静地看白婴哭，等白婴抹了好几下眼睛，都抹不出泪水来，他才慢条斯理道："若楚某没记错，女君曾言，你在十六国的眼线，名叫向恒？"

白婴一愣，抽噎道："是、是有这么一回事。"

楚尧递给她一个意味深长的目光，随即只字不言地往前走。

白婴屁颠颠跟上去道："你别误会呀宝贝儿。人在江湖飘，迟早要挨刀，我这不是屎盆子扣多了怕染到自己祖坟吗？鉴于此，我才起了个化名。至于向恒，那也是个苦命的娃，同样是被叶云深那王八羔子掳去的。那会儿他年纪小，记不清自己的名字，我便拿我的本名给他用。"

"如此说来，女君是深明大义。"

"过奖，过奖。"

楚尧不置可否，又绕回了最初的问题上："既然得了机会离开，为何还要回来？"

"因为，我喜欢你呀。"

楚尧拧了拧眉。

白婴一脸笑意，干净的眸子里倒映出他的影，灵动得仿佛在闪闪发光。她直勾勾地交缠着他的目光，用诚挚又坦荡的口吻说着最动听的情话。

"宝贝儿在哪儿，我就想在哪儿，没有你的地方，哪怕山清水秀，景致瑰丽，于我而言，都同黄泉无异。"

"你……"楚尧顿了一下，"以前也是用这种办法哄其他男子的？"

白婴咬了下舌头："怎么可能！我说的每字每句，都是出于真心。何况，别的男子哪像你这么难哄？他们见着我这张天生丽质难自弃的脸，就已经晕头转向了。"

楚尧干瘪夸奖："女君的自信，还真是出类拔萃。"

"你是不是想骂我不要脸？"

"何必要自行拆穿。"

白婴哭笑不得地瞪着楚尧，楚尧则一派大方地让她瞪，两相较劲儿，终究还是白婴败下阵来。二人一同穿过花园，入了主院，白婴打量一遭四下，确定无人后，方正色道："宝贝儿还记得，我与你说过叶云深会有所行动吗？"

"嗯。"楚尧颔首。

白婴神情凝肃地睨他半刻，道："他那支山鹰卫队，已经不在十六国了。据我猜测，叶云深极有可能安排山鹰潜入了遂城周边的村落。这几日我得闲出了趟城……"白婴故意顿了顿，见楚尧毫无异色，心底微微叹了口气，接着道，"探访了六个村子，都没发现什么异样。唯有四明山脚那处村落，地势相当偏僻，夹山坐落，进出皆不方便，也鲜和其他几个村子互相来往。若要说藏匿，是绝佳地点。不过，山鹰人数有限，当真要成事，还差了些火候。"

楚尧沉默少顷，道：“所以，女君回来，是要提醒楚某，巡查村落，注意各处俘虏，是吗？”

“宝贝儿，你真是了解我。”

白婴咧着嘴冲他笑。

换作平日，兴许是因着白婴的装扮，每当她展颜，楚尧的表情也会不自觉地柔和些许。但这一晚，夜色浓稠如墨，笼罩在他身上，平添了可望而不可即的疏离和淡漠。白婴意识到不对，慢慢收敛了笑意。

许久，楚尧轻声说：“楚某有一事不解。”

“什么事？”

“你恨十六国和叶云深？”

白婴怔了怔，一颗提到嗓子眼的心稍稍落了回去。她耸耸肩，故作轻松道：“这不是很明显吗？我说过，我是梁国子民。”

“那……为何不恨弃你于不顾的梁国和楚家军？”

“宝贝儿，你……”

楚尧垂下眼皮，低笑一声：“你被叶云深俘虏，能活下来坐上女君的位子，属实不易。十六国三王共治即使是表象，你也占据了一席重要之地。相信依女君的手段，只要十六国不灭，好好活着不是难事。但你此时选择倒戈，在世人眼里，便是二度背主。无论将来十六国存续或覆灭，你都没有好下场。为了一个对你从未伸出援手的故国，女君将自己赔进去，值得吗？”

白婴眨了眨眼睛，像是回味了一番楚尧的话意。两道视线交汇，白婴勾起唇角，说：“值得呀。没有宝贝儿想的这些弯弯绕绕，我做的选择，仅仅是因为梁国有你，如此简单罢了。”

楚尧微微皱起了眉头。不知过了多久，他别开目光，负手道：“既然如此，楚某也不苛责女君，这段日子，女君照旧暂居此院。只是多事之秋，若无他事，尽量不要四处走动。”

“好。”白婴乖乖点头。

楚尧欲要回房，她又赶紧加了句：“那我还能出府溜达吗？”

“女君认为呢？”

“估计是……不能了？”

“你明白就好。”

一语落定，楚将军已然关上了房门。白婴独自一人在院子里站了半晌，方才慢慢悠悠地回到隔壁厢房。

这日过后，都护府加强了戒备，白婴也被变相软禁在了主院里。她素来随遇而安，不闹也不折腾。正如楚尧所说，她清楚这是多事之秋，楚尧亦是防止她多生枝节。她成日里无所事事，早间便狗腿地跑去给楚尧打洗漱用水，眼巴巴去叫楚将军起床。若非楚尧坚定拒绝，她还想看他更衣。用过早膳，楚尧去处理军务，她则安分地待在院子里，与花花草草为伍。没用几天，杂草就被她清理得一干二净，池塘里的锦鲤也被她喂得一条比一条肥。

她的日子过得尚算安逸。转眼入了七月，不知出于什么缘由，白婴能见着楚尧的机会越来越少。楚尧仿佛是有心避开她，常常天不亮便不见人影，及至深夜，白婴饮酒睡下后，他方回转。

白婴猜不透他这态度转变的缘由，只能从早到晚盼着楚尧回来。可楚尧就像另寻了院子住下一般，一连数日，白婴都是孤零零一人。她心烦意乱，巡逻兵又偏生不让她离开主院，一日三餐皆是由人送来。哪怕她使出浑身解数想从巡逻兵嘴里套套口风，那些士兵也畏她如猛虎，一见她开口，当即退避三舍，让她无比心塞。

到得中旬，白婴手边的一壶“长梦”所剩不多，她整天焦虑着如何打破眼前的僵局，恰逢赵述来主院，和正在喂鱼的白婴打了个照面。

彼时，赵述行色匆匆，看上去甚是疲累，眼皮底下还挂着浓重的淤黑。他进楚尧的屋中拿了件衣裳，出门便要离开。白婴觑准了时机，挡住他的去路，笑盈盈道：“赵副将。”

赵述瞥她一眼。他向来对白婴没有好感，也不打算与她多说，径直绕开就要走。白婴冲着他的背影喊了好几句，见他死活不肯停下，索性拿出撒手锏，如早年一般，启齿唤道：“述哥。”

赵述一顿，不可置信地回过头来，颤声问：“你叫我……什么？”

“述哥。”白婴温声重复，缓步走上前去。

赵述愣怔地望着眼前女子，刹那间便失了神。

这么多年，有人叫他“老赵”，有人称他“副将”，也有人直呼其名。军营里的新兵蛋子，即使熟络地唤他一声哥，也是以“赵”字开头。在他的记忆里，叫他“述哥”的，只有将军府里那个调皮捣蛋的小丫头。

可那丫头，已经死了整整八年。是他亲眼看见，一箭穿胸，鲜血溅在城外的战场上。

他的手止不住地颤抖，直到白婴在他跟前挥了挥爪子，他才反应过来，肃穆道：“女君不要乱叫，我与你，没有这般熟悉。”

“好的，好的。”白婴应得干脆，张嘴却是，“述哥拿着这件衣裳，准备去哪儿？”

听到“述哥”二字，赵述一时竟不知道该说什么。

他琢磨了一下白婴对楚尧的称谓，又回忆了一番楚尧的态度，估摸着他就算把嘴皮子说烂，白婴该叫还得叫。一念至此，他也懒得反驳，只回道：“与女君无关。”

“述哥何必拒人于千里嘛。我这不是许久没见着我家宝贝儿了，委实想他念他，担心他吗？我不打听你们的军务，就只是问问，尧尧他去哪儿了？”

赵述拧紧眉头。若是要把白婴一把掀开，倒也不难。只是他素来不对女子动手，看白婴这拦路虎的架势，他不回答，也不好脱身。

两相计较，赵述坦言道：“都护近来琐事繁忙，今晚要暂宿军营。”

“哦，这样呀……”白婴摸了摸下巴，龇着牙道，“十六国有动静了？”

你刚刚说好的不打听军务呢？

赵副将瞬间垮脸，冷冰冰道：“无可奉告。”

白婴见他欲要举步，手疾眼快地扒拉住他的袖口，嬉皮笑脸地说：“述哥你别误会呀。我之前回转时，顶着头上这正义的光环已经把十六国接下来可能的举动一五一十地告知宝贝儿了，你们有所应对，也在我意料之中。再者，我被困在这院子里，哪儿都去不了，就算述哥告诉我十六国兵临城下，没有宝贝儿的指令，我也迈不出去半步。我只是想略尽绵力而已。”

赵述闻言，眉间拧成了一条线，问道：“你告知了都护什么消息？”

白婴得意道：“我跟宝贝儿说，排查遂城外的村落。这段日子我都有注意到，校场上的操练声一日比一日小，府内的将士是不是调遣出去了？可有收获呀？”

赵述不语。

白婴等了又等，都没等来他准确的回复。按道理，她把话说到这一步，若都护府真是调兵遣将肃清遂城周边，那赵述对她也无甚可隐瞒。但他的表情看起来……

白婴一颗心直往下沉，好一会儿，她道：“你们……没有去排查？那狗尾巷呢？可有注意近来战俘的动静？”

赵述冷然拂开白婴的手：“这与女君无关。”

“等等！”白婴高声叫住他，再不复一贯的吊儿郎当，神色凝重道，“请述哥不吝相告，楚尧他最近，在做什么？”

“女君有立场质问吗？”

“非是质问。我的态度，在天途关时，述哥已看得一清二楚。我亦说过，我是梁国人，不会与叶云深沆瀣一气，我想尽快结束这场战争。诚然，述哥可以选择不相信我，但这并不妨碍你我二人互换消息，总归我被困在此处，倘若我所言有假，也只能自讨苦吃。”

“互换消息？”

“是。我想知道楚尧的动向，同时，作为回报，我会把我猜测的十六国动向尽数告知述哥。”

赵述微缩瞳孔，沉吟少顷，他竟是踱回了白婴跟前。

白婴只觉手脚都寒凉起来，瞬时间脑子里便是千回百转。赵述和楚尧自幼相识，关系亦兄亦友，又是楚尧的伴读，感情何其深厚。但他此时此刻，却选择了和白婴互通消息，只能说明，他对楚尧有所猜忌。

想到这儿，白婴心底五味杂陈，连带着舌尖都漫出一股子苦涩意味。

赵述道：“近一个月，府上的兄弟确实有所调动。”他稍是一顿，将分寸拿捏得刚刚好，只挑皮毛说，“另外，月底是遂城的秋宴，都护府和城守那方都在忙碌此事，三州境内的大户人家陆续赶来，常常会呈上拜帖求见都护，都护繁忙，亦是与此有关。”

“秋宴？什么是秋宴？”白婴仔细问道。

“是近四年兴起的一种百家宴，出席者多为三州的达官显贵，富商人家。本意是与都护府齐心协力，共抗外敌。”

“谁组织的？”

“城守。”

白婴抿了抿唇。她算是听出来了，这大抵是遂城的城守为了讨好楚尧，抓来一干冤大头上缴军饷。归根结底，这也实属无可奈何，大梁的朝廷不干人事，看楚尧平日的做派便知，都护府为了养兵，已是一穷二白。三州境内受他庇护，这些人无论是甘愿或心有愤懑，都得躲在都护府的羽翼下，才能避免战祸。

白婴思索片刻，问：“秋宴是每年一次？参与者都是同一批人吗？”

“相差不远。”赵述面无表情道，“我能说的都已告知女君，现在，也该女君释出诚意了。”

白婴点点头：“上回离开都护府，我知悉叶云深养着的那批山鹰，没有守在王帐附近，便猜测他们已潜入遂城周边，伺机而动。我走访过几个村落，判断山鹰藏匿于四明山脚那个村子里。他们皆是叶云深培养出来的精锐，但因大多为江湖中人，更擅单打独斗，直接对上都护府将士的可能性不大，我更倾向于，叶云深会同时挑动城中俘虏作乱，内外夹攻。只是我之前一直琢磨不透，叶云深打算何时动手。”

她意有所指地看了看赵述。

赵述脸色乍变：“你将这些事向都护明言过？”

“是……”

他默了一默，转身便走。将将行至洞门边上，白婴突然呢喃道：“述哥，奉安二十七年后，楚尧身上，发生了什么事？”

赵述停下步伐，并未回头，道：“女君何以如此问？莫不是你与都护，曾经相识？”

“没有……”白婴勉强笑笑，“只是感慨，人情翻覆似波澜。”

赵述没有详细追问她这话的意思，他加快步伐，眨眼便出了主院。

此后，白婴又是日日独处，心神不宁地等着那场所谓的秋宴。

七月的天气变化无常，几日的晴朗过后，一连下了七八天的豪雨。院子里的两棵枇杷树被劲风吹得摇摇晃晃，枝叶脱落了一地。白婴生怕树干折了楚尧回来空手劈了她，急急忙忙找来麻绳，将两棵树从上到下缠了好几圈。她每天提心吊胆地守着树，任凭风大雨大都要围着树打转。

这日，一场雨刚刚变小，白婴拿着伞正要出门，便见着久违的身影站在树下。楚尧撑一把油纸伞，脊背挺拔，只手负在身后，走神地望着那两棵树。白婴一喜，忙不迭丢了手里的伞，拎起裙摆箭步窜到楚尧伞下。楚尧云淡风轻地睨了睨她，她咧着嘴就冲他笑。

“宝贝儿，你还知道回来呀？”

这话听起来怪怪的，好像他是一个流连花丛抛家弃妻的王八蛋……

楚将军眯了眯眼，不动声色道：“如果楚某没记错，这是楚某的院子。”

“对呀，你也知道这是你的院子！你说说，你有多久没回来了？留我一人，独守空房，独面风雨，你怎么忍心？你们大男人想搞事业，我理解，但你好歹也要抽空陪陪我呀。”

白婴哽了一哽，改口道：“不是。我的意思是，你好歹也要抽空回来看看我。你就不怕，我跑了……”

话至最末，语气里竟带出了几分委屈的鼻音。

楚尧没有看她，目光仍旧落于那两棵树上。

良久，他伸手轻抚着树干，问：“女君如此了解我，知晓我喜欢什么吗？”

白婴一个“我”字在舌尖上打了个转，好不容易压下来，低下头道：“你喜欢武学一道，最趁手的兵器是剑。你不喜欢话多，更乐意用行动解决问题。你不重口腹之欲，对吃的通常没要求，唯一说得上偏好的，是面条和枇杷。”

楚尧讶然看向白婴，他没有料到，白婴对他的了解，甚至于胜过他自己。

“你不喜欢铺张浪费，所以早几年在京都，衣裳也不过换洗的两三套。看书你独爱兵法，对诸子百家、易经八卦也有涉猎。别人以为你只会钻研兵法和武道，其实……你什么都会。年少时你中意白色，这几年或许真是应了你所说，为了血溅在身上不让人看出来，你喜欢上了黑色。”

白婴瞧着楚尧衣袂上的暗纹。

楚尧的神情从意外慢慢归于平静。

如死水一般平静。

他重新看回面前的枇杷树，声音清冷而悠远："我……从来不喜欢白色。"

白婴一怔。

"我怀疑你在内涵我。"

楚尧这次没理会她刻意的插科打诨，沉默了好一阵儿，他说："女君听过说书人嘴里的一句话吗？"

"什么？"

"守不了的家国天下，数不清的来迟一步。叹不尽的天人永隔，免不了的英雄末路。短短四句，陈词无数故事。"

白婴下意识地上前一步："宝贝儿，你……你怎么了？是不是遇到什么棘手的事？你告诉我，我帮你呀。"

"我……很想念一个人，她十二岁了。可惜，永远止步在十二岁。她曾经跟我说，喜欢京都的繁华热闹，最怕一个人孤零零的，我却让她一个人，孤单了很多年，很多年……"楚尧面朝白婴，"如果那时没有来迟一步，她应该……和女君差不多大。"

"宝贝儿……"

白婴觉得很不对劲。她清楚，楚尧是在说她，可她出事那年，明明是十四岁。他也并没有来迟一步，那么多人都看见，是他亲手射出的一箭，刺穿白婴的胸口。

白婴想说点什么，却见楚尧的双眸里流露出不加掩饰的痛苦，他问："你能帮我，找回她吗？"

白婴摇摇头："对不起。"

楚尧静静地注视着她，隔了半晌，方谓叹道："回不去了。"

他闭了闭眼，继而收敛起神情，恢复了一贯的从容，道："这两棵树，是你缠的？"

"嗯。"白婴吸了吸鼻子，"你这么宝贝这两棵树，这几天风大，我怕吹折了。"

"谢谢。"

"你……你说什么？"白婴睁大眼，怀疑自己也得了耳疾。

她与楚尧相处的这几个月，他待她有过疏离，有过把她当成替身的短暂宠溺，更多的，是嫌弃。不管任何境况，就连她在天途关替他挡下一刀，哪怕是各自掺杂了算计，楚尧也从未对她说过一个"谢"字。她不可置信地望着楚尧，楚尧接下来又问了一个让她直觉不妙的问题。

"女君可有什么愿景？

"若是有，便差人告知我，你若是想离开遂城，兴许……也无不可。"

白婴呆在原地，目睹楚尧走出了小院。他似乎……希望白婴能够离开。白婴也大致猜得到，这遂城，要变天了。

◆

第十三章·
世事叫人疯魔

楚尧走了。剩白婴一人在水榭里从下午坐到深夜，及至药人后遗症发作，她方回房锁好了门窗。

熬过一宿，次日遂城便放晴了。楚尧照旧不怎么回来，小半个月过去，白婴再没见过他。

临到七月二十九日，白婴一大早起床眼皮子就跳个不停，总觉得有事将要发生。她坐立难安，连带着午膳和晚膳都没吃下几口，好不容易看到一轮弦月攀上了顶空，还以为只是自己疑神疑鬼，要回房歇着之际，一名熟人便来造访了。

她前脚从水榭走出，赵述就命守在主院外的府兵悉数退下。白婴远远打量他，见赵述今日的穿着不同以往，一身肃杀的盔甲在月色下倒映出凛冽的光，腰间佩一把长剑，风尘仆仆，似是刚从外面赶回来。他径直走到白婴跟前，驻足在半丈之处。

白婴不解道："述哥怎么来了？这么晚，你找我有事？"

"关于秋宴，你还知道什么？"

他开门见山，白婴秀眉微蹙，也不再绕圈子："怎么？叶云深果真在趁秋宴打主意？我被困在这院子里已久，和外界早断了联系，即使十六国有任何动作，我也只能凭空猜测。"

赵述一声不吭，只定定审视她。

白婴兀自分析："你们已占了先手，叶云深在楚尧手底下讨不了好。十六国如今势弱，在没有胜算的情况下，也决计不会大举攻城，你匆匆前来，不该是向我求证十六国的阴谋诡计。莫不是……"白婴指尖一蜷，"楚尧他……"

赵述打断她的话，冷声道："女君随我走一趟吧。"

"去哪儿？"

"出城。"

"是楚尧让你来的吗？"

赵述并未作答，只顾在前领路。白婴尾随在他身后，二人都快迈出洞门时，她突然停下道：“述哥，你究竟想带我去哪儿？这次参与秋宴者，是不是有什么异常？”

她不挪步，赵述便也跟着停了下来。他手心摩挲着剑柄，良久，方转过身来，平静道：“女君莫要多问，跟我走便是。”

赵述这人，白婴多多少少是了解的。他性子温和，做事也一板一眼，早年在将军府，他就是个老妈子，一心照顾楚尧、苏昱、裴小五和她。他日常最不愿干的事，就是和外面的姑娘打交道。他会害羞，也嫌麻烦，是以每每遇上和姑娘有关的事，他通常都叫裴小五处理。也多半是因了这个缘由，白婴自打来了都护府，和赵述打照面的机会少之又少。倘若，今夜是楚尧无法脱身，要派人接白婴出城，那四个副将里，最不该出现的，便是赵述。

再者，有楚尧的命令，他又何须遣退那些府兵？

白婴本能地后退半步，赵述便逼近些许。二人对峙之下，白婴道：“你想杀我？”

赵述不答。

“总得给我一个理由不是？下了黄泉我也好做明白鬼呀。你是瞒着楚尧来的，为什么？照理说，你和楚尧自幼相交，感情深厚，最初我被俘虏时，在地牢里提及奉安二十七年，述哥你一度想拔剑，你要杀的，是我还是楚尧？”

他仍是不说话，如同猎手一般，视线锁定在白婴身上，随时准备擒住她，又像有所顾忌，迟迟没有下手。

白婴眉心一皱，边退边道：“你……你是不是知道，我是药人？这一点，也是楚尧透露给你的？”

此话一出，赵述不再犹豫，伸手便欲捉住白婴。白婴动脑尚可，一动手就不行。她尖叫一嗓子，还没拔腿开溜，转头就栽在了地上，脑袋险些没直接扎进土里去。

赵述忽然明白，为什么十六国三位国君，单单白婴被抓……

他不忍直视地摇了摇头，趁着白婴还在擦嘴角的泥，只手刚想拎她的衣衫，就在此时，一阵剑风从墙头扫荡下来，直冲赵述而去。白婴一个眨眼的工夫，院子里又多了一个熟人的身影，两只黑影顿时打作一团，招式间你来我往，剑刃相接声不绝于耳。

白婴打眼瞧了瞧，旋即不紧不慢地站起来，拍了拍屁股上的灰尘，又理了理头上的发钗，压着嗓子道：“你怎么又翻墙？”

向恒气不打一处来：“都什么，时候，你还，在乎，这个！”

“放心，你俩几斤几两我都清楚，大不了就是打个平手。话说回来你是不晓得这是什么地方？也敢贸然闯进来，回头我俩要是都被你姐夫摁死了，谁逢年过节给我俩上香去？”

“白婴！”

“行行，都别下狠手哈，是自家人。述哥，咱俩聊聊，你杀我的目的究竟是什么？”

赵述躲过向恒抹脖子的一剑，很快反攻刺向向恒的腹部，怒道：“谁跟你是自家人！”

“你说这话就见外了。我明白，明天的秋宴少不了会出幺蛾子，但此事非我主导，冲我来也于事无补。再说了，有宝贝儿坐镇，叶云深也掀不起什么风浪，除非……”

白婴话没说完，向恒突然插嘴道：“楚尧，通敌。”

白婴叉腰就骂：“你说别的我就信了，你说楚尧通敌……这不和让人相信你原本是糙汉一样，压根儿不可能吗？你这话都不能让外人听见，万一拖你去浸猪笼，我救你还是抛弃你？”

“白婴！”向恒怒道，“我没说，假话！遂城里，楚家军，已经，撤离。”

尾音落地，赵述再不留手，似是打定主意，绝不会让向恒活着。白婴轻而易举地觑出他的转变，沉思刹那，缠斗的二人以伤换伤，各自退开了好几步。向恒的手臂鲜血淋漓，赵述的肩头也被捅出个血窟窿。眼看赵述提剑袭来，避无可避，白婴主动把向恒挡在身后，急声道：“昔年将军府五人，述哥确定，今夜还要再少一者吗？”

此话一出，赵述惊骇之下急忙收招。他的锋刃几乎擦着白婴的脖颈划过，留下了一条极细的血痕。向恒登时目眦欲裂，恨不得劈了赵述。白婴及时抓住他的腕子，微微摇了摇头，他才恨恨地停下动作。

末了，白婴拿出鲛纱缠在伤口上，震惊许久的赵述此时也开了口：“你方才……说什么？”

“我说，昔年将军府五人，述哥、楚尧、裴小五、苏昱，还有……我。”白婴上前半步，“今夜，还要在此多折损一人吗？”

她很清楚，眼下的局势，不适合再对赵述有所隐瞒。她身陷十六国的这些年，都护府定是发生了天翻地覆的变化，如今太多的困惑摆在她面前，她必须得从赵述身上找到突破口。白婴这厢正组织言辞，寻思如何向赵述证明自己的身份。

然而……

赵述看她半晌，呢喃出声：“苏昱……苏昱……”

赵述捂住眼睛，急抽了几口气，又笑出声来，只是那笑意沧桑且悲凉，让人听了，连心尖儿都泛出苦涩。

“苏昱……哈哈哈哈哈……”

白婴咬了咬下唇，虽知不大合适，但还是忍不住问了出来：“述哥，你和苏昱……是有一段……不为人知的感情？”

赵述没有被她的话绕乱，一脸平静。

他提着剑走近，向恒也握紧剑柄如临大敌。白婴以为赵述是不信她的身份，刚打算收敛熊熊燃烧的八卦之心，先把证据摆出来。结果，不待她启齿，走到跟前的人弃了手中剑，如银白薄纱的月色下，在沙场征战了数年的男人眸中满是泪水。

白婴怔了怔。

赵述迟疑地抬起手，旋即轻轻地拍在她的肩头，喊出一个暌违八年的名字："安阳……"

白婴喉中发堵，视线止不住地模糊起来。她擦了擦眼角，勉强挤出一丝笑："述哥怎么这么容易轻信于人。"

赵述跟着苦笑一声，收手道："自从你被抓回都护府，府里的兄弟私底下不知议论过你多少次。你分明是十六国的女君，可你待都护的态度，委实令人不解，我们只能归咎于你居心叵测。但如果……你是安阳，那一切便说得通了。"

"述哥……"

赵述抹了把眼睛，叹息道："对于安阳来说，不管都护做过什么，她都会选择原谅和理解。旁人或许难以置信，但我晓得，你们二人之间……"赵述顿了顿，又叹了口气，"世事弄人。那时，在天途关，我也曾一度怀疑过你是不是安阳，可这希望太渺茫，我是亲眼看见那一箭射出去的……"

"既如此，你不问问我别的细节，以免误入圈套？"

赵述想了想，摇摇头："你若是假的安阳，刻意来接近都护，在你设局之前，可会仔仔细细了解都护的一切？包括将军府的旧事？"

白婴颔首："自然要了解清楚。"

赵述意味不明地接过话茬："那便是了，不会出现此等差错的。"

"什么意思？"白婴不解。

赵述没有回答，反而是看了看天色，凝重道："你既已回到都护身边，为何不直言自己的身份？"

"我……"

"是因药人之故？"

"你果然知道了。"

话至此，赵述的脸色越发难看。他瞟了一眼安静装聋的向恒，欲言又止。

白婴见状，忙不迭解释："自家孩子，我奶大的，防谁都用不着防他。"

赵述晃了一下："自、自家孩子？这么大了？都护他……他知道吗？"

这要是知道了，还指不定会疯成什么样……赵述单是脑补一番，都登时觉得，白婴隐瞒身份这件事，干得漂亮。

白婴的眼角使劲抽搐，顶着向恒想杀人的眼神，皮笑肉不笑道："述哥，是他长太嫩还是我太显老？我的意思是，这娃是我带大的，无须提防。”

向恒当即抗议：“白婴，不准，说我，是娃！”

赵述拍心口：“原来如此，吓我一跳。”

白婴夹在这两个男人中间，一度焦虑地揉眉心：“叙旧的事我们往后再说，先讲楚尧到底怎么了？”

问题抛出，向恒和赵述互望了一眼，都不再隐瞒，把各自的消息一一道出。

一炷香后。

三个人齐齐蹲在池塘边，三脸郁色。白婴望着波光粼粼的水面，摸着下巴总结：“所以，都护府没有排查四明山脚的村落，也没有格外注意战俘的动向。反而把遂城之内的兵调空，只留了两千余人？”

“是。”赵述应道，“我们的细作也确实有话传回，叶云深近来有往博州进兵的迹象，所以李琼和王威，先领了军令，已带兵前往博州驻扎。而我和江安，则是被派往金州。都护及城中两千精兵，城外烽火台驻守的三千精兵，留守遂城。

“这不合常理，且不说遂城是三州最重要的城镇，且依照地理位置，乃是兵家要塞，紧邻绵江与赫连山。一旦冬季来临，绵江结冰，叶云深若是无路可走之下，率领大军过江，那便是将战火带进中原腹地，危及大梁政权。楚尧不会想不到这些，怎么可能削弱遂城的兵力？给叶云深可乘之机？”

“他是，故意。”向恒道，“明日，生乱，已是，定局，你跟我，走。”

说着，他便捉住白婴的腕子。白婴拍拍他的手背以示安抚，遂又疑惑地看向赵述。

赵述久久不语。好一会儿，他才像下定决心般，矮声道：“安阳，你随他走吧。事到如今，唯一能让都护止步的，大抵就是告知他你的身份。”

“我……”

“我明白，你不说，必是有你的苦衷。我之所以晓得你是药人，亦是都护看似不经意的透露。他与我相识多年，本应彼此了解，可近些年来，我已经越发看不透他了。我此前猜测，他会利用你的药人之身，大做文章。我怕这中间出任何纰漏，对都护、对楚家军不利，是以今夜前来，本是抱着杀你之心。万没想到，你会是安阳……你既决定不能坦诚身份，那便听我一劝，先离开遂城，待诸事平定，再判断要不要回到都护的身边。”

白婴沉思良久。就在向恒要强行拽走她时，她平静地对向恒道：“你先走。”

向恒：“要走，一起走！”

白婴拂开他的手，半点玩笑意味都没有：“我不能在这个时候离开。一来，我若走了，述哥难辞其咎；二来，我……也不放心楚尧。”

“白婴，你！”

“听我说完。”白婴打断向恒的话，“如今遂城虽然只有五千精兵，但应对山鹰和战俘，尚算绰绰有余。叶云深为人疑心重，绝不会在这样明显的空城计下大举进攻。我有能力自保，你无须担心我。你这会儿离开，带着那名画皮师暂避，待明日过了，我会想办法联络你。述哥违反军令潜回都护府，若我估算不错，楚尧应该也快回来了，你再不走，小心被你姐夫揭了天灵盖去。”

向恒重新去拉她：“跟我，一起。他已经，不是你，熟悉，的人。”

“他就只是他而已。变成什么样，在我看来，他都是楚尧。”

“白婴！”

“别啰唆了。”白婴挥手，“这次我不勉强你走正门，赶紧甩开你的大长腿，翻墙保命去。”

“我若，走了，往后，都不会，再回来！”

向恒双目通红。

白婴瞧他片刻，微不可察地叹了口气：“那也好。孩子长大了，总要离开娘亲……不是，姐姐的怀抱。年轻人，放手去飞，不要回头。”

向恒默默站起来，和白婴对视半晌，然后负气似的提起轻功，一举跃出高墙，消失在了漆黑夜幕下。

白婴耷拉着脑袋，赵述则感慨道：“这孩子不错，武功、人品皆是上乘。怎么落到了你手上？早年我们就说过苏……”

白婴眨眨眼。

赵述噎了一下，说：“苏昱，他应该好好教育你，不能让你活在都护的包庇纵容下，否则迟早得出大问题。你看，这不就显现出来了，你这张嘴，得活生生气死多少人？那孩子，他是不是对你……”

“等会儿。”白婴截住赵述的话头，“就算是换人教育，不应该是最年长的你吗？怎么轮得上苏昱？”

赵述的眼神飘了飘，讪笑道：“毕竟，苏昱论各方面，都是我们几人之中最拔尖的。”

“呸。”白婴深表不屑，“最拔尖的，分明是我家尧尧。罢了，先不提往事，我上回离开都护府，实则也发现城门的部署不对。述哥，他有没有可能，是想借机一次性清理掉包藏祸心的俘虏？”

“安阳……”

赵述话刚起头，院子外一阵整齐的脚步声已渐行渐近。二人都知是谁来了，齐刷刷瞥向了洞门。赵述率先起身，凝重道：“我无法确定。我虽看不破都护究竟意欲何为，但他此时的心境，早已不比从前，你只需记住这一点。我违反军令潜回都护府，定会入狱，后续之事，你倒不必为我担忧。明日倘若生变，万不得已的情况下，为自保，你知道该如何做。安阳，他……受不起第二次了。”

白婴的心尖儿一抽，嘴上答应下来，暗自却是思量。她岂会不知，有些事，可一不可再。就是因为深明此理，才决计不能向楚尧坦诚。她理了理裙摆跟着站起，目光锁定着靠近的火光，慢声道：“述哥，有两件事，想求你答应。”

“你说。”

“其一，方才那孩子，名叫向恒，是梁国人，与我同年被俘。他性子略为冲动，也不太善于表达自己。以后若有机会，还请述哥多替我照顾他。”

“你这是……”

白婴没给赵述说话的机会：“实不相瞒，我这次回来，本有自己的打算。此计若不功成，我这副残躯亦是无用……”

“你……”

“所以，述哥，倘使明天安稳度过，能不能把我不在这些年，发生了何事，一一告诉我？”

第二个要求，赵述没有应允。

二人话至此处，火光已照亮了整个晦暗的小院。数十身着盔甲的士兵鱼贯而入，将白婴和赵述两人围在中间。白婴风平浪静地环望了一圈周遭，听得熟悉的步调，便转过头去。视野尽处，一人负手行来，清冷的月华笼在那袭黑衣上，让他看起来可望而不可即。楚尧神色淡漠地扫视过二人，驻足在半丈开外。

少顷。

他波澜不兴地开了口：“参军副将赵述，欲劫走十六国战俘白婴，有叛国通敌之嫌，将其押入地牢，等候发落。”

士兵们面面相觑。过了好一会儿，才有几人应了声，蹑手蹑脚地上前，反扣住赵述的两手。赵述没有半句辩驳，只深深望了白婴一眼，自行走出了院子。

末了，楚尧也欲离开，白婴见状，三步并两步冲到他跟前，大着胆子挡住了他的去路。楚尧抬眼觑她一遭，默了默，旋即挥手遣退了士兵。

待所有光亮消弭，白婴涩声问：“你想做什么？”

楚尧不答，她便逼近一步：“八年前，叶云深声东击西，表面围困金州，其主要目标却是遂城。彼时一念之差，致使遂城城破，将军忘了？”

楚尧眼底不经意浮现出一丝戾气，继而面不改色地看着白婴，仿佛她所言所语，与他没有丝毫的关系。

白婴乍觉他这反应过于异常，失神刹那，后话已是接不上来。楚尧等了须臾，淡淡提醒道：“女君要说什么？”

“你……你是明知，就算叶云深向博州进兵，也有可能是局。”

“嗯。”

“你也晓得我没有骗你，山鹰当真可能潜伏在城外。”

“女君骗不骗我，并不重要。”

白婴收在袖口里的五指紧握成拳，指甲掐得掌心生疼。她缩短二人之间的距离，停步在楚尧身前，仰起头问他：“那你……到底要做什么？”

楚尧看她片刻，忽而轻声反问：“害怕吗？”

白婴脱口而出：“怕。”

“是不是很后悔，那时，不该回来？”

“不是。”白婴认真道，“你再放我一次，我还会回来。唯一后悔的就是，没有早点到你身边。”

楚尧的表情甚是复杂。

白婴情真意切地握住他的手：“我相信我的宝贝儿，自有风骨和脊梁，无论你要做什么，我都奉陪。”

楚尧顿了顿，轻巧地把手抽了出来。暗色晕染之下，他似是笑了笑。只是那笑讽刺又凛冽，像是一根针，直直扎进了白婴的心窝子。她回想着，不知从哪一刻起，在她面前的楚尧，好似慢慢剥离了一张面具，收起了一贯的正直、宽和，露出了从不示人的棱角。而这些棱角仿佛是一把双刃剑，逼得人退守，也使得他鲜血淋漓。

楚尧望了望天，说：“世上总有些人，以为凭一己之力便可普度众生。在感情中，以爱为药，妄图治疗他人的不治之症。可这样的人，往往最可笑，行至末路，只得‘执迷不悟’四个字。女君聪慧，希望你不会持有这样的念头。”

白婴的指尖控制不住地战栗起来。

“天色已晚，早些休息吧。明日是遂城一年一度的秋宴，女君若不嫌弃，可陪楚某一程。”

此话并非询问，而是他决定之后的告知。白婴明白，她已错失最后一次他让自己离开的机会。既然退无可退，白婴也不逃避。她赶在楚尧举步前，挡住他道：“我只问一句，你会如何处置赵副将？”

“怎么？女君还有心思置喙都护府的事？”

“他……他是你一起长大的好友。”

楚尧默然片刻，道：“这一点，楚某比女君清楚，就不劳费心了。”

尾音落定，人已大步离开了主院。

白婴目送楚尧的身影没入转角，学着他的模样，仰头望天，连连叹气。如今她已是骑虎难下，夹在叶云深和楚尧的中间，只能走一步看一步。

她琢磨半晌，都没想出明日的楚尧会如何行事，但看他没有撤离遂城的打算，想来是对叶云深的动向尽在掌控，她只能希冀，那所谓的不治之症，不会朝着最坏的可能性发展。她在院中吹了小半个时辰的夜风，及至药人后遗症发作，才匆匆回房饮了少许“长梦”，逼迫自己睡下。

这一觉，白婴迷迷糊糊做了许多梦。

起初是梦见十年前，楚尧他爹在金州吞了场败仗，大理寺卿的长子在路上碰见楚尧，出言嘲讽骂他们楚家全是废物，素来以理服人的楚尧愣是没和那厮起争执。后来白婴听说这茬，气得不行，出门便把自个儿脑袋撞了个大青包，还无法无天地跑去楚尧跟前告状，污蔑是大理寺卿的长子打了她。

于是，以理服人的楚尧就因为别人动了他妹，当即换成了以武撕人，险些没把大理寺卿的长子摁泥地里闷死。过了几日，真相大白，在白婴完全不知情的状况下，楚尧竟被罚在皇宫御花园里跪了三天三夜，回府时，跛了一条腿，还发着高热。白婴后知后觉，这才晓得楚尧为她背了多大一口“锅”，若非他以命相护，她多半早被皇帝千刀万剐。她守在他床前哭到头晕，明明楚尧都去了半条命，偏生还要强撑起来抱着她安慰她，告诉她自己没事。就连白婴当晚睡着，都是在他的怀里。

梦境一转，又至白婴十四岁这一年。

不见天日的地窟里，成群的俘虏挤在狭窄的角落。比她年小一岁的向恒那会儿瘦得皮包骨头，是白婴拼命把他护在身后。他们二人每天听着撕心裂肺的惨叫，看着身边的人越来越少，从最初的上百，到最后的十几人。向恒少不经事，总趴在白婴的肩膀上“嘤嘤呜呜”地哭，白婴便用抖得厉害的双手去捂他的耳朵，颤颤巍巍地告诉他，别听，别怕。可那时，她自己也怕得几近崩溃，无时无刻都在想，楚尧会不会来救她。

到得叶云深要抓向恒去炼药人之时，她第一回为了保护他人挺身而出。在那段让人痛到想发疯的日子里，叶云深一次又一次地问她，恨不恨。可白婴知晓，她根本恨不起来。

她和楚尧相处的短短六年，楚尧给予她的温暖和保护，一点一滴为她筑起了一道坚实的屏障，让她有余力去善待这个世界。为了与他并肩，哪怕刀山火海，她亦无所畏惧。

回望这十来年的光景，白婴从始至终都没想过，当她努力向楚尧靠近时，他却已不愿立身光明下了……

梦至终途，只剩下楚尧那感慨的四字——

执迷不悟。

翌日下午。

白婴被两个士兵请出了都护府。府外停着那辆她和楚尧自乌衣镇回转时坐过的马车，想起初时重逢，她心底便是五味杂陈，又是一通深深叹息。

白婴笨手笨脚地进了车厢，见得楚尧端坐在内，正闭眼小憩，看也不看她。若换成从前，她少不了要耍几句嘴皮子，讨楚尧开心，可眼下诸事缠身，她也没了说笑的兴致，索性择了右侧的位置坐下，一言不发地望着车厢壁发呆。

马车徐徐前行，穿过人声鼎沸的长街。白婴听着外间的百姓交谈，偶尔会说起秋宴相关，她欲听得更清楚些，刚想撩起车帘，楚尧问道："今日怎么这般安静？"

白婴默了默，怨念地盯着他。

楚尧补充道："不想说话，那便无须开口。"

"我倒是想问几个问题，你给解答吗？"

"说来试试。"

白婴一听有戏，立刻端正了坐姿，眯起眼睛道："你何时知晓我是药人的？"

楚尧："你猜。"

"……你这和不说有什么区别？"

楚尧没有反驳，白婴想了想，试探道："你在天途关时，就怀疑过我身上有秘密，是以与山鹰动手中途，故意露出破绽，想看我的反应？"

楚尧不语。

白婴继续道："那你能确定我是药人，理当是在乌衣镇的医馆。"

楚尧头一次对白婴多了几分欣赏的眼光。

白婴半点高兴不起来，只是苦笑道："我当时便觉那医馆里的花草枯萎得甚是奇怪，只是不愿往这方面细想，楚尧，你……"

"今日的秋宴，是在城东郊外的鹿鸣苑。"他打断白婴的话，"多年以前，百家兴盛，有一擅长五行的阴阳学家分支，为传播学说，曾立足于此，鹿鸣苑是他们所建。"

白婴呆了呆："我知道你熟悉诸子百家，但这话是什么意思？"

楚尧鲜见地对她笑起来，好似没掺杂半点算计，慢悠悠地说："只是想到这儿，说与女君听。"

白婴一动不动，直直地盯着楚尧。

过了半刻，她很是绝望地瞅向天花板。对着这男人的脸，她委实很难有斥责的心思。她更想了解，他到底在想些什么，经历了什么。白婴心知这些问出口都得不到任何答案，只好收回目光，无可奈何地把头转向了窗外。有百姓在探讨参与秋宴的贵人，也有人期许在各方的鼎力支持下，都护府能早日平定边关战事。白婴听了一会儿，便有些走神，总寻思着从蛛丝马迹里去分析楚尧的变化。她不吱声，楚尧自是不会搭理她，车行至鹿鸣苑，他们一路上都没再交谈过。

抵达之际，时辰尚早。白婴将将下车，就察觉这鹿鸣苑坐落在一片树林里，周围傍山，格外隐秘。正大门前方已然停了不少华贵车架，楚尧这辆，反倒显得最是朴实。庄园内外皆有人聚在一起攀谈，隔得老远，都能听到悦耳的丝竹乐声，以及歌女婉转的唱调。白婴一面腹诽着这些贵人的做派，一面步步紧跟在楚尧身后。

定远大将军现身，众人纷纷迎上前来，好一番阿谀奉承后，才由城守张郭出面，招呼众人散去。楚尧领着白婴往苑内走，轻声问道："如何，女君看出什么了？"

白婴气闷地不说话，楚尧便也不再追问。

经过一条长廊，二人便入了鹿鸣苑的花园。其间山水楼阁，一应俱全。上百张矮桌有序地摆放在葱郁之色里，以繁花做衬，星月佐酒。偌大的水池上方搭建了高台，乐师与歌女皆在上头弹唱。

白婴不由得停下脚步，嗤之以鼻道："要不是晓得身处战火绵延的边境，见此一幕，我会以为如今是太平盛世。"

楚尧觑她："女君是否也觉得，这世道，混沌颠倒？"

"我当……"白婴一顿，"等会儿，我没这意思。话说回来，秋宴不是因都护府而兴起的吗？"

楚尧没回她的话，转而睨向高台之上的歌女，语调平静道："他们认为，别人用鲜血换来的庇护，是理所应当。可这世上，哪来如此多没有代价的理所应当。"

白婴的表情扭曲了一瞬："心……"话到嘴边，她犹豫着改了口，"楚尧，你知道吗？我这些日子总是在想，到底是哪里出了问题。从我与你相处的第一日起，我时常会觉得，你好似戴着一张难以卸下的面具。众目睽睽下，你扮演着受百姓敬仰的定远大将军，西北都护。可藏于这张面具下的，无法见光的，才是你自己。"

"无法见光……"楚尧低声呢喃，认真咀嚼着这四个字，须臾，他微微颔首道，"兴许，女君说得没错。"

白婴难得听到他的认同，可此情此景，她着实半点都高兴不起来。她蔫蔫地跟在楚尧身后，被人当成了随侍的丫鬟，目睹楚尧与各路商贾官宦打交道，谈笑风生。鹿鸣苑里宾客如云，只有白婴和这场热闹格格不入。她的视线始终追随着楚尧，在他身上看到一种分裂的不真实感。

临近酉时开宴，二人入席主位。白婴兴致缺缺地撑着头，逢上他人来给楚尧敬酒，楚尧便一身正气地把白婴推出去挡酒。白婴情绪不佳，干脆借酒浇愁，大方揽下了饮酒的差事。楚尧云淡风轻地坐在旁边，等敬酒者前脚一走，他就小声介绍："此人姓曾，母族有京都高氏的背景，算是名门望族。"

白婴不吭声。

过一会儿，楚尧又道："这位黄先生，自祖辈便做钱庄生意。家中兄弟有五人，他主管西北一代的铺子。"

白婴咬了咬下唇。

再饮两杯酒下肚，她整个人都晕晕乎乎的，还听得楚尧孜孜不倦地说：“刘敏，永州州牧，其小叔在吏部任职，因早年在京都闯了祸，家中为保全他性命，想方设法给他捞了个官职，发配来边关避难。”

白婴沉默片刻，问：“你给我说这些做什么？莫不是想让我挑一人嫁过去当小妾，然后毒死他全家，用他的家产帮你养兵吧？”

楚尧眼角抽了抽，自顾自倒了一盏茶，收起了话头。

一场宴席过半，天色也逐渐暗了下来。园中觥筹交错，曲声悠扬。白婴酒量浅，勉强撑过半壶，便再难为继。她眯着眼晃了几下身子，最后一股脑栽倒在楚尧的肩膀上。楚尧没有推开她，任由她迷迷糊糊地用脸颊在他的衣料上蹭来蹭去。白婴紧紧抱着他的手臂，嘴上无意识地絮絮低语：“你说，你把我带来秋宴，是不是想让我使用美人计……”

“女君说笑了。”

“那你今日……嗝，为何这般反常……主动、主动说了那么多话。楚尧，你到底……想做什么呀？”

楚尧久久不语。

白婴以为得不到答案，既是忧虑又是心寒。她狠狠搡了一把楚尧，结果楚将军下盘异常稳固，她冷不防往后一仰，好不容易扶着桌子没有摔倒，脑子却是更晕了些。她无力地趴在桌上，一个劲儿地哼唧。身边人轻轻拨弄了一遭她头上的蝴蝶发钗，旋即将其取下来。白婴努力撑起眼皮，便见楚尧把玩着那支钗。他的五指缓缓收紧，银钗变形，如同急欲展翅的蝴蝶从此折断了双翼。

他矮声叹道：“只是惋惜，这场梦，该醒了。此后……”

“楚尧……”

楚尧收敛思绪，抬眸望向白婴。那双沉暗的眼底，有稍纵即逝的愧疚，他用从未有过的温柔声音对她道：“睡吧。这场秋宴，快要结束了。”

白婴拼了命地想清醒，可约莫是酒的后劲太足，她到底是睡死了过去。她陷在一片极致的黑暗中，分不清今夕何夕。耳边偶尔有交谈声，抑或是断断续续的小曲儿。谁的手指在桌上轻敲，演变成了急促的鼓点，依稀掀起了战场上的杀伐。白婴宛如溺水之人，听见含混的战马嘶鸣，刀兵相接。时光倒转，她的人生往前回溯，定格在了奉安二十七年，那暮秋时节的一个傍晚。

天际是如血的残阳，城外黄沙莽莽，夹杂着起伏的哭腔和呼救声。城墙之上，少年将军的面前，跪着无数男女老少。

白婴想了很久，腐朽在遥远回忆里的细节，才像揭开一层薄纱，露出最原始最残酷的面貌来。

——将军，您救救我儿吧！我黄家三代单传，就这一个儿子啊！我愿意给他们银子，我全副身家都愿意拿来换我儿性命！

楚尧说，这位黄先生，自祖辈便做钱庄生意。家中兄弟有五人，他主管西北一代的铺子。

——将军！将军，还有小女，我叫曾国平，我母族是京都高氏，小女若能回来，高氏将来任由都护差遣！

楚尧说，此人姓曾，母族有京都高氏的背景，算是名门望族。

还有刘敏。

白婴忆起，那年，她看望完楚尧，赵述带她回都护府的路上，遇到了擦肩而过的刘敏。后来赵述专程绕了好几条街，找到破城之前卖糖葫芦的小贩，央着那小贩帮忙做了两串糖葫芦，给白婴吃。白婴那会儿感动得不行，对着赵述泪眼汪汪。彼时她年少，不曾察觉，赵述通红的眼里，亦藏满泪意。

他摸了摸白婴的头，说："安阳，永州的州牧，小妾也被二十四国抓走了。"

白婴懵懂地看着赵述。

赵述长叹一口气，和十四岁的小丫头走在破败不堪的街道上。路旁俱是战后的痕迹，烧毁的旌旗，来不及收殓的尸体。往常人来人往的遂城，死寂得没了任何生机。失去亲人的百姓，就连哭声都压抑到最低，害怕惊扰了前线将士们的军心。

赵述有一搭没一搭地说："此战失利，将军难辞其咎。二十四国狮子大开口，要我们拿粮食和银子去换人质。"

白婴小心翼翼地嚼着糖葫芦，认真倾听赵述的话。

"可三州连年战火，根本拿不出他们要的粮食和银子。朝廷也不会为了这一百一十九人答应二十四国的条件……"

"述哥，我不懂。"

赵述勉强挤出一个比哭还难看的笑来，再次拍了拍白婴的头："安阳，上不作为，下有众人相逼，将军他……进退两难，你……你不要恨他。"

白婴不理解，她怎么会恨楚尧，然而第二日，她便成了换回那些人的筹码……

如今想来，除了她身在局中不知情，当下所有乞求楚尧的人，都是想要她以命换命。

一幕幕旧事让她头痛欲裂，耳畔的激战声也越发真实，好像就在不远处，有人在尖叫，有人在哭喊。

战争。

这两个字蓦地在白婴的脑海里出现。她第一反应是叶云深进兵遂城，楚尧有危险。她竭尽全力地睁开眼，看到离鹿鸣苑不远的遂城方向，火光已然映亮了半壁天际，所有的刀兵声和惨号皆不是她的臆想，而是明明白白地彰显着，城中兴起了杀戮，破城的憾事将再度重演。她脸上的血色顷刻尽褪，连带着双手都战栗起来。白婴大口大口地吸着气，强迫自己镇定。她被水雾遮掩的视线落回花园中，见得四下鸦雀无声，歌女乐师倒在高台，各桌的贵人要么趴在桌面上，要么躺在圈椅里，一动不动。

白婴已无心追究今晚的状况，她费力想从椅子里站起身，试了好几回，都四肢无力地跌坐回去。万般无奈之下，她只能哑声唤道：“楚尧……楚尧！”

缓慢的脚步声从前方行来，剑刃滑过地上青石板，发出极其刺耳的声响。晃动的烛火拓落在那一袭黑衣上，鲜血自长锋滑下，浸染了他走过的路。楚尧的五官隐在晦涩里，如深渊似的眸中，囚困着一头穷凶极恶的兽。

他不再掩饰，如白婴所言，此后，剥离了那张面具。

白婴胸口闷痛，几乎要喘不上气来，她一说话，泪水便不自觉地滚落：“走，快走。”

楚尧停在两丈开外，麻木得没有任何表情：“走？要去哪里？”

“叶云深……是不是攻城了？眼下遂城城空，毫无防守余地，若你久留，必会身陷绝境。离开这里……”

楚尧的眉峰动了动。

许久。

他叹：“女君的梦，也该醒醒了。”

◇

第十四章·
追妻火葬场是个幌子

有那么一瞬，白婴觉得，好像有一盆冷水当头泼下。原来从始至终，楚尧都认为她在演一场戏。她看着那方被红色渲染的穹顶，身体里的血液都一点一点凉透。白婴闭了闭眼，回想起楚尧在路上与她说过的鹿鸣苑的来历，当即悟了个透彻。

她的喉咙里溢出了腥味，捂着嘴呛咳了好几声，方才重新睁眼，去望那遥不可及的人。他的手背上溅了少许鲜红，白婴竟是可笑地想给他擦干净。她伸了伸手，又想起自己的处境，便当真低笑起来。

穷尽一生所追寻的光明，原来已是最厌弃光明的黑暗。

白婴眼角挂着泪，长舒了一口气，靠回椅背上："阴阳家分支擅五行八卦，所以，此处，借地势设有迷阵，是吗？"

"女君聪慧。"

"聪慧什么。我哥耗费心血教我好几年的东西，一夜之间，便被大将军粉碎干净了。"白婴睇向楚尧，"那么，城中理当也不是叶云深带兵偷袭了？"

楚尧一手负在身后，仍是云淡风轻的模样："确然不是。"

"战俘作乱？"

"嗯。"

"那城外的山鹰……"

"未知动向，楚某，也并不在意。"

白婴默了默，惨然笑道："我说的话，你可相信过吗？"

"信。"楚尧意简言赅。

"那你怎么始终不信，我喜欢你？"

白婴的眼睛依旧带着笑，却已不再像之前，一见楚尧，内中便有灿灿星辰。他不作答，她自然不会抱有任何希望。短短一日一夜，她叹的气比前半辈子加起来还要多。

白婴收敛笑容，正色道："大将军既然不急着走，可否替我解答几处疑惑。"

楚尧不置可否。

白婴道：“这鹿鸣苑里，有多少是当年那一百一十九人？”

“没死的，尽在此处了。”

“你……”白婴蹙紧眉头，“那里面，还有无辜的平民百姓。”

楚尧对她的控诉没有丝毫反应。白婴的心揪作了一团，眼睛也酸胀不已：“你今夜将我带至此处，是想利用我，血洗鹿鸣苑？后续再顺水推舟地把罪名扣到我的头上？”

“是。”

“那纵容战俘作乱，又是为何？遂城是都护府的根基，倘若三次守不住遂城，朝廷怪罪下来，你该如何自处？”

楚尧看了看她，无声无息地走到就近的一张桌边，长剑一动，轻而易举便将一名男子挑到了白婴脚边。他缓步靠近，锋刃折射出凌厉的寒芒。白婴眼前一花，胳膊上顿时被劈开一条深可见骨的伤口。楚尧持着剑，以刃上鲜血滴在那男子脸上。男子在昏迷中亦发出了一阵恐怖的低哑嘶鸣。白婴眼睁睁地看着血腐烂了他的皮肤，脓水溢出来，所过之处，皮肉不存。眨眼瞬息，一个活生生的人，便成了一具白骨。

楚尧面不改色地目睹这一幕，继而望了望天，道：“乌衣镇的大夫曾说，若在阳光之下，女君的血会蒸为毒雾，重则可屠一城，此话，当真吗？”

白婴不可置信地对上楚尧认真的眼神，整个人都无法控制地战栗起来：“你……你疯了……”

楚尧没有否认，反倒接上了她前面的话：“纵容战俘作乱，亦是赏叶云深一个机会罢了。可惜，他胆量不足，让人失望。好在，他将女君送来了都护府。”话至此处，他似是微微一叹，“你……不该回来。”

白婴泪如雨下，绝望的情绪如附骨之蛆，压得她快要喘不上气。

楚尧淡声道：“光凭战俘，屠不了城。但若女君一死，或可试试。”

“疯子……你怎么会变成这样……屠城，于你有什么好处？楚尧，你到底想要什么？”

“想要什么……”他想了想，目光竟有一瞬的涣散，“也没什么想要的了。”

白婴一时心如刀绞。

这些年里，她曾见过他许多模样：生气的、开怀的、恼怒的、害羞的。她记得他年少时的意气风发，也心痛过他兵临城下时的颓然神伤，哪怕他当年亲手杀她，她肝肠寸断，却也及不上楚尧落下的一滴泪。可她不曾想，不敢想，这一场场世事，把热血赤忱的少年逼到此境，好似他许她的十丈红尘，万般风光，都再无意义。

过往和眼前如同两股巨力撕扯着白婴，让她鲜血淋漓。她被他牺牲短暂的恨，经年累积长久的爱，都在楚尧揭下面具的这一夜，如黑云压城般猛烈地席卷，拽着她坠入无底深渊。

白婴泣不成声道：“这一切，都是因为你的小妹吗？楚尧，杀了她的人，是你啊……”

楚尧怔了怔，失神地盯着她。

“奉安二十七年，你未曾问过她一句，愿不愿意为人牺牲。如今，你杀了用她的命换回的人，楚尧，她的生或死，在世人眼中，在你的眼中，都是一个笑话吗？该疯的人，是她。”

楚尧良久没有言语。

不知想到什么，他突兀地笑出声来。起初沉闷喑哑，好似从那起起伏伏的胸膛里破出来一般，及至后来，他抬手捂住猩红的眼，越来越癫狂，越来越萧瑟。

白婴忽觉，她的少年，好似尝尽了人间苦楚，却再也无法与人说。

她心软劝道：“楚尧，忘了吧，别再后悔过去的选择。你的小妹，不会愿见你如此。”

“后悔……”楚尧细细品了品这二字，垂下手道，“非是后悔。女君可记得，那日树下，我与你说过，她喜欢热闹。”

“我记得。”

“可我……让她孤单了好多年。是时候，送世人去陪她了。”

“疯子……你这个疯子……”

“所以，烦请女君先行。”

话音落地，剑尖直刺白婴胸口。白婴本能地偏过头去，还以为在劫难逃，不想变数突生，几十个杀手从四面八方跳进了鹿鸣苑。她定睛一看，带头的竟是向恒。白婴一句咒骂的话哽在喉头，终归是忍住了。

眼看利刃破风，铺天盖地地袭来，楚尧顷刻扭转剑式，回身迎上。来者俱是身手不凡，相较叶云深的山鹰也不遑多让。白婴正琢磨着向恒这娃上哪儿找的高手，就见弹指之间，高手们被楚将军连着劈了好几个。

一时间，花园里血雾弥漫。

白婴心知这些人压根儿拦不住楚尧，向恒更是明白楚尧的可怕之处，他不敢耽搁，趁着尚有几人能缠着楚尧，利索地飞身上前，拎起了白婴。他见白婴受伤，迅速扯出鲛纱为她包扎。就在这间隙，杀手又死了将近十人。

白婴抹了把脸上的水泽，推搡他道：“不是不让你蹚这浑水？你怎么偏要来！快走！”

“一起走！”向恒斩钉截铁。

“你姐夫疯成这样，你带着我，只有殉葬的份儿！”

“那就，一起死。”

“向恒，你！”

白婴气得头晕，心知继续拖延，只能把向恒的命一块儿搭进去，索性不再反对。向恒一把将她扛上肩头，刚要提起轻功，楚尧踢过脚边的铁器，直贯他的胸膛。他下意识地举剑一挡，硬生生后退数步，被磅礴的内劲震得呕出一口血来。不及向恒反应，楚尧已然逼退面前围攻的三人，一掌拍来。

“找死。”

掌势刁钻，向恒避无可避，咬住牙关硬受了这一掌。他借着掌力起跳，人到半空中顺势洒出一包粉末。楚尧抬袖遮掩的同时，二人便已逃出生天。花园里的杀手余下十来人，大抵是为给向恒争取机会，尚未撤离。

众人面面相觑，犹豫着谁也不敢率先攻上。楚尧掸去衣上尘灰，神情愈见嚣狂的杀意。身形将动，他忽然看见白婴方才落脚的地方，有一块两指大小的铁牌。楚尧怔了怔，旋即极其缓慢地蹲下，将那铁牌捡起来，细细打量。

那上面，刻着二月初七，最底下，是个端端正正的“逸”字。

他的指尖微微战栗起来，头疼得像是遭人活活劈开。无数散乱的画面和跌宕的声音如海啸般涌来，将他彻底吞没。

——兄长，今天是你的生辰啦，我特地跟婶婶学了煮面，香菇肉末鸡蛋面哦，你尝尝好吃吗？婶婶还笑话我，说我将你的生辰记错了。我哪有记错，这生辰牌上明明写了，就是二月初七。

白婴言笑晏晏地说：我来算算，鸡蛋，一个铜板，香菇面条一个半铜板，精瘦肉半贯钱。

——兄长，你为什么总喜欢看兵书呀？这上面的话，我一句都看不懂，什么叫兵不重伏？

白婴信誓旦旦地说：我哥跟我讲过，兵不可重伏。

——兄长，我昨日又闯祸了，述哥是不是为此同你起了争执？我知晓，他们都怪你包庇我，还说这样下去，我迟早会无法无天。我错了，以后，我都会乖乖听话。

白婴气哼哼地说：行，我废，那还不都怨我哥。

白婴说，我哥耗费心血教我好几年的东西，一夜之间，便被大将军粉碎干净了。

白婴说，忘了吧。

白婴说，这样记着，不痛吗？

最后的最后，白婴笑时所讲，我喜欢你。绝望时坦言，该疯的人，是她。都像走马观花，一一重现。他注意过的，不曾留心的种种细节，都慢慢串联起一条线。

他原本怀疑她是叶云深派来的细作，一直有意地模仿着他的阿愿，可他从不深思，白婴情起何处。以及……她为何会重视赵述将受到的惩处。

楚尧低低地闷笑两声，继而站起来。铁牌捏进他的掌心，因太过用力，指节和手背都变得惨白。他环视周遭杀手，沉声问：“他们，去哪儿了？”

有人接了句：“不知！就算知晓，也不告诉你这疯子！”

楚尧稍是颔首，下一句，断了他人生死。

“那么，留你们，亦是无用。”

城郊的一把火，烧着了鹿鸣苑。遂城之内，万民惨遭兵燹。秋宴当日，城中不设宵禁，暴起的战俘四处杀戮，百姓仓皇之中，纷纷涌出了城门。一场惨烈的祸事延续到亥时，天幕上突兀炸开了焰火信号，城外待命的三千精兵即刻策马，回城支援。

另一边，月色铺洒的林地里，沉重的脚步声飞快跑过，间或夹杂着青年的咳嗽。白婴在向恒的背上颠得头昏脑涨，等到迷药的劲头消下去一些，她哑着嗓子说：“这位少侠，不知你有没有听过，京都里的太学？”

“没有，不去，不想读。”

白婴：“……我倒也不是这个意思，何况那地方，我这种与将军府沾亲带故的人都进不去，遑论是你。”

向恒不大明白她要阐述什么，又要节省体力背她，干脆不搭话。

白婴自言自语道：“太学里，只收两类人，一是官家子弟，二是世家推举的人才。内中所授，远非普通私学可比。话说，你跑慢点行不行，我五脏六腑都快抖出来了！”

“不能慢！”

“成吧，那你跑你的，我说我的。那太学里，设有各种稀奇古怪的课，包括治国之策、兵法韬略、奇门遁甲、五行八卦、寻踪探迹等。别的我就不啰唆了，单讲这追踪术，没用半年，楚尧就被授课的老师一哭二闹三上吊地赶出了学堂。理由是这一门课老师比不过学生，深深伤害了老师的颜面。”

向恒默了默，终是停下了。

白婴见此话奏效，挣扎着从他的背上跳下来，蹑手蹑脚地走到一棵树边，扶着树干道：“不跑了？”

向恒跟着扶住树干：“你，故意的。”

“傻小子。”她弹了下向恒的脑门，“你将将跑的时候，我便观察了一下这方的地形。此处林子里，设有迷阵，估摸着咱俩转到天亮，都走不出去。”

“楚尧，摆的？”

“那倒不是。他说过，这里以前是阴阳家分支的地盘，前人栽树，后人乘凉而已。可惜我不精此道。再者，三州地界里，他手眼通天，就算出了这片林子，我们也走不远。”

向恒沉默不语，捂嘴咳了好几声，连带着指缝中都溢出鲜红。白婴料他受伤不轻，环顾右前方有一山洞，不由分说地扶上他，意图进去暂避。

向恒好不容易能与白婴离得近，自是摆出一副虚弱不已的模样，整个人都靠在她身上。两个伤患踉踉跄跄地进了洞，适应了一阵儿黑暗的环境，方摸索着找了个角落坐下。她询问了向恒的伤势，听他说没有大碍，一颗提到嗓子眼的心才勉强落回肚里。

半晌。

白婴叹气：“你说你好端端的，回来做什么，现在倒好，等你姐夫找到这儿，咱俩双尸两命。”

“白婴。”向恒怒道，“事到，如今，你还，对他……”

他顿了顿，蓦地一拳砸在墙上：“我一早，说过，你不该，入局！”

“晚了。我也没想到，八年时间，物是人非，堂堂定远大将军，疯成了这样。”

说到这儿，白婴的眼底覆了层温热，她止不住地吸鼻子，听向恒道：“告诉他，你的，身份。”

“现在不行。”

“为何？”

“我也不是没想过以此自保，只是……”白婴整理了一下思绪，“今晚鹿鸣苑里，大多数是我当年用命换回来的人。彼时金州和博州的兵马回防，叶云深急撤出遂城，仓促之下，抓走一百一十九人。”

“我知道。”

“他的目的是换银子和粮食，因而所掳之人，多为家世出众者，只有少许平民百姓，阴错阳差地被抓去。以我早些年对楚尧的了解，若他单是后悔当年的抉择，不至于杀了这些人泄愤。况且，他今夜所言，非是后悔……”

白婴陷入了深思。

向恒见她许久不吱声，咬牙切齿道：“你都说，他疯了，岂能，以常理，剖析！”

好有道理，竟无法反驳。

白婴噎了一噎：“我只是在想，退一万步说，他当真对昔年事耿耿于怀，也不该迁怒满城百姓。楚家军中有四位副将，亦无人质疑他清空遂城兵力的决定，包括赵述在内。这一点，十分启人疑窦。”

“那与你，身份，有何，关联？”

白婴抿了抿唇：“因为，我活不久。”

向恒一僵。

她懒懒地靠在石壁上，说：“他走到今天这一步，其中不乏我的缘由。若我死一次，他能以满城人殉葬，我死第二次，还不知他会疯成什么样。届时，穷途末路，楚尧该怎么办……”

“白婴！”向恒恨不得打她一顿，“你就，那么，为他，着想！半点，不顾，你自己？”

“也不全是。这场仗，打了太久，死了太多人。要平定西北之乱，叶云深这首恶必须死。古往今来，两国征战，败方国君岂能苟活？莫说叶云深，姜宸，就是单单背了女君之名的我，在战事结束后，都得把头送到梁国天子的手里。叶云深扶我上位，不只是想找个替罪羊，而是我与他性命相连，是他保命的一张底牌。他算得如此精妙，我哪能甘心如他的意。”

“白婴……”

“所以，我又何必……再让楚尧痛第二回。”

她一席话说尽，向恒已是百感交集，半个字都道不出来。

隔了良久，白婴道：“只可惜……害了你，让你陷入这般绝境。”

向恒稍稍一默，语调格外平静道：“你有，你的，坚持，我也有。黄泉，路冷，我陪你。”

“你……”

白婴想说点什么，思来想去，又觉万千言语都显得毫无意义。她心知肚明，自她决定踏上这条路，向恒便不离不弃地守在她身旁。他会恼，会气，会使小性子，可更多的时候，他只是安静地充当她的后盾。她救他一命，他用这一辈子当作回报。

白婴叹息道：“罢了，沉重的事暂且按下，话说你是上哪儿找的杀手？我瞧着身手不错，该不会是叶云深这鳖孙儿的山鹰？”

“不是。”向恒一谈这个，脸色就变得古怪。

白婴蒙道：“我是不记得我一个没什么实权的女君豢养了这么多人啊？莫非他们都是觊觎我的美貌和年轻的肉体吗？”

向恒翻了个白眼，对白婴臭不要脸的自信见怪不怪。他寻思须臾，干瘪瘪道：“是一个，地下，杀手，组织。江湖，中人。”

“哦，和你有过命的交情？”

“不是。和我，有情的，只有你。”

白婴猝不及防被调戏了一下，面不改色道：“好的不学，学我说骚话干什么。那没有交情，人家还肯为你卖命？”

“银子。”

“……贵吗？”

向恒点头：“非常贵。”

白婴摸下巴：“那么，问题来了，你哪来这么多银子？该不会是挖了……”

向恒顿觉她简直是智慧巅峰，索性大方承认：“对，就是，挖了，你埋的，宝贝。”

白婴一晚上被两个男人气哭，捂住胸口，忍了半宿的喉间老血奋勇喷出，两脚一踢，晕了过去。

那是她留给楚尧的老婆本！

她气血翻腾，先中迷药后受打击，意志力比平素脆弱了不少。起初她还昏昏沉沉的有少许意识，也分不清是错觉抑或现实，只隐约听到有人打斗。那声音持续了少顷，很快便停止下来。

迷糊中，她好似看到一个颀长的影朝她靠近，及至跟前，她才凭气息辨别出，那是楚尧。她看不清他的表情，也无法确认他是否还如先前疯魔。她拼了命地想发出动静，身体却无论如何都不听使唤。

突然，她胸口一凉，衣衫被人剥开。白婴震骇到头皮发麻之际，胸膛温热，一滴，又一滴的水泽落在她的肌肤上，几乎要将她融化开来。

那人温柔到极致地抱起她，前所未有地小心着，好似生怕搅碎了这一场梦境。她无比眷恋的暖意将她包围，有个声音穿越了白驹过隙的数年光阴，喊出那久违的名——

阿愿。

从白婴记事起，她就甚少回过头去观望自己这一生，因为那着实算不上令人愉悦的过往。

她生于奉安十三年冬，是个无父无母的孤儿。打小被京都马家村的马员外，收做了童养媳。挂着童养媳的名，实则是个任人发泄的受气包，浑身淤青都是为了换一日三顿的清汤米粥。磕磕绊绊地长到八岁，马员外家的人不知遭了什么天谴，一年内全死了。村里的人说是有邪物，找了个半罐水的道士来驱邪。结果道士一见白婴生得水灵，便心生歹念，要收白婴当弟子。白婴不从，道士一怒之下，指认她为邪祟，会克死整个村子的人。

世人往往如此，事不关己，满身皆正义。一旦涉及私利，全然不顾他人死活。

年幼的白婴，就因这句话，被绑上火架，要遭活活烧死。

那一日，有个龙驹凤雏的少年经过，以一己抵众怒，将她救了下来。

愚民说，她会克死你。

少年不惧。

愚民又说，她当别人的童养媳，克死别人一家子。哪怕你救得了她的性命又如何，来日流言蜚语，无人敢娶她，她还不是一样生不如死。

白婴眼巴巴地望着少年的背影，好似一道牢不可破的屏障，挡在她身前，为她遮风避雨。

他言之凿凿，说着，没有人爱她，我来爱她。没有人娶她，我愿娶她。

这一句，定下了终生，白婴记了一世人。

后来，她跟随少年来到一处华丽的大宅子，他给她取名安阳，有安稳顺遂，一生立于阳光之下的意思。可大多时候，他也唤她阿愿，说希望她事事如愿。他告诉她，从此往后，有我之处，便是你的家，你无需害怕，我会保护你。

白婴初以为，这只是戏言，可少年用了整整四年的时间，把她宠得无法无天。她从一开始的唯唯诺诺，到后来，京都里，除了皇宫就没有她不敢横着走的地方。经年累月，让白婴对于人生的憧憬，对于每一个精心幻想的未来，都有少年的存在。

再后来，白婴十三岁，少年带着她远赴边关。大抵是三州的风沙磨人，战事一次比一次艰难，少年的态度也有所改变。他不再过度包容她的胡作非为，也鲜与她行为亲昵。他保持着恰到好处的君子气度，就连像从前一样摸她的头，都少之又少。很长一段时间里，白婴赌气，不肯跟他讲话，也不肯像在京都时那般，成日端着一碗香菇肉末鸡蛋面，屁颠颠地讨少年开心。

她原本想着，等这场仗打完，她的兄长就会重展笑容。

可惜……

一晃奉安二十七年，二十四国兵临城下，叶云深用计围困金州，遂城的兵马紧急支援，导致遂城城空，叶云深趁虚而入。后经连日鏖战，虽终将蛮夷铁骑逐出城外，却有一百一十九人被擒。两军对垒下，叶云深知悉楚尧有一义妹，备受疼宠，为打压楚家名声，叶云深提出用白婴来换这一百一十九人。那时，白婴尚不知情，城墙上跪求楚尧的男女老少，一字一句，都在要她的性命。

人人都睁大眼睛看着，这位少年将军，是否当真视民如伤。百姓的亲眷能死，他的亲眷，又为何不能牺牲？

种种的质疑，各方的压力，促使少年终归应下了这个条件。

深秋日暮，他亲自把白婴送出城，白婴哭得撕心裂肺，那两扇重于千钧的城门都再未开启。说不上是他狠心还是慈悲，他知白婴此一去会受尽凌辱，竟在叶云深掳她离开的当下，一箭射出，贯穿了她的心口。

白婴在鬼门关走过一趟，原是活不下来，却因叶云深擅长蛊术，得以苟延残喘。熬了一千多个日夜，她成了人不人鬼不鬼的药蛊。

这生平幕幕，乍如昙花一现。到了尽头，一场梦境也变得荒腔走板。

她见楚尧屠戮千万人，天愁地惨，血流漂杵。乌云掩住了天幕，他站在尸山之上，一柄长锋泣血。他伸出手来，脸上柔和的笑意与残酷的景致格格不入。他说："阿愿，过来，到我的身边来。"

白婴像是在本能地走近，可不管她如何前行，都到达不了楚尧的身边。身后忽而涌来无数人，脚下的地面随之震动，刀光剑影把楚尧吞没。白婴眼睁睁看着那袭黑衣的衣袂浸出血色来。她想护着他，偏偏无能为力。巨大的痛苦像是石磨，一点一点地碾着她的心。

晃眼间，场景变换，白婴又回到了囚她四年的地窟，一池血水散发出令人作呕的腐臭味，其上漂浮着白骨与数不清的断肢。石壁上延伸出两条铁链，牢牢禁锢着血池中的一个人。

他披散着头发，齿间溢出兽鸣一般的哀声。

曾经，那是白婴的境遇。但这梦里，人变了。

白婴似有所感，屏住呼吸一步一步走到岸边。那人僵硬地仰起头来，细碎的黑发下，一双空洞的眼里钻出嗜血的蛊虫。

那一刹，白婴彻底崩溃，撕心裂肺地咆哮道：“楚尧！”

她的手胡乱挥舞，冷不防的，有人握住她，轻轻回答：“我在。”

这简单的两个字，对她起到了极大的安抚作用。白婴呜咽着哭了几声，旋即把那只手搂进了怀里。她用脸蹭了蹭裹挟着凉意的衣料，刚想换个姿势接着睡，猛地意识到什么，一个激灵，她翻身坐起。

入目之处，不是她晕过去前的山洞，而是一间陌生的卧房。窗框外天色将明，浓墨般的夜逐渐消退，屋内的烛台已燃烧过半。

白婴呆了一下，还没回过神来，身边人的指腹便抵在她的眼角，替她拭去了还没干涸的泪。她咽了口口水，微微别过头，与那人打了个照面。

不是意料中的向恒。

白婴怔忪一瞬，随即，飞快地往后一退。

楚尧的指尖落空，眼底的温柔也稍是僵住。好一会儿，他故作若无其事，垂下手道：“又做噩梦了？与在乌衣镇时一样吗？还是……梦见昨夜？”

“你……你怎么……”

白婴卡住了话头。她拼命回忆离开鹿鸣苑之后的事，想了半晌，想起山洞里那如梦似醒的场景。她依稀有印象，自己的衣物被剥开了……

一念至此，白婴赶紧掀开被子，审视自个儿的穿着。果不其然，一身粉粉的裙子已经不翼而飞，取而代之的，是一件雪白干净的亵衣。她两颊顿时绯红，抿了抿唇，开始搜寻自己身上的物事。

楚尧见状，慢条斯理地从袖口里掏出生辰牌，递到了她的眼皮底下。

“在找这个吗？”

白婴默了默。她若此时承认，无异于“啪啪”打脸。正纠结着找个借口糊弄过去，楚尧像是看穿她的小心思，平静道：“如果不是你的，那我便将其扔了。”

白婴咬牙：“好。”

楚尧又道：“此次秋宴已经结束，也是时候处理都护府的内务。赵述背主，按军规当斩，择日不如撞日，就挑今天吧……”

白婴一把捉住他的腕子："述哥的命，不是让你用来威胁我的！"

楚尧定定看着她。

这一眼，盛满万般心绪，将这十年别离的狂恨狂悲，爱憎怨苦，都于那深邃的眸中表现得淋漓尽致。直到，诸多往事，如烟云消散，荒草丛生的天地间，因一人的再度出现，重新赋予了绚丽的色彩。

楚尧如释重负般轻叹一息，把生辰牌放入了白婴的掌心。

"下次，别再弄丢了。"

白婴鼻尖儿一酸，他已将她轻拥入怀中："阿愿，你回来了。"

何其的珍视，何其的温柔。

白婴大滴大滴的泪砸在楚尧的肩头，喉咙发堵，难以说出半句否认的话。楚尧防她、凶她、骂她，甚至要杀了她，她都能尽量从容地去面对，因为她知晓，失去曾经保护她的屏障，她必须独自适应风风雨雨。可一旦楚尧像往年一般，将内心最柔软的一面摆在她面前，珍之重之地喊她的名，只一刻，她便溃不成军。

所有的不甘，所有的苦痛，所有的委屈，都瞬间濒临爆发，她恨不能退回原点，躲在他的羽翼下，把鲜血涔涔的世事忘个干净。

她的哭声渐大，怎么也止不住，本还克制着不想回应的手，不由自主地攀上了楚尧的肩背。她用力抱紧他，发狠到想把他揉进骨血里。压抑的悲鸣震得人耳膜生疼，她一腔极爱极恨，都在此情此景中尽数发泄。白婴重重咬住楚尧的肩膀，楚尧亦不躲不避，一下又一下拍抚着她的后背，与她耳语："抱歉，我来晚了。让我的阿愿，受苦这么多年。以后，再也不会了。"

他先前说来迟一步，如今又说来晚……

白婴无法理解这两句话的含义。她哭得脑仁疼，也没法仔细思考。不知过了多久，她接连不断地打起了哭嗝，这才松开楚尧，与他拉开了少许距离。

楚尧用袖子帮她擦完眼泪，末了，又绕过床前的屏风，端了一碗黑糊糊的药回来。他坐到床畔说："你的手臂受了伤，先把这药喝了。"

白婴瞄他一眼，乖乖巧巧地照做。

一碗药见了底，她才舔了舔嘴道："我是药人，那点伤，很快就会自愈的。这些汤药，于我并没什么用处。"

楚尧顿了顿，把碗放在床沿，摸摸白婴的头："重逢之时，为何不告诉我？"

白婴清楚他在问什么，眼神心虚地飘了一飘，嘟哝道："你也说我受苦这么多年，那必然心中有恨呀，怎么能轻而易举告诉你真相。"

"是吗？那阿愿本想对我做点什么？"

"想……趁机夺权，扰乱都护府。"

楚尧静静地看着她。

白婴也肿着一双眼与他对视。她生怕楚尧当真信了她的鬼话，正欲补救，他却道：“你若想，十万兵权，给你何妨。”

还是这熟悉的做派，还是这熟悉的反应。

京都第一妹控，真真名不虚传。白婴分得清他没说假话，无奈地瘪了瘪嘴，及时终止了这个话题。她瞥瞥楚尧的肩头，挪近些许，扒拉着他的领口道：“给我看看。”

换作从前，白婴有这举动，多半会被楚将军摔出房间。可眼下时移势易，作为妹控的楚将军听她要求，三下五除二便剥开衫子，露出了劲瘦的肩膀来。白婴眉头一皱，后知后觉她咬得太重，下嘴缺了分寸，这会儿楚尧的肩已经红肿一大块，看得她心疼不已。

白婴幽幽道：“你怎么也不推开我？”

楚尧不动声色地把衣衫重新整理好，慢声说：“不碍事，不疼。”

“怎么不疼，你忘了我之前与你讲过，疼就是疼，疼再多次，也习惯不了。”

“所以，这些年，你一直是疼过来的。”

白婴琢磨着，这话题不能再深入下去。她被炼成药人，是因奉安二十七年之故，楚尧想来没那么容易放下心结。他如今已是剑走偏锋，若继续执念于她这副残躯，后果不堪设想。白婴摸了摸鼻头，生硬地跳过了这一茬：“你方才，不会是真心要杀述哥吧？”

楚尧眉峰微动，旋即象征性地弹了下白婴的脑门：“在你看来，我已经冷血到此种地步了？”

“没有……我只是猜不透，你抓述哥，打的什么算盘？”

“前因，想必阿愿猜透了八成。”

白婴闷闷不乐：“从一开始，你就怀疑我身上藏有秘密，天途关受伤，是一次试探。偏就那么巧，让你晓得了我是药人之身，从那时起，你便在计划利用我掀起鹿鸣苑之乱。”

“是。”

“那会儿放我走，你是真心的吗？”

“是。”楚尧突然想到什么，解释道，“非是因男女之情，只是略有不忍。”

“这份不忍，是因我对你好，是因，我像你印象中的阿愿。”

“你就是阿愿。”楚尧固执道。

白婴难得见他孩子气的一面，顿时哭笑不得。强迫自己端正了神色，她继续道：“述哥理当是晓得，你会趁秋宴之际，有所行动。”

“嗯。”

“可是，他没有尽全力阻止你。”话到此，白婴的表情越发凝重，“你手底下四个副将，倘使一同反对你调兵清空遂城，战俘之乱不会发展到这个地步。但述哥只是选择了最徒劳的做法，想将我带走，避免我的药人之身酿成大祸。这是为什么？”

楚尧沉默许久。

他见白婴一脸问不出答案绝不罢休的态度，长叹一口气，索性道：“四年城破一役，你应当清楚。”

“当然清楚。你说起这个我就有句话不能不吐，那阵儿叶云深围困博州，设的局简直和八年前一模一样，他就是用此来讽刺你，你怎么还……”一个“傻”字在白婴嘴里酝酿了半天，她也没忍心吐出来，“要不是那一战你突然宛如“战神”附体，打得二十四国哭爹喊娘，你楚家的名声，估计就毁了，你也不怕你爹的棺材板按不住。”

楚尧闻言，反应却是镇定得极其诡异，仿佛他从头至尾都在这件事外，只作一名旁观者。他想了想，问了个无关紧要的问题：“那一战之前的楚尧，窝囊吗？”

白婴很是不满：“哪有人这样说自己。‘窝囊’两个字，和你才没有关系。你从前只是心存仁义，临战经验不足，比不得叶云深这种脑袋插阴沟里的变态。”

“那……这四年的我呢？”

“唔。”白婴吸了吸鼻子，中肯道，“就是能让十六国众人一见你就想跑的霸气存在吧。”

楚尧抿了抿唇，像是在遮掩笑意。他干咳一嗓子，说：“那你喜欢从前的我，还是现在的我？”

“我当然都喜……”白婴话锋一顿，“等会儿，谁要跟你讨论喜不喜欢的问题，我现在是在审讯你！”

楚尧的眸色不明所以地暗了暗，他继而颔首道：“那一战，叶云深带来一坛骨灰，扬于风中。”

白婴杀气腾腾地问：“老娘的？”

楚尧无奈地看着她。

她立马改口装乖巧：“人家的？”

楚将军神情微妙：“你……你是什么样的，在我面前，都无须掩饰。我想……想看见的，是最真实的阿愿。”

白婴没吱声，心底却是腹诽着，前段日子她每说骚话，楚尧的嫌弃都快化成刀子直捅她后背了，眼下这番打脸，怕是他一时半会儿难以接受。念及此，她就想笑，又不好意思打岔，只得努力憋着。

楚尧调整了下心态，把注意力带到了正事上：“那坛骨灰，的确叫人乱了心。彼时一战僵持大半月，楚家军折损严重。其间上表朝廷请调河西军支援，却因朝中党派之争，迟迟未到。后有圣旨快马加鞭，敕令楚家军死守遂城，兵不尽，遂城不得有失。”

“这！”白婴愤起怒骂，“什么狗屁朝廷！什么昏庸天子！当百姓的命不是命，当边关的将士不是人吗！”

楚尧淡淡道：“城破当下，楚家军已将近折损过半。”

白婴心口一揪。

“我的四个副将，从那一年起，再未质疑过我任何决定，其中，包括赵述在内。”

白婴默然少顷：“因为，他们的命，是你从战场上，一条一条争回来的。”

“嗯。”

白婴心中存疑，却没再坦言道破。所谓兵者，乃是为护身后万民，白婴坚信，这是每个从伍之人的初心。她不了解旁人，但她了解赵述，他绝不会因着楚尧救过他，就任由他胡来。楚尧这次要的，是一城人的性命。这其中，必有别的缘由。白婴暂且不提，矮声道：“所以，你抓赵述，只是不愿让他徒生枝节，却从未想过取他性命。”

楚尧默认。

“那你刚刚说要斩了他，也是诓我的？”

楚尧笑笑：“战俘作乱前，他已从地牢里出来了。”

“啧，啧啧。”白婴摇头晃脑，“我现在觉得，还是从前那个小白花一样的楚将军更好了。”

她此话一出，不晓得哪里伤及了楚尧，让他已然神采奕奕的眸光瞬间暗淡下去。白婴喜欢他喜欢到骨子里，自然能捕捉到他一丝一毫的微妙变化，见势不好，她慌忙补救：“那是说笑的。只有如今的楚将军，才是真正的强到令人发指！”

楚尧的脸色好转了些许。

白婴默默嘟哝她哥这小性子还挺多，嘴上已接了方才的话：“如若你杀了述哥我也不承认身份，你待如何呀？”

“那……便用我的命来赌。”

“你……”白婴咋舌。

好半晌。

她忽而跪坐起来，再次抱住了楚尧。

楚尧整个人一僵，在白婴看不到的角度，耳根子红得像是要滴出血来。他听见白婴语气柔和，似嗔似怪道：“你这个疯子……”

“嗯……的确，疯了许多年。”

“我知道，这些年，你辛苦了。我的宝贝儿宝，一定吃了很多很多苦。年少时，是你救了我，这一次，换我救你吧。”

楚尧迟疑须臾，轻轻环住了白婴的腰。他没出口的话，实则只有一句——

你还活着，便是对我最大的救赎。

◆

第十五章·
打脸来得就像龙卷风

两个人在房里交谈到辰时过后。有关秋宴的细节，但凡是白婴问起，楚尧也不会刻意隐瞒。她得知鹿鸣苑已被一把火烧毁，城中的乱局也在昨夜平定。逃出城的百姓已在陆续回转，赵述正率领一队精兵负责处理后续事宜。

白婴听完，沉默了好一阵儿，低声问道："伤亡人数，多吗？"

楚尧避而不答，直勾勾地望着白婴的眼睛："阿愿心里，必会因此事怨我，对吗？"

"倒也不是怨……"白婴斟酌了一下言辞，"从前是你教我明辨是非，告诉我人生立世，应当俯仰无愧。这些话，我向来牢记在心，不敢有所违背。我花了很长很长的时间，想攀上高峰，与你并肩，到头来，却发现……"

"是我粉碎了你的信念。"

白婴凝视着楚尧，抚上他的脸颊，轻声叹息："我不知晓你这八年是如何过来的，你若不愿说，我便不提。我们都把这一段不好的回忆驱逐出去，余生还很漫长，我希望，有朝一日，我能看着你，重新立身于光明。"

楚尧的眉梢动了动，不知为何，音色竟是有些落寞："在阿愿的心中，我始终是热血赤忱、光明磊落的将军。你从小到大，看在眼里的，也是这个人……"

白婴听得不明不白，为了不使自己看起来太蠢，她只能深情款款地说："我在意的是你。"

楚尧沉默，然后笑着点头："你希望我是什么样，我便可以是什么样。你想要世人敬仰的英雄，我亦如你所愿。"

他一句保证，顿时宽了白婴的心。白婴从不质疑楚尧的本性，也不认为他无可救药。哪怕是历经昨夜，在白婴看来，都是事出必有因。她并非当真放弃了探寻这八年的秘密，但她心知肚明，不能逼得太急。此中缘由，还需从长计议。

她暗暗打定了主意，正想换个话题，肚子冷不防"咕噜"一叫。她尴尬地瞅了瞅自己的小腹，又讪笑着去望楚尧。

楚尧善解人意地起身道："你先歇着，我去街上给你买些吃的。"

“不用麻烦，这城里将将乱了一场，大清早哪有人做生意呀？”

楚尧想了想，犹豫道：“那我让公厨……”

“不用麻烦。你都护府什么作息我还能不晓得？这会儿公厨早没吃的了。”白婴狡黠一笑，赤着脚跳下床。

眼看楚尧抿了抿嘴，大有想把她摁回床上穿鞋袜的征兆，白婴赶紧坐下来，穿好了鞋子，方起身道：“我其实一直都有个愿望，不知当讲不当讲。”

“你说吧。”楚将军端出一副只要你敢说这天底下就没我不敢做的宠溺姿态来。

白婴摸摸下巴：“唔……就是早几年，我刚跟你来到边关那会儿嘛，吃不惯西北的口味，逢上战事不那么吃紧，你会偶尔给我炒一盘京酱肉丝。”

楚尧那霸气的表情眨眼就收了个干净。

白婴笑嘻嘻地凑到他面前：“我好想再尝尝那个味道。”

楚将军望了眼天色，义正词严道：“昨夜……咳，昨夜甫经大乱，眼下各路将领都在府上来去，我……我要是下厨……”

白婴拉着他的袖子撒娇：“我帮你把风！人家就想吃，我好饿。”

“阿愿，这……”

“我一想到那个味道，就馋得不行。你当满足一下人家，好不好？”

“我……”

白婴见楚尧半天不肯松口，霎时哭丧起脸来：“早前在乌衣镇，你要我戴蝴蝶发钗，又要我穿粉色小裙子，我堂堂一个女君，都没有反对！如今就想重拾记忆中的味道，你都不愿！我哥果然不爱我了，嘤嘤嘤，心好痛。”

她演得一板一眼，双肩还不住地抽抽。楚尧明知她是在做戏，还是忍不住遂她的意。他从边上的柜子里取出一件崭新的衣物，是白婴与他重逢时，喜穿的紫色，只是风格从上到下都格外保守，没露腿，更不会袒胸。楚尧把衣裳披在白婴的肩上，温声说：“你且更衣，我去给你做。”

“一起呀！”白婴喜笑颜开，两手麻利地整理好了外裳。

楚尧脸色微变，推诿道：“你身上有伤……”

白婴拉着他就往外走：“不碍事，我这副身子骨，好得特别快。”

楚尧头一回对“好得特别快”这五个字感到深深的绝望。他被白婴拽着走到房门前，白婴蓦地停下，深思道：“我总觉得，我好像忘了件很重要的事。”

楚尧喜出望外，正想劝白婴留在房里仔细回想，这货就自言自语地说：“算了，不管了，还是填饱肚子比较重要。”

楚将军表示：要不你还是稍微管一下？

楚尧这厢话未脱口，白婴已然大大方方地推开了房门。恰逢此时李琮赶回，风风火火闯进了院子，人还没到跟前，声如洪钟的动静就钻进了二人的耳朵。

“都护，属下回来了！昨夜遂城大乱，属下得知消息，在去博州的半路上就折返回来了！您有没有受伤？我听说鹿鸣苑那边……”

话未完，李琼猛地注意到了手牵手站在房檐下的他家都护和战俘白婴。

这一刹，李副将依稀听到了自己心碎的声音……

楚尧看也不看他，淡淡叮嘱了一句：“回来了，就去军中待命。”

然后，他牵着白婴的手，绕开李琼，继续前行。白婴试图挣脱无果，矮声道：“你……你稍微低调点啊，人家李副将看着呢。”

“是你先牵的我。他要看，便让他看去吧。”

白婴无计可施，抬起衣袖想方设法地要盖住脸。幸得今早府上大多士兵在城中维护秩序，眼见这一幕的并不多。只是李琼抓耳挠腮都想不出，怎么他离开就短短几日，都护和这妖女的关系，竟能发生如此大的变化。他极其不满其中的曲折离奇，大大咧咧地暗骂一句，也急忙跟了上去。

前头的二人穿过花园，从校场的东门入，径直到了公厨。起先李琼还以为，是白婴要主动下厨献殷勤，不想，临到厨房门口，他目瞪口呆地看楚尧温柔地拍拍白婴的脑袋，与她轻声道：“你就在外面晒太阳。炒菜油烟重，别进去了，对你伤情恢复不好。”

白婴拒绝的话尚未脱口，李琼冲上去道：“都护！您是不是被这个妖女威胁了？如果是，您就眨眨眼！我反手劈了她！”

楚尧默了默。

白婴也跟着默了默。

继而，楚将军相当和善地转向李副将，对他说了今日第二句叮嘱：“往后，你且记住。”

“我懂，关键时刻，对女人也不能心慈手软！”李琼信心满满地接了话。

楚尧眯眼：“……不是。我是说，她如是少了半根毫毛，我先劈了你。”

李琼愣怔须臾，顿时猛男含泪。楚尧继续无视他，冲白婴宠溺一笑，独自进入厨房后，便掩上了两扇木门。白婴心情复杂，目睹李琼挥舞出战栗的双手，两行清泪说流就流，委屈低喊：“都护……”

白婴忍了忍，终是没忍住，“扑哧”笑出声来。

李琼恶狠狠地瞪她一眼，末了，哭得越发声嘶力竭。

一刻钟后。

一双男女齐齐蹲在厨房外，依着楚尧的说法晒太阳。白婴随手捡了块小石头，漫不经心地在地面写写画画，嘴上还好意劝说：“你别哭了，不知道的，还以为我对你做了什么。话说你好歹也是堂堂副将，这么个哭法可还行？要是传了出去，对你名声多不好！”

李琼红肿着眼睛，用粗糙的手掌抹了把脸，咬牙骂道：“你懂个鸟蛋！都护要是找个身家清白的姑娘，我替他高兴还来不及，可你算什么东西！”

“我算他的掌上明珠呀。”

李琼啐道：“你这厮，忒不要脸！你什么身份，你自己心里清楚！都护他是大梁的山河脊柱，若是让人晓得，他与你这十六国的妖女同处一室，都护的名声，就此毁了！”

白婴若有所思地摸下巴：“就为他的名声，你都能哭成这样？看不出来，你对我宝贝儿的感情，用得还挺深啊……”

“你说什么屁话！楚家军上下一心，谁对都护的感情不深！白婴，你到底给都护下了什么药！”

“你想知道？”白婴挑眉。

李琼一听她当真给楚尧下了药，当即气不打一处来。白婴抢在他暴走之前，小心翼翼地回头看了看，再凑近些许，压低嗓音嬉皮笑脸地说：“我的确使了些手段，才令他如此。嘘，千万别动手，我要是死了，楚尧能拧了你的天灵盖。”

“你！”李琼握紧拳头，青筋暴起。

白婴好整以暇：“我们来做个交易如何？我问，你答，若能替我解惑，我自然会把解药交给你。”

“我绝不出卖都护府！”

“不让你出卖。我酌情问，你酌情答，但求真诚二字罢了。”

李琼审视着白婴，片刻，他道：“你要知道什么？”

“闲话家常。你是何时成为副将的？”

“嗯？”

李琼一开始断定，白婴的问题，个个都会围绕楚尧，没料到，却是从他身上找切入点。他瞬间警惕，下意识地后退一步道：“白婴，我警告你，我自打参军，就没想过要成家，所以绝不会为你所动！”

白婴哭笑不得：“你这脑回路，不输看了十几年话本的我啊。话说回头，原来，李副将也觉得我好看吗？”

李琼怒道：“我没这意思！”

“哦，那挺可惜，年纪轻轻，眼就瞎了。”

“白婴，你！”

“好了好了，你还要不要挽救你家都护了。你稍微争气点，搞不好这次你立了大功，隔几日就能从四个副将里脱颖而出，成为楚尧心中独一无二的下属！”

这个饼画得略大。李琼斟酌了一番说辞，估摸没觉得有什么不可与人言，索性坦诚道：“我参军时间不长。是四年前城破一役后，被都护提拔成了他的副手。”

“又是四年前……”白婴嘟哝了一声。

这个时间点，仿佛是冥冥中注定的转折，与诸多事都息息相关。她想了想，问：“在此之前，其余三人都是他的副手了吗？”

“不是。老江那会儿还在骑兵营，老王是在左前锋营。早几年的时候，都护身边只有老赵。我们三人，皆是城破那一战，被都护从战场上捡回来的。在此之前，我们都是无足轻重的小角色。按理说，哪怕是一步步建功立业，少则都得七八年，才能成为都护的副手。全赖都护赏识，我们才能在军中立足。从那以后，我就发过誓，这辈子都忠于都护。”

白婴拧了眉头。楚尧此举，怎么听，都像在培养属于自己的心腹。可整个楚家军，都是他爹一手建立，他何须多此一举。

“你可曾听过，裴小五此人？”

李琼沉思少顷，摇头道：“闻所未闻。”

这就怪了。

当年将军府五个人，除了苏昱，其余四人都在楚尧他爹死后，来了边关。楚尧最早的副手，就是赵述和裴小五。奉安二十七年，白婴出事，裴小五一直在战场上。可等白婴成了女君，偶尔带兵骚扰遂城，与赵述都打过照面，却独独没再见过裴小五。她曾多方打听，并没听闻楚尧手下有大将折损的消息，原本她以为，裴小五另有要职，可眼下情景看来，这其中，别有隐情。

副将身亡，于两军乃是大事，不可能毫无风声。

白婴兀自揣摩着种种蛛丝马迹，冷不防听到厨房里面传出了“噼里啪啦”的声响。李琼看她不言不语，表情微妙了一瞬，问：“都护下厨，是你提议的？”

“嗯哪。我说想吃他做的京酱肉丝。”

李琼的神情一僵，先是痛心疾首，惋惜那双披荆斩棘的“战神”之手，竟要沦落到剁肉切菜！他简直恨不得打死白婴。旋即，他又想到什么，站起身，往后挪开一大步。白婴瞧他反应怪异，也跟着站起来，不解道：“怎么了？”

李琼神色严肃：“我记起一桩事。”

“什么事？”

李琼像看敌人一样瞄了瞄白婴，没好气道：“就是四年前，刚打完仗那阵子，都护突然执着于下厨，还总是拒绝他人帮忙。从早到晚，都捣鼓着几道相同的配菜。”

白婴啧啧：“我宝贝儿真是无所不能。上战场能砍人，回到家能下厨。晚上悄悄洗衣服，关上门还能拿针线。长得好看，又如此完美，难怪拖着一屁股情债。”

李琼无语。

白婴问："对了，他给谁做饭来着？不会是林家那位大小姐吧？莫不是也给她做京酱肉丝？"

她声调拔高，适逢厨房里又传来几声砰砰的响动，李琼再退一大步，鄙夷道："怎么可能。都护素来不待见林家那位大小姐，连府门都不让她进。他那段日子，总念叨什么香菇肉末鸡蛋面，一碗接一碗地煮，可不管试多少回，他都说不是他要的味道。"

白婴的心尖儿发狠地一抽。

"我是不晓得都护到底要做什么样子的香菇肉末鸡蛋面，总归，他倒是把厨房炸了好几回。后来有一晚，他与老赵在里面大打出手，我赶到时，老赵差不多丢了半条命，肋骨都断了两三根。自那过后，都护再也没下过厨。他和老赵那晚发生了何事，二人也绝口不提。"

"不应该……这不应该……"

白婴矮声呢喃，刚要说点什么，厨房里的动静猛地达到最巅峰，"啪"的一声巨响，堪称惊天动地。外间的人面面相觑，同一时间拔腿冲向厨房。两扇木门打开，浓烟滚滚袭来，白婴呛得鼻涕眼泪直流，连连挥手，方才将烟雾驱散些许。李琼比她快一步，冲到灶台边上，觑觑地上烧穿的锅，喉结一哽，问那负手站好身板挺直表情依旧从容可却一脸炭灰的当事人："都护，您……您没事吧？"

当事人目前的心情——

后悔，非常后悔。早知如此，就该摒弃针线活先学厨艺。

楚尧无辜地看着白婴。白婴也百感交集地瞅着他。二人都没开口，唯独李琼唠叨道："都怪这多事的妖女，竟敢让您下厨！她是活得不耐烦了！咱们全府上下谁不知道……"

楚尧瞥向李琼："你会做饭吗？"

李琼老实回答："不会。"

"那你留在此处作甚？滚出去。"

李副将委屈："都护……"

楚尧不由分说地扔过去一记眼刀，李琼再是不情愿，也分得清他若还不走，多半会被他家都护手撕。李琼寻思着楚尧这状态不正常，他打算先去找赵述商量商量。他威胁味十足地瞪了眼白婴，闷头闷脑地离开了厨房。

楚尧站了片刻，从角落里拿出另一口完好的锅，再次放在灶台上。白婴慢慢绕过去，看他笨拙地操起菜刀，准备切菜。她一把握住楚尧的手腕，带得他侧身，四目相对，她叹了口气，抬袖给他擦脸："为何不早说，你一个大将军，弄得如此狼狈。"

“无妨。”楚尧面色平静，“太长时间没有下厨，生疏了。”

白婴想说，你这哪叫生疏，你这压根儿就是个门外汉，切菜的姿势都跟砍人似的。她眼看楚尧真心实意地还想再重来一回，急忙扯住他的袖口道：“我来我来，这事我是专业的。你不是想吃……”

话到一半，白婴蓦地噎住。她垂下脑袋，僵硬地移开自己握着楚尧腕子的手，乍见他的皮肤上，有一圈整整齐齐的牙印。她怔忪半刻，好似被人掐住了喉咙，一时喘不上气来。白婴的脑袋隐隐作痛，许多杂乱的声音和画面，都在她眼前一闪而过。

有她年幼时，楚尧怕她乱吃东西，夜夜守她入睡的场景。有她刚至边关那一年，每每楚尧受伤，她替他清理伤口上药的场景。

有他早年安抚她说：“咬这一口算不得什么，乖，阿愿别哭了。”

也有他说：“那个疤，已经愈合了。”

什么是真，什么是假……

白婴晃了一晃，想起叶云深的话——

成为药人者，没几个不疯的。你以为你是人，其实，你早已是鬼。

楚尧察觉白婴有异，反手扶稳她，紧张道：“怎么了？”

“我……”白婴摇摇头，尽力定了定神，勉强笑道，“有点头晕。”

“那你先回房歇着。”

“不了。”她一把将楚尧揽去身后。“做饭这事儿，咱俩虽然都不擅长……”她顿了一顿，十分严峻地沉吟，“我好像真忘了什么事。”

楚尧也沉吟了一下：“你是不是……”

白婴打断他：“算了，填饱肚子重要。”

楚尧忽然莫名窃喜。

白婴没去注意到他微微上扬的唇角，找遍了整个厨房，没找到香菇，她只好用其他菜来代替。她让楚尧先去洗了把脸，等他一回来，她就大大方方地支使起定远大将军。一会儿让他递葱，一会儿让他掺水。幸得附近没人，否则白婴会被楚尧手底下的将士用眼神捅成筛子。她花了一炷香做好两碗面，随即，便和楚尧面对面坐在公厨里，慢条斯理地吃着面条。她心里装着事，左右藏不住，思忖半晌，干脆一股脑问了出来。

“兄长……小五哥，去哪儿了？”

楚尧的筷子稍顿了顿，没有吱声。

白婴等了半晌，想起他有个食不言寝不语的规矩，刚想埋头吃完再讲，楚尧忽而道：“战死了。”

白婴愕然不已：“何时发生的？我怎么……从未听说？”

“八年前的事了。”

“八年前……”白婴兀自喃喃。

假使她的记忆没有混乱，八年前只有一场大战，便是叶云深围困金州，攻入遂城。在她被交出去换回一百一十九人之际，裴小五尚且在世。此后她身陷十六国，叶云深专注于用战俘炼制药人，也未大规模出兵。裴小五怎会战死？

白婴偷偷觑了遭楚尧的手腕，可她现在已经无法确定，她所记得的，到底是不是真实的。她不动声色地揭过此事，打算后续寻着机会，再问问赵述。心不在焉地吃了几口面，白婴涩声道：“昔年将军府五个人，如今就剩三个了。兄长，这些年，你有苏昱的消息吗？”

“苏……”楚尧怔了怔，突兀地咳嗽起来。

白婴吓了一大跳，急忙绕过桌子，去给他拍背顺气。她自责道：“我是不是不该再提及过去？惹你不快了？你若不喜欢，我便不问了。”

楚尧的确是不喜欢，却不是这个理由……

他好不容易止住咳，听白婴瓮声瓮气地道：“我之前想过，外界盛传你落下了病根，兴许是你装来诓骗十六国细作的，包括你的耳疾，我都以为只是你遇上不想听的事，才会选择性发作。”

白婴吸吸鼻子：“严重吗？可有找大夫好好治过？”

楚尧理了理她的耳发，笑道：“不严重，无须担心。平日里稍用内力，便能听清周围的动静。何况，我早已习惯辨人口型，与人交谈，不成问题。”

“不担心……从小到大，你总是让我不担心，可我怎么做得到不担心啊……”白婴抹了把眼泪，想起刚刚还嘲笑李琼说哭就哭，结果到头来，自个儿遇上楚尧的事，也没比李琼稳重多少。

她调整了一下心绪，矮声道：“将来若是不打仗了，你要好好惜着身子。”

“好。”

“去寻一个良医，看看能否调理旧疾。”

“好。”

“不许不看重自己，你不心疼，自是有人心疼的。”

楚尧颔首：“好。有阿愿在侧，不敢不看重。”

“我……”白婴咬了咬下唇，生硬地把话题岔开，“你还没回答我的问题。”

“苏昱……”楚尧重复了一遍这个藏在记忆深处的名字，少顷，他意味不明地笑了笑，带着些许苦涩与缅怀，“你印象里的苏昱，他是什么样子的？”

“他？还能是什么样，一副欠活埋的样呗。”

白婴翻了个白眼：“除了那张脸，他简直就是一无是处。”

她掰起指头：“为人高傲自负，对谁都不理不睬，别人说一百句，他回一句，好像自己金口玉言似的。”

楚将军望天。

“生性极其狂妄，让人极其不顺眼！我至今都记得，那会儿你们四人在将军府练习射箭，他把述哥和小五哥从头抨击到脚就算了，竟然还敢摆出老师的架子，对你指指点点，他当他是谁呀！还有没有点陪读的自觉！”

楚尧莫名捂住了心口。

白婴：“最重要的是，他连我这个孩子都不放过！”

楚尧紧张道：“他何时……”

白婴义愤填膺：“有一年夏至，我给他送了绿豆汤。这厮不仅狗咬吕洞宾，还臭着脸甩手离开，好几次我想与他说话，他都避之不及，仿佛我在他眼里是只恼人的苍蝇。就他这烂脾气，要不是仗着自己武功好，早被人套个麻布口袋打一顿了。”

楚尧沉默了半天，揉着眉心道：“他其实……”

“其实什么？”

“……没什么。”话头欲言又止。

白婴诧异地看见，楚尧眼底依稀闪过一丝不易捕捉的难过，她尚未来得及追问，他便稍稍与她拉开距离，低声说：“罢了，都过去了。苏昱早年离开了将军府，从此再没了消息。兴许，他在这世上某处隐居。也兴许……早已没有这个人了。”

“哦，那就算了。如此背信弃义者，兄长完全没必要念着他。”

楚尧的目光扫过白婴的脸，涩然一笑。末了，他一声不吭地执起竹筷继续吃面。白婴敏锐地觉察出他情绪有异，可又不晓得是哪里说错，只能乖巧退回自己的座位。

待二人一前一后吃完了面，楚尧方坐直身子，恢复了一派云淡风轻。

“从阿愿睁眼到现在，问了我这么多，那么，公平起见，是不是也该轮到我问你了？”

白婴略感心虚：“你、你想知道什么？”

她把楚尧有可能脱口的问题都在心里过了一遍，包括她是怎么被残忍炼成药人的，这些年有过什么样非人的经历，药人之躯有没有办法可解，现在带兵去打叶云深是把他五马分尸还是千刀万剐……

她飞快编了一套谎话，还在自查有没有漏洞之际，楚尧道：“你回到我身边，倘若我一直未识破你的身份，你欲如何？”

她万万没想到，她哥最关心的，竟然是这个。白婴眼珠子滴溜溜地一转：“就这？”

“嗯。”

白婴松了口气，冲着楚尧笑笑，上半身伏在桌面，捧着脸道：“我呀……打算引诱你，与你卿卿我我，进而翻云覆雨，最后早生……”

“阿愿。”楚尧不动声色地喊了她一句。

白婴当即做出本能反应，收起了轻佻之意，老实本分地垂头道：“我在，兄长。”

楚尧的眸光闪了闪，无奈道：“你正经些。”

“哦。关于这一点，我其实一开始并没有十足的把握。天途关那一局，本是我与叶云深商量的结果。”

“我知道。”

白婴并不意外楚尧能洞察一切的心思，皱了皱眉，继续道：“叶云深是想让我里应外合。诚然，我的确抱有接近你之心，想让你放松警惕，甚至适当地给都护府制造乱子，诓叶云深这鳖孙儿进圈套。”

“然后呢？”

“然后……十六国王帐踪迹难寻，楚家军又不擅长沙地作战，一旦西出雁回山，两方胜败难料。这也是你一直没有追击入沙地的缘由。”

“嗯。”楚尧目露欣慰。

“再加上叶云深此人狡兔三窟，所以，我原计划是想引十六国大军主动来犯三州。”

“此计难成。”楚尧一语道破，“我一日不死，他一日不敢轻易来犯。除非，你将我的尸体交到他的手上。”

“我也不是没想过……”

白婴的嘴在前面飞，脑在后面追，望见她哥一脸痛心疾首，她才回过神：“不是。我的意思是，你说得对，叶云深妥妥也是这般想的。我一早琢磨过，要找一具尸体代替，但中途不得出现任何纰漏，必须让所有楚家军以为你是真的死在了我的床……呸，我的美色诱惑下，以此让三州防守露出破绽。这样一来，叶云深方有可能率领大军来袭。”

“行军路线？”

白婴斟酌片刻，谨慎作答：“他对遂城志在必得，且因遂城是兵家要塞，叶云深的第一目标必然是冲遂城来。这些年我总结过王帐的转移，目前只有七成把握，届时，再诱导楚家军造势，让叶云深取道浮屠关，绕月盈河直奔永州，途中经永岁山，再抵达遂城东门。”

楚尧默了默，闭眼沉吟：“浮屠关，永岁山……”

白婴怯怯道：“有哪里不对吗？”

楚尧弯了眉眼，话音显得格外温柔：“没有。你的计划，除了尸体这一环易生变数，其余的，都很好。至少在我看来，比我手底下四位副将还会排兵布阵。”

白婴的嘴角一个劲儿抽抽：“我先前百般讨好你，别说夸奖了，你连笑容都懒得赏我一个。这会儿倒好，我只粗略一说，你就赔上了四个副将来捧杀。这要是让他们听到，搞不好明天就得血淹都护府。”

“无妨。你是我家的小丫头，自然该被宠着。”

白婴的鼻尖儿一酸。心里想着，可惜，她已不是能躲在他身后遮风避雨的小丫头了。多少世事翻覆，二人之间早已今非昔比。她揉了揉鼻头，避开楚尧的视线道：“关于尸体，原本无解，可前些日子，突然有了突破口，我……”白婴话间一顿，眉峰拧成了一条线，“完了。我昨天是不是被你伤着脑子了，我总隐约觉得，我当真忘了一件很重要的事。”

楚尧泰然自若地要转移她的注意力：“这碗面，与我在乌衣镇时所尝，味道不同。”

“那当然不同！你今天吃的，是我亲手做的，如假包换。你那时吃的……”白婴猛地灵光乍现，“我终于想起来，我忘了什么……”

楚尧装作冷静地望天花板。

白婴面露凶光：“说，你把向恒怎么样了！”

白婴花了小半炷香和楚尧讲道理，试图从各个方面分析，向恒从头到脚都是个身娇体弱的“小白花”，自八年前就陪在她身边，绝对没有任何不良嗜好和叵测居心，唯一的缺点就是不爱走正门，特别喜欢翻墙破窗，请她哥放了如此无害的小向恒。

楚尧默默听完，脸黑了一半，坐在公厨里仿如石像，不言不语。

白婴见这招没效，又寻思着换个说法引起她哥的重视。她很清楚楚尧的个性，既然当时已经猜到她的身份，向恒又是她身边人，他肯定不会轻取他性命。向恒还活着，毋庸置疑，但多半是被楚尧关起来了。

白婴清清嗓子，又花了半炷香阐述向恒对自己的重要性，把这八年间二人的相依为命、彼此扶持，说得涕泪直下，感人肺腑。

然而楚尧听完，另一半脸也彻底黑了……

白婴整个人都茫然了，压根儿捉摸不透楚尧究竟在想什么。她顾不得二人身份的突然转变带来的微妙距离感，一屁股坐去楚尧身边，抓着他的手臂摇来晃去。

“兄长，你把向恒怎么样了呀？他还是个没长胸肌的孩子，你千万不能对他下死手呀！你是不是把他当成细作关牢子里去了？他被严刑逼供了吗？那孩子头铁，你就算打死他，他也说不明白一整句话的！”

此时还躺在床上半身不遂的向恒：“阿嚏。”

白婴“呜呜”假哭：“兄长，你就把他放了，好不好嘛！他要是没了……”

“你便如何？”楚尧转头看她。

白婴想说，还能如何，只能找块风水宝地先葬向恒，过些日子自己安排好后事，搞死了叶云深，就马不停蹄地跟去黄泉赔罪。她这话没法说出，正是迟疑间，楚尧哑声道：“你就这般……看重他？”

白婴听着苗头不对。

果不其然，她哥一路歪去了奇奇怪怪的方向。

“那……你是如何想我的？”

白婴：“我……”

楚尧自言自语：“是了，你已说过对我的想法。”

“什么时候？我哪有？”

“也难怪，你唤我兄长……”

“等会儿，这不是应该的吗？”

楚尧恍若未闻：“八年，整整八年……”他捂住眼，“说起来，从始至终，我都没赢过。”

白婴听得不明不白，但也多多少少悟到她哥反常的缘由是为什么。鹿鸣苑事变，虽在他计划之中，白婴也曾直言，他摒弃了所有光明置身黑暗，可在此之前，他仅仅因她诚心实意对他好，便生出过放她离开的念头。他不是真正摒弃了光明，而是但凡有一丝光，他都想尽力挽留。

剥开那披在身上的暗色，他仍是最初的少年。

他在意白婴的看法，却不敢深究。白婴醒后的一举一动，在他眼里，都会无限放大，继而去推敲。她每一处和往常的不同，对楚尧来说，都是昨夜那一把火的余烬。

现在，他还误解了她与向恒的关系。

白婴哭笑不得，伸出双手掰过楚尧的脸，让他面对自己。她咧嘴笑笑，皮实地说：“我家兄长，堂堂七尺男儿，竟也有如此细腻婉转的心思呀？啧，你怎么那么矫情。”

楚将军沉默望天。

换成以前，楚尧一巴掌下去，白婴可能会死。

但这会儿，不管她说什么，楚尧都会一力兜底。

“可你矫情起来，怎么也那么让我喜欢。”

楚尧的耳根子赫然泛红。

白婴最喜看他禁不起挑逗的模样，“吧唧”在他的额头上亲了一口。

“你不喜欢我叫你兄长，也不直说。话都藏在心里，还要靠我猜。那我猜猜，你喜欢我叫你什么。唔，宝贝儿？”

楚将军的脸也红了，下意识地就要扭过头。白婴偏生不让，凑近寸许，压低嗓音：

“宝贝儿？”

“阿愿……”

“我在呢，绝世小甜心。”

白婴倾身便欲吻他。楚将军在把握尺度这一块儿，简直拿捏得死死的。他奋力站起，后退半步道：“我、我知道了。”

白婴不满：“你躲什么呀宝贝儿，还怕我毒死你不成？”

“不是。”楚尧正色道，“我怕控制不住自己。”

白婴：“你红着脸还说这种话合适吗？我以前怎么没发现，我家宝贝儿原来是这样的呀。那你要是控制不住，想对我做点啥？”

她站起来，朝着楚尧抛媚眼。

恰逢几个厨子抬着菜回转，正准备开火做午膳，就见他们家都护和白婴双双站在公厨里，眼神激烈交锋，仿佛是两军对峙。白婴太阳穴一跳，厨子们还天真地以为下一刻就能目睹都护手撕活人的风采……

然而……

都护他老人家是想也没想，甚至连余光都懒得瞟一瞟旁人，径直道：“你在乌衣镇时，说过什么话？”

白婴犹豫：“说、说了太多，你指哪一句呀？”

楚尧：“孩子姓楚，生两个。”

“姓氏不重要，跟你也行，一个或者两个，我都不介意。你还要听我继续说下去吗？”

白婴的脸颊转眼就比楚尧还红。她向来知道她哥武力强，可没想到论情话，他也不弱。她飞扑上去捂死他的嘴，一脑门扎进他的怀里，央求道：“你你你……行，是我败了，求你别说了哥！不，我叫你祖宗都行！”

观看完全程的厨子们撒手把菜篮子掉在了地上，目瞪口呆的同时，纷纷萌生出一个念头——

完了，都护他，堕落了。

◆

第十六章·
都护府打脸日常

“就算我过去不该随口说骚话，你也不能这样翻旧账不是？你光辉伟岸的形象，还要不要维持了？今日是几个厨子，明日就该全府上下，尽人皆知。这事儿要是传开，那便人言可畏了！”

白婴一个劲地给他讲道理：“我还花了好长的时间去琢磨，我这说话的德行随了谁，眼下看来，多半是随了你。人家述哥那晚就说了，小时候就不该让你宠着我，现在好了，一坏坏俩。

“没办法了，为你名声着想，你要不待会儿先把我关牢子里去，我没别的要求，和向恒一间就行。”

楚尧立刻透露出想把向恒处理了的表情。

白婴见势不妙，忙不迭补充：“那孩子是我一把屎一把尿拉扯大的，我虽然没大他几岁，可真心把他当儿子……这样说好像怪怪的。重来一次，我是真心把他当亲弟弟，亲得聘礼都给他存好了，只等他娶个腰细臀翘的媳妇儿回来给我敬杯茶的那种，这个醋你都要吃就别怪我翻林纾的旧账了。”

楚尧闻言，正色解释道：“我与林纾，没有半分交集。”

“怎么没有，她追着你来边关，是假的？”

“那是她的事。都护府的大门，从未让她进入。”

“那早些年你收她的礼，是假的？”

“这……”楚尧抿了抿唇。

“你为她把我关在房里，是假的？”

“阿愿，那不是……”

“不是什么？最后，你和她的婚约，也是假的？”

楚尧闭了闭眼，叹了一口气：“阿愿，在我看来，林纾只是陌生人。那句口头婚约，从前，以后，都作不得数。”

白婴听他如此一说，蓦地十指蜷紧。她想到一个最坏的可能，几乎是不愿承认，也不想去面对，楚尧将来会走上这般的结局。她刚要开口，楚尧上前一步，轻拍了下她的头：“你说他是你弟弟，我便相信。早在天途关，我其实已经知晓，有人在暗中跟着你。”

“那、那你怎么不拆穿？”

“没必要。那时的你和他，抑或是整个十六国，对我都形不成任何威胁。”

白婴想起了楚尧的名言——

一群杂鱼。

杂鱼之一，白婴翻了个大大的白眼：“那可不，谢谢宝贝儿的看低。”

“是我错了。”

白婴一噎，低头道：“我没这个意思。你别道歉道得如此顺嘴啊，我有点害怕。”

“怕什么，傻瓜。”楚尧轻笑，拢着她的鬓发，“我这辈子，像个赌徒，原本是满盘皆输，一无所有。好在，你回来了。”

白婴似懂非懂，联系起了他先前说的，从来没赢过。

楚尧顿了顿，旋即珍之重之地道：“以后，这人生，便押在阿愿身上了。”

“宝贝儿……”

白婴这回听得明白。

她在，他便清醒。

她殁，他即疯癫。

这个许诺太重，生生禁锢着白婴的心。她明知该及早断了他的念想，却又忍不住说服自己，等等，再等等，一切都会好起来，她会解开楚尧的心结。想到这儿，白婴索性掐断了后话。

二人回到主院，白婴又连问了好几次向恒在哪儿，楚尧的眼光飘了又飘，最终只说向恒昨夜已然离开，他会遣人寻找，不消数日，必将向恒完好无损地带到她跟前。白婴虽然心下有疑惑，仍是选择了相信。

两个人在院子里闲聊了一上午，到得用过午膳，白婴犯起了困，楚尧守着她睡下，方才离开去处理军务。

这日过后，边关诸事仿佛趋于平静。

剩余的战俘被赶往外城，集中关押，由都护府加强看守。鹿鸣苑烧得一干二净，众人都道是战俘所为，无人去深究。除了城守张郭，两百四十三者，无一生还。白婴也从此事知悉，张郭必是楚尧的心腹，从设立秋宴，到最后的杀戮，他都扮演着楚尧绝佳的帮手。

城内历经了数日的人心惶惶，逐渐回归到风平浪静。因着事发当夜都护府有所应对，百姓伤亡不算多，亦是让白婴心生安慰。

她生怕给楚尧招来不必要的麻烦，索性整日都待在院子里，喂鱼除草。其间，白婴还趁着楚尧不在，去找过赵述几次。结果如她所料，不管她什么时辰去，赵述都不在府中，像是有意避着她一般。白婴没辙，只好把希望都寄托于向恒，没事就拉着楚尧追问，有没有向恒的下落。

诚然，楚将军私心里也很想尽快履行承诺，把向恒拎到她面前。但不知为何，每次说起这事，楚尧总是有意回避。为了分散白婴的精力，他大多数时候留在院子里陪她，随她说起这些年无关轻重的见闻，也聊在京都时的趣事。在白婴的要求下，楚尧还无可奈何地拿出了她当初送来府上的两车话本子，供她打发闲暇……

白婴别的本事算不得高明，但在作死这一道上，堪称打遍天下无敌手。自从那天两个人在公厨里探讨生一个还是两个的问题，整个都护府早已炸开了锅，只是楚尧挡住了这些风雨，白婴并不知情。

都护府上上下下常年对楚尧有着近神一般的崇拜，自然是不肯轻信自家的都护为美色所惑。众人琢磨着求证，于是挑了个月黑风高夜，来探访主院。

彼时的白婴还沉浸在书海里。正值七月，西北的夜里也甚是炎热，白婴贪凉，死活要在水榭里看书，楚尧便替她点了好几盏灯。大抵是话本子看得太多，普通的情节已无法挑起她的兴趣。她翻了一本又一本，恹恹地撑着头，嫌弃没意思。楚将军见时辰不早，本想劝她回房歇息，不料白婴突发奇想，要楚尧给她念话本，哄她睡觉……

当时墙头那排听舌根的将领，差点没吓到滚下去。

须知，楚尧这人，不能说是毫无架子，但绝对有分明的底线。都护府之所以被称为光棍儿府，也和这位不近女色踩碎一地芳心的定远大将军脱不了干系。加之，白婴送书时楚尧想拧掉她狗头的神情历历在目，让众人都一致坚定地认为，白婴这回，死定了！

底下的白婴也听到了奇怪的抽气声，一溜小跑冲到楚尧身边，搂住他的胳膊，不解地问："哪儿来的动静？夜里听着，怪瘆人的。"

楚将军眉眼淡淡："兴许是钻了野猫。"

"哦。"

白婴拍拍胸口，撒着娇要楚尧念话本。在众人翘首以盼明早给白婴办丧事的目光里，楚将军到底是没拗过白婴，接住了她递来的书。

不会的。他们家都护气节二丈八，绝不会干这种打脸的事！

楚尧翻开书页，扫过几行文字，为难道："这……真要念？"

白婴小鸡啄米般点头。

楚尧商量："可不可以……"

墙上的将领：不可以！都护别念！都护稳住！

白婴假装握起拳头擦眼泪："嘤嘤嘤，我哥果然不爱我了，心好痛，我还是去找个地方出家吧。”

楚尧深吸一口气，然后，一往无前地走上了勇者之路。

“在……在山的那边，海的那边，有一片小树林。武林至尊和、和他的……夫人们……”

将领们欲哭无泪，痛不欲生，暴怒地感叹都护他堕落了。

楚尧则憋红一张脸，难以说下去。

白婴捂着肚子，笑得前仰后合，花枝乱颤。

临到夜深，楚将军都没能遂了白婴的意。白婴捉弄他上了瘾，后续几日，又挑出好些令人面红耳赤的话本来，变着法子为难楚尧，大有他一日不交出向恒，她就再接再厉荼毒他心灵的架势。

楚将军暗戳戳地把一只手绕去白婴腰间，稍一用力，便把她腾空抱起。

楚尧抿了抿唇，正想告诉她用不着羡慕。可话还没脱口，白婴“扑哧”一笑，主动环上了他的脖颈。楚将军眉头一跳，白婴用食指轻轻戳他的鼻尖儿，娇声娇气地道：“怎么，把持不住了？”

一本正经的楚将军：“不是。我没有。”

“那你抱我做什么？”

“我……我是……”

“没关系。”白婴抢话，“宝贝儿脸皮薄，那便由我来说。是我色迷心窍，是我把持不住了，好不好？”

“阿愿……”

“那时在将军祠，我就想这样做。这一回，你不能再跑了。”

说着，白婴主动靠近。两个人的鼻息互相交缠，对方的影深深拓落在眼底。烛火明暗晃动，夜风微凉，夹杂着丝丝暧昧与旖旎。楚尧不由自主地收紧双臂，局促且笨拙地拉近这段微妙的距离。

经年夙愿得以实现，白婴忍不住谓叹：“楚尧……我的，大将军……”

楚尧蓦地一顿，毫无征兆地松开手，将白婴放了下来。白婴一吻落空，小小的脑袋里全是大大的问号，再看他还后退半步，更是气不打一处来。

“我又说错话了？你这是什么反应？”

楚尧望一遭天，把书放在石桌上，背对白婴道：“我想起还有一桩军务要处理，今晚便不守着你入睡了。”

“等会儿？”白婴叫道，“我又不是要吃了你，你作甚避之不及？”

“我没有。阿愿不要多想。”

“你连看都不敢看我，怎么让我不多想？”

楚尧默了默，当真没敢回头面对白婴。他温声叮嘱她早些休息，随即快步离开了水榭。任由白婴在后头跺脚，他都没作停留。

直到颀长的身形消失在洞门外，白婴忽而收声，皱起了眉头。

次日一早，楚尧如常陪白婴用完早膳，便又赶去了议事堂。白婴闲来无事，在院子里四处溜达，好不容易打发完一上午，眼看巳时将近，主院里一前一后来了两个人。

前面是负手行走波澜不惊的楚将军。后面是黑着一张脸活像前者砍了他全家，还不断用手拧鼻子的向恒。

白婴远远瞧见，心下一喜，拎着裙子便跑了过去。到向恒跟前，她转着圈把向恒从头到脚打量了一通，终是松了一口气，大力拍着他的肩膀道："你这小王八羔子，这些天跑哪儿去了？害我担心这么久，还误以为是你姐夫把你给活埋了！"

楚尧的唇畔登时浮开浅浅笑意，由衷表示对"姐夫"这个称谓相当满意。

向恒则是脸更黑，闷闷瞪了眼楚尧，没好气道："有事，耽搁了。"

"这天底下有什么事能让你离开姐姐身边？"

向恒还瞪着楚尧，咬牙切齿道："不得已，之事。"

白婴左瞅瞅，右看看，觉察出这两个男人之间的气氛不同寻常，索性识趣地跳过这个话题。

在鹿鸣苑当夜，向恒曾受过楚尧一掌。她一直惦记着这事，脱口而出道："你的伤，养好没有？"

说起这一茬，向恒瞪着楚尧，五指关节捏出"喀嚓"响，一字一顿道："我、没、事。"

尾音刚落，他的鼻血就飙了出来。

站在旁边的白婴和楚尧一脸平静。

白婴见他熟稔地掏出一张带血的绢帕，动作格外利索地把脸擦干净，末了，又将绢帕塞回袖口，仿佛在为下一次流鼻血做准备。白婴一时间五味杂陈，涩声道："我见过别人受内伤吐血的，可我没见过受了内伤流鼻血的。你老实告诉我，你还能活多久？"

楚尧忍俊不禁。

向恒怒不可遏："白婴。我只是……"

"只是什么？你所有的遗愿，通通说出来，姐姐定然替你完成！"

"说你个，头！"向恒骂道，"我是，补药，吃太多。"

"补药……"

白婴愣了愣，继而携同她弟，一起森森觑向了正在假装看天的她哥。

约莫半炷香后。

从二人遮遮掩掩的只字片语里，白婴扶着额头猜到了来龙去脉。楚尧，人称“战神”，鹿鸣苑那一掌，扎扎实实去掉了向恒半条命。后来，向恒背着白婴急奔小树林，剩下的半条命也丢了个七七八八。她在山洞里晕倒后不久，实则向恒也“躺尸”了。姐弟二人就这么毫无阻碍地被楚大将军捡回了都护府。

诚然，楚将军知晓了白婴的身份，自然不会伤害向恒。但他一想到白婴身边一直潜伏着别的男子，内心也不大痛快，干脆就把向恒扔去了狗尾巷。及至白婴问起，为了使向恒尽早恢复，来挽回他正面的形象，楚将军一不做二不休，花了大手笔购进补药，一日三餐按顿给他灌，总算用了短短半个月，就把向恒补得活蹦……不是，半死不活。

白婴哭笑不得，看看楚尧，不忍斥责。看看向恒，又心疼又想笑。她忍了忍，刚打算说些正经事，不料向恒的鼻血又流了一股。白婴到底忍无可忍，拍着桌子狂笑出声。

默默擦鼻血的向恒表示：心好累，今天就想离家出走。

少顷，白婴笑得够了本，面对水榭里两个坐姿端庄的男人，她也不大好意思继续东倒西歪，干咳一嗓子，挺直了腰板道：“宝贝儿，你哪儿来的钱买补药呀？都护府都穷成这样了，你该不会背着我把底裤都赔出去了吧？”

楚尧默然。

天道好轮回，且看白婴的嘴气死谁。

向恒扬眉吐气地望着楚尧。

楚尧噎了一噎，无奈地摇摇头，宠溺笑道：“乌衣镇的柳成信，你可还记得？”

“当然记得。”白婴眨眨眼，“你抄他家了？”

“他自己送上了全副身家，我亦没有不收的道理。”

“为了保全性命，这厮倒是很豁得出去。”白婴讽刺地点评完，继而转向了向恒，“你近来既是在养伤，想必没去打探叶云深的动向？”

向恒警惕地瞥了瞥楚尧。

白婴道：“但说无妨。”

她开了口，向恒也不再做隐瞒：“数日前，我便能，下床，走动。”仿佛是在情敌较劲，他故意补充，“都护府，不过，尔尔，困不住，我。”

楚尧幽幽接话：“阿愿，你这弟弟不但口齿不灵光，似乎人也不大清醒。看来养伤还需多些时日，如有必要，我命人去开一贴补脑的药材。”

“你才该，吃药！疯起来，没人性！”

“若舌头留着没用，不妨割了？”

“你以为，我怕你？”

“楚某倒是不介意，替阿愿管教……”

白婴怒而拍桌："你俩几岁了？加起来都快入土的人，鬼门关都走了几百趟，还逞这一时之快！幼不幼稚？可不可笑？我说着正事儿呢，你们就给我吵起来，当自个儿在骂街？要有这工夫索性我发你俩一人一把刀，你们组队去把叶云深砍死算了！我在专心搞事业，你们满脑子都在想些什么？还能不能有点身为男人的自觉了？"

楚将军垂低眉眼："阿愿……"

向恒委屈巴巴："白婴……"

白婴气得叉腰："你出去，我想和向恒单独说几句话。"

楚尧坐着一动不动。

白婴一记眼刀飞过去："你要是不走，休怪我当众强吻你！"

此情此景，假使换成旁人，譬如向恒，听到白婴这样一说，恐怕屁股上都得长出钉子来，死死扎在原地。可楚尧愣是与众不同，沉默了半刻，他便当真站起身。与白婴说好晚些回来，楚尧独自走出了主院。

水榭里的两个人齐刷刷望着他伟岸的背影，一者疑惑不解，一者表情凝重。

好一会儿，白婴问："你觉着，他喜欢我吗？"

向恒倔强道："我不想，回答。"

"那就是喜欢了。"

心知自己的想法都瞒不过白婴，向恒干脆破罐子破摔："不喜欢，也不，至于，疯成，这样。"

"那他……怎么不肯与我亲近呢？"

"恐怕，有隐疾。"

白婴无语。

白婴先是翻了个大大的白眼，表示对向恒这个想法的嘲讽。接着又打定主意，必须得找个机会好生探究，绝不让楚尧讳疾忌医！

末了，白婴方正色道："别耽搁，先说正事儿。你打听到叶云深什么消息？"

"城外，已没有，山鹰，踪迹。"

"你去过四明山脚了？"

"嗯。"

白婴眉头一皱，向恒还以为她接下来要侃侃而谈，结果她一把揪住向恒的耳朵，厉色斥道："你身上还带着伤呢，去冒什么险！命要是折在那儿，我拿什么给你死去的爹交代！你平素里往返十六国，叶云深不动你，那是要你传话。可你若搅进他的局，难不成你以为他要看我的面子？"

向恒痛得龇牙咧嘴，拍了白婴好几下，她才松开爪子。

"白婴！我有，分寸！我不是，小孩子！"

"别说什么你不是孩子这种话，你既然要跟着我，那我就必须要保住你这条命！鹿鸣苑那一晚，我已经担惊受怕过一次，以后，你若还要如此涉险，那便不用再跟着我了！”

向恒怔了怔，矮声道：“白婴，是不是，你认为，你一人，能保住，所有人？”

“我没那能力。这边关是战场，牺牲在所难免。可我只希望，我重视之人，平平安安。否则，我为何蹚这浑水？难不成绞尽脑汁只图个开心吗？”

向恒五指收紧，片刻，他说：“你别，生气。我答应，不涉险。”

白婴闻言，这才舒展开眉目：“这是你说的，可不许再反悔。”

“嗯。”

二人重新说回前事。鉴于向恒这断句实在浪费时间，在白婴的苦苦哀求下，他终于换成了萌萌的少女音。

“近来城中和都护府的变化，你应当知晓。”

白婴一脸蒙：“我不知晓呀？发生何事了？”

向恒哽了哽，料想是楚尧刻意隐瞒，但她与叶云深性命相连，诸多情报还是该让她自行分析判断。一念至此，向恒道：“其一，战俘作乱平息不久，城中便有百姓闹事。说是都护府监管不力，才会使得战俘暴动，百姓伤亡。且当夜遂城兵力清空，都因楚尧心怀不轨。此事前些日子愈传愈烈，甚至有痛失亲眷者，在都护府门前扔东西。”

白婴默了一刻，冷笑道：“叶云深，还真不愧是脑袋插阴沟里长出来的死变态。”

“怎么说？”

白婴叹了口气，耐心解释：“我打从一开始，以为他是要借秋宴之机，配合战俘作乱，来一场里应外合。结果，这货想的是借刀杀人。你细琢磨下，都护府内驻守精兵不过五千有余，城外军营，才是真正主力所在。而调兵乃是一军机密，岂会让无关人士得知？普通百姓又是怎么晓得当夜遂城兵力清空的？”

“你的意思是，带头闹事者，并非百姓？”

白婴赞许颔首：“不但不是百姓，还极有可能是叶云深一早安插在城外村落的山鹰。山鹰接受过训练，可当斥候。城外几万兵力调动，蛛丝马迹不难查证。”

“但遂城进出皆需盘查。即使秋宴之前有所松懈，可近来都护府挨家挨户按户籍查人，若山鹰还在城中，如此天罗地网，极易现形。”

“傻小子。”白婴拍拍向恒的肩头，“所以说，叶云深必须死呢，他打仗不行，可这份心思计谋，当世者真没几人赶得上他。你是忘了他养那么多画皮师吗？你以为，那些画皮师只给他做人皮面具？他一个鳖孙儿戴得过来？再者，以楚家军扎根边关数十年，以楚尧如日中天的声望，单凭只言片语，怎能撼动其地位？”

向恒一脸蒙：“听不懂。”

白婴眯了眯眼：“但凡上位者，皆知一个道理，水能载舟，亦能覆舟。民心能将你捧到最高，也能将你踩入地狱。叶云深便是想以此借刀杀人。山鹰蛰伏城外，趁遂城不设防之际，若是入城探查，记下多张面孔，做成人皮面具。待战俘作乱，百姓仓皇逃出城门，他们再趁乱杀人，取而代之。以各种身份互相合作，散播对楚尧不利的言行，那会如何？”

向恒深思半晌，蓦地打了个寒战：“叶云深，到底是从什么时候计划这一局的？”

“我不知道。兴许是从四年前输了那一仗，便在排布了。梁国朝廷本就忌惮楚尧，倘使民心再分化，楚尧未来的局面，恐是不容乐观。但这会儿关外虎视眈眈，梁国上下都需仰仗定远大将军，是以此事也不是没有挽回的余地。若我所料不错，楚尧应该已弭平了风声？”

“嗯。”向恒不情不愿道，“四日前，都护府门口聚了几十人披麻戴孝，痛骂楚尧。楚尧出面安抚，其间竟有一人情绪激动，抽出匕首刺向楚尧，使得他右腹受伤。”

“什么！”白婴猛地站起，“我怎么不知他受伤了？”

她说着便要冲出水榭，向恒一把拦住她：“他不告知，必是怕你担心。此事闹得极大，我后来也赶去观望了一番，他那处伤，有意避开了要害，看起来血流不止，十分骇人，实际只是皮肉伤罢了。稍懂武学的人，都能看得出。”

白婴拧紧眉头，跌坐回石凳上。后续的发展，她也能猜出些许，却仍是稳住心神听着向恒讲完。

楚尧受伤之后，引起了城中百姓的激愤，不少人自发站出来维护楚尧和都护府。正如白婴所讲，他的声望积累，源自这些年每一场战争的胜利。所有人都心知肚明，若非定远大将军，四年前三州已失守。加之楚尧还忍着伤痛把每个哭丧的百姓送回，更是让众人心悦诚服。而自这日过后，让人奇怪的是，城中再不闻质疑都护府的声音。

白婴心不在焉道：“当然听不见质疑的声音。”

向恒不解：“为何？”

“我方才说了，要撼动楚尧的根基，非一朝一夕能成。他这一场戏……”白婴咬了咬下唇，改口道，“他若倒下，谁来护这三州？你说百姓是敬他也好，想躲他身后避免战祸也好，总归，在当前时局，有人伤及楚尧，便如一滴水入油锅，能炸开整个三州。个个都是能看得清人心的主，可这人心一旦揣摩透了，红尘十丈，岂不尽是迷途。咱们……权当这人世路还是干净的吧，莫忘了自己的初心就好。”

向恒似懂非懂地点头：“如此说来，叶云深这一局，不就轻易败了？”

“你想什么呢？”白婴戳他的脑门，“山鹰如果在这个时候冒头，跳出来反对都护府，那不是明显找打脸？他们就此潜在城中，一来可当细作，二来可另寻机会，算得上是大有用处。罢了，给叶云深这鳖孙儿留点眼线也好，正如我的意。”

向恒放空地回想着白婴这一连串长篇大论，适逢白婴也说得口渴，起身去烧了一壶茶回来。她斟满两杯茶水，推了一盏到向恒手边，自顾自呷了几口，稍是缓解了喉头的干涩，方接着问：“第二件事是什么？”

“哦。”向恒回过神来，“都护府也不平静。”

白婴又是叹息：“猜到了。”

她的身份摆在这儿，近来楚尧毫不避讳在旁人面前宠着她，他手底下的将士没有反应那才怪异。白婴思忖须臾，见天色也不早，只能长话短说：“鹿鸣苑这事过去不久，我委实不放心楚尧，这几日，还想多陪陪他，暂时不便离开都护府。如今，我手边的长梦见了底，你替我回十六国走一趟，给叶云深卖个消息，看看能不能换一壶长梦回来。”

“什么消息？”

“你就说……我的身份已被楚尧知悉，我会利用药人之身作饵，八月……不，重阳过后，借人设局，杀楚尧。”

向恒端着茶盏的手一滞，旋即沉默地点了点头。

白婴道：“待你回来，我便同你一道出府，去见见那位画皮师。届时，我还有一桩事，想请你帮忙。”

“白婴，于我，永远都不用说请字。”

“好啦。”白婴站起来伸了个懒腰，“在你姐夫的地盘，还明目张胆计划杀你姐夫，啧啧，咱俩真是狗胆包天。万一不幸被他的手下听去，搞不好咱俩都要被拖去浸猪笼。得了，时候不早，你出府拾掇拾掇，准备启程吧。”

“好。”

向恒一口喝完了杯中茶，屁股刚离座位，一股鼻血就汹涌地喷了出来。

白婴不由得眉眼一弯。

他咬紧后槽牙翻了个白眼，掏出不知道擦过多少血的绢帕，狠狠揪住自己的鼻子。白婴尽全力憋笑，掐着自己的大腿说：“你……你路上……噗，多喝点凉茶……”

“白婴！”

“好好好，我正经点。我是专业的，我可以不笑……除非，我是忍不住……噗哈哈哈哈哈哈。”

向恒一脸绝望，转头就朝墙角走。白婴屁颠颠地跟在他身后，止不住地唠叨：“你姐夫下手真够黑的，这么大热天给你用这么重的补药，你放心哈，这事儿我铁定跟他没完，必须给你讨回个公道！”

向恒眼睛一亮，万分期待白婴能说出要和楚尧一刀两断这等豪言壮语。不承想，这货拍了拍自个儿的胸口，义正词严道：“我要让他知道，伤害了我的弟弟，他就必须肉偿！”

向恒更气了。他压根儿不想搭理白婴，提起轻功就要跳墙。白婴手疾眼快，扯住了他的衣袖。他还以为白婴又要说不许走歪路滚去走正门，结果，他一回头，见她眸底明暗交叠，有那么一刹，出现了前所未见的迷茫。

向恒心口一跳，听得白婴问："你说我……还算不算是……正常人？"

"你是。"向恒斩钉截铁。

"可我……越来越分不清，什么是真，什么是假。我甚至不敢确定，叶云深说的话，最后会不会变成现实。"

"白婴……"

"没事了。"白婴勉强笑笑，揉了揉自己的眉心，"跪安吧，我去找你姐夫讨债。"

向恒一脸无语。

怎么说呢。

但凡是和白婴相处，每一个时辰里，总有那么大半个时辰，都在和打白婴一顿的冲动作斗争。向恒气得脑子疼，翻墙跃出了都护府。

正是午时三刻，府上的士兵们大多都用完了膳，先后回到了军舍休憩。偌大的都护府上，只有几队巡逻兵在值岗。白婴走出主院，一路行去楚尧的书房。她这些日子很少走动，巡逻兵也不怎么经过主院，她一直隔绝在一方小天地里，平素不怎么能察觉出府上将士对她的嫌恶。

眼下她一出现，只要是所过之处，总能收到好些愤怒的注视。白婴毫不怀疑，假若没有楚尧的强制命令，她大概会被这些将士抽筋扒皮。好在这些年她惯常替叶云深背"锅"，早已看淡了世俗的眼光。倘若和人正面撞上，她还能嬉皮笑脸地耍嘴皮子，让士兵们直呼白婴简直臭不要脸。

闲庭信步到了书房，楚尧那阵儿还埋在一摞文书里。听得推门声响，头也不抬，便幽幽道："谈完了？"

白婴走至他书案前，不由分说地抽走了他的笔，楚尧这才抬起眼帘，窝了一肚子酸醋味儿的话，却在看见白婴肃穆的表情时，一下子就滚回了肚里……

楚将军默了须臾，第一反应是：我哪里做错了？阿愿她为什么生气？

接着第二反应是：等会儿，赶我走的不是她吗？为什么是她生气？

第三反应是：向恒这浑小子肯定添油加醋地告状了。

他在这三个反应之间横跳片刻，仔细想了想，旋即站起来温声说："人……确实是我打的。"

楚尧看了眼她还垮着的脸，堂堂大将军选择了谨慎认错："那一掌……也确实险些要了他的命。"

白婴神情不变。

楚尧竭力挽救："幸好这小子别的不怎么样，命挺大。"

白婴眯眼睛。

楚将军："我知道，给他过度进补，是我不好，那下次……"

白婴一言不发地绕过书案，猛地揪住楚尧的领口。就在楚尧还没琢磨透他妹要干什么时，她就开始上手脱他的衣服。

楚将军愣了一瞬。

气归气，也不带这样猖獗的。

赶在白婴扯开他的腰带前，楚尧一把握住了她的手腕，制止了她后续的动作。轻叹一息，他已然想明白了白婴的动机。

"那小子告诉你的？"

白婴低头关注他的腰："伤在何处？你让我看看。"

"阿愿……"楚尧像在哄小孩子似的，声音极其温柔，"没事，已经痊愈了，只是少许皮肉伤。"

"你骗谁？四天前发生的事，如今就痊愈了？我一个药……"白婴话一顿，见楚尧眸光转暗，忙不迭干咳了一嗓子，说，"你不给我看，就证明你心虚！你害我担心，我会食难下咽！如此一来，今日的午膳我是吃不下了，对，晚膳也不吃！明天不吃！后天还不吃，饿死算了！"

楚尧哭笑不得："你方才说我幼稚，现下，是谁更幼稚？"

"彼此彼此吧。"白婴哼唧。

楚尧摸摸她的头，仿佛是在给她顺毛，继而好言好语道："只这一回，阿愿可否放过我？"

"别说一回了，半回也不行。我就问你脱不脱，你要是不脱，我帮你。你要是敢跑，我明个儿就去找地方出家！"

楚尧渐渐收起了笑意，面色变得凝重起来。他拿白婴没辙，小时候如是，这会儿亦如是。虽然晓得白婴的出家只是句戏言，可他更清楚，她的担心半点不掺假。眼看白婴不达目的不罢休，楚尧无奈地拧了拧眉，自行解下了腰带。

"经年战场厮杀，阿愿看了……不要害怕。"

白婴一句"开什么玩笑，你当我是吓大的吗"尚未脱口，整句说辞就哽在了喉咙里。

楚尧的腰腹还缠着一圈白纱，里面隐隐透着鲜红的颜色，说明伤势并未痊愈，白婴委实不知，他这几日，究竟是怎么做到若无其事的。而除了这新添的伤口，前胸的刀疤大大小小有十数道，纵横交错，触目惊心。还有许多别的痕迹，白婴根本分辨不出，那是什么兵器伤的。打眼一看，他上身的肌肤竟没有一处完好，累累伤痕密集地遍布着，就连右肩的骨头都微微突出，仿似旧年的骨伤一直跟着他。

白婴像是被刺卡住了喉咙，攥着裙摆的五指已然狠狠掐入了掌心里。

他说他习惯了疼痛，她以为他逞强，原来，这些年的每一步，他所熬过的血雨腥风，不比她少寸缕。白婴一眨眼，泪珠子就断了线。她浑身战栗着，哽咽到说不出话。

这是她爱惜到骨子里的少年啊，怎舍他变成这样……

楚尧一看她哭，便慌了神，刚想把衣衫整理好，白婴指着他的锁骨处问："这是……怎么伤的？"

楚尧抿紧唇线，没有说话。

白婴又指着他的肩头："这里呢？好好治过吗？为什么会变成这样？"

"阿愿……"

"还有这一处，是被……是被什么东西刺穿了吗？"

楚尧稍稍一默，随意拢好了衣衫，然后单手捂住白婴的眼："别看，都过去了。这些伤不碍事，也不疼。阿愿不哭了。"

白婴用力地咬了一遭下唇，到底是没忍得住，避开楚尧的腰蓦地抱了上去。她的鼻涕眼泪全糊在楚尧微敞的胸膛上，一边埋头蹭，一边拖着哭腔嚷嚷："怎么不疼！你老是说不疼，伤成这样能不疼吗？你骗我做什么？你骗我我就能好受吗？我看见你的伤，都快疯了，只想把伤过你的人一个个拉出来，千刀万剐，碎尸万段，皆不足以让我泄愤！"

"好，阿愿不生气。"楚尧换着法子哄，"以后不骗你，我疼。"

"知道疼你还不爱惜自己！明明那么厉害，一个人打两百山鹰都能安然无事，怎么短短几年，我不在你身边，你就搞成了这样？"

"嗯，就是因为阿愿不在，没人看管，是以狂傲了些。"

"以后，不许再说不疼！"

"好，听你的。"

"我再问你一次，腰疼不疼？"

楚尧："疼，好疼。"

结伴跑来书房正欲第二十八次冒死进谏，让楚尧别被白婴美色迷惑的李琼、江安、王威三名副将走到门口，齐齐呆住。他们赶巧听到二人最后两句对话，赶巧看到他们搂在了一块儿，又赶巧目睹自家都护衣衫不整……

几位副将内心犹如狂风卷过。

副将江安：完犊子，都护他失身了。

副将王威：完犊子，光棍儿府的清誉彻底保不住了。

副将李琼目眦欲裂，放声大吼："白婴，我要杀了你！"

楚将军云淡风轻地穿好衣裳，简简单单三个字，震慑住了众人："你试试？"

◆

第十七章·
霸王硬上弓

经过书房的神奇误会，都护府内的氛围变得越发微妙。哪怕白婴足不出户，都能感觉到四处风声鹤唳。每个士兵看她的眼神都带着强烈的恨意，仿佛巴不得把她摁进坟头去。

中元过后，白婴难得遇上了久未碰面的赵述。

赵述在军营里驻扎了大半月，整个人都消瘦了一圈，脸上胡子拉碴，看起来颇历了些风霜。白婴心知赵述避她，是怕她问起过往之事，便也识趣地没有提及。二人简单交谈了一番，赵述告知白婴如今都护府军心不稳，而后便急匆匆地赶去找楚尧相商。

白婴一个人在院子里思索良久，实则也心知肚明，若要解决眼前困局，最好的法子便是将她的身份公布于众。但此举过于冒险，毕竟她现在明面上已成了十六国的女君。一旦处理不当，楚尧很有可能背上叛国通敌的罪名。

白婴思来想去，当夜就向楚尧提出，她先离开都护府一段时日，暂且稳定住军心。楚尧闻言，瞬间变了神情。他自是不允，甚至这一晚后，如非必要的军务处理，他都时刻陪在白婴身边，好似怕她突然消失，再也找不回来。白婴既是心疼，又是好气，试了几次单独出府，无一例外，都被府兵拦了回来。她每每拿这事声讨楚尧，楚尧便用其他的法子补偿，抑或给她买许多爱吃的小零嘴，抑或学着下厨给白婴做喜欢吃的菜……

很不幸，在楚将军分两次炸了公厨后，白婴便严厉禁止他再做这种高危性举措。后来，哪怕白婴诓他念话本，他都甘之如饴。一言以蔽之，只要白婴好好待在他身边，他可以成为她所期盼的样子。

白婴私心里觉着，楚尧这状态相当不妙，但亦知冰冻三尺，非一日之寒，要治好楚尧的心病，她也不能急功躁进。她正思索着如何走下一步棋，前往十六国的向恒便掐着日子赶回来了。

这天，楚尧被几个副将缠着，白婴闲来无事，只能百无聊赖地在水榭里翻话本。她看不进去上面的文字，懒懒地趴在桌上，有一搭没一搭地叹气。待一本书册翻得见了底，她随手扔在一旁的竹筐里，又打算取出另一本。恰在此时，院中一阵风动，从墙头翻进来一个飘逸的身影。

白婴照旧趴着没个动静。

落了地的向恒静等一刻，见她还是半死不活，索性箭步迈进水榭，仔仔细细打量了白婴一番，委实欠抽地说："我，翻墙了。"

"我，知道，姐姐没瞎。"白婴摆手。

"你，不骂我？"

白婴瞥他一眼："你，欠收拾？"

向恒暴躁起来："你别学，我说话。"

白婴瘪了瘪嘴，烦躁地把书丢了，末了，她方坐直身子，挠了把头发，道："长梦带回来了吗？"

向恒摇头："叶云深，不给。"

"哦，意料之中。"

"那你还……"

"就是传句话给他罢了，稳他两个月，让这厮别在背后使阴招。当然，他信是最好，不信也无妨。"

向恒想了想："可你的，症状……"

"先撑着吧，以后的事，走一步算一步。"

白婴说完这话，便没了后续。向恒看穿她有心事，左右望了一眼，确定四下无人，矮声问道："去见，画皮师？"

"我倒是也想。"讲到此处，白婴一叠声地叹气，"问题在于，你看我这处境，明不明朗？显不显著？我被我哥给软禁了。"

"他为何……"

白婴为防止他发散思维，及时接过了话头："你知道五六岁的孩子如果得到一件心爱的东西，会怎么样吗？"

向恒翻个白眼："别卖，关子。"

"哎，孩子长大了，要展翅高飞了，再也受不了长辈的絮絮叨叨了……"

"白婴！"

白婴皮笑肉不笑地咧两下嘴，撑着头道："楚尧这会儿的心态，大抵就和五六岁的孩子差不离吧。心爱的东西，就得妥帖藏在身边。有人来借，他便护着。有人来抢，那后果……不堪设想。"

向恒寻思了半天，总算初步理解了白婴要表达的含义。

"所以，他不让，你出府？"

"嗯。"

“那你，由着他？”

“我能怎么办？现在都护府不平静，我本想离开暂避。可若真是不管不顾地走了，我不知道楚尧会变成什么样。说来说去都是自己的男人，还不得宠着他？”

“白婴，你！”

向恒被这句“自己的男人”诛了心，正徘徊在立刻走，和等她交代完再走这两个选项时，突闻一阵脚步声由远及近。向恒是习武者，耳目自是比白婴这废柴灵敏得多。他料想白婴没听到动静，猝不及防地上前一步，道：“我有，办法，带你，出去。”

白婴拒绝：“都说了不能偷跑，不然他以为我和你私奔，第一件事就是砍你全家。”

“我全家，就我，一人。”

“啧，你这孩子别老是放飞自我，赶紧走，容我好生思量思量，如何给你姐夫治病。”

“若我说，能让他，放你走，你愿吗？”

白婴一听，当即起身，两眼放精光道：“还有这好事？你这兔崽子不早说？”

向恒再近寸许，直抵白婴的跟前。他两手握住她的肩头，防不胜防地说了一句让白婴丈二和尚摸不着头脑的词：“阿婴，你别再恨了。”

白婴眼皮一跳：“我去？”

向恒不等她反抗，紧扣住她的后脑勺，倾身便吻了下来。

他是十三岁遇见的白婴。那时尚不知晓，当她第一次将他护在身后，他这一辈子，就彻底输给了这个女子。从那以后，两千多个日日夜夜，没有哪一瞬间，他能将她放下。

他想了很久很久，一直都想……这样做。

白婴呆滞刹那，骂人的话刚至齿关，向恒的脸就停在了极近、极暧昧的一个角度上。她正感奇怪，冷不防地，自洞门处，传来一声清清浅浅的：“阿愿”。

白婴动作一滞。

好家伙，今早睁眼时，她完全没想到，当天的经历能刺激到载入史册。如果她机灵的小脑瓜没推算错，按照这个姿势，这个位置，以及向恒那意有所指的话，一个女主以美色复仇，但是未遂，还私底下与情郎偷会亲昵商量如何接着复仇的故事，已然在楚尧脑海里成型了。白婴一时之间竟拎不清是该当场打死向恒这个逆子，还是一哭二闹三上吊地证明清白。

事情发展到这一步，此时否认向恒做戏，依着他轻浮的举动，就不说九成概率，多半有十成概率他会被楚尧当场活撕。为了保住这孩子，白婴咬牙启齿地瞪了向恒一眼，推开他理理头发，冲着水榭外的人尴尬道：“你……你怎么回来了？

不是说，有事处理吗？”

楚尧顿了顿，缓步走近道：“来得不巧。”

她这问话，简直坐实了捉奸成双……白婴僵硬地笑笑，一步拦在楚尧和向恒中间。

“我……”话刚起头，白婴就卡住了。

楚尧静静地等她须臾，没等来解释，便从身后拿出一个油纸袋，一如既往地温声道：“早间与赵述几人巡视军营，回来的路上，见有小贩在卖红豆馅儿的糯米团子，想着早年你爱吃，便买回来给你尝尝。边关不比京都，兴许味道并不好。”

白婴低下头，讷讷接过，道：“谢谢……”

向恒插话：“她早已，不喜，甜食。”

“是吗？”

楚尧轻飘飘地反问一句，抬眼觑着向恒时，分明平静得无甚波澜，可那幽深眼底，却好似藏着叫嚣的黑暗，要将人拉进无间地狱去。

白婴心道不妙，扯了扯向恒的袖口，无奈之下，只好硬着头皮说：“楚尧，我……我想离府几日。”

再不走，她就得给向恒找一块风水宝地用来下葬！

楚尧此番沉默了许久，久到白婴毛骨悚然，她屏气凝神，快绷不住喊向恒逃命之际，楚尧淡声启齿：“你要和他……一起吗？”

这话一语双关。

白婴闭了闭眼，又恶狠狠地掐了下向恒的手臂，咬牙道：“暂、暂时一起……”

她不经意的小动作，在另一人看来，却是像极了打情骂俏。白婴心下一凉，收回手已是迟了一步。她清晰地辨别出，淡薄的微光自楚尧瞳中泯灭，只是弹指，他仿佛回到了鹿鸣苑那一夜，消沉在激烈的暗涌中，凛冽而麻木。他说话的声音很轻很低，如同战场之上的利箭破风，短暂但逼命的铮鸣。

“你不是说，将他视作亲弟弟吗？”

白婴的指尖一颤，干瘪道：“此、此事，容我以后再与你详说，好不好？”

他举步靠近，沉声反驳：“不好。”

白婴一噎，又听他道：“这段时日，你骗过我吗？”

“我……”念着向恒的小命，她狠心承认，“骗过的。”

“那……”

楚尧顿了顿。向恒如临大敌，准备拔剑。

他驻足在白婴咫尺处，说：“如果是骗我的，可不可以，骗一辈子？”

白婴愣住。

她当场就想哭出来。而今的楚尧是什么心性，二人也不是没见识过。此番向恒作死，白婴还被他拉着垫背，楚尧没摁死他俩已算深情厚谊。她是万万没想到，他对她的包容、宠溺、喜欢，能到这等地步。有那么一刻，白婴简直想拿向恒祭天。她拼命忍着眼底的氤氲，把溃不成军的投降死死压在舌尖上，结果，她哥又给了稳稳当当的扎心一击。

“若是不愿，也没关系。这场戏，阿愿演累了，那就……不演了。”

白婴踉跄半步，已是热泪盈眶。她埋着头，活像做错事被先生抓包的学子。向恒也看出这势头于己不利，抓起白婴的腕子就要带她走。

错身之际，楚尧说：“阿愿，你想去哪儿，都可以去。此后，我不会再困住你了。若你想回来……”他自嘲地笑笑，“你是不是……不会再想回来了？”

白婴一只脚登时想迈回去，向恒使了力道捉住她，带着她加快步伐小跑出主院。路上，二人撞见几队巡逻兵，又碰到结伴而行的李琼和王威。

白婴一边钓着他们家都护，一边还敢明目张胆地和别的男子在众人眼皮底下手牵手，以李琼为首，所有人第一反应都是恨不得抓他们浸猪笼。但转念一想，此情此景，白婴定把都护的心伤透了，一旦伤透，他老人家搞不好就会恢复正常，不再被美色所迷。

想到这儿，李琼与王威当即巴巴地将他们送出了府，紧接着，便以迅雷不及的速度锁上了都护府大门，好似生怕白婴反悔……

姐弟二人双双站在街边上，心情复杂地回头觑向都护府的牌匾。

向恒邀功道：“你看，这不就，出来了。”

“我是想出来没错，可我没想过，我回不去。”白婴攥紧拳头，“你说，你姐夫要是想不开，我是该拿你祭天呢，还是拿你祭天？”

向恒认真寻思少顷，抬脚就走：“办正事，重要。你说过，成大事，不拘，小节。”

白婴气笑：“我还说过，无毒不丈夫，你倒是把你的头送上来让我劈。”

白婴追上前去揪他耳朵。

向恒吃痛，龇牙咧嘴道：“放、放手，大街上，丢人。”

“怎么着？你从小到大耳朵被我揪得少了？”

“我是个，男人了，你别……”

“啧，你就是个老大爷，我不还是你姐，该教也得教！否则让你姐夫出手，你脖子都得拧个蝴蝶结。”

“白婴！”

“逆子！叫姐姐！”

二人打打闹闹地走进了市集。一扇门之隔，楚尧哪怕耗上内力，也只能听得他熟悉的声音渐行渐远，被城中一派喧嚣慢慢吞没。李琼站在他的身旁，义愤填膺地说着什么，他却无心留意。

他再也听不到，白婴的嬉笑怒骂。

楚尧捂住左耳，皱了皱眉头，一言不发地往回走去。

行了两条街，白婴先是找了个落脚的客栈。拉着向恒用过午膳，她兀自梳理了一通摆在眼下的事。

她既与叶云深定在重阳节设局，那么在此之前，她就必须安排妥当所有的后路。四年前的疑惑尚未解开，还有关于楚尧手腕上那道咬痕。赵述是指望不上了，她只能寄希望于经历过四年前那一战的旁人。偌大的遂城，多加走访，必会有些无法湮灭的痕迹。白婴打定了主意，吃完饭小憩片刻，便跟着向恒去见那画皮师。

向恒早前将人藏在狗尾巷里，如今狗尾巷的俘虏尽迁城外，整整一条巷子，都静无声息。除了几只偶尔窜过的野猫，这个区域，仿佛被世人遗弃了一般。屋舍破败不堪，残垣断壁和凌乱的碎瓦中，处处可见脏污的干草。热风袭来，夹杂着令人作呕的臭味。地面新旧交叠的斑斑血迹，亦在说明成王败寇的残忍。

白婴面不改色地穿梭其间，在向恒的带领下，二人来到街尾一间杂草丛生的宅院。摇摇晃晃的木门不承力，向恒一推，两道门扇便应声塌下，扬起无数尘灰。向恒用袖口挥散白婴面前的灰烬，当先入内道："若羌，赛宁王，囚于此。"

"你找他帮忙了？"

向恒点点头，停在了一口枯井旁。他给白婴递了个眼色，白婴不明就里地挑挑眉，向恒得到她的反馈，不由分说拎起白婴，毫无预兆地跳了井……

白婴一声尖叫消散在了风里："兔崽子，啊啊啊啊啊啊！"

眨眼过后。

身处井底的白婴吓得半死，当着一个瘦得只剩皮包骨头的画皮师，痛骂了向恒一炷香。等她发泄完毕，这才凝神观察起周遭。枯井底下别有洞天，想来一开始曾有俘虏意图挖条通道逃脱，可惜没能得逞，是以井口窄，井下宽。

四方的墙面潮热且湿润，让人仿佛置身在蒸笼里，极不舒坦。阴暗的角落里，有一名鬓发灰白的老汉蜷缩成一团，头发乱糟糟地盖住了半边脸，看不大清是什么容貌。他脚边扔着几个喝空的水囊，衣衫褴褛，还有苍蝇不断在他身边盘旋。

白婴打量他片刻，扯下向恒腰间的水囊，随手抛了过去。

"知道我为何抓你吗？"

"不知。"画皮师一动不动。

"是这样的哈。我晓得你是叶云深的人，不过呢，此番你落在我的手上，那就是顺我者昌，逆我者……"白婴稍稍一顿，摸着下巴自言自语，"等等，我这样讲是不是太像叶云深那种禽兽了？"

向恒站在一旁，心里轻叹了口气。

画皮师茫然地看着白婴。

“我且换个说法。”她蹲下身来，用上了亲和的画风，笑嘻嘻说，“我这儿呢，有几个问题，还有一桩事，想请你帮帮忙。”

画皮师冷道：“女君囚我已久，此番举动，不像是要找人帮忙。”

“啧，我不就说句客套话嘛，你别当真。”

画皮师一脸无语。

“说是帮忙，实际上，我是在救你的命，这一点，你要明白。”白婴拍着手站起来，“你趁山鹰不在，冒死潜逃，想来是不肯再替叶云深卖命了。既然如此，事成后，我会给你一笔银两，派人送你离开边关，好生度日。只要你一日死守秘密，我允诺保你性命。”

画皮师深思半刻，抱着侥幸道：“女君要我做什么？”

“简单，做两张人皮面具。”

“什么要求？”

“要求嘛……”白婴走近些许，嘴角笑意不改，眸中却是森寒的凉意，“我这后面的话，可就是秘密了。但凡你听了，倘使敢泄露半个字，我就……屠你全家，连一只鸡都不给你留。我这个人，说到做到哟。”

画皮师定定看着她。

隔了好一会儿，他仿佛打定主意破罐子破摔，捡起地上的水囊，胡乱往嘴里灌。喝得见了底，他抹了抹嘴，说：“只要女君肯保住我一家老小的命，我此生，绝不出卖女君。”

“好。甚好。”白婴眉眼弯弯，“这第一张面具，你需画得丰神俊朗些，万不可辱没了佩戴之人的气度。”

向恒心想：这是什么鬼要求。

画皮师：“……好的，小人明白。”

“第二张呢……你见过定远大将军吗？”

此话一出，向恒当场变了脸色。

画皮师颔首道：“见过。没被叶云深抓去前，小人曾在遂城谋生，与将军有过几面之缘。不过那时隔得远，看不清楚，眼下脑子里也只剩大概印象了。”

“无妨。你的大概印象，加一幅画作，足矣。稍后，我会让这小子将画像给你送来。这段时日，你且暂留此地，如今城中潜藏着山鹰，贸然转移，只会节外生枝。待面具完成，我再设法让你离城。”

“好。”

“最重要的一点，楚尧的人皮面具，你需做得真实，不能出现丝毫的纰漏。倒也不是我抨击你们的技艺，叶云深那些皮，惨白里泛着死青，一看就晓得是贴上去的，你能不能稍微做点改进？”

“女君，这……”

“怎么，做不到？”

画皮师皱紧了眉头，沉默须臾，如实道：“的确是做不到。女君你是清楚的，人皮面具究竟如何制成。此手法不光彩，十二个时辰一过，面具本身就会变得青白死灰，佩戴者需用厚重的胭脂水粉来掩盖。碰上深谙此道的人，很容易就会被察觉出易容。这一点，即使再妙手回春的画师，都难以弥补。”

白婴顷刻收敛了笑意。

画皮师怕她不信，详加解说：“叶云深手底下的工匠没有一百也有好几十，若真能做到十全十美，就如女君所说，叶云深佩戴的面具，又岂会是那副德行？这世上，要真是让两个人断不出任何差别，恐怕只有一种法子。”

“你说。”

“不知女君可曾听闻，在前朝时期，有一个边远部族，名叫影族？”

白婴搜肠刮肚地想了想，认真答道：“不曾。闻所未闻。”

画皮师也并不感到意外，稍是组织了一番言辞，随即娓娓道来。

“这影族之人，生来具有改头换脸的奇特本事。只要他们想，能变成任何人的模样。包括声音、体形、五官。就连至亲之人，都辨别不出两者孰真孰假。”

白婴龇着牙道：“你是不是诓我读书少？”

“小人不敢！”画皮师忙道，“小人的命还需仰仗女君，所言皆是句句属实。因这影族特性，前朝皇室，曾一度大肆抓捕影族之人，逼他们成为自己的替身，给王公贵族挡灾纳劫。慢慢地，影族之人越来越少，到了前朝末期，几乎销声匿迹。小人早几年因缘际会下，曾和影族之人有过几次短暂的接触，故此也学会了画皮术。他们认为自己的能力会带来灭族的祸事，便逐渐与外界通婚。后来生下的小孩血统不纯，大都成了普通人。这画皮一道，最早也是他们为自保而钻研出来的。”

“这个部族，在何处？”

“灭了。”

白婴差点就要拔出向恒的剑砍了这厮。画皮师见她急了眼，当机立断道：“就在奉安二十七年！小人也不知什么缘由，影族惨遭横祸，族人死伤殆尽。”

“奉安……二十七年？”白婴晃神喃喃。

她趔趄半步，诸多陈年旧事和近来的见闻突兀地涌进了脑海里，泛黄的画面和虚无缥缈的声音如同一幕接一幕的折子戏，在她的眼前飞速翻过。她的思绪搅作一团，一时之间，依稀抓住了重点，可又好似什么都对不上。她快要被这感觉逼疯，头痛得仿佛要炸开来。向恒一把搀住她，着急地询问她的状况。白婴搡他一下，问那画皮师：“这世上，真有两个人，能一模一样？”

“是。”画皮师斩钉截铁。

白婴痛苦地抱住头，最后的最后，所有画面，都定格在楚尧手腕的那道咬痕上。

她唯一可以确定的，那伤疤，确实是她九岁那年所留。

她忽然想到什么，眼泪猛地滚了出来。交代画皮师先尽己所能完成面具，而后白婴便要向恒带她离开。向恒不敢耽搁，揽住她的腰跃出了井口。他问了好几遍白婴怎么了，白婴都默不作声。她呆滞地走出宅院，在空无一人的巷子里徐徐前行。向恒别无他法，只能默默跟在她身后。

白婴走得极慢，短短的一程路，便挨到了太阳落山。如血的残阳没入远处峰顶，苍穹上的艳色被浓墨吞噬。城中亮起了灯火，唯有这条小巷，在黑暗中拓落一层星月清辉。行至巷口，白婴忽而捂住胸口，屈膝蹲下。她瘦小的身板蜷作一团，双肩还在细微地战栗。向恒急步绕到她跟前，握住白婴的臂膀，压根儿顾不上断句，操着一口少女音道：“是不是药人后遗症发作了？今日为何这么早？”

白婴咬了咬牙，从怀里拿出一个精巧的银质小酒壶，哆哆嗦嗦地灌了一大口下肚。向恒见她还有要喝第二口的意思，立马擒住她的腕子，急道：“你做，什么？喝完了，不要，命了？”

白婴抬眼看看他，眼皮子一眨巴，珠子般的水泽便淌在脸颊上。

向恒眉峰一拧，问：“到底，怎么了？”

白婴擦了把脸，却没止得住汹涌而出的泪。她一屁股坐在地上，也不嫌脏嫌臭，只是哽咽道：“你知晓吗，我当年被牺牲，实则是恨过的。整整八年啊，我都没等来他救我。”

向恒静静听着。

白婴道：“第一年，我受尽折磨，想的是再忍忍，兴许他就会来了。第二年，我说服自己，他只是还需要时间，攻破十六国。第三年，我对自己说，他不知道我还活着。第四年，我想，他有许多的无可奈何。到了第五年……我成了女君，他灭了八国，可是，战场相逢，他认不出我，他也从没想过，要来十六国，寻一寻我。那时，我好恨啊……恐怕连你也不知，我恨不得想让这红尘人世，沦为灰飞。”

“白婴……”

“我用了很长很长的时间，才把这些恨意消化掉。楚尧他只是没想到，我能活下来罢了，他不是不要我……”

“为什么，说这些？”向恒心疼得要命，当下就有念头去找楚尧拼生死。

白婴再抹了一次眼泪，深吸一口气道：“因为，我想，我可能恨错人了。”

“什么，意思？”

她扶住额头，脸上已晕开了酒劲上头的淡粉色。

理了理思路，白婴道：“鹿鸣苑事发后第二日，我在楚尧的手腕上，看到了我早年咬出的一个牙印。你是清楚的，我被炼成药人的过程里，原先的容貌毁得差不多了，楚尧他认不出我，本也是情有可原。直到我上位，叶云深这鳖孙儿去找医家的人讨了一种生肌膏，才让我这脸得以重新见人。”

“我知道。”

“此事巧就巧在，我被叶云深俘虏前，常常替楚尧疗伤。可十三岁那年，我发现楚尧的手腕上，并没有牙印。”

向恒顿时怔住。

白婴继续道：“我问过是怎么一回事，彼时楚尧支支吾吾，说是用了生肌膏，方消了那牙印。怪我年纪小，信了他的鬼话，加之后来有我的脸做证，我也从未质疑过。现下想想，他一身的伤疤都不治，做什么偏治一道牙印，这不是前后矛盾吗？”

“所以，你认为，有两个，相同的，人。一者是，影族，也是，八年前，牺牲，你的人？”

“我不敢确定，这件事说起来着实匪夷所思，我也只是初步的推测。退而言之，如此一来，恰能说明，从奉安二十六年，到奉安三十年，楚尧为何会被叶云深压着打。而四年前的城破一战，若是同一个人，又怎么可能前半段被打得哭爹喊娘，后半段打得别人哭爹喊娘？我以前断定是楚尧使诈，但那代价，不可谓不沉重。须知楚家军在那一役，折损了将近四成。如果，前后根本不是同一个人，那就能解释得通，近四年的楚尧，怎么变得如此凶残。”

向恒沉默片刻，抓住重点道：“你凭，什么，判断，是谁，牺牲你？”

“没法判断。”白婴摇摇头，“在找出所有真相前，这一切都不会有确切的答案。我不知道是不是当真有两个相同的人，也不知道这些年究竟发生了什么，两者之间有什么关系，楚家军内部又经历了什么不为人知的变化，以及……他想屠城的真正缘由。我唯一清楚的，是现在都护府里这个人，的的确确便是幼年护着我的楚尧，那道咬痕作不了假。至于奉安二十七年，我更倾向于非他所为。一来，以他目前展现出的能力，叶云深当年破不了城。二来……若真是他牺牲我，他何必还要设局血洗鹿鸣苑？分明他第一个该恨的，就是他自己啊。”

向恒哑口无言。

白婴深深叹了一口气：“鹿鸣苑当夜，我一直想问，他恨那一百一十九人，为何不恨自己。可我怕说出口，便是无法弥补的伤害。现下想想，他所有的反常，大抵都是因为有人在那一年取其而代之。”

“白婴。”向恒正色提醒，“当局，者迷，你在，误导，自己。你费尽，心思，替他，编造，完美的，借口，只是，害怕，面对，你无法，承受的，结果。可万一，从头，到尾，都是，一场，骗局呢？”

白婴站起来，晃了晃手里的酒壶。在喝与不喝之间挣扎须臾，末了，她还是惜命地把酒壶揣回了怀里：“糟糕，被你发现了。我的确很怕，事情的真相让我无法承受。万一，他不是楚尧怎么办？万一，他是个骗子怎么办？万一……我心心念念的人，早就不在了，我该怎么办……”

她仰起头望着黑漆漆的天际。向恒想安慰她，可任何言语，俱在此刻显得苍白无力。

半晌。

白婴捂着额头痴痴笑起来：“早几年叶云深这鳖孙儿问我，我是哪儿来的毅力熬过药人之苦，没疯也没癫，他总以为，我是想着报仇……其实不然，我只是，执念太深啊……”

“白婴……”

白婴闭了闭眼，呢喃道：“罢了，有朝一日，总会水落石出。时辰不早，你且回客栈休息。明日那两张人皮面具的事，便交予你。这世道善人不好找，恶人却很多，你瞧准了下手。若是有空闲，也不妨在城中多走动走动，看看有无山鹰的踪迹，顺带替我探查一下四年前的隐秘。”

“那你呢？”

“我？我也要去看看，这都护府里呀，究竟藏的是人是鬼。”

“白婴。”向恒想说点什么，却又知晓她是吃了秤砣铁了心，自己的话根本于事无补。

思来想去，向恒道：“那，我送你。”

“别了，我想静静。”白婴摆摆手，率先扬长而去，没个正经的话音消散在了夜幕之下，“别问我静静是谁，我是不会告诉你的。”

向恒嘀咕了一句无聊。见得白婴的步调尚算平稳，无奈之下，只得依了她的意思。

二人分道扬镳，白婴没走多远，便碰到间小酒馆。她今日的心绪起伏格外大，也不知是“长梦”本身不醉人，还是她的酒量渐长，白婴竟觉自己还挺清醒，能再喝半壶。有了这个错误的认知，她当真猖獗地又买了一壶酒。

于是……

仅仅半个时辰后，白婴花重金，先向酒馆的老板买了个木梯。接着又花重金，雇了一名酒馆的小厮帮她扛木梯，小厮跟着她晃晃悠悠，逛了大半座遂城。直到五更时分，小厮实在走不动了，便拉着白婴问，她到底要干什么。白婴放空了一瞬，酒后的记忆不断徘徊在奉安二十七年，一开口就哭得梨花带雨，一个劲儿地重复“他不要我了”。小厮心生不忍，误以为白婴受了情伤，遇到了负心汉，当即正义感膨胀，拍着胸口给他保证，要替她翻墙打那负心汉一顿，出口恶气。白婴想了想，点点头，然后就顺理成章地把小厮带到了都护府院墙下……

小厮震惊地瞥了白婴一眼，二话不说，转头开跑。

白婴呼唤了他好几声，都没能阻止他那飞快逃命的步伐。最后实在没辙，白婴只得自个儿动手，架好木梯，手脚笨拙地爬上房顶。

主院的厢房紧挨着这道院墙，可距离楚尧的房间，还有好几丈。白婴一上高处，就醉醺醺地意识到，她只想到了翻墙入内，却没细思该如何下去。正值夜深人静，主居室内早已熄了灯，四下空无一人，连半个巡逻兵都不会经过。毕竟，在所有人的观念里，楚尧的武力过于逆天，根本不会有人主动翻他院子找死，具体情况，大可参见小厮的反应。

白婴孤零零地困在房顶上干着急了半个时辰，满腹心事本就积压着，身边又有无数蚊子萦绕，伺机想喝她的血。她烦不胜烦，拍了好几巴掌，都废柴地没能把蚊子拍死，甚至额头上还被叮出一个蚊子包来。

诚然，那蚊子也没逃过被毒死的命运，掉在了她浅紫色的袖口上。白婴一手捻起蚊子尸体，另一只手摸着额头上的包，越想越委屈，禁不住又“嘤嘤呜呜”地哭起来。

底下的主居室没隔多久便亮起了灯，窗框上拓落出一个颀长的身影，那人随意披了件衣物，到底还是推开了房门。

月色寒凉，一地清辉。楚尧站在屋檐下，白日里束起的发髻已散落成垂肩的墨发，只用一根细细的红绳系了小缕在脑后。雪白的亵衣穿得整整齐齐，外面则搭着那件黑色绣银纹的外裳。他看了看白婴，微不可察地叹一口气，方飞身跃上屋顶。

楚尧站在她跟前，尚未开口，一股子酒气便扑面而来。他拧了拧眉，不悦道：“饮酒了？”

白婴埋着脑袋认真抽噎。

楚尧又问：“向恒在哪儿？”

简单几个字，依稀生出了一种要把向恒抽筋剥骨再连坐全家的森冷感。

白婴诚心实意地被他瘆得打出个酒嗝，随即抬起头泪眼汪汪地瞅着楚尧，伸长双臂道：“兄长，抱抱。”

楚尧怔了怔。

在京都的那几年，白婴但凡是犯了错，见着楚尧的第一句话，都是“兄长抱抱”。这是她一贯撒娇的办法，也是她寻找庇护的小心思。因为她知晓，在楚尧的怀里，哪怕是天塌下来，他都会给她撑着。

楚尧一时之间有些恍惚，便本能地去接住白婴的手。二人十指相交，白婴挑着角度用力一拽，神力盖世的楚将军脚下一个趔趄，顺势坐在了白婴的身侧。白婴醉归醉，动作也算麻利，一记翻身过去，跨坐到了楚尧的腿上。

楚尧品了品两个人的姿势，喉结上下滚动了一遭，耳根微红道："阿愿，你……你是不是喝醉了？"

"我没醉！我清醒得很！"白婴第二次打酒嗝，"我……我今晚走了大半座城回来找你，还拿了一个梯子翻院墙，你说！哪个喝醉的人，做事能像我这样精打细算？"

楚尧心里一叹，精打细算不是这样用的。

楚将军默默腹诽，嘴上却是关切道："哪里来的梯子？"

"买的。"

楚尧直觉很不妙。

果不其然，白婴伸出了三根手指："三两银子。"

楚将军登时一阵肉疼。

他刚想问这梯子是哪家卖的他去退了，白婴又用另一只手比出五根手指："我还雇了酒馆里的小厮扛梯子，五……五两银子。"

楚将军默了默，迅速在心里过了一遍夜里打烊较晚的小酒馆名单，当即锁定了好几家。他眸光一沉，抱住白婴的腰便要起身。白婴见状两只爪子搭在他肩头，皱眉问："你做什么？"

楚尧："抱你回房歇着，我……去把梯子还给别人。"

说的是还，但白婴隐约感觉到了杀气，他多半是要去掀了无良商家。她死死圈住楚尧的脖颈，整个人扑在他的身上，于他耳畔呵气如兰："不许去！今夜你哪都不许去！只能陪着我！我有很多话想要问你。你答一句，我给你个宝贝，好不好？我有许多许多宝贝，都埋在地下，我可有钱了，不差那几两银子。"

楚尧忍俊不禁："这么说，阿愿要贿赂我？"

"嗯。"白婴嗫喏一声，抵着楚尧的额头，再用双手捧住他的脸颊，柔情蜜意地问，"你答不答应呀？宝贝儿。"

顿时为美色所迷的楚将军："……好。"

◆

第十八章·
陪你赴一场生死

“第一个问题，你怎么不生气？”白婴晃了晃脑袋。

楚尧心知她在说什么。

实则，他并非不生气，若是论白日，有那么一刻钟，楚尧几乎控制不住想杀了向恒的冲动。可他舍不得。他承诺过白婴，她想要他是什么样，他便可以是什么样。他怎忍心，让她又一次失望。及至夜里，他一早就察觉了白婴的动静，却由着她在屋顶上困了半个时辰。

而这半个时辰，已是楚尧能生气的极限。他在黑漆漆的屋子里坐立难安，既害怕白婴失足跌下，又担忧她冷着热着。听到白婴的哭泣，所有关于她的负面情绪，都在那一瞬间被他抛诸脑后。楚尧垂了垂眼睫，如实道：“因为，你回来找我了。”

“那我不回来你要怎么办？”

楚尧想了想，苦笑道：“我也不知道怎么办……”

白婴不满意他的答案，瘪了瘪嘴，还是在袖口里窸窸窣窣地掏了一阵儿，成功掏出荷包里的一两碎银子，豪横地塞进了楚尧的手里。

“收着，赏你的！”

楚尧哭笑不得，看着白婴醉得像是路边的小野猫，只觉她甚是可爱。压根儿忘了不久之前，这货在乌衣镇醉酒时，自己满脸还写着“莫挨老子”的嫌弃。

此一时，彼一时。

楚将军的脸打得“啪啪”响却毫不自知。他从善如流地捏住银子，说：“好，谢谢阿愿。”

白婴哼哼唧唧，又问：“你怎么不问我为什么回来？”

“我怕我问了，你这‘亲弟弟’的命，便要保不住了。”

白婴的牙酸了一下，赶紧抱住楚尧，拍着他后背让他消气：“我是迫不得已。我如果……不和向恒演这一出戏，你都看见他轻薄我了，万一他走不出都护府该怎么办……”

楚尧皮笑肉不笑：“那阿愿以为，现在他能走出遂城？”

白婴手上加大了力道："他又没有真的轻薄我！你不能这么小气！"

一打两百不成问题的楚将军轻而易举被拍得咳嗽不止，他假扮柔弱道："阿愿是想永绝后患吗？"

白婴这才回过神来，一边轻抚楚尧的背，一边轻声说："我给你吹吹，宝贝儿不疼哈。"

那温热的气息擦刮过颈上的肌肤，顺着微微敞开的领口钻进了楚尧的衣衫。每至一处，仿佛落下了滚烫的火星子，让底下深藏的血脉为之沸腾。他的喉咙里突兀地烧起了一把火，让他口干舌燥。楚尧放在白婴腰间的手倏然收紧，忍了一忍，方垂下眼睑哑声道："阿愿，我不疼，你别吹了。"

"真的不疼？"

白婴贴着他扒他后领，想看看有没有伤着楚尧。碍于二人的身形差异，她还需伸长手臂蹭来蹭去。楚尧咬住后槽牙倒吸一口凉气，强硬地把白婴摁回腿上坐端正，思忖片刻，他提议道："你要不要……坐旁边？"

"不要！"白婴横眉竖目，"你是不是嫌弃我了？我就知道！我这些年风评不好，你嘴上说不在意，实际上碰都不肯碰我！你们这些男人，爱到深处哪有不想别人身子的！你不想，要么你不行，要么你不爱我！"

不是喝醉了吗？逻辑为什么能如此无懈可击？

楚将军抿了抿唇，试图解释："阿愿，我不是……"

白婴："你说！你是不行还是不爱我！"

楚将军无奈地看着她，这真是——怎么选都是死胡同系列。

楚将军深深看了眼白婴，挖坑一挖一个准，默默把刚赚来的银子塞回她的手里："算我贿赂你，这个问题，我们跳过好吗？"

白婴的表情一呆，低头觑着那白花花的碎银，眼泪猝不及防地滚了出来："你果然是不行……"

"在乌衣镇时，我们日夜相处，你就没半点反应。到了现在，我要和你亲热，你也躲得远远的。你这几年到底是经历了什么磨难啊，竟走到这一步，再也没法享受男欢女爱……"

楚尧仰头望天。

他是真恨不得堵住白婴的嘴。

白婴越哭越亢奋，声音还越来越高涨，在深更半夜里，显得特别具有穿透力："你该怎么办呀……以后还怎么传宗接代，怎么娶妻生子……这要传出去……"

楚将军忍了又忍，忍无可忍，终归是一把捂住了白婴的嘴。

"嘘，你再嚷，就把巡逻兵招来了。届时，众人都以为楚家绝了后，阿愿负责吗？"

白婴眨巴着眼“嘤嘤呜呜”。

楚尧又好气又好笑：“在乌衣镇时，你是十六国的女君，所以我不生情欲。眼下……”他的眸光沉了沉，继而岔开话题，笑道，“都醉成了这样，我抱你回房歇着，可好？”

白婴摇摇头，伸出五根手指。楚尧会意道：“五个问题？”

她又急急颔首。

楚尧拿她没辙，替她拭去了面上的水泽，好整以暇道：“说吧。”

第一根手指，白婴道：“你已经猜到，我今天去干什么了？”

“不完全。”楚尧道，“你若不回来，那我会想，你兴许真是喜欢向恒。但你饮了酒，还醉醺醺地跑回来，那白日你与向恒的举措，便是为了出府。至于出府做什么，阿愿瞒着我的事不多，大抵是想暗中计划对付叶云深吧。”

白婴打了个激灵，心下登时生出一股怪异的直觉。她深思少顷，都没拎出这怪异的源头在哪儿，只好先行按下。她递给楚尧一两碎银，算是完成了第一题，然后道：“第二，你什么时候救下我的？”

楚尧嘴角挂着的笑意一僵，眼底的眸光顷刻转冷。白婴紧张地屏住呼吸，对上他那探究的视线，胸腔里一颗心仿佛都在寸寸龟裂。就在她想要放弃答案落荒而逃时，楚尧矮声道：“奉安二十二年，三月初九，京都百里外，马家村。”

白婴肉眼可见地松了一口气，赶紧掏出碎银子塞给楚尧。

“第三个问题，你还记得，手腕上的咬伤如何来的吗？”

楚尧此番的神色更是难看，闭眼沉默良久，方道：“你刚至将军府，怯生又胆小。因为早年挨饿的经历，喜欢逮着什么东西都往嘴里放，夜里梦游，亦是如此。大夫换了好几拨，都说没法医治，后来我守你大半月，至那年六月中旬，你咬了我一口，留下这道疤，那个怪症，不药而愈。”

“楚尧……”白婴喜极而泣，她差不多能够确定，眼前的人，不是什么影族，的的确确就是从小护着她的楚尧。她抹了一把眼睛，慌慌张张地再拿出一两银子递给他。

楚尧只是垂首盯着掌心的三两银，久久不语。

“第四个问题……”

白婴想问，奉安二十七年，究竟是不是他的选择，抑或那年他也遇到了不可控的事，无法左右她的生死。但此话一经问出，所有的事再没转圜余地。是以说辞到嘴边，白婴还是换了一句：“望仙楼的一年之期，是什么意思？”

楚尧叹了口气，知她仍在试探，温声答道：“本想，一年之后与你定亲，可没料到，世事弄人。”

“定亲……你那时，真的想过要娶我……”

“从始至终，未曾更改过。救你之时，不是便许你了吗？”

——没人爱她，我来爱她。没人娶她，我娶她。

原来，从相识到如今，他都有在履行这个承诺。

白婴的泪泽像是断了线的珠帘，扑簌簌地落下。她把整只荷包都塞给楚尧，末了，她道：“最后一个问题……”她重新捧起楚尧的脸，双眸似辰星，熠熠生辉，“你……想要我吗？”

楚尧抿紧了唇线。

良久，他握住白婴的肩道：“你醉了，回房睡觉。”

白婴“吧唧”在他的额头上亲了一口：“这不是我要的答案，你再答一次，赏金我先给你。”

她是不是想霸王硬上弓？

楚将军无可奈何道：“阿愿，别胡闹，天快亮了。”

“这也不是我要的答案，你再答一次。”白婴又在他的左脸亲了一口。

楚尧的眉峰微动，闷声问：“你知不知道，你在说什么？在做什么？”

“知道。”白婴在他的右脸上亲了亲，辗转至鼻尖儿，落下蜻蜓点水的一吻。她胸腔里压满了千言万语，想告诉他，她有多想嫁给他，想陪他执手白头，儿孙满堂。可她剩下的日子并不足以要他这一生。她唯一的放纵，唯一的任性，便是这借着酒劲儿的冲动。

白婴道：“我方才说了，喜欢到极致，时时刻刻都想拥有这个人。你不主动，还不允许我主动吗？楚尧，你对我……究竟怎么想的？”

“我……”欲言又止的一个字，充斥着濒临崩溃的痛苦和绝望。

她的唇轻碾过楚尧湿润的睫毛，唇齿间一遍又一遍唤着他的名。分明是带着情谊的细吻，于楚尧而言，却像一道深渊里的枷锁，拉扯着他万劫不复。他眉头紧锁，心口似烈火灼烧，痛得发狠。他右手的掌心被碎银的尖端硌出鲜艳血色，及至最后，绷直的脊背一松，他以手掌住了白婴的后脑勺。

“你知不知道，你这样做，无论我是人，是鬼，都不想再放你走了。阿愿，将来……你会不会恨我？”

白婴将要启齿，他却害怕听见答案，猛地封住了她的双唇。

经年夙愿，一朝成真。

后来白婴是怎么被他抱着跳下了房顶，二人又是怎么双双缠绵进了屋子里，她毫无印象。她只知楚尧前脚绕过屏风，她便将他摁倒在了床榻上。她轻柔且生涩的吻触碰着楚尧的喉结，手上也没停歇，一个劲儿地撕扯着对方的衣物。就在她快要得逞之际，突感后颈一疼，顷刻间就失去了意识。分不清是虚幻还是真实，白婴依稀听到那个人在说——

“抱歉。这一次，要让你失望了。”

翌日清晨。

白婴悠悠转转醒来时，整个人都窝在楚尧的怀里。她两眼撑开一条缝，瞄了瞄身边的人，一时没反应过来有任何不对，还往他的胸口钻了钻，调整出个舒服的姿势，打算接着睡。眯了小半刻钟，她才蓦地双目圆睁，看了眼楚尧沉静的睡颜，再看看他放在自己颈下的手臂，以及他圈住自己腰间的另一只手，白婴顿时感觉受到了灵魂的冲击。她试图扭过头，打量了一通身处的环境。

是楚尧的居室没错。

问题是……

她怎么在这儿？她做了什么？两个人为什么会同床共枕？

白婴揉了揉隐隐作痛的太阳穴，记忆完全断层在她独自离开狗尾巷，再后面的事，任她想破脑袋，她都想不出发生了什么。她有些僵硬地扭了扭身体，结果一个不备，大腿挨了下楚尧。白婴一怔，忽地想到什么，登时慌张地捂住了嘴巴。她屏住呼吸，脸颊和耳朵都憋得发红。观察了楚尧少顷，见他没有动弹，便想溜之大吉。白婴小心翼翼地脱离出楚尧的怀抱，蹑手蹑脚下了床。因为过于紧张，她拎起鞋袜就想跑。刚走了两步，榻上人悠悠问：“你要去哪儿？”

白婴杵在了原地：“我……我去我该去的地方。”

楚尧坐起来：“你该去哪里？”

“都、都护府外。我昨日定下间客栈，寻思着……先去住半个月。”

楚尧默了默，语气诡异地问：“和向恒？”

“不是！”白婴回过头，无比坚定道，“他住隔壁，我指天发誓，这孩子我真当他是亲生的，绝没有儿女私情！昨天那事儿，真真就是个误会！你相信我！要不是怕你当场摁死他，我也不会配合他演那出戏。”

楚尧瞧着白婴，被她那正经的模样逗得弯了眉眼。但仅仅一瞬，那笑意又消散得干干净净，取而代之的，是一种越发微妙复杂的神情：“你昨夜……”

白婴等了等，没等来下文。她心想着躲得过初一躲不过十五，该来的总要来，只好硬着头皮说：“我昨夜……咳，多半是喝醉了。”

楚尧一听这话头，轻而易举就联想起白婴喜看的话本里，总有那么些一夜风流的公子哥，以醉酒为名不肯负责，甚而打发姑娘银子，意图让姑娘此后不再纠缠的桥段。楚将军看了看枕头边上的银子，眉头一跳。

白婴见状，心里慌得不行，后话也给忘了。她打了句哈哈，拔腿就开溜。三两步窜到门边上，刚要开门，身后人“砰”的一声，把门又给按了回去。

白婴欲哭无泪，张开嘴就认错：“宝贝儿我错了。我知道我酒品不好，昨夜肯定是干了不少荒唐事，你别生气呀。你看我平日里，哪怕是醉酒也关在房中，半点没给你添麻烦。昨个儿……昨个儿那真是意外！”

“荒唐……意外……”楚尧重复着她的话，越说声音越是沉闷。

“那什么……你是见识过的嘛，我的确酒量不行。可这不能怪我呀，还不是你没趁早培养，才导致我现下喝一丁点就神志不清，第二日还常常断片！”

楚尧微眯起眼。

怎么着？这锅还能靠他背？

白婴哭丧起脸：“要不这样，我若是昨日打了你的副将，或者是放火烧了李琼的房子，大不了……大不了我让他打一顿？”

楚尧：原来，她所谓的荒唐，是这个意思。

他握住白婴的手臂，让她转身面朝自己。直直逼视着她的双眸，楚尧问：“你不记得自己做了什么？”

白婴木讷地摇摇头。

下一刻。

楚将军就在她的唇上轻轻啄了一下。

“想起来了吗？”

白婴一脸茫然。

楚尧无奈地叹一口气，再啄一下：“现在呢？”

白婴咽了口口水，隔了好一会儿，她双目放空道：“依稀想起来……我好像买了个木梯翻院墙来着。”

楚尧心里一叹，该想的不想。

他的手捏住她的脸颊，这一次，稍稍吻得重了些，缠绵了些。

他问：“还有什么？”

白婴：“好像……还蹲房顶下不来，委屈得哭了。”

楚尧没有吭声，一如昨夜那般，扣住了她的后脑。视线中的人逐渐放大，温热的气息覆上了白婴的唇。他似是不再满足于浅尝即止，一开始的小心安抚后，便撬开了她的唇齿，肆意且张狂地攻城略地。卸下了惯常的温柔包容，他用蛮横直白的方式，宣泄着从此以后，想将她独占的心思。

白婴慢慢喘不上气来，思绪只余一片空白，在他的掌控之下，沦陷于一场爱欲。

仿佛过了很久，又仿佛是弹指之间，楚尧舔了舔她的唇，结束了这一记深吻。他拉开寸许距离，把白婴圈禁在他的双臂间。他的胸膛不断起伏，鼻息粗重道：“想起了吗？”

白婴沉默须臾，脸颊肉眼可见的泛出红色。她迷迷糊糊地想起，她跨坐在楚尧身上，主动亲吻他，还大有霸王硬上弓的意思。她抿了抿唇，着实心虚道：“想、想起一部分。”

“那你这神情，是不肯负责？”

“我……我当真……把你给睡了？”

楚尧的眼角一个劲儿急抽。

白婴下意识地摸自己的后腰：“不像啊……发生这种事，不应该半点感觉都没有啊……难道是因为……”

楚将军生怕她胡思乱想，深吸一口气，赶紧接过了话茬：“那阿愿，到底负不负责？”

“这也不是负不负责的问题……”

楚尧眯起了眼睛。

白婴当即义正词严道：“责，那是必须要负的。别说我睡了你，就是我碰你一下，我都得为了你的声誉着想。不过，话说回来，我昨晚当真借着酒劲儿霸王硬上弓了？你怎么也不象征性地反抗反抗？”

“为何反抗？你想要的，但凡我有，都愿给你。”

“这……话是这么讲没错啦。”白婴谨慎地注视了楚尧一遭，“可你也知道，我是药人。”

“嗯。”

“你与我有肌肤之亲，就没觉着，哪里不舒服？”

楚尧想了想，答道：“是会比平时夜里睡得更沉一些。”

“那就对了。”白婴煞有介事地点点头，合理分析道，“事情是这样的，你也知道，我在乌衣镇的林子外是怎么抓鱼的嘛。当然了，鱼肯定不能和你比，毕竟，我宝贝儿的武学造诣，高得实在可怕。”

楚尧直觉不妙。

“所以，我毒晕鱼，只用了一眨眼。毒晕你呢，可能需要……大概两刻钟？”白婴掰着手指头数，“我算算时间，也该差不多了。来，宝贝儿，表演表演，三、二、一，走你！”

楚大将军打心眼里是拒绝表演的。他坚挺了两个眨眼的间隙，终是不支，两眼一合，成功晕了过去。白婴手疾眼快地接住他，让他靠在自己瘦窄的肩头上，轻轻抚了抚他的背，矮声笑道：“傻子。”

这一晕，身经百战所向披靡的楚将军径直晕过了中午。约莫是觉得此事不符合他高大伟岸的形象，醒转后，他一个人在床上默默地静坐了良久。白婴去哄他，他也不肯说话，直到白婴亲自下厨煮来一碗香菇鸡蛋肉末面，楚将军才重新开口。

二人用过午膳，白婴与他商量，为了不影响都护府的军心，仍是想去客栈居住。

楚尧不置可否，只是当日下午，他便邀白婴一道去城里的茶楼听戏。白婴不疑有他，权当楚尧是想忙里偷闲，左右遂了他的意。

不承想，二人一上街，楚尧的举动，堪称招摇过市。哪里人多，他便故意牵着白婴往哪处去。城中本就盛传楚将军金屋藏娇，二人刚从乌衣镇回转时，也有不少人是见过白婴的。此番他们携手同行，更加坐实了传闻。

百姓们都喜好看个稀奇，为了瞧瞧楚尧喜欢的是什么样的女子，个个赶来凑热闹，一条街比往常拥挤了好几倍。白婴再是想退缩，已然来不及。她顶着楚大将军未来家眷的头衔，收获了无数小零嘴，一大袋子土特产，还有众人对他们俩的殷殷祝福。

如此一来，几乎整座遂城都知晓，楚将军和一位貌美如花的姑娘情投意合。

白婴心里清楚，楚尧这是铁了心要为她正名，也料想此事会引起轩然大波。果不其然，第二天，都护府内又一次炸开了锅。

除却赵述，李琼、王威、江安三个副将，前一日还在为白婴离府喜不自胜，结果，这高兴劲儿还没持续多久，他们就五雷轰霆地听闻，楚尧带着白婴上街，且完全不否认白婴是他的内人。这个消息无异于一剂猛药，瞬间让都护府人心惶惶。

百姓不知白婴的身份，可他们晓得白婴的过去，且不说一军将领和敌国女君扯上关系，会给楚家军带来如何沉重的打击。单论白婴的身份一旦传开，世上一人一口唾沫，都足以淹死楚尧。

三位副将作为楚尧的头号拥护者，自是不愿看见此种结果。三人轮番劝谏，劝了四五日都不见成效。府上的氛围一日比一日怪异，楚尧却是置若罔闻，照旧我行我素地宠着白婴。

白婴拿他没辙，事已至此，她若逃避，便是让楚尧一个人留在不堪的境地里。再者，为促成后面的计划，白婴也必须在都护府里站稳脚跟。想到这儿，她索性大大方方地留在都护府，偶尔还会四处走动，留意有没有四年前余下的踪迹。

转眼至了七月末。

楚尧不想白婴去公厨用膳时受人冷眼，便在主院里辟出一间小屋，做成了厨房。他亦不舍白婴沾染烟火气，就自告奋勇地学着下厨。于是，将士们总是隔三岔五得见自家都护那双斩敌万千的手在切瓜砍菜，他们痛心疾首的同时，纷纷感叹，都护他是真的堕落了。

白婴私心里也觉如此不妥，进而试图阻止过楚尧下厨。但楚将军对此相当坚持，并且充满了谜一样的自信。他跟着白婴学会煮面后，两个人整整吃了七八天的面条，导致白婴一见面条就反胃。楚尧经过深刻反思，当即决定给白婴换菜式。

然而……

菜式没换成功，厨房被他烧了三回……

彼时，白婴站在熊熊火势前说：“你看，我这么废柴，不是没有道理的。”

楚尧也望着毁于一旦的厨房，十分坦然道：“嗯，随了我。”

白婴看看他，一度笑得前仰后合。

立秋之前。

遂城下了一场豪雨。连绵雨势三日未歇，在西北之地极为罕见。空中乌云密集，黑压压的见不到丝缕阳光。白婴老老实实地在院子里待了两天，恰逢楚尧有事缠身，日日早出晚归，她着实闲得无聊，便在楚尧的房内翻箱倒柜，恨不得挖出他这八年的老底。

诚然，别的东西没有，旧衣物倒是一两箱。白婴没旁的事可做，干脆寻思着替楚尧清理清理。这一理，她是既心疼又好笑。楚尧的每件衣物上几乎都有补丁，但大抵是他早期针线活不行，补丁尽打得歪歪扭扭，粗糙到难以入目。差不多缝了有十来个补丁后，他的针线活方有好转。最新的一件，是楚尧在乌衣镇时所穿，衣袂处也缝了一小块。

楚尧从外回转时，就见白婴抱着那件衣裳，坐在灯下沉思。

他走进些许，带着一身湿气，问：“怎么还不睡？”

白婴认真道：“我在想……”

“在想什么？”

“在想我们俩在乌衣镇时，我白天缠着你，夜里做噩梦，需要你守着。你到底是什么时候偷摸摸洗衣服打补丁的。”白婴站起身，围着他绕了一圈，“宝贝儿，你真是随身带皂荚和针线包吗？”

楚将军僵了僵，正色道：“没有的事。”

白婴猝不及防抖了下他的袖口，抖出来一块皂荚，“啪”的一声掉在地上。

白婴：“……扑哧。”

楚尧瞥她一眼，自行招了。把另一只袖口里的针线包也拿出来放在桌面上，干咳一嗓子，道：“习惯了，一时半会儿……没改得掉。”

白婴默了半晌，忽而收起笑意，从身后抱住他的腰，低声谓叹：“宝贝儿，这些年，你撑着楚家军，想必很不容易。每每思及朝廷打压你至此，我都……”

满心怨怼。

白婴咬了咬牙，把这四个字憋了回去。楚家一门忠烈，她实在无权在此事上置喙。隔了少顷，她说：“幸好，百姓爱戴你，你的士兵们，也是真心实意的敬重你。你我之事，若是有小部分人利用，恐怕都会伤及楚家军根本。”

楚尧拍拍她的手背，转身将她揽入怀中：“没有不容易，只是一个选择罢了。你这八年经历，比之于我，岂非更苦？你既回来了，此后便没人能在我的身侧，伤你分毫。”

“别的有情人在一块儿，那是风花雪月。怎么到了我们这儿，就开始比惨？”

“说得也是。”楚尧从善如流地跳过这个话题，道，“天色也不早了，你不歇着？”

“我们一起？”

楚尧的眉头跳了跳，生硬道：“我去隔壁。”

“啧。”白婴抬起头看他，一边还用手戳他的胸口，“宝贝儿，你是不是对风花雪月有什么误解？我话都说到这个份上了你还不主动，是怕我毒死你不成？”

“不是。”

“那是为什么？”

楚尧刮了刮白婴的鼻尖儿，却不肯作答。白婴看他一副清心寡欲的模样，就忍不住感叹：“你们光棍儿府倒也真不是浪得虚名，外界都说你不近女色，才把林纾拒之门外。依我看，的确如此。”

“嗯，我是不近女色。”

白婴刚想脱口这是病，得治。结果，楚尧补充了一句：“但我近你。”

白婴“扑哧”笑出声来：“堂堂定远大将军，竟也学着油嘴滑舌了。”

“阿愿的功劳。”

“你这是在骂我吧？”白婴又接连戳了楚尧好几下，末了，方拉着他的手在桌边坐下，收敛了玩笑意味道，“山雨欲来，你是不是想一次性引爆都护府内潜藏的暗流？”

楚尧默然不语。

白婴压根儿用不着他点头，已把这份心思猜得七七八八：“你清楚城中混入了奸细，是在借机试探楚家军里有没有山鹰的存在。与其让他们掌握先机，不如棋子由你落下。倘使楚家军里真有山鹰，我的身份则会成为他们煽动众人的理由。甚而闹大了，还会成为你落在朝廷手里的把柄……”她叹了口气，“不是只有这一个法子，你这一局，赌得太大了。”

“无妨。”楚尧一脸的气定神闲。

白婴眉头一拧，大将军立刻化身妻管严，启齿解释：“我确然是这般思量的。不过，重点从不在于山鹰。这群杂鱼，尚不足让我放在眼内。只是事关你的身份，我迟早会赌这一回。”

“如果，结局不如你所想，该如何？”

“四年前，楚家军折损了四成。”

白婴瞳孔骤缩：“这四成的补给，便是你的底气？”

“可以这么讲。”

“你……”

楚尧笑笑，理了理白婴的耳发，说：“其实不止四成。这几年新旧交替，老兵退伍，新兵参军，仔细算起来，超过五成了。”

“所以，你是想辨别他们的忠诚度，肃清反对之声。楚尧，我……我不明白，楚家军是你们楚家一手创立的，发展至今，这些人全心全意相信的，并非朝廷，而是你本人，你为何……”

还要培植新的心腹。

楚尧的眉眼仍旧挂着温和的笑，本是不愿说明，白婴掐了他一把，他才轻声道：“不急，你会明白的。”

“何时？”

“快了。”

他不肯把话说到明处，白婴也没法严刑逼供，只好静等着他所指的时机。

次日一大早，兴许是怕白婴又在房里捣乱，翻出楚大将军不堪面对的过往来，他索性把白婴带在身边。上午白婴陪着楚尧在书房里处理军务，其间李琼和王威来了一趟，巴不得用眼神把白婴千刀万剐。至了下午，楚尧干了桩大事，把白婴带去了都护府的兵器库，参观叶云深上供的火器。

于一军而言，兵器库乃重中之重，平日里就算几个副将要出入，都得先拿到通行令。而白婴背着十六国女君的名头，如此堂而皇之地进入，无异于让她掌握了整个都护府的命脉，让众人如同头悬尖刀。楚尧不以为然，二人从兵器库出来，他就兀自领着白婴上茶楼去听戏文。

白婴起初还以为，这戏多半是她喜闻乐见的情情爱爱，书生小姐金风玉露一相逢，日日夜夜干柴烈火之类的。不承想，听了个开头，她才发现，这戏选得着实精巧。

那说书先生口中的主角，是一位姓袁的将军。将军生逢乱世，遇关外部族入侵，在战场上拼死抗敌，屡建奇功。本该步步高升，却因朝廷奸人当道，始终郁郁不得志，最后被迫辞官返乡。数年过去，关外部族长驱直入，一度围困京都。朝廷慌不择路，这才想起骁勇善战的将军，提拔他重返战场。

在将军的带领下，敌人撤离，成功解了京都之危。可这场战事还没落下帷幕，奸人便陷害将军通敌叛国，给了敌军一次实施反间计的机会。两方作用之下，将军被判凌迟。极尽荒谬的是，他在战场上鞠躬尽瘁，死后却落得一身污名。百姓们争相抢食他的肉，甚至没留给他一具完整的尸骨。

世人不在乎，他是不是以一腔热血捍卫过山河。他们只信自己的道听途说，只想找一个战后余生宣泄痛苦的途径。

白婴听完这出戏，在茶楼里呆坐了半晌。楚尧也没催促她，慢条斯理地给她剥着瓜子仁儿，递到她摊开的掌心里。

许久，白婴失神地问："你说，这将军临死之际，在想什么？"

楚尧默了默，云淡风轻地答："大致……是在想，不值得。众生愚昧，只知谎言可以骗人，殊不知，真相亦能作假。"

白婴没吭声，仔仔细细地琢磨着楚尧这句说辞。

出了茶楼，已是戌时二刻。

白婴略感犯困，楚尧便背着她，慢慢走过十里长街。连下了几日雨的青石板路湿气尚未散尽，八月的热风一拂，吹在人的身上极不舒坦。白婴枕着楚尧的肩背蹭了蹭，周遭风声徐徐，人音稀疏。两边屋檐的灯笼轻晃，拉长了一双寥落的影。

她像是下定决心，低声说："宝贝儿，我会保护你的。"

楚尧失笑："这话……是不是理当我来讲？"

白婴闷闷地摇脑袋："我也没什么所求了，这一辈子的心愿，其一是保护你，其二便是结束这一场战乱。你就当宠着我，给我个机会吧。"

楚尧不置可否。沉默了大半路，他忽而道："我有。"

"什么？"白婴没听清。

楚尧重复道："我有所求。"

"呀，那楚将军求的是什么？说来听听？"

楚尧但笑不语，就此断了后话。白婴正想吐槽他这欲言又止吊人胃口的毛病，腹稿还在舌尖打转，二人已走到了都护府正门外的街道上。赵述焦灼地立在几步石阶下，一见他们的身影，忙不迭迎上前，作揖道："都护。"

白婴从楚尧的背上跳下来，龇着牙打招呼："述哥。"

赵述颔首示意，末了，他挑着重点说："今日安阳入兵器库的事诚如您所料，激化了将士们的情绪，眼下李琼、王威、江安连同三营参将、都司、把总等九十七人，都在议事堂内。校场上，还有府兵和骁骑尉，约莫百来人。"

白婴一听，头皮发麻道："这么大阵仗？这些小朋友都是铁了心今晚要我命吗？"

赵述没答话。

楚尧轻抚白婴的背，话却是冲着赵述说："其余人，都安排好了吗？"

"是。"

楚尧微微点头，继而牵起白婴的手，镇定自若地往府内行去。白婴好歹是见过大风大浪的人，面对这点小场面，还谈不上怯场。她一边跟紧楚尧的步伐，一边抽空问赵述："述哥，你听过一位袁姓将军的故事吗？"

赵述看了白婴一眼，又颇有深意地看了楚尧一眼，神情涩然道："你是指……前明将领，袁从寰？"

“是。”

“自然听过。行伍之人，哪能不晓。”

“那你若是他，会作何感想？”

“我？”赵述想了想，苦笑道，“应该……会恨吧。”

白婴的眉梢动了动，摸着下巴若有所思：“是吗……”

当年将军府五人，若要论起赤胆热血，楚尧第一，赵述绝对是第二。这二人聚在一起探讨边关局势，毫不夸张地说，那就是他们想要为国捐躯的一百种正确死法，乃至于那时懵懵懂懂的白婴都能说出，楚尧若是死在战场上，她就给他殉葬这种话。

一言以蔽之，他们早已有了生死觉悟，为何到了今时今日，在前明将领的这个故事上，却和从前热血少年的眼界判若两人？甚至于，一者想过要屠城，一者亦未尽力阻止？

白婴越想越后怕，唯恐那故事曾经投射在他们二人身上。她低头凝视楚尧与她十指交扣的手，感受着他真切的温度，方觉自个儿是思虑过头。将将试着把一颗心揣回肚子里，三人来到校场，白婴抬起眼皮一瞧……

好家伙，心又提起来了。

这个个将士身穿战甲腰佩兵器的模样，别的不好判断，想整死她的心，想必是人均一颗。她有那么一瞬转头想跑，楚尧紧紧捉住她，矮声在她耳畔安慰：“别怕，有我在。”

白婴咽口水，翻着白眼没好气道：“早知道我就不上你这艘贼船了。”

楚尧浅笑：“晚了。”

◆

第十九章·

都护府的通病：护犊子

议事堂内灯火通明。

楚尧从容不迫地居于上首，左右两边的圈椅，则是按官阶坐满了二十位将领。门外挤着几十颗脑袋，见白婴绞着衣袖站在楚尧身旁，每人都在摩拳擦掌，就等合适的时机把这红颜祸水彻底放倒。

众人安静地等着楚尧先行开口，此起彼伏的呼吸声将紧张的氛围烘托到了极致。前排几位副将骂人的话已在嘴边盘旋，白婴也暗暗做好了沦为众矢之的的心理准备。

楚尧悠悠扫一眼众人，以拳掩唇轻咳一嗓子。在大伙儿都以为他要起头说正事时，楚将军的眸光冷不防定在了白婴身上，如同铆足了劲儿想气死他的手下一般，柔声问道："你站着累不累？方才不是犯困了吗？"

白婴登时收获无数眼刀，扯了扯楚尧的袖子，低声嗔道："你正经点！"

楚将军甚是正经地说："他们把位子坐完了，想来是不肯让你，你要么坐我这儿，要么，坐我腿上？"

九十七位非常想掀翻狗粮碗的将领眼睛都看愣了。

白婴气不打一处来："楚尧，你再这样，我……我走了！"

诸将领心想：就这？你还想走？跨得出门槛儿算大伙儿输！

楚尧见白婴羞红了脸颊，当真有点生气的苗头，立即干咳一声，总算开启了今夜唇枪舌剑的序幕。

"说吧，你们要做什么？"

除赵述一脸的"王八念经，不听不听"外，其余三名副将交换了一记眼神，果然由最恨白婴的李琼第一个站起。他大步走到屋中央，抱拳高声道："都护，自白婴被俘，属下已数次进谏，将她与其他战俘作相同处置。今日，白婴入我都护府兵器库，那便更不能留她性命，否则，将是对我楚家军的巨大隐患。属下与众同僚斗胆，冒死求都护做出决断！"

"都护，李副将所言极是。"王威站到李琼身边，"历来两国交战，不留王储之人。白婴是十六国女君，手上本就沾染无数我大梁百姓、边关将士的鲜血，不可饶恕。再者，都护府的兵器库，绝不能让十六国知悉位置。倘使白婴走漏风声，让十六国有机会摧毁我方兵器库，将士无刃，还如何打仗，她之性命，定不能留！这里外数百将士，人人与十六国有不共戴天之仇，请都护当机立断，莫再中了贼人圈套！”

楚尧一言不发，静静看着堂中二人。余下的将领，都在点头应和。

赵述皱了皱眉，想说点什么，见楚尧微微抬手制止，又把话头憋了回去。

李琼得不到楚尧表态，索性把心一横，撩开衣摆重重跪下：“都护，属下是个粗人，有些话哽在心里难受，不得不说。我奉安二十九年参军，本是寂寂无名的马前卒，至四年前，是都护在战场上捡回我这条命。这么几年，我跟着都护出生入死，受都护照顾良多。敌军刀剑下，也不知被都护救过多少回。我敬您重您，更视您为我毕生信仰，您若要我等肝脑涂地，莫说我李琼，便是都护府上上下下，兄弟们都绝无二话。谁敢有怨言，我李琼第一个劈了他！可正因如此，我们才无法坐视都护为那妖女所惑！白婴居心叵测，来历不明，她进遂城后，本分了四年的若羌八国突然兴乱，此事断不可能与她毫无干系！如今遂城里潜藏着细作，伺机欲对都护不利，必然也以白婴马首是瞻。今晚属下就算拼了这条命，也要杀了白婴，周全都护声名，护遂城安危！”

王威跟着跪下。

江安上前道：“都护，您的军功和威望，都是一次次用血肉之躯拼杀出来的，不该受这女子拖累。您若有意娶妻生子，兄弟们喜不自胜，定为都护张罗打点。我们虽被百姓戏称为光棍儿府，可兄弟们更希望楚家有后，能在将来接手楚家军。哪怕您娶的只是平民姑娘，我等都会欢喜地上街敲锣打鼓，将此喜讯宣告于天下。可您心仪之人，万不该是这臭名昭著的十六国女君。”

白婴的脸一阵铁青。

江安看也不看她，接着道：“眼下城中的百姓都只当她是普通人，但纸包不住火，白婴的身份一朝暴露，会牵连甚深。轻则连累您受世人唾弃，重则朝廷会大动干戈。而今都护府的处境本就微妙，留着白婴，的确是个巨大的隐患。还请都护权衡轻重，择日公审白婴！”

堂内堂外的将领士兵，至此先后跪下，请命的喊声一浪高过一浪：“求都护择日公审白婴！”

白婴垂低了眼皮。所有人都想处死她，她却觉得心中宽慰。至少，这些人，都是真心实意地为楚尧着想。

楚尧沉默少顷，终是站起身。他将李琼三者扶起，旋即对众人道：“都起来。”

此等境况下，大伙儿依旧不愿违抗楚尧的命令，挨个站了起来。

楚尧一一扫视过这些将领，慢声道：“我知诸位心中所想，尔等皆是楚家军中流砥柱，我也无甚可隐瞒。她并非来历不明，她是谁，实则尔等都曾听闻。”

众人面面相觑。

楚尧的话音徐徐传开：“奉安二十二年，我途径京城百里外的马家村，救下一个苦命的小丫头。你们身是男儿，大抵无法体会世间女子能遭受的最大恶意是什么。这丫头无父无母，打小被人买来当童养媳，受尽虐待打骂。其后，那家人死于非命，只因她一人存活，村里百姓把她当作灾星，意图活活烧死。”

白婴没有想到，楚尧会从他们的初识说起，一时走了神，仿佛回到九岁那年，耳里俱是歹毒的喧嚣。

“我把丫头带回了将军府，她十分懂事。一个九岁的小姑娘，饿得狠了想吃东西，都会本能地察言观色，犹如惊弓之鸟。我没有姊妹，却也看过不少京中大小姐的做派，就连平民家里生养出来的女儿，也没几个是这般的唯唯诺诺。我用了很长的时间，让这小丫头走出过去，方才有了她那年纪该有的天真烂漫。李琼，你前几日在书房骂白婴的德行随了谁，实话实说，她随了我。”

“奉安二十六年，这丫头来了边关……”楚尧顿了顿。

众人你看看我，我看看你，有人禁不住倒抽一口凉气，几乎猜到了后续的发展。

“奉安二十七年，她一人的命，换回了一百一十九人。这是……多么讽刺的一件事，整整八年啊……”他说得自嘲，藏在骨子里的戾气宛如击溃一道沙墙，见缝插针地钻了出来，“我时常在想，那一日，究竟是怎样的情景？被掳走的人里，不乏家境殷实者，不乏在朝为官的背景，为什么……他们不想想别的法子，偏生要牺牲一个小姑娘呢……”

没人回答，所有人都有些晃神。

楚尧忽而捂眼笑起来：“因为，这种方式，无须他们付出任何代价……”

腔调逐渐变了意味，像是战场上的腥风血雨，悲厉地叫嚣，绝望地要将万物通通吞噬。

白婴也不知怎的，好似突然间感受到楚尧一直以来不肯示人的痛苦，那是一种钻心噬骨、足以毁灭一切的苦楚。

她下意识地抚了抚心口，出声道：“楚尧！”

“都护！”赵述同时开口。

楚尧闻言，放下手负于身后，注视着白婴，神情慢慢恢复如常：“世人道她百般不好，但我清楚，她是为何成为十六国女君。这八年，她所承之痛，无人替她受一分。现下，她回转故土，你们，还要杀她第二次吗？”

“我……”李琼及一干将领哑口无言。

楚尧道：“尔等从军，初心皆为护全身后弱小。她本为弱小，该偏安一隅，却在十四岁风华正茂的年纪，成了平定干戈的战利品。她所救之人，难道比尔等少吗？此事，是我问心有愧。若是要杀，不妨试试，从我尸首上踩过。”

话是这么说，关键在于，哪个头铁的敢？

整间议事堂，骤然鸦雀无声。

李琼张了张嘴，到底是一个字都说不出来。他的满腔愤怒像是砸中一团棉花，顷刻间卸下了所有力道。他虽不曾亲身经历奉安二十七年的兵荒马乱，心里却是清楚，那桩往事，给楚尧烙下了怎样深刻的悲剧色彩。

没有一个人，能够心甘情愿牺牲至亲。楚尧当年那一箭射出的当下，有多少无奈，多少憾恨？所谓的旁观者，又有几人悲悯，几人在暗暗庆祝他们的劫后余生？正如楚尧所言，当时的人们，用代价最小的方式，用楚尧的至亲，换回了他们的至亲。

失而复得，他又怎肯轻易放手。

李琼长叹一口气。旁人看向白婴的目光，也从厌恶变得多了些许敬佩，些许怜惜。

白婴定了定神，走到与楚尧并肩处，郑重道：“我知晓，各位在担忧什么。我白婴在此以性命立誓，我所图仅是楚尧平安。他许边关清平，我必鼎力相助。如有违誓，万箭穿心！”

“阿愿！”楚尧不满。

白婴冲他笑笑，他便再也说不出反对的话。

四下沉寂片刻，王威和江安当先朝着白婴抱拳：“既然是都护的义妹，先前有所误会，还请海涵。”

白婴一怔：“你们……这么容易就接受了？刚刚那喊打喊杀的劲儿呢？”

王威有些不好意思：“冒犯了。都知晓女君……不，白姑娘……”接连说了两个称谓，王威都觉得不太合适。

白婴看出他的顾虑，善解人意道：“叫我安阳即可。”

“好，安阳姑娘。”王威这才顺口多了，接着道，“奉安二十七年的事，都护府上下，都是清楚的。我们也都晓得，这是都护长久以来心中的一根刺。你安然无恙，实则，我等也替都护高兴。当年不管出于什么情景，姑娘的大义同样值得我等钦佩。至于方才……万望谅解兄弟们对都护的一片忠心。如今大伙儿都了解都护他不是被贼人美色……”

“咳！”江安重重提醒。

王威登时尴尬不已：“不是，我的意思是，都护能等回来心许的姑娘，我们祝贺都来不及，哪还敢再闹幺蛾子。都护不得手撕了我们吗……”

最后一句，格外小声却格外真实。

江安忙附和道：“没错，大伙儿都是这样想的。我们其实特别想看都护娶妻生子，兄弟们说是不是？”

“是！”吼声震天响，差点掀翻了房顶。

白婴的鼻尖儿一酸，身子里好似淌过一股暖流，把这些年遭世情折磨，积累下来的那么一丁点冰碴儿，都给融化得干干净净。

若再问她为何想结束这场战乱。

楚尧，以及这些将领，便是她坚不可摧的理由。她愿他们卸下盔甲，不用在刀口寄命。她愿他们幸福美满，有妻儿在侧，有岁月悠长。

白婴眨了眨眼，睫毛上也沾染了蒙蒙水雾。

王威和江安分别招呼众人散去，李琼则僵在屋中不肯走。王威拽了他好几下，他却拂开对方，急步走至白婴的跟前。白婴吓了一大跳，三个副将也一同出声。楚尧面色瞬间阴沉下来，大有李琼再敢造次他就一巴掌呼死他的架势。

眼看气氛剑拔弩张，孰料，李琼只是苦大仇深地睇了白婴良久，然后，对着白婴深深鞠了一躬。

白婴后撤半步，习惯性地逗李琼：“李副将！使不得！我暂时还没有收义子的打算！”

三个副将：“……噗！”

“你！”李琼气得咬牙切齿，恨恨瞪了眼白婴，闷声道，“我告诉你，你别得意！”

楚尧凉凉地喊：“李琼。”

李琼小心翼翼地瞥了瞥他，不屑的表情稍作了收敛，但语气还是分外生硬：“这个礼，你……你受得。我李琼不是善恶不分之人，从前不知你是都护义妹，言语和行动上都多有冒犯，在此致歉。也希望你能说到做到，尽全力助都护平定边关。倘若过程中你敢有二心，就算冒着被都护打死的风险，我也会先打死你！”

白婴沉默。

楚尧和三个副将哭笑不得。

几人走到议事堂外，白婴都还能听到李琼的骂骂咧咧。

“她在说什么？她那脑子里装的是什么？我没听错吧？她好歹是跟着都护长大的，怎么就长成了这个鸟样？”

王威和江安：“嘘！”

赵述很是淡定：“如果不是跟着都护长大，安阳或许还变不成这样。”

“你这话什么意思？苗子长歪了你还能怪农夫？说起来，老赵，你是不是一早就晓得那妖……咳，白婴是都护的义妹？”

“嗯。”

“难怪呢。我们仨焦头烂额，成日在都护的巴掌底下疯狂试探，你倒好，躲在边上看笑话。我问你，你之前被关进牢子里，是不是和白婴有关？”

“没有，是我处理军务不当，都护略施薄惩。”

“你骗鬼吧你！你跟了都护这么多年，何时出过这种差错。你不愿说，大爷我还懒得过问！只是白婴那嘴缺德成这样，都护他就不能换个人喜欢？”

赵述冷笑道：“你死了这条心，再换也轮不到你头上。”

李琼：“我当然……呸，你胡说八道什么玩意儿，她的话，你也能当真？我果然是很讨厌白婴。”

还站在议事堂里听完李琼抱怨的白婴咧了咧嘴，挽着楚尧的胳膊道：“李副将真是对你忠心耿耿啊。”

楚尧无奈地点了下她的鼻头：“李琼此人心直口快，一根肠子通到底，你别捉弄他了。”

“我尽量。”白婴耸耸肩，冲着楚尧笑，“没想到，这桩事，倒是比我想象中容易许多。照今夜情形看来，山鹰恐怕还没机会渗透到都护府内。”

“嗯。”楚尧牵着她往外走，“楚家军的凝聚力高于普通军队，彼此也都相较熟悉，想混进来，并非易事。但这并不代表，此后不能趁虚而入。”

“都护府上下一心，都是因为，有你在。”白婴说罢，默了半刻，又道，“下一步，也该揪出城里的暗桩了。”

“阿愿早有打算，是吗？”

“我？”白婴指了指自己，讪讪笑道，“我哪有什么打算呀，这遂城里做主的，可不是我。”

“你能做主我的事。换言之，便是能做主遂城之事。”

白婴的眼睛都弯成了月牙：“之前我还当宝贝儿说不了甜言蜜语呢，眼下看来，这讨女子欢心的功夫，你也不比话本里的男主角差嘛。”

楚尧回以一笑，继而在她的额头上轻轻落下一吻。恰逢旁边一队巡逻兵经过，一不小心就见证了这一幕，个个杵在原地目瞪口呆。白婴不大好意思地用手挡住侧脸，小声咕哝：“你也忒……猖狂了些。虽然你的兵是不介意了，但你好歹也低调点，别当着旁人做这种事呀，万一传出去……”

楚尧在她的侧脸上也亲了一下，温声说：“传出去如何？我何曾低调过？”

白婴无奈地看着他。

此话说得豪横，还让人无力反驳……

楚将军他，的的确确就是不晓得低调两个字怎么写。

府内风波平息后，诸事仿佛回到了正轨。

楚尧正如他所言，相当高调地把对白婴的宠溺发挥到了淋漓尽致。譬如晨起校场练武，白婴若是有兴致，他会带着白婴旁观。

一般情况下，楚将军从不下场轻易和将士们对战。可但凡有白婴在，他像生怕白婴多看旁人半眼，一定要做校场上最亮眼的存在。这就导致他通常会展现出他一打两三百的能力。那几日，整个校场，哀号四起。偏生白婴还站在高处一个劲儿地为他鼓掌呐喊，每喊一次，底下的兵就多倒一个……

最后大伙儿着实受不了自家都护那变态的武力值，索性挑了一天楚尧外出跟城守议事，白婴独处之际，李琼等三个副将组团走了趟主院。

彼时，白婴还躲在水榭里乘凉，冷不丁就见三个大男人鼻青脸肿、身上缠满纱布地站在她跟前。经过四人友好协商，白婴接受了他们的诉求，答应不再去校场上观摩。而作为交换条件，李琼、王威，江安，也分别描述了一番四年前自己经历的城破之战。

白婴听不出任何不对的苗头，亦心知事情的关键在赵述身上。否则，赵述不至于现在还躲着她。她打发走三人，末了，又出府去见了向恒。向恒近来监督着画皮师，对于四年前的事，亦是没有进展。二人交换了消息，她便慢慢悠悠地回了都护府。

不去校场后，白婴惯常会睡到日上三竿。白日里闲来无事，她唯一的乐趣便是操持楚尧的一日三餐。关于做饭，楚大将军委实也挣扎过。白婴是他打小就捧在手心里长大的，他自是不愿看她十指沾了阳春水。劝白婴去公厨用膳无果，楚尧决定重振雄风，再一次试图下厨。

然后……

短短三天，府兵来主院灭了八次火……

在众人的誓死阻拦下，楚将军终于正视，自己做什么都行，单就做饭不行这一个缺点。左右无计可施，他只能好好扮演干饭人的角色，每顿饭力图把白婴做的所有菜式吃得干干净净。

白婴对此相当满意，同时也致力于把楚将军养得白白胖胖。为了达成这个目标，她开始学着炖糖水，可不知白婴是故意还是手抖，每每她炖出来的糖水，都甜到发苦发腻。每天下午丑时末，她还会守着楚尧接受荼毒。

如此五六日后，楚大将军苦不堪言，琢磨着躲进书房，借四个副将营造出军务繁忙的假象，想逃过劫数。不料，白婴当天就端着碗直接踹开了书房的大门。

那阵儿的楚将军慌得不行。

那阵儿的四位副将表示：她还懂不懂什么叫夫纲?

白婴看也不看边上的四个人，婀娜多姿地走至楚尧书案前，含笑把碗放下，娇声哄道：“宝贝儿，喝糖水啦。”

李琼心想，这话怎么听起来怪怪的，好像话本里那句——

大郎，起来吃药了。

五个人目光灼灼，楚将军稳了稳心绪，正色启齿道："阿愿，你且放着，我待会儿便喝。现下我与他们四人还有要事商讨。"

"哦。"白婴点点头。

就在楚将军松下一口气时，她又捧着脸说："一口就喝完啦，宝贝儿你先尝尝嘛。人家炖了一个时辰，好辛苦呢。我今日加了陈皮、白术、雪梨、百合，宁心安神，祛湿健脾！功效特别棒！"

楚尧笑得很为难："谢谢阿愿。"

"那你喝呀。怎么，你不喜欢吗？"

"不是。"楚将军十分犹豫地看着那碗糖水。

李琼当即决定挺身而出："都护若是不想喝，不如由我代劳。"

楚尧登时面露希望之光，刚想找个借口搪塞，白婴一巴掌拍在桌面上，"砰"的一声响。

"喝了！"

尾音还没落定，楚将军二话不说，端起碗干了个底朝天。待得白婴大摇大摆地离开，四个副将瞧着面如菜色的自家都护，纷纷陷入了沉思。

夫纲？

别说不振了，恐怕压根儿就没存在过。从前所向披靡睥睨天下又狂又傲的大将军，在白婴这儿，已然成为传说。

及至八月下旬，白婴因着平时过于懒慢，有几日吃得多了，导致积食。军医给她开了药方，让她四处多走走，白婴便格外听话地常常一手撑腰，一手扶墙，不停打着干呕饱嗝，四处走走……

冷不防见此情景的都护府老光棍儿们震惊了。

第二日。

都护府内众人喜大普奔，口口相传——

都护他，终于要当爹啦！

此谣言来势凶猛，仅一日过去，白婴就觉所有人对她的态度，亲近得又上了一层楼。她但凡走路脚滑一下，都能冲上来几个兵垫在她身后。与此同时，楚大将军也诡异地发现，大伙儿跟中了邪似的，开始忙着学习一技之长。

其中有做鞋的，有打铁的，有拿起四书五经认真钻研的，还有拈着针线要绣花的。

楚将军备感头疼，趁着晨间操练，把众人狠狠训斥了一番。白婴好奇地躲在边上听墙角，就见将士们委屈到猛男含泪，无可奈何下，方说出是想给楚小将军打下优良的环境基础。

乍听这话，白婴和楚尧的反应出奇一致，皆是怔忪须臾，脱口问道：“谁是楚小将军？”

“都护和安阳姑娘的孩子，不就是楚小将军吗？”

楚尧：“我……我和阿愿？”

白婴：“什么？”

校场上登时嘈杂起来。

“可不是吗？咱们先前还担心，不知都护要到哪天才娶妻生子。虽然吧，咱们这光棍儿府……呸，都护府，大伙儿都曾立过誓，边关不平，不以成家，可说句心里话，咱们还是盼望着，都护能早日有后，咱们楚家军也好后继有人呐！”

楚尧的脸色变了变。

另一者道：“虽然女……不，安阳姑娘的性子是跳脱了些，但她是都护带大的，品性肯定差不了！咱们表面上不说，打心眼儿里却是钦佩她当年的高义，能见她与都护喜结连理，我们巴不得明日就喝喜酒呢！”

“所以说，都护府的崽子，哪能放心让外头的人经手？除了喂奶这事儿，恐生得找个奶娘，至于别的，都护您看，我们都准备妥当了！”

“没错！李哥负责纳鞋底，小马打铁学了个半罐水，多等几年，保管能给小将军打一把趁手的宝剑。至于老朱嘛，早年就是个穷教书的，现在重操旧业，说要负责小将军的学识，不能让咱们给带偏了。还有老孟，他说想研究暗器，将来给小将军防身用。”

“都护，这个咱们都骂过老孟。他也不看看，您那上了战场徒手揭人天灵盖的疯……不是，狂劲儿，虎父无犬子啊！小将军哪用得上暗器！”

“就是嘛，说咱们小将军要用暗器，这厮瞧不起谁？”

众人说着说着，蓦地哄堂大笑。

楚尧在一派喧嚣中微妙地静默了半晌，目光往白婴所在的方向飘了一遭，末了，他说：“你们想多了，我与阿愿尚未成亲，何来子嗣一说。”

大家笑着笑着，笑不下去了。众人你看看我，我看看你，有人提出了疑问：“那……那为什么安阳姑娘近来走路总是扶着腰？”

“她积了食。”

将士们僵了僵。

一名校尉挣扎道：“可……可安阳姑娘前几日与我闲聊，还说会让我等当小将军的干爹呢？”

“阿愿那张嘴，你们倒是也敢信。她三月前去天途关，就拿孩子的事开过玩笑。”

一干人瞬间哑口无言。一边恼怒白婴这说话不靠谱的，一边竟是徒生出一种自家孩子掉了的错觉。眼看大家愁眉苦脸，那校尉强颜欢笑地劝：“你们做什么！该学还是得学嘛！都护和安阳姑娘感情深厚，如胶似漆，咱们都护又正当壮年，血气方刚，肯定要不了多久就会有小将军的，咱们别懈怠！”

这番话颇为中肯，众人登时又兴奋起来，议论纷纷地憧憬着未来都护府父慈子孝的美好画面。

楚尧闭了闭眼，眉头轻拧，也不知在想什么，忽而冷声打断道：“你们有此闲情雅致，看来是平素的操练还不够，从明日起，每日多扎两个时辰的马步。”

楚将军转身离开，校场上哀号成了一片。

待他前脚走出校场，躲在墙边的白婴窜出来挽上了他的手臂。她看楚尧面色不佳，嬉皮笑脸地凑近些许，道：“这是怎么了？今个儿火气这么重，是不是我炖的糖水让你喝得不开心了？其实他们那般热情，说到底还不是因为敬重你嘛。假使换一个人，有没有子嗣，他们还不见得乐成这样呢。”

“我知道。”楚尧淡声回答。

“那你还罚他们作甚？”

他久久不语。直至穿过花园，到得主院的前方，楚尧才倏尔放缓脚步。他似是思考了良久，突然问道：“你……也想过要孩子吗？”

白婴一噎，接连呛咳了好几声，两颊微微发红道：“孩、孩子这种事……本来就是顺其自然的，我那么喜欢你，当然也是想过为你们老楚家添砖加瓦的，可问题在于，你也清楚，我这副身子骨吧，和普通人有点不同。”

她心虚地觑觑楚尧，生怕谈及药人之躯，他那股疯劲儿又会上头。

可出乎白婴的意料，他的反应竟是格外平静。白婴琢磨着他这表现似乎不大对。自打她身份暴露，楚尧没有一回正面问过她关于药人的问题，可照常理来说，他最在乎的，是她的生死。

白婴隐隐有种不安的直觉。

楚尧见她走神，温声说：“所以呢？”

“哦。”白婴摇晃着他的手咧嘴接话，“我是想说，要不，我们去试试？”

她没个正经地笑：“反正，我醉酒那夜，也不是没试过，对吧。”

“没有。”楚尧耳尖绯红地别过头，“阿愿，你……你认真些。”

“我是认真的呀！天啊，那一晚，我们没发生缠缠绵绵卿卿我我的事吗？”白婴故作惊讶地捂住嘴。

楚尧看穿她是在演戏，无可奈何地在她的额头上轻敲一记：“你明明晓得。”

“哎呀，我的宝贝儿尧尧，可真是个正人君子，那等情景，居然都没占我便宜，啧啧，我好失望呢。”

楚大将军默然。

白婴："要不这样，我吃亏点，晚归晚，咱们也别耽搁了，抓紧时间让你的士兵们美梦成真，如何？"

"阿愿……"

白婴不等他说完，当真拽着人就往房间跑，楚大将军尿在门口死活不进去。

事实上，他心里门清，白婴就是嘴上厉害，真进了屋子，尿的人是谁，还是个未知数。他由她开玩笑地拉扯了半天，末了，楚尧习惯性地理了理白婴的鬓发，柔声唤她："阿愿。"

"嗯？"

白婴扬起脑袋，一眼撞进了那双深邃的眸子里。

"如果……我……"

一句话起了头，却是迟迟没有后续。白婴等了又等，不耐地询问，楚尧又笑称没事。他不肯说，她自是不会去逼问。二人在院子里黏了一日，第二天一大早，楚尧便去了城外的军营巡查。

白婴睡到巳时起身，看他留了封书信，想着左右无事可做，她索性拾掇一番，准备去城里逛逛。刚走到府门前，她就碰到赵述。赵述彼时想溜，已是来不及。白婴一把抓住他，堂而皇之地诓着他去当陪同。

她很少出街，偶尔溜达一次，想添置的东西数不胜数。二人逛到午后，赵述的肩上手上，全是白婴的"战利品"。白婴实在走累了，方择了间上好的酒楼，要赵述陪着她用膳。

二人落座后，白婴点了不少菜。赵述瞧着她那出手阔绰眼都不眨的模样，肉疼得不行。他心里焦虑地算着这顿饭钱够多久都护府的开支，语气也显得格外幽怨："安阳，你这些年在十六国是不是……"

白婴清楚他要问什么，"扑哧"笑出了声，否认道："没有打家劫舍，没有胡作非为。好歹我也是将军府出来的人，述哥你对我那么没信心？"

"不是。你这些银子……"

白婴眯了眯眼，拎过茶壶斟了两盏热茶，推给赵述一盏，遂压低声音道："都是十六国里那些王八羔子的不义之财，搁我手头，比搁他们手头，来得有用得多。"

"哦。"

赵述长舒一口气，不再细问。他端起茶杯润了润喉咙，听白婴皮笑肉不笑地说："述哥你想躲我躲到何时呀？"

赵述手一抖，干巴巴地笑："没有这种事，我只是……"

"嗯，我明白，军务繁忙嘛。"

赵述放下茶盏，思量再三，正色道："安阳，我们三人虽是那几年在京都相伴，可于感情之事，我始终是个局外人。”

白婴想了想，试探道：“四年前一战，算不得感情事吧？”

“四年前所有来龙去脉，世人皆清楚，安阳，你在怀疑什么？”

赵述打了个太极，把问题重新抛给了她。白婴心知她找不到突破口，那不管怎么问，赵述都会守口如瓶。一念至此，她干脆笑道：“说得也是，症结不在述哥这儿。如今想起来，从我入遂城至今，好似做了一场梦，我常常分不清，这梦的虚实真假。”

“若只是一场梦，那或许也不错。”赵述扭头看向窗外。

他二人坐的是酒楼二层，正对着西面的山脉。那山景一片苍翠，墨绿中夹杂着今年新抽的嫩绿枝丫，如同一副渐次的水墨画，描摹着巍巍山河。分明是极其秀丽的景，可他好似透过绿荫，看到了底下埋葬的白骨。

赵述的嘴唇嗡动了几下，却没发出声音来，白婴也听不到他说了些什么。隔了好一会儿，他无意识地呢喃：“这一梦……许多年了。”

“述哥？”白婴诧异地喊他。

赵述回过神，嘴角浮开一抹意味不明的浅笑：“我突然想起，你种在院子里那两株枇杷。”

“怎么说起这个？”

“那时，将军刚接手边关，朝廷还没有如此克扣楚家军的军饷。”

白婴觉得这话哪里怪怪的，一时半会儿又理不出来。

赵述顿了一下，接着道：“我们忙着前线御敌，你这丫头，就在后方受骗。我记得，那年我们从京都出发，前一夜你专程跑出去买了筐枇杷，是吧？”

“嗯。”白婴不好意思地挠挠头。

赵述失笑：“你以为将军喜欢吃枇杷，便想把种子带到边关来种下。我还同你说过，这里风沙大，种不了枇杷。可你这丫头不信邪，愣是拿着将军一个月的月钱，去换了一包所谓的江南花肥。”

白婴：“好汉不提当年傻，给点面子行不行？”

赵述还是笑，笑着便又重重叹了一口气：“那花肥，根本就是烧出来的纸灰，也只有你这丫头才会信。你……你刚离开的那一年，将军很愧疚，食不下咽，寝不安席，夜里常常对着那处墙角发呆，也用过很多法子，想让你种下的枇杷发芽。”他垂低眼皮，抚了抚额头，“甚至有一次，他也上过‘江南花肥’的当。”

“宝贝儿他……”白婴欲言又止。

赵述则是恍若未闻：“他明明晓得，那是骗人的东西……可是，在你离开后的第三年，那两株枇杷树，竟也长成了。”

◆

第二十章·
注事真相

赵述停顿了许久，手指轻轻摩挲着茶盏，看也不看白婴。

“我以前听人讲，如果失去一个很重要的人，第一年，你会痛不欲生，时时刻刻觉得他还在身边。第二年，你仍会见着他的虚影，心里想着，他若还在那就好了。到了第三年，所有的痛苦都会被时间弭平，那个人不在，便是不在了。”

白婴挑了挑眉。恰逢小二端菜，她默默等到菜式上齐，方压低声音说：“述哥，你是不是诗性大发？要不要我去拿纸笔给你？”

“没有，只是……想起了一个故人。”

“你过世的老相好？不对呀，我记得你对男女之事不开窍的，是哪儿来的老相好？好了几年？怎么去世的？莫不是也因为这场战争？那你……”

“安阳。”赵述忙不迭打断她，“先用膳，稍后我还有公务，得赶回府一趟。”

“哦。”

白婴乖乖收了话头，不再纠缠于此。二人有一搭没一搭地闲聊着，其后便都是都护府内日常的趣事。这一顿饭吃完，出了酒楼，白婴又去买了不少果干，一边走，一边吃，慢条斯理地跟着赵述回了府。

府兵将她买的东西放回主院，白婴精挑细选了一匹黑色暗纹的布料，打算赶在冬季前，亲手给楚尧缝一件好看的狐裘。她坐在水榭中慢慢悠悠地做针线活，一边不断回想起赵述的话，试图找出当时觉得奇怪的缘由。

“将军……将军……是哪里不对？”

她小声地自言自语，忽而像想到什么，整张脸刹那变得惨白。

白婴呆了须臾，拎起裙摆就想往水榭外跑。正在这时，院子里一阵风动，一个利落的身影跳墙翻入，几步钻进水榭，差点与白婴撞个满怀。

向恒的臂弯里还夹着一个红木匣子，他搀住白婴的臂膀，打量了一番她的神情，不解道：“发生，何事了？”

白婴抿了抿唇，强迫自己冷静下来。

她即使现在去找赵述对质，也决计得不到准确回答。与其打草惊蛇，还不如另外设法。她退回石桌边坐下，揉了揉太阳穴，不答反问：“做好了？”

“是。”向恒把匣子放在桌面上，环顾周围道，“怎不见，楚尧？”

“他今日和三个副将去城外军营巡查了，多半是要入夜后才回转。”

说话间，白婴打开了木匣子。里面装着两张做好的人皮面具，一张五官像极了楚尧，而另一张亦是清俊不凡。她没有拿出观视，转瞬便阖上了匣盖。不待她启齿，向恒率先道：“你想，用这，做什么？”

“时机还没到，等到条件成熟，我会向你解释。对了，那人送走了吗？”

“嗯。这几天，有山鹰，找上我。”

“怎么说？”

向恒的眸光暗了暗：“叶云深，算到，你的，长梦，仅够，十日。”

“啧，这老变态就是算得精，想要瞒过他，不容易啊。”白婴状似头疼地叹了一息，“他是要你传话，让我尽快对楚尧下手？”

“是。”

“麻烦。这最后一仗，看来得找个替罪羊。”

白婴的五指落上红木匣子，若有所思地轻抚了一阵儿。向恒听得云里雾里，也猜不透她到底要做怎样的打算。她不说，他便不问，这是他们长久以来的默契。向恒很清楚，自己要做的，就是陪在白婴身旁，替她力所能及地扫除障碍。

二人各怀心思地沉默少顷，向恒道：“四年前，的事，我查到，一些，消息。”

“哦？什么消息？”白婴眼睛一亮，当即抓住他的袖口，让他坐在了就近的位置上。

向恒组织好言辞，起头说了三个字，白婴就忍不住打岔：“你等会儿！咱这说正事儿呢，算我求你，就用少女音成不成？总归现在没其他人，就算是有，谁敢嘲讽你，姐姐就替你一口老血毒死他！”

向恒默了默，脸上一阵青一阵白，挣扎半晌，还是选择了向“恶势力”低头。

“此事说来有些奇怪。”

白婴：“噗。”

向恒恼怒地瞪她一眼，她急忙摆手：“我的错，隔了一两个月没听你这么说话，我有点低估了你少女音的魅力，抱歉，我尽量。”

向恒攥紧拳头，闭着眼做了个深呼吸，接着道：“我在城里已打听了月余，原本没有任何消……”

“噗……扑哧……”

向恒忍无可忍：“白婴！”

白婴象征性地打了个激灵，狠狠掐了把自个儿的大腿，意图用痛来遏止不合时宜的笑。她抹了把脸，强行严肃道：“你继续说。”

向恒没好气地翻了记灵魂白眼，决定再给这厮一个机会。

“我走访了遂城的大街小巷，也向三教九流都打听过。关于四年前那场战事，百姓的说法普遍是一致的。奉安二十七年，楚尧射杀……”他顿了顿，观望了下白婴的神情，见她没有异样，方挑了个委婉的形容，“其义妹。叶云深退兵后，楚尧于城楼上呕血昏迷，当时许多人都看见了。也是从那时起，他落下病根，外界传言，他的身子一日不如一日。”

白婴眉头紧锁，只字不言。

向恒道：“四年前，二十四国再次进犯，叶云深带来了一坛你的‘骨灰’。”

“我知道。”白婴冷冷接过话头，“要不说叶云深是个脑子插阴沟里长成的怪物呢，这种挫骨扬灰的损招，也就他用得出。”

白婴既是知情，向恒便不赘述，直接跳过这一茬道：“那日楚尧旧疾复发，很多人在打仗之前，几乎就料定他会输。不少百姓仓皇从东门出逃，再没回来过。”

“东门……”白婴手指敲打着桌面，兀自呢喃了一遭。

“后来，果不出所料，短短半月，遂城城破，叶云深大举攻入，四处烧杀抢掠。若按当时的趋势，西北三州失守，已是铁板钉钉。可谁知，楚尧突如天降“战神”，竟以一人之身力挽狂澜。如今百姓说起，都觉是上苍开眼，垂怜大梁。”

“还真信‘战神’附体这一说？”白婴意味不明地低笑一声，“那你所言的奇怪，是与那些迁移出城的百姓有关？”

向恒惊讶地睁眼：“你怎……”

白婴耸肩：“这不难猜。边关连连战乱，两国纷争持续至今，已有数十年。若是真能轻易举家迁移，三州也不至于还有如此多的百姓。从遂城东门而出，不远百里便是赫连山脉，此山脉连绵不绝，由西向北，切断了三州与中原。虽如今有商路贯穿其中，但不乏各种艰难险阻。山匪流窜，以及长达数百里的荒芜，都使得平民寸步难行。”

说到这儿，白婴顿了一下，继续道：“诚然，还有另一条路，渡绵江抵达凉州以北。可绵江水势汹涌，便是大船，都没几艘能过得了岸去。想要渡江的唯一法子，是在每年十二月底至一月中旬这段期间，待绵江结冰，择良机而行。此良机，亦非年年有。更何况，四年前城破之战，是在夏至后，百姓出城，无异于同样自寻死路，他们何必多此一举？”

向恒咋舌须臾，颔首默认了白婴的剖析。

“我没有想到你这一层，所以从头到尾都没对这件事质疑。直到今日早间，我从狗尾巷出来，撞到了一名疯汉。”

“疯汉？”

“是。那人有些莫名其妙，问我要酒喝。因为你说过，要力所能及地去帮助别人，所以我就带他买了一壶酒。他又说我是好人，拉着我絮絮叨叨，讲了一上午，我只听明白几件事。”

“是什么？”白婴眯着眼坐直了身子。

向恒道：“其一，楚尧年少坐镇边关，接手楚家军，六年间遂城两度失守，导致三州百姓对他颇有微词，说他并非大将之才，更适合纸上谈兵，面对关外的豺狼虎豹，他没有半点应对的举措。实则不然，奉安二十七年，楚尧曾暗中率领士兵和工匠，修建一座地下城。”

“地下城？”白婴不可置信地反问。

向恒从怀里拿出一张泛黄的图纸，铺开在白婴跟前。白婴一面细细审视图纸，一面听得向恒道：“这是那疯汉交给我的，他是当年修建地下城的工匠之一。”

白婴摸了摸纸张，沉默许久，感慨道：“这地下城的设计极其繁复，内中机关更是精妙。观此图上标注，一共有四十九个通口，且纵横交错，除东城外风山涧有两处通口，其余的，则连通遂城内各个重要的大街小巷，包括都护府……假若用来打伏击，只要排布合理，在敌军不察的状况下，叶云深贸然入遂城，只恐易进难出。”她沉吟一声，用食指擦了擦右下角一处模糊的文字，拧眉道，“这里应该是写的机关要素，已经看不清了。”

“年岁太长。”

白婴摇摇头，没有反驳向恒的说法，转而道：“如果是楚尧，这地下城的确有可能出自他的手笔。早些年他在将军府，也常常钻研墨家机关术。此地下城，最终可有建成？”

向恒凝重道：“从那疯汉的只言片语，我大概猜出，地下城是在机关收尾的阶段。”

“既然通口都打开，当年用来伏击叶云深，楚家军也不会死伤如此惨重。”

“还有一件事。”向恒睇向白婴，“疯汉说完这些，神智已不大清醒，一直都在重复一句话。”

“什么？”

“他埋了两万人。”

白婴的后背猛地浸出冷汗，她不知这个“他”指的是谁，但脑子里禁不住浮现出最可怕的猜测。她清楚自己离往事的真相已经越来越近，这背后有人在推动，想把时间掩埋下的所有秘密，一一揭露在她眼前。

她这一生之中所有转折，似乎都能从这座地下城里找到答案。

白婴颤着手捏住图纸，努力平复越发局促的呼吸，耳畔回响起赵述的话。

将军……

都护……

她抬起眼皮看着向恒，问他：“都找过这些通口吗？”

“除了都护府这处，其余皆找了，全是死路。可能那人，真是个疯汉也说不定。”

白婴再瞅瞅图纸上标注的议事堂，深深叹了一口气：“傻小子，跟你说过，凡事要细致观察，再三推敲，若无因，何来果。你自己都说了，这疯汉的出现格外怪诞，为何他会在狗尾巷外？又为何偏偏缠上你？”

向恒想了想：“因为……我亲切？”

白婴无语。

白婴：“看来用脑子的事还是得我亲自来。话说回头，我但凡打得过你，都绝不会以口头教育为主。”

向恒埋低头道：“只要是你，便是把我打死，我也不会还手。”

“……你这孩子抓重点的能力也挺……罢了，言归正传，他的出现，绝不是巧合。加上你姐夫这些日子以来的欲言又止，以及……”白婴看看天色，落日悬于峰顶，天际一片猩红，她闭了闭眼，道，“偏生这么巧，他选了今日出城巡营，带了三个副将，只把赵述赶了回来。”

“你的意思，是楚尧他……”

白婴不置可否，点点图纸道：“我对墨家机关术涉猎不深，但纵观四十九个通口，这议事堂，多半是生门所在。当年究竟真相如何，恐怕还得靠我自己走这一趟了。”

话罢，她便起身理了理裙摆。向恒也握住腰间剑柄站起来，恢复了一贯的断句风格：“我陪你。”

“我要是拒绝呢？”

“那你先，打过我。”

“我去，你这逆子，刚刚还说不会还手！”

“你，听岔了，我没说。”

“啧啧，你这脸皮，要说不是随了我，我都不信。”

二人一路插科打诨，出了主院。

正值府兵换岗，白婴轻车熟路地带着向恒避开人多处，偷偷摸摸进了议事堂。两人绕过前厅，进到后面一间相对隐秘的偏室，室内摆放着一张偌大的沙盘，三面墙边置有书架，其上有历朝历代的史书与兵法。向恒闷头翻书架，白婴就看似游手好闲的玩沙盘。

等到半个时辰过去，向恒一无所获，眼看天色渐晚，他不由得急道：“你别，玩了！待会儿，楚尧该，回来了！”

白婴拿着一面小旗子也是心烦意乱，嗔怪道：“这谁布的阵，也忒难破了，不是存心为难我这个西北第一美人儿吗？”

旋即，她退开一步："我看多半是你姐夫使的坏，来，发挥一下你的光和热，把这沙盘给劈了。"

"劈了？"向恒惊道，"这一剑，下去，会被人，发现。"

"可不就是要人发现吗？我等着赵述来给我解释呢。赶紧劈，晚了搞不好你姐夫心生悔意，不让咱俩进地下城了。"

她话已此处，向恒也不再多问，拔剑出鞘，一招下去，沙盘就裂成了两半。随着沙盘碎开的声响，二人背后的那堵空墙，自上下而分，现出一条狭窄的通道来。白婴瞄了一眼，随手端起烛台，当先要进入。向恒下意识将她揽至身后，把剑收好，抢了她前面的位置。

视线里，一道石阶漫无尽头地向下延伸，除却白婴手中的丁点光亮，四周伸手不见五指。二人的鼻息里充斥着一种古怪的气味，越是往下走，越能分辨，那是经久难以驱散的腐臭味，其中夹杂着潮湿的木头味。

白婴在血池里泡过两年，倒是不难适应。向恒本想捂住口鼻，回头觑觑白婴一脸的淡定，他又顽强地把手放了下来，护在白婴身前。

走至半道，白婴觉着这空间过于静谧，衬得两个人的脚步声更添诡异，索性找话道："我这会儿回想起来，有一个特别不好的预感。"

"什么？"

"我跟你出府那一次，指不定，你姐夫压根儿是故意的。"

向恒不解："什么，意思？"

"他兴许猜到了我在暗中筹谋什么，是以顺水推舟，让我去做这件事。往好的方面想，他还不知道我的最终目的，往坏的方面……我……我都有点不敢想。他早几年明明没这么重的心机呀，怎么八年过去，就逆天到这个地步？能打就算了，关键还能谋，这样下去，我怀疑不是皇帝想搞死他，是他想搞死皇帝。"

向恒在白婴看不到的角度翻了个想上天的白眼，说："你，夸归夸，别吹捧，上天。也不怕，摔死他。"

"呸呸呸，你这狗崽子嘴里怎么吐不出象牙呢。"白婴有理有据道，"那个疯汉出现在狗尾巷，就是一个信号，证明他晓得你在狗尾巷里藏了人。这三州是他的地界，叶云深有山鹰，你怎知楚家军的斥候都躲在哪儿？"

向恒思忖须臾，顺着她的话问："那若，他真要，造反，你待，如何？"

"如何？"白婴苦笑，"我也不知该如何。我只知晓，我不想让他走上绝路，我也不想……"

后续的说辞，她没道尽。向恒暗暗叹了口气，多多少少猜到了白婴真正的想法。

行了约莫一刻钟，石阶走到了底。白婴按照图纸的位置，在右边坑坑洼洼的石壁上摸索，触到一个凹处的机关，再使出吃奶的力气一拧，入目处登时变得明亮。

二人的视野随之开阔，一个偌大的地下宫殿出现在眼前，四壁的琉璃罩中燃起磷火，映得方圆亮如白昼。数根巨大的圆柱直直矗立，生生开辟出另一番天地来。

二人瞠目结舌，俱是震惊。

此地若单单只有四年工期，无成千上万人聚力，决计达不到这等的壮观。白婴屏息凝神，隔了好半晌，方举步前行。

整个密闭的空间里，只有二人轻缓的呼吸声和脚步的回响，撇开下来的通道，再无其他出路。白婴一边走，一边四下打量。这地宫建得天圆地方，大气磅礴，用来屯兵伏击，确实再合适不过。

她想到这儿，便又忍不住要夸楚尧：“将门之后果真不是吹的，能打能谋都算是基石了，你瞧瞧他这机关造诣，简直是非常人能及啊！”

向恒咬住后槽牙。在她眼里，楚尧就是哪哪儿都好，会五行八卦，会追踪打架，现在又多了一项绝技。

向恒再比比自身，相当不服气道：“不就是，挖土，谁不会？”

白婴一噎，转头对向恒慈祥道：“年轻人不能只习武不看书，这是不对的你知道吗？将来万一你跟人骂街，人家嘴皮子翻快了你都听不懂意思，你说多尴尬？”

“白婴，你！”

白婴飞快地跳开两步：“好了好了，教你骂街……呸，教你读书的事儿咱们以后再说，你看，图纸上有标注，这儿理当是有条路的，可我怎么没见着呢……”

向恒稍稍凝神，嗅鼻道：“这里，臭味，更浓。”

“我也嗅到了，但不知从哪儿飘来的。”

向恒往前数步，用剑指向正面的石壁：“在里面。”

白婴闻言，神色一沉，当即去找此处的机关。

花了一炷香时间，向恒发现地面有一块砖石与其他不同，足下聚力狠狠一踩，那百丈的高壁便像偏室里的墙面一般，自中间横向分裂，恍如巨兽张开血盆大口，发出沉闷的轰鸣。

二人捂紧嘴鼻，挡住铺天盖地的灰尘。两扇石门嵌进壁中，再静候半刻，待黄霾散去，双目清明之际，一眼望去的景象，使得白婴这见过尸骨成山的人都骇然色变。

两万……

这个数瞬间占据了她的思绪。

隔着这一扇门，即是地狱之景。累累白骨散乱的堆叠在一起，墙面、地上，到处是风干的血迹。没有几副骨头是完整的，大小不一的头骨、躯干，零零散散的遍地皆是。

原来，埋了两万人，是这个意思……

白婴只觉眼前发黑，好像被人死死扼住了脖颈，迫得她喘不过气来。

她依稀看见楚尧的两张面孔。

一张是世人所称颂的英雄，他牺牲白婴，救下一百一十九人。在前线日夜不休地抗敌，教她人生立世，当俯仰无愧。山河未靖，当以身赴国难。

而另一张，则是沉沦在黑暗里的修罗之象，他屠戮一百一十九人，在这地下城造就出尸山血海。

白婴分不清，哪一个才是真正的楚尧。既然要她堂堂正正地活着，又为何让她目睹这一切，执意摧毁她的信念。

白婴双目赤红，紧握成拳的手微微战栗，指甲几欲掐进皮肉里。

向恒正想出声唤她，急促的步调自通道内响起，一人飞身而下，惊慌失措地喊："安阳！"

向恒当机立断，拔剑指着那人："都护府，欺世，盗名！该杀！"

赵述僵在原地，一动不动，涩声道："安阳，你为何……在此处？"

白婴沉默了良久，久到所有表情都在她面上淡漠退去。她回过身来，麻木地面对赵述，唯有眼底染着一抹妖冶的红。

"两万……这里，是两万人吗？"

"安阳……"

"楚尧做的？他是怎么办得到，安生于如此多的尸骨上？不对……他不是楚尧……"白婴晃了晃神，继而瞳孔骤缩，幽幽道，"我早该料到的，现在这个人，他根本不是楚尧对不对？楚尧不会如他这般，行事狠戾，不择手段。哪怕……哪怕楚尧旧年在京中时，恣意恩仇，可他绝不会伤害无辜。你看，那里面的骨头……"

她说不下去，稍是一顿，茫然地问："他是谁？是影族之人吗？我听说，这个部族能任意变化外形，所以，他手腕上那道疤，也是模仿出来的？"

赵述面露惊异："你……你怎么……"

白婴将他的反应看在眼里，有那么一刹，她好像被打入了无底深渊。没有止境地下沉，看不见光，看不见底。白婴的双目变得呆滞，愣怔地往前走了几步，小心翼翼地问："楚尧呢？他在哪儿？你带我去见他。"

"安阳……"赵述低声唤她，眸中顿时也起了氤氲。

白婴停下来，歪了歪头，忽而想起一句话，便喃喃念出来："于浩歌狂热之际中寒，于天上看见深渊，于一切眼中看见无所有，于无所希望中获救……这是，楚尧教我的。"

"安阳，你听我说……"

"楚尧他……是不是已经死了？他不在了……你们，合起来，用一个替身，诓骗天下，诓骗我……哈……哈哈哈哈哈哈哈……"白婴埋着头，笑得格外尖锐刺耳，落进旁人的耳里，又生萧索苍凉之意。

“你们……怎么敢，啊？赵述，看我被一个替身耍弄得团团转，看我不计较你们曾经牺牲过我，捧着一颗血淋淋的真心，欢欢喜喜地去讨好他，是不是觉得，我特别滑稽？特别的……可笑？”

“安阳，不是你想的这样。”

“那你告诉我，楚尧他，在哪儿？”声音陡然拔高，白婴一身戾气，只手探出来，掌心里竟已是掐出血的殷红。

赵述尚未开口，向恒急上前喊道：“白婴！冷静！”

“冷静？要如何冷静啊……我甚至不知道，我面对的，究竟是人是鬼，他是怎样一个……”她切齿地用了“怪物”二字。

赵述闻言，身形一僵，压着嗓子道：“安阳，你不该……这样说他。”

白婴听不进去他的话，眼睛分明逼视赵述，话却是冲着向恒说：“走，离开这里。今夜都护府，不得安宁！”

“白婴！”

“安阳！”赵述脱口道，“从小到大，疼你宠你的那个人，从来都不是将军，也不是楚尧！他的的确确，就是如今在你眼前的人！”

白婴呆住：“你说……什么……”

“你能来此，想必是他故意给了线索，是吗？”

她没回答，向恒便替她道：“是。”

赵述明了地点点头，苦笑道：“罢了，他既不想瞒你，便是要还你一个选择。当年事，你也该晓得真相了，我……带你去个地方。”

赵述转身前行。白婴抿抿唇，正要跟上，向恒一把拽住她的袖口，担忧地看着她。她苍白的脸上没有半丝血色，唇角还生硬地挤出一个笑来，反而宽慰向恒道：“我没事。你……先离开都护府，等明日……”

话至此处，白婴拧了拧眉。她不确定这一去所听所见，是否是她能够承受的范围，若她当真失去理智，有没有明日，恐是说不准。索性跳过前言，白婴径直道：“你等我消息。”

向恒死死拉着她，眼眶通红：“我陪你，一起，不好吗？”

白婴摇脑袋。

向恒咬了咬下唇，齿间溢出了腥味。他从自己怀里掏出一片时刻备在身上的鲛纱，替白婴缠好了伤口，道：“答应我，别冲动。”

“好，我尽力。”

一言落定，白婴拂开向恒的手，随着赵述一道，沿石阶而上。二人走出议事堂，意外看见“楚尧”负手站在门边。

此时天已黑沉，一轮圆月在阴云里时隐时现，冷辉拓落在那人身上，浸染一袭黑衣，凛冽得仿佛失去了往日的温度。他的脸色不见得比白婴好，迟疑片刻，朝二人迈进了些许。

赵述恭恭敬敬地作揖道：“都护。”

“楚尧”微微颔首，垂眼见白婴的手掌包裹着鲛纱，下意识便想去查看她的伤。尚未触及，她后撤一步，避之不及：“别……碰我。”

“楚尧”只手落空，停滞良久，方一言不发地背回身后。赵述没想过局面会发展至此，料想他也听到了白婴在地宫里说的话，一时之间，都不知该更心痛谁。他五味杂陈地看看“楚尧”，矮声道：“都护，我带安阳去一趟西山。”

“楚尧”沉默地点头。

待二人举步下了石阶，他忽然道：“阿愿，我……等你回来。”

白婴没有回应，加快步调，仿佛急于逃走般离开了校场。

临近戌时末，城中渐归寂静。

赵述带着白婴同乘一骑，自西门而出。疾驰七八里路，马蹄声便转入了一条荒无人烟的山径。此山被当地人称为埋骨坡，因西北战乱起始，年年死伤的士兵数之不清，有无家可归者，抑或身份难辨者，都葬在这遂城外的高地。久而久之，故得此一名。

白婴视野里的景在急速后退，惊飞的夜鸟骤起啼鸣，宛如一曲英魂悲歌，划破沉闷的长空。她看着那一座座孤坟，只觉越走越心慌。胸口处好似被掏出一个大洞来，任由寒凉的夜风呼啸着灌进去，冻住她的四肢百骸。

不知过了多久，赵述勒马停下。不远处，有一座无名旧坟。白婴借着微弱的光亮打量少顷，方木讷地从马上跳下来。

四下草木簌簌，阴风如哭。

赵述当先走去墓碑旁，半跪下来，拭去碑上尘土，拔干净了底下的新草。他提前备了一壶茶，此时将那茶从腰间取下，戳破了封口，轻轻放于墓碑前。

“将军，我……带安阳来看你了，你若泉下有知，也该安心了。安阳她，还活着……”

白婴晃了晃，缓慢地走上前，问：“这里面，埋的是……楚尧？”

“嗯。”赵述应下一声，用眸光示意边上的另一处坟，“你之前，不是也问起过小五吗？他就在那里。当初我想着，把他俩埋近些，九泉之下，也好做个伴。”

“那……那现在府里的人，究竟是谁？这到底……是怎么一回事？”

赵述默了半刻，继而重重叹了口气。他低垂下脑袋，看不清是怎样的表情，那过分喑哑的嗓音衬着夜鸟的叫嚣，显得格外凄楚沧桑。

“鹿鸣苑前夜，你不是问我，为何轻易相信你的身份吗？”

“是。”

白婴那阵儿就感奇怪，赵述也不怕身份一说只是她设下的局。

片刻，赵述苦笑道：“因为……苏昱。你刚到将军府时，年纪太小，说话还带口音，整个将军府，只有你一个人，会叫他苏昱。”

“什么意思？”

“他其实，是叫苏逸。当年我们三人在府上陪读，算不得秘密。假如真正的安阳死了，叶云深有意借这身份潜入都护府，那必然会仔细打听将军所有的事迹，这一点上，反而不会出现差错。”

白婴怔了怔。

赵述道：“那时，苏逸不曾反驳你叫错他的名，总是由着你，我们几人，便也没有纠正。”

“苏……苏逸？”白婴头疼得像要裂开，曾经难解的千丝万缕顿时串联成完整的线索。她拿出素来贴身收藏的铁牌，指尖轻抚着其上的逸字，颤声问：“是……逸群之才的‘逸’吗？”

“对。”赵述看向她。

此间月凉如水，山风好像都在这一刻停滞。流逝的光阴徐徐倒转，一幕幕陈年旧事，如催人断肠的戏文，重新揭开了无情的序幕。

“世人皆知，楚家自大梁开国，便是将门之家。往上三代忠烈，皆死于战场，到了将军这一代，只剩一脉单传。老将军积劳数十载，好不容易将楚家军发扬壮大，能捍卫大梁国土。他亦深知战事结束，飞鸟尽良弓藏的道理，同时也了解自己儿子的品性……将军他，实则并不适合上前线，统率一军。他过于良善仁慈，不愿沾染鲜血。也过于理想化，不屑两军对垒的奸诡手段，种种因素，都导致他无法成为一名真正的、合格的将领。可惜，他出生在楚家，从一开始，就注定要接手楚家军，在边陲的战场上，面对关外的豺狼虎豹。”

赵述垂眸道：“老将军这一生，见过太多生死，看到过血流漂杵的城池外，痛失爱子的双亲绝望地抱着年轻士兵的尸体号哭，也亲手送走许多自己的族亲，以及身边一个接一个的将士。他有私心，他想将军这一生平平安安，不求他建功立业，只想他好好活着。可这十万楚家军，还有那朝堂上的无数双眼睛，都在盯着楚家。恰逢新帝登基后，朝局不稳，出现过几次刺杀事件。新帝无意中听闻前朝有一部落，名为影族。族人擅长化形，曾是皇室用来替死的傀儡，便暗中下令，让老将军寻找影族。”

白婴眉头一皱，听赵述继续道：“老将军用了许多年光景，终于找到了余下的影族之人。碍于影族与外通婚，后人大都血统不纯，不再具有化形的异能。上千人里，唯有一名十岁小儿，乃族长之子，还保有影族的特点。彼时，老将军便打定了主意，要让这小儿为他所用，成为……”

“成为楚尧的替死鬼？”白婴惨白着脸接过话头。

赵述没有否认，稍稍一顿，说：“为了逼得族长就范，老将军以影族上下千人性命，做了要挟。”

“好一个……欺世盗名、欺上瞒下的伪君子啊。”

赵述抿了抿唇，到底还是把请求白婴谅解的话咽回了肚子里。

这场红尘事，苦的是她和苏逸，同样也苦了楚尧。他身是旁观者，没有立场去劝当事人看开。

“这孩子颇是早慧，也甚有担当，为了阖族性命，自愿跟着老将军回了京都。因要掩人耳目，同年，老将军又以陪读为借口，招我和小五入府。那个孩子，就是苏逸。短短半年的时间，苏逸把将军的神态举止模仿得惟妙惟肖，若不用本相出现，便是老将军，都分不清他们的差别。”

赵述叹了口气：“翻过那年的年关，老将军回西北坐镇，府上便只剩下我们四个。苏逸一开始对我们抱有敌意，总是不合群。他本身桀骜自负，话少人又狠，论起武学和兵法的天赋，甚至远超我们三人，是以常常用鼻孔看我们，拿话噎我们。说来说去，就那么五个字：‘呵，将门之后。’”

说到此处，赵述完全沉浸在了回忆里，眼底都浮开些许笑意：“你也知道他那个人，狂起来收不住，在天途关时，一句话差点把两百山鹰气死在原地。一言概括，他开口，攻击性不强，但侮辱性很高。我跟你小五哥，好歹算是在军营长大的，哪受得了这个气，有那么半年光景，我们没日没夜拉着他打架。当然，通常是我们挨打……”

白婴听着，心里的躁郁竟是消退不少，眉眼间也扬起了微不可察的弧度。

赵述转向无字碑，怀念的伸手抚过：“将军和我们俩不同。他虽是在他爹的庇荫下长大，可心思也当得上玲珑剔透，大抵晓得些苏逸的来历，心怀愧疚，便总是让着他，也真心实意地敬佩他。逢上苏逸和我们打架，将军就从中劝阻，偶尔被苏逸拉着一道揍了，他还笑呵呵地给我们仨送伤药。苏逸谈兵法，讲武道，他亦是听得最认真的那一人。如此过了大半年，我们的关系本来还是吵吵嚷嚷。发生转变，是在老将军取得永岁山大捷后。那会儿楚家的声誉已经如日中天，老将军手里又握着边关兵权，深受上头忌惮。将军孤身在京都，实则相当于是颗棋子，难免会受其他纨绔子弟的排挤，他性情又过于温厚，结果有一回，在太学里被人下了套，伤及腿骨。”

白婴表情复杂地看了看那座无名碑。

赵述眯眼道：“我和小五得知后，本想给将军出口恶气，无奈对方人多势众，我俩也吃了苦头。后来还是苏逸赶到，把那群纨绔子弟打了个半死。”

“如此闹了几次，那些世家公子哥儿，都怕苏逸怕得不行，再也不敢招惹将军。我们四人，也算是同甘共苦过了，又都是血性少年，慢慢便打成了一片。”

“苏逸……”白婴念叨着这个略显生疏的名字。

赵述默了默，笑容隐匿在黑夜投射的暗影下：“那兴许……就是这辈子为数不多的好时候了。奉安二十二年的春闱，苏逸化作将军的模样，替他去参与围猎。返程途中，他在马家村救下了你。”

白婴一刹恍惚。

“他怜你命途多舛，对你很是照顾。约莫想着用‘楚尧’的身份能更好地保护你，让你名正言顺地寄住将军府，所以他在你面前出现，大多是用将军的模样。他那个人，在我看来，其实一直都没变过，恩与怨，分得清清楚楚。别人若是对他好一分，他恨不得把心肝都掏出来。对将军如是，对你亦如是。”

赵述笑了笑：“你来府上的第一年，记住了苏逸的生辰，他面上不显，可私心里高兴得不行。因为在他看来，他是一个没有过去和未来的替身，唯一的使命，就是完成和老将军的约定，护族人平安。他很清楚，自己身死后，连名姓都不会存在。”

白婴觑着掌心里的铁牌，忽觉心口一揪。她想起这人早年与她说，让她为他立一方衣冠冢，原来，是这个含义。

她的眼眶微微发热，赵述接着道：“因为你的出现，苏逸的心态逐渐生出了改变。他宠你的程度，我们三人看在眼里，都觉得他迟早得把你宠废。”

白婴沉默，心想，他们到底是说中了。

赵述摇摇头：“将军平日教你读书识字，他就带着你捉鸟摸鱼，上房揭瓦，还美其名曰，让你放飞天性。你记不记得，你诓他揍了大理寺卿的长子……”

“记得……”

“现在你该知晓，那大理寺卿的长子，出言讽刺的是将军，苏逸从头到尾都不清楚这事。结果，你跑去污蔑人家，害得苏逸差点把人打残。圣上龙颜大怒，借机给楚家下马威，让苏逸在御花园里跪了三天三夜。将军因此和他起了争执，让他万不可再这般惯着你，说将来你指不定会被他宠成个什么混世魔王。可他左耳进右耳出，浑然不听。再后来，林家小姐被你打了，将军把你锁在房中，没料想你磕掉了门牙。当时若非我和小五拼死拦着，苏逸只怕要和将军大打出手。”

“所以……从小到大，宠着我的，都是他。把我关在房间里，斥责我不顾大局的，是……楚尧？”

◇

第二十一章·
都护府人手一斤狗粮

“安阳，你不要怪将军……将军的肩上，担着楚家，他和苏逸的出发点，从来都是不同的。”

白婴捂住眼睛，掌心里一片湿热：“我那时竟还以为，是苏逸在和楚尧争吵，让楚尧别再顺着我……可笑，真真可笑……”她忽而想起什么，急忙问，“我十二岁那一年，在京外采摘莲蓬，不慎落入湖中，差点起不来，救我的，也是他吗？”

“是。那会儿的苏逸，想来是抱了和你同生共死的决心。也是那日，他对你的情意，已是昭然若揭。”

错了……

这场命数纠葛，白婴竟从一开始，就没看清过。她趔趄一步，静静等着赵述的后话。

“你辨不清他们二人，素来会把将军的喜好放在苏逸身上，又把苏逸的喜好当成是将军的。将军打小不喜欢吃果蔬，那枇杷，是苏逸爱吃的。这人一旦生了情愫，往常不介意的事也会变得举足轻重，更何况是感情。他那么自负的人，怎容得下你的心一分为二。”赵述顿了顿，“他不想再当将军的替身，想用自己真实的身份，来面对你。恰巧那时林、楚两家联姻，几乎已是板上钉钉，他不忍你伤心难过，当下便做出决定，要正大光明、堂堂正正地，向你求亲。”

白婴本能地咬住手背，竭力遏止快要从喉头迸发出来的呜咽。她莫名地意识到，赵述所说的，一辈子的好时光，于她而言，在这里方是转折。

“七夕过后，苏逸正式向将军辞别。他想回到族里，征得族人的同意，正式定下与你的婚事。他也允诺将军，待你嫁给他，他会至死忠于楚家军，将军若要上战场，他必伴将军平定边关，死而后已。我们三人与他感情深厚，自是想他得偿所愿。将军也答应，会暂代他好好照顾你，并写信游说自己的父亲，让他放过影族。可谁也没想到，苏逸这一去……再也没回来……”

白婴眼中起了层氤氲白雾，攥紧拳头哑声问：“他走后……发生了什么？”

赵述双目放空良久，矮声道：“那封送去边关的信，成了苏逸的催命符。”

白婴胸腔一闷，赵述的声音也越发缥缈无定。

“这么几年，我亲眼看着苏逸一步步走上不归路，从一个赤忱少年，到头来，唯余满心见不得光的恨意。在他的算计里，他不给别人留生机，也不给自己留后退的余地，我试过阻止和劝谏，可更多时候，我连我自己都劝不了。”他的手指摩挲过墓碑，好似被那彻骨的冷意刺得缩了缩，“我清楚，若是将军还在，见我这般，肯定会很失望。可我又想，当初将军府五个人，只剩我和苏逸了，我该再陪他一程，盼一丝转机。否则，在他眼中的世道，得有多绝望，多磨人……好在，你回来了。”

他叹了一息，后续的说辞，便是无尽的沉重。

“那年老将军收到家书，比苏逸快一步赶到影族之地，胁迫影族人继续当他手中筹码。他根本没想过，要放苏逸自由。族长……也就是苏逸的父亲，不愿其子再受牵制，成了刀下冤魂。影族众人怕死，为了自保，有一人给老将军谏言，若要断了苏逸不该有的虚妄执念，最好的办法，是让他永远无法再摆脱替身的身份……”

“他们对他……做了什么？”

“挫骨。那是一种……酷刑。”赵述尽量说得轻巧，“你既知影族，理当也听过前朝之事。前朝皇室当年大肆搜捕影族人，其中有些不甘成为替身的，便有方士钻研出挫骨一术，但凡施术，终其一生，都只能以别人的模样存活，永不再是自己。苏逸的同族，给他设下接风宴，趁他不备，在酒中下了药，其后两年囚禁，施以挫骨术。”

白婴拉扯着胸口的衣衫，一个字都说不出来。

他救过他们的命啊……怎能换回这样的对待！

赵述亦是闭了闭眼，痛心道：“及至奉安二十八年春，苏逸方脱出囚困。他听闻你被带来边关，脸上还罩着挫骨的刑具，不远万里赶过来。可人还没进遂城，就知晓了你被将军射杀一事。从那时起，他就几乎疯了，在城外大开杀戒，要拉满城的人给你殉葬。有近千人死在他的手里，其中，包括小五……将军率府里一半精兵，在他精疲力竭时才将他拿下。将军本是愧疚不已，向苏逸解释了多日，可他听不进去，逼不得已下，将军只能……把他关在了初具雏形的地下城深处。这一关，整整三个年头。直到……叶云深二度破城。”

白婴呆滞半晌，张嘴想说什么，却不防喉头一热，蓦地喷出一口血来。她踉跄两步，摇摇晃晃地顿住了身形，泪眼模糊地望向那块碑，极为讽刺地笑出声。

等她笑得够了，她长舒一口气，说：“原来……是这样啊。我还在想，当年在望仙楼上，他说的一年之期究竟是什么含义，原来，他是要回去征得族人的同意……当年我离开京都，总觉得心里空落落的，像忘记带上什么，原来，是我错过了最重要的人啊……我怎么笨到现在才发现，他只喊我‘阿愿’，可那个呵斥我，牺牲我的人，却叫我‘安阳’。安阳，安稳顺遂，一生立于阳光之下，多么嘲讽啊……”她陡然狠戾地指着墓碑，银冷的月色拓进她的眸底，红得瘆人，“楚家，满门忠烈，义薄云天，哈哈哈哈哈……笑话，天大的笑话！你说他生性良善？狗屁！他分明和他爹一样，假仁假义，虚伪至极！”

“安阳……”赵述无力地唤道。

白婴声嘶力竭：“叶云深以为他看重我，所以要我去换一百一十九人，可从头到尾，看重我的，都是苏逸！他答应苏逸好好照顾我，可他的照顾，就是亲手送我出城，一箭要了我的命！他们父子二人，囚苏逸五年，逼得苏逸如今只能以这副面孔示人，而我的八年……你知道，是如何过来的吗？你知道……”她脱力地跪坐在地上，两行水泽簌簌落下，仿佛周身的血液都在刹那间被抽干。

她得知这前尘种种，天晓得她有多想奔回那人身边，有多想陪陪他，不再丢下他，好好跟他过完这辈子。

可她……哪里还有这辈子？

她活不了多久，连许他一个承诺都是奢侈。

白婴捂住脸，大片的泪水从指缝中浸出，萧瑟风里，夹杂着她悲极的呜咽。

“我……我好恨啊……但我竟不知，该恨谁……”

“安阳，我明白，这些事，会让你憎恨将军，我也没有立场让你相信，将军他从未想过利用你和苏逸。他是当真将苏逸视为手足，也是当真将你看成亲妹妹。奉安二十七年后，每每思及你二人，那漫无边际的悔恨都像一剂毒药，随着时日渐长，将军病入膏肓。叶云深攻城时带来的骨灰，成了压垮将军的最后一根稻草。其后遂城濒临失守，将军意图先转移部分百姓入地下城，自己则领兵抵御。可那时的他，已是强弩之末。”赵述眼中含泪，嘶哑道，“你若看过地下城的设计，便知若能好生利用地下城打伏击，十六国必也损失惨重。偏生……当时的城守和进入地下城的百姓，吓得理智尽失。城守断定将军无能，保不住遂城，也害怕将军的战术会引来敌军，将藏匿的他们屠个干净。所以，在城守的号召下，所有百姓，齐力将楚家军拒于地下城外。”

赵述切齿道：“为了保护城中余下的百姓，减少楚家军的损失，将军……甚至跪下来求过他们。但他们是怎么做的？用极其恶毒、糟践人的词去辱骂将军，还破坏了地下城的机关，使得四十八个通口全部关闭，让楚家军走投无路。安阳，你能想到将军当时的心境吗……”

白婴默然不语。

“他出生在将门之家，所有人都对他寄予厚望。他明晓得楚家的祠堂里，摆满了英年早逝的牌位，也不曾更改过赤子之心，只愿用一腔热血换取太平。他并非只会做牺牲别人的决策，从他远赴边关那一日起，他就没想过要活着回去。将军百战死，马革裹尸还，他比任何人都记得牢这句话。那道门里，是他以命相护的百姓，可他们，需要你时，你是英雄，看不上你时，你连他们鞋底的泥都不如！我参军是想守护一方平安，但这群狗东西，难道就是我卖命的理由？将军最大的错，是不该生为将门之后，他能力有限，但也为这三州熬尽心血了。”

赵述擦了一把眼睛：“不是每个人，都像苏逸这般，天纵奇才。四年前的将军身负重伤，选择放出苏逸。他最后的遗言，还在恳求苏逸尽力保住都护府和三州的城池。他愿意把身份让给苏逸，自己成为一个无名替身。乌衣镇的将军祭，你不是知晓吗？那名世人歌颂赞扬的无头将，就是被他们亲手逼上绝路的将军！”

白婴抬起头，失神地盯着惨白月华下的无名碑。往事如戏散，一场一场，皆似走马观花。

她忆起十五岁的楚尧在院子里教她读书。他说，这世道不好，边陲年年战乱，这京都却是富丽堂皇。士兵们在前线拼命，纨绔子弟便在后方作乐。若是可能，他希望能够早些上战场。

“世人都讲无头将奔出城门，是对十六国未灭而生了执着，其实不然，将军到死，唯一还放不下的，是你。”

白婴又忆起，有年边关失利，她和苏逸蹲在京都的烟雨桥下吃枇杷，她边吃边问，打仗会不会死人？你也要去吗？你会丢下我吗？苏逸在河里洗了洗手，理着她的鬓发说，不管面对怎样的困境，就算是从地狱里爬出来，我也会回到你身边，别怕，我说过，会保护你。

“将军死后，苏逸成为‘楚尧’。地下城唯一的通口，也被封上了，只能从外开启，那两万人，最终在里面自生自灭……”

——兄长，将来若是有人欺负我，不论什么境况，你都会帮我吗？

——自然。先讲道理，否则，那个人又该唠叨了。

——那要是道理讲不通怎么办？

——那就打服为止。

“第二年，影族被灭。那时我便知晓，苏逸走上了一条不归路，他的心性，已愈趋偏激。我甚至不敢去细想，他最后会变成什么样子。秋宴之时，我料想他会有所行动，可说到底，经历了这许多，我自己都深陷泥潭，无法自救。”

赵述静默了半晌，转头看向白婴：“如今回头，孰对孰错，再也没了意义。将军死了，老将军也不在，苏逸还执着的，仅仅是你了。安阳，此次他让你入地下城，便是不愿再瞒着你。这么多年，他一直在意，你心里的人，究竟是他，还是将军。

你若……你若对他有情分，就别再断了他这唯一的念想。”

白婴呆坐着，沉默了许久。诸多泛黄的画面，犹如翻书般页页展现。她轻拂铁牌上的“逸”字，目色是痛惜，亦是柔和。

她自此方知，他的隐忍，他的克制，都基于什么样的缘由。

他不是楚尧……

他也不愿，以楚尧的身份，与她欢好。他原本可以骗她一世，可哪怕赌上她会离开自己的可能，他依旧想把真心掏出来，告诉她，他未曾背诺，他的的确确，自地狱里回来找过她……

想到这儿，白婴的鼻头便止不住发酸，眼睑低垂，泪水又涌了出来，砸落在掌心中的铁牌上。

不知过了多久，她小心翼翼地把铁牌收回袖口，抹去了脸上的水光。

天边铺开灰蒙的亮色，这一宿格外漫长，长到仿佛在这场红尘事里，半生已尽。白婴凝视着那块无字碑，激涌的心绪慢慢平息。如赵述所言，孰对孰错，已没有了任何意义。楚尧的父亲，楚尧自己，以及她和苏逸，所有的喜怒悲欢都与这场战争息息相关，而这，只是边关众生的一个缩影。

白婴闭了闭眼，走至墓碑前。好半晌，她蹲下身来，执茶壶倾洒于地面，淡声道：“楚家欠我的，我不计较。但楚家欠苏逸的，这一世人，我都不会原谅。”

“安阳……”

“我这八年，恨过，也恼过，时至今日，万事皆休。如今我以残躯苟活，自会争一争三州的太平，做你父子未竟之事，但这，非是因你昔日教导。你待我之恩义，终止于那一箭，我也算是还清了。往后之事，我只图一人安宁。若他年黄泉有缘相逢，前尘是非，我们再作清算。”

“安阳，你……你此话何意？”赵述着紧道。

白婴望了会儿天，幽幽发问：“述哥，以我现在的身份，若执意和定远大将军在一起，结果会如何？”

赵述想了想，艰难地站起身，拧眉说道：“他是‘楚尧’，这已是不可改变的事实，他的身上，不仅有与林纾的婚约，还有朝廷最为看重的兵权。无论出于任何角度，和你在一起，都是埋下的隐患。”

赵述说得委婉，实际上，依着白婴十六国女君的头衔，他日假若十六国落败，按照常理，三王人头都得送上京都，已示战争结束。如果苏逸要保她，势必会和朝廷正面冲突。加之影族旧事，他对上位掌权者，骨子里就有仇恨的根。眼下回想秋宴，若白婴所料不差，屠城只是第一步，苏逸要的，是把叶云深引入关中，再坐收渔翁之利。

他把她堂而皇之地收在都护府，是从来没打算要向朝廷低头。而一旦起兵，结局还是未定之天，白婴害怕他走到众叛亲离的那一步，也害怕他不得善终的下场。

她叹了口气，道："我若死了，苏逸会如何？"

赵述苦笑："你不是见过他疯起来的样子了吗？"

"说得也是，左右都是死局，那……我就明人不说暗话了。"白婴蓦地面朝赵述，撩起裙摆，单膝跪下。

赵述一惊，忙要去搀扶她，却听白婴铿锵道："我有一桩不情之请，望述哥，成全。"

…………

八月的天，亮得早。刚至卯时三刻，城中便逐渐热闹了起来。

城门口人来人往，附近的村民们陆续进城谋生，因着士兵们盘查紧，城外已然排起了长龙。白婴和赵述绕开队伍入了城门，白婴大大方方地坐在马上，赵述则去与守城将领耳语了几句，拿回一份名册递给她。她煞有介事地看了一通，也不急着回都护府，拉着赵述在城里四处走动。走了一上午，二人造访了十几户人家，每到一家，都是鸡犬不宁。

折腾到午后，顶空的日头徐徐偏西。白婴手里拎着个大麻布口袋，蹲在一条无人小巷里。她脚边滚落一颗带血的人头，前方不远处还平躺着一具男尸。

赵述擦去剑刃上的血迹，回身走到白婴跟前，就见她面不改色地从那人头上揭下来一层人皮面具，一边笑眯眯地把人头塞进麻布口袋，一边数着数："四、五、六……再去逛两家，争取凑个'长长久久'的吉利数吧。混进城的山鹰不是个个都这么蠢，都会信我的鬼话。更何况，他们私底下有联络方式，得赶在咱们杀人放火的消息扩散前，能搞几个是搞几个。"

赵述一脸麻木道："你既然猜到山鹰是混在秋宴回城的百姓里，后续交给我去盘查即可。你这会儿最该做的，难道不是哄苏……咳，都护？"

"你还好意思说！我跟你讲啊，这锅咱俩得一人一半。要不是你昨个儿非得憋到西山去说清道明，我早在议事堂门口就给他跪着认错了。你品品，我在地宫里说的那些话，是人说的话吗？他当时那表情，感觉整个人都快破碎了！我现在回想起来都心疼！"白婴没好气地拎着麻布口袋站起身。

赵述思及那"怪物"二字，诚恳赞同道："的确……是挺诛心的。"

白婴默默摁住胸口。

赵述用剑尖指向口袋："那你更不该耽搁在这些事上。"

"你以为我想？方才回来的路上，我仔细琢磨过了，昨夜那情景，他就算嘴上不说，但失望寒心肯定是有的。万一他生气，我不得付出点实际行动，来证明我多年的悔意和熊熊燃烧的爱吗？然后我又寻思了，他这人呢，兴趣爱好很有限，当然了，他最大的爱好可能是我。”

“可惜，我是个药人，他先前亲过我一次，被我毒晕了，多半是有了心理阴影，乃至于后来碰都没碰过我。我也不是没想过把自个儿送给他……”

赵述看着她，沉默不语。

他一个老光棍儿为什么要受这种伤害?

伤害无辜的白婴毫无自觉，还在絮絮叨叨：“就怕他在气头上不肯要我，那场面，多尴尬呀，同时，也会给我造成心理阴影的。所以，这不怪我㞞。综上所述，我只能退而求其次。这遂城里也没个卖枇杷的，用吃的讨他欢心，妥妥不行。用银子吧，我又用过好几次了，没啥新意。他除了银子和枇杷，最喜欢就是拧人天灵盖了，我估摸着送他一口袋人头，搞不好他就不计前嫌了呢。”

赵述想了想，说：“我觉得哪里怪怪的。”

白婴摸着下巴虚心求教：“哪里怪？”

赵述又想了想：“但好像……你说得还挺有道理？”

“是吧！”

二人一拍即合，当场决定向下一户人家出发。

白婴的预计没有错，前几个山鹰出了事，约莫是有特殊的联络方式，后面再走访，怀疑的对象便警惕了许多，无论白婴如何诱导，都鲜有山鹰露出马脚。他二人即便心中存疑，到底不敢轻易动手，生怕错杀了百姓。

如此蹲点到入夜，二人好不容易凑了八个头，离白婴所说的“长长久久”还差了一个。眼看时辰已暗，她耐不住归心似箭，主动提出了放弃。把名册上所有怀疑对象都勾出来，白婴把册子还给了赵述。末了，她以要给苏逸惊喜为名，拽着赵述去上回借木梯的酒家，二度骗了人家的梯子。

二人轻车熟路地摸进都护府后巷，悄悄地把梯子搭上墙头。白婴略感紧张，手心止不住地在裙摆上擦来擦去，小声问：“你说，我等会儿上去了把头直接抛进院子里，宝贝儿见了，会高兴吗？”

赵述的五官有点僵硬，默然须臾，艰难道：“安阳，我还是觉得你对都护兴许是产生了误会。”

“那你的意思是，咱们得找几个木匣子，把头装起来，一个个放到他门口，再掀开给他看，告诉他，这是我为他割下的敌人首级？是了，话本子里献头都是这么干的。”

赵述一想买木匣子还要花钱花时间，赶紧阻止白婴这个可怕的念头：“就依你的，抛进去，都护更喜欢直来直往的方式。”

“好。宝贝儿的气不会还没消吧？”

“都护他不会生你的气。”

白婴手脚并用开始爬梯子：“那要是我真选择了离开，他会淡然接受吗？”

“都护做此决断，想必不论你怎样选，他都尊……”

“重”字还没脱口，爬到了墙头的白婴冷不防瞄见水榭里坐了两个人，正是苏逸和向恒。烛火晦涩，看不清那两个人之间是何种状态。白婴只远远看着，苏逸手边置一炉火，其上的茶壶白烟袅绕。他平静地斟满杯中水，轻声说：“戌时二刻了。阿愿她……不肯回来了。”

白婴眼皮子一抽，和扶着梯子的赵述来了个对视。两个人从彼此眸中，都看出了对苏逸这种语气的熟悉……以及惊悚。

她想赶紧发出动静，奈何那边厢的向恒快她一步：“你这，怪物！她不，回来，才是，应该！”

“怪物……呵，我如今的模样，确然称得上是怪物。”

白婴心里在疯狂咆哮，兔崽子你可闭嘴吧，别再刺激你姐夫了！

下一刻。

姐夫他幽幽开了口：“可惜，我没想过，要让阿愿离开。”

白婴也幽幽地看了眼赵述。赵述十分难为情地抿了抿唇。

苏逸道：“她若明晨不回来，我先卸你一只手。”

众人沉默。

“若后日还不回来，那我便断你一双腿。”苏逸继续道，“第三日她不回来，我会将你的头悬于城门上。此后，我若一日找不到她，那这城里，则每日多一具尸体，直到，此地沦为死城。”

向恒怒目圆睁，按着腰间剑柄腾然起身。白婴舔了舔干涩的唇，焦虑地望向赵述道：“这就是你说的，尊重我的选择？”

赵述两眼放空：“我……我也没想到，都护他，疯成这样……你说的那个计划……”

“不能再犹豫，这其中的轻重，你且好生权衡下。”白婴一言落定，人已坐上了墙头，扯着嗓门喊，“宝贝儿！”

水榭里剑拔弩张的二人一怔，不约而同地望向白婴的方向。苏逸当先一步，出水榭走至墙边。向恒愣了少时，方跟过来气闷道：“你还，回来，做什么？”

“我不回来，你就得被你姐夫五马分尸了。”

“你！你还说，姐夫！”

“哎呀，一日为姐夫，终生是姐夫嘛。”白婴笨手笨脚地把麻布口袋拖拽到身边，两只脚悬空晃荡着。

见向恒气得龇目欲裂，半个字都吐不出来，她唯恐把孩子气出毛病，忙不迭道：

“这内中恩怨纠葛，我三言两语说不明白。待过几日，我再好生与你细说。你姐夫他……自始至终，都是为了我。”

白婴深情款款地看了苏逸一遭。

向恒怒道：“白婴！”

白婴摆摆手：“瞧你那黑眼眶，定是昨夜被你姐夫抓着当人质了，这事儿我替你主持公道，你先回客栈休息，吃饱喝足别耽误发育，后面的事，少儿不宜。”

“你！”

“向恒，给我点时间。”

这一句，她说得郑重而恳切。向恒虽是不情不愿，但他素来不想违背白婴的意思，愤懑地瞪了她一眼，提起轻功翻墙而出。落脚后巷，他又凶神恶煞地瞪了帮凶赵副将一眼。赵述没给半点反应，揣着满腹心事，随向恒一起，离开了僻静的巷子。

待脚步声远去，苏逸皱眉道：“在上面做什么？下来。”

白婴照旧晃着脚，手托着下巴，说：“我问你，你方才那话，几分真，几分假？”

苏逸敛了敛眼皮，没有作答。

白婴见状，低声叹息：“你真是……”

“无可救药，是吗？”

“嗯。”

苏逸的眸光一黯。

白婴接话：“不过，我也没比你好多少。我尚且清醒，是因为……我知道你还在。”

苏逸的指尖一颤，抬眼望向白婴，有些不可置信道：“阿愿，你……”

白婴冲着他笑笑，使出吃奶的劲儿，把身边的麻布口袋大力扔下去：“你别怪我回来晚，我这不是怕你生气，去给你准备礼物了吗？”

苏逸低头一瞅。那麻布口袋丢得不偏不倚，就在距他驻足半丈处。开口只用了一根细绳松松垮垮地绑着，眼下承了力道，早已散开，从里面滚出好些脑袋来。

那场面，一言以蔽之，非常刺激。

苏逸沉默半晌，仔细回忆白婴确实说的是“礼物”，又千回百转地思量，好像没见过哪个姑娘送礼是送这玩意儿的。若不是白婴在恼他欺骗，那就是……他早几年的教育，诚如众人所言，出现了本质上的问题，把一个好端端的姑娘，宠成了……姑奶奶。

白婴看苏逸久久不语，张开双臂道：“我要跳下来了，你接住我呀。”

昔年泛黄的画面在他眼前一闪而过，那时的白婴，亦是从墙头跳下，落进了他的怀里。等他回过神来，那一幕在冥冥中重演，定睛之际，白婴已被他稳稳接住。

她没心没肺地笑，埋在他的胸口轻轻喘气。

“当年婶婶肯定分不清楚，才会那般紧张。若真是他来接我，依我小时候圆成了球的体型，指不准真会压断他两匹肋骨。”

苏逸怔了怔：“你……都明白了？”

白婴的浅笑还挂在唇边，可那双黑白分明的瞳，深藏着无奈与心痛。

“昨夜，你听到多少？”

“你说的话，都听到了。”

“对不起……”白婴咬了咬下唇，“我知道，说出的话，没有办法收回。这几个山鹰的人头，也并没有任何用处。换作是我，会生气，更会心寒。”

苏逸没吭声。

白婴一想到自己骂他是怪物，是替身，后悔得无以复加，连带着心窝子都像刀绞一般狠狠作痛。她挪近寸许，探手拉住苏逸的襟口，好似生怕他会退开。深吸一口气，她拖着浓浓的鼻音道：“我有一句话，想要问问你。”

“你说吧。”

“我从前……少不更事，懵懂无知，错过一个很爱我的人。他拼着性命爬出地狱回来寻我，却被我误会，伤害，一直把他当成了另一个人。如今，我方知晓，他为我受了很多很多苦。我想跟他说，我喜欢他，喜欢得要命。不管是从前将军府里的他，还是现在的他，我都想和他在一起。虽然，我允诺不了什么，也清楚自己任性又自私。但能不能，给我个机会，弥补这几年错过的光阴？”

苏逸抿紧唇线，静静注视着白婴。那双自昨夜便枯败的双眸，重新有了熠熠光泽。摇曳的火光里，万千辰星似都囊括在他的眼中，他声音轻颤，问：“阿愿，你分得清，我是谁吗？”

白婴捧住他的脸，拼了命地踮起脚，在他的额头上落下一吻：“宝贝儿。”鼻尖也留唇迹，“宝贝儿。”最后一吻，覆于他的唇边，有咸苦的泪泽润湿白婴的唇瓣，“苏逸。”

苏逸浑身一僵。隔了许久，他紧紧拥住白婴，恨不能把这个人就此镌刻进骨血里。白婴的肩头被温热的水泽浸湿，听得他说：“我等你叫我的名字，等了好多年。等这一句喜欢，也等了好多年……”

“抱歉……抱歉……”白婴用力回抱住他，埋着头道，“怪我后知后觉。我错了，这一回，是真心认错，绝不会出现下次再犯的情况。你不要生我气，也不要心寒，好不好？”

“好。”

他应得那般轻巧。

事实上，在他的心里，从前、现在、将来，无论白婴做什么，他都不会责怪。

白婴掰过他的脸，先是细致地擦掉那未干的水泽，而后谨慎地吻了吻他的唇。她料想苏逸介怀她的药人之身，正想告诉他，不会再把他毒晕过去。结果，话没说得出口，她的后脑勺被那人霸道地掌住，随即，视野被占据，唇齿间充斥着他独有的气息。

这个吻，不同于上次在房顶。好似撕下了长久的面具后，苏逸再不掩饰对白婴的渴望和情欲。他肆意索取，在并不算和谐的场景里，步步为营地消弭二人之间的距离。白婴到底是没经历过情事，她也未曾料想，今晚的苏逸反应格外不同，不稍片刻，她的呼吸便有些匀不过来。她勉力将人推开些，抵着他的额头道："我们在这满地的首级里干这种事，是不是不妥当？"

她的本意是想提醒苏逸浅尝辄止，不料，他一言不发地把人打横抱起，三两步进了房间。等白婴被他抵在门背后，她才骤觉大事不妙。

"心、宝贝儿，你怎么突然这么主动？往日都是我进你退，冷不丁掉转位置，我……我还有点不适应。"

苏逸抿了抿唇，深邃的眸光定格在她绯红的面上。他的喉结上下滚动一遭，一启齿，那暗哑的调调苏得白婴两腿发软。

"你向来只是说说，从未有过实际行动。"

"那、那不是怕你害羞吗……"

"阿愿，那一日，我们从校场出来，你说过什么？"

白婴心知肚明苏逸的暗示，却是㞞得选择性失忆："我、我不记得了。"

"好，那我替你重复。你说，你想让士兵们美梦成真。"

白婴缩脑袋："我就随口调戏你一句，你怎么能……咳，当真呢？"

苏逸笑笑，与她十指交扣，把她的双臂摁在门框上，不容她逃脱。再依样画葫芦，学着她起先的样子在她的鼻尖上亲了一亲："那你在乌衣镇时，又说过什么？"

白婴关键时刻我㞞我有理："也、也不记得了。"

"你说，孩子姓楚，生两个。"

"你又不姓楚！"

"这个身份，我无法摘掉。我们的孩子，也只能姓楚。"

"等会儿，谁、谁答应要和你有孩子，你别学我，这么不要脸……"

苏逸在她的唇上轻轻一啄，二人几乎是身子贴着身子。酷暑天里衣料太薄，白婴面红耳赤地感受着，那滚烫的温度顷刻间沸腾了她的血液。她的喉咙里好似烧着一把火，催得她口干舌燥。他要命地在她的耳畔呵气，只言片语，如同海上的风暴，掀起了巨大浪头，转眼便能将她彻底吞没。

"你在将军祠许的愿，还记得吗？阿愿，我只想同你，百年好合，儿孙满堂。"

明明说着不正经的话，那威力却和白婴出口时截然不同。就像白婴注定是废柴，说个情话都无关痛痒。而他天生就是睥睨一切掌生握死的大将，轻而易举就撩拨了她的心弦。平素克制的人一旦纵容欲望滋生，那定是誓不罢休。

白婴不再闪躲，抬头迎上苏逸胶着的视线，似嗔又似笑的语气，把对他的偏爱发挥到淋漓尽致。

“疯子。明知我是药人，你倒是也敢。那……我陪你，疯这一回。”

话音甫落，她主动送上唇，撬开了苏逸的齿关，与他抵死缠绵。不再压抑，不再踌躇，亦不再把汹涌的感情包藏在理智的外表下。他们互相拉扯着沉沦，在一场爱欲里，把对彼此刻骨的思念，宣泄到泛滥成灾。

关于这一晚是怎么结束的，当事人“白作死”表示，她半点都不想回忆。到了后半夜，她还在一个劲儿地唠叨：“宝贝儿，你听我说，这有些事呢，你也不能完全放飞自我，该保持冷静的时候，还是得控制控制。哎你别嘬我脖子，留下印子我明日还怎么见人！要让你那些兵看了去，他们又得起哄！”

“让他们看。”

“啧，说好任性的是我，怎么到头来成了你？我以前还当你不行，就差给你买十全大补药了，结果倒好，出丑的是我自己。你……唔，你说你这人，心机怎么那么重！”

见他不答，白婴嘴不停地说：“你别跟我装耳背，我的腰……好在那药没给你喂，这要喂了，你不得疯掉我整条命去？”

“阿愿，你……你且安静一会儿。”

“不行！你可劲儿折腾我，我就可劲儿说话！直到你嫌我烦，不折腾我了为止！”

白婴的如意算盘打了个空，苏逸压根儿不会有嫌她烦的时候，是以折腾到最末，是她四肢乏力“嘤嘤呜呜”地求饶，苏逸于心不忍，才放过她一马。

彼时，天边已泛开薄薄亮色，与一方夜幕交融着。还未破开云层的阳光渲染出淡淡的橙，交汇在其中，瑰丽且灿烂。

白婴简单洗漱了一通，便窝进了苏逸的怀里，昏昏欲睡。苏逸一手轻拍她的背，一手把玩着她的发尾，满心餍足地打量白婴。白婴困得眼皮都睁不开，搂着他的腰喃喃道：“疼不疼啊？”

“什么？”

“挫骨。”

苏逸默了默，反问道：“你被炼成药人，疼吗？”

“疼啊。每晚都好疼。所以我从来不晓得，自己能坚持多久。”

“……若非我当年贪心，想用原本的身份面对你，擅自离开京都，兴许，你也不会……”

“傻子。”白婴在他的胸口捶了一下，又薅过他的手背亲了亲，“你这人，哪哪儿都好，就是心思太重。宝贝儿，我希望，有朝一日，你能放过自己。那句话，我现下想想，应是你对我说的吧。”

苏逸了然道：“于浩歌狂热之际中寒，于天上看见深渊，于一切眼中看见无所有，于无所希望中，获救？”

“嗯。是这话。我每至难熬关头时，总会想着，你与我这样讲过，你愿见我如此豁达的活着。世事皆寒凉，可血总是热的。如今，我把这句话还给你，你也替我把旧年的兄长，找回来，好不好？”

苏逸抚着她的发，没有及时应声。

白婴自然知晓有些事急不来，索性调整了一个舒服的姿势，蹭着苏逸的胸膛道：“我还有时间，再等等你。”

“嗯。”

“你的耳疾，是因为挫骨留下的？”

“嗯。”

白婴心疼得越发收紧了手臂，说：“那些杀千刀的……算了，往事已矣，无论如何，都得朝前看。先说好呀，以后在外人跟前，我仍是只能唤你楚尧，但我心里明白你是谁，我的每一句宝贝儿，是在叫你，你可不许因一个名字吃醋。”

苏逸哭笑不得：“在阿愿的心里，我这般小气？”

“你小不小气自己心里没点数？之前向恒被你拍了一巴掌，你还灌他那么多补药，可别说是没有半点私心醋他陪我八年。”

苏逸不动声色地跳过这个话题，接了上一个：“好。我尽量不因名字而吃醋。”

白婴暗暗憋笑：“也不许再和向恒过不去。都说了他是我视如己出……啊不对，视如亲弟的人，你老去恐吓一个还在长身体的孩子做什么？”

“孩子……”苏逸哑然失笑，“好，听你的。”

“将来不管发生什么事，你都不许再瞒着我。”

苏逸想了想，问：“那阿愿可有事瞒我？”

白婴沉默了一瞬。

说起这个，可多了去了。

白婴当即自动忽略这一茬，丝毫都不矫揉造作，特别行云流水地清了清嗓子，道：“那你以后，不许再做出极端之举。”

“好。只要阿愿常常点拨，我定会一日三省吾身。”

白婴幽幽叹了口气，听明白他的话意，也不点破，换了个要求，接着说：“那你以后不许再因我鲁莽行事。我听赵述说了奉安二十七年你赶到遂城时的境况，光是想想，都觉心惊胆战。你得答应我，无论何时，你不会再把自己逼上绝路。”

“好。只要阿愿还在我身后，我便不会断去退路。”

“你……”

白婴瘪了瘪嘴。他看似什么都说好，实则任何事都以她为先。心知再谈下去也只能落个无疾而终，她索性戳了戳苏逸的胸口，道：“那你以后不许再像今晚这样折腾我！”

苏逸此番沉默了须臾，就在白婴以为他会说好的时候，他轻轻咬了咬白婴的耳垂，矮声道：“不好。”

白婴不服气地嚷嚷：“说好的宠上天呢？你这行径简直和话本子里的男主一个德行嘛！没得手前要星星不给月亮，一旦得了手，说啥啥都不应！我是不是已经失去在你心里当小仙女的资格了！”

苏逸笑出声，搂住张牙舞爪的人亲了亲，温言细语地哄：“我说过，你的任何愿望，我都想尽力去完成。”

白婴的眉头一跳。

苏逸：“你既然说过愿我儿孙满堂，那我岂能不努力点？”

白婴皮笑肉不笑：“我现在总算知道，我这臭不要脸的劲儿，多半也是随了你。”

“嗯，现在知道还不晚。”

白婴登时甘拜下风。

第二十二章·来不及了，先骗一顿再说

打从这天开始，白婴就在不断反思，她以前不该只顾着过嘴瘾的。

所谓过瘾一时爽，还债还到心慌慌。

一连好几日，白婴都在体验，什么叫作她哥的血气方刚。每当她想认㞞时，她哥都会十分幽怨地在她的耳边念：“不是你说的，要我金枪不倒吗？”

“不是你说的，孩子要生两个吗？”

白婴十分后悔。

“不是你说的，想与我夜夜欢好吗？”

白婴想骂人，这最后一句她绝对没有说过！但不等她的话出口，苏逸通常早早地堵住了她的唇。在这桩事上，苏逸蛮横且恣意，不给白婴半点反抗的余地。白婴原本是有些吃不消，可不知怎的，每当她身陷旖旎的缠绵中时，就连药人后遗症发作的痛苦，都好似能忍过去。

她心存侥幸，想着不用饮那长梦，便怎么都顺着苏逸。往往等她回过神，人都快被折腾到散架。她着实难耐时，便会一遍一遍唤他的名，想讨个饶。可惜这一唤，苏逸反而越发停不下来，总得临到天快亮，才放白婴沉沉睡着。

这么一来二去，白婴腰酸背疼腿抽筋，白日里走路，总是撑着腰扶着墙。府上将士们见了，十分知情识趣地对白婴表示了慰问，还送来了多种帮助她消食的东西，譬如山楂，譬如地瓜。

白婴有苦难言，只能全部收下。

苏逸很不满将士们的悟性，明示暗示数次，想告知大伙儿白婴不是吃撑了。可都护府一水的光棍儿，自打上次被自家都护狠狠教训一顿后，就没敢再往那方面想。在苏逸第二十八次被众人拉着好心劝说，直言白婴常常吃撑估计是五脏不好，须得尽快让军医瞧瞧，莫耽搁了治病时，苏逸终于忍无可忍，望了遭天，干咳道：“前段日子，你们不是在准备各项技艺？”

大家一听他旧事重提，生怕又要遭受惩罚，急忙挨个表态：“都护您放心，我们绝对没有再不务正业！除了操练，我们别的都不干！”

苏逸勉强道：“也不算……不务正业，”

“我们懂！那叫游手好闲，不求上进！”

苏逸的眼尾轻轻抽了抽：“多点傍身技艺，实则，是件好事。”

大伙儿你看看我，我看看你，都觉自家都护今日的态度着实奇怪。但出于前车之鉴，还是小心应对道：“咱们是行伍之人，能打仗就行，不需要那么多技艺。”

苏逸的脸麻木了一下，决定不再对光棍们儿绕圈子：“既有心授人以渔，若自己都不擅长此道，又何来底气？”

众人面面相觑，安静了半晌，突然交头接耳起来。

“都护这话是什么意思？嫌弃咱们是只会打仗的大老粗吗？”

“等下，什么叫授人以渔？”

“都护他这是不是在考验咱们对操练的忠诚度？”

苏逸尤为无奈地抚了抚额头，正打算干脆把话说到明处，其中一名校尉当即反应过来，掐了把旁人的大腿，格外兴奋道：“都护！都护您的意思……莫非是咱们府上当真快要有小将军了？”

苏逸松了口气，没有否认。

下一刻，激烈的起哄声差点把都护府的房顶都掀翻。

当天下午，白婴日常收到的山楂、地瓜，就变成了酸得要命的青果子，以及辣得不行的小米椒。

她扶腰站在水榭里，面无表情地看着石桌上堆成了山的果子和辣椒，并送走了最后一个赶来恭喜她并仔细给她分析酸儿辣女说法的副将江安。接着，她没好气地转头望着凭栏边但笑不语的某人，幽幽道：“你几岁了？以前总说我幼稚，眼下你这幼稚劲儿比我还更胜一筹，这种事，你也拿出去嘚瑟。”

苏逸走近些许，与白婴十指交扣，在她的手背亲了一口：“他们不是外人。”

“我知道。”

“我总想着，你我这一生不算顺遂，若能让我们的孩子在众人的陪伴爱护下长大，倒是圆了一个心愿。”

白婴哑口无言，看了苏逸好一阵儿，抱住他道：“你这心思，要到什么时候，才能不这么重。”

苏逸笑笑，抚着她的发，道：“恐怕往后的余生，都要阿愿在旁，多多开解才行。”

白婴一听这话头，琢磨着苏逸后一句怕是要提亲。毕竟，二人的关系发展至此，成亲是理所当然。她如果出口拒绝，免不了要令苏逸多想。一念至此，白婴赶紧打岔道：“是了。我一直想同你说，那座地下城，其中的构造和机关都设置得十分巧妙，在战时能发挥极大作用。当年既然耗费人力物力建造到这一步，现下不如重新启用，在将来也可应对不时之需。”

苏逸稍是一默，刮了刮白婴的鼻尖儿，道：“此事，早前交予李琼去处理了。”

“你……”

白婴欲言又止。她想到什么，又觉兴许是自己多心，便没再追问下去。

左右待在府上闲来无事，白婴把多余的果子、辣椒装起来，带去客栈扔给了向恒。向恒彼时还在气头上，白婴好说歹说，把事情的来龙去脉详述了一通，又哄又逗，才让他消了气。两个人一起用过晚膳，白婴叮嘱向恒出城一趟，方紧赶慢赶地回了都护府。

日子一晃，转眼至八月下旬。

白婴身上的药人后遗症慢慢压制不住，若是不饮长梦，夜里便会疼得死去活来。她不想苏逸担心，在他面前总是强忍着，待他入睡后，白婴才会偷偷摸摸地跑去偏室，试图把自己锁在房内，熬过了酒劲儿，天亮之前趁苏逸没醒，再悄悄跑回主屋。

她自认计划堪称完美。不料饮下长梦的第一天，她前脚跑去偏室不到一炷香，她哥后脚就踹了房门。醉酒的白婴拉着苏逸爬上房顶，猖狂地看了两个时辰的星星月亮，给她哥说了一大通人生道理，并踩坏了十来张瓦片。次日一大早，白婴醒来，如故枕着苏逸的手臂，还看到了他被蚊子叮得满是包的脖子。

那一刹，她由衷怀疑，她夜里醉酒只是产生了幻觉。直到用过早膳，几个士兵赶来修补瓦片，白婴才不得不正视，她离丢脸丢到尽人皆知，或许只差她哥几个连续踹门的动作。

第二天，白婴故技重施，为防止她哥破门而入，还不惜重金，给偏室加了三把铜锁。然而，苏逸也视那三把锁为无物，照旧踹开了大门……

这一宿，意识不清的白婴拉着苏逸跳进池塘里摸鱼，结果鱼没摸着，白婴一怒之下，喷了几口水。第二日的清早，又是那几个士兵，赶来清理了被毒死的无辜锦鲤。

白婴思来想去，发现不管她怎么防，总归都逃不脱她哥的五指山。但凡是醉酒，清醒过后，那必然是人在榻上，身在苏逸的怀里。反正躲不过，她干脆难得再躲，堂而皇之地在苏逸面前喝酒。关于长梦的来历，苏逸也没有追问。这着实让白婴意外，但她不敢多提，生怕苏逸觉察出长梦里掺了血。

如此撒了几日酒疯，白婴从上房揭瓦，下水摸鱼，再到潜进几个副将的房里给别人画王八脸，苏逸不仅没阻止，还会跟在一旁研磨递笔。府里上下都在感叹自家都护丧失底线，可很快，苏逸就让众人清醒地认识到，事关白婴，他从来没有底线这种东西。

譬如，白婴画了两天王八脸，彻底失去了兴致，改成顺走他人财物，还会打着酒嗝把东西埋进都护府的边角旮旯里。众人是一边感叹白婴这酒量，一边齐聚一堂，痛心疾首地向苏逸控诉她这做派很是要不得，一个要当未来小将军亲娘的人，怎能有偷盗之举！

彼时，苏逸只含情脉脉地目睹白婴玩泥巴，跟众人解释了她此举的初衷。

他尤然记得，在乌衣镇外的小树林里，白婴所说的一字一句。

她说，这边关的土里，埋了许多她藏起来的宝贝。

她说，这些宝贝都是留给他的。

她还说，她知道什么是鸟尽弓藏，她期望有朝一日他解甲归田，能得个善终。

初时不信这言语，而今方知，这背后一腔孤勇的真意。她越是为他周全世事，他越是不会再放手。

众人听完，也都晓得了白婴在十六国被炼成药人的境遇。好些将士泪洒校场，当即对白婴表示出由衷的同情。但同情过后，大伙儿还是惨兮兮地对苏逸道："都护，您是知道的，咱们光棍儿府别的且不说，穷，那是从上到下整整齐齐！咱们也不是不想让安阳姑娘她高兴，可她一高兴，咱们就很难高兴了。毕竟，她埋的，可是咱们的老婆本……"

"是哇都护，您能不能先劝劝安阳姑娘，把铜板还给咱们，咱们陪她人均再喝两坛酒，那都没问题！"

苏逸想了想，一言不发地在自个儿身上东摸摸西凑凑，艰难地薅出来仅剩的一贯铜钱。接着，他慢条斯理地走至墙角，把铜钱递给了醉得迷糊的白婴。白婴一把抓过，顺势也埋进了土里。末了，苏逸负着手，语调沉重道："阿愿她命途多舛，如今还须得饮酒，才能抑制药人的痛楚。说来说去，都是因旧事造成。前非已铸，无可弥补，眼下只要能令她欢喜，便是散尽家财也无妨。我的老婆本，也如诸位一般，就此交予她了。"

众人感到哪里怪怪的，却又无法反驳。

自家都护起了头，楚家军又一向秉承护短的传统，想着那是未来的将军夫人，小将军他娘，索性咬咬牙，各自拿出财物，通通捧到了白婴跟前。

白婴乐得眉开眼笑，埋宝贝埋得越发起劲儿。

此后第三天，将士们才渐渐回过味——

都护他……还需要老婆本吗？他分明连老婆都是现成的！想到这儿，大伙儿急于拿回财物，却被苏逸放了话，言明谁能打过他，方可阻止白婴。全府上下一时哭唧唧，没一人敢去挑战"战神"之威。打是打不过，大伙儿只好集体诅咒苏逸没钱下聘。

苏逸闻言，着实自闭了半炷香。

他的确……没钱下聘。

就在众人都在为白婴这酒后埋宝贝的怪癖犯难时，白婴终于对铜板也失去了兴趣，某晚夜黑风高之际，她干了件惊天动地的大事。

那阵儿，经过苏逸的强取豪夺……不是，是群策群力之下，一到入夜，校场上就会掉落许多铜板和小件玉器，供醉酒的白婴挑拣。原本大家又在围着苏逸哭天抢地，孰料，白婴突然间对那些铜板嗤之以鼻。

她先是挖出了一个土坑，在校场上逛了大半圈，连一个铜板都懒得拾起。苏逸一脸担忧，其余人则是笑逐颜开，都在暗暗庆祝白婴这波敛财劲儿终于过去。眼见白婴面露失望，苏逸都在考虑要不要从库房拿两把火器给她埋，白婴却冷不防回过头来，直勾勾的视线胶凝在了他的面上。

苏逸的眼尾跳了跳。

边上将士们准备捡钱的动作亦是一顿，直觉不妙。

白婴沉默少顷，指着苏逸喊："宝贝！"

这不是她第一次喊他宝贝……

但这一次，隐约有哪里不同……

将士们看白婴脚下生风地冲过来，都分外紧张地劝苏逸："都护，您要不，先避一避？"

苏逸纹丝不动。

白婴一脑门撞上他硬邦邦的胸膛，她哥还没来得及说点什么，这货就用两只纤细的手臂死死环紧她哥的腰，并使出一个弱鸡最强悍的力气，试图将人抱起来。

苏逸抿了抿唇，望着白婴的头顶，依旧纹丝不动。

他是真的……什么事都愿意配合白婴。

他也是真的……独独对被她抱起来这桩事，他心有余而力不足。

白婴脸红脖子粗地试了三次，都没能扛起她哥伟岸的身躯。苏逸既是心疼又是好笑，刚想伸手摸摸白婴的脑袋，她猛地拽住他的袖口，拉着他飞奔到了土坑旁边。然后，在众目睽睽之下，白婴仿佛吃了熊心豹子胆，径直绕到苏逸的背后，一个助跑，把万众敬仰的西北都护，生生撞进了土坑里。

众人无语。

白婴兴冲冲地朝她哥丢土，一面丢，一面格外认真道："埋宝贝喽！埋下一个宝贝儿，明年就能长出好多宝贝儿！"

苏逸还没来得及做什么，就感觉自己被狠狠萌了一下。

反应过来的众人："都愣着干什么！都护就快被活埋了啊！"

这一晚，大伙儿受到的冲击实在太大，导致后面一两天，每个人都心惊胆战，生怕白婴埋人埋上瘾，除了她哥，还会对别人下黑手。况且她哥没什么底线，就冲他那一副心甘情愿被活埋，别人不拉我不起来的劲儿，大伙儿都觉得性命岌岌可危。

可这夜过后，白婴的状况急转直下。

那一壶长梦终是见了底，刚入九月，白婴的噩梦便开始卷土重来。

起初，她夜里疼痛发作，苏逸会用寻常酒水代替长梦，虽效果不佳，好在有他悉心哄着，白婴也算能忍过去。没过两日，药人的后遗症彻底失控，白婴一旦入眠，就会无休无止、反反复复地梦到同一个场景。

她总是看见苏逸造下无尽的杀孽，脚下每一步都是尸山血海。那黑色的衣袂渗出殷红的颜色，他手里的长锋划出生与死的界限。他如同身陷地狱的修罗，重复着杀戮的轮回。白婴想牵住他，带他离开那片惨烈的天地，却每每与他失之交臂。及至终途，她一次又一次，见证他的败亡。

那一幕，让白婴痛不欲生。

她在梦里无望地哭喊，梦外亦是整夜不得安生。到得后来，她被困在梦里的时间越来越长，每日几乎有六七个时辰都陷在混沌里。白婴备受折磨，都护府里从上到下，也无一不替她忧心，都在四处打听药人的解法。

苏逸面上不动声色，亦是日夜不眠地陪着她，短短数日，人便消瘦一圈。偶尔白婴清醒，发现她在苏逸的手臂和肩膀上，又留了不少牙印。她自责到无以复加，为了道歉，还给苏逸熬了好些糖水。苏逸有苦难言，只能微笑着喝下去。

诚然，除却熬糖水，白婴最关心的，就是向恒出城寻人有没有回来。她等得心急如焚，日日都会托人去向恒落脚的客栈走一遭，如此数着日子到初十，向恒总算是带着白婴要的人翻进了都护府的院墙。

那阵儿刚过日午，白婴用过午膳，因着身子疲累，才歇下不久。苏逸冷不防听到院子里的动静，三两步便走至门前，开门和向恒打了个照面。向恒冷着脸瞥瞥屋内，被苏逸横身一挡，没好气道：“我找，白婴。”

苏逸默然不语，打量了一遭站在院子里局促不安的中年男子。那男子作南苗的衣饰打扮，肩上还背着一个药箱。他收回视线，不想搅扰白婴，正想把二人轰到水榭里去，话没脱口，白婴就已适时醒转，轻声问道：“是不是那不着家的兔崽子来了？让他进来给姐姐请安。”

苏逸拧了拧眉。

向恒有了白婴的话作保，冲着苏逸扬了扬下巴。

二人僵持片刻，还是苏逸率先转身，绕过屏风走进了内室。他扶白婴坐起来靠在床头，继而自己坐在床沿边上，不满道：“刚刚睡下，为何不多休息一会儿？让他等着便是。”

白婴摇了摇头，苍白的两颊不带半点血色，似是无奈道：“你不是答应过我，不和这孩子争风吃醋？”

“我不是。”

“你犀利的眼神就差把这孩子直接拍出院墙了。”

两个人说话间，向恒跟了进来，边走边道：“我没，那么弱，就算，他想……”人到床榻半丈处，他的声调忽而一顿。

向恒疾步迈进，不由分说地擒住了白婴的腕子，也顾不上断句，尖声道：“你怎如此虚弱？那壶长梦，我算过日子，足够你支撑到月初。这才几天，你怎么成了这副模样？白婴，你……”

他想问白婴做了什么。一看白婴身边的人，瞬间明了。向恒咬了咬下唇，眼眶也微微泛红，闷声闷气地道：“你和他……白婴，你知不知道，你这是在作死！”

苏逸盯着向恒那逾矩的手，一句威胁的言辞原本已经滚上了舌尖，又在听到向恒的少女音后，陷入了诡异的安静。

白婴侧首瞧着她哥，说：“我猜你现在估计是在后悔和这孩子争风吃醋。”

苏逸干咳一嗓子，仍然无情地吐出了两个字：“放手。”

向恒铁青着脸垂下眼睫，松开白婴，趔趄了半步，不再言语。白婴试图岔开话题，忙不迭道：“我让你去寻的人，寻到了吗？”

“嗯。”向恒埋着脑袋，“就在，外面。”

“你让他……”

一句话没讲得完整，苏逸打断道：“方才，他的话，是何意思？”

白婴讪讪笑：“没什么意思啦，就是这娃担忧我身子，一时情急，口不择……”

向恒也出声打断：“她被，炼成，药人，八载。熬过，多少次，常人，不可，忍受，之痛。原本，没，这么快，到这，一步。”

白婴登时变了脸色：“你可别瞎……”

苏逸：“所以，她与我亲密，会使得药人后遗症加重？”

白婴无比心累，捂住胸口再次尝试说句完整话：“怎么可能啦？他还是个孩子，你当姐夫的，不要在他面前说荤……”

果然学了姐夫再次打断白婴的向恒：“你难道，不清楚，她的，药人，之躯，根本，无法，与人，接近！”

“说仔细些。”苏逸的眸光顷刻沉了下来。

向恒冷冷道：“你没，中毒，不曾，想过，原因？”

“向恒！”白婴拔高了声调，正欲厉色阻止，不想她哥两指一戳，轻轻松松点了她的哑穴。

完了，瞅这征兆，她哥要生气了。

白婴一时慌得不行，说是不能说，跑又跑不了，只能窸窸窣窣地躲进被子里。

她侧过身子蜷成一团，背对着两个视她为无物的大男人，听她哥幽幽问道：“她用什么解毒的？”

“她说过，你心思，敏锐，连这，也没，察觉？”

“万物相生相克。我只猜测叶云深炼出药人，理当有克制解毒之法。”

向恒一怔，完全没料到苏逸能想到这一层，险些便要把叶云深体内那只蛊王的来龙去脉和盘托出。好在白婴及时瞪了他一眼，他才把话头压回腹中。苏逸假装没看见他们的小动作，只定定地望着向恒。

向恒默了一默，大抵是心里难受得紧，接下来的话便也让白婴和苏逸不怎么好受。

“你，说得对，万物，相生，相克。能克制，药人，之毒，也只有，药人的，心尖儿血。”

苏逸的身子僵住。就近的二人也不知是错觉还是真实，当即就感到了一阵凉意。白婴哆哆嗦嗦地伸出一只手，握住了苏逸攥紧的五指。

向恒还在继续道：“当初，被你，所擒，她熬了，多日，且不，至于，如此。今次，后遗症，来势，汹汹，与她，自伤，定有，关联。”

白婴又瞪向恒，简直恨不得把一双眼珠子都瞪出来。她看着苏逸一点一点变得阴郁的脸色，心知不妙，拼了命地想吭声，又碍于哑穴被点，半个调调都死活挤不出来。她勉强坐起身，两只手抓着苏逸的小臂，又摇又晃，想要安抚他。

隔了良久，苏逸方抬起眼睑，慢声询问：“是这样吗？那糖水，你故意熬得那般甜，就是想掩住血腥味。可笑，我竟以为，你是用了别的法子。”

白婴担忧地看着他。

“心尖儿血，好生……荒谬。”苏逸低笑两声，意味不明地道出一个名，“叶云深……”

白婴咬牙切齿地望向向恒，用眼神传达出一句话——

好好的姐夫，又被你搞疯了。

她急得似油锅上的蚂蚁，向恒也不敢轻易来给她解穴。就在白婴无计可施的当头，苏逸总算给了她开口的机会。白婴一张嘴，便是语如连珠炮：“宝贝儿你先别急着想拿人祭天，这个事吧它实在没有兔崽子说得那么严重。我这身子骨别的不好说，但恢复能力真是一等一的强。说是心尖儿血，其实也就是捅的位置不偏不倚在那处罢了，且要不了多少的，一次一滴，伤口也不深，次日就好，当真影响不了什么。”

苏逸不言不语地看着她，眸色深处满是愧疚。

白婴心疼地捧住他的脸“吧唧”亲了亲，又劝：“再说了，在天途关时，你不是见过我伤势好得快吗？真要说起来，我这胸口的伤，还没那会儿替你挡刀来得深，你就放心吧！”

苏逸沉默。

很好。

放什么心。

他一想往事，整颗心都快揪起来了。

眼看她家宝贝儿的气场逐渐剑走偏锋，白婴后悔不已地咬了下舌头。既然讲理不好使，她干脆直接撒娇耍浑，一头扎进苏逸的怀里，蹭来蹭去道：“宝贝儿，你不要生人家的气嘛。”

苏逸的耳朵尖蓦地发红。

几步开外的向恒也是面红耳赤：“白婴，你……你怎么，说得，出口！”

白婴翻了一个大大的白眼：“我一个口头给宝贝儿添丁都添了好几百次的人了，这有什么不好出口的。我若遮遮掩掩，你过两天怎么当干爹的都不知道。”

“谁要当，干爹！”

“你想当，干娘？”

“白婴，你！”

苏逸清了清嗓子，脖子上也绯红了一片：“阿愿，此事……暂且打住。”

白婴忍俊不禁地端详他，咋舌道：“哎呀，宝贝儿害羞了？怎么还是这么容易在别人面前害羞呀？你前几日折腾我……”

苏逸一把捂住她的嘴，压低声音道：“是你说的，他还是个孩子。”

这情节，伤害不高，但侮辱性……很强！

向恒气到扭头就想走，白婴收住插科打诨的心思，赶紧叫住他：“回来回来，我不说了还不成？你坑我一把也不让我坑回去，难不成我这些年在你面前树立的是个以德报怨的圣人形象？我记得我没这么光辉伟岸呀！”

“你别，侮辱了，圣人。”

白婴笑笑，倚在苏逸的肩头，没去搭理向恒的讽刺。她往窗框外望了望，招呼道：“把那人叫进来吧。”

向恒一言不发地挪去门边招手，那中年男子很快一溜小跑入了屋，杵在屏风后头道：“小人柳凡，见过女君，见过楚将军。”

苏逸看了眼白婴。白婴了然道：“这人师承南苗药王谷，当年叶云深就是屠了他的师门，顺走了人家的典籍古书，才学会饲蛊一道。柳先生彼时在外云游，恰好躲过一劫。我打听了多年药王谷的传人，直到被你抓回来前，才寻上他。经过我苦口婆心长篇大论的书信劝说，柳先生决定赶来边关，助我解决药人之苦。作为回报，我也答应替他搞死叶云深。”

“哦，是吗。”苏逸平静地反问。

白婴点头如小鸡啄米："是！千真万确！你要不信他精通医道，先拍烂他几根肋骨试试他能不能自医。"

屏风另一头的人吓得"扑通"跪下，颤个不停道："女、女君……您没说会有这么一茬呀！天底下谁人不晓定远大将军的威名，若真拍我几掌，小人恐怕连自救都来不及就丧命了！"

向恒虎着脸说："你玩够，没有。先让他，诊治。"

白婴笑得花枝乱颤："瞧你把他给吓的。"

从头到尾都没吭过声的苏逸抿紧了唇，目光定在白婴的脸上。

白婴讨好地捏捏他的手，娇声问："让他试试吗？"

苏逸沉默少顷，继而从旁边的木架取下一件外裳，披在了白婴的肩头。白婴抬手推拒，一个劲儿嘟哝热，苏逸觑着她那单薄的白色亵衣，无情地说了句"冷"，便不管不顾地把领口给她裹得牢牢实实。

有一种冷，叫你哥觉得你冷……

白婴暗自腹诽着他这强烈的占有欲，又觉他的模样甚是讨喜，情不自禁地凑近他的脸颊亲了一口。苏逸稍稍一顿，脸色愈见发红，干咳了一嗓子，起身挪去旁边，淡声道："进来吧。"

得了他的令，柳凡慌慌张张爬起来，弯腰屈背地绕过了屏风。他不敢直视屋内三人，半跪在床前将药箱打开，拿出脉枕放好。待白婴主动将手递上，他方隔着一块白巾诊上她的脉象。

白婴笑嘻嘻道："柳先生这一路舟车劳顿，委实辛苦了。我这身子骨吧，信里也数次与您交流，您是最清楚不过的，想来应是早就有了对策。您直说无妨，待会儿诊完了，好让我弟弟带你去城中逛一逛，吃顿好的，也算聊表我的心意。"

柳凡看看白婴，抹了把额头上的冷汗："多谢女君。您这药人之症……"

苏逸突兀道："阿愿近来总为噩梦所困，此症状已有四月未曾出现，可否请柳先生告知，她何以至此？"

柳凡噎了一噎，下意识地又看向白婴。白婴想说点什么，一个不慎对上她哥凉凉的眼神，到嘴的词句登时就滚回了肚子里。没了主心骨，柳凡绝望地回头瞧向恒，向恒抱着怀里的剑，一副石化的状态。左右没人解围，他只好连擦两把冷汗，谨慎道："女君……女君为噩梦所扰，约莫是因气血两虚。"

苏逸闻言，拧了拧眉头。

白婴刚要搭腔，他抢先道："你继续说。"

"是……根据女君的脉象，应是长期气血伤于内，凝滞不畅，脏腑由之受损，是有损于外的症状。"

"有损于外……"苏逸喃喃重复。

此人的说法与向恒不谋而合，看来是真有些本事。一念至此，他问：“你出身药王谷？”

“是。”

“炼制药人的方法，是从你师门传出？”

柳凡的腿软了一下，结结巴巴地回：“炼、炼制药人……的确起源药王谷，但那是前人所为，及至小人这一代，药人之说仅仅出现在典籍里，上至谷主，下至入门弟子，都没行过此旁门左道。”

苏逸不置可否，挑出了重点道：“可有解法？”

“什么？”

“药人之躯，可有解法？”

“这……”柳凡又睨向白婴。

白婴欲言又止。她若再是打岔，料想会引起苏逸的疑心。这一局本是变数之下仓促所设，能不能瞒过苏逸尚且是未定之天，而今之计，也只能顺着他的意思，避免露出过多马脚。

白婴给柳凡递了个好自为之的眼神，随后便垂下了眼皮。柳凡深吸一口气，硬着头皮道：“药王谷的典籍上，素来关于蛊毒的记载，都是没有解法的。”

苏逸迈近半步。

柳凡生怕他下一个动作就是拍烂自己的天灵盖，一手抱住头道：“将军有没有听过医家？”

苏逸顿了顿，想起乌衣镇那满口仁义的老大夫，瞳孔微缩道：“略有耳闻。”

“在医道之上，药王谷未灭前，其实与医家算是对立关系。两边为证医道第一，常年处于水火不容。药王谷重蛊与毒，医家则重治与救，双方你来我往，死伤无数。所以药王谷的蛊毒若是有解法，都该在医家的典籍上。”

“我曾阅览部分医家典籍，未曾发现药人的解法。”

白婴讶异道：“你何时……”想了一想，又瞬间明白，“乌衣镇那医馆，原来是医家的人所设？你当时无事翻看的书，就是人家的典籍？”

苏逸无声默认。

柳凡低低嘟哝：“药人是药王谷的撒手锏，就算医家有解法，也不会随意交给门人啊……”

“如此说来，柳先生在此，是没什么用了。我该去寻的，是医家之人。”

柳凡一听形势不妙，赶紧道：“小人有幸，这些年云游在外，也有几个交好的医家门徒。因与女君早前有书信往来，确然打听过药人的解法。”

“哦？”苏逸将信将疑。

柳凡当即取出一根细长的银针，请示道：“女君，小人可否以针试您后颈处？”

白婴寻思着今儿个是给自己挖出了一个大大的火坑，有她哥在旁盯着，她眼下就算不想跳，她哥也得使一把劲儿把她推下去。左右没辙，她微不可察地叹了口气，趴在了枕头上。她将青丝拨去一边，露出颈后瓷白的肌肤。柳凡站起身，用烛台烧了遍银针，一举刺进了白婴的穴位。白婴只感一阵眩晕，旋即手脚都有些微的酸麻，皮肉底下隐约像有蚂蚁在游走一般。

她看不见自己后背的情形，苏逸和向恒却是清清楚楚地尽纳眼底。那近乎半透明的薄薄皮肤里，无数长约一指的黑线密密麻麻，如有生命似的，钻来钻去，极为恐怖。向恒用力地握住了手中青锋，指节发白，整个人都在轻轻战栗。苏逸面上不动声色，那双黑白分明的眼底，却是戾气横生，埋藏的恶念有那么一刹决堤而出，欲要摧城掠地。

白婴拽了拽他的衣袂，唤得他回过神来："怎么了？"

他不作答，向恒也闭口不言。

白婴正是紧张得不行，柳凡启齿道："女君，疼吗？"

"不、不疼呀。"

她本意是想安抚苏逸，结果万万没想到，起了反作用。柳凡的神色凝重起来，隔了好半晌，又问了一遍："半点都不疼？"

"呃……"

白婴犹豫着想让柳凡给个提示，不想柳凡跟她毫无默契可言，摸了摸下巴，格外沉重道："若是不觉得疼，恐怕就……"

"就如何？"苏逸声音冷然。

白婴和柳凡齐齐打了个抖，向恒反应慢半拍，还没抖成，就听柳凡诚惶诚恐地说："这按照常理，蛊毒入体，会与宿主有一个互相排斥的过程，时间长短说不准，兴许几日，也兴许几年。在这当下，如有一味药引，实则是有法子将蛊毒引至另一人身上的。"

"什么药引？"苏逸问。

"此话当真？"白婴和向恒异口同声。

柳凡瞅了圈三个人，最后选择回答令人天灵盖隐隐作痛的西北都护："那一味药引，叫作龙涎草。据最古早的医书记载，龙涎草长于龙涎口附近。可是，小人从医多年，从未听闻有人见过龙涎口，更莫说是那珍奇无比的龙涎草……再者，女君如今的状况，已不是龙涎草能可解决的了。"

所谓龙涎口，是历经了千万年的演化才得以积聚的庞大地下水脉，绵延可达方圆百里。因在无人地层中，每逢潮汐涨落，水花拍打像极了龙啸九天的声音，故而得名龙涎口。

他指了指白婴的后颈："蛊毒是以宿主的血肉为养分，在活跃之际，宿主便会感到剧烈的痛苦，也会出现如女君这般，为梦魇所困的情形。这是因为蛊毒在一步一步摧毁女君的意志力，是以古往今来的药人，最后都会陷入魔怔。近来女君气血有亏，导致蛊毒的活跃越发频繁，而当蛊毒休眠时，宿主才能得以喘息。女君现在清醒，恰能证明蛊毒在休眠期。我以银针诱之，催蛊毒重新活跃，此时的蛊毒，并未吸取养分。女君若是疼，那是蛊毒与她互相排斥，换言之……”

后面的话，柳凡没再说清道明。

一方室内，骤然静默无声。

白婴僵了僵。对于药人的解法，她从来没抱过希望，柳凡起初的话，让她看到了一丝光明，可一眨眼，那短暂的光就被无边无际的黑暗吞没。这般上了云端再狠狠摔下来，无异于是一次粉身碎骨。她花了片刻来平复心绪，努力挤出笑容，拽紧苏逸的衣袂说：“不打紧，死不了就行。有宝贝儿陪着，我没那么容易疯。我要是疯了，你可怎么办？”

她故作轻松地打趣，苏逸稍是弯腰，握住她的手。那一刻，白婴蓦地愣住，她发现，这个从小到大为她撑起了一片天的男人，在止不住地颤抖。

于她而言，她能活着，与他白首，固然是最圆满的结局。可若二择其一，那她的选择由始至终，都是让苏逸活下去。她欣见他白发苍苍，寿终正寝。她也深知自己无法承受苏逸先她一步离开这人世。

可正是因此，她好似自私地忽略了，她第二次的死亡，会让苏逸踏入万劫不复的深渊。

她甚至不敢进一步去想，那时候的他……会变成什么样。

白婴恍惚走神，不知过了多久，牵着她的手慢慢由冰冷回温，苏逸敛了敛眼皮，沉声问：“那阿愿所说，能助她解决药人之苦，阁下是有何方法？”

“这……”柳凡斟酌须臾，小心翼翼道，“女君的身体与常人不同，普通用药，无法调理她的气血，也控制不了她身上的蛊毒。时下女君已深受梦魇所苦，加之夜里痛楚发作，更是百般难忍，为免她丧失理智，恐怕，只剩最后一个法子了。”

“说。”

“常年饲蛊的地方，方圆百里之内，必定会出现流萤草。这流萤草本身有剧毒，但也有致幻的功效，对女君来说，会是一个很好的安神助眠之物。她若不受梦魇所困，理当性命无忧。”

“流萤草……在何处？”

苏逸问出这话，柳凡好似彻底松了一口气，早已打好的腹稿脱口而出：“我入遂城前已四处寻找过，最近的流萤草，就长在关外往西七十里处。那是旧时若羌的边城，有处庵乐雪池，周遭就有不少的流萤草。采摘流萤草，最好是由女君亲自去，她百毒不侵，不会有任何危险。且流萤草摘下半刻后便会失效，每日入夜前，都需服食一株。”

“这样啊……”白婴在床上翻了个身，一脸为难道，“我宝贝儿得坐镇都护府，不可长时间远行。不如我和向恒……”

苏逸当即道：“不必。十六国没那胆子贸然进犯，七十里也不远，来回并不费事。”

“但……”

“关外多有不便，现下时辰尚早，我先率兵走一趟，打探情况。最早明晨安顿好一切，再回来接你，你乖乖留在府上等我。”

“可……”

“城内有李琼四人守着，出不了纰漏。”

“万一……”

“三州境内，若无我允准，无人敢把消息上报给朝廷，我出关之事，你不必担忧。”

白婴弯了眉眼：“我话还没出口呢，你就什么都知道，也盘算好了，我还怎么反驳你呀。此去出城，你务必小心。”

苏逸默了默，无声无息地挪至床边，摸摸白婴的脑袋：“你说过的，没说过的，心里想的，我都知道。”

白婴一个激灵，总觉得她哥意有所指。她心虚地“嘿嘿”两声，果断转移话题道：“述哥跟你去吗？我想同他说说话，这一走，也不知什么时候能回来。”

“好。我叫他来。”

苏逸再三叮嘱了白婴不准乱跑，又破天荒地让向恒看好她。向恒一脸叛逆地对他姐夫连翻了五六七个白眼，方耷拉着脸应了下来。白婴借口还想问问流萤草的细节，把柳凡也暂留在屋内。等到苏逸前脚一走，白婴挂在嘴边的笑容转瞬消弭，她冷幽幽地瞥了眼两个人，盘腿坐在床上道：“现在，让我们来反思反思，都是千年的戏精，你俩的演技咋就这么拖后腿！”

◆

第二十三章·
梦里有他的地老天荒

赵述来到主屋时，刚刚迈过门槛，就听到了白婴高亢的骂人大会。

“你说你，没事儿扎我针作甚？好歹你也是个老江湖人了，把你早年那卖假药忽悠人的劲儿拿出来啊！怎么一对上我宝贝儿，你尿得就差原地躺棺材了。瞅你那点出息，这会儿都回不过神，你快把你汗擦擦，别人瞧了还以为你在我房里干啥呢热成这样！”

柳凡无语。

“还有你，几天不打你是要上房揭瓦了？我现成给你抬个染缸来，你是不是还得开染坊啊？你就算对我睡了你姐夫不瞒，就不能咱姐弟私下唠嗑？你也不是不晓得你姐夫随时随地都想手撕活人的念头，在他心里我变成这样，梁国十六国谁都跑不了责任。你不替我周旋，反倒还火上浇油，你是想坑死他，还是坑死我，还是坑死别人啊？我从小到大教你男子汉大丈夫要能忍，你忍字头上那把刀敢情是扎我心窝子里了，我立马吐一口血给你看你信不信？”

向恒沉默。

“旁的我就不骂了。你俩仔细回忆回忆这出戏，我拿个盆都接不住你俩筛出来的洞。那五官表情就不能稍微控制一下！一个脸上写着我是被诓来唱戏的，另一个直接写着我是来看戏的。你说咱们仨蹩脚货加一块儿，别说我哥不信了，就是我都不信天上还能掉下半个馅饼好吗？”

赵述冷静了一遭，决定退出房间候着白婴骂完。他这动作还没实施，白婴就眼尖地瞧见了他，大方招手道：“述哥，快进来挨骂。”

赵述动作一僵。

白婴改口：“不是，进来商量商量。”

赵述长舒一口气，继而慢吞吞地进了房间，把两扇门虚掩上，方才走去床前。

白婴一人坐榻上，三个男人杵跟前，也丝毫没觉不好意思。她一手撑着下巴，问赵述道：“宝贝儿走了吗？”

赵述颔首：“来找我说过话，都护就领五百精兵出府了，我看他走远了才折返过来的。”

“那就好。”

“安阳。”赵述皱了皱眉，“那流萤草……可是真的有效？”

白婴有些疲乏地揉了揉太阳穴，指着柳凡道：“向恒这兔崽子就不用我介绍了。这位是柳凡，真真师承南苗药王谷，只是早些年为叶云深所擒，因缘际会下我救过他一命。这其中纠葛我暂不赘述，他如今还在叶云深的控制下，此次只是出来帮我做一出戏，稍后还得赶回十六国。”

柳凡冲着赵述作了揖，赵述同样抱拳回应。

“关于流萤草，他与你细说。”白婴闭上眼靠在床头，面露困倦，脸色也愈见苍白。

柳凡心知她状态不佳，急急挑着重点给赵述讲了通流萤草。赵述听罢，神情凝肃道：“既然流萤草有剧毒，安阳服下，是否也有其他隐患？”

柳凡沉吟一记，见白婴没阻止，索性坦诚道：“不瞒赵副将，流萤草确有隐患。女君这药人之症，除叶云深的血外，暂时无解。流萤草服食后，女君的心尖儿血便不再有解毒作用，且服食越久，她陷在臆想里的时间也会越长。我初步算过，若要女君保持清醒，顶多只能服食二十日的流萤草。”

赵述听得云里雾里，还不知白婴的心尖儿血能用来解毒是怎么回事，正待细问，白婴却哑声接话道：“二十日，够了。待我把宝贝儿诓出城，述哥，你便照计划行事。向恒会将那张人皮面具交给你。都护府一旦生乱，潜伏在城内的山鹰很快会将消息传播开来，你利用这次机会注意那些煽动乱局的源头，争取一举清剿。

“另外，叶云深要领兵入关，只有两条路可走。届时都护府军心不稳，战力会大大降低。四个副将里属你资历最老，理当暂代主帅，你派重兵驻守天擊峡，另一方的浮屠关和永岁山，只布一道障眼法。其余的，无须操心。只是……诸事平定后，恐怕就得劳你再陪他一程，替我看着他些，别让他……再因我造杀孽，不值当。”白婴平静地说起后续的安排，好似一切都已注定，不再有任何转圜的余地和机会，而她，已然接受了这样的结果。

“安阳，定要……如此吗？”

白婴沉默良久，最终只是无奈地笑了笑。

柳凡迟疑地出声：“女君，有一桩事，我不知当讲不当讲。”

“那你就别讲。”

赵述道：“柳先生请说。”

柳凡怯生生地瞄了眼白婴，仍是直言道：“女君定是听出我的话意了，我方才说的，是暂时无解。”

白婴眼色一厉：“柳凡！”

赵述忙问：“柳先生此话是何意？还请明示。若能救安阳一命，都护府上下必结草衔环，铭记此恩！”

柳凡静默片刻，叹了口气，又摇了摇头：“女君原本对我有恩，如能救她，我以命相报也无不可。只是，此事的症结不在我，而是叶云深。”

“叶云深？”赵述反问。

边上一直充当背景的向恒也竖起了耳朵。

“近来，叶云深在喂饲另一只蛊王，而且，好似即将功成了。女君之所以受他牵制，乃是因他体内有一只蛊王，女君须得饮他之血，方能安生。但我药王谷的典籍上有过记载，蛊王食万蛊，集千毒，以浊浊秽气而成，世无双。”

“柳先生的意思，是蛊王只能有一只？”

“没错。”柳凡点点头，“若叶云深新培植的蛊王能成，必然会压制他体内那只。如果我们能拿到那第二只蛊王，找一个宿主……”

“柳凡！”白婴蓦地坐直身体，词严厉色道，“你知不知道你在说什么？就叶云深体内那只，你看看让叶云深成了什么鬼样子。若再来一只更厉害的，将其毁去还来不及，你竟想着找个宿主，是嫌不够乱吗？还要再捣腾一个祸害出来？到时事态失控谁去收拾烂摊子？”

柳凡埋下头，道：“女君，这是您活下去的唯一机会，您不能只想着救别人啊……”

“唯一机会……我呸。我活着，你让苏……楚尧怎么向朝廷交代？三王的人头少一个，朝廷不得用楚尧里通外国为借口，卸他兵权，拿他开刀吗？”

“我们可以找画皮师……”

“老柳，你是觉着你能想到的，我想不到？你是觉着我铁了心寻死？我也才二十来岁大好年华，倘使能活着，谁想先去黄泉给你们探路？那人皮面具，远看还能唬人。三王的人头呈上朝廷，那是要过仵作之手的，你倒是跟我说说，怎么瞒天过海？”

柳凡张了张嘴，却是半个字都说不出来。

白婴字字在理，这一局，其实根本无解。从她奉安二十七年被送出遂城城门，她就注定回不来了。叶云深最毒的计，不是将她炼成药人，不是曾借她的“死”攻破遂城城门，也不是把山鹰埋入了城中，而是亲手推着白婴坐上了十六国女君的位置。

“楚尧”保她，除死之外，只能拥兵自重。

不管哪条路，白婴都不会让他走。所以，他们之间，无法同生，也不能共死。

眼看一屋子三个大男人的心情都沉重得仿佛要去上坟，白婴收起愠色，摊回床头摆手道：“别跟出殡似的，我这还活蹦乱跳呢。老柳你也耽搁了，向小恒你先送他出城。至于第二只蛊，你想都别去想，更不许让我宝贝儿知道这个消息，否则我捶死你。回头我在永岁山自爆了，你就收拾收拾，回你的药王谷去。对了，以后江湖行走，你多替我照拂点向恒。他年轻冲动，口舌又不利索，我怕他……”

向恒上前一步，怒气冲冲：“我何时，说要走？你在哪儿，我就，在哪儿！你要去，永岁山，也别想，丢下我！”

“看吧，刚说完年轻人冲动，他就冲劲儿上头。”白婴按了按眼眶，“罢了，你赵叔叔到时候看一个是看，看两个也没差。”

她转头冲赵述耸肩：“这娃当你半个侄儿，你可得帮我守好了。”

“白婴，你！”

赵述心里一阵悲涌，面上亦是无可奈何：“安阳……”

白婴打断他：“不说这些了，再讲下去我怕你们三个当着我的面哭丧。另外还有两个事，我心里一直有种不安的直觉。述哥你留守遂城，须得谨防有变。”

“你是指……”

“我宝贝儿……他了解我，再怎么说，我也算是他带大的。可如今我对他……却总像雾里看花，不清不楚的。我不知道，他猜到了多少。最奇怪的是，若非此次老柳出现，从我身份暴露至今，他没有一次问起过我这药人之躯。这本身极不合理，况且以他之智，不该没察觉长梦的玄机。”

三人面面相觑。

白婴心累道：“还有，关于地下城。他那人有多狂，述哥你是明白的，他素来不把叶云深放在眼里，十六国里里外外，在他看来也都是杂鱼。可为什么，他愿意启用地下城？撇开他对那人留下的东西有没有心结不说，他费时费力地重新打通机关，总不会是为了让我安心。假设不是用来对付十六国，那他……”

白婴攥着拳抵了抵额头：“我现在怕就怕……他会不会从一开始，就知晓我和叶云深的关联，在我筹谋的同时，他也在暗中计划什么。真是这样，那便糟了。”

三人静默了一刻，向恒道：“你杞人，忧天。他又，不是，神棍，能掐，会算。”

“希望你说得对。”

白婴窝进被子里，声称要休息一会儿。三人都不想扰她安宁，先后离开了房间。向恒送柳凡出城，赵述也得去处理军中事务。临别前，赵述语重心长地对白婴说：“安阳，战争难免会有牺牲，此后无论成败，你都已尽了最大的努力，莫要为难自己。”

白婴轻声应：“好。”

赵述的最后一言，则是有关苏逸。他说时常会想起旧时他们五个人在京中的情形，这几年物是人非，好似一切都变了，可他又觉着，好似什么都没改变。

白婴知他在说什么，只是点了点头，道了珍重。

至夜。

白婴又苦苦煎熬了一宿。苏逸不在她身旁，她几近失控。这回，她没梦到苏逸杀人，反而梦见他从小到大所受的种种折磨痛苦。她梦见他为影族众人甘愿成为楚尧的替身，她梦见他回归故地，却遭族人算计，承那挫骨之痛。她梦见他千里迢迢赶来找她，入耳的却是她的“死讯”。

其后，四年光景，他被困在那暗不见天日的地下城，满心恨意。

大抵是受了药人后遗症的影响，白婴在那一瞬只觉这浊浊红尘，世人赋予他的苦，皆不可原谅。她发了疯似的想要替他报复，想以自己的血来涤清他的前路。她不记得自己做了些什么，耳旁不断有人在喊她清醒，可她始终醒不过来。

及至有个强硬的怀抱将她牢牢地禁锢住，她听见一个熟悉的声音对她说：“乖，你好好待在我身边，我就不会疼了。”

这句话很有作用。白婴闻言，慢慢平静了下来。她也试图挣脱了几次，到底是拼不过那人的气力，只能靠在他怀里“嘤嘤呜呜”地啜泣。

待隔天日上三竿，白婴醒来，才发现她睡在苏逸的怀里。苏逸和衣就寝，一手还搂在她的腰间。她被窗框透进来的阳光刺得眯了眯眼，稍微一动，就觉脖子上有细微的痛意。伸手摸了摸，触及鲛纱质地，白婴才一阵后怕，直觉昨晚疯过头了。

她勉强支起上半身，瞧见床前的地面还有斑驳的血迹，残缺不全的记忆依稀重现，她才迷迷糊糊地想起，她昨晚彻底失去了理智，在向恒冲进屋照看她时，她夺走了向恒的剑，想要自残。后来，苏逸出现，折断了她手里的利刃。

白婴倒抽一口凉气，忙不迭掀开被子，抓住了苏逸裹缠着纱布的右手。她的喉咙一堵，泪珠子当即滚了下来。苏逸眼皮都没睁，把人摁回怀里，轻声道：“怎么刚醒来就哭鼻子，我记得你小时候说过，早上不能哭，不然一整天都容易触霉头。”

白婴忍了忍，没忍住，哭得越发嘹亮。

她一边“嗷嗷”哭，还一边恶人先告状：“你是不是傻呀？为什么不直接劈晕我？你以为你是铜筋铁骨，能空手接白刃吗？”

苏逸笑笑：“阿愿的话本子看多了，可知把人劈晕，需用几分力道？我若下那手，怕你半个月都抬不起头来。”

白婴尿了尿，小声说：“那也好过我伤了你。”

“将心比心，你不舍伤我，那我又怎愿伤你半分。”话至此处，他才睁开一双澈亮的眸子，撞进了白婴眼底，“阿愿，于你来说，最好不过的结局，于我来说，兴许是生不如死，你明白吗？”

白婴后背一凉。

“人活世上，总得有一个想争的人，想争的事。若那人事不在，众人皆醒我独醉，有何不可。”

白婴默然半晌，眼睑睁开又闭上，叹：“放眼世间，没有几人能恣意而活的。老人说，人有双肩，是用来担责任的。每个人或多或少，都有卸不下的担子。宝贝儿，你别忘了，除了我，你身后，还有楚家军千千万万众。”

苏逸默然不语。

白婴拉过他的手“吧唧”亲了下：“在阳光底下立身过的人，怎甘居于黑暗呢。我的宝贝儿，他就是我的光啊。”

她变着法子地劝，苏逸不是听不出来。他轻轻擦掉挂在白婴脸颊上的泪，摇头低笑：“你这满腹的大道理，倒是像极了他。”

“他？”白婴不满，“我说的光，是你。”

“我知。”苏逸漫不经心地把玩她的发尾，“四年前，他在地下城里求我保住楚家军和一城的百姓，你知我问过他什么吗？”

“我猜……是值不值得。”

苏逸弯起了眉眼：“看来知我者，的确莫过阿愿。”

“这又不难猜。”白婴耸肩，“你二人皆是受过所护之人反咬一口，你对他的选择，自是有所质疑。”

“那在阿愿的眼中，我是不是远不如他？”

“瞎说什么。你与他成长环境截然不同，他早年有其父处处庇护，而你却……”白婴说不下去，鼻尖儿一酸，眼眶又微微泛红。

苏逸拍拍她的后背，慢声道：“那时，他与我说了一句话。”

“是什么？”白婴好奇道。

“他说，他们错了，可他不愿因此成为泥潭一角。人不止要活个生死，还得活个对错。”

白婴正想表示附和赞同，苏逸理着她的发，云淡风轻道：“可生死，对错，无疑庸人自扰之。影族的覆灭，阿愿必是清楚。”

“嗯。”白婴闷闷应道，“你做的。”

“是。我从不后悔，昔年救一族之人。也至今不认为，灭族之事有何不妥。”

“宝贝儿，你……”

“他们待我好，我回敬三分。他们做错了，就该付出代价。我要的，是我看重之人平安无虞。逆我之人，身死魂消。若爱憎无法分明，还分什么对错。”

白婴哑然。这句话，她一时半会儿还不知从哪里反驳。她哥狂就狂在，他的的确确是有能力做到这一步的。反观当年楚尧，用最亲近的人来置换他人的安危，若这抉择摆在苏逸面前……

他恐怕死战到绝境，也不会让白婴去涉险。

这其中，怎说得清谁对谁错?

哪个人的命不是命呢?

白婴心知肚明，苏逸这是在跟她摆明立场。事已至此，他不管白婴想做什么，他都只要一个结果——

白婴好好活着。

即使，他会因此冒天下之大不韪。

白婴咬了咬下唇，左右是劝不动他，索性不再继续这个话题："你昨夜怎么赶回来了？不是说好今日接我吗？"

"不放心你。那兔……"苏逸顿了顿，险些就随白婴的口吻叫向恒兔崽子，末了又自觉情分未到，改口说，"向恒的武艺，师承何人？"

"我路边抓回来的一个江湖人，怎么了？"

苏逸默默起床，一面去收拾白婴的衣物，一面好笑道："难怪他技艺不精。那时在鹿鸣苑，三招便败，昨夜更是连你都制不住。若我晚到一步……"他瞄了眼白婴的脖子，露出一副随时想把向恒打死的表情。

白婴赶紧捂住伤口，蹦跶下床去帮他："你手伤了，还是我来。"

"你坐好。"

"……哦。"

白婴乖乖坐回床上，看着她哥越发贤良淑德地张罗一切，再次感到她果然是个被宠出来的废柴。她无事可做，只好晃着脚道："你也别把那孩子说得这么不堪，我瞧着他如今的武学还不差呀，至少能打两三个山鹰吧。"

"两三个……不差……"苏逸嘴角真实地抽了抽。

白婴嚷嚷："你不能拿他跟你比！你那一打两百的战绩有多浮夸自个儿心里没点数吗？又不是每个人都能做到你这一步，他还是个孩子嘛！"

突然被夸，苏逸的眼尾都浮开浅浅的笑意来。又怕这笑显得太过嘚瑟，他干咳一嗓子，故作正经道："既然如此，这些时日，留他在楚家军，让王威和赵述好好带带他。"

白婴想了想，迟疑道："可我想让他与我们一道去关外，也好多个照应。"

苏逸瞬间垮下半边脸，凭什么捎上第三者？。

白婴摸下巴："与其麻烦述哥和王副将，还不如你教他嘛。你是他姐夫，又是名扬天下的'战神'，他跟着你，肯定事半功倍！"

苏逸的另一半脸登时也垮了。

不仅要捎第三者，还要给他当老师。

白婴冷不防觉得房间里飘出来一丝儿凉气，随后就见她哥扭头冲她道："也罢。

习武没有捷径，得靠……”

“多练！这题我会！”白婴兴奋抢答。

苏逸微笑道：“不是。得靠多挨打。”

昨晚就险些被男女双打至今还躺在隔壁平复心情的向恒默默寻思，奇怪，怎么突然感觉有阵阴风从主屋吹到了偏室？

收拾洗漱完，苏逸便赶去书房与几个副将交代了一通都护府的内务，白婴则和向恒一道用过了早膳。眼看时辰差不多，三人不再耽搁，牵了两匹马，离开了都护府。

彼时的城中已是人潮熙攘。白婴久未出来放风，一上街精神头都跟着好转不少。沿街的百姓见过她好几次，原本就猜她大抵就是未来的将军夫人，如今又见苏逸亲自给她牵马，更加坐实了白婴的身份。

对于苏逸和白婴，百姓们自是分外的热情。得知二人要出城踏青，都赶凑着送来不少解馋的小零嘴，还有竹编的扇子，以及给白婴遮阳的帷帽。听得边上的俊俏少年是白婴的弟弟，不少家有适龄女子的大娘婶婶们，挤破脑袋要给向恒说亲。毕竟，能和定远大将军沾亲带故，这是众人心中无上的荣耀。

向恒全程脸黑得犹如锅底灰，白婴倒是乐不可支，挨个搭腔，大有真给他找个媳妇儿的架势。他心里憋了气，一言不发地拽紧缰绳，率先扬长出了城。白婴笑眯眯地向众人解释孩子不懂事，让姐夫多打两顿就好了。与热情的群众唠完嗑，她才和苏逸慢条斯理地往城门走。

这般高调行事，白婴心里打的是另一番盘算，她要给城里的山鹰放个信号，她准备对定远大将军动手了。

九月初入秋，暑气尚未消散。烈日挂在高空上，不一会儿就晒得人汗流浃背。白婴懒洋洋地坐在马背上，戴了那顶百姓送的帷帽，手里的扇子有一搭没一搭地晃着。二人出城不远，就见闷闷不乐的向恒勒马等在小道上。走得近了，白婴打趣道：“方才那王大娘的侄女儿，我听着条件就不错，要不过些日子回了遂城，摆桌席你去见上一见？”

“我不要！”

“孩子长大了，总得成家立业呀。你也老大不小了，莫不是想和你赵叔叔一样，进光棍儿府去添砖加瓦？”

“白婴！”

白婴笑笑：“行行，我不催。等你哪阵儿想通了，让你姐夫去给你牵个线。你瞧百姓们多敬爱你姐夫，但凡你姐夫开个口，我琢磨着十里八乡都得来等你抛绣球挑媳妇儿。”

“你说够，没有！”向恒咬紧后槽牙瞪她。

苏逸立刻跳出来护短：“阿愿说话，你没有反驳的资格。无论听不听得进去，你都只能好好听着，要对她说不字，你首先得打得过我。”

向恒无语。

白婴：“扑哧！”

惨遭二人一致针对的向恒气得目眦欲裂。打又打不过，他恨恨地把脑袋别向一边，决定不和他们交流。白婴逗他逗得够了本，不再火上浇油。她遮住阳光远眺一遭，问：“此去若羌，要得了多久？”

苏逸把缰绳递给她，温声道：“若我一人，两个时辰足矣。只是你身子不好，我们行慢一些，日落前，也能赶到。”

“你昨天带出的精兵，都留在那附近了？”

“嗯。那位柳先生……”苏逸话间意味不明地顿了顿，“地势倒是选得很妙，庵乐雪池离遂城的距离不远不近，隔着三十里处便有烽火台，能防止十六国突然偷袭，加之周遭的地形乃是天险，居高而临下，独一条山道进出，只需少数人，便能形成易守难攻之势。阿愿，你找的人，想来是懂些兵法的。”

白婴感受到来自她哥的揶揄，抽了抽嘴角讪讪道：“柳、柳先生常年行走江湖嘛，不得什么都懂一点儿？再者边关战乱，若不择个安全的地方，我俩被叶云深一锅端了，岂不是做鬼都不会放过他。”

苏逸轻笑一声，没说什么。他正要上马，身后蓦地传来一记女音。

“安阳！”

白婴下意识回头望去，只见几丈开外，一名身穿柳绿色裙衫的姑娘颀身玉立，款款站在逆光处。她精致的五官笼在阴影里，一双俏丽眸中却不合衬地流转出怨毒和讥诮。白婴“啧”一声，腹诽怎么把这位大小姐给忘了。她先前在都护府的大门口对林纾出言不逊，这几月也没听到林纾什么消息，就将她抛诸脑后。可这厮是林家的掌上明珠，从小骄纵到大，字典里没有“得过且过”这四字。今儿个掐着时机出现，想必是来找麻烦的。

白婴拍拍苏逸的肩头以示安抚，那边，林纾命丫鬟等在原地，单独走上前来。她先是深情地看着苏逸，咬了咬下唇，轻声喊道：“尧哥哥。”

苏逸不搭理她。她又靠近半步，犹豫地拉了拉苏逸的袖口：“尧哥哥，你要去哪儿？我听城里的百姓说，你要和这贱……”

苏逸递去一个凉悠悠的眼光，林纾当即改口：“你要和她去踏青吗？”

“此事，和林小姐无关。”苏逸漠然拂开她的手。

林纾骤然拔高声音：“怎么无关？所有人都知道，你和我有婚约在身，那是圣上的旨意。你怎能……怎能撇下我，和别的女子外出游玩？这若传开了，别人会怎么看我林纾，怎么议论我林家？”

苏逸面色浅淡：“这事，与我无关。”

“楚尧，你！”林纾愤恼地攥着裙衫捏了捏拳。她素来拿“楚尧”的态度没辙，也拎得清柿子得挑软的捏，索性转向马上安坐的白婴，冷冷笑道，“安阳，好久不见。”

白婴捂住嘴故作诧异：“安阳？林小姐你是不是认错了？”

“你还要装到何时？四个月前都护府见你，我就觉得你是安阳。怎么，你敢回来勾引我未来的夫婿，却不敢认自己的身份？还是说，这些年，你做了什么肮脏下贱见不得人的事？”

“林纾。”苏逸幽幽道出二字。

白婴当机立断拽住她哥，拍了拍他的肩膀道：“哎呀，女人家争风吃醋，这点小场面哪轮得到你亲自手撕小婊子，你退后，放着我来。”

苏逸一愣，瞅了瞅白婴，当真就退到和向恒并肩的地方，安安静静地当一个吃瓜群众。

白婴满意地清了清嗓子，稍稍倾身，在林纾尖叫“你骂谁是婊子”的话里，礼貌又不失欠揍地笑道：“谁骂我我就骂谁呗，你也不是第一天被我骂，如此激动作甚？还是说，我久了没打你，你发际线长齐了就忘了小时候被我薅头发的事儿？要说抢男人，林纾，怎么算你都是插足者吧？要不是仗着皇上是你姨父，你哪来的自信能比得过我这个胸大臀翘一笑我哥就腿软的京都第一小仙女儿？”

确实她笑笑就会腿软的苏逸温柔地看着白婴。

向恒的内心毫无波澜，甚至有点想笑。白婴的嘴……这女人算是撞她炮火上了。

白婴：“退一万步讲，就算你后台硬背景强，能靠家世弥补你长相的不足，也能靠银子加持你智力的缺陷……”

向恒：“噗！”

林纾额头上青筋暴起：“安阳，你！”

“你什么你，你口舌还没三岁小儿利索呢，就会‘你你你’。林纾，你得记着，哪怕我不跟你争，哪怕我消失八年，我宝贝儿他也不是你的。当年皇上是想用你林家绑住他，我不在意这背后有什么肮脏的心术权谋，如若他看上得你，我半个字都不会说，只祝你二人百年好合。”

“阿愿。”苏逸不满道，“我不瞎。”

听到苏逸突然的应答，站在旁边的林纾和向恒都呆住了。

这两个人加在一块儿委实可怕，多半是个人就能被他俩气半死，导致向恒莫名还有点同情林纾。

白婴也被她哥逗得走了下神，好不容易憋住笑，方继续道：“可他不喜欢你。明明白白就是不喜欢，你和他没这缘分。宝贝儿他已然把态度摆到明面，即使你追着他来了边关，你连都护府的大门都进不去。林纾，何必要执迷不悟？你是林家的大小姐，理当体面些，死缠烂打不是你这身份该做之事。”

白婴的话说得尖锐，听在林纾耳里，只当那是胜利者的炫耀。独独苏逸清楚，她在救林纾的命。

少顷，林纾道：“死缠烂打……呵，安阳，你算什么？你凭什么置喙我该做什么？我十二岁遇见他，十五岁瞒着家人跑来边关找他，你可知，我为他吃过多少苦？”

苦？

白婴忽而有些想笑。

这一字的释义，原来在每个人的眼里，都不大相同。

“那两年，是我日夜陪着他！是我天天为他熬药，为他担惊受怕，望眼欲穿地等着他从战场归来。我以为，我总能打动他的。等这战事结束，他会与我归京，完成婚约。就算他四年前突然对我态度转变，不许我入都护府，我也从未有过半句怨言。我一直在等他，无论多久，我始终相信，有朝一日他能忘记过去的事。可为什么……你要回来？为什么，你还没死？他亲手射杀你，你怎么还有脸纠缠他？”

“林纾！”白婴试图阻止她越来越偏激的话。

苏逸闻言，眸色渐暗，负手上前半步。林纾仿佛抓住最后的稻草般，不管不顾地冲上去握住苏逸的手臂，红着眼眶道：“我今日来，就问你一句，你能不能，不跟她走？”

“不能。”苏逸回答得云淡风轻。

林纾脚下晃了晃：“楚尧，你当真要如此对我？让我林家从此沦为世人眼里的笑柄？你可知，我出城之际，那些人都是怎样在背后议论我的？我与你十年情分，你要眼睁睁看我成为他们所说的弃妇吗？”

“情分……”

苏逸慢慢咀嚼这二字。他眼尾好似带着笑，只是那笑意显得格外凉薄，让人无端自心底生出寒意来。

“林小姐，我与你，何来情分？”

林纾失望而不解。

白婴却最是明了，昔年若不是遭遇逼婚，苏逸怕她伤心，急欲恢复自己的身份，因而选择了回影族，那白婴后来，也不会被真正的楚尧牺牲。林纾不晓得他不是楚尧，只会把他的反复归咎在白婴的身上。再这么谈下去，迟早要崩。白婴正想打个圆场，没料林纾抢话道：“楚尧，你是下定决心要悔婚了？”

“谈不上悔。在我的计划里，素来都只有与阿愿白头偕老，抑或孤独终生，两个抉择而已。”

“好……好。圣上的旨意，你敢违背，你是不要命了！”

“无妨，君要臣死，君……得试上一试。”

众人沉默。

向恒极其僵硬地瞅向白婴，用目光表达：他这么狂的？你不管管？

白婴也用目光瞅回去：管不了，他一向这么狂。

眼看那二人的沟通陷入死角，白婴再次准备打圆场：“那什么……我宝贝儿他就是随口一说，林纾你别往心里去。你姨父登基短短几载，内忧外患还没平息，须得宝贝儿做他的肱骨之臣，你什么话该说，什么话该摁死在襁褓里，多半……”

“有数”两字还没脱口，林纾又冷笑起来：“我知道，你现下手握兵权，戍边有功，单是悔婚，我姨父不至于轻易动你。但是，若加上她呢？”

林纾突兀地指向白婴。

白婴的眼皮子一跳，直觉她这死怕是要“做大做强”。

果不其然，下一刻，她转身走到马前，声音清脆，说辞却是歹毒：“安阳，这满城的百姓，都让你二人骗了吧。”

白婴脸色乍变：“你说什么？”

“你说，我到底是该叫你安阳，还是该叫你十六国女君，白婴呢？”

只这一句话，登时让苏逸整个人都变得危险起来。他表面上不动声色，却又好似风雨来临的前夜，平静得过于可怕。不单白婴和向恒有所感应，就连林纾也迅速地后退半步。

“你以为，我林家真是那么好欺辱的？他把你带回府中，我又怎会不去查你究竟是什么人。偏生好巧不巧，你和赵述杀人那一日，被我撞见了。我听见赵述喊你安阳，也听见那些十六国的奸细称你女君。”

白婴皱眉道：“你既然看到，就该知我从未心向十六国。”

“谁会在意！倘若满朝文武，天下百姓，都知道定远大将军私藏十六国女君在府上，那会是什么结果？没人关心你以前是谁，你是楚尧捡回来的野狗也好，是个出身不堪的下三滥也罢，世人只知道，你是十六国的贼子之首！梁人恨透了十六国，楚尧他敢包庇你，就是自寻死路！百官会断定他里通外国，百姓会对他失去信心，包括那十万楚家军，还有多少会听他号令？”

“林纾，你闭嘴！”白婴厉色喝道。

林纾充耳不闻：“我已把消息交给家仆，让人快马加鞭送入了京都。”

白婴握着缰绳的手剧烈战栗起来，苏逸却是一动不动。

她咬紧牙关往外蹦字：“林纾，你究竟要做什么？”

“我？我只是做了一个梁国之人该做的事，让全天下明白真相。我要看看，楚尧是赌上两个人的命，还是会奉旨和我完婚！”

这一回，换白婴哑口无言。

“林纾，你……”

林纾缓了一口气，脸色逐渐好转，甚至露出了得逞的快意。她望向苏逸，恢复了一贯的情深意重，温温柔柔地说：“尧哥哥，那封信，我已经叮嘱家仆交到我父亲的手里。只要你肯娶我，我保证，父亲绝不会将此事捅上殿堂。从此往后，楚家与林家，一荣俱荣，可好？”

“若我不允呢？”苏逸轻声问。

“你如果不念十年的情分，那就……怪不得我。我名声没了，也要她活不下去！”

苏逸听完，沉默了片刻。旋即，他睇了眼白婴。

就在这一眼之下，白婴当即压住嗓子低吼：“向恒，救人！”

向恒心领神会，两脚在马镫上一个借力，飞身跃起。可正如苏逸所说，二人之间的武学差得不止一星半点，向恒尚且近不了苏逸的身，更遑论林纾一个手无缚鸡之力的娇小姐。等她反应过来，压根儿没有跑开的余地，苏逸已近身轻而易举地扼住了她的脖子。他一掌拍开向恒，就在白婴唤他的当头，林纾七窍流血。她连救命都来不及喊，白婴就听到了骨头断裂的声响。

苏逸漫不经心地把人丢在地上，站在不远处的丫鬟见状，尖叫一嗓子，拔腿就跑。苏逸睨着那丫鬟，白婴急道：“别杀她！”

话音没落地，一颗石子被踢出，丫鬟没跑几步路，就遭贯穿了后脑。血雾霎时喷溅而出，在阳光照射之下，灿艳至极，也惨烈至极。

白婴手一软。

被拍得连退了数步的向恒这才拉住马鬃，稳住了身形。他突然明白，什么叫作难以企及的巅峰。

好一会儿，白婴闭着眼长舒一口气，着紧地看看四下。他们所处的位置离城门不到一里，幸得这个时辰进出者都不多，只有两三个目睹了西北都护杀人的，还溜得飞快，不敢细看。后续只用稍加引导，便能把林纾替换成十六国的细作，在这一点上，白婴倒不担心。

她拧了拧眉，严肃地看着她哥。她哥甩了甩指尖上的血，好似分外嫌弃。平素里勤俭节约的人竟是撕断一截衣袂，把血擦干净，再随手抛在了林纾五官扭曲的脸上。末了，他转过身来，浅笑盈盈：“阿愿说慢了。”

“你……故意的。”

“她出言中伤阿愿，不该杀吗？”

“你知道我不是说这个。”白婴气结道，“她是林家的掌上明珠，死在边关，你如何交代？”

“交代？我为何要向旁人交代？”

白婴恶狠狠地瞪他一眼。天不怕地不怕的西北都护立刻老实，沉吟须臾，认认真真想了个借口：“边关战乱，十六国进攻遂城，林小姐不慎卷入战火，为敌军所杀。这样，好不好？”

白婴心道你敢不敢再敷衍点！

她顿时气不打一处来：“你是故意要让那封信公布于众，你这是在逼我。”

“阿愿说什么。”苏逸牵了牵她的手，被白婴用力甩开。他也晓得白婴正在气头上，语调越发柔和，“她已做到这一步，莫非阿愿要我虚与委蛇吗？你当明白，他做得出，我却是不行。我更没有那个习惯，受人威胁。”

“那你十岁时，怎么就被楚兴国威胁了！”

“那会儿年纪小，不懂事。换成现在，楚兴国也不行。”

白婴无言以对。她一个劲儿揉突突直跳的太阳穴，没多久，城门守将屁滚尿流地跑来，白着脸听苏逸交代这桩突如其来的命案。向恒一手牵马，一手按着险些脱臼的肩膀，挪到白婴眼皮子底下，闷声闷气道：“这女人，恶毒，如斯，你保她，做什么？”

“她的身份牵扯到朝中势力，死了对你姐夫百害无一利。”

“那跟，他逼你，有什么，关系？”

白婴一说这个，头疼得更厉害。她皱紧眉头觑了觑苏逸的背影，叹道：“你没看他动手之前的眼神吗？那完全不是林纾算计他的恼怒，而是一种……愉悦。”

向恒发自内心地打了个抖。

“有人帮他推动了局势，他无须再藏着掖着，就能达到目的。”

“什么，目的？”

白婴面色一沉：“引爆梁国内乱的隐患，让皇帝猜忌于他。如此一来，不管我生或死，林家之故加上兵权，皇帝无论如何不会放过你姐夫。他知道的，到了这一步，我就舍不得留他一人面对了。”

向恒默默地走远一步。

他不是很理解这两个人的脑回路，他果然还是个孩子……

◆

第二十四章·
用恨做了断

出了这一茬，白婴一路上都不肯和苏逸说话。甚至三人启程前，她还提出要和向恒同乘一骑。当然，不知道向恒出于什么心态的转变，他一听这话，拉紧缰绳，跑得飞快。白婴又不忍心让她哥徒步前行，最终只能屈服于她哥的怀抱。

赶到庵乐雪池，已是日暮。

那地方临近山顶，野地里的皑皑白雪终年不化，覆于成片的绿植上。一方湖面结着碎冰，氤氲的白雾笼罩其上，树梢头的鸟儿清脆啼鸣，平添出几分世外仙境之感。在湖泊四周，零零散散地长着许多及脚踝的流萤草，叶身脉络闪烁着幽绿的荧光，与那残阳余晖相应，交织出一副奇特景致。

苏逸特地选了向阳的空地，临时搭出两间木屋。他一早备好了狐裘，进山之前便牢牢实实裹在了白婴身上。到得目的地，他很快催着白婴进屋，生怕她冻着。

眼见已至饭点，鉴于苏逸不会做饭，显然他也不会让白婴去做饭，于是这个重任，自然而然落到了向恒的肩头。向恒早几年就照顾白婴的饮食起居，对下厨一道也甚是熟稔，天还没完全黑下来，三个人便吃上了热气腾腾的饭菜。

白婴胃口不佳，没吃小半碗就放下了筷子。苏逸晓得她没消气，自个儿也跟着食不知味。等一顿饭吃完，白婴将两个人齐齐赶了出去，径直关上了房门。向恒主动刷完碗筷回来，见他姐夫跟座石雕似的杵在房门口，想了想，上前问："两间房，你睡哪儿？"

苏逸侧过头，凉凉地盯着向恒道："你想睡哪儿？"

向恒头皮发麻，假装镇定地退开半步，指着旁边那一间："我是说，你要，和我，一起，睡吗？这里，天寒，地冻，你站，一宿，她得，心疼死。"

苏逸不吭声。

向恒自讨没趣，正想走开，他姐夫冷不丁叫道："回来。"

已经被打过三顿并且有种不祥预感今后可能还会被他姐夫打很多顿的向恒思考片刻，谨慎地挪了回去："做什么？"

"你跟着阿愿，几年了？"

“八年。”

苏逸皱了皱眉。

向恒下意识地想摸剑，又想起他的剑昨夜就被他姐夫轻轻松松折成两截，顿时倍感怅惘。

须臾，苏逸道：“这八年间，除了吃，阿愿还有什么别的喜好吗？”

“没了。”向恒意简言赅。

说完，他顿了顿，犹豫不决地瞅瞅他姐夫，没好气道：“好你色，算不算？”

苏逸：“你滚回房里去。”

向恒自知打不过，只得依了这话。

这一站，苏逸站了个把时辰。山中入夜后，寒意附骨，冻得人好似血脉都要凝结一般。他离府之际，收拾的大多是白婴的物件衣裳，自个儿的东西，就带了两件薄衫，这会儿没个袄子御寒，手脚都冷得失去了知觉。

至了戌时末，白婴出来采摘流萤草。她权当没看见门口站着个人，在外逛了一小圈就要回房。二人错身时，苏逸拉住她的腕子道：“好冷。阿愿是不是还在生我的气？”

白婴横眉竖目地抿了抿唇。对方的指尖确然凉得紧，在抓住她的那一刹，她实则就心软了。苏逸瞧她不说话，威名赫赫的大将军就此带出了委屈的腔调：“你从小到大，也没气过我什么，这桩事，我没有经验。”

白婴怒道：“你还想要经验？”

“不是。我只是想问，阿愿还要气多久？我好做个心理准备。”

“准备？你要准备什么？再找两个人开刀吗？”

她气闷地拂开苏逸的手，拎着裙摆进了屋。这一遭，却没再锁上房门。苏逸眼角微微浮出弧度，慢条斯理地跟了进去。一过门槛，立刻收敛了笑意，继续摆出苦大仇深的模样来。

屋中的陈设极其简单，中间摆着一张竹桌和四个小矮凳，隔了丈余，便是木床。白婴此刻坐在床上，垮着脸瞪他。苏逸走至角落的火盆旁，稍是瞄了一眼，格外肃穆道：“没想到此地入夜后寒冷至此，是我大意疏忽了。这会儿炭火不足，恐会冻着阿愿。”

白婴安安静静地看她哥耍把戏。她做了个猜测，依着她哥的性子，搞不好为了哄她开心，她真喊一句冷，半夜他就会跑去拆了隔壁向恒的屋子，把那些木柴烧来取暖，然后再拎着向恒一起站外边，施一出苦肉计。

结果……

她万万没想到，她低估了她哥的水准。

说完此话，苏逸便慢吞吞地踱到她跟前，也不等白婴开口询问，径直就解自己的腰带和襟口。

白婴惊了一下，双脚缩到床上本能地往后退：“你、你做什么？”

苏逸利索地脱掉外裳，又开始扒拉中衣：“我常年习武，肝火要旺盛些，身子也暖和，阿愿且将就将就，抱着我睡吧。”

白婴睁大眼，无不诧异道：“你这……是不是也忒心机了些？”

心机大将军很快脱得只剩亵衣，还看似不经意的把领子扯开，袒露出大片劲瘦又结实的胸膛。正如他所言，常年习武的人，身姿挺拔，周身的线条轮廓都极是标志，没有半点多余的肉，光是往那一站，都诱惑十足，引人止不住地想入非非。他的皮肤上还有纵横交错的伤疤，他很清楚，于别人来说，兴许恐怖，但对他的阿愿来讲，他的伤，就是她的软肋。

白婴的眼神果然温柔许多，她还没回过神，苏逸屏气凝神地坐上床沿，耳尖红得不像话。他闭上眼，仿佛竭力对自己做了番游说，继而转过身子，面朝白婴，如英勇就义般，十分僵硬道：“你……要不要摸摸看，试试暖不暖和？”

白婴悟了，哭笑不得道：“你在色诱我吗？”

苏逸沉默须臾，难得不敢直视她的眼睛，点头道：“你要是摸了，就不许再生气。”

“那我要是不摸，你怎么办？”

苏逸默了默，直接把白婴推倒，压在了床上：“就只好……自食其力了。”

白婴终是忍不住，“扑哧”笑出声来。她整个人都在花枝乱颤，趁着苏逸撒手，笑得一个劲儿捶床。苏逸也心知此事荒唐，一言不发地由着她。等笑够了，白婴忙不迭拉开棉被，裹在两个人的身上。她蜷缩进苏逸的怀里，一手揣进他的领口内，感受着那灼热的温度。挑了个舒服的角度，她把人抱得紧密又牢实。

“亏你想得出来呀，上怼天子下骂敌国王君的西北都护，竟然以色侍人，啧啧，这要传了出去，你岂不是要坐实怕妻的名头？”

苏逸坦诚回答：“怕，也是真的怕。怕你不开心，怕你生我气。”

“别的男子，但凡内人生气，都买衣裳首饰来哄，你怎么不学学？”

苏逸再次坦诚答：“没银子。”

白婴又是“扑哧”一笑：“你这形象，委实和世人口口相传的，也差太远了。还好就我一人知晓，否则，天底下多少少女因你梦碎。你方才和向恒那小兔崽子在外头唧唧歪歪，我都听着了，就是没想到，你还真采纳他的建议。”

“他的话，说得在理。我想过了，阿愿除了吃，确实只对我有兴趣，在乌衣镇时，你不就时常觊觎我。”

“你再说一次，谁觊觎谁？”

苏逸立刻改口：“我觊觎你。”

白婴这才满意地在他脸颊亲了一下，随后幽幽道：“我要真是中了你的计，你的心里边儿，还不知道会存些什么弯弯绕绕。你没见你将将的表情，有多勉强。”

她的话点到为止，苏逸也没继续戳破。

他所有的勉强，皆源于他如今的面容，那不是他本来的模样。即便白婴说过多次，能分得清两个人，可这到底是他的心结。

他抚了抚白婴的长发，轻声说：“如果能换你不生气，怎样都值得。”

“你真是……”白婴欲言又止，在他怀里蹭了蹭，困倦的眯着眼道，“你明明晓得，你什么都不用做，只要站在那儿，我就没办法舍得。罢了，林纾这事，既已发生，也只能顺势而动。即使林家想发难，也必须等到西北平定后。宝贝儿，将来……”

话说了一半，后面却再没了声息。

苏逸垂眼看看，见白婴呼吸绵长，已然睡了过去。她服食了流萤草，那东西能让人陷入虚幻的梦境，如此一来，也好过白婴受药人后遗症的折磨。

苏逸凝视她半晌，在她的额头轻轻落了一吻，自言自语。

“你素来爱看些话本，可知，为何天上的神仙犯了错，都被罚来凡尘历劫吗？”

——你说，在神仙的眼里，这红尘，到底有多苦?

这日过后，三个人算是暂时在雪池旁定居下来。

山中岁月与外隔绝，舒适且安逸。白婴日常被两个人宠着惯着，几乎什么事都不用做，只管瘫在她哥专程给她打造的躺椅上，听听鸟叫，赏赏风景。苏逸通常会寸步不离地陪着她，她叫嚷无聊时，他就把平生所见所闻翻出来，说与她当消遣。

可苏逸这人，素来桀骜，能入他眼的人和事并不多，有趣的，翻来覆去更是只有那么几件，白婴听了两回，就能倒背如流。实在闲得发慌，白婴索性找来针线，想给苏逸缝制点什么，以便今后留个念想。

她之前是想给苏逸做件狐裘的，可眼下算来，唯恐时间不够。白婴思来想去，决定绣一张绢帕，好收藏的同时，也很是实用。

这两个人的日子过得如同在隐居，至于第三者，则像在流放充军当苦力。在其姐夫的威胁下，向恒几乎以一已之力包揽了所有脏活累活，包括且不限于做饭、刷碗、打扫、下冰湖捞鱼，以及上树打鸟……

白婴看在眼里，深感奇怪。须知在此之前，向恒对待苏逸和白婴之间的感情，一言以蔽之，那是能劝分绝不劝和，力图把他姐夫踹上光棍儿制高点。白婴不解，于是有一回趁苏逸去湖边洗衣裳，她抓着人单刀直入地问：“说吧，你怎么回事?该不会被你姐夫徒手撕人的狂霸之气吓出后遗症了，从此他说一你不二，这样我还怎么指望咱俩合伙给你姐夫挖坑？”

向恒闷了半天，在白婴的掐腿攻势下，他才掷地有声道：“我要，变强。”

白婴呆了呆：“所以……你要从做饭刷碗扫地板这等小事做起？哎呀，这情节我好像看过，话本子里的大侠确实是常常扫地莫名其妙就能扫出一套绝世剑法。你这方向是没错，可你二十出头才开始扫，会不会晚了点？”

向恒努力忍住骂人的冲动，板着脸道：“我从前，知道，他强，但没，想过，差距会，如此大。我想，让他，教我。”

白婴差点咬住了舌头：“你这孩子莫不是被山精妖怪附体了？突然转变这么大，搞得人家怕怕的……不过话说回来，出发之前，我确实和宝贝儿商量过，让他指点你武学。我怕你不答应，便一直没说，毕竟，你和你姐夫水火不容也不是一两天了。你有这思想觉悟，我甚感欣慰。挨你姐夫几顿打……”

“不是，受你姐夫点拨点拨，对你以后行走江湖，必有益处。”

向恒咬住下唇，目光有一瞬的暗淡。片刻，他说：“我只是，发现，我保护，不了你。”

白婴沉默。

“如果，我能，再强，一些，你赴，永岁山，也许我……”

“向恒，你有你的人生，不该走上我这条路。边关的风沙下，掩埋够多的白骨了，这不是你的归处。”

向恒低着头没吱声。

白婴睡在躺椅上，少顷，她闭眼道：“以后，你该为自己打算了。”

远处，一株古树下，苏逸无声无息地站着。

到得入山的第四天，在白婴的极力撮合和向恒的努力表现下，姐夫总算同意教向恒武学。白婴对此甚是好奇，自觉地搬了个小板凳在旁观看。

世人皆有崇拜强者的心理，白婴亦是如此。旧年还在将军府，她年岁不大，就要“楚尧”教她打架。那时他把她捧在手心上，哪忍心她受伤筋动骨的苦，便没应承。最重要的是，少年轻狂，他自认有能力护她周全一辈子。白婴彼时不明白他的心思，只当他和世间男子一样，不赞成女儿家舞刀弄枪，直到今时今日，她才晓得，那是她哥宠着她……

苏逸说的，练武靠挨打，那就不是一句单纯的戏言。

白婴眼睁睁地看着向恒从第一天鼻青脸肿，到次日被打得嘴吐血沫，再到第三日卧床难起，她简直不忍心继续看下去。

后来，那两个人在林子里上蹿下跳，白婴就用棉花塞着耳朵跑湖边绣绢帕，生怕多听一声向恒的惨叫都会觉得她哥不人道。

及至有一晚，向恒全身上下包裹着纱布，艰难地拿起竹筷企图用膳，好不容易把白婴煮的面条喂进嘴里，他含糊不清地问道：“听说，你幼时，也想过，习武。”

白婴一听，眼皮子登时突突地跳。

这话含意过于明显，向恒已经被打到怀疑人生，就想看看白婴上阵，他姐夫是不是也能用这种铁血的教育手段。

白婴焦虑地瞪了眼向恒，生怕真被逮去强身健体，当机立断道：“瞎说什么呢，我一个姑娘家家，习什么武，美人儿就该擅长琴棋书画，针线女工。”

向恒冷哼：“你以前，不是，这么说。你说，你废，都怪，你哥。但凡，他教你，习武，你能把，叶云深，脑袋，拧下来。”

白婴：“女孩子不能整天想着打打杀杀，我已经长大了，是个成熟的淑女了。”

“白婴，你脸呢？”

白婴翻了个白眼，一直没吭声的苏逸出面打断，嘱咐向恒食不语。向恒不敢忤逆，闷着脑袋用膳。

翌日早，已经很听话的向恒却被捧打得更惨，连带着埋伏在两三里开外的楚家军都听到了响彻林地的哀号，并不时掺杂着某人凉悠悠的声音。

“那是你该和姐姐说话的语气吗？谁给你的胆子去哼她？”

向恒无语。

“尊长二字，你要是记不到心里，我就让你刻在骨头上。”

向恒突然想起从前哼过白婴的千千万万声，顿时感到了生无可恋。

俗话说得好，一个强到变态的“战神”不可怕。

一个强到变态还护短宠妻的“战神”……真的好可怕！

趴在地上起不来的小舅子如是想。躲在草丛里的楚家军们也如是想。

入了中旬。

柳凡的话开始成真，流萤草虽压制了白婴的药人后遗症，可让她深陷梦境的状况也延长了许多。起初还只有三四个时辰，十天过去，则变成了六七个时辰。白婴的精神头也一日不如一日，常常前一刻还在细致地绣绢帕，下一刻就睡着在躺椅上。

向恒和苏逸好似都知道这意味着什么，却又默契地没有提及。只是向恒相对沉不住气，白婴的情况越糟，他练武就越勤，从早到晚，一刻不歇。仿佛这样他能快速弥补自己的缺陷，能护白婴在这乱局里全身而退。

姐弟俩一个动如疯癫，一个静如瘫痪。唯独苏逸看起来照旧的平和，除却指点向恒武艺，便是在照料白婴。她睡着了，他会悉心给她盖好被子。若白婴醒着的时间太短，他偶尔也会守在她身边自说自话，不求她有任何的回应。待得向恒的武道上了正途，苏逸便将自己的佩剑赠予了他。向恒识得那剑是把削铁如泥的利器，左右没舍得推辞，是以暗戳戳地收了。

他有那么一刻很是憧憬，若白婴能亲眼所见有一日他如苏逸那般强，那她会不会重新做一次选择。

有了这个念想，向恒拼了命地精进剑术。可当他停下来擦汗时，觑见他姐夫坐在睡着的白婴边上，拽出白婴手里的绢帕看了看。不得不说，那绣工极丑，白婴称她绣得是比翼鸟，但向恒怎么看，都更像是脱了毛的山鸡，且她动手小半月，至今只有雏形。苏逸大抵也寻思依白婴的手速，这方绢帕不知什么时候能绣好，闲得无事之际，他索性接替了白婴的活。

那场面，一言以蔽之——

刺激，相当刺激。

一个面容冷峻不苟言笑的七尺男儿，就那么板正地坐在凳子上，长满老茧的手穿着针绣着花，还时不时幽幽地说一句："心念要集中，剑路与步法相合，寻机而不辍，制敌而无招。你若再看我一眼，阿愿醒来，就要去林中寻你的眼珠子了。"

向恒赶紧收回视线。他忽而明白，苏逸之所以胜他，也不只是武学……

他会针线活儿，还会给白婴梳头发，连白婴自己都手残的高难度女子百合髻，他都能梳得有板有眼！要超越姐夫，着实路漫漫其修远兮……

想到这儿，向恒历经快九年的光阴，终于打消了要取代苏逸的想法。

比不过，他是真比不过……

他这边有了正确的认知，白婴那边却越发糊涂，每次一觉起来，她都能沾沾自喜，炫耀自己是个天才，连梦里都能无差别绣花，还绣得比醒时好上三分。

对此，向恒想翻白眼而不敢翻，怕被他姐夫打。

苏逸则是无奈笑笑，然后特别认真地问："只好了三分吗？"

白婴朝他甜甜地笑了笑。

到这月的十六，白婴晒着太阳打了个盹儿。大抵因她的梦境都是好的，她在睡着时，会显得格外平和，嘴角动辄就浮出笑意来。这一天，她便是被笑醒的。

彼时，两个大男人刚做好午饭，正琢磨着能不能喊醒她，就双双瞧见白婴"扑哧扑哧"地连笑了好几声，然后意犹未尽地睁开了眼。苏逸见状，蹲下身来，先握住她的手试冷热，触及掌心里的暖意，方放下心来，温声问道："梦见什么了？如此开心？"

白婴坐直身子，揉了揉被阳光刺得发白的双目，忍俊不禁道："梦见星天鉴那山羊老道，你可还记得？"

苏逸约莫猜到她在笑什么，摇了摇头，兀自也弯起了眉眼。向恒丈二和尚摸不着头脑，不满地瞅这两个人打哑谜。白婴好不容易抿唇止住笑，耐着性子给向恒解释道："星天鉴，是梁国历代皇帝招揽佛道两家人才，为皇室祈福敬神的机构。说起来，也就是迷信那一套。奉安二十五年那会儿，我干了桩混账事，致使你姐夫替我背了口黑锅，在御花园里跪了三天三夜，不进米水。是吧，跪的那人是你，他不满你这么宠着我，你回府后还和你大吵了一架。"

苏逸颔首："嗯。"

白婴微不可察地叹了口气。

"我当时年纪小，不明白你为何那么气星天鉴那山羊老道，如今想来，圣心是要致你于死地。倘使换成他，多半真没命了。"

苏逸没吭声。

向恒听得懵懵懂懂："什么，意思？"

白婴耸肩道："那星天鉴里主事的山羊老道，昔年观星象，说将星主七杀，与凶星交汇，直逼紫微宫，将成国难之兆……"说到此处，她意有所指地瞥了瞥苏逸，末了，方继续道，"因这星象，老道撺掇皇帝搞死你姐夫。皇帝本就不愿让楚家军的名号延续第三代，但又不能做得太过明显，好死不死，你姐夫顶了那口锅，顺利让皇帝出了个阴招。十七岁的少年人，三天粒米不进，滴水不喝，换作寻常人，是不是早死了？也就亏得你姐夫骨头硬。"

向恒想了想："所以，结果，如何了？"

"结果，隔了三个月，你姐夫趁那老道出宫，半路上把人给掳了。"

"杀了？"

"没有。那人无实权，身份却极重，杀了不好交差。你姐夫直接把他扔进了一个尼姑庵的澡堂里。"

向恒无语。

白婴憋了半天，没憋住，又笑倒在躺椅上："那时没有尼姑洗澡，你别误会。只是你姐夫提前布了局，无数百姓都看见那老道被一群尼姑用扫帚打出了尼姑庵。此后，那老道身败名裂，没多久就郁郁而终。"

向恒拿自己和他姐夫比了比。

十七岁啊……

心机怎么能重成这样的？他难道就没有半点少年人该有的天真烂漫吗？

向恒默默地往后退，争取离他姐夫远些。

白婴笑说一句"亏你想得出"，而后，她望向远处山顶，目色变得辽远而恍惚："我梦见你带着我，述哥，还有五哥，趴在那尼姑庵的墙头上，啃着才摘下来的新鲜果子，前仰后合地围观。述哥说，你这人啊，恩怨分明得紧，谁要是害过你，无论过多久，你都会把欠的债收回来。可谁要是对你好半分，你就掏心掏肺，即使是自己的命也不计较。宝贝儿，你那么看重我，是不是就因我入府的第一年，记住了你的生辰，给你煮了碗寿面啊？”

苏逸捏了捏白婴的手，没有回答。

白婴又问：“那如果我待你不好了呢？你会恨我吗？”

苏逸依旧没应她的话，只将人揽起，刮了刮她的鼻尖儿，道：“饭菜该凉了，用膳吧。”

“好。”

九月十八。

白婴又做了一个梦，这一回，她却是哭醒的。

那阵儿苏逸在湖边洗衣裳，因着雪池寒气重，他便将白婴留在了木屋前。向恒在就近处练着剑，忽见白婴抹眼泪，忙不迭地过来询问。白婴呆滞了半晌，先问了苏逸的去向，继而茫然道：“我做梦了。”

向恒担忧道：“噩梦？”

“不是。是一个……很好，很好的梦。”

“那你哭什么？”

白婴捂住眼睛，笑了笑。只是那笑格外勉强，倒比哭还难看几分：“我就是梦见，我在梦里，爱了他一辈子。”

“白头到老的一辈子。”

她说完，看见苏逸端着木盆站在远处的灿烂阳光下，赶紧拍了拍脸，冲着他展颜。她眉眼勾得像新月，两道视线相撞，便有阴云自苏逸的眸底徐徐散去。

九月二十。

白婴自醒来就一直望着屋前的小树林。除却飞鸟振翅，那葱郁之间，再无别的动静。已至最后约定的期限，赵述那方始终没有消息传来。白婴心下不安，借着让向恒下山替她买话本的缘由，暗中让向恒回遂城一趟。苏逸对此不置可否，当日，向恒便离开了庵乐雪池。

这一走，向恒整整四日不见回转。

白婴不敢再服食流萤草，生怕睡着的时间越长，会错过任何风吹草动。她一断流萤草，整夜整夜地痛不欲生，又怕自己疯起来会做出难料之事，便每晚都让苏逸将她绑在床上。苏逸没辙，只得依着她。

到秋分结束，白婴决定离开山上，苏逸一反常态地提出替她去找向恒，白婴正好也想独自前去永岁山，索性答应了下来。

二人如常告别，苏逸在辰时离开，白婴则多逗留了半日。她把那方绢帕的绣活收了尾，原本是想绣两只比翼鸟，可惜只来得及绣一只，且她知晓，大部分还是她哥完成的。她将绢帕留在床上，收了她哥前两日浣洗的衣裳，整整齐齐地叠好，还把躺椅拖进了屋内。

山中天气变幻无常，她不想这些物件风吹日晒。

理好了一切，白婴环顾四下，平静地锁上了房门。她边走边揣摩去永岁山的路线，外头还有埋伏的楚家军，必会尾随于她，她得在路上把人甩掉。白婴沉思着刚入林，没走多远，树梢头蓦地一阵风动。她脚下一顿，仰起头看了遭飘落的叶片。下一刻，一个浑身是血的人猝不及防地出现，擒住了她的手腕。

白婴吓了一跳，片刻，她自上而下地打量着面前人。他深蓝色的衣料上满是斑驳血迹，高束的发髻凌乱不堪，缕缕青丝狼狈地垂散下来。脸上，眼睫上，均覆有鲜红的颜色，手里的长锋未收，还沾着风干的血。他抓住白婴的五指轻微颤抖，双瞳里蔓延出一种从未有过的枯败之色。

白婴登时脱口：“你怎么了？为何弄成这样？”

向恒咬了咬牙，警惕地望了一眼周围，随即五指收紧，颤声道：“快跟我走。”

他连断句都来不及，白婴当即笃定发生了大事。越是这般紧急，越是不能冲动。她用出吃奶的劲儿把向恒拽回来，拍了拍他的肩膀，安抚道：“你慢慢说，究竟出了何事？你得先告诉我，我才能思考对策。”

向恒麻木地看了看白婴，像是从白婴的眼中慢慢汲取到温度，努力迫使自己镇定下来。

好一会儿，他道：“他从一开始，就知道你要做什么。”

白婴清楚这个“他”是指谁，沉默须臾，问：“哪一桩？”

“这次的遂城之计。你在都护府里伪装后遗症加重，联合我、老柳，诓他来庵乐雪池时，他恐怕就在将计就计了。”

白婴晃了一晃，脸色刹那间白得可怕。

被她猜中了，苏逸他……事事都在掌握里。

不知过了多久，白婴艰难地找回自己的声音：“遂城，出事了？”

向恒点点头。

末了，他像不肯多说似的，把白婴抓得更紧：“你的计划，失败了。这个人，是疯的，他不在乎牺牲任何人的命，下一步，还不晓得会做出什么举动来。白婴，我们走吧。”

“述哥……是不是……”她说不下去，哽了哽，勉力道，“外围的楚家军呢？你和他们动手了？你身上的血，哪儿来的？”

“没有楚家军，我一路上山，都没碰到任何楚家军。”

白婴远眺林子深处，摇了摇头：“他是……故意的。我们，走不了了。”

向恒听不明白白婴的话意，白婴已然矮声道：“你且回答吧。述哥他……怎么样了？外面，是何局势？”

向恒此番沉默了良久，终是启齿道：“遂城失守。暂代主帅一职的副将赵述，而今悬尸城楼上。”

白婴双腿一软。

向恒牢牢搀住她，挣扎一会儿，又从怀里拿出一个小巧的琉璃盏，以及一把嵌着翠玉的匕首。白婴一看，转瞬红了眼眶，额头上青筋暴起，拼命地压抑着喉头哽咽，接过了这两样事物。

“这是……老柳让我交给你的。十六国行军中途，他携此物逃了出来，想赶来庵乐雪池。只是，叶云深在他身上种了蛊，我见他时，他已是弥留之际。我这一身的血，是他所留。”

“我不是……不是跟他说过，让他不准做这蠢事吗？为何，他就是不听……”

“他说，你当年救下不愿助纣为虐的他，赠他匕首以坚君子风骨，这四年之间，不敢有一日忘却大恩。今他将匕首奉还，万望后路珍重。他还说，你太年轻，在年岁上本与他家中闺女相仿，也该像他闺女那样，无忧无虑。”

白婴低头看着那盏琉璃，视野里尽被白蒙掩盖。

向恒还在道：“这盏中物可保性命，只是物引……”

“别说了。”

白婴觉察到什么，阻止了向恒的话头。她抹了一把湿润的眼眶，转过身迅速把琉璃盏和匕首藏进了怀里。向恒正欲发问，却听一株胡杨树后骤起脚步声，踩碎了铺陈的落叶。苏逸一袭黑衣，负手慢行而来。向恒一见是他，目眦欲裂地横剑相向。他却视若无睹，走至半丈开外，依旧噙着柔和温润的调调：“阿愿，你在藏什么？给我看看，可好？”

白婴定了定神，示意向恒放下剑：“别做无用功，我有话与他说，你去一旁等着。”

“白婴！”

“去吧。”

她说得平和，向恒不得不从。待向恒走远，白婴迎到苏逸跟前，一仰头看他，忍了许久的泪水便禁不住狠狠涌出。

苏逸皱了皱眉，心疼地想替她擦泪，却被白婴偏头躲开。

两人相对静默须臾，白婴深吸一口气，道：“你从……什么时候知道的？”

“阿愿指什么？”

白婴下细思量，这一桩桩一件件，当真是千丝万缕，难以理清。她闭了闭眼，从最初的源头说起。

“你何时晓得，我药人之身的隐秘？”

苏逸定定地看着她：“叶云深之血，能为你续命的事吗？”

“……是。”

苏逸轻叹一息，再靠近些。若非克制，他便要一如往常般，理理她的发，将她拉进怀里。但此时此刻，他要认真回答她每一个问题。

“山洞外。”

白婴一怔。

苏逸解释道：“你既知我在太学里追踪术能令师者汗颜，光凭向恒的脚程，怎有可能甩开我。我未出现，一则，是要确定你的身份，二来，彼时敢相望，不敢相及。听到你和叶云深的关联，只是意外。”

“意外……”白婴惨笑出声，“好一个意外啊。所以，你从那时开始，就在布局活捉叶云深。你明知道，朝廷对十六国三王，必定活要见人，死要见尸，你这是……要把自己往绝路上推。”

苏逸不置可否：“阿愿若不瞒我，我亦不会私下筹谋此局。”

“我醒来的第二日，你问我打算，我曾提及诱使叶云深取道浮屠关，绕月盈河直奔永州，途中再经永岁山时，你便料到我的想法了？”

“永岁山两峰夹谷，由河道干涸而成。地势狭隘，前后只一处山口可供通行。且因临近赫连、雁回两大山脉，经年刮西北风。风入峡谷，逢毒瘴之气，可以一人摧折万军。阿愿是这样想的吗？”

“你……”白婴哑口无言。

苏逸眸色似水：“你兵法启蒙，还是我所授。你记得我说过的兵不重伏，我又岂会不了解你的所思所想？”

“那……我囚禁画皮师，欲造成你假死之象，也在你意料之中？”

“三州这四年稳如堡垒，也不仅是因我治军，放眼关内外，阿愿，你认为，我是如何了解民意，又是如何判断叶云深的动向？”

白婴踉跄了一下，苏逸探手要搀扶，被她大力甩开。后续的事，她已差不多能串联起来。

“所以，从向恒把画皮师带进遂城，你就知道了。你推测我要用你的假死造成都护府的破绽，引叶云深来攻。你促成我，甚至是配合我去完成这件事，是想活捉叶云深。永岁山的地势，谓隘形，敌先居之，盈而勿从。你有把握在那等境况下覆灭十六国的大军，可你不敢赌，能不能活捉叶云深。因而，你要把他困在一个更有进无出的地方，那就是遂城。”

“是。”

白婴估计遂城里苏逸定是留有玄机，没有细问，只道：“我不明白……你让我在这与外隔绝，没有我的消息，叶云深怎敢贸然进攻？他深谙画皮一道，又岂会不怀疑那只是一具替死的尸体？”

“阿愿……”苏逸极轻极温柔地唤了句，神色是如往昔的宠溺，语气却夹杂着无奈、不甘、酸楚和些微的失望，“你引我出城，与赵述合谋，使‘楚尧’薨逝，再让赵述暂代主帅一职，屯兵天擎峡，放十六国大军入永岁山，最后，你在永岁山以身证道。你的种种排布里，可曾算过我？”

白婴默了默。

“你又将我……放在何处呢？我分明说过，要你好好待在我身边的。你未将我算进局中，我这一局真实的目的，你又如何看得清？地下城为何启用？李琼去了哪里，你不曾好奇过吗？”

白婴咬住下唇，齿间几乎溢出血腥味。她的双手紧握成拳，掌心里的刺痛驱使着她保持冷静。

“柳凡能成为你的眼线，叶云深旁侧，为何不会有我的暗桩？引他入遂城，抑或覆灭十六国，素来只在我一念之间罢了。若一具尸体不够，那么，一名投诚的副将，加上遂城的布防图，以及一张地下城的图纸，又当如何？”

“你……”白婴不可置信地后退半步。

苏逸便直直地向前一步：“你方才定是在想，我留在遂城里保证能活捉叶云深的玄机是什么，便是李琼。如今让叶云深活着已不再是我唯一的选择，阿愿，你可以把手里的东西交给我，我会……杀了叶云深。”

“我不死，梁帝可会放过你？这满天下的百姓，如何看待你？梁国内乱一起，生灵涂炭，你如何背得下千古骂名？”

“我不在乎。”

“那你可知，这蛊王会将人变成什么样？”

“我亦不在乎。”

“你做这所有的决断前，有没有想过……让述哥撤离遂城？”

苏逸顿了顿，坦诚答道：“没有。”

白婴两眼一闭，水泽簌簌落下，如同断了线的珠帘。

“他是你……一起长大的兄弟啊。那些随他驻守遂城的楚家军，也都是敬你重你的人，你怎……狠得下心。”

“他们，的确是楚家军。最后的……楚家军。”苏逸一语道破。

白婴霎时怔住，听他云淡风轻地谈论那些被牺牲的人命：“赵述之死，是引叶云深入城的关键之一。此后，梁国内战难免，我也不能留下隐患。听赵述号令者，皆是楚兴国留下的老将，若未来战中割裂军心，再行处理，会比现在棘手。遂城此次一战后，跟随我的，便不能再称是楚家军了。”

“只剩你这四年培植起来的心腹势力，对吗？”白婴捂住脸，沉闷地讥笑了两声，透明的泪就顺着指缝溢出来，好似怎么哭，都不足以宣泄此刻的情绪，“述哥带我去西山那一日，他与我说，那几年我们五人在京中，大抵就是他这辈子为数不多的好时候了。那人死后，他自己都泥足深陷，无法自救。可他总想着，他该再陪你一程，盼一丝转机，否则，在你眼中的世道，得多绝望，多磨人……就是这样的一个人，你杀了他。”

“不该死吗？”话是疑问，但苏逸漠然的声音，不带丝毫的起伏，“他，与那个人，昔年承诺会保护你，结果如何？”

“在这场战争里，谁都不是幸免者！”白婴遏制不住地高吼出声，“我知道你疯，没承想，你会疯成这样！这边关三州，这万千黎民，倾覆热血何止我一人？为一己之私，值得吗？”

“值得。”

简简单单的两个字，斩钉截铁，没有后退的余地。

为此，他会不惜一切。

白婴失神地看着眼前人，痛心亦惋惜，那个与她说着于无所希望中获救的少年，到底是消磨在了斑驳的光阴里。

白婴步步趔趄，想笑笑不出。泪水干在她的脸颊上，她摇摇头，曾经熠熠生辉的双目渐渐暗淡下去，说：“你真是……无可救药。”

这是她生平对他说过最重的一句话。

苏逸默不作声地盯着她看了半晌，忽而将她拽进了怀里。

“那就……无可救药了吧。阿愿，就算要恨，也留着下辈子好不好？这一世，别留我一个人。”

白婴的眼中又被水雾笼住，浸得他的肩头湿了一大片。她一只手环住苏逸的肩背，隔了良久，附在他耳畔道：“我知道的，这病，早已入膏肓了。我其实一直都很清楚，我该做什么。我怎能……还对你有所寄望呢。”

至此一言，苏逸方心慌起来。他不允死别，也不会接受白婴与他的生离。他想说些什么，白婴却是矮声道：“我还有一个办法，全了这无解之局。”

利刃脱鞘的声音只在一瞬。然后，是恣意蔓延，无边无际的锥心之苦。

之所以只觉得苦，是那皮肉之痛早已显得无足轻重。

二人相抵的脚尖上，一滴接一滴，染了如樱般绽落的血。白婴空洞地直视着前方，感到那搂在自己腰上的力道慢慢消失。她以为，他会与她说几句话，或是交代以后，或是唏嘘恩怨纠葛。

可从头到尾，他什么都没说。

及至，白婴垂下沾满鲜血的手，哑着嗓子道：“如上了黄泉路，索性恨我一回吧。”

她哥也只是温温柔柔地应：“好。尽量。”

第二十五章·
公无渡河，公竟渡河

变数发生得太快，站在不远处的向恒从未料到，那一刀，会是白婴亲自捅下去的。

柳凡给她的匕首插在苏逸的胸口，人倒下之际，林中骤然风声鹤唳。四面八方涌出来数十楚家军，个个手持利刃，满身的肃杀气，恨不得把白婴生吞活剥。向恒跃至白婴跟前，手中招式亦是蓄势待发。

白婴恍若未察，蹲下来仔细查看着苏逸的伤。这些年她也不全是干啥啥不行，至少，在“杀人”这件事上，她颇有心得——

常常为了在叶云深手底下救人，她知道捅哪儿看起来最致命，却又不是真真的要命。

她颤着手探了探苏逸的鼻息，声音不稳地冲向恒道：“找药……去，找长命草……”

“现在……”

“去！快去啊！”白婴声嘶力竭地喊，惊飞了无数林中的倦鸟。

她站起身，环视着眼眶泛红的将士们，竭力镇定道：“此事与他无关，还请诸位放行。要杀要剐，皆由我白婴一人承担。”

“白婴！”向恒紧紧抓住她的手臂。

为首的几个参将怒目相视，紧握在手里的刀剑寒光凛冽。他们恨她入骨，想生啖她血，生食她肉。就在向恒都以为今日在劫难逃时，一名参将扔下了兵器。

“都护……”他红着眼看了看躺在地上的人，每一个字都说得咬牙切齿，“都护有令，无论何等境况，要我等先护安阳姑娘的周全。”

白婴的胸口一阵绞痛，耳闻断断续续的刀兵落地声。

“都护的话，我等不敢不从。白婴，你可还记得，你在议事堂里，对着我们诸位兄弟发过的毒誓！你说过，你所图仅是都护平安，如有违誓，当万箭穿心！”

“不敢忘。”白婴垂低眼皮，眸眶滚烫得厉害。

她先遣向恒即刻去找长命草，而后才对众人道：“我亦说过，他许边关清平，我必鼎力相助。到今日，我仍只图三愿。一愿‘楚尧’安康，二愿西北平定，三愿大战结束，诸位有命归家。眼下遂城失守，战事已至最后关头。”

白婴顿了一下，看一眼苏逸，咽下种种不舍与难过，再开口，语气已是铿锵有力：“若众人……肯再信我一次，诛灭十六国首恶当日，我必还尔等一个完好无损的西北都护。未知诸位，敢不敢给我此次机会？以参军时赤子热血，随我共同了断这三州乱局。”

…………

“这一别……算了，多的事我也不嘱托了。我这会儿才发现，我多半是长了一张乌鸦嘴。让老柳回他的药王谷去，他躺在了这西北，尸骨无存。我以为述哥能活得长长久久，替我看着他些，结果述哥挂在了城墙上……说起来，害死述哥，我也有份。”

“白婴，错不，在你。”

“不重要了。战争是死亡，亦是新生。现下我也想不出别的地方，十六国大军冒进，内部必然空虚。你且带着他去往我二人初识之地，先……将他锁着吧。他身上的伤，你有处理的经验，我倒是不担心。”白婴骑在马上，目无焦距地注视关外的苍茫黄沙，“只是，若他伤好，你须谨防他闯出。他这人，地狱都走过几趟，我也不晓得你能不能困住他。实在不行，每日你掐着分量，给他喂点迷药之类的吧……”

向恒埋着头不说话。

白婴停顿片刻，又道：“等……一切结束后，他冷静下来了，你再放他离开。剩下的那张人皮面具，你记得交给他。还有……我埋在地底的财物，地图我藏在以前王帐的床榻隔板里，你也一并给他。另外，我给你存了份娶媳妇儿的聘礼，放在日昌钱庄，银票也收在隔板中，够你将来风风光光地娶个心仪女子了。”

“你让我，守着他，是想，将我，二人，一起，困住。”

白婴假装没听见：“其他的，就没什么好交代的了。我没求过你什么，今日……把我宝贝儿交给你，望你替我好好照料他。”

“白婴……”向恒走近半步。

白婴茫然地收回视线，睇着向恒身后的马车：“我说那些话、做那些事，他兴许会开始恨我了吧。若是那样，也很好。”她学着勒住马转了个方向，“述哥说过，人死后，三年为期。如果第一个三年还不能忘记，那就，多等一个三年吧。总有一日，能释怀的。”

向恒后面的话还没来得及说，白婴夹紧马腹，策马离去。跟在她身后的，是埋伏在庵乐雪池外的五百精兵。

以前，尚有人护着她，她可以不会骑马。可以后，不会再有了。

向恒呆呆地在沙尘里站了许久，久到所有人影都消失在地平线上。最后的说辞，只在他自己耳畔回响。

“白婴，我还能再见到你吗？”

奉安三十五年的九月末，梁国西北，战事突发。定远大将军“楚尧”，副将赵述，先后身亡。因决策失误，使仅有两万守军的遂城沦陷。十六国王君叶云深领兵入主遂城，以图三州计。

一时间，三州人心惶惶，遂城里，尸首遍地，无人收殓。楚家军失主心骨，由副将江安、王威率七万众，围住遂城东门，却久攻不下。梁国朝廷紧急派督军赶赴边关，绵江以南集结四万郡兵，欲驰援遂城。

白婴见到李琼时，已是二十七日的夜里。

彼时，她药人后遗症刚发作，在军帐里痛得犹如百蚁噬心。为了保持清醒，她不惜用匕首自伤。李琼怒发冲冠地掀开帘子冲进来时，白婴正用鲛纱裹缠着大腿的伤处。情势不同，他也顾不上礼数，径直走到案前，拔剑指准了白婴的喉咙。

他瞋目裂眦道：“妖女，我杀了你！”

王威和江安跟在后头，二人一人一边拉住李琼，急道：“老李，不可！”

“为何不可！我早跟都护说过，这妖女不安好心。现在倒好，都护是如何对她的，她又是如何回报都护的！白婴，今日你若不说出都护的下落，我便将你的头砍下来，拿去喂那塞外的野狗！”

“老李！”江安吼道，“你忘了都护交代过什么！”

“我没忘！正是因为没忘，才更要杀了这等忘恩负义的小人！”李琼手里的剑一个劲儿地颤抖，双眼圆睁，泪意盈然，“白婴，我最后给你个机会，都护在哪儿？”

白婴狠狠咬了咬下唇，试图遏止住骨头里的深切痛意。她静默良久，方徐徐站起身，第一句话便问道：“李副将此时能自遂城而出，想来，是有密道通行。‘楚尧’让你交出地下城的图纸，诱叶云深来攻。既然是局，以他缜密的心思，断然不会截了自己的棋路。遂城两门严防死守，难以攻克，要在短时间内拿住叶云深，光凭你在城中接应，尚且不够。”

她想了想，点明二字：“突袭……我记得，最早的地下城通口共有四十九个，而东城外的风山涧，有两处。在同一个地方，设置两个出入口，岂不显得画蛇添足？恰好王副将与江副将又屯兵东门，由此可见，献出的图纸上，机关是做过更改的。而这更改，能使整座地下城，看起来更合情合理，是吗？李副将。”

李琼愣了愣。

其余二人也俱是诧异地望着白婴。

早前白婴说过她会助“楚尧”平定西北，实则他们从未相信。毕竟白婴这些年声名狼藉，看起来也更像不学无术的废柴，他们压根儿没想过，自家都护带出来的姑娘，原也非池中物。

趁三人都没回过神，白婴绕过桌案，走到王威边上。她目光郑重地扫视一圈，弯腰鞠躬道：“我这条命，不劳三位动手。如今时机已到，还请尽快收网捕鱼。晚一个时辰，城中百姓便会多一分危险。叶云深非善类，好屠戮杀伐，为生民之命，白婴厚颜，想求三位相助。来日三州云开月朗，自有朝廷督军带三王人头归京。如此，也好令汝等都护不至于落人口实，不至于受朝廷责难。”

江安表情复杂地看着眼前女子：“你是……为都护考量？你知道，他不会再牺牲你。”

白婴没答话，仍旧保持着鞠躬的姿势。

王威叹了口气，扶她起身：“女……安阳姑娘……”

“你们喊得不顺口，我听得也别扭。我这女君的身份，是摆脱不掉了，就勉强诸位，再多喊几日吧。”

王威苦涩地点点头：“以前老赵总念叨，世事弄人，我当他是文人的口水话看多了，时下方知，这四个字当真戳人心骨。女君深明大义，令我等钦佩。这一战，我三人愿听女君指挥。”

“多谢。”

白婴又看向一直不说话的李琼。王、江两人的视线也落在他身上。

半晌，李琼从怀里掏出一张图纸，重重丢在了案上。

“明日酉时，叶云深设庆功宴，可攻。”

说完这话，他转身就走。

白婴提高声音道：“三位既愿意助我，那我多说一个要求。”

李琼又要举剑：“你还敢有要求？”

“是。”白婴闭了闭眼，“十六国降后，请诸位记得，莫要留我和另外两位王君的性命。”

九月二十八。

入秋的西北迎来了一场阵雨。还未入夜，穹顶上已是阴云密布。稀疏的雨点落在长街的青石板上，冲刷了一地惨烈的血迹。雨势渐大，那血便汇作细流，放眼整座遂城，处处猩红。

曾经热闹的市集此时万籁俱寂，偶有三两只乌鸦停留在路边的尸首上，肆无忌惮地蚕食腐肉。雨幕笼罩，方有些许百姓打伞冲进雨里，无声无息地翻过一具又一具被水浸泡的尸体，寻找着被战火冲散的至亲。

若是找不到，还剩一线的希望。

若是找到了，那压抑的哭声仿佛能将人心扎出一个绝望的洞来。

慢慢地，大街小巷，哭泣的人越来越多。酉时一至，从都护府里传出的欢庆乐声响彻内城，掩盖了长街上的悲戚与痛苦，好似一出格外鲜明的戏文，唱尽成王败寇，也唱尽了黎民如蚍蜉。

到得夜中，在那都护府内作乐的王君叶云深和王君姜宸，连带着上百位十六国重要将领，都醉得五迷三道。就在此时，城外响起了号角连绵。前一刻还在痛哭的百姓仓皇逃回家中，整齐的行军步伐在众人耳畔边响起。

十六国以重兵把守东门，原以为万无一失，却不料都护府内地下城的出入口突然涌出大批楚家军，前后夹攻，终成瓮中捉鳖之势。次日卯时，叶云深与姜宸被擒，这一场历时十一个昼夜的战事，以十六国归降而告终。

九月二十九，雨停，万物新生。三州百姓喜极而泣，捷报接连送上了朝廷。白婴自请入狱，等候发落。

九月三十，督军常清率江南郡兵至，分别严审三王。为安民心，常清领受圣意，定三王死刑，于次日斩首示众。因白婴主动坦诚药人之身，则改为绞刑。

这充斥着血光之灾的月份过去，便入了庚子年，乙酉月。皇历上写着，这日不宜出行，忌刀兵。

刚过巳时，菜市口便围满了乌泱泱的人群，万人空巷，都赶来看十六国的首恶伏诛。百姓们面色肃穆，守在行刑台下目不转睛，有的手里拎着菜篮子，里面俱是烂掉的腐菜和鸡蛋。等到日头攀到穹顶正空，常清携同楚家军三名副将，率兵押解三王而来。

白婴的囚车在最末，她仍旧穿着最初被她哥抓回遂城时，那件浅紫色的裙衫。大抵在牢狱中没受什么折磨，她看起来干干净净、得体大方，只是那发髻没有好好梳整过，显得散乱了些。她一入刑场，当即有百姓认出了她。

自打“楚尧”出事，白婴为撇清两个人之间的关系，曾叮嘱过赵述散布“楚尧”为她所害的谣言。那谣言传得沸沸扬扬，说白婴起初是装弱女子博得了“楚尧”的同情，后来暴露真面目，对“楚尧”痛下杀手。人们不会去探究这谣言的真假，他们只知，“楚尧”死了，白婴是害得遂城失守的最大元凶。

所有人的愤怒在那一刻几乎都集中在白婴身上，三个人刚被押到行刑的位置，白婴就听到底下一人一句“祸国殃民”“婊子贱人”，诸如此类，数不胜数。

三王的距离隔得不远不近，那姜宸五花大绑地跪在台上，还抽空瞄了眼脖子被套上粗麻绳的白婴，恨恨骂道：“喂不熟的白眼狼。”

白婴晒着太阳，心情倒是轻松，也反唇相讥：“瞧你这话说的，你久居西北，见过塞外的狼被收服过吗？啧，你的见识，还比不上三岁小儿呢。早点投胎，争取投个聪明胎。”

“白婴，你尽管嘴利，马上你也得到地府去当长舌妇了。”

“不亏，有老师和你这蠢货陪着，不枉此生。”

叶云深不大适应地顶着太阳，阴森森地笑：“小白，那只蛊，在你身上吧？”

“老师说什么，我听不懂。”

“嗯。我只是想告诉你，那蛊，甚是凶残，比起我体内这只，更要凶残百倍。一旦找到宿主，或许，只需一次血，就能解了你的药人之症。只是，你猜猜，那宿主会不会变得比我更恶心？更丧失人性？”

白婴抿了抿唇。

叶云深颇有深意地注视她：“柳凡应该跟你说了，那蛊的物引，是你的心尖儿血，能作解药的心尖儿血。”适时的一顿，他转而望天，“他真的死了吗？我怎么觉得，还没到他该死的时候呢？小白，这一局，胜负没分啊。如果有机会，你定要好好活着，好好替我看着，你最想保下的那个人，是怎么一步一步，走到我这条路上的。”

“你闭嘴！”

白婴难得动了怒，后话还没说出，边上的姜宸看热闹不嫌事大，临终也要让白婴比他更难堪。

“凭什么让她活着？一个水性杨花的贱人，早知今日，我说什么也要把她活埋了。你们！”姜宸提高声音，对围在刑台下的百姓道，“不是骂她婊子吗？敢骂不敢砸啊？你们也不想想，要不是她用美人计勾引你们的大将军，又将其反杀之，遂城哪有这么容易失守？路边尸骨未寒啊，我和叶云深杀的人，一半都得算到她的头上。”

百姓们面面相觑，后方高台上的王威和江安猛地站起来，握住了腰间佩剑。督军常清端着一盏茶碗，还在悠闲地撇茶沫。

王威见状，朝常清作揖道：“督军，刑场之上，不该由得罪犯如此喧哗。”

常清慢条斯理道：“狗咬狗，一嘴的毛。还没到行刑时，王副将你急什么。”

“可是……”

常清摆摆手，打断了他的话。

百姓们见朝廷命官不加阻止，一旁的姜宸还在煽动，很快就有人壮着胆子向白婴扔去了一把烂菜。白婴微微偏了偏头，却是避无可避，被正正砸中了面门。挡在百姓前面的俱是常清带来的江南郡兵，回首得到常清示意，甚至侧了侧身，给百姓让出打砸的位置。

失去亲人的仇恨铺天盖地，一时间全部招呼在白婴的身上。起初只是砸腐菜和鸡蛋，脏乱地挂在白婴的头发上、衣衫上。那些人脸红脖子粗地咒骂着，所有能想到的难听词汇，恶毒怨怼，通通用来形容白婴。在群情激愤里，夹杂着姜宸得逞而猖狂的笑，极尽讽刺和荒谬。

再后来，有人开始吐唾沫，有人捡起地上的石头，用力掷向她。白婴的额头被砸得红肿，蛋清黏黏糊糊地盖住了她的眼睛。她想，约莫这样也好。这样，她就不用看见，这令人心生绝望的一幕。

王威和江安数次请命常清主持大局，常清恍若未闻。到白婴一度痛到以为自己濒死时，一直没有任何动静的李琼做出了个惊人之举。

他起身拔剑出鞘，猛地插在了常清身侧的高台之上。沸腾的人群骤然鸦雀无声，郡兵纷纷掉转矛头，指向李琼。王威和江安也同时一怔，由江安上前握住李琼的肩膀道：“不要胡来！”

李琼一把搡开他。

常清则是冷眼审视着这位牛高马大的副将，悠悠道：“怎么，李副将这是想反？”

“士可杀，不可辱！”李琼高声道，“历来两国交战，败方国君未有受此奇耻大辱者，更何况，她还是个姑娘家！对着一个手无缚鸡之力的弱质女流，丢石头砸鸡蛋，以这种下作的方式发泄怨怒，不过是懦夫的行径！你们要是有那本事，当上战场厮杀，拿不起刀兵，就只能打骂一个无法还手的女人吗？”

百姓们你看看我，我看看你，不知该不该出声反驳。

常清心下有了计较，“砰”的一声放下茶盏，站起来道：“那本官问你，她是不是十六国的女君？”

“是。”

“本官再问你，十六国贼寇犯我边境，辱我国威，杀我大梁百姓，该不该千刀万剐？”

李琼默了默。

“那千刀万剐比起砸几粒鸡蛋，丢几颗石头，孰重孰轻啊？李副将？”

李琼冷冷一笑：“常大人饱读诗书，我李琼只是个大老粗，听不懂，也不想听你玩这些文字游戏。大人有胆将白婴千刀万剐，我绝无异议。但你今日若再想折辱白婴，那就得问问，我李琼同不同意！”

“老李！”王威和江安异口同声。

常清登时喝道：“反了！楚家军这些年盘踞三州，如今是要仗着这一战之功，忤逆天威吗？！楚将军既已身死，尔等在此时更当谨言慎行。为了一个敌国女君，假如背上叛国通敌的名头，李副将想想，值不值当！”

在场的百姓兴许听不出常清的话意，白婴三人，以及江安、王威，却很明白，常清这是在借机打压楚家军。战事刚平，他就急着替朝廷收拢军心。如果不肯归心，那就用他口中的叛国通敌，来做几回杀鸡儆猴。

李琼握住剑柄，宁死不屈道："我李琼参军，只服我该服之人，只做我当为之事。没有值不值当一说，只有想不想做！"

"好哇！来人！给百姓开道，我大梁无数冤魂枉死战火中，本官今日就要看看，这份怨怼发泄在十六国女君身上，究竟有何不妥！"

"你敢！"

一言出，两方人马即刻泾渭分明。外围的楚家军，刑场边上的郡兵，眨眼之间剑拔弩张。百姓们不敢动弹，王威和江安站到了李琼这边。姜宸还在一个劲儿地笑，若不是绑着他，他几乎想拍手叫绝。白婴亦是看得清局势，知晓这位督军是仗着"楚尧"不在，想趁军心不稳来立个威名，若任由这势头发展，恐怕他们三个还没死，楚家军就要血溅当场。

念及此，白婴出声道："多谢李副将出言维护。今日承情，来生必报。只是我一个将死之人，也无需再争什么体面。"

李琼转头看了看满面污秽的白婴。不知怎的，他想起初见时没个正形的她，也想起蹲在厨房外一脸狡黠使诈诓人的她，还想起那一日，郑重鞠躬，说要这三州重归云开月朗的她。

不应该啊……

她分明也没做什么恶事，还为这些人争来太平，可他们怎就……一味地要磨灭她眼中的光呢？

李琼不忍再看，挪开视线，掌中的剑未放下，闷着声气道："时辰已至，常大人抓紧时间行刑吧。耽误了圣上交托，怕常大人将来上奏本会连累了自己。"

常清看确然到了午时，也没心思再和李琼争下去。一令扔出，叶云深和姜宸当先殒命。白婴的绞刑慢了片刻，而就在这片刻之间，长街尽头，忽有马蹄急驰。白婴身后行刑的壮汉冷不丁轰然倒地。众人惊骇之际，齐齐朝后望去，待看清来者是谁，抽气声霎时此起彼伏。

"那……那是楚大将军？"百姓们几乎不敢相信自己的眼睛。

李琼、王威、江安三人先后惊呼："都护！"

底下的楚家军们亢奋起来，有人喜出望外，有人泪洒当场："是都护，真的是都护！都护回来了！都护没有死！"

刚才还肆无忌惮的常清双腿一软，半跪在地。白婴少了那根粗麻绳的支撑，也伏在刑台上。她埋着头，不敢去看苏逸。

素来敬仰"楚将军"的人们看见他重新出现，没有想象之中的欢欣雀跃。如今战争结束了，他们不需要英雄了。他们更想找到一个缺口，来宣泄失去亲人的悲痛。他没进入人们的视野前，白婴是这个缺口。而现在"楚尧"活着，却没有保护好满城百姓的这个念头，驱使他成了众人眼中的这个缺口。

至于他从前是如何护全西北三州的，已经变得没有那么重要。

苏逸勒马停在刑台前方，除却他的兵，旁的人抑或畏惧，抑或怨愤。他不在乎这些人怎么看他，只是神情寡淡地扫了一眼滚落的两颗头颅，继而，他下马走上刑台，屈膝蹲在白婴跟前。他将她扶起来靠在身上，看着她满身脏污，心疼到不知所措。他小心翼翼避开白婴的伤处，撕下一段衣袂，轻手轻脚地替她捻去头发上的鸡蛋清，再擦拭着她的脸颊。

白婴喉咙堵得发紧，直勾勾地盯着地面问："你怎么来了？我不是……让向恒关着你吗？"

"他差了些。下一次，你得多派些人手。要选高手，人数还要多，记住了吗？"

白婴知他在逗自己，却死活笑不出来。她咬了咬下唇，敛眸道："你就……不恨我吗？"

苏逸手上的动作未停，认真说道："试过。恨不起来。若阿愿将我杀了，九泉之下，或许还会恨那么半刻，可你囚着我，你的心思，以为我看不穿吗？"

白婴再是说不出话来。

苏逸轻轻吹她额角被石头砸出来的口子，声音低沉了两分："抱歉，是我来得晚了。"

白婴咬紧后槽牙捏他的袖口。

"别怕，这些人……再也伤不了你。"

她的双肩不受控制地战栗。

苏逸又问："疼吗？"

这一句后，艰难筑起的屏障全数崩塌。她很怕，怕再也见不到他。她也很疼，疼得锥心蚀骨，疼得一腔赤忱尽显荒唐可笑。她脱力地窝进苏逸的怀里，拼了命地抱住他，沉闷的呜咽从齿缝里蹦出来，听得人胸腔揪作一团。苏逸拍着她的后背以作安抚，极富耐心地一下接一下。

有愤懑者见此场景，高声吼道："楚尧，你身为遂城守将，战事发生时，你人在何处？眼下叶云深与姜宸已伏诛，你护着十六国女君，是要坐实被美色所惑的谣传吗？"

"楚大将军为证自清，诛杀十六国女君刻不容缓！"

"楚将军，你不要令我们失望啊！"

白婴想脱离苏逸的怀抱，苏逸轻轻搂住她，嘲讽道："阿愿，你看，这就是人心。"

白婴哑口无言。

常清一溜小跑跪到二人丈余开外，哆哆嗦嗦地磕了一记响头，道："将、将军还活着，下、下官喜不自胜。"抹了把汗，他继续道，"这十六国女君白婴，委实……

委实声名狼藉，作恶多端，百姓对其深恶痛绝。今圣上有令，三王人头，缺一不可。还、还请将军即刻顺应天意、民意，将此女绞杀。”

“天意？民意？呵……”苏逸笑了笑，云淡风轻地睨着常清道，“你可知道，我是谁？”

常清呆了呆，接着抹汗：“定远大将军、西北都护楚尧。”

苏逸不置可否，又问：“那你可知，她是谁？”

常清蒙了，脑子飞快地转了片刻，谨慎回答：“十、十六国女君白婴？”

苏逸没吱声，给李琼递了记眼神，李琼便将佩剑扔给了他。跪着的常清汗如雨下，苏逸护着白婴站起来，先是叮嘱三名副将：“守住东西城门，无我允许，不准任何人进出。”

“是！”

末了，他再垂头睥睨常清：“答错了。她是吾妹，亦是……吾妻。”

此言落定，剑上寒芒闪过，地上的督军，顿时一命呜呼。尖叫声震耳欲聋，人群如潮水般退散开来。苏逸打横抱起白婴，在一片兵荒马乱里，他的说辞如同七月闷雷，炸开了梁国内战的序幕。

“天要你的命，那索性，就换了这天吧。”

这之后的事，已经全然脱离了白婴的掌控。她回到都护府后，药人后遗症当天就急剧恶化，一觉睡下去，几乎没能醒过来。遂城在这期间全面封锁，常清带来的四万郡兵，或降或杀，大部分归在了楚家军里。不满苏逸和白婴关系的百姓们，开始在城中各处闹事，要求诛杀白婴。苏逸没有表态，都护府上下便只能由着事件发酵。

军医们不停在主院里进进出出，想尽法子都没能唤醒白婴。众人更是断言，白婴的命数已不过十日左右。苏逸面上泰然处之，很快就把向恒召了回来，让他守着白婴。他自个儿偶尔会去厨房里，捣鼓白婴以前常做的香菇鸡蛋肉末面。

第一日，他还是把灶台给炸了一半，李琼、王威、江安齐齐站在外边，都不敢去劝他。等他端着一碗黑糊糊的玩意儿出来时，三人才对他说已处理好十六国的战俘，也搜寻了这段时日白婴待过的地方，都没找到他要的东西。苏逸恍若未闻，盯着手里的碗许久，然后递给了李琼，说：“你尝尝。”

李琼哽了哽，硬着脖子尝了一口，没忍住，呸出嘴，诚恳道：“好难吃……”

苏逸点点头，没说什么，径直离开了公厨。剩下其余三人对着那碗煮煳的面条，一筹莫展。

第二日，苏逸继续煮面，把另一半灶台也炸了。

他孜孜不倦地在公厨里泡了六天，一碗面从糊得压根儿分不出是些什么，慢慢地，也有了点卖相。只是他煮好面从来不吃，就搁在房间里静静地看着睡着的白婴，等一碗面凉透，他就让向恒吃掉。向恒对此也是有苦不敢说。

到了第七天的傍晚，苏逸已经能熟练地生火，熟练地炒佐料拉面条。一间公厨里香味四溢，满满都是这人世的烟火气。此回李琼冲了进来，着急地对拿着锅铲的西北都护说，常清的死讯已传回朝廷，皇帝震怒，连下了二十九道令让“楚尧”回京，并带上三王人头。苏逸没搭理他。李琼又说城中群情激愤，已到难以遏止的地步。苏逸还是不作声，端上面条就撇下了李琼。

第八日，军报传来，朝廷征调了江南两州四郡的兵力，共计十一万，任命靖州都督为大司马，欲朝边境开拔。三个副将都晓得苏逸这会儿一心扑在白婴身上，没再去请示他，指挥都护府全体进入了战备状态。实则，在苏逸看来，朝廷的兵马，不过是一盘散沙，他素来不放在眼内。他只是数着日子，心慌地想让十日之期来得慢一些。他问过向恒无数次，那只蛊王在何处，向恒都是惨然摇头。

好在这一天入夜之际，躺了整整八日的白婴总算短暂地清醒了过来。她的身子极为虚弱，整个人都是恍恍惚惚的，软绵绵地瘫在苏逸的怀中。苏逸喂她吃了几口面条，她便再难咽下，拧着眉摇了摇头，轻声问他：“谁做的？”

苏逸指着自己。

白婴忍俊不禁：“所以，公厨又重新修缮过了？”

“嗯。”

“李琼他们也不拦着你。”

“拦不住，会挨打的。”

白婴无奈笑笑，继而看了看站在窗边的向恒，似嗔似怪道：“我就知道，你们男人之间，但凡教点武艺，聊点心得，隔不了多久就要称兄道弟。早知道你会因此向着你姐夫，说什么都不带你去庵乐雪池。”

向恒走近道：“我没，放走他，是他，打我。”

白婴沉默片刻，开口道：“放不放的，都不重要了。”

她说完这句话，倚在苏逸的肩头又像要睡过去。苏逸轻轻晃了晃她，温声道：“今晚星月正好，我带你出去走走？”

白婴不忍拒绝，颔首应了下来。她迷迷糊糊地被苏逸裹进狐裘里，抱着她上了马。她也不问要去哪儿，就那样心安理得地把自己的前路交给了他。出了都护府，白婴隐隐约约听到大街小巷有声音在骂她，说她是红颜祸水，诅咒她不得好死。她这辈子被骂得习惯了，也经历了最狼狈难堪的一幕，倒是不放在心上。

只是听到后来，又有不少人在骂“楚尧”，说他不忠不孝，不仁不义，是被女色所惑的窃国贼。白婴原以为是在做梦，可那骂声越来越激烈，越来越高亢，她好似突然想起，在她的噩梦里，出现过多次的场景——

苏逸众叛亲离，不得善终。

白婴吓了一跳，猛地睁大眼睛。

彼时，天幕沉沉，星月铺展其上。不同于往昔平和的盛景，街边只有几盏寥落的灯笼孤零零地挂着，秋风一吹，晃荡的烛火拉长一地的影。城内家家关门闭户，街头巷尾死寂得甚是诡异，独独就近处，有上百人聚在一起，激烈地声讨反对。

苏逸和白婴坐在城楼顶上，白婴还靠在他的肩头，待看清处境，她前一刻的睡意登时消散七七八八，心情复杂地听着底下人吼：“十六国女君白婴，乱我大梁，其心必异，其罪当诛！你们都护府包庇奸佞不择手段，蛇鼠一窝，枉对我们多年来的信任！”

“杀了白婴！给我们的至亲报仇！三王不死，不足以平民愤！”

“楚尧，枉你楚家满门忠烈，竟出了你这么一个不肖子孙！将来九泉之下，你有何颜面面对先祖！后世万代，也必骂你荒淫无度！”

白婴坐直身子，肃穆地望望城楼底下，又转头看她哥云淡风轻的表情，无比头痛道：“为何带我来这儿？嫌我气死得不够快吗？”

苏逸打趣：“此地最高，手可摘星辰。”

“那你摘一个给我看看。”

苏逸被她揶揄得低笑。

白婴却是闷闷不乐：“我要回去了。”

“阿愿。”苏逸唤她一句，旋即捉住她的手，与她十指相扣，“你可还记得，那一年的望仙楼？”

“记得。怎么不记得。”

白婴琢磨着她好不容易醒过来，这回头一睡，下次不知还能不能再醒了。她哥多半要趁这机会，搞出点事情来。她稍是默了默，重新坐端正。底下的人在骂他俩的祖宗十八代，楼上二人就在回忆前尘。

“活了二十二年，我到现在才总结出一个道理。”

“什么？”

“凡事都是有迹可循的，你心中从来没有君臣纲常，在那一年便已有所显现。那望仙楼，本是皇帝用来讨妃子欢心的，放眼满朝权贵，就你一人敢带我往那处去，明目张胆地在龙头上拔毛。这天下，是谁的天下，于你而言，没那么重要。”

苏逸不置一词，反而是道：“那你可还记得，你当年，对我说过些什么？”

——我想和兄长在一起一辈子！

——阿愿清楚，在一起一辈子的含义吗？

——清楚呀，我要嫁给兄长！

——那我上了战场你怎么办？万一兄长回不来了呢？

——我随你去！兄长在哪儿，我就在哪儿。

——无论生死？

——嗯，无论生死。

字字句句，言犹在耳。事关于他，她怎会忘却。白婴不敢正视苏逸，低着脑袋端详自己的指尖。苏逸幽幽叹了口气，道：“是你说的，要在一起一辈子。”

“宝贝儿……”白婴自知理亏，心虚地喊他。

他望着如蝼蚁般的人群，鄙夷他们丑恶的嘴脸，话却是朝白婴说：“不到白发苍苍，寿终正寝，那都不算一辈子。阿愿，对你的承诺，我做到了。对我的承诺，可否践言？”

“我……”

白婴正犹豫该如何回答，那夜色笼罩下的街巷里，猝不及防地钻出许多衣衫褴褛的黑影。白婴辨得出，那是十六国的战俘。他们如蛰伏已久的猛兽，盛怒地扑向聚在城墙底下的百姓。个个手持短兵匕首，招式起落间，仇恨释出，鲜血铺道。

仿佛又回到了城破的当下，凄厉的惨号声四起，逃命的脚步凌乱纷杂，附和着划破夜空的呼救。浓重的血腥味扑鼻而来，月色清辉下的遂城，就像是阴风猎猎的黄泉道，展开着一场与恶鬼的生死角逐。

白婴头皮一麻，这才明白为何今夜如此的死寂。城楼没有守卫，连街上也无巡逻的士兵，闭门不出的人吹灭了灯火，生怕引来魑魅魍魉，只有远处的都护府，光亮炽盛，是这座城里唯一的生机。

她虽见过人心之恶，可到底没法做到对人命的漠视，她抓住苏逸的手，如同抓住稻草，嗓音嘶哑道：“你这是做什么？”

“公无渡河，公竟渡河。渡河而死，其奈公何。”

“宝贝儿，停下来……当我求你，别再造杀了。”

苏逸看着她，只手覆上她的手背，轻轻拍抚：“阿愿可怜这些人。”

“那是命啊！”

“你尤然……想救他们。”苏逸像在自言自语，顿了一顿，笑出声来，“你许我以后儿孙满堂，你让我将来解甲归田，你告诉我……下次，不会再识不清我的心。可是阿愿，你没跟我说，以后，是跟谁的以后。将来，又是多久。下次，是哪一次？“

白婴一愣，眨了眨眼，泪水就簌簌落下。

他伸手抱住她，胸腔微微震颤起伏，笑声落进她的耳畔，沉闷得要把心掏出一个大洞来。可他明明在笑，白婴的颈窝里，却又沾了温热的水泽。

“你让我活着，却从头至尾把我摒弃在你的计划外。我等得再久，可以等到我所期许的以后吗？”

“阿愿，你怜悯世人，想救苍生，为什么不肯……救救我？”

…………

白婴不知道，她最后是怎么回到都护府的。杀伐平息，只在苏逸的一念之间，而他那一言，诸般绝望，成了长久滋长在白婴心上的藤蔓，带着尖锐的倒刺，狠狠扎进她的血肉里，再难拔除。

她想，她做这一切，初衷是要让他平顺一世啊。可到了头，是她伤他至深。

白婴在房里关了一宿，熬过了药人的后遗症，坚挺着没睡过去。

次日早，她推开门时，苏逸还负手站在廊下，一夜未眠。白婴调整出个一如既往的笑，无声无息地走到苏逸身后，用额头撞了撞他坚实的背。

她其实知道，他要什么。

等到苏逸回过身来，白婴龇着牙问：“那天在刑场上，你说我是谁？”

他面容困倦，两眼底下是深深的淤黑，闻言不曾细想，启齿便道：“吾妻。”

“那你下聘了吗？”

“我要的十六人大轿抬我过府，流水席摆他个三天三夜，你做到了吗？”

苏逸焦虑起来：“你好像……没提过这个要求。”

“哦，我不提你就不用明媒正娶啦？啧啧，原来我的宝贝儿是这样的人！”白婴倾身瘪了瘪嘴，吆喝道，“你是不是想着，反正咱俩已是名副其实，你用不着再给我名分啦？”

“我没……”

“那你就是占我便宜，要了人家的身子，强迫人家委身于你！”

苏逸：“好像也是……你先要我身子的。”

白婴没忍住，“噗”的一声笑了出来，这出戏也顺利终结在她哥的耿直里。

“怎么说话的呢。这要传出去了，你在外面作天作地的，到了我跟前就身娇体软易推倒，也不怕别人笑话。”

苏逸淡定道：“没人敢笑。”

“也是。你这一条路走到黑的，慢慢地，敢笑你的人，敢对你说真话的人，都会越来越少。”

苏逸沉默，这话他没法接。白婴意不在此，故作惋惜：“罢了，我知道你穷，没钱下聘。那不若这样……”

“怎样？”

白婴藏在身后的手捧出琉璃盏，晨曦的微光映在上面，色彩绚丽至极。她眼底噙着笑，说：“你不是想要这个吗？那我就以此物为聘礼，求你青眼，随我入了家门如何？”

苏逸登时怔住。

白婴看他久久不语，笑得越发灿烂。好不容易忍下了，她皱着眉头道：“不愿意呀？哎呀，这可就麻烦了，你没钱下聘，又不肯进我家门，那你我之间的缘分……”

苏逸蓦地握住她的手，声调里，拖出了浓浓鼻音：“那你可会……对我好？”

“必须的呀！”白婴拍胸保证，“喝过合衾酒，这辈子，下辈子，生生世世，我与你，生死同路。”

他等这一刻，等了好久。

他等这一句，也等了好久。

白婴曾为他能好好活着拼尽全力，且断定这是一个无法共生，也不能同死的局。但他就算忤逆天下，也要将她牢牢绑在身边。既是如此，顶峰或地狱，有何差别。

要么，一起活过余生。

要么，携手粉身碎骨。

这是白婴最终给他的答案。

苏逸将她拥入怀中，哑着嗓子道：“这回，不可以再骗我了。”

“好。”

“我跟你过了门，你也不可以负我。”

“啧，说得好像我负过你似的。话说回来，你好歹是闻名天下的狠角色了，让你嫁给姑娘家，你半点不挣扎，这样好吗？你多少象征性地反对一下呀！”

苏逸：“孩子要两个，好不好？”

白婴：“……你是不是想得有点远？”

“男孩随你姓，女孩随我姓。姓苏，好吗？”

白婴默然不语。

“至于日子，待解了你的药人之身，就定下来。府上人多，抓紧一些，月底之前，必能礼成。”

“等会儿，现在的重点难道不是你要跟我入门，你手底下的士兵会怎么看你吗？”

“不重要。”苏逸抚了抚她的后脑，一语中的，“毕竟，我穷。他们都知道。你肯娶我，是我的福分。”

白婴皮笑肉不笑：“我能确定、肯定，以及笃定，我这脸皮，就是随了你！”

◆

第二十六章·
此去经年，岁岁与朝朝

其后两三日，苏逸都关在房中。蛊虫入体，有短暂的融合期，痛苦非比寻常，过程也十分艰险。苏逸生怕出纰漏，不让白婴在侧。白婴就日夜守在院子里，出人意料的是，她竟没再睡过去。

向恒第一个觉察出不妥，到第三日夜里，他问白婴是不是把蛊王交给了苏逸。白婴那会儿坐在主屋前的石阶上，抱着膝盖，痴痴打量角落里那两株枇杷树。直到向恒追问了好几遍，她才回过神来，点点头，说："嗯，给他了。"

向恒神色复杂："你……他疯，你也，陪着他，一起，疯吗？"

"没别的选择了。"白婴把视线定格在向恒的面上，故作轻松地耸肩，"你也知道，那天晚上，城里出了什么事吧？"

"我知道。他在，逼你。正是，知道，才不能，看着你，泥足，深陷。"

"泥足深陷……"白婴若有所思地回味着这四字。

须臾，她站起来，伸了个懒腰，再走下石梯，拍拍向恒的肩头："那老鳖孙儿临死前说了，兴许只要一碗血，就能解我的药人之身，我琢磨着，先试试吧。"

向恒皱紧眉头，咬住下唇。他很清楚，那只蛊王会带来怎样的后果，思索良久，他下定决心道："好。等解决，你得，跟我走。"

"走？走哪儿去？"

"归隐，山林。隐居，避世。你想，去哪儿，都行！"

"傻小子。"白婴忍俊不禁，长舒一口气，说，"我把自己，许给你姐夫了。我也没什么长辈，自个儿的事，自个儿就做了主。"

向恒一呆。

"如我这药人之躯真能解，合该把喜事办一办了。"白婴看一眼黑压压的天色，"这季节眼看着要入冬。我其实当真不喜欢西北的冬季，太冷，风太大。等你喝完了这杯喜酒，你就……离开吧。去江南走走，那边四季宜人，山清水秀，兴许更适合你。"

"白婴！你疯了是不是？！"向恒一急，再也顾不上断句。他本想去抓白婴的手，可瞅着那主屋内的光亮，想到在山上被打的十顿八顿，又戚戚然地把手收了回来，咬紧后槽牙道，“李琼那几个副将说，朝廷十一万大军已行到两百里外的广阳州，用不了多久，就会兵临城下。先前他纵容战俘砍杀百姓，死了两百余人，此举让他彻底失去了民心。外有朝廷大军，内有无数人盼着他败。白婴，你跟我说过，水能载舟，亦能覆舟，他有赢的可能吗？”

白婴默然不语。

“好，即使他胜了，他已偏激至此，若再加那只蛊王，你要眼睁睁看着他，成为第二个叶云深吗？你在此时选择与他成亲，无非是想把自己和他绑一块儿，名声、性命，你都不要了吗？”

白婴依旧不说话，又坐回了方才的位置。

向恒急急上前，面带薄怒道：“这些年，我看着你是怎么熬过来的。白婴，我曾经想过阻止，可最终都是顺着你的意。我很明白，你一心要还这边关太平，你无法坐视那许多和我们相同的无辜者，受战火之苦。你已经做到了，不管他人如何看你，走至今日，你问心无愧。可如今，他要行的是黄泉道，要重新让这西北生灵涂炭，你何必执意相陪？这一步踏出，是前功尽弃，身前死后，不知有多少人骂你憎你，史书上，你又会留怎样的污名？我想要你活着，我更想要你清清白白地活着！”

“清白……”白婴抬起头，看着瘦高瘦高的青年，过了好一会儿，她谓叹道，“回想你我初识，你还没我高呢，成日里只会缩在我身后，‘嘤嘤呜呜’地哭。”

“……白婴！”

“可经历这么多，你总归是成长了。以前你很少自己拿主意，现在很好，你有自己的想法，也能看得清局势，如此一来，我也用不着那么担心你了。”

“我不想听你夸我！”

“这会儿我还有得夸，你将就着听几句。”白婴顿了顿，眸光逐渐暗淡，“说起清白，奉安二十七年后，我哪有什么清白呢。你看，那些丧命的百姓，曾经没受过都护府的庇护吗？可战争结束，他们迫不及待地要找一个罪人，来发泄怨尤。”

“那是因为……”

“我知道，你姐夫有错。赵述死了，他把这唯一还记着他过去的人，也抹杀了。此后，无人关心他有过怎样的经历，为何变成了这样。就如同我是十六国的女君，梁国朝廷，梁国百姓，他们不在意我做过什么，不在意我曾经救过别人，更不在意，我也是梁国人。”

“白婴……”向恒喉咙发堵，突然不知该说些什么。

“我不后悔，自己的每一步。甚至不悔，在雪池边上，为了不让你姐夫疯下去，捅他那一刀。人性本就有善有恶，不能因为片面的黑暗，就去否决光明。”

她停滞良久，目光失去焦距，有转瞬的茫然。

“可你晓得，当你姐夫用乞求的语气跟我说，别留他一个人，我想救世人，怎么不肯救救他时，我这心里，是怎样的感受吗？就像放在火上烤，烤烫了，生生泡进冰水里。我花了一生筑起的信念，在那一刻，全毁了。”

“白婴，不是这样的，你和他……不同。”

白婴不置可否，捂住眼涩然笑笑：“彼时，我就想，他以后的路，哪怕是刀山火海，十八层地狱，我都得陪着他走下去，不能再放开他的手了。管他什么对与错呢，我的初心，是他啊。”

“不是……不是。”向恒终是抓住了她的手，像要把她拉出深渊，“你在骗自己，你根本做不到，目睹他平添杀孽，那只会让你痛苦。”

“无所谓了。”白婴破罐子破摔地闭了闭眼，坚定地把手从向恒温热的掌心抽回来。

他还有热血，可她自己的血，却已凉了。

“我护过世人，世人负了我。这一次，我选择好好护着他。他日后倘使心性有变，我也无惧血河铺道。且看这天下，谁人有那能耐，将我与他，一并杀了吧。”

“你……”

“傻小子，听我的话，喝完喜酒，离开西北。”

向恒注视着白婴，话说到这个份儿上，他知自己再劝不了白婴回头。苏逸赠的剑尚在他的手里，可那指间无比沉重，竟觉要拿不稳这剑身。二人静默半刻，他一言不发地走出了小院。

白婴没去探究向恒的想法，毕竟在她看来，向恒已经选了自己的道路。在这过后，向恒莫名消失，白婴好些日子都没见着他。

十月初十早。

天边泛开鱼肚白时，苏逸打开了房门。白婴坐在石阶上四肢发麻。从饲蛊的第一天，已经过去了整整四日，其间李琼、王威、江安轮番来汇报过军情，都被白婴打发了回去。她听见房门“吱呀”作响，忙不迭回头去看。

只见苏逸站在第一缕阳光下，脸色苍白得近乎透明。她眼眶一热，当即撑着膝盖起身，结果身子太虚，脚下一晃，恰恰跌进了苏逸的怀里。苏逸揽住她，二人便相视而笑。

“没睡觉？”

白婴摇头：“不敢睡。怕一睡就醒不过来了，到时候，你不得跟到地下扒我的皮？”

“哪舍得。”苏逸理着她的发，轻声说，“饿吗？我去煮碗面给你吃？”

白婴立刻点头。上次没有好好品尝她哥的手艺，这一遭，她甚是迫不及待。她搓着手在屋内等了一刻钟，苏逸就端着两碗热气腾腾的香菇鸡蛋肉末面回转。两个人这几天都备受煎熬，白婴自是吃得狼吞虎咽，一边吃，还一边给她哥说了最近的军务，独独省去了向恒失踪这一茬。

苏逸照旧食不语，慢条斯理地吃完面，才点评了几句江南的兵都是杂鱼，没什么可忌惮的。白婴翻个大大的白眼出来，打着呵欠刚想上床歇一歇，不料她哥出门一趟，端了碗血进来。她一瞧那红艳艳的颜色，顷刻犯了难。

“唔，事情是这样的。”她暗暗打了个干呕，“说出来可能有点让你蒙羞，但我确实略为晕血。想当年，叶云深那鳖孙儿逼我喝血，我是喝了就吐，喝了就吐。向恒呢，为我想了很多办法，实在没辙，才把血掺进了酒里。”

苏逸一听，跟着犯了难：“都护府禁止饮酒。”

“我明白……”

“现下城里，也无人敢做生意。”

“我也明白。”

两个人说完，双双忧郁地沉默了一阵儿。就在白婴要捏住鼻子试图豪饮前，苏逸道：“除了酒，兴许，还有一个法子尚可试试。”

“什么？”白婴眼睛一亮。

苏逸端起碗，先饮一口，然后，就在白婴想跑却没跑得掉的情况下，他掌住她的后脑勺，双唇蛮横地压了上去。

诚然。

这一开始是个福至心灵的法子，也委实令白婴不得不喝完了那碗血。可不知怎的，苏逸喂着喂着，竟是喂出了情欲，脚下几个腾挪，就把白婴摁在了床榻上。等白婴回过神，衣裳已被解得凌乱不堪。她喘着粗气推苏逸，不可置信道：“你这也忒急色了些，依咱俩目前的状况，不该好好休息吗？你身子骨恢复了吗就如此造作！”

苏逸气息不匀，冰凉的吻细密地覆在白婴的脖颈上：“想忍的，忍不住了。那流萤草，不止让你的心尖儿血没了解毒作用，也几乎要了我的命……阿愿，我想……与你亲近。”

白婴抿了抿唇，打心眼儿里没法拒绝她哥，寻思着他也虚弱，估计就任性那么一回，干脆就从了他。

然而……

及至第二天日上三竿，她醒过来，见她哥坐在床边自责得不行，一句想勒令他以后禁欲的话，就这么活活卡在了喉咙里。

那时的白婴还没预料到，这将是她今后人生难以迈过的坎儿。

再之后，苏逸叫了三五个军医来给白婴复诊，确信白婴的药人之躯当真解了，他便拉着人大大方方地前往议事堂，宣布了要成亲的消息。

堂里堂外聚集着三名副将及军中重要的将领，冷不防听闻苏逸所说，大伙儿俱是面面相觑，鸦雀无声。白婴想着这会儿时局动荡，大肆操办喜事于理不合，便想悄悄和苏逸商量，两个人拜一拜天地就行了。

她这厢话还没出口，王威道："都护，此事，恐有难处。"

苏逸平静地觑着众人。

白婴生怕她哥被那蛊影响心性，来个当众手撕贴心下属，赶紧附和道："要不，咱俩的事儿，咱们俩私下解决。朝廷兵马将至，别在这关头影响军心。"

她哥没吭声，倒是李琼率先跳出来道："什么叫你们私下解决？"

李琼嗓门大，腔调也高："都护的事，再小也是咱们楚家军的大事，更何况，是都护成亲，此乃大事中的大事！"

白婴蒙了一下，有点看不懂这事态的发展了。她瞥见她哥微不可察地偷笑，一时间觉得，这些战场上共同出生入死的爷们儿，他们之间的情谊，兴许非她能理解，男人的脑回路，也多半和她有所不同。于是，白婴不耻下问："那李副将你们刚刚是在为难个什么劲儿？"

"我说了，都护成亲，是大事！"

"我听到了啊？"白婴摊手。

李琼仿佛站上了智慧高点，深深地鄙视白婴道："既然是大事，怎可随便操办？"

白婴又蒙了。

李琼哼了一声，看向他家都护的目光甚至带了点规劝，仿佛在说这丫头配咱们都护，都护简直亏大了。被苏逸警示一眼后，他才继续说道："现在局势不好……我也不是说即将开战什么的，有都护在，咱们打仗没怕过谁。府里上下也都晓得，先前一战，得归功于白婴。可外头的人……他们不晓得。"

"李琼。"苏逸凉凉道出一句。

李琼忙说："世人眼瞎心盲，咱管不着。可问题在于，成亲得办筵席，得有酒水，不说繁复礼节，凤冠霞帔、新郎服饰、喜纱红字、喜烛摆设，总得有吧。咱们府上一水的光棍儿，压根儿找不到这些东西。城中又风声鹤唳，没有铺子开门营生，要说去抢，咱也干不出那等事来……"

"谁让你们去抢。"苏逸寒声道。

堂下登时热闹起来："看吧，都护也不同意，那这亲事，怎么办得成嘛。"

白婴上前一步和稀泥："不急不急，要不然等……"

苏逸把她拽回身边："不等，这个月，必须成亲。"

一干将领你看看我，我看看你。

白婴掐了一把她哥的腰腹，说：“你这不是使性子吗？几岁了？我人都是你的了，你还怕我跑了不成？”

苏逸还没来得及捂她的嘴，一群受到了激烈伤害的光棍儿迅速跳出来，道：“有困难，咱们想办法！”

白婴话音一止。

苏逸扶了扶额头。

其中一名参将道：“先凑银子挨个布庄敲敲门，看有没有哪家愿意做嫁裳。着实没有，都护和女君委屈委屈，咱们兄弟拼一拼能用的红衣裳红布料，尽、尽力做一套像样的喜服吧。之前大伙儿以为快有小将军了，也学过点针线活的。至于多的……要不等不打仗了，咱们一起给女君和都护补上？”

白婴的鼻尖儿发酸。

众人已经就此议论开来：

“成，我娘年前给我做了套红衣裳，我还没来得及穿，我比都护矮那么一点，加些布料，改一改，就是新郎服！”

“我那儿也有一件红裤衩，就是……就是穿过的，女君莫要嫌弃……”

白婴摇摇头，诚恳地冲那人一笑。

“针线活儿还是得找一个人做，小沈心灵手巧，让他来缝。”

“那我负责剪喜字。”

“我率一队斥候，出城探军情的时候，顺带摘点果子，当喜果。”

大伙儿七嘴八舌，说得热火朝天，苏逸也跟着起身道：“盖头我来缝，不牢诸位动手。”

“都护肯定是不放心咱们的手上活儿！女君嫁给都护，可算是这天底下顶幸福的女子了！”

哄笑声一发不可收拾。

良久，众人才安静下来，瞧着白婴道：“女君，先前三王受审，咱们都知道来龙去脉，一直没机会与女君说一句，这世道，辛苦你了。你和都护的婚事，倘使办得不好，也请女君多多见谅。咱们是大老粗，虽不大懂成亲的礼仪，但愿女君和都护长久的心，都是真的。”

白婴两手拉扯着自己的裙衫，泪眼朦胧地深鞠一躬，千言万语，尽化作两个字：“多谢。”

众人亦肃穆地回她一礼。敬她曾经弭平战乱，敬她往昔高义薄云，也敬她在这乱世，巾帼不让须眉。

二人的亲事有条不紊地筹备，都护府上下都是喜忧参半，一边替白婴、苏逸高兴，一边关注着即将到来的战事。

十月十五。

朝廷大军兵临城下，大司马季明喊了一日一夜的劝降词。次日苏逸亲上城楼，挽开三百斤大弓，一箭射中中军帅旗，吓得季明转头就鸣号收兵。一干将领在城楼上瞅着城外的黄沙滚滚，大军撤得屁滚尿流，心态那是相当复杂。

梁国素来崇文弱武，若非出了苏逸一个将才，搞不好再多几年，十六国真能打到关内去。一想到这儿，众人就统一觉得梁国皇帝没前途。苏逸面不改色地把弓扔给李琼，差点砸得李琼跪在地上，继而，他扔下了他那句猖狂的名言——

“一堆杂鱼。”

将领们都沉默了。

此战……不，此箭过后，长达十来天，朝廷的兵马都没了动静。府上大伙儿都觉得大司马季明是被苏逸吓破了胆，一度军心亢奋时，白婴却总是隐隐不安，夜里她被她哥折腾得死去活来，还会存点心思提醒苏逸，谨防朝廷使阴招。

说到底，梁帝忌惮他多年，不会丁点准备都不做。

果不其然，十月二十八，便出了桩大事。

两军阵前，季明押出了一百八十七名老弱妇孺，皆是从江南带来的楚家军的亲眷。他以这些人命勒令苏逸开城门归降，并称楚家军若不降，将会有源源不断的亲属被押解来遂城。这一日，军中无人开城门，这一百八十七人，血溅黄沙。

此举犯了兵家大忌，但也确实让楚家军陷入两难境地。

当天夜里，都护府校场上，议事堂内，站满了将领和士兵。白婴也坐在其中，焦虑地望着沉默不语的苏逸。

亲事的喜悦被彻底冲散，每个人的脸上，抑或愤怒不堪，抑或伤心欲绝。

自楚家军建立之初，大部分家眷都在关中，换言之，是在朝廷的掌握下。一旦战事演变成对弱者的屠戮，朝廷虽胜之不武，可楚家军的军心分崩离析，也是迟早之事。

正如白婴所言，战争是死亡。

到了下半夜，有人提议冲出城全歼朝廷大军，也有人让苏逸趁冬季绵江结冰，过河入主关中。苏逸仍是没说话。

临到快天亮时，他走出议事堂，高声对众人道：“朝廷多鼠辈，此一战，原无半分胜算，现如今皆作卑鄙手段，扼我众将士之咽喉。然，身体发肤，授之于父母，罔顾人伦，摒弃至亲，非我楚家军当为之事。即日起，亲眷居于关中者，可弃械出城，归顺朝廷。他日若战场相见，不必手下留情。”

整个都护府，顷刻肃然无声。

不知过了多久，苏逸又道："欲离城者，在副将李琼处，交回楚家军军牌，日暮酉时，开启城门！"

三个副将慌张道："都护，不可！"

苏逸扬手阻止，稍放低声音："季明没那胆子攻城，不必紧张，去做便是。"

三人六目相对，不再反驳。

校场上也是窸窸窣窣嘈杂了片刻，有将领当先跪了下来。

"既入楚家军，末将誓死追随都护！上位者昏聩无能，多年来克扣边关军饷，若非都护一力支撑，凭他们干的那鸟事，三州早已失守！假设十六国打进关中，江南又何止一家受灾！朝廷百官，又岂能在京都安享太平！"

第二人跪下抱拳："朝廷的鸟尽弓藏之心早已尽显，今使这下作手段，更能证明上位者非是明君！我等与都护数年出生入死，岂能置都护于危境！"说话者抹了把脸上的泪，"此桩血海深仇，来日必叫季明那狗贼，与那朝廷上献计的狗官，一一偿还！"

后面便是第三人、第四人，无数者跪于校场上。

"梁国国土，是楚家守下来的，都护待我等情同手足，临阵反水，这等不忠不义之事，我们做不出。此战了结，身下黄泉，再向父母请罪！"

"我们的命，是都护在四年前救回来的，没有都护，我们活不到今天，也没有现在的楚家军！还请都护率领我等，进军江南！"

"将军百战死，马革裹尸还。一日是楚家军之人，终生不改此志！"

"将军百战死，马革裹尸还！"

整齐的呐喊声，响彻了云霄。

苏逸一动不动地注视着他的兵，有那么一刹，晨曦拓落在他那双黑白分明的眸子里，白婴好似穿越斑驳的光阴，看到了她旧年的兄长。

直到这日酉时，无一人去李琼处交还军牌，城门依旧不曾开启。

后来，朝廷大军莫名消停了数日。因这沉重之事，白婴和苏逸的婚事推迟。

刚入十一月，朝廷派来了使节。苏逸出乎意料地让那人进了城，而后单独谈了一上午，其中内容，便是白婴也没能知悉。

结果……

使节自然是没走得出城门。朝廷不干人事，苏逸也不会在乎底线，直接拧断了那人的脑袋，挽弓射出了城去。大伙儿以为又会换来一波家眷的死亡，可这一次，莫说是家眷，连朝廷大军的影子都没出现。

夜里，苏逸和三名副将在书房中关了一宿。白婴第二天早上给他们送餐点时，恰巧碰到三人从书房里出来，个个红着眼睛，仿佛被苏逸虐待了一顿。白婴深感奇怪，正欲细问，苏逸便说困，径直拉着她回房，抱着她睡了一整日，睡醒后又折腾了她好几回。

战事没个进展，在几个副将的主张下，大伙儿便又开始忙碌两个人的成亲事宜。到了月中，一套喜服送来了主院，白婴瞧着那颜色不一的布料，别扭的针脚，以及诡异的样式，一度哭笑不得。

但此物重在心意，她实则非常喜欢。

那会儿苏逸白日没事，也坐在水榭里绣盖头，白婴见此一幕，都觉分外好笑。别说话本子里都是姑娘家给情郎绣些小东小西，他堂堂一个西北都护，号令十万边军，动辄手撕活人，眼下却拿一根绣花针，眯着双目刺来刺去，任谁看了，都会感到滑稽中透着惊悚。

白婴偶尔趴在他的肩头打趣，说道："我是没见过哪个大将军下了战场还能贤淑到你这一步的，既能洗衣，又能缝补，而今还能下厨，啧啧，你这样衬托得我好废柴呀。"

苏逸只是笑："不瞒你说，早年我便想好了，我宠着你、惯着你，这辈子，下辈子，无论何时，你遇到想将你拐走的男子，都只会认为他们没我好。如此一来，你想走也走不了。"

白婴道："你认真的吗？"

"嗯。"

"天啊，原来你的心机一直这么重！怪我识人不清，着了你的道！"白婴龇牙咧嘴地在他脸上"吧唧"一口，"不过，我喜欢。"

苏逸好看的眉眼越发上扬。

"那下辈子，你要记得来找我。"

白婴听着这话怪怪的，却没作他想，掰过他的脸，在他的唇上浅浅一啄："好啊。轮到我不放过你了。"

"求之不得。"

两人的婚期，定在了十一月二十二，苏逸说，这是个好日子，成双又成对。

他绣好盖头，已是十九。那火红的布料上，独有一只比翼鸟。白婴原本嘟哝着抗议，说一只鸟，寓意不好。可她哥声称恰好能和白婴当初绣的绢帕凑一对，她无法反驳，只好认了。这晚，苏逸又赠了白婴一个上锁的红木匣子，说是迟来的聘礼。白婴想打开观视里面装了什么，苏逸却怎么都不肯说钥匙在哪儿，非得等到成亲之后再给她。白婴没辙，索性将箱子放在了床底下。

那一两日，府上的氛围开始有些低落。白婴还以为出了新的战况，苏逸不想她操心，是以没告知她。白婴默契地没去追问，但凡有点空闲，她都在琢磨，向恒去了哪儿，会不会来喝她的喜酒。

可到了成亲的这一天，向恒依旧没有踪迹。

白婴一晚没睡好，早间被苏逸摁在怀里，休息了半日。到了下午，她才手忙脚乱地梳洗打扮。等吉时一至，她匆匆戴上盖头，推开了房门。

外间是星河浩瀚，银月满辉。

寂静的院子里，站着她挚爱之人。白婴细细聆听了一番周围的动静，除却夜鸟啼鸣，再无旁的声响。她经历过风浪，轻易辨得出这暗夜底下潜藏的肃杀。

这场面，委实不合理。

依着众人对苏逸的崇敬，依着前些日子那般的深情厚谊，他们断不可能不来参加二人的亲事。除非……

白婴深吸一口气，做了最坏的打算。

苏逸负手走上石阶，身姿挺拔，端的是绝代风华。他墨发束髻，剑眉星目，噙着笑意打量白婴片刻，伸手道：“前路磕绊，我牵娘子同行可好。”

白婴娇滴滴地说了句好，继而握住了他的手。

喜堂设在议事堂中，离主院尚有些脚程。府上不见巡逻的兵将，也没看到李琼三人。一路走来，无人道喜，无人庆贺。白婴倒是心下放松了些，因着盖头挡住视线，她半边身子都靠在苏逸的臂上，与他十指紧扣，更像是平素在散步。

走到半道，苏逸笑说：“别的新娘子一到成亲，都甚是紧张，你怎么反而快要蹦跶起来了？”

“哦？是吗？”白婴侧过头反问，“你还跟别的新娘子成过亲？”

苏逸：“你瞎说什么。”

白婴掐他腰：“那你怎知别的新娘子会紧张？”

“你逼我看的话本里，不都这样写吗？”

“啧，你表面上说不喜欢看，心里却是记得很清楚嘛。”

苏逸啼笑皆非：“那是因为我想着，若你哪日睡不着，我还得给你讲故事哄睡。”

白婴喃喃：“真把我当小孩子宠。”

“不好吗？”

“好呀。那你就得负责宠我一辈子，我没闭眼前，你都不许闭眼，知道吗？”

苏逸隔着盖头用食指戳她的脑门：“大喜之日，别说不祥话。”

“哦，那我祝你长命百岁吧。”白婴说完，自己都没忍住笑出声。末了，她又好奇问道：“对了，你那聘礼里，到底装的是什么？”

“你猜猜。”

“三州地契？”

苏逸抚了抚额头：“你要真想要，也无不可。”

“啧，你都穷成这样了，怎么好说这种话？”

苏逸无奈地看着她。

白婴憋着笑假装叹息："你们男人呀，成亲前成亲后，根本就是两副模样嘛。婚前老老实实，婚后口蜜腹剑！"

"阿愿……"

"不许恼羞成怒啊！大喜之日，不宜动手！"她把苏逸挽得更紧些，"我刚与你重逢时，你知我脑子里整日都出现一句什么话吗？"

"馋我身子？"

白婴捶了下苏逸的心口，说："你那时总拿冷脸对我，我呢，就忍不住逗你，一逗你，你更生气。我就老想起那句话，我哥再打我一次。"

苏逸："我什么时候打过你？"

"鹿鸣苑，你割我手臂不算打呀？"

苏逸登时理亏，机智地保持了沉默。

二人说话间，缓缓走上了校场石梯。入喜堂前，白婴道："你事事都让着我，那这一桩呢，也得让着我。我捅你那一刀，不算。你割我这一剑，必须补偿。哪日我若提出补偿的条件，你不准不答应。"

"……真不愧是智慧也随了我的西北第一美人儿。"

"那是。"

两个人定定互看一眼，然后双双笑出声。

喜堂的布置，相对简陋。一切都与平日的陈设差不多，唯独正前方的灰墙上，贴了个大大的"囍"字。底下摆着张长案，放有两盘还没成熟的青果子，以及高低不一的两根喜烛。酒具不知是从哪里顺来的，铜壶搭两只杯盏，算得上齐全。

两个人站定在案前，白婴感叹道："幸好蜡烛不是白色的。"

苏逸没随她插科打诨。既无司仪，两个人只好自发拜天地。白婴一向大大咧咧，自个儿就喊了拜堂的话，三拜过后，她掀开盖头，端起酒壶闻了闻，果不其然是白水。

她冲着苏逸俏皮地眨眨眼，斟满两杯水后，递一杯到苏逸手中，小声道："我虽然想过在这关头咱们成亲，必然是从简，可也没料想，简得这么厉害。我不管，我话先撂在这儿，等……"她斟酌须臾，照旧笑意盈盈，"等一切平息，你得补我个有酒有肉的喜宴。就我们两个人吃的那种，你下厨，我从旁指点，可好呀？"

苏逸走近半步，目光温柔缱绻。他轻抚白婴的脸颊，温声道："我关在房里那几日，向恒与你说的话，我都有听到。阿愿，你当真……不后悔吗？"

白婴覆着他的手，脸蛋蹭他的掌心："世不遇你，生无可喜。"

"世不遇你，生无可喜……"

苏逸矮声重复。他闭了闭眼，唇角勾出些微的弧度，衬着一声浅笑："你在庵乐雪池，说做了一个梦，在梦里，爱了我一辈子。这怎么……单是一个梦呢。"

白婴明媚的笑意蓦然凝结住，一阵没来由的恐慌像是跗骨之蛆，慢慢撕开她的血肉。

“我这一生，执念过两件事。一件，是要将你绑在我身边；另一件，你可知为何？”

“宝贝儿，你要做什么？今天是大喜之日，你方才说了，不可以讲不祥话。”

苏逸凝视着她，那格外温柔的目光仿佛像蜜糖能牵出丝来：“早年在京都，我最怕的，是你分不清我与他。我宠在手心里的姑娘，若最后爱上了那个人，我该如何是好？”

“你……”

“这个世上，不该存在影族的。影族从头至尾，都是个弥天大谎。”

“你别说了！”白婴探手捂住苏逸的嘴，又谨慎地瞟了瞟门外，看见没人，方松了一口气，“我们回房说，床上说，你要怎么说，我都听着，好不好？”

苏逸拉下白婴的手，两个人气力差距太大，白婴根本无法与他抗衡。这也是破天荒头一回，他没顺着白婴。

“在我出生后，影族剩我一人保有纯正血统。自懂事之日起，身边每个人都与我说，影族终其一生，只能活在黑暗里，不可以见光，不可以让别人知道我们的存在。”

“宝贝儿！”白婴急得红了眼眶。她拼命挣扎，可无奈争不过苏逸半分。

“所有人这样说，我也就这样想。后来楚兴国动用全族人的性命威胁我，我之所以能和楚尧……”

“你不要说了！”白婴哭出声来。

“我和他们三人成为好友，皆是心知楚家三代精忠报国，只剩了一脉单传。楚兴国不愿独子折损在战场上，断绝楚家的后，我能理解。可我没想到，这辈子，会遇上你。”苏逸用力抱住她，话音仍在耳畔，“随着你长大，我一日比一日更加渴望，能用自己的身份堂堂正正地活着，而不是楚尧的替身。你和赵述从西山回来，第一次叫了我的名字，那就像一剂鸩毒，但我总忍不住想，饮鸩止渴。”

“你到底……要做什么啊……我们……还没喝合衾酒呢。”

苏逸手中的杯盏掉落在地，磕出一声脆响。与此同时，议事堂外，校场之上，传来了有序的行军声。无数盔甲厚重地摩擦如冷锋出鞘，铺天盖地，刺得人耳膜生疼。白婴听见那带兵者声音洪亮，正是她无论如何都想不到的——

李琼。

“贼子苏逸，欺上瞒下，窃取楚家军队，杀害定远大将军，以邪术偷梁换柱，取而代之！诱我无数忠义之士，叛国害民，受天下口诛笔伐！今阴谋败露，楚将军得以申冤昭雪，我等奉皇命，诛杀贼人，以定疆土！”

“不可能……这不可能……”白婴费力地扭过头，望着漆黑如墨的夜空，周身不可遏制地战栗。

李琼还在宣读苏逸的罪状，从鹿鸣苑，到前些日子纵容战俘当街砍杀，一桩桩一件件，巨细靡遗，都在昭告天下。白婴心神激荡地抓扯着苏逸的喜服，声嘶力竭地问：“为什么会这样？你告诉我，为什么会变成这样？是谁做的，是谁啊！”

忽有脚步声自外而来，久未现面的向恒站在了喜堂上。苏逸松开禁锢白婴的手，白婴则不可置信地看着数步之外的青年。她说过的，她等着有人能杀她和苏逸。白婴踉跄一步，嗓音不稳道：“是你……做的？”

向恒没有回答。他拿着苏逸赠他的剑，徐徐靠近。

事已至此，白婴知晓，这就是两个人的终点。她心想着，如此也好，至少，他们是拜过天地了，结了这一世的姻亲。她目睹苏逸举步往外走，自个儿接连做了好几个深呼吸，才鼓起勇气打算跟上去。未料苏逸与向恒错身之际，两个人似早有商议般，向恒将那剑扔回给苏逸。苏逸一手接下，最后一言，是交托向恒：“以后，好好照顾……你姐姐。”

向恒闷闷应了一声。

白婴的脑子里赫然炸开，“嗡嗡”鸣响。她加快步子要追上苏逸，向恒猛地拦住她，竟是点了她的穴道。她听见自己在撕心裂肺地吼，让苏逸回头，她也忽然之间串联起，许许多多的事。

赵述说，这么多年，他以为一切都变了，可又觉得，好似什么都没变。

如今白婴终于听懂他的话，苏逸还是当初那个桀骜不驯的少年啊。他说过的，他恩怨分明，谁害过他，无论多久，他会把欠的债收回来。可谁要是对他好半分，他会掏心掏肺，自己的命也不计较。

于他而言，在这世上，对他好的，便是白婴，便是这楚家军千千万万的将士。

他怎舍得，他们为他，踏尸山血海，一无所有。

白婴明白了朝廷大军为何一直不动，也明白了那日李琼三人自书房出来，为何会红着眼睛。更猜到了那个红木匣子里，究竟装的是什么。

她发了疯一样叫喊着向恒放开她，不知喊了多少声，直到，一声命令判定了生死——

“放箭！”

白婴的心口，在那短短的一瞬，枯败成灰。她看见向恒用长案挡在两个人身前，她听见耳边有破风的箭矢声响。她不再挣扎，仿佛她的生命也自此终结。

许久，久到依稀是已经过完了一生，白婴双目混浊，哑声道：“放开我。”

向恒解了她的穴道。她推开他，一步一步地，走向门外。每行一步，她都想起苏逸说过的话。

年幼时，他说，没人爱她，我来爱她。没人娶她，我来娶她。

跟他回了将军府，他说，我将来约莫是要上战场的。万一我死了，你便以这块名牌立个衣冠冢，就算……还了这份恩。

第一次离别时，他说，一年之期，此后，生死不弃。

再重逢时，他说，他已经没什么想要的了。

后来生死阻隔，他说，你为什么不肯……救救我。

她救了，他却放手了。

白婴站在议事堂外，满地都是箭矢，横七竖八地堆叠着。他背对着她，身姿依旧挺拔，手中那柄长剑垂直指着地面，“叮”的一声，脱手掉落，一如那杯他没喝的合衾酒。

到了现在，他为何迟迟不肯饮酒，白婴都像是猜到了。

她走上前去，用额头轻轻抵在他的背上。从前她也会隔三岔五做出这个动作，只是那会儿苏逸能转身抱住她，这次，却换她抱住倒下的苏逸。她受不住他的重量，随他一起摔倒在地，又忙不迭跪坐起来，将苏逸搂在怀里。他的前胸贯穿了数支长箭，喜红的衣衫更添艳色，他一咳嗽，嘴角便涌出了黏腻的血。

白婴慌乱地用手去擦他的脸，好似这样做，能帮他止住血似的。她的泪大滴大滴地落，砸在苏逸的脸上，睫毛上。

苏逸还是那样温温柔柔地喊她：“阿愿……现在，你终于可以……叫我的名字了。你……你唤我一声，好不好？”

“苏逸……苏逸……苏逸。”白婴一声一声地叫着他。

他眯着眼笑了笑：“这个执念……也算是，得以成全。”

“为什么……为什么要这样做啊？”

白婴泣不成声。

苏逸又咳了咳，好不容易咽下喉咙的腥味，慢声道：“那天，在城墙上，我看见那一百八十七人命丧黄泉……竟是……没有太多感触。那时，我便知，那蛊，会让我的理智慢慢失控……”

“你答应我的，会宠我一辈子。也是你说的，不到寿终正寝，都不算一辈子。你怎敢……怎敢如此骗我啊……你让我不负你，你又为什么，要丢下我一个人？我以后上哪儿去找……第二个这么宠我的人啊……你个骗子，骗子！”

“你……你别哭。阿愿，我宠你这么多年，也次次让着你，这一回，当我自私，你让着我吧。”

“我不让……我不让！”

“听话，阿愿……”

他握住她的手，把藏在掌心里的钥匙交给了她。那钥匙沾着血，刺目的红。

“拿着那纸赦令，离开……遂城。以后……若有需要，再、再找李琼他们相帮……他们会照顾你。”

“我不要……我不要别人照顾，我只要你！”

“那一杯……合衾酒，我怕喝了，就再舍不得走了。阿愿……”

白婴的哭声越来越大，回荡在寂无声息的校场上，催闻者断肠。苏逸靠在她的怀里，疲惫地敛低了眼皮，他的薄唇张张合合，声音却渐低。

“你的兄长……算不算，还给你了？阿愿，下辈子来找我，你要……记得。”

尾音散在寒凉的夜风里，如同曲终人散的折子戏。白婴的号啕变了调，尖锐地撕裂了这西北的初冬。

李琼、王威、江安站在列队的士兵前，热泪盈眶。三人都不约而同地想起，那日在书房里的一场谈话。

“将我的身份在军中传播开来，以此定我罪名。待我死以后，楚家军不复存在，兵权自会重归朝廷。这月余我与季明有信件往来，皇帝已下赦令，允诺阿愿这一生安稳，也不再追究楚家军之责。这场仗，不打了，最后一场戏，有劳诸位配合。此后海晏河清，留守军中也好，解甲归田也罢，都由尔等选择。”

“都护！我等敬重的是都护，而非楚家虚名，只要都护愿意，我等愿为马前卒，换了这天下！”

“那军中的兄弟，有多少会担不孝之名。尔等既然敬重我，我怎忍心，拉你们进地狱。听我这一言……”时下的苏逸站在窗前，晦涩烛火如滚滚红尘，罩他一身，“诸位，带弟兄们，回家吧。”

…………

这一夜，十一月二十二，皇历写着，宜嫁娶，忌土葬。

季明率兵入城，欲斩下苏逸头颅。白婴与三名副将不肯，两方冲突险些一触即发。季明为大局计，查验苏逸尸身后，允白婴扶柩出城。

十一月二十三。

天晴。西北风刮得塞外黄沙萧萧，苍茫之色掩天蔽地。李琼三人亲自送白婴和向恒带着苏逸离开。问她去哪儿，她未作回答。那二人驱赶着马车走出很远很远，在山坡上回头驻足。城墙斑驳，处处皆留战争痕迹。古老的“遂城”二字爬满了青苔，一笔一画，俱是那落幕的生离和死别。

白婴摸了摸棺木边沿，轻声道：“苏逸，我带你，回家。”

– 正文完 –

番外·
岁月可昭雪

承昭十年。

临近年关，江州郡的一个水乡小镇上，家家户户张灯结彩。

此地气候宜人，便是深冬时节，也算不得太冷。刚过了午时的饭点，傍着河边的一间茶寮里，就人头攒动。

大伙儿兴致勃勃地围观着一个老头儿和一名小姑娘下棋。那小姑娘看起来十一二岁的模样，分明长得可爱灵动，可那双大眼睛里，沉淀着一种格格不入的厌世情绪，仿佛这个世间的一切都让她憎恶。

她懒洋洋地撑着半边脸，催促道："李老头，你下快点，想这么久，是要把这盘棋带进棺材里吗？"

李老头一听，一边捶打着胸口，一边熟稔地打开手边的药包，拿出一根人参嚼巴嚼巴。

"你……你别急啊，这一次我一定能赢你！"

小姑娘神色寡淡："你和你的棋友们已经说了两年要赢我，结果还不是输得老脸丢了一地。"

"啊……你、你！"李老头你了半天，小声嘟哝，"这性子都随了谁啊，明明她娘那么随和的一个人。"

话音落地，李老头又想到什么，赶紧冲一旁观战的年轻人递眼色："对了，黄书生，你昨日讲的故事还没说完，倒是继续啊。"

黄书生："啊？"

李老头挤眉弄眼："快说，快说。"

黄书生会意，无奈地笑笑，清了清嗓子，当真讲起一出被世人遗忘的过去。小姑娘这时似乎才提起点兴趣，表面上不动声色，眼光却有些失焦，不再专注于棋盘上。

"昨日我讲到那定远大将军楚尧，在奉安二十七年，一箭射杀自己的义妹，换回一百一十九名百姓，此举让人叹服。其后悠悠岁月，他的义妹安阳不仅没死，还成了十六国的女君……”

茶寮里众人听得有滋有味，不时唏嘘，不时议论。小姑娘脸色沉静，也不知在想些什么。李老头则趁她不备，赶紧换了好几颗棋子。

待个把时辰过去，故事逐渐接近了尾声。

黄书生呷了口茶，坐下道：“后来啊，就在奉安三十二年，还没翻过年关，楚尧出事，遂城也破了。十六国大军驻扎遂城，无恶不作。这位十六国的女君白婴，领着城外的楚家军，来了一次瓮中捉鳖。此战过后，西北十六国彻底覆灭。可惜啊，这位女君的命途，委实是苦。”

黄书生禁不住叹息：“她身是十六国的女君，当时的情形下，无人在意她是不是结束了战事，保了一方平安。百姓和朝廷都只知晓，她是十六国最后的余孽。皇帝要处死她，百姓也要她的命，只有定远大将军，想让她活着。为了让她活着，楚将军不惜和朝廷起了冲突。说起来，那会儿的皇帝真不是个东西，非要玩鸟尽弓藏那一套。他诛杀楚家军亲眷，以此威胁楚尧。楚将军是何等气概，他不想连累自己的兵，最终自愿死于士兵们的箭下，卸了一身的兵权，归还给朝廷。再往后的事，便是尽人皆知了。”

众人扼腕感慨，黄书生慢悠悠道：“楚尧死后的半年，早有隐患的朝廷很快就变了天，梁朝走向了灭亡，这才有了咱们大晋的安稳盛世。大抵那狗皇帝临死都没想明白，若非他杀了楚尧，梁朝兴许还不至于葬送在他的手里。只可惜啊可惜，一对璧人，遭逢乱世，终不得长相厮守。咱们陛下登基后，坊间逐渐传出了当年那一战的真相，陛下经过查实，方为这位女君正了名。但这正名来得太晚，女君已经听不到了。”

“哎，如果当时的百姓能理智一点，知晓事情的来龙去脉，或许就不会造成这出悲剧。”

“百姓只是缘由之一，重点还是在朝廷的态度。这位女君当真是巾帼不让须眉啊。十四岁救下一百一十九人，后来又救下一座城。虽往事不可追，但她必定留名青史的。”

“是啊，望她地下有知，能够安息。”

小姑娘突然喃喃地接了话：“她听得到。”

所有人都朝小姑娘投去探究的眼神。

她突然笑起来，说：“她一定听得到。”

镇子上的人鲜见到这位小姑娘露出笑容。她棋艺高超，常常在这间茶寮里与人对弈，但总是一副厌世的表情，这还是头一回，大伙儿见她笑。

她把视线定格在棋盘上，挑了挑眉，然后不动声色地落了棋子。

少顷，李老头欢呼起来：“我赢了！你们看，我就说！我能赢。”

茶寮里的人跟着起哄。

此时，三个身形魁梧的中年男人和一名温润儒雅的小公子站在不远处的石桥上，唤这小姑娘。

“苏愿愿，回家吃团年饭了，李叔他们都到了。”

苏愿愿应了一声，高高兴兴地蹦跶出去，跟着那四人一同走远。

李老头望着那四人的背影，说：“这几人又来了啊。每年这个时候，总能见到他们。”

“是啊。”黄书生接话，“我总觉得，这一家人，不是普通人。话说回来，这小丫头居然笑了，看来，她能过一个欢喜年了。”

李老头颔首，又继续拉着别人下棋。

另一厢五人走出好一段路，苏愿愿还在一边跳一边哼曲。并肩而行的少年摸摸她的头，笑道：“今日怎的这般高兴？”

苏愿愿道：“茶寮里的人说，我们娘巾帼不让须眉，将来会留名青史。她是英雄。”

“所以，你释怀了？”

“嗯。”

“不恨世人了？”

“暂时不恨了。”

苏愿愿回头瞥一眼李琼、王威、江安三人，见他们手里都拎着年货，忙不迭挤到三个大男人中间，笑嘻嘻地问：“李叔，王叔，江叔，你们给我带什么好吃的了吗？”

三个大男人相视一笑，七嘴八舌地说起各自手里拎着的特产。

回到家中，彼时白婴正在厨房里忙前忙后。他们一家人落脚在一处精致小巧的宅院里，共有四间屋子，独独西厢那一间，门上挂着三道铜锁。

白婴出来跟几人打过招呼，苏愿愿就和他哥一道去摘菜，李琼自告奋勇扫院子，王威帮着包饺子，江安看见屋顶上有几片瓦破损，便上房去修葺。

天还没黑，向恒也到了。苏愿愿和她哥一见向恒，活儿也不干，冲上去就围住他，央着他讲些行走江湖的见闻。向恒索性带着这两个孩子，蹲在墙角处，边摘菜边讲，惹得李琼一个劲儿吐槽。

“为啥不听我讲军营里的事啊，江湖有啥好讲的！”

王威和江安在一旁笑他。

至夜。

镇子上灯火灿灿，每家门口都挂着红艳艳的灯笼。街头巷尾里，有小孩咋咋呼呼的笑声，间或夹杂着几声鞭炮爆竹响。向恒把苏愿愿扛在肩头，让她点亮了门前的灯笼。院子里，白婴已经摆了满桌的饭菜，招呼大家坐下来。

一张石桌旁，七人围成一圈。

外面喜庆热闹得紧，院中的氛围却是沉寂了一瞬。

李琼看着西厢房紧锁的门，迟疑须臾，忍不住道：“他的境况，仍是没有好转吗？”

此言一出，在座的人都神色低落。

白婴勉强笑笑，道：“好一些了。前几年压根儿不认得人，除了我，谁也不让近身。这两年，偶尔会清醒，愿愿和景舟，也能和他隔着门说上几句话了。”

“向恒找到医家的人了吗？那蛊王能不能从他的身体里逼出来？”王威急问。

向恒没开口。

白婴夹了菜放在苏愿愿的碗里，徐徐道：“去年找到一个，刚进屋，差点被他打死，若非我挡在中间，只怕后果不堪设想。那人也说了，他的情况，无法逼出蛊王。当年本就是因这蛊王才捡回一条命，若贸然逼出来，想是活不成了。我寻思着，疯了总比死了好。兴许，有朝一日，他还能醒过来呢。”

她尾音一落，李琼就开始抹泪。王威、江安相劝无果，也跟着擦起眼眶来。

这是他们家每年团年的必经过程，苏愿愿和苏景舟都看在眼里，这么些年，他们的娘如何吃苦，他们的爹如何被逼疯，所以，苏愿愿从小憎恨世人。

等到三个大男人哭够了，王威道：“吃饭吃饭，大过年的，都想点吉利事儿，搞不好等下都护……不是，等下苏逸就破门而出，和咱们一起吃团年饭了呢！”

白婴哭笑不得：“他要是破门而出，多半咱们要想的，不是吃团年饭，而是怎么拼命把他关回去。他现在越发能打了，眨眼撂翻你们四个不是梦。对了，明早你们谁跟我走一趟，再去打两条拴人的铁链。”

众人沉默。

李琼哼道：“开什么玩笑，这些年我们三个也不是白练兵的，哪有那么容易被放倒。不信你放了他试试。”

他这话刚一说完，仿佛是为了专程被打脸，众人当即就听见西厢里面传来几声拍打的动静。

李琼：“都护他不会这么给面子吧。”

王威：“老李你这乌鸦嘴……”

江安：“现在是一窝蜂跑还是挨个来？”

三人说着话，房门登时被一股巨力拍飞，尚在空中，门板就碎成了渣渣。

这个场面，相当符合那人一贯出场的气势。

院里所有人都站了起来，白婴沉着脸挡在大伙儿跟前，全神贯注地盯着西厢。

黑漆漆的屋内，缓缓走出来一个人。他的头发简单束在脑后，一袭黑衣于月华下折射出凛冽的寒光。他的五官仍如多年前般俊逸无双，只那双眼，更加幽深，那肤色，更加苍白如雪。他站在房檐下，摊开手掌，静静地目睹着掌中光影。

趁着这会儿，白婴咬牙低喊："快跑！"

向恒扛起苏愿愿就往墙头上跳，王威和江安一人拉一只苏景舟的手，朝着门外冲。李琼落后少许，没跑几步，就被一粒小石子击中了膝窝，狼狈地跪在地上。所有人头皮一麻，眼看苏逸面无表情地走向李琼，都为李琼掬一把汗。

白婴猛地窜上前，张开手臂拦在苏逸跟前。

苏逸默默看她须臾。

然后……

他把白婴拥入了怀里。

白婴整个人一怔，听他说："我去了趟地狱，不放心你，还是回来了。还好，这次，没有再错过你。"

白婴眨了眨眼，泪如雨下。苏愿愿和苏景舟也跑来两个人身旁，激动地加入拥抱队伍。四个大男人眼见这一幕，先后跟着哭起来。

外头一户人家牵着小孩路过，不经意听见这满院的哭声，再一看，里面七八个人，各有各的哭法，简直辣眼睛。

小孩懵懵懂懂地问："爹，娘，他们怎么了？"

"呃……可能是刚刚团聚吧，太开心了。"

"哦。那希望他们团聚得久一点，再久一点！"

"嗯，放心吧，会的。"

后记·可许情人执手白头

现在回想起写这篇文的过程，当真是从一个天天自我怀疑的状态慢慢走向念念不忘的喜欢，以至于我写完很久以后，还常常回头来看自己写的故事。不得不说，苏逸是我笔下最爱的一个男主人公。

最开始，我是想写一篇可爱的小甜饼，一个满身正义的将军，和一个满嘴跑火车的女君，双向奔赴为国而战的欢喜爱情。但是在写的过程里，我总觉得差了点什么，好像故事有点单调，人设不够极致。当然，这是我本身的原因。故事写得多了以后，越来越难写出让自己满意的剧情。

然后，我就经历了漫长的反复修改，反复琢磨。慢慢地，苏逸的形象在我的脑海里形成。如果说白婴是这篇文的根骨，那苏逸就是这篇文的灵魂——

一个非典型性的病娇将军，狂放不羁，藐视众生和世间所有的规则，一言以蔽之——我强，我说了算。

苏逸的一生，处在光与影的中间，他不是纯粹的光明，也并非绝对的黑暗。他憎恶世事，但他会为了维系都护府上上下下的生计，精打细算，穷到“见钱眼开”。因为只有一件能穿的衣服，所以要随身带针线，以防打架时布料开衩。随身带皂角，每晚趁夜深人静时悄悄躲着搓洗衣服。他会因为几钱银子被白婴调戏，也会在心里无时无刻地吐槽白婴。

他犯了杀心时世人皆可诛，可知道白婴是自己的阿愿后，又每天都在深刻“打脸”……苏逸是个十足的宠妻狂魔和妹控。

文中有一句台词最让我喜欢：

你怜悯世人，想救苍生，为什么不肯救救我？

这是苏逸唯一的一次，向白婴求救，卑微又诛心。他在地狱里沉沦得太久，所以不肯放过寸缕的光亮，他也想奋力挣脱囚困着他的黑暗。直到故事的结尾，千帆历尽，岁月为一腔赤子之心沉冤昭雪，他的阿愿不改初衷，他也还给她一个完完整整的兄长。

此后，人心依旧分善恶，红尘依然有悲欢，但未来可许这双有情人，执手白头。

君素